半阁城

上册

关中牛 著

陕西新华出版传媒集团
太白文艺出版社 · 西安

图书在版编目（CIP）数据

半阁城：上下 / 关中牛著. — 西安 : 太白文艺出版社, 2023.1

ISBN 978-7-5513-1690-3

Ⅰ. ①半… Ⅱ. ①关… Ⅲ. ①长篇小说—中国—当代 Ⅳ. ①I247.5

中国版本图书馆CIP数据核字(2022)第077545号

半阁城
BANGECHENG

作　　者　关中牛
责任编辑　张　笛　葛晓帅
封面设计　郑江迪
版式设计　建明文化
出版发行　陕西新华出版传媒集团
　　　　　太白文艺出版社
经　　销　新华书店
印　　刷　西安市建明工贸有限责任公司
开　　本　787mm × 1092mm　1/16
字　　数　710千字
印　　张　48
版　　次　2023年1月第1版
印　　次　2023年1月第1次印刷
书　　号　ISBN 978-7-5513-1690-3
定　　价　128.00元（上下册）

联系电话：029-81206800
出版社地址：西安市曲江新区登高路1388号（邮编：710061）
营销中心电话：029-87277748　029-87217872

目录

第一章

日子

（代引）

山里的日头比山外短。从东山钻了出来，刚近西山又一骨碌滚落下去，中途只有两顿饭的消停。冬暖夏凉，春华秋实，被村民们奉作一个叫“日子”的东西一天天不请自来。曾经的那些数不清的日子，如果能拣拾着摞起来，一定像村民们每顿饭必端的那一只只耀州瓷老碗一样平淡无奇。

眼下是初夏的天气。长稔塬上的人们早上出门还穿着棉袄，刚抡圆了镢头又得光起膀子来。这是被村民们称为三变脸的日子。接近这个日子前后，塬畔上的麦苗便开始吐穗扬花。从南方飞来的布谷鸟已经站在柿树的枝头夜夜鸣叫，拼命地向人们提醒着这个季节已到来。

天色刚放亮，东方隐现出一丝鱼肚白，太阳便跳出了河岸。瘸着一条腿的村支书高运喜拄着拐，骑着一辆破“三枪”自行车从公社赶了回来。刚到村头，远远地看见佑普爷一个人在东城壕转悠，他便跳下车子大着声招呼：“爷，你转悠哩？”

自打前年夏至那天，佑普爷吃过后院树上掉下来的几颗熟透的烂杏，不慎得上那个叫作“鸡鸣泻”的贵恙后，每日清晨，当老爷子家里那只芦花公鸡喔喔地叫过头遍，老汉就得按时按点起来，赶着紧儿去完成每日里这门必修的功课。村庄里那些早起拾粪的人，时常会看到老爷子不及出城门便已提着宽大的裤腰一路匆忙地向东城壕小跑，耷拉在他脖颈上的一条九色棉线辫的裤带，随之摆动得如同宋王爷的帽翅般英武。

听见有人远远地招呼，老汉忙收住一脸尴尬，哭笑不得地应承了一声：“嗯，是喜娃。你咋才回来？”

高运喜在路旁撑好自行车，取下拐子架在夹肘窝里一瘸一拐地向城壕这边走，嘴里不住地嘟囔：“公社刚放人，紧赶慢赶还是热了一身臭汗。你一个人在这儿转啥哩？”

佑普爷没有吭气。待他走近了，才无声地递过手里那杆抽得正旺的烟袋锅，轻轻地叹了一口气。运喜接了烟袋，用手顺着那玉石烟嘴儿胡乱抹了一圈便噙上嘴紧吸了几口。

此刻，老爷子却突然开口问了他一句：“公社这回又给了个啥章程？”

运喜接过烟袋吸得太急，不小心抽了一嘴烟油子，紧着吐了几口苦水，讪笑着说：“呸，还不是报产的事嘛，呸呸。狗日的一伙二杆子民兵，三天三夜不歇火逼着让人说胡话哩，不报不放人咯。开始，他们还嫌咱们村报的比人家少了一大截，几个人围了我一夜，要是再不答应，人家就准备组织人专门来拔我这杆‘白旗’[①]哩！”

佑普爷却无心听他那些废话，随便地问了他一句：“你给人家报了多少？”

运喜轻省地说：“嘁，嘴上报哩，又不是让地里产哩。我先报了六百万斤的总产，劈头挨了俩耳光，我一看苗头不对，赶紧改口说力争一千万斤。嘿嘿，要不，那伙子二尿货真下茬打呢！”说完，他居然讪讪地笑了。

老爷子并不关心他在公社挨耳光的事情，只是关切地问：“一千万总产？那亩产应当报多少？”

运喜嘴里自顾说：“我也没顾上算计，起码得一万斤往上点……”

老爷子又问：“一万斤？从古到今，谁见过一亩地打一万斤麦子的怪事

---

① 白旗：大跃进年代对后进单位或个人的代称。拔白旗指对其进行批斗和批判。

情？今年这号庄稼，连麦秆拔下都上不了一百斤！”

运喜苦着脸说：“不报不行呀。人家报纸上有个‘四季青’公社，据说有一亩样板田已经达到十二万斤了。咱们这里虽是旱塬，亩产咋说也得一万往上点。张书记说，这已经是很保守的指标了。”

老爷子知道，眼下这些邪性事情也确实不是他和瘸子说了算的，又关切地问了一句：“会上，公社说没说食堂的事？”

运喜皱着眉头，吃力地咳嗽了一阵子才说：“唉，坐了一场子人，个个肚子里都明得跟揣着一面镜子似的，可谁敢言传[1]嘛。各村都还硬撑着哩，公社一时也没啥新政策。再说，那个场合咋敢提这号话茬？是个傻子都知道，明摆着是狗咬石匠——寻着挨錾呢！”

看着老爷子虎着脸不再说话，运喜这才又提起另一件令他十分头疼的事情和老爷子商量：“爷，昨天后晌，张书记大会总结时强调，炼钢工地还要抽劳力哩。让各村继续伐些大树赶紧煨木炭，这次上交任务比上次可能还要大些呢。”看到老爷子没有接茬的意思，他只好又自嘲道：“啧，啧，真是胡日鬼[2]哩！铁匠炉用面煤都烧不红铁疙瘩，木炭火咋能化开矿砂吗？咱们给钢厂交的那些炭渣疙瘩人家根本没验上，让派人去拉回来再炼一遍。那玩意儿咋个好重炼嘛，还不如再拉些矿石……”

听运喜说到这里，佑普爷叹了一口气，这才接着他的话茬说：“交就交呗。全村都没几棵老树了，我看下一步还把城门拉去煨木炭呀！眼见已经吃光了库房里那点种子，往后让食堂的炊事员给社员往锅里煮啥呢？”

运喜也不接他这话茬，自顾叹了一阵儿气，这才给老爷子回了一句莫名其妙的话：“唉，这几天，在公社受训没把我这颗脑袋训出啥长进，我一个人倒是闷出个馊主意……”

老爷子一听从支书嘴里蹦出“主意”这两个字，无心地搭讪了一句：“眼前这号情况，你个瘸子能有啥好主意嘛！”

---

① 言传：说话，应声，吭气。
② 胡日鬼：不干正经事。

运喜眨巴了一下自己那双小眼睛，十分诡秘地从嘴里吐出几个字：“明修栈道，暗度陈仓！”

老爷子蹙了一下眉头，忙问：“你是说——食堂？”

运喜肯定地说：“对。看来，硬撑已经不是办法了。明着散伙吧，上边不给兀个精神，你我到时也吃罪不起喀。我想，咱们不如……先给各户偷偷安个锅灶！”

佑普爷倒吸了一口凉气，思谋了片刻才说：“啊呀喜娃，这，这，你不怕去坐牢哇？”

运喜这时才不慌不忙地坏笑了一阵说：“爷，你这老汉关键时刻还真不糊涂嘛。唉，让去坐牢又不是让去坐花轿，这弄不好就是惹火烧身的事喀。可咱首先得想个周全的办法把人命保住吧？我是这么想的，咱们村的沟地这么多年撂荒不少，你说，能不能变着法让社员自己开垦点？”

还没等老爷子开口，他紧接着便把自己那点小想法在老爷子面前满盘满碗地端了出来：“当然，真的要这么直戳戳划地，也不是个周全办法。咱可不可以先以维护集体利益的名义，把社员现在的自留地统一收归大田，然后让各队给各户把自留地划到沟坡，一收一放！”

佑普爷马上明白了他的意思，认真地点了点头说：“嗯。有爷这把老骨头给你撑着，你说咋个闹法？”

运喜估摸这事只要老爷子认可便十成有了八九，立时放下拐子，拜倒在地给老爷子叩了一个响头。

他那腿脚本来不咋灵便，跪下去时倒是挺利索，趴在地上后自己却一时站不起身来，嘴里依然给老爷子不住地安顿着说：“爷，你先把喜娃这礼程收下。过后就是杀头坐牢，我也绝对不会牵连你们。主意是我出的，事情万一闹失塌[1]了，总得有个人去承头喀！”

佑普爷一看运喜趴在地上老半天不起身，他立马怒喝道：“起来！一个

① 失塌：事情办坏。

党员的膝盖咋这么软？新社会还兴这老礼数闹啥？”

运喜被老爷子扶了起来，依然忍不住哽咽地说：“爷，心香还年轻，几个娃娃还都小……假如将来闹出啥闪失，还托您老在村院中多多关照他们一下。将来我如果报答不了的话，只好让儿子们替我给您老抬棺送葬……”

老爷子却不领情地回了他一句：“我还不想死呢！”

运喜嘴里却依然咕哝着：“我这回也真他妈想通了，啥叫党员？紧要关头不站出来替社员谋生路、整天跟着那帮人一起睁着俩眼说瞎话，那还叫党员吗？我就不相信，人民公社就是让社员整天去喝糜面糊汤、煮榆树皮？”

佑普爷脸上终于有了点舒展，说：“行啊。真没看出来，你们高家人老几辈还能出一个硬崽娃。不过，各家各户的煮饭锅都上缴了钢铁任务，咋让社员重新开伙嘛！再说，眼下粮食就是个关口，总不能把仓库那点种子给社员借出来糊口吧？”

运喜拍了拍膝盖上的土，胸有成竹地说：“爷，这号事情依我看就不用咱们熬煎了。前几天吧，有人给我反映过保管员谢善广在食堂烧萝卜吃的事情，不管大小总是个事吧？外村有些干部在集体食堂搞特殊化开小灶，已经被公社抓了典型，咱们也不能冰锅冷灶的啥问题也没有吧？我看咱就从这事入手，先开个批判大会羞臊一两个贪嘴的货色！”

佑普爷更加奇怪地问：“羞臊人能抵一村人肚子饥饿？”

这个时候，运喜那蔫坏的脾性立即便显现出来了，他故意卖着关子说：“看看，你这文盲老汉一点都不懂得活用毛泽东思想嘛。他老人家经常教导我们说，要相信群众，要放手发动群众。你咋把这个闹革命的‘老基本’都忘了？据我分析，村上眼下还没有绝粮。就在前几天，我还听说过这么一件事情——学校高先生发现有些学生上课偷吃炒豆子，他开始收过几把，也没批评娃娃。后来，他把收来的豆子自个吃了。那些胆子大一点的一看没惹出事，就经常给老师抽屉里偷偷放一些炒豌豆、蓖麻子、棉花籽，反正样儿倒不少……”

说到这里，他更加神秘地说：“爷，这才是最近的事咯。这说明啥问题呢？说明有些社员家里还真有点垫底的东西哩。入社清粮时，咱村都是社员自己报了斤数自己往食堂掮，咱们成立的那个搜粮队也是做了个样子喀。你想，谁家缸里瓮里还不留点糜儿豆儿？当时我心里还想过，只怕日后这集体食堂越办越红火，公家拿卡车运来的大米洋面一时都吃不完，他们就是来主动上交我还不想要他那点陈粮呢。现在看来，当时那点小疏忽还真是个好事……”

两个人站在那里正在商量着，这时候，村上的二流子羊倌詹木林赶着羊群下沟路过地头，他远远地看见支书在地头和老爷子说话，给这边打了个招呼，老爷子和高运喜便停止了说话。

羊倌是个外乡人，几年前在半阁城做了上门女婿。只见他一路响着羊鞭走近地头，看见支书和大队长在那里说话，这才停下脚步用他那不会打弯的舌头招呼着：“高，羊吃草嘛，可以饱的；人的胃嘛，扁扁的。”说罢，他像个马戏团的小丑似的双手一摊耸了耸肩，做出一副无可奈何的样子站在那里不再移步。

看见高运喜并没有招识[①]自己，他又接着说：“真的，你发的三十斤粮食远远不够，现在我还有老婆孩子嘛。明天，你得给我提前发下一个月的粮食。”

运喜一看这货站在那儿不走，只好远远地回了一句：“今日才十几嘛，提前发了粮食你下个月咋办？总不能让你后头喝风屙屁去？”

詹木林依然停在那儿十分认真地回答说：“不会的，不会的，那我只好再借下一个月的……”

运喜只有苦笑了。

对于这号不解世事的洋浑子[②]，他也没办法解释，又不好得罪，只好打发他说：“借吧借吧，我一会儿给保管员打声招呼，看能不能先给你装点黑豆和苞谷，搅和着对付几天……”说完这话，他自己又嘀咕了一句，“我看让你龟子尿把种子吃完了，秋里让社员种啥去！”

---

① 招识：理睬。

② 洋浑子：记不清事，说话做事颠三倒四的人。

詹木林一听支书这么爽快地答应了，便乐呵呵地说："又是黑豆吗？呶，呶，这次不要！那个粮食吃了，人的肚子会生气的。你们都知道的，麦秀又要生小宝宝了，她说要吃荞麦做的踅面[1]！"

一听这家伙居然还得寸进尺了，运喜就没好气地又重重地给他丢过去一句："踅面？坐个破月子恁娇贵？她这阵要是想吃人肉那倒好办了，让我把这条腿剁上给你老婆煮嘛。食堂眼看都开不了伙了，你们还挑三拣四的不吃这个不吃那个。这阵子，你让我给你屙一口袋荞麦去？"

两个人离得远，詹木林并没听清楚他丢来的回话，只听见有"一口袋荞麦"那句话尾巴，便十分高兴地招呼道："那顶好的，顶好的，我放羊回来，就拿口袋来找你签字……"

运喜再没有心思和他搭话。

佑普爷却被老詹那个认真劲儿逗乐了。

洋相[2]

詹木林是半阁城一个大活宝。他至今没有入社，也从未和大伙儿一起收种过庄稼。这倒不是他人懒，委实是这货一点都不会作务农活，每天只会赶着自己家里的几只羊满沟转悠。据了解其底细的人说，这个说话口音古怪的外地客老家在新疆。此前谁也没听说过那个地方，更懒得记那绕口的县名。总之，那地方十分遥远。

说也奇怪，别看这家伙平日说话结巴，人也显得窝窝囊囊，却是个见过世面的人。据把这货攀扯来的高支书给村民讲，老詹年轻时不但上过大学，在朝鲜战场上还做过总部首长的贴身翻译。让人不可思议的是，这厮原本分配在

---

① 踅面：陕西合阳的一种荞麦面食。

② 洋相：闹笑话，出丑。

山东一个叫青岛的地方做着大学教师，大前年趁着暑假有点闲空，跑到半阁城专意探望了老战友高运喜一回，居然萌生了不再回城的念头。不久，便背着铺盖死乞白赖地迁到半阁城，做了一个闲汉。他的这个举动，也让这些村民见识到了，这个世界还真有这样的混球儿！

村上来了这么个外路人，开初那阵大伙儿还把他当稀罕待见，久而久之也渐渐失去了新鲜感。可是，他的到来，却给村庄上原本秩序井然的辈分排序带来了一点称呼上的混乱。此前，无论村民们相互之间的年龄有多么大的悬殊，人人在村庄上都拥有自己应有的辈分。即使谢、高两大姓氏之间，按照各自的名字也可区别出辈分大小。对于老詹这个外地人，老少爷们见了他只好按照相互间的年龄，一律用“老詹”“老詹哥”“老詹叔”之类比较生分的称谓来招呼他。不久，大家对其称呼又有了点改变，其间夹杂着“老驴”“驴哥”“驴叔”这类多少有点大不敬意味的词语。之所以出现这一变故，皆因他本人一次毫无察觉的戏口所致。

一方土地养一方人。新疆那地方出来的人，身材长相很有特点，老詹的身躯确实有点过于人高马大。不说别的，他那双大脚足足有一尺三。一些好心的大婶大娘看见小伙儿进村来无依无靠怪可怜的，便想给他做双布鞋。可是，居然在全村男子中都找不出他那么大的鞋样。一年四季里，这家伙只好拖着他那一双沉重的步兵陆战靴“哐当哐当”地像打夯。加之，这厮满胸脯、满脸都长满了麻棕般发达的毛发，从面相上谁也看不出他究竟有多大年龄。有好事者曾礼貌地问起过他的生辰八字，他看别人“子鼠丑牛”地用指头在那儿掐算，自己也煞有介事地扳着指头算了半天，最终十分肯定地对人说他属“毛驴子”。一巷男女都笑得捂了肚子，他却毫不理会地跟着傻乐。不过，把这家伙和一头大叫驴放在一起比较倒也十分般配。那一双说绿不蓝的驴眼睛、门板一样宽阔的大脊背、笔直笔直的腿脚，活脱脱就是一头大叫驴咯。

当然，这个人的到来，也给半阁城带来了不少稀罕物。比如，他手腕上时常戴有一块小手表。别看那玩意儿那么小点东西，做得却十分精巧。戴在手腕上任他甩来甩去，那三根指针却依然不停地在走！更让人不解的是，他吃饭从来不用筷子，其上衣口袋时常别着一把粪叉般模样的不锈钢叉和一把用来刷牙的小毛刷子。有人曾亲眼见过他用那小刷蘸着牙粉漱口的恶心场面。叙说者倒无大碍，半巷人却听得满嘴泛酸，几乎咽不下饭食。人的嘴嘛，又不是上顿吃过猪食，有什么东西值得他那样蘸着牙粉反复洗刷的呢?

不过，因了他为人还算厚道，在老人和娃娃中倒是有着很好的人缘。只是这家伙却还有个十分讨厌的瞎毛病——特别喜爱和女人搭话。只要见个女人，他那双腿脚便不由自主地往前靠着，花痴般笑眯眯地一直盯着人家上上下下看个没完。人家不高兴地背过身去，他还是紧盯着不放。而且，还专拣女人们身上那些凸凹有致的地方看！完了，无论对方美丑，他都会绕着大舌头送给人家一句卖乖的话“你真的很漂亮很漂亮的”。为此，有几个小伙儿倒是曾经准备暗中收拾收拾这小子。后来，鉴于他这点犯贱的毛病仅仅停留于口头，便也没有和他去认真计较。

话又说回来，久了，村民们也没把这厮当成个正常人看待。不说他那一口阴阳怪气的外地腔让人十分不习惯，说话时那副吃力的样子更是可笑，活像小时候发疹子留下的痴，一句简单的话从他口里蹦出来，便颠三倒四不成话语。即使这样，还把他吃力得时不时翻着白眼儿。每次开口说话，他尽管要努力地思考上半天，啰里啰唆说道一阵子，但依然给对方说不清个事情。甚或，有时一句话他根本没说完就戛然而止，紧接着，却傻乎乎地站在那儿等着对方回应，少不了招惹人家一回回耻笑。不过，对于大伙儿随时随地的当面戏谑，他绝对都是一副洗耳恭听的神情，从来都不曾翻脸。

见过世面的佑普爷给大家演绎了一番，很有把握地告诉大伙儿，老詹这个毛病，十有八九是在战场上让大炮把脑子里的“簧”给震乱了。你想嘛，好端端一个人不聋不哑、不痴不瓜，却不会说一句囫囵话，脑子里肯定是受了症的。

不过，正是因为老詹的身份特殊，在村庄他还有个特权：允许在家里自行起伙。这倒不是他本人受到了什么歧视，主要原因是他迁来时未曾赶上土改分地，本人又不事农耕；同时，那阵子他也不愿意入社，便没资格进食堂领饭。况且，据说这厮还是少数民族。运喜在社员大会上给大伙儿反复解释说，在队伍上战事那么紧，连队每顿还得给少数民族战士单锅煮饭。社员们虽然不知道少数民族是什么异人，但这话能从支书嘴里说出来，肯定是上边的政策。不过，让人不可思议的是，高运喜这个丢了一只脚的荣誉军人每月在政府只不过领取区区数元荣誉金；可是，这个老詹不少胳膊腿儿，每月照样在县民政局领一份“四十二块二”的官俸。不但如此，大队每月还给他补贴三十斤粮食。这足以说明，老詹确实给国家立过不小的功劳。

不久，在佑普爷的撮合下，村上给这个老詹凑合地成了个家。从此，他也可以算作一个真正的半阁城人了。

此前，村上有个名字叫杨麦秀的小寡妇，那年刚满二十一岁。人长得高挑细瘦，模样在全村的小媳妇中还真寻不出第二个来。

只是，应了红颜薄命的古话，这女子却是个苦命人。十七岁那年，她嫁到半阁城，男人谢省安半年后便和高运喜他们一起上了朝鲜。过罢大年，政府给她家送“光荣烈属”牌匾那天，接生婆正好守在她家炕边等她临盆。当时，家里人根本不敢让她知道男人死了的事情。她那婆婆却忍不住整日以泪洗面，闹得全村人也无法遮掩。当麦秀最终得知这个噩耗后，根本不相信自己的丈夫会死。哭都哭过多少回了，可她还一直臆想着她的男人绝对没有死，肯定是民政局把人名闹错了。在此后的一段日子里，这个可怜的女人经常一个人偷偷到村头望着大路发一阵呆，看见远远走来的路人，都巴望着那是她的心上人向村庄走来……直到路上没有行人，她才会失望地走回家。

不久，老詹来到了半阁城。

老詹这个烧包货干农活虽然很不在行，敲寡妇门的手段却相当老到。开始，麦秀本人曾多次给大队干部反映，说老詹有事无事老去她家串门子，要求大队最好派人去管一管。后来，也不知老詹使出了啥手段，两个人又很快黏得在巷院中起了风声。高运喜听说这件事情后，一个人急得在祠堂他那间办公室里又蹦又跳，却又不好出面干涉这号没底没面的事情。万没想到，有一天，老詹这家伙居然来到大队要文书给他打个证明，要和杨麦秀去公社领结婚证！

运喜那天心情可能也不怎么好，关起门指着他的大鼻子便喝骂起来：“你知道人家男人是咋死的？你也不撒泡尿把自己的模样上上下下照一照，哼！”

老詹一进门便被骂了个狗血淋头，莫名其妙地愣在那儿老半天，看到对方火气似乎消了，这才讷讷地问：“高，我的朋友，那点尿水能照出人的影子吗？难道，这一切和我詹木林有什么关系吗？”

运喜几乎暴跳如雷地说：“什么关系？人家是烈属！你又算是啥东西？别人不清底，我能不知道？你给人家麦秀背地里咋吹嘴的？你说说，你咋能算是复转的志愿军军官？就算是，你配得上麦秀吗？过几年，你小子一拍屁股走爪哇国享你的清福去了，你让她一个女人又咋活人？不行，绝对不行！我正式告诉你，从今往后，你再敢往麦秀屋里胡钻，小心我喊几个人打折你的狗腿！”

老詹满以为，自己这个好朋友听到他在村庄上找到了意中人这件事情一定很高兴，万万没想到却平白无故招了一顿臭骂。他愣在那儿半天摸不着头脑，站了一会儿，这才认真地给自己辩护说：“麦秀说过的，她要光明正大地做我的妻子。我也爱她，这为什么不可以？你嘛，有心香这个好女人，又有一群可爱的孩子，你很幸福的。我嘛，你的好朋友，爱情嘛，这事你有什么不高兴的嘛！”

运喜一听自己面前这货站在那儿嘴里又开始“嘛儿嘛儿”像牛在叫，尽管此时已怒火中烧，心里依然十分明白老詹是个外路客，这个“毛驴子”一时半刻是理解不了村庄那些俗套的。诸如烈属、寡妇、入赘等这一切对于他来说“没什么”的问题，真正实施起来又是多么的难办。对于眼前这号人物，他只能运用特殊的办法去压服。想到这里，尽管他真想揍这个笨驴一顿，可还是尽量往明白地对他说：“我是这个村的支部书记，我说不行，你懂了吗？”

老詹虽然仍是一头雾水，却立即十分震怒地回敬他道：“高，你不就是个小小的书记官嘛！在你的村庄里，你的社员选举你做他们的干部，大家给了你权力。可是，你不能运用这个权力去剥夺一个村民的基本权利！我，詹木林，也有人民的权利；当然，更有结婚的权利！你这个书记官嘛，有什么了不起，能不遵守中华人民共和国的法律吗？我不明白极了！”

运喜那阵子也没有那份耐心听他阐述那些破道理，更不愿意给他去解释个中情由。当然，老詹也没啥过错。只是，运喜觉得无论如何都不能让麦秀稀里糊涂地嫁给这个老詹。有些话他实在是没办法给别人讲，更不能给麦秀本人谈，就是稍微透露一点也不行。因为他在组织面前保证过一定严守保密纪律，并尽力照顾好这个詹木林的一切，单单忘记了这个大活宝也是个男人。他需要每个男人都需要的娶妻生子、男欢女爱，更需要一个家。既然事情已经到了这步田地，他心里此刻还是多少有点庆幸。好在眼前这货勾搭上的是一个小寡妇。虽然已闹出了些风言风语，可还没有到难以收拾的地步。要是换了那些金贵的黄花大闺女，这厮不知早被人家打断几条腿了。

想到这里，他只好认真地问道："你真的想留在半阁城？"

老詹一听支书的口气，便感觉自己申请的这个事情似乎有了点转机，立即凑前来十分肯定地说："是的。这个地方很漂亮很漂亮，我决定终生留在这个地方……"

一看他那副死皮赖脸的样子，运喜没好气地回敬了他一句："放你娘的狗屁！你说说，这个荒沟野洼有哪一点漂亮？真没看出来，你小子整天一副瓷眉瓜脸的样子，咋也很快学得放屁不打草稿呢？我问你，你是咋个勾引上一个良家妇女的？"

老詹一听书记对他的罗曼史好像饶有兴致，立时眉飞色舞地说："是这个样子的，刚来村庄第一天，我在路口看到她第一眼时便爱上她了。她的面容很漂亮，胸部也很饱满，哦不不，不止这些。她的屁股也是那么圆圆的，还有很细的腰，很有东方女性的美丽……她那天一直站在那里看着我，我心里相当激动，根本不相信这个小山村，居然有这么漂亮的女人。真的，她太漂亮了，她家姑娘也漂亮，还有她们家那只小猫咪也很漂亮。我不知怎么办，这就常去她家找小猫咪玩，后来，我就正式向她求婚……"

运喜根本无心听他学说那些废话，只知道这家伙可能真的鬼迷心窍了，便忧心忡忡地问："她是个寡妇，这个你不会介意吧？"

老詹庄重地点了点头，还是有点不理解地回答说："寡妇嘛，这个，哦，一点没有关系的。"

运喜这才不无担心地又问了一句："不过，我得问问你，你能一辈子对她好吗？"

老詹几乎没有思考，像对上帝起誓一般认真地站在那儿翻了一阵白眼，终于寻找到两个贴切的词语："是的，肯定。"

运喜此刻也已有些明白，他没有理由去说服一个男人不去爱一个女人。但是，他还是想到了一些关乎房产和院基的事情。而这些事情，又必然会牵扯到村院中那些复杂的规矩。于是，他建议老詹最好把这件事情先给佑普爷提说一下。毕竟，这些事牵扯的方面太多，谢氏祠堂内的事情，他这个支书有时也不便出头。杨麦秀在谢氏门下只生育一女，招婿入庄肯定在五服[①]族内会引起一些事端。

想到这里，他告诉老詹说："你要娶老婆，我也没理由反对。不过，这件事也并不像你想的那么简单。一个寡妇招汉，牵扯着村庄里的许多事情。首先，你得去找佑普爷商量一下，知道不？"

老詹不解地摇了摇头。他委实不知道，在这个山高皇帝远的小山村办个人婚事咋就会遇到这么些麻烦？此时，他还真是有点想不通了，着急地问："我娶妻子嘛，为什么要问他一个糟老头子？"

运喜一时给面前这个外路人解说不清，只给他比画着说了四个字："部——落——酋——长！这该明白了吧？"

这回老詹立即就明白过来了。他觉得书记这一关可能算是过了，"酋长"那一关不知会不会这么简单，一听支书已经放了话，他也不想再啰唆。临出门，他仍然没有忘记小心地向他讨问另一个使自己百思不得其解的问题，回头问了运喜一句："高，你是我的好朋友，你能不能明白地告诉我，在村庄上，你的社员同志们为什么见了我都招呼一声'驴日的'？我一直不明白，这个称谓到底包含着什么样的意思。"

运喜"噗"的一声笑了，把刚喝进嘴的一口水差点喷了老詹一脸。

这也难怪，让谁回答这个问题，都觉得会有些语言表述上的难度。何

① 五服：这里指宗亲。

况，在渭北土著语系里，“日”是一个十分龌龊的字眼。对于它的字面意思，大家都心知肚明。只是，从来都没有被人们认真地当作一个表述问题去研究。说穿了，这个字眼涵盖了世间一切雌雄交媾的过程及其不堪入目的丑陋动作！尽管它实际地做起来，使得世间男女心照不宣地一同领略到了人生最为销魂的那种无以言表的美妙，但其发生的过程却常常让人们羞于去当众言说。然而，这种小小的劳作无须等待风调雨顺，也不管是何节令，随时随地便可得到等同于食物给他们带来的那种陶醉感，很容易让人心旌荡漾而又乐此不疲。但要让他们把此事用嘴说出来，却让居住在这方土地上的人们感到十分难为情。追根溯源，这完全归罪于眼前这片“在河之洲”流传的那个荒诞故事。

距离半阁城二里半路的黄河边上，上游河段冲刷下来的流沙经年累月地流淌过后，堆积出一道几里路长的大沙洲。枯水季节，靠崖的河道经年被分割出一片清澈的湖泊，生长着一眼望不到头的芦苇。即使在大冬天，那一片瀵泉还时常“咕噜咕噜”地冒着热腾腾的雾气。几千年间，这片芦荡不知被天火烧过多少次，却永远也烧不尽发生在这片古老土地上的男欢女爱。

据考，《诗经》所记录的那些酸溜溜的故事里，许多篇章都牵扯着这块沙洲的男女眉目传情的细节。那个时候，世道好像并不避讳这些男欢女爱的事情，一些传唱在民间的乡野俚曲，居然被宫廷史官分编成“三颂二雅十五国风”，并敲着石磬公开吟唱。后来，有好事者觉得有关此类祖宗逸事里的不雅记载，还是不宜大肆宣扬为好。尽管那些刻在甲骨上的诗篇，已经十分精心地把周文王和太姒两个有情人在芦苇荡里幽会的情节用一对发情的野鸡隐喻得不露声色，且此情此景业已过去了两三千年，然而，他们这些虔诚的后世子孙，却还是十分用心地替他们的老祖宗把这个千古哑谜忠实地遮掩着。在这片地界上，至今谈说起男女之情，语言就变得隐晦起来。就是遗留在民间的那些疑窦丛生的故人趣事，如若碰到床帏情景，其叙述过程亦推崇善本，一些精细的情节一概被删去。别说让老詹这个外路人时时感到迷惑，就是颇有点资历的汉学家也不一定能够解释得清个中情由。说起“在洽之阳，在渭之涘”“大邦有子，伣天之妹”那些远话，洽川这块土地上确实出现过许许多多的天仙妹妹和骚棒男人，演绎出不少夫唱妇随的兴国大业和恩爱缠绵的祸国之殃。光阴飞逝，白驹过隙，那些不便过多解说的故事，便永远地被掩埋在了他们脚下这片黄土里，变成了满地绿莹莹的麦苗和千年柿树上一对对幸福的布谷鸟。

运喜这阵子还一直忍不住为老詹提出的这个“重大问题”偷偷笑着，老詹依然站在那儿傻乎乎地等着他的下文。看对方那副不闹明白便不走的样子，运喜便不假思索地替他解说道：“‘驴日的’这个意思嘛，一般地来讲，就是吃苦耐劳的样子嘛。按照你们老祖宗的说法，人应当是猴子变来的。我们这儿说法有点不同，大伙儿都相信人是驴变的！其实，猴子也好，驴也好，还不就是那么回事嘛。大伙儿那也是在夸你哩，说你这个人长得英武，干活像一头毛驴一样劲大，绝对没有其他恶意喀。”

听到这里，老詹这才吁了一口气，十分高兴地说：“耶，耶，他们肯定是嫉妒。是的，我比毛驴子还要硕壮，很能使女人开心的……”

老詹看见运喜站在那儿似乎对他的自夸言辞有点心不在焉，便故意加重语气地补充道：“高，我真是很棒很棒的，你不相信吗？麦秀也夸我做爱的时候跟毛驴子一样有劲儿。”说完这一切，他居然自鸣得意地吹了一声口哨。

运喜几乎是张大嘴巴听着他说完最后那一句毫无遮掩的丑话的，先是对这个家伙已经勾引着人家一个清白寡妇脱了裤子感到十分吃惊，继而异常愤怒地打断他那脏字连篇的鬼话，大声开骂：“滚！你个驴日的就知道整天满嘴喷粪！”

老詹这时又有点不明白了。自己最要好的朋友刚才还笑眯眯地显得十分和蔼，怎么毫无根由地对他又发起了这么大一通无名怒火？看对方似在满地寻找家伙要动手的样子，他立即悻悻地从门里溜了。

不几天，佑普爷亲自为老詹和麦秀张罗了婚事。用族老们的话说，麦秀一心守志已十分难得，现在是新社会，也不能让她为谢家门里守着一个女娃终身不嫁。再说，招夫顶门的事情自古有之，也无阻拦之理。再说，从面相上看，老詹这人天庭饱满、地阁方圆，无论怎么挑剔都还算是个吉相，特别是他鼻如鸟喙，颈若游蛇，相书上亦被列为大贵之相呢。话又说回来，在长稔塬上，就是一个黄花闺女要招婿入赘，一般都不能挑剔，何况一个寡妇，而且还带着个女娃。只要老詹这头愿意低就，麦秀一个二婚女人应当无话可说。最后，佑普爷按照祠堂的老规矩找高子升拟写了一份文书，其合约如下——

古云，失群孤雁，其声也哀。盖天下之日星河岳，赋物象形，饮食男女，人之大欲存焉。兹有新迁新疆人詹氏木林，现年二十有六。经村人谢佑普作伐，詹氏本人自愿入赘谢氏门下与谢省安之遗孀谢杨氏续配。经祠堂四族老合议，特与本人签写合约于下：

其一，无论饥荒年馑、天灾人祸，詹氏木林都不能将谢杨氏带往外地。

其二，谢省安名下瓦房三间、大房间半（院基“四至”分单另附）归谢杨氏立户继承，院门两家共有，暂不分割。

其三，詹氏与谢杨氏婚后所生子女均为谢省安继嗣，祠堂皈认其谱序名字，外人日后不得以任何理由染指此事。

其四，詹氏不愿更名改姓，客死后不得葬入谢氏坟茔。

以上契书一式三份，具保人等一应都有。老詹当着几个谢氏族老的面，将那白纸黑字结结巴巴地念了一遍，然后飞快地摁了红指印，回头便用自行车驮上麦秀去了公社。两个人在政府扯得结婚证书，一没披红挂彩，二未设席摆菜，麦秀只夹了一个薄皮儿包袱，遵照寡妇进门天黑迎娶的村俗，趁着天色渐暗，自村头飞跑着过了巷，撅着屁股从自家门槛下钻了进去，两个人便草草入了洞房。为此，惹了一巷院笑话。

村上有个睁眼瞎子名叫谢贵同，平日里靠说书挣几个烟钱。他将这件事特意编撰了长篇叙事唱本《毛驴传》在井坊炕头给人解闷。其中第九回“詹木林洞房花烛效吕布，麦秀女席坐红毡话风月”更是村民们百听不厌的叫好书段。每逢天阴下雨或大雪封山，在农家的热炕头上，谢贵同膝上竹板一停，怀中的三弦子便如急风暴雨般拨动，嘴中唱词亦似行云流水娓娓吐出——

（生唱）

好英雄执画戟长枪一柄，

本属驴詹木林是某大名；

小裙钗列下阵何不击鼓，

莫不是被吓得想回荆州？

（旦词）

耳听得驴叫槽声声嘶吼，

叫贼子听姑娘细学根由；

适才间在食堂喝汤①几口，

上马来想尿尿面目含羞！

（生接）

战阵前笑得人捧腹难受，

未交兵竟然间裤带稀松；

本将军有兵器又粗又重，

几回合定让尔叫饶不休！

（旦白）哎呀不好。叫这驴日的咋还占了个上风，顺手讨了个口彩，强盗你听了！

（旦唱）

——哎嗨呀哈嗨呀哈，

蠢材你没上过公社大灶，

吃三天准叫你驴劲全消；

端一碗糊汤饭能把容照，

榆树皮苦苣菜活像交草②；

白日里走起路东歪西倒，

到夜晚蔫溜溜难度春宵。

① 喝汤：关中不少县的农村把吃晚饭叫喝汤，因为晚饭多备有汤类。

② 交草：晒干后的青贮饲草。

漫说是老夫妻宝刀渐老，
少年郎不见得就敢风骚；
见贼子好逞强阵前鼓噪，
未听说嫩白菜不怕锅熬！
本姑娘也算是经过见教，
使手段定叫尔下马告饶！

（旦白）小的们，给这驴湿日的上一钵榆叶散饭、舀一瓢糜面糊汤，看他个跳槽的见上个母驴还敢胡骚情？

（众应）哇呀呀——得令，给驴将军上汤来嗷！

第二章

群众大会

说到老詹这号角色，在一个村庄里还根本算不上是个鸿名人物。只有那些能吆五喝六、叱咤风云的爷们才是些真正的主儿。半阁城里这类人除过谢佑普老爷子，还就数瘸子高运喜了。一个山村支书，其官职虽然不大，却也经手着几百口人的地方耗羡[①]。别看是芝麻大个官儿，没有几分能耐，一般人还真不敢轻易揽这个瓷器活儿。

不过，高家这小子天生一肚子趄才[②]，从小到大也一直在村庄上落下个“蔫坏”的臭名。平时，他那一张貌似木讷的大脸方下巴，根本掩饰不住那一对儿小眼睛时时透出的狡黠。任何事情只要让他上心掂量过几回，绝对闹得叫你哭笑不得。比如，他一个人猫在自家院子里酝酿了好几天的这次社员群众大会，虽然事先已经和佑普爷商量过几回，老汉却一直闹不清他这回唱的又是哪一出。

在半阁城，以前开会叫“议事”。参议者多为那些有身份的绅五绅六，土改正式沿用官方语言之后，这一议事形式才被统一称作开会。一般情况下，遇事都得开会，无事也要开会。由于村上一切大到春耕秋收、小到妯娌打架都

① 耗羡：古文言词汇，将碎银冶炼成银锭时的损耗和工费，此处指经手某事其间可捞好处。

② 趄才：歪才，兼有多才多艺的意思。

得在祠堂里商议解决，于是，这座神圣的谢氏祠堂就备受瞩目。

这座老祠堂，修建得相当气派。三座大房鳞次栉比地从高到低排列；一色红松大料青瓦压脊，两厢看墙浮雕讲究。进得石狮大门，迎门大房是一明两暗，中间既是门道又是直通腰房的天井。腰房由四明四暗八根粗大柱脚支撑，整座房是一个大厅，现在改成了开会时坐人的礼堂。三座大房，只有上房的门楣嵌有木雕。镂空大扇上是卍字不断头的菱格，下边镶着平雕的“二十四孝”人物图案，整个门楣雕花画鸟亦十分庄严。以前，上房是挂神轴、摆供蜡的祭房；眼下，被卸了那菱格窗门便算是“主席台”了。祭祀摆放祭器香蜡用的长条翘头香案，也正好做了会议桌。这个足有两丈长的老家具，后边即使排坐上七八个人，也觉得十分宽敞。

这阵子，高运喜依然还是一个人孤零零地坐在主席台上，这是惯例。不到会议正式开始，其他干部一般是先不上台的。活像过庙会开大戏之前，先由一个小丑咿咿呀呀唱唱“梢戏”招徕人进场一样。这时候，只见他不时地用手指敲着黑漆桌面大声吆喝着问：“喂，喂喂，下边不要说话嘛，各小队人来齐了没有？”

抱娃娃的婆娘媳妇太多，吵闹得一点传话的声音都听不见，他便站起来扯着嗓门又大喊大叫了一阵，下边依然是人声鼎沸。他干脆站起来，多少有点生气地提醒下边：“喂，台下的婆娘都把奶给娃娃噙上，不要让一个个叫唤得像市场上卖猪娃哩。”

台下依然如故地喧嚣着。他只好煞有介事地又敲了敲桌子，督促各队上报参加会议的人数。少顷，下边便稀稀拉拉地报告着齐或不齐。几个队长有的叫人去了，有的说齐了，六队的队长谢舍娃却怪怪地说：“我们队基本齐了，只有狗剩家婆娘说她肚子这阵子疼得不歇火，人恐怕一时还来不成……”此言一出，立即惹得台下一帮女人嘎嘎地大笑起来。

六队女社员刘冬花，在婆娘女子中有个“酸辣子”的绰号。一个年轻轻的媳妇家，看人样欢得像个老虎，来月事前却有肚子疼的小毛病。严重时别说出工了，有时几乎疼得满炕打滚。女人窝里把这病说得十分厉害，男人们却无从体会。谢舍娃一看她还没来，又懒得跑腿去叫人，圪蹴在柱子下边胡乱编排着报了一下理由，没承想却惹出了一阵笑声。

高运喜也多少知道点女人窝里的事，他觉得今天这会议缺了谁都行，唯有缺了“酸辣子”这个人委实不行。于是，他大声对谢舍娃说：“派个人叫去嘛。嗯，她还就日怪得很，今日这儿疼、明日那儿疼，就恁娇贵！我老婆生老四前一天后晌还在生产队场里抡扫帚哩，晚上就生了。兀么个破事，咋就来不成？”他这头话刚落音，立即惹得会场里男女老少笑开了锅。

牵扯婆娘生娃娃的话题，谁都可以提说。从高运喜这个大男人嘴里出来，却有着一股另外的意味。这里边隐藏着一段十分动人的故事，也是一个相对比较完整的村庄笑话。

去年端午节那天，运喜家婆娘祝心香正怀着她家老四，腆着大肚子还坚持着出了一大晌工。天黑回家后，她烧汤[①]拉风箱依然忙活了个不歇气，当时也并无大碍。偏偏下半夜下炕尿尿时，肚子却开始发作了。当时正是三夏大忙，劳累了一天后，男人们进了家门头一挨着枕头就睡死过去了。他家炕头娃稠虼蚤多。前夜里，娃娃闹腾得不亦乐乎，一炕虼蚤也咬得人无法安睡；后半夜，运喜根本没法操那份闲心，只顾自己躺在炕头打起了呼噜。约莫到了半夜时分，心香被自己的腹痛搅醒了。女人当时还不想惊动劳累了一天的男人，自己摸着黑下了炕，自顾摸索着找尿盆。突然间肚子又一阵剧烈地收缩，她才觉得大事不妙，便赶紧蹲在地上，自己小心地用手一摸，肚子里的小家伙此刻已露出了头！她一个人在炕下边尽管十分着急，还是尽量小着声把男人叫了几声。可炕头上的运喜睡得太死，半天都没见有一点动静。女人有心再叫，又怕吓着了炕上那几个小的，加上那阵子肚子里的孩子好像急着要出来，宫缩亦愈来愈厉害，她只好咬紧嘴唇自己攀着炕沿有节奏地使劲儿……

约莫半个时辰后，孩子终于自然落地。那一阵子，心香又急又累浑身是汗，加之失血不少，人确实是一点力气都没有了。她也顾不上收拾地上的孩

① 烧汤：做晚饭。

子，浑身软塌塌地圪蹴着，排着肚子里的胎血，根本没一丝劲儿攀上炕沿。这时，她才不得不又一次连声呼唤着男人："娃他大，快点灯呀！"也可能是她那声音过于无力，炕头上的运喜迷迷糊糊地翻了个身，根本没有理会婆娘那一声紧似一声的呼唤，又接着睡了过去。心香一看男人依然没有动静，也顾不上照管掉在尿盆里的孩子，拼着命支撑起来抓住男人伸出炕沿的臭脚狠狠地咬了一口。这时，运喜终于缓过神来，迷迷糊糊听见自家婆娘好像在一个十分遥远的地方呼唤他，依然不经意地问："半夜三更的，喊喊叫叫是遇着狼啦？"心香少气无力地说："快点，他大，娃掉在炕下了……"运喜一听这话，更加不耐烦地说："掉下去他不会自己攀上来，你在下边磨磨蹭蹭闹啥哩？"心香忙告诉他说："不是炕上那几个，刚从肚子里又掉出来了一个……"

自家婆娘在他打盹儿的这一会儿工夫又给家里添了一张口，运喜只得起身帮忙。尽管他也明白生孩子这号事情的急迫，但由于实在太累，人还一直在犯着迷糊，嘴里嘟嘟囔囔，却不得不摸索着找火柴点灯。灯亮了，一看地上那个坛场[1]，他活像看见家里那只母羊生了个羊娃般毫不在意地去扶老婆，单单忘了尿盆里的儿子。等他安顿好老婆，掏了点炕灰垫了地上的血水上得炕来，还一一数了数炕头那几个毛头。这时，似乎听见炕沿下还有一个奶娃娃在叫唤。他这才奇怪地问婆娘："娃他妈，炕下边咋还有一个？"

…………

大家在台下这么一闹一笑，运喜能估摸出个大概，自己也咧着嘴在上边憨笑了一阵。等下边笑得差不多了，其他干部也陆续上台坐定后，他清了清嗓子，脸上立即挂起了村干部的威严，郑重其事地正式开口讲话。

"社员同志们，现在咱们开会。既然正式开始开大会嘛，下边就不要再说那些干话[2]。你们谁要是觉得实在憋不住，就上台来说，我给咱坐到下边听听也行！"经他这么一强调，下边的人声立刻就比刚才小了点。

---

① 坛场：古人迷信，设祭坛求神保佑、赐福、除凶。这种习俗直传至今。现多用来形容办事的规模。

② 干话：干，方言读四声，指没用的废话。

趁着这个劲儿，他故意停顿了一番，这才重新开讲道："咋？看来你们都不想上来坐这个热萝卜？那好，你们就好好把耳朵抻长给我听着。嗯，公社呢，这个这个，最近开了会，主要是传达，这个这个，中央有关会议文件精神。有关细节，这个这个，我已在干部会议上传达过了，但也得让全体社员家喻户晓、人人皆知嘛。党中央最近提出了个'六十条'，基本就是要我们好好调查，这个，研究的嘛。公社也有要求，传达的文件精神嘛，只限于公社社员口头听一听，下去就不要随便议论了。再说，你们那些议论也是瞎议论，我这个支书都闹不清的事情，你们肯定也没几个能搞懂人家这些新政策……"

自打从朝鲜当兵回来当上村干部，高运喜在人前正式讲话便有了"这个这个"的话穗子。而且几乎每句都得"这个"几回，让人觉得他上大会讲话还不如平时说话那么利索。甚或，有时干脆在那儿"这个"了半天，又离题万里地给大伙儿胡说八道了一通。但是，这一切并没有影响他在广大群众中的崇高威信。

这时，只听他突然吆喝了一声："在传达中央文件精神之前，戴帽四类分子一律退场！"于是，村庄上被称为"四类分子"的那几个人依次站起来，不用人招呼，一个个像油老鼠般排着队一溜烟退出了会场。这些人看上去在村庄上都应当是些不足挂齿的角色，其实不然，他们不但有过呼风唤雨的过去，也有着不可替代的将来。人们完全可以在生活中不去正眼看待他们，却从来没有人会漠视这些人的存在。

过了一小阵子，会场里传达文件已接近尾声。高运喜在念完文件上最后一句话后突然站起身来，前倾着上身不时地挥动着手臂。看他那股气势，好像面包会有的，牛奶也会有的，一切让人悻悻的事情都算不了什么了。最后，他为了增添一点会场气氛，带领大家振臂高呼了一句十分新颖而字文生涩的口号——"千万不要忘记阶级斗争！"

台下，人们不甚理解地跟着支书呼过这句新口号，还没来得及回味其中的意思，只见他又大喝一声："把四类分子喊进来，下边转开斗争大会！"

门外等候着的四类分子们听到他那一声断喝，没等人家出来传呼，已经迅速地鱼贯而入，并按顺序站在台下那一溜早已准备好的长板凳上，待脚下踩稳当之后，又一齐勾下头去。

这时候，贫农社员谢善广、谢狗剩也慢吞吞地站了起来。按照惯例，这两个人在会前绝对是被打过招呼的。

高运喜这么一喊，两个人便各自在自己所属的小队那块人群里开始挪着脚步慢吞吞地走到台下那一溜桌凳前边，自觉地在平坦处选了个地方站定。看见支书把这两个活宝拉到了人前，台下立即静了下来。

对于谢善广和谢狗剩来说，这种站在台前挨斗的事情，也是大姑娘坐轿头一遭。众目睽睽之下，两个人都显得极不自在。狗剩翻着一双白眼，做作地望着头顶房檩上的梁金板，两只手却捂在肚子前边暗暗地用力搓绞；善广一直低着头，活像关注着自己鞋尖破洞露出的脚拇趾，两腿一松一紧地在那儿晃悠，紧张得像随时都能跌倒一样。

主席台上的高运喜扶正拐子挪到供桌前，看了看两旁陪坐的村干部，然后才威严地干咳了两声，对着台下社员开口说道——

“下边不要吵，咋，不认识台前这两位是不是？今天，我这可是花了点功夫专门请了这二位先生，现场呢，给大伙儿上一堂活生生的阶级斗争教育课。嗯，谢善广，嘴太馋，身为食堂保管员，偷吃萝卜被发现；谢狗剩，不干净，两眼盯着牛料瓮，饲养室里瞎胡弄！下边，让他们分别交代，为什么要偷吃的问题……这个这个嗯，善广，你考虑得咋样了？如果没啥麻达[1]，你就先给咱打头一炮！”

食堂保管员谢善广年纪比高运喜还大些，一听支书在上边点到了自己的名字，站在那儿嘴巴讷讷了半天，声音小得像蚊子一样，但总算还是开了口。尽管下边的社员都屏着气息在听，但他那声音委实是太小，坐在前边的人都不一定听得清楚。

“……我，我本人是今年三月的一天，开始走向犯罪道路的。记得

---

① 麻达：指有问题，复杂，把事情没办好。

是……上韩城工地大炼钢铁建炉的民工回来的那天后晌，食堂没饭了，我让十三嫂给我切了一个红苕母子[1]煮了。这是准备晚饭才给大伙儿煮的，我一个人吃了好几个份额，这是我多吃多占的第一宗罪过。事后，自己也心虚过，只怕有人反映，心里不踏实了好几天。后来一看也没啥事，自己就胆子大了，经常踅摸[2]着想偷吃个零嘴。大伙儿看得紧，我也一直没有得手。前几天，食堂拉了一大车分配来的糖萝卜，卸车入库时，我故意把掉在地上没来得及捡的一个萝卜用脚偷偷踢到案板下边，趁人不注意，我锁了库房，把那个大萝卜又偷着埋到灶膛里……后晌，我假装提前上班通火，一个人刨出来在那儿吃，不料想被人撞了个正着……那萝卜还不太熟，一时我也没法藏匿。为了掩盖自己的罪行，我随手又把萝卜填到炉膛里了，造成了极大的浪费和犯罪。事后，经过支书教育，我知道自己错了，不应当贪吃贪占咯。看看娃娃和老人后晌每人连汤带水也就那么一小瓢……唉，塞到灶膛的那萝卜咋说也煮几大碗哩。人嘛，就怕自己把自己不当人看，现在说啥也迟了。大伙儿选我当这个保管员，很放心地让我管理伙食，咱却闹下这号丧德的事……唉，这阵子羞得给人都没法开口说哩。希望大家不要向我学习，狠狠批判我这瞎瞎思想，帮助我认识自己的罪过，好让我今后重新做人……"

运喜也一直在那儿认真听着，不时打量着台下群众的反应。没想到善广这么快便交代完了，他故意问了一句："喂，伙计，刚说得很好嘛，嘴咋又塌下了？接着往下说嘛！"

善广小声回答说："完，完……了。"

运喜把脸慢慢地转向台下，征询地望了一圈，对着群众问："你们都听明白了没有？"

下边静了一小会儿，有的说："算了。"有的说："谁知道嘛！"窝在柱子下边的谢贵同，虽说两眼看不见眼前这个世界的一切，却也明白事情无论到了哪个份上，总会有些明眼人在那儿稀泥抹光墙，便小声嘟囔了一句："三

① 红苕母子：用马粪沤着发热，育完秧苗后留下的空心红薯。

② 踅摸：来回走动，想得到。

年清知府，十万雪花银。当大保管才吃了个生萝卜？鬼才相信！上次队上死了那头牛，大家碗里尽是萝卜片儿，那些牛肉都填到狗肚子去了？”

运喜在上边没听清楚，故意大声问：“贵同，有屁就大点声放，夹在屁眼里像蚊子嗡嗡，谁听得见嘛。”

贵同也不知道哪儿来的那股勇气，居然大声回答他说：“高支书，我是说，队上最近要再能死头牛就好咧，我这几天口淡得实在是想吃一口肉哩！”

运喜的脸立时红了。

上次，谢要栓家入社时牵给队上的那头大黑牛得病死后，食堂煮好牛肉想趁机让全体社员搞个大会餐。那天中午，运喜从公社开会回来饿得都没回家，把自行车一放，就钻进祠堂里转来转去，却一直等不到食堂开饭的铃声响。眼见快要到开饭时间了，人实在熬不住了，便提前去了食堂在伙房瞎转悠。趁着那阵子人少，他装作毫不在意地揪了一块还不太熟的牛肉填到嘴里嚼了起来。也怪那老牛肉不好煮，他那牙口平时就不好，没等咬烂就急着硬往下咽。结果，那块纹丝未动的老肉筋当时差点没把他噎得背过气去……

一听瞎子在下边趁机瞎起哄，运喜立即没好气地回了他一句：“人家说太原的城门楼子，你说尻子上的瘊子！”为了会场气氛不要太凉，他转过身又问了台前的谢善广一句：“伙计，你再好好想一想，还有啥没有交代清楚的，今天这是个好机会，把你那些烧毛炼丹的事都给大伙儿当众抖搂抖搂，省得放在肚子里生毛毛咯……”

善广也四十大几的人了，一听支书那口气好像这事还一时通不过，急得红着脸发誓说：“高支书，我真的冤枉呀，绝对就这么两回。要是还有隐瞒，我——就不是人养下的！”

运喜一看善广那态度已经十分诚恳，也明白确实在这货身上也没啥挖头了，这才把脸慢慢地转向站在一旁的狗剩，问了一句：“喂，谢狗剩，你当了几天饲养员，把生产队的头谷[1]喂得出圈要社员用磨椽[2]抬哩，一冬天就死了两

① 头谷：牛马的总称，又称“头口”。

② 磨椽：推石磨用的粗木棍。

个。你今天给大伙儿说一说，队上给你发的那些饲料都叫你弄到哪儿去了？”

谢狗剩人嘴笨，长这么大还从来没有在人前大声说过话。支书这一问，他那两条本来已经在不停发抖的双腿，立马抖得像老母猪筛糠一般，人也立时觉得嘴唇发麻，上牙下牙磕得巴巴直响。看他那一副可怜巴巴的样子，活像真恨不能在地上找个老鼠洞一头钻进去。

运喜知道他平日那点德行，故意大着嗓门又提醒了一句：“你哑巴啦？刚才咋考虑的就咋说嘛，这有啥难怅[1]的？”

谢狗剩这阵子尽管六神无主，但还是知道这号事情的严重性。既然已经被人闹到了社员大会上，自己想搪塞是搪塞不过去的。他只好战战兢兢地给大家解释说：“一头驴，哦，还有牛，一个标准，一天才发四两……糜子料，那个，那么大的头谷，大伙儿都知道……道……道……喀。”

谁知道，他这句明显推诿的话语立即把高运喜给逗躁了。

会前，运喜已给台前这两个人分头落实过了，斗争他们也是给大伙儿做做娃样子[2]，只要两个人上大会认个错，以后也就不再追究了。狗剩这一节外生枝，倒弄得他一时下不了台。

运喜一拍桌子，气急败坏地说：“咋？冤枉你啦？照你说，社员群众的眼睛都叫鸡屎糊住了？嗯，你也不嫌恶心，发饲料时仓库保管专门给里边搅了一锨老鼠屎，你居然还生吃哩。我看你是不想认识这个问题，好，我找一个人替你上来认识认识！”

他朝台下搜寻地望了望问：“喂，刘冬花来了没有？”

台下墙角旮旯的一个年轻媳妇站了起来，立即小声回答：“来……了。”

运喜声调稍微平缓了一点，对已经站起身正在那儿一时还不知所措地扯着衣服的狗剩媳妇说：“你不用上前来，就站那儿。是这，你先替自家男人表明个态度，咋样？”

狗剩这个媳妇嘴快，在女人窝窝有个“酸辣子”的绰号。此前，她倒是

① 难怅：指事情难办。
② 娃样子：典型，多贬义。

给姐妹们偷偷哭诉过狗剩在饲养室用铁瓢偷煮牛料只顾自己吃的丧德事，可在社员大会上，支书让她当众揭自家男人的短处，她却一时犹豫着不愿开口。

运喜看她心有余悸，提示道："你知道多少说多少，主要是看你们家个态度咯。"

"酸辣子"还是有点不情愿，小着声说："谁屙下的让谁去舔，又不是我偷吃的！"

一看"酸辣子"不愿意配合，他只好开导道："谢狗剩是不是你男人？嗯？这点忙你都不帮还算啥两口子？要你替他说两句话嘛，是叫你到澄县担炭去呢？今天，只要你当着这么多人说他不是你男人，我就有我的拿法。说句实在话，这是让你替自家男人认识认识，也是帮他改邪归正哩，又不是让你随着众人把他往沟里掀哩，连这个轻重你都掂不清！要不然，咱把这事情往公社上交也行。反正我这个破支书胳膊太细，也是硬撑着端人家这个大老碗哩。到时候人家公社要逮人法办随咋处理，你也别寻死觅活来找大队，到时我也没办法咯。"

"酸辣子"在娘家上过台子唱过戏，站在人多处倒是不怯场。一听支书那意思，这个事情今天是搁不下了，看来不替男人把这事搪过去不行，于是便不敢再推辞："好嘛，说就说……"

运喜一看"酸辣子"总算是明白过来了，马上大声招呼下边："都不要说话，听狗剩媳妇给大家讲讲整个事件的经过。"

"酸辣子"一看大家静了下来，便大大方方地说："阴历五月初五那天，我娘家东马村过庙会哩。我想，自打忙罢后我们两口子还没拜见过我家父母，就想趁歇晌那阵子去把老两口看一下，顺便跟个会。前一天夜里，我跟他商量，他说他不去。到了第二天吃早饭从食堂出来，我又要他去，任咋说他也不理我……"说到这里，她突然十分生气地对着大伙儿提高了嗓门问："让大家说说，自打我刘冬花嫁到半阁城，是三六九跟会不过日子的人吗？谢狗剩，你娃儿今日在人多之地把你的本事逞尽，我如果糊半个嘴说不过你这个狗奴才我就不是人！我问你，正月初三，我叫你给我娘家拜个年，你为啥不去？说嘛！女婿娃一年一年不给丈人爸孝敬个啥啥，去屋里转一下是要你娃的银子还是要你娃的脸哩？人家白白把女子给你抓养大咧，嗯？你说，你对我娘家爸咋来的这么大的仇气？”

说到这里，她两手交叉在胸前不再继续往下说了，看那样子非得让狗剩在众人面前给她回答出个子丑寅卯不可。

平日里，谢狗剩在人前说官话委实是不行，窝在家里跟老婆吵架却会一点。一看老婆在众人面前居然敢揭他的老底，大男人那点脸皮也实在是挂不住了。只见他梗着脖子十分生气地说：“你个能屄！咋去哩？给老汉去时揣个驴卵子当孝敬吗？”

一听狗剩在群众大会上居然敢开口骂她娘家大人，“酸辣子”也不示弱地当众犟嘴说：“呦，这么好的东西，那你得给你先人孝敬孝敬！过年就献在你家祖宗牌位前，让你爷、你婆趁着热乎也尝尝驴蛋那口鲜味儿！”

真是翻了天了。在村上，一个妇道人家平日里哪敢和男人顶嘴？狗剩这阵也忘记了自己正在挨斗的身份，居然抻着脖子大声吼道：“贱货，这阵尽你张狂，回去咱再算账！你等着嘛，小心老子把棒槌给你狗日的磨成刀子……”

运喜 看狗剩总算进入了角色，站在台口像劝小两口吵架似的说：“哎，哎，狗剩，你咋是个这号货嘛？有理不在声高嘛，你不跟着婆娘看老丈人还有理了是不是？”狗剩似乎一下子明白过来自己正在挨批判的身份，便不再说话。

一看狗剩被呵唬住了，运喜转过脸又对“酸辣子”说：“哎，狗剩家的，算了算了，串亲戚这件事情就不要在这儿提啦。谁家也没挂无事牌，这个嘛，你是对的，大家也都理解。如果要吵，回到家你们两口儿慢慢吵去，全体社员群众也没那闲工夫听你们狗扯羊皮。这样，你尽管继续大胆揭发，让我看他小子这阵还敢把你咋着？”

“酸辣子”给了支书个面子，气呼呼地接着说：“他不去，我非得要他去。眼看天不早了，这个死挨刀子的一直钻到生产队饲养室不闪面。我头次去，他推土垫圈哩。我又回去在家耐心等了一小会儿，二反身再去，还是没见他动窝，门却在里边插着哩。我敲了半天，他就是不开。我气急了，捡了块砖头就砸门……你当咋哩？他个挨刀子的熏得一脸草灰，他……在……那儿，用水瓢煮着头谷饲料，一个人，偷……偷着喝哩……哩……哩。”

“酸辣子”哽咽着几乎说不下去了，撩起衣襟擦了一把眼泪。继而，她两眼冒火地指着台前站立的丈夫号啕大哭，且边哭边骂：“你说你的心咋恁毒？你一个人偷吃，都不怕把你自个儿撑死？我和娃等着你一块出门，只说在娘家能混上一口算一口。大半天过去了，我们娘俩只喝了食堂那半钵子糊糊……驴驴娃，说起来都快……快三岁了，还不会走不会爬，把我娃饿……饿得揭墙上糊过糨糊的旧花纸吃哩。你说，嫁下你这个没一点本事的人能咋？噢，就算你心里没我这个外姓人，驴驴总还是你下的种吧？你咋不说给我娃也偷偷剩一口？要真的把我娃饿……饿死了，活下你一个老驴日的留在世上能咋！”她泣不成声地还要数说，台下那些眼软的女人已跟着她号哭成一片！

这时候，民兵连长谢有福不失时机地站起身来，举着拳头领着大家高呼了一阵口号——不忘阶级苦！牢记血泪仇！总路线万岁！大跃进万岁！人民公社万岁！万万岁！

台下一呼百应。自从“呼口号”这一新生事物传到半阁城，很快被群众大会这一集会形式发扬光大了。每每人们怒不可遏，或者想营造一点气氛时，便会运用此法来缓释或烘托。尽管呼的口号词语因会而异，有时公社还专门印发一些口号传单，但是，对于在思想政治方面永远都跟不上趟子的村民们来说，口号的内容委实是个不咋重要的事情。有时，甚至他们也不知所云，只是觉得郁闷难忍时，只有扯命地呼号起来，心中才十分畅快。

运喜一看斗争大会是开得恰到好处了，对着台前站立的两个倒霉蛋说：“这个这个，你们两个先下去。”

台下，大多数妇女还不时地撩着衣襟擦拭眼睛，低泣声依然不绝于耳。

运喜扫视一下台下，感觉到火候刚好，便无事一般地敲了敲桌子，严肃地开口说道：“这个这个，下边静一静，好我个神哟！”

经他这么一吆喝，台下也就有点肃静，他这才接着自己的话题继续开讲。

“嗯，咱们有些人，我看也是借着别人的灵堂哭自家的恓惶哩。嗯，看《三国》哭天抹泪，替古人担忧。这个这个，这事就算处理过了。我们共产党是最讲实事求是的，我看刘冬花同志刚才的揭发就很实事求是。在和错误倾向做斗争时，不但要有革命勇气，要敢于大义灭亲，甚至说要把命豁出去！冬花同志说得很好，这充分说明我们的社员很有基本的阶级觉悟嘛。不过，咱把话又说回来，谁家没有老人娃娃？大人还好说，碎仔儿娃娃小嘴一张一张地跟在大人后边要吃的哩，你能给娃娃个啥？这号事情，搁谁心里也不好受咯。唉，造成全村目前这个局势，都是我这个支书没把大家带领好咯。在落实上边的政策方面，咱们有时也容易走过场，这个我也得在这个会上向大伙儿检讨检讨。譬如，去年那个‘除四害，讲卫生’，村里苍蝇臭虫依然没有从根本上绝迹，这不行。尽管我不是医生，还是多少知道点人畜得病的道理。一个人胡吃浪喝是不是要拉稀？噢，拉稀是不是就要惹蝇虫？蝇虫一多呢，是不是又传染了好人？这要是一家一户还罢了，全村人都闹开肚子，是不是公社就要怪罪我这个村支书？去年打麻雀运动，那玩意儿还得让人跳墙上树扛着竿竿满村追打，咱也没费啥力还不是完成了任务？我看对付这小小的苍蝇，办法显然就简单得多。合了大食堂，村上要求不能食堂家庭两头冒烟。我看，咱们的‘土政策’也得改一改，从今往后，各家各户可以生火。蝇虫怕烟，恶狗怕砖嘛。这样吧，老人娃娃的饭，嗯，可以从食堂打回去。家里添个瓢呀盆呀，只要能把冷饭烧热，总不能把走不动的老弱病残抬到食堂来就餐，咱们得先把住病从口入这一关！这个这个，社员家里动点火，大队今后一概不究！”

运喜这一席话，社员们听得真真切切。他说这种不用打腹稿的话一般不口吃，甚至连一点磕绊都没有。

大伙儿还顾不上议论，只听支书又开口强调说：“都静一静，还有个正事。公社呢，在山阳村搞了个千人食堂的试点，把几个队食堂并在了一起。这个这个，为了给社员增加营养，他们最近还引进了一种新东西叫‘小球藻’，其实就是河槽里漂的那个绿浮毛毛咯。据说那玩意儿不但能吃，而且下口很利。人家大队的科研站能人比咱们多嘛，还发明了一些‘人造肉精’啥的，反正都是些科学的东西，咱们也得学着搞一搞。只要不把人饿倒，只要是能下口的东西，我们就要勇于尝试！还有，炼钢工地上刚下了一部分人，我看，各队那些壮劳力还得把铺盖准备好。下一步，县上要开修红旗水库，用工量很大，咱们肯定也得上人。这样一来，大家可能又有说法。我是这么认为的，这个水库虽说占着咱们的地界，修成后咱们向阳公社也受不上啥大益，但是，大家要发扬共产主义风格，都是社会主义一家人嘛。只要山外边的公社能打下粮食，咱们不用走远路也有地方去借贷嘛。大伙儿说说是不是这个理儿？眼前，帝国主义压我们，修正主义卡我们，加上这有长没短的年馑，我和大家一样，肚子这阵也已经饿得发烧呢！这都是我们家底子太穷了啊。上工地的人，你们不要老惦记着吃公家那高粱米捞饭，要努力完成劳动任务。一个平头百姓，咱给党和国家能干个啥事？不就是要咱一身力气嘛！目前，国家确实是遭到了前所未有的大难。在困难面前，咱们勒紧裤腰带也要争上这一口气。毛主席说，一个国家要有民气，一个人要有志气。只要咱们都长这个志气，他帝国主义、修正主义和各国反动派把咱能咋的！”

台下，立时掌声雷动。

人厢①

当天晚上，村上党支部就紧接着召开了一个改划自留地会议。在这个节骨眼上，佑普爷这尊“村神”却病倒了。

第二天一大早，老汉柴也不拾了，茶也不喝了，窝在炕上动弹不得。这老神仙一闹病，村上有头脸的人都得来探望。他倒是一口一个“不碍事”，反

① 人厢：褒贬兼有，指村庄上不同凡响的人物。

倒利用几个生产队长来探病的机会，十分详细地打探着大伙儿对支部改划自留地决定的议论，安排他们把这个事情一定得办妥帖。至于他的病他知道，只是热着身子受了点风寒。

不知内情的谢元良老汉听人说佑普爷病了，也趁天黑人稀拖着已经浮肿的双腿看望了老爷子一回。用他的话说，这一段时间他上路是“辞路”，上门是“辞门”，老汉已经明显感觉自己是没有几天活头了。

说起谢元良这个人，确实算得上半阁城几十年来出的一个头名人厢。眼前老汉这副风烛残年的模样，谁会把他和当年那个身穿长衫、头戴礼帽、手拄文明棍的商会会长联系在一起呢？长稔塬这片地界，曾因出了谢元良这个男人，跟着显赫过一阵子。说到他家这个地主成分，一点都不冤枉。在清道光年间，元良他爷给渭南赵渡镇的大财东赵瘫瘫照看自贡盐井生意那阵子，他家当时在半阁城还不算大户。后来，赵家花去三千两白银为这个陕西乡党在朝廷捐过一个四品顶戴，让他掌管整个四川去云贵的盐卤生意。直到川地闹起了红捻[1]，东家四十多家商号尽数受到抢掠，业已无法在当地再维持的时候，元良他爷依然苦守自贡，艰难地经营着东家准备丢掉的生意。直到临死的前一年，才回到故土，在关中道落下了一世清名。到了元良父亲这辈，一直在家守着祖宗置下的三百亩土地，一心让儿子读书做官。没想到，这厮生不逢时，刚刚十六岁那年，皇上逊位，科举被废，他念完中学便弃学经商，跟着外爷去了兰州。直到中华人民共和国成立那年，谢元良曾被当地人民政府挽留参加城市的恢复建设，他却丢下字号的生意，夹着铺盖一味要回长稔塬为父亲守墓。万没想到，那时正好遇上老区轰轰烈烈地闹土改。按照他祖辈遗留的房院、地亩及雇工人数，他家被定了个地主成分。其父过世未满周年，身为独子的他便被戴上一顶地主分子的帽子，从此再也没有踏出村庄一步。

老汉在兰州做生意那阵子，已经查出来有尿崩的病症，西医上叫作“糖尿病”。少见多怪的村民们连听都没听过人还会得这么奇怪的病症，都觉得新

① 红捻：清朝农民起义军捻军的一支，分白捻、红捻两路。

鲜。据他说，此病全在吃喝调养，不能饥一顿饱一顿胡对付。不过，他一个地主分子，到了老境又偏偏让他碰上这么个大年馑，每天喝着食堂的稀糊糊，又咋个去调养呢？入社之初，他家既没敢偷偷埋粮食，眼下又不能出村借贷，一家人只有眼睁睁跟着他喝食堂那野菜汤。他那病便日益加重，人委实是一天不如一天了。

大约人在死前都有某种正常人没有的先知感觉。特别是像这类信奉“饿死事小、失节事大”的老糊涂，肚子里牢牢地埋着一桩心债。临死前，他想给眼前这个世界交代清楚。

那还是临近中华人民共和国成立那年，他回村省亲路过西京时，“兴隆”号郑经理给他在马车里放过一把夜壶。一路上，他根本没舍得往那宝贝器皿里边撒尿。此前，他也认得一些古董道上的朋友，对一些稀罕玩意还算略知皮毛。拿到这个物件，他一眼便看出那是一把乾隆年制的景德瓷器。郑老板说，这玩物以前是冯玉祥将军书房的小摆件，他本人对瓷器一点都不懂，只好借花献佛送给方家[①]把玩。元良对那物件真是爱不释手，回来后一直放在炕头欣赏。后来，当他听人说佑普爷帮忙卸车时曾亲手端过那物件，作为晚辈的他心里便一直忐忑不安。毕竟，咋说那也是一把夜壶喀。后来，他虽然差高子升偷偷给老爷子赔过情，土改时，高运喜一伙毛小子还是把老贫农给晚辈地主分子“端尿壶”的事拉到了忆苦思甜会上……当时，元良实在是有口难辩，只能把这件事搁在自己心里，一直也没能找出个借口给老爷子说说清楚。眼见自己的病一日重于一日，他终于大着胆子专意来和老爷子坐一坐，顺便把这个悬案给解释清楚。

山村的夜来得早，天一黑下来，巷道里也很快就少了那些鸡鸣狗咬。老汉拄着一根棍子摸索着迈进了佑普爷家的院子。进屋前，他扶着门框先探头朝里边望了望。就着那盏昏黄的油灯，他看见屋里无人，火盆却正旺。他估摸人也不会走远，于是，便气喘吁吁地拄着拐杖移到炕前，先给火盆上架了点柴，

① 方家：某个行业里的专家，现多指古玩行道里的行家里手。

自己才坐了。

不一会儿，去后院小解的佑普爷进了房子，蓦然瞅见元良老汉坐在灯下，他尽管觉得有点惊异，仍然十分亲热地招呼着说：“老九，这这……你咋来了？”

元良忙放下自酌的茶杯，起身后谦恭地说：“听人说老辈子爷身子不舒服，我过来看一看嘛。”说完，还吃力地站起身来微微鞠了一躬。

谢佑普年纪比元良小，但辈分在那儿搁着，一看老汉站起身子，他连忙制止说：“坐，坐。不碍事，受了点风寒咯……”待到对方坐定，这才关切地问：“你个老病底子也不好，近日好点没？”

元良挽起裤子，用手按了一下浮肿的腿，那小坑像未发的酵面般凹下去一个小圆窝，半天却泛不上来。不过，他倒是神情十分安然，苦笑着说：“我看是吃不上明年的新麦子了。男怕穿‘靴’，女怕戴‘帽’，腿肿得走不了路咯。下半身阴哩，不是好兆……”

佑普爷叹了一口气，一边烧茶一边说：“唉，当年你留在兰州那该多自在？把朗娃和他娘接去好赖也不会受这等熬煎，哪儿的黄土不埋人嘛！你看眼下天丁地焦的，这病又犯得不是时候。人肚子都吃不饱，哪儿还请得起先生嘛。”

这确实是老佑普掏心窝的话。元良的年纪比他大将近十岁，两个人年轻时也很有交情。虽然老汉一直戴着顶地主分子的帽子，他却从来都没有把他当成外人。自己虽为上辈，村上那些晚辈称呼他十声爷，都不抵元良喊他一声重。老汉是啥人，又咋会落到如此境地，他心里一清二楚。不说远的，村上每每开大会让四类分子站立的那些桌凳，正是元良那年冬天省亲时亲自张罗木匠给祠堂做的山核桃八仙人物套桌。那回，老汉请木匠一次做了八大套，还配齐了青瓷碗碟。祠堂门下的红白喜事都来搬用，以至于让外村的人都为此眼红。还有，村里小学花园里有两株焦骨牡丹，每到夏至开放，一黑一白煞是高雅。据说，黑牡丹当时在国内已经十分稀罕了，南京沦陷时，日本人曾经弄走过总理陵园的一株。为了这株仙物，元良老汉跟着马车从甘肃永登先把花王移栽到兰州，随后又整整跟着驴驮子走了十几天才回到长稔塬。那一次，他的屁股把骡子背上的褡裢都磨出了两个巴掌大的窟窿。

看着对方那没精打采的样子，佑普爷心头却想起老汉另一件事情来……

民国三十四年（1945），兰州陕西同乡会馆捐了五千大洋让元良回乡时捎给蓝田一个叫沙峪沟的小山村修一座石桥。汽车到了西安府，随行的小相公忙着出门去联系回渭北的车马，老汉一个人坐在车马店自顾闭目诵经，让几个绺娃子[①]联手把他客房那提箱掮跑了。等他吟诵完毕《金刚经》净手焚香时，这才发觉随行的盘缠箱子不翼而飞了。他连夜给省城乡谊写了私人借契，派人如数将银票给沙峪沟送去后，才心安理得地回了长稔塬。却说，那个送银票的人因生意耽搁晚去了一天，沙峪沟的人已在前一天收到了这笔钱，所以坚辞不敢再收。原来，那帮顺包的绺贼偷去皮箱盘点收获时，无意中发现里边放着一张功德帖。于是，蹊跷的事情接着就发生了。

谢元良不但在陕甘两省商界有很大的名声，即便在普通脚户[②]里也留有很好的口碑。走西路的商家都知道，进了兰州城，只要你会说一口陕西话，随便哪个铺子都会好酒好饭地招呼你几天。时至今日，兰州人一听你操一口陕西腔，马上都会以“娃他舅舅”家来的人招待。

原来，那帮偷走老汉盘缠的梁上君子在兰州的丐帮有一小头目，有一次突发热病躺倒街头，最后全赖陕西会馆接济才捡回一条性命。后来，那个人回到西京混上丐帮总舵后，便留下一条山门规矩——各路绺子做活，若遇上回陕省亲的兰州商客，一律不准下手。话说，这帮人一看闹下这号大水冲了龙王庙的事情，万万不敢怠慢，当天便派人如数把银票送到了沙峪沟。那笔钱不但分文未少，还多出了七钱黄金、四十两白银和一百多块袁大头。至今，沙峪桥石碑第一行署名“丐侠”的文字记载的就是这件奇事。

佑普爷知道，自己那话题让老九想得太多了，也太沉了。他喝了口茶水，又给老九斟了茶，说：“咱们好多年没这么围着火盆坐了。那年，你回村来盖学校、修缮祠堂，咱没少在一搭儿喝茶啊。唉，这一晃就是十多年了哇。”

---

① 绺娃子：小偷。

② 脚户：赶脚驮运货物的人。

元良忙回应道："老了，能坐的日子实在是不多了。这几年，我不来不对，来了又觉得不妥。你是村上的干部，我是个戴帽子的人……看看，这话怕又不妥哩。唉，我觉得今年人确实是不行了，只怕不来以后就出不了门了……"

佑普爷接住他的话头叹了一口气，说："唉，先是肚子吃不饱嘛。前些年，兵荒马乱地闹得不歇气，村上那时还没有断过粮食咯。你看眼下这日子，我咋也想不到，咱们咋能把光景过成这个样子！"

元良摇了摇头，慢条斯理地说："老辈子，你咋能跟着别人也说这号话？自打皇上逊位，各路军阀打了个不歇气，战乱一直没断过，这么个烂摊子，搁给谁都难啊！"

两个人天上地下一阵闲聊，佑普爷觉得有些话也只能跟元良才能说一说。他趁机向他讨教："你看，村上食堂眼下办成这个样子，叫人咋往下活哩？"

元良小心地替他分析着说："是啊，这不是硬撑的事。眼下，到处说亩产能打一万斤，这绝对是昏话。净颗子粮食，一万斤放在地里要铺多厚一层呢？报纸上还说能打十万往上，这更是胡说八道！咱们笨想一下，就是用口袋挨着排放，看一亩地摆得下一千个粮食口袋吗？为应付上边检查，公社让各村把几亩收倒的庄稼捆栽到一块地里估产，唉，这不是自己哄自己吗？"

佑普爷接过他的话茬说："谁说不是呢。瞎折腾哩，打下的粮呢？运喜常和我说一点实话，他也是没法。有的村坚持如实上报产量，在公社挨过吊打的人不少哇……唉！说起你，他说你算是开明人士，要是留在城里咋说也是国家的干部。放在村里，实在把你这个人厢亏扎了。人家让斗地主，他又不能说不斗。再说，全村就你一家是硬成分，不斗你，让他斗谁去？"

元良颤巍巍地念叨了一句："佛门五趣——地狱、畜生、饿鬼、人与天，谁又能逃脱这五个轮回？这话今日出自你的口，我也明白喜娃的心了。高家出了他这么个后人，也是全村人的福祉啊。外村有些人，这才当了几天干部，整天吆五喝六欺负良善……唉，共产党的脸让他们都丢尽了。那天，听狗剩家屋里人上大会揭发自家男人偷吃头谷饲料的事，我在一旁听着，那阵子都心酸得不行。咱那身份又不敢跟着落泪，回来后眼睛憋得疼了两个晚上……

唉，你看把人饿成啥了。话又说回来，喜娃这个支书再是个好人，太阳出来他一双巴掌遮得住吗？在会上，他说让大家安锅升火这些事，眼下可是坐牢的大事呀！你在后边多给喜娃指拨点，不要让他莽撞行事为好，不抵事咯。公社化讲的是‘一大二公’，半阁城私自扩大社员自留地，这哪儿是偷偷摸摸能遮掩得住的事情呢？年轻人没吃过大亏，难免会做出些没前后的事；你也跟着吆喝，真正叫公社抓住把柄的话，你们一老一少……将来可咋个收场哟！”

佑普无奈地叹了一口气，说：“有啥办法哩，总不能眼睁睁把全村人都饿死。榆树叶捋完了，能吃的树皮剥光了；皂荚树叶捋下来苦得牛都不吃，食堂煮着泡着拔毒汁，又下到锅里蒸菜团子，吃得一巷人上吐下泻……唉，这还是秋天，立冬后没了树叶咋办？老九呀，要我说，这个世上从来就没有救苦救难的神仙，只有自家救自家的命了。唉，我当年就是冲着这个道理，跟了共产党打江山，万万想不到闹来闹去能闹成今日这光景！天灾人祸不可怕，穷点苦点不算个啥，我真不明白政府为啥要把社员手脚绑了往死路上逼。这究竟是谁的主张？你说吧，大田三季绝产，绝麦、绝谷、绝棉花，可不绝洋芋、萝卜、苜蓿菜吧？就这么个主意，谁敢拔了干庄稼去翻种？要不是咱们半山区还照顾社员留这救命的自留地种点红苕、洋芋，半阁城真要饿死人了。眼下，先把自留地的事定了，放开沟坡让社员把命挖抓住再说。我就不信，为这，政府能让我去坐牢？”

“你还是小心为妙，不要闹得遮不住眼目，咳……咳……”

老汉捂着胸口咳了几下，歇了口气对他说：“没有苛政，哪得苟安？唉，南边的老蒋，北边的俄国，还有老美……世上就没有两全其美的事情。这几天，为了这些，我觉得心里不好受得很呢。你在，我回家歇着去。给，把这几斤粮票给您老放下，称饼干、点心都用得着咯……”

只见他从口袋里哆哆嗦嗦掏出一张五市斤全国通用粮票放在火桌上，佑普爷刚要推辞，元良示意他不要客气，随即摸起自己来时拿的那根拐杖，临出门这才扶着门框吃力地说道：“老辈子，咱们两个人今世不需相互客套，下辈子也用不着您对元良这么客套。呃，我倒是还有一句话，今晚才敢把底给您露了。村上收走放在‘阶级斗争展览室’的那把夜壶，是乾隆爷留下来的老古董，在省城兴隆号那可是个值钱的摆厢哩。还有，元良万一今夜回到家把这口气咽了，这一辈子也没个啥念想了，还托老辈子出面在祠堂说说话，批准把我埋在咱们……谢氏坟园……我也不枉受这些年折腾……”说罢，掬了一把老泪，便踉踉跄跄地出了门。

佑普爷一下怔在那儿了。望着火桌上的粮票，他心里立时涌出一股难以言状的酸楚。一把小小的夜壶，却叫元良在心里搁了这么多年……不过，刚才老汉关于自留地那些话里有话的反复叮嘱，还真的让他在心里吃了一惊。

于是，他又想起了村上另一个能人高子升。

第三章

能能

高子升是半阁城村一个堪称“能能”的能人。

在村庄里，只有三种人才配享有这样的殊荣。一曰作保主事，呼风唤雨；二曰牵媒跑腿，能说会道；三曰心灵手巧，身怀绝技。只要你敢跷着二郎腿吃这三个行当里的被请饭席，你就是一个能能。

不过，高子升属于那种“锁在深闺人未识”的能能。此公少时饱读诗书，壮时教习学生，中途还当过几天国民党兵。可谓出过山门，浪过京城；经过大广，见过世事；吃过满盘子满碗的海菜席面，看过外洋运来的花花驴驹子。于是，他那瘦削的五官上，时常挂着文化人那一副迂腐的清高，便多少有些天经地义的味道。

说到他这个人年轻时的故事，还得从“二虎守长安”说起。那时候，他在杨虎城将军麾下任中尉连副时镇守过旬邑城。后来在抗战中，曾奉命带着一拨儿兵丁去蒙古草原赶了一次军马。当时正是寒冬腊月，不知从哪儿钻出来一小队跑错路的朝鲜人稀里糊涂闯到了三边一带。那一小拨儿骑兵，当时可能也真是昏了头。后边有阎锡山的晋绥军追赶，侧翼又有草原王爷们的马队策应，他们只顾晕头转向一路向西逃窜。在一个黄昏，当这帮家伙终于摆脱追兵，人困马乏地闯入一片无人区的草甸子宿营时，却不意和高子升赶着马匹的队伍撞上了。开始，子升他们以为碰见了一帮马贼，抄起家伙便和对方干了起来。

凭着几十杆卡宾枪的火力优势，想着那阵势也能把这拨马贼吓回去。再说，他们根本就没把这伙散兵游勇放在眼里。可是，当他发觉这群匪帮发布抵抗指令很有章法，那个指挥官说的竟然是日本话时，他这才组织起士兵展开了正规的步骑突击！结果，对方二十多个人在没有佩带一把骑兵刀和枪弹告罄的危难境地，依然和他们的步骑联队做了殊死的搏斗。尽管对手最终纷纷落马，但依然死不投降。当最后一个兵士扑上迎面驰来的马队企图夺刀时，被同时举起来的三把英式马刀凌空剁成了四截……

这是高子升从军后所经历的唯一的一次战斗。不幸，在这次真枪实弹的遭遇战中他挂了花。归营后，他住进西京医院挖出了腿肚子里的弹头，伤口一直未能愈合，部队上只好安排他回老家疗养。此后，他那伤腿倒是无大碍，二老却死活不准儿子再回部队。父亲多方活动，政府终于应允了他解甲归田赡养高堂的请求。一介书生，肩不能挑，手不能提；既不愿沉入宦海，又不能子承父业，便在故乡做起了教书先生，优哉游哉地转村吃了十几年提来送往的罐罐饭。再后来，半阁城村上的南学立了国小，他天经地义地成了国民政府在册的小学教员。

话说，到了土改那阵子，他却因其家族分割祖房的事情和叔伯弟兄起了场诉讼。往日和和气气的一门兄弟，一下子变成了乌眼鸡。于是，有人揭发他在抗战中围剿过朝鲜抗日义勇队，还信誓旦旦地说此人一直还藏有一把“中正剑”。于是，关于此人的一些陈芝麻烂谷子的事又被翻了出来。高子升据理力争，百般申辩，最终也没有个说法。但是，他曾担任过国民党军队中尉连副这一事实却无可辩驳。虽无法将他定为反革命分子，但在召开批斗大会时，也让他陪着那些“四类分子”站过几回戏台拐角。于是，他一直被公社认作有“历史问题”的那一类人。

从外表上看去，此公外貌还算斯文，一举一动都恪守着非礼勿视的孔孟之道，四季里只穿一件扣得严丝合缝的蓝布上衣。虽遗有腿伤，走起路来稍有点打摆不平，却也活像大戏里那些小生，一步并脚、两步三摇，慢条斯理、不慌不忙。不过，他那一边肩高、一边肩低的落魄样子，加之时常留着一头剪发，不知底细的人若不仔细打量，很容易把他归于走村转乡的骟割匠那一类人。

然而，此人虽其貌不扬，却精通天文地理，且会解“鸡兔同笼”之类僻题。他离树十步，手执一节草棍瞄几瞄，随口就能报出材高轮径。那双握过枪把子的手居然极擅书道，习得一手魏碑硬字，方圆十里更是无人能比。不但有人花润笔请他题写门额牌匾，村中红白喜事更少不了请他撰写对联。因此，在村里他显得人缘尚好。即便有那些无法认定的所谓历史问题，一般倒是没人深究。相反，由他引发的那些辱没斯文的“典故”，实在不亚于佑普爷清早出恭一路响屁那样地折声名。

自打他陪着村上的地主富农上大会，肯定有人让他老实交代问题。尽管一些事已被人问过十八遍了，但他还是老老实实地告诉大家，他早在上黄埔军校时就已经接触过共产党，他们的校长虽然是蒋中正，政治部主任周恩来却是个公开的共产党人。那个时候，半阁城的人还不知道报纸是啥玩意儿，更不晓得那上面整版累牍刊登着的“共匪”是哪一路诸侯。要不是他们那一期黄埔学员提前结业分配，他都差一点被几个人劝说得加入了共产党……

村上的民兵们都是些二愣子小伙儿，一看这厮居然还有胆量给自己涂脂抹粉，而且趁机含沙射影污蔑共产党，顺手便给了他一记迎面老拳。高子升活了这大半辈子，倒是经常拿着手板子打学生的手心，却压根儿没挨过别人的打。话说回来，即便是那些经常挨打的混混，也不一定躲得过小伙儿那疾飞如风的拳头。他两个鼻孔立时血流如注，脱了鞋用鞋底子也按不住。最后，他居然任其腥热汩汩而流，当众吟诗一首：

煮豆燃豆秆，
豆在锅里喊；
本是一个妈，
何必给得扎[①]！

---

① 扎：过分。

回到家里，婆娘一看男人被打得鼻青眼肿失了人形，哭哭啼啼一阵哀号，却一时不知如何是好。只见子升往自己书斋那老酸枝木圈椅上一靠，先长长地出了一口恶气，又接着吟哦道：

清明时节雨唰唰，
差点让人打失塌；
借问酒盅在阿搭[1]？
幻彩一指在兀搭[2]！

子升的婆娘叫幻彩，当然比别人更了解自家男人那副德行。寻常，无论出了多大的事情，只要男人还能从他那肚脐眼子里挤出几句歪诗来，大体可以料定人肯定是没啥麻达。她一下子也就放下了悬着的心，赶忙翻出酒壶想用热酒给男人敷一敷。子升嫌太麻烦，接过酒壶饱饱地喝了一口，咂吧了一下嘴，寻来一截粉笔头往鼻子窟窿塞了，便一路哼囔着赶紧去学校教他的娃娃了。

这显然是一段经过村人反复加工的口头文学故事。其中，不乏故意夹杂了些许对读书人那种酸腐之气善意的嘲讽。不过，在久负“秀才比驴多”盛名的半阁城，这种拈手就来的戏谑也委实不少。此地尊孔孟，重耕读，所受儒学熏濡之深，绝非一般人能想象。不说别的，即便从路旁狗尿水的草丛中蹦出个小蛐蛐来，其吟唱之声也酷类“野有死麕”的靡靡之音。玩起这类文字小把戏，也委实耽搁不了他们屙屎尿尿的那会儿小工夫。

不过，村庄的笑话里常常隐喻着一桩桩实事，而一些实实在在的事情又时常被人们当成笑话流传了下来。

① 阿搭：什么地方。
② 兀搭：指不太远的地方，它为远指第一层次代词。

狼迹

这天，春风拂面，艳阳高照，天蓝得十分异常。眼见天近正午，高子升给娃娃放了学，不慌不忙地回到家。进得门来，婆娘幻彩扭着她那瘦得只剩胯骨架子的尖屁股，手忙脚乱地摆好炕桌后又擦又抹，未几，便麻利地端上来两碟儿盐醋。

子升还在暗自纳闷，家里一点吃食都没有，不知自家这妖精婆娘今日端上来这么多调料有啥用场。正说着，一大碗热腾腾的黄清米汤卧着豆面剁剁的米儿面[①]便端到了他的下巴底下。

别看这个男人在外边那点身价委实值不了几个小钱，家门之内还是个十足的一家之主。遥想当年，老高家那八仙桌上时常要摆上一碟子汪汪的油泼辣子，两碟子煎炒荤素，加上酱醋，若凑不够四样碟场，他一般在动筷子前还得问点端的。开始吃食堂后，他家此排场虽然不敢自消，但一张红榉木做的大八仙桌还在他家大房里放得端端正正，俨然辉映着这个家族过去的风光日子。

这时候，幻彩走上前来，笑吟吟地小声招呼着说："没辣子喀，将就吃一碗米儿面吧。"

子升立即觉得十分异样，奇怪地问："今日不逢时过节，做这么好的饭食咋哩？"

婆娘一边给男人递着筷子一边说："食堂打来的米汤太稀了，没几个米花花咋哄得住肚子？"看着男人还是愣着不摸筷子，她赶忙对他道出其中底细说："蛋娃他碎舅夜黑来[②]送了两碗豌豆面，还不是怕咱们把他那宝贝外甥饿死了？我偷偷拍了巴掌大一块，你也跟上蹭一碗吧……"

明白了事情的原委，子升这才极不自在地把盐醋调好，先顺碗沿吸溜了一口清米汤，然后十分认真地搅和着碗里的面条，好像这碗珍馐佳肴不可草草

① 米儿面：一种汤面，把面条放入小米或大米稀粥里煮熟，加入调料食用。也叫连汤面。
② 夜黑来：昨天晚上。

下咽般抿了一下筷子。他这边刚要下箸，突然问了在一旁傻坐着的婆娘一句：“你咋不端碗哩？”

幻彩没好气地说：“锅里还多着呢，等蛋娃放学吃过，我刮点锅底的稠饭再吃也不迟哩，还能把我饿下了？”

子升却不相信地让她也取个碗来，看那样子要不把自己的饭给她匀一点，他就不会动那个口。幻彩知道她那谎话没法哄住男人，只好去锅头舀了半碗稀汤寡水的饭汤端来坐了，故意大口吸溜着，又小声问：“你那工资这月发了吗？”

听到婆娘突然问起工资的事，子升这才显得难为起来，面有难色地小声回答女人说：“发了……”

幻彩立即追问：“钱哩？”

子升知道无法搪塞，照实说道：“缴过食堂伙食，剩下那些让马村肖叔借去了。老姨夫病了，想吃一点肉咯。”

他这个人时常闹这号没有前后的事情，也多次受到老婆的责怪。尽管事后自己亦多有懊悔，却每每又会这么去做。为了掩饰自己又一次闹出的这些尴尬，他叹了口气自嘲道：“唉，一斤猪肉三十多块钱哩，让人家杀坊咋下刀了割那么窄的肉哩！”

幻彩并不关心杀坊的事情，不免有点着急地问：“就那点钱，你全借人了？”

子升咽了一口汤说：“没有，还剩三块钱……”

一听这个月的光阴又没了指望，幻彩气哼哼地说：“唉，跟上你这面情软的男人，非把自家老婆娃娃饿死不可。把钱借给兀号四岸子漏风的亲戚，驴年马月才能还给咱们。你看，自家锅里都没米、没面、没烧的了，你叫我咋给你每日里往桌子上端哩？”

一看男人不再言声，她趁势发了几句牢骚：“人家都晚上出马挖蔓菁[1]，

---

① 蔓菁：这里指油菜根，味甘，可食。

你倒好，整天日鬼你那些古董，一点闲心都不往家里操喀。”

子升一听从婆娘嘴里说出这般话来，还真是有点不服气儿。他闷着头只顾拨拉着沉在碗底里的那点面疙瘩，不屑地说了她一句：“真是妇人之见。古人云，‘君子谋道，小人谋食’，你说，挖……挖谁家的蔓菁哩？”

看见男人听见“蔓菁”二字脸上似乎有了点异样，幻彩立即眉飞色舞地怂恿着他说：“南塔底下有呢，不知是岱堡的还是杨家城的。我也想去，人家不让厮跟[①]。你要是不去，我一个女人咋敢去？”

子升看着老婆那一双妖媚的毛眼眼，十分震惊地回敬她道：“亏你想得出来。偷东西的事是我这号人干的？”

幻彩却不依不饶地问他：“你说你是哪号人？是仙人？要是那样，家里整天点炷香，肚子也就都饱了！”说完，她看见子升闷在那儿不再说话，便动员他说，“我不管你是哪号人，人家挖得，你也挖得！一会儿天黑了，你给我搭伴咱也挖一点去。不要你动手，回来给我换个肩总可以吧？再不去，人家挖完了咱挖啥去呢？”

左邻右舍这两天都开了小灶，子升家里却没有一点东西可以下锅。不过，他还是想了想，再怎么说，偷挖人家蔓菁的事情自己万万干不得。已经到了眼前这个时令，油菜已经开始抽薹放花，那些长在地下的蔓菁根挖回来是不是能下锅也还说不清哩。他闷头坐在那儿，不说自己去不去，也再没吭声。幻彩以为男人这就算是答应了。

天刚擦黑，幻彩像要回娘家般开始翻箱倒柜地找新鞋、拾掇面袋子，真的准备做一回贼去。刚刚放学回家的子升看着老婆瞎忙活，依然不为所动。其实，幻彩只听“酸辣子”说她串亲戚时看见塔底下有一块蔓菁地，左邻右舍也确实有人偷挖回来过，她根本不知道究竟那块生长着蔓菁的地在东在西。为了要挟男人跟自己一块去，便故意隐瞒了这个没底没面的重要环节。

子升一看婆娘那样子好像真的要去，愈发觉得作难起来。别说做贼，就

---

① 厮跟：互相伴随，一起行路、做事。

是每次出门借贷的事他都觉得十分难为情。碰到这类事情，一概由老婆代劳。于是，他努力地劝导婆娘说："咱是规矩人家……再说，那是快长成的庄稼呀，这个季节的蔓菁根挖回来能不能吃还是个事呢。"

幻彩却毫无退缩的意思，十分坚决地对他说："你不怕把你饿死，我还怕把蛋娃饿死，你不去我去！"说罢，一看院子里已经垂下了夜幕，她一赌气便出了门。

一个女人家，黑天黑地去走夜路，子升在家里愈想愈不放心。他在院子里手足无措地转了几圈，估摸婆娘可能已经走出村头，又没见人转回来，只好跟屁股撵出门去了。

女人家都是嘴上胆大，肚子里胆小。出了村，一路无人，只听鸱鸮在黑洞洞的柿树林里怪叫着，一声声像鬼魂在痴笑。幻彩早忘了在家那股气势，本想折返，又服不下心头那个软。就在她犹犹豫豫踟蹰不前的时候，忽然听见自家男人在后边远远地咳嗽了一声，她估摸肯定是他撵来了，立时心里又有了底气。虽然她一直往前慢慢地挪着脚步，却恨不能让男人很快赶到自己身边。

子升气喘吁吁撵上前来，知道此时也劝说不了老婆，便也不再提回去的话，两个人就那么互不搭埋地走着。

俗话说，做贼也得有个手脚麻利的好伴儿。虽然说，这对夫妻关着自家院门唱点小戏还根本谈不上琴调瑟和，但搭伴儿去做贼却堪称是天下绝配。幻彩是个夜盲，只要天一黑，便啥也看不见；子升是个半瘸，大白天走路都不咋稳当。黑天黑地，一个瞎子、一个瘸子厮跟着去偷人，就算不被人捉住，两个人能不能寻回家来都是个事情。

这阵子还在路上，只要前边稍有风吹草动，幻彩便随时反身往男人怀里扑，几次撞得子升几近跌倒，闹得他只能让出路面贴在路边，深一脚浅一脚地绊磕着朝前走。不知过了多长时间，两个人这才发觉只顾抄着近道一气乱走，已经迷失了方向。

天上的月亮刚刚露出点牙牙，银雾般的月色给地面很快铺洒出一层清辉。柿子树叶簌簌地响，路旁的地蛄娘娘"滴哩哩"地叫，夜色已经不早了。

子升四下查看了一番，终于发现，往常在村子里能看见竖在正南端岭上的唐塔，在朦胧的月色中似乎“移”到了东边。一路上，两个人却未撞见一块长蔓菁的地。

好在子升年轻时当过兵，他仔细地看了看天上的星斗，决定先向塔跟前走，那儿有一条南北官道直通回家的路。实在偷不到东西，总不至于黑灯瞎火地把人跑丢了。于是，两个人也不走正道，穿过没有长庄稼的地向塔底下摸去……

天上这阵儿也没有一缕儿风，晚春的旷野里，静谧得只能听见两个人各自出气的声音。两个人脚下的土地“噗噗”腾起土灰，不时有枯枝败叶发出“咯吱咯吱”的声响。两口子只顾寻路，早就忘记了挖蔓菁的“正事”。

这时候，幻彩不小心崴了脚，起来后也不敢停顿，只顾赶着往前扑，只怕男人把自己撂在后边。已经走了好几步，她才发觉左脚的鞋刚才被崴掉了。子升只好反身过来，帮着婆娘一起趴在地上摸鞋。无意中，幻彩的手碰到地面上有一些干叶子，脚下似乎就是蔓菁地。再摸，天神神呀，那草叶中间居然长有软软的青薹，还真是蔓菁！

高子升一听“蔓菁”二字，身子立即哆嗦起来。

幻彩从袋子里摸出把小镢头递了过来，督促着他赶紧挖。他颤抖着接过老婆手里那把小镢，站在那儿一时还真的下不了手。那一刻，这个教书匠心里不免暗暗地先给自己吟哦了一番——“子曰，吾尝终日不食，终夜不寝，以思，无益，不如学也！”接着，抡圆了镢头开始狠挖起来……

月牙这阵子恰巧钻进一片乌云之中，天立即又黑得伸手不见五指。子升挖一个，摸索着给幻彩递一个，婆娘接得慢了一点，他一把夺过面口袋，便大着声嘟囔说：“还揪啥叶子哩，回去不一样能煮着吃吗？”

他那说话的声响，俨然是和老婆在自家自留地干活，根本没有一丝做贼的顾忌。他这一出声，惊得幻彩悄悄捅了他一下。

幻彩那意思很明显，让男人说话声音小一点，以免被夜路人听见。子升以为女人发现了什么动静，便停下镢头认真地四下望了望。这一望不打紧，他果然看见地头影影绰绰似乎有几个黑影蹲在那儿正在向他们这边窥望！细听，远处亦传来窸窸窣窣的异响！

他急忙扯了一下女人，小声嘀咕了一句：“快走，肯定有人护青，已经向这边走哩……”

话一出口，子升却后悔给婆娘这么说有点太直接，赶紧一把扯住幻彩的衣服，那样子活像担心老婆把他一人丢下自顾自撒腿颠了一般。

谁知道，幻彩被自家男人那句话立时吓得双腿发软，哪里还有逃命的劲儿。相反，她反而扑过身来，死死把男人抱定，任子升死拽活扯，就是不肯丢手！他一边挣脱着，一边低低地说了一声：“抱我干啥？快走呗！”幻彩这才恍然大悟，此刻赶紧逃命才是正事。

于是，两个人便牵着手毫无目标地高一脚低一脚疾走了一阵。可是，他们依然摆脱不了后边的黑影。说也奇怪，他俩走得快了，那影子也跟得快；他俩稍微慢一点，那影子也撵得慢……出了蔓菁地，两个人索性放开腿脚跑了起来。

子升虽从未做过贼，却明白像他这个半瘸的男人又拖着个半瞎女人一气乱跑，迟早非被人捉住不可。毕竟，他咋说还是个有心计的男人。当他趁着天上那点重新露出的月色发现路边有一小坎时，便一把扯住幻彩就势蹲了下去。此时此刻，也只有等后边的人追过来再另做打算。反正天黑得很，过一小会儿抄庄稼地跑出去，或许也不失为一个上策。

只顾一味往前跑的幻彩被丈夫扯住避进土坎下的那一刻，还想出声埋怨，但立即就被子升一手捂住了嘴巴。

然而，似乎一直跟在他们屁股后边的黑影并没有追撵过来。细听，坎上一点声响都没有，两个人这才松了一口气。不过，子升毕竟是学过兵法的人，懂得一点三韬六略。他只怕中了人家以静制动的计，支棱起耳朵继续听着上边的动静。两个人屏息闭气待了一小会儿，还是一点人声都没有。既然没事，他刚想起身过去探路，幻彩却一把拉住了男人的胳膊。

这回，坎上似乎比刚才多了点儿动静，细听又不像人在走动。子升立即放弃了刚才的打算，拉住女人向靠土坎里边的地方挪了挪，决定继续听听上边出现的新响动，再权宜脱身的好办法。

也就在这个时候，坎上陡然“唰唰”地往下扬了一阵土！这种出乎两个人意料之外的怪异现象，吓得幻彩立即就尖叫了一声……

静谧的夜色里，这一声女人惊恐的尖叫无异于鬼号，坎上的东西也似乎让这声尖叫吓蒙了。好一阵子，上边再没有扬土。未几，却传来几声低沉得像妇人呜咽一般的狼嗥！

此时，子升的头发一下子全竖起来了。上边是狼！而这种只有头狼才会发出的声调，正是狼群发动进攻的信号……

在昏暗的上弦月色里，子升终于看见坎下四五丈处还站着两匹饿狼。他有和狼群打交道的经历，心里也立即出奇地镇定了下来。当然，他更明白，此时如果给女人说了他们的处境，幻彩绝对会吓昏过去。自己一个腿脚不灵便的半瘸男人，无论如何对付不了坎上坎下这几匹野物和一个昏死过去的女人……此刻，他倒是企盼它们是一群人。即使被捉去打个半死，也不至于被活活吃掉！

去年秋天，长稔塬那几近绝踪的狼迹又重新出现了。浅山的树木被大炼钢铁煨木炭伐光后，深山里又开起了矿山。野物被不绝于耳的开山炮声震得无处藏身，便跑到靠近平原的沟壑栖身。狼是吃肉的东西，没了野猪和羊鹿做食物，饿急后不免尝试地吃过那些倒卧在偏僻山道上的无主人尸，一只只已经变得胆子大了起来，开始作害起村庄的人畜来了！

这是一群有一头苍狼做头领的凶残群落，几天前在邻村已伤过一条人命。

这阵子，高子升干脆站直了自己的身子。他明白，刚才他们两口子那一阵乱跑，这几匹狼之所以没有猛扑过来，全仗他们手中都有家伙。狼吃活人的事情，毕竟是它们求生过程中万不得已才采取的下策。即使是一匹凶残的独狼，依然天生对人存有惧怕心理。然而，它们要是结起群落，这一切便会立即改变。不过，狼群只有在对手完全被吓瘫或失去反抗意志的时候才发起攻势，以期减少攻击时的失误。在人和狼的较量中，人有了狼性，狼便扬长而去；狼有了人的胆怯，人便会以勇逃生！

想到这里，子升抖抖索索地从衣服口袋里摸出一包已经揉得皱皱巴巴的纸烟和碎皮儿火柴。他并不抽烟，却随身装着半包以备随时敬人的烟，这时却成了夫妻俩的救命法宝。他取出一根香烟，连划了几根火柴才点燃了手中的烟卷。

幻彩一看男人在这种场合还有心思划火点烟，小声责怪道：“你要死呀，还点烟！”

子升没有理她的话茬，大声问幻彩：“你说，人怕狼，还是狼怕人？”

幻彩根本不明白男人在这种场合咋会说出这种话来，不过，依然小着声问：“上边是人还是……”

子升没有吭声，他已经注意到，在自己点火的那一瞬间，对面那两只狼不安地调换了一下位置，可随即又十分有耐心地蹲了下去。

幻彩见男人直勾勾地盯着前边的埝头，她也好奇地顺着他的目光抬头望去，她终于发现了暗夜里四只发着绿光的狼眼！一个女人，面对吃人的山畜，天性使她浑身瘫软了下来，嘴里不住地问子升：“咋办哩？这可咋办哩？”

子升知道，这号事情也不能再瞒她了。他拍了拍老婆的肩膀，故作镇静地说：“不要怕，我当年在队伍上用连珠枪打过狼。看来，它们是寻二十年前的老仇家来了。你把蔓菁倒了，把布袋缠在手腕上，来，把小镢递给我……”

他正给婆娘安顿着，坎上的狼又哗哗地刨了一阵土。这回，子升还真的毫无怯惧了。只见他抖了抖落在头上的土灰，镇静地吸了一口气对婆娘安顿说：“你抡着布袋走在前边，往刚才来时那路上走，我背靠着你退着。你放心，有我在就有你在，蛋娃还在家等咱们囫囫囵囵回家去哩！”

等他把嘴里的烟卷抽旺后，这才像给士兵下命令似的说：“开步走，抡，走稳了，不要太慢，对，就这样，也不要太快，择坎下实在的地方下脚，别绊倒了。我看见前边那儿有一摊没人要的烂高粱秆，不行，咱先把它点着吓唬吓唬野物……”

幻彩被男人一把推到前边，却哆哆嗦嗦不敢迈步。子升只好转过身来，用脊背顶着浑身筛糠般发抖的女人，两个人终于挪着步子开始前行……

坎下的那两只狼，不知对方舞着什么“武器”，更没想到眼前这两个人居然敢于迎面走了过来。

不过，狼也并未退缩。

高子升一边给老婆打气壮胆，一边用力扛着她，以防女人随时瘫倒。两个人紧紧地靠着身子从坎下向路口蠕动着，像一团口中冒烟的四足怪物，脚下却依然坚定不移地向狼逼近着……

然而，两匹狼却岿然不动。

人和狼愈来愈靠近，眼见仅剩七八步之遥，幻彩死活不再往前迈动一步。正在此刻，子升突然反身把婆娘几乎是抱着转过身子，自己把手中的镢头高高地举起来，声嘶力竭地对着两匹恶狼狠狠地喝道：“尔等孽畜，君子尚且不食嗟来之食，你们居然紧追不舍，难道没听说过贼胆包天这个典故吗？识相点，赶快滚开！不然，小心我手里的镢头！”

埝头蹲伏的那两匹饿狼，一看这个顽冥不化的对手嘴里呜呀乱喊，居然还往前迈了一大步，那样子显然已经是豁上性命了。无奈何，那匹高大一点的狼首先动了，极其不情愿地让开了两个人上路必经的道儿……

这对贼夫妻一看狼怯了，赶紧跌跌撞撞地占上了路面。为了给老婆壮胆，这时候，子升干脆放开嗓门荒腔走板地唱起了《下河东》里边的几句戏文——

河东城困住了赵王太祖，
把一个真天子昼夜巡营。
黄金铠每日间将王裹定，
可怜把黄膘马未解过鞍笼！

幻彩在前边手舞足蹈地抡着包袱向那堆苞谷秆继续靠近，子升手里不时地举起镢头做出戏台上那些“胡子生”吹胡子瞪眼的动作吓唬野物。然而，那两只狼并没有走远，仍然不甘心地在地头来回徘徊……

两个人刚刚跳上路口将要接近那道放柴火的土坎，上边的那匹狼又一次“呜呜”地叫了一声。子升看见，他们后边的那两只狼竖起尾巴用四蹄向后刨了刨土，这才十分不情愿地跳向土坎，一溜烟随头狼走了。

还没等两个人喘口气，他们身后那个土坎下却传来人声：“高先生，我是狗剩，快过来。”

接着，从那个方向又传来一个女人颤颤的声音：“幻彩，我是辣子……是你们两口子吗？”

幻彩疑是鬼狐又在作祟，想来不过也是一死，她并不正面作答，只开口骂：“避！是人是鬼你出来！”

这头话音刚落，从一堆高粱秆里站起两个人影，晃晃悠悠向他们走来时，幻彩两腿一软，嘴里只咕噜了一句：“鬼——呦……呦……”便一屁股跐溜了下去……

子升终于吐出了一口长气，他确信碰上的绝对是一对儿活人。

这时候，狗剩两口儿已经摸着过来了，等他们弄明白确实是碰上自己村上的人时，狗剩这才莫名其妙地开口问：“高先生，你两口儿这深更半夜的一路大呼小叫的……这是闹啥哩？”

子升喘着气，也是平生第一次给人撒谎说：“别提了，想去亲戚家借点吃的，没承想半道上碰上了几个赶路的狼……”

狗剩四下乱瞅了一阵，嘟囔了一句：“刚才好像有点人声，哪有它们的影子？”

幻彩依然坐在地上腿软得站不起来，只顾语无伦次地说：“狼，蔓菁地里有几个狼，撵着咬我们，还从坎上往下刨土……”

“酸辣子”却不以为然，蹲下身子安慰她说：“高婶，你别吓唬人了，哪来啥狼嘛。唉，我俩刚摸到那边地头，就看见两个人跟尻子撵了过来，吓得我们没歇脚地一气瞎跑，只是个甩不脱。闹了一世界，原来是你俩呀？吓得人躲在这么脏的土坑里圪蹴了老半天！”

“酸辣子”这才借着朦胧的月光发现，这对儿贼夫妻手里还拿着一把小铲，便打探地问道：“咋？你俩不会……也是来挖人家地里的蔓菁吧？”

到了这种境地，任何遮掩也无济于事，幻彩只好点了点头。

“酸辣子”飞快地夺过幻彩手里的口袋伸进去一摸，惊诧地问：“吃的哩？”

幻彩瘫坐在地上还没起来，只是少气无力地说：“倒，倒在土坎下了……”

四个人只好圪蹴在路上就此事商量了一会儿，最后一致决定无论如何都得取回那些蔓菁。既然好不容易挖回来了，咋说也不能丢了那救命的东西。于是，几个人又胆战心惊地摸回两个人遇狼的坎下，摸摸索索地拣拾了半天。最后，把地面轮番摸了好几遍，连蔓菁带叶子也只捡回小半口袋。

“酸辣子”手里捏着一棵蔓菁，不住地掂量，想着蒸了一定又绵又甜，便提议说：“走，咱返回那块地再挖些，跑了这么远的冤枉路只闹了这么一点。再说，我两口儿空着手咋回去哪？”

幻彩赶忙说：“算了，算了，我不敢去了。把这些给你分上一半，我们回呀……”

子升也十分赞同老婆这个分配原则，附和道：“回，回，这事也真不是人做的。刚才就在这，上边至少站着一个狼，那边还有两个，想起来叫人都后怕哩。”

“酸辣子”却鄙夷地说：“你两口子怕不是老眼昏花了？我俩咋没遇见个狗屁？看把你吓得那样，咱们现在四个人在一起，狼能把咱全吃了？”

狗剩听了子升的话，想了想也改变了主意，便反过来劝说自家媳妇：“我看咱们还是回吧。闹不好人家在地里下了地炮，再打折上一条人腿那才叫划不来哩。喊，哪颗牙想吃人家那蔓菁！肯定这儿刚才有山狼待过，这阵子我能闻出它们留下的那股子臊气哩！”

“酸辣子”一听自家男人已经打了退堂鼓，也不再坚持去挖人家那蔓菁。四个人只好饿着肚子走了二十几里夜路，进村时，东方的启明星都白了。

回到家里，子升安顿好婆娘，自己却像什么事也没发生似的赶忙去了学校。他这头刚一出门，幻彩便提着裤子一屁股蹲在自家后院的土堆边“嗤嗤”地拉了一大泡稀水。办完这件事情，她两腿更加瘫软得像面条，几乎都直不起身了。她好不容易提着裤子一步半步地挪进小房门，和衣躺在炕上想歇一歇心，可是，只要一闭眼，她眼前就会再次显现出那几只狼的影子……

天终于大亮了，儿子要上学去。蛋娃从被窝里钻出来一边穿袄，一边迷迷糊糊地说：“妈，昨晚你和我大闹啥去了？我梦见狼把你俩给吃了！”幻彩陡然坐直了身子，声音颤抖地说：“我娃不敢胡说，再说，看我不撕烂你的嘴！”

蛋娃一边揉着眼睛，一边依然认真地说：“真的是狼，有好几只哩。在一个坎坎下，我喊了大半天，那狼才被我吓跑了……”

幻彩一听儿子那话，提起裤子又飞也似的上了后院。

第四章

问计

太阳已经老高老高了，第四次从后院出来的周幻彩没精打采地刚系紧裤带，准备进厨房把夜里闹来的蔓菁择一择，顺便给家里煮点吃食。谁知道，她这头刚解开布袋，便听见自家院门被人在外边拍得山响。她飞快地把地上还没顾上收拾的蔓菁口袋拎出来丢进红薯窖，然后又盖好草垫，这才小心地靠近门边，声音发颤地细声问道："门前是谁？"

门外的高子升等得很不耐烦，没好气地答应道："大白天关着门是闹鬼呢！"

听见传来的是自家男人的声音，幻彩仍旧不放心地从门缝往外看了几眼，估摸大约再无旁人，才吱呀一声开了门。等她看到子升身后还站着老脸拉得老长的佑普爷，她那刚放下去的一颗悬吊着的心又一下子提到了嗓子眼儿。见两个人并无寻找东西的意思，而是直接进了书斋，她这才向老爷子补问了一声安，又日急燎毛[①]地去了后院，一脱裤子再次蹲了下去……

一路随着老爷子走回来的高子升，这阵儿和自家老婆同样六神无主。他先谦恭地招呼老爷子坐了，这才小心翼翼地问："爷，有啥事呀？上课铃都响了，娃娃还等着我上算术哩……"

---

① 日急燎毛：火急火燎。

佑普爷却若无其事地说：“耽误一点不咋，你就安心陪我坐一阵子，我想问你点事咯。”

子升心里立时咯噔了一下，他并不敢落座，依然小心地打问了一句：“爷，啥，啥……事呀？”

老爷子诧异地看了看面前这个平时一脸正气的教书先生，好生奇怪地问他：“你得是昨晚做下贼了？”

子升几乎被老爷子这句随口说出的话吓得瘫下身子去。他趔趄了一下，好在最终还是勉强扶着门框支撑住了身子，站在那儿却颤抖得像正在发高烧的病人。老爷子却自顾坐了，依然无事一般地对他说：“你先坐下嘛，站着是想赶我走呀？”

子升只好忐忑不安地坐定了身子，老爷子这才开始慢条斯理地问了一句：“运喜那天在群众大会上说那话，你品出啥味儿没？”

一听老爷子打问的事情与自己昨晚挖蔓菁那事并无一丝干连，他这才长长地吐了一口气，答非所问地说：“我以为是啥大事呢，高支书？他，他说啥话了？”

老爷子提醒了一句：“就是自留地的事。”

“自留地？”子升比刚才更加迷惑起来，莫名其妙地随口念叨一句，“自留地又咋了？”

佑普爷一看他那心不在焉的样子，便没好气地说：“你真是两耳不闻窗外事，一心只读圣贤书！我专程来就是想问问你，如果大队重新给社员划拨自留地，这会不会冒出人家上头的政策框框？你看你一副魂不守舍的样子！”

子升这才恍然大悟地顺着老爷子那话头回答说：“哦？哦，这有啥？好地归大田，社员占沟边，这明摆着是壮大集体经济哩，是不是有人又在后边说啥了？”

一听子升这话，佑普爷好一阵没开口。只见他从腰里抽出烟锅子，在烟袋里挖了烟叶按压实在后，才开始叩打火镰[1]。他一边撕火绒，一边对子升说：“如果是这样就好办了。你说说，像咱们半阁城这沟坡地，多少折一亩好地比较合适？”

子升这时才觉察出老爷子的全部用意，小心地说：“这……爷，这个事情恐怕有点不太合适……要我说，村上不宜闹那些遮盖不住的事情。地看谁种哩，多一点少一点倒不是个大问题喀。野猴坡碰上冬春旱不旱？入社前我家原来那九亩坡地，哪一年又薄收过？人都说犟子梁老汉开的那鱼脊梁地是白下力，全村好地块扳倒数，谁家倒是有过他那地的收成？这几年把石架沟都撂荒了，原先沟坡上哪一块地不长庄稼？话又说回来，撂荒是一回事，变着法子给社员多划自留地又是一码事。你当了这么多年村干部，还掂不出这号事情的轻重？说轻了，你这样做是政策观念不强，说重了是和公社化唱对台戏！你老人家自个儿掂量掂量，这号事情，还用我说？”

看见老爷子一脸的苦楚，他又尽量用软和一点的口气把刚才自己那番话演绎了一番说：“爷，虽然说谁当皇上都求个国泰民安，不管一时绥靖还是长治久安，历朝历代都想把这事办妥帖。可是，政府既然下着茬儿让大伙儿吃食堂，眼下好像并不太顾及这些吃饭的些小事情了……唉，要我说，国库好赖还能给咱们调拨一点，多多少少还有这点指望。你老人家在这个时候，可甭碰兀个硬茬去。”

佑普爷喃喃地说：“调拨？还能到哪儿去调拨？公社就那么点定额，供应标准一减再减，眼下已经彻底停了！唉，你看看，大锅里还能舀出人吃的一点东西吗？”

子升无可奈何地附和了一句，说：“是喀。民国十八年那么大的年馑，半阁城都没有把人饿成这个样子……”

一听子升这句附和，佑普爷陡然气哼哼地说：“造孽呀，真是造孽呀！是人总得吃饭活命吧？你干脆实话实说，这个自留地咱敢不敢给社员多

① 火镰：旧时生火工具，用来磕打火石。

划点？”

子升赶忙推脱道：“好我的爷哩，这些事情应当是村干部开会才研究的事情，你咋问起我这个黑斑膣[①]来？”

佑普爷不屑地瞟了他一眼，狠狠地数叨他说：“全村人我就看你和元良还算是个人厢，这号没底没面的事又咋敢让别的人面兽心的人知道？你呀，关乎一村人命的事情，你都没让进自己耳朵。不是爷怪罪你这个教书匠，要把半阁城的事情办好，但凡有点人味儿的，都得替大伙儿操这份心哪。搭不上手，总能想想法子出点主张吧？说到过去，你爹和我都当过保上的差，虽说是白红两道，为了村庄上的事情我俩却从来都没分过里外咯。眼前家家户户已经断顿儿了，唉，就是想吃口舍饭都找不到舍饭台了，你个大人厢居然还站在河岸上观你的西湖景呢！你真是个书呆子哇。眼下，你能让社员挖大田的蔓菁度饥荒吗？换了自留地，他们总敢自己做主去翻种。你到全村地头去看看，麦子干得没成下几棵苗苗，就是现在猛下一场暴雨，到头来也是一点收成都不会有的！这个时候，谁又敢冒着破坏集体的恶名犁大田，啥？没有麦子了，有点雨水总能紧时插耧复种点晚秋吧？”

子升一听老爷子这话，觉得还真有几分道理。他忙安顿老爷子说：“爷，你甭忙着走，这事咱们得慢慢合计合计。你坐着喝茶，让我看屋里人能不能给咱先闹点吃的来……”

他这头话刚落音，便连声唤了几声媳妇。半天不见幻彩回应，他只好解嘲地对老爷子说：“屋里的这两天肚子不好，怕是在后院哩，让我去看看……”说着便起身抬脚出门。他这头前脚刚迈出门槛，却差点和一直在屋檐下站着偷听的自家婆娘撞个满怀。

幻彩只怕男人出声，急急地扯住他的胳膊，龇牙咧嘴地示意他不要开口，离开门口后才小声责怪说：“有啥吃的？煮你的腿呀！”

子升大大咧咧地说：“昨晚那……呢？”女人急忙上前一把捂住他那一

① 黑斑膣：倒霉、运气不好的人。

张大嘴，用下巴指了指盖得严严实实的红薯窖更加小声地说：“好我的亲大大哩，你要死呀？那东西是啥来路嘛！”

子升一想也是，无计可施地随口问婆娘：“那咋办，都这个时辰了，总不能让老爷子空着肚子说话。”

听男人这一说，幻彩只好兜出家里那点老底：“罐罐里还有一碗黑豆种子，待我用姜窝砸砸，熬点钱钱饭煮几根蔓菁对付吧……”

他立即赞同地说：“对对，快熬去，快熬去！”

安顿完饭食，子升刚想低头进小房和老爷子继续拉呱，只见一个休学的学生谢栓牢慌慌张张跑进门来。

小家伙一见老师正好站在院子里，便拖泥带水地一边给子升敬礼，一边报告：“高老师，刚才有人寻你，让我告诉你地主分子谢元良死了！”

子升吃了一惊，继而小心地问：“元良，他，老人家咋死……死了？”话已出口，他这才觉得自己在学生娃娃面前有点失口，赶忙掩饰道：“这这，他一个烂地主分子，死不死的与我有啥相干？谁叫你跑来告诉我的？”

栓牢老老实实说：“朱老师。他说我腿快，还说你两个平时很要好喀……”一听栓牢说出“朱老师”三个字，子升便没好气地啐了一口：“呸，好他妈的个脚！”

还没等子升回过神来，在屋里抽烟的佑普爷已经走出了房门。只见他紧着腰里的缠布带不慌不忙地走到了院门口，这才对身后的子升安顿说：“你还愣着干啥？找点白纸，人死了总得抬埋哩，我先过去招呼招呼……”

子升怔怔地看着老汉出门，也忘记了往日那些送人的客套，眼见老爷子已经走出了自家门道，还一直那么傻站在那儿，嘴里不住地给自己念叨：“老汉昨天还好好儿的，咋这么……快地……就死了呢？”

涅槃

佑普爷从子升家里出来径直去了后巷。他这头抬脚刚迈进谢元良家的四合院，几个闻风赶来的本家晚辈也先后进了门。他进了厢房，正在箱子里翻包袱的九老婆一看见老爷子不用人请已经赶了过来，立即放下手里的东西，又感激得哭哭啼啼了好一阵子。

元良家小房里的一切，依然像往常那样清洁，只是地上的东西摆放明显让人感觉到有点凌乱。死人这阵子还躺在炕上盖着被子，老爷子也顾不上仔细打量周围的一切，上炕去掰开死者的眼睛仔细地看了看，知道人绝对已经去世了。让他欣慰的是，老汉脸面看上去虽然有点肿胀，但神情还算安详。

老爷子下了炕头，看见元良的小儿子缠了白布在那儿傻站着，便安排让去提个水壶掺好热水，他这头挽起袖子便准备给死者净洗颜面，剃头刮脸。做完这一切，他接过元良老婆递过来的寿衣包袱翻了几遍，这才有点不满地对下辈玄孙媳妇问："老九务了一辈子人户，咋说也是有过头脸的人，你咋给他只准备了三件子？他以前那些长袍和马褂哩？"

元良老婆还未开口，又失声痛哭了起来。哭过几声后，她才抽抽咽咽地说："前几天，他托人卖给了……醍醐村的马秃子，换了二十几斤粮票。他还给我安顿过，说他爹一辈子给村上务了那么大的人户，去时才穿了四件子，他不敢和老父攀比，死后更不能穿着袍褂去见亲人。再说，现在是新社会，不兴长袍马褂了……"

佑普爷也不再说啥，只顾招呼她上来搭手一起给死者换寿衣。死者那双腿几乎肿胀得失了形，穿上第二层夹衣后，却死活套不上那身棉衣裳。实在没法了，他只好叹着气慢慢地对死者说："唉，老九哇，你争了一辈子气，死后咋还惦记着给世上省哩。好吧，那就给你穿上一里一外算了，这几件子放在棺材里一并给你带上，以备路途冷暖喀……"

元良先房留下两个儿子，这阵子也过来了。佑普爷在炕头上收殓死者那阵子，两个人已经垫着门槛打好了纸凿[①]，又搬来一堆包了白纸的土胡基[②]在厅房垒着支板。几个本家孝子七手八脚地在那儿安好了灵床，老爷子这才亲自为死者拴好绊脚绳儿，并在其口中放了衔钱，安顿着让大孝子取来纸盆点了盆下炕沿纸。灵就礼成，佑普爷招呼了一声："老九，起身了，下炕沿哟——"

孝子们听到老爷子已经在开始司仪，便齐齐跪倒在地号啕大哭起来……

待儿孙和媳妇们趴在地上哭过一阵子，老爷子郑重其事地又宣念了一声"礼成"，地上的孝子们便立即停止了号啕。

男儿有泪不能轻弹。即使是葬父这种十分悲痛的事情，礼仪也不容许他们可着劲儿哭号。死者下炕沿、出告帖、拦轿，哭过这三阵子，只要主奠一声"可"，孝子们都得立即停止哭声。

佑普爷一看孝子们三拜六叩后都起来了，招呼着他们把死者抬上灵床，这才接住递过来的烟袋吸了几口，又开始安排当办的大事情。

他把头扭向门外站着的那几个帮忙的人问："打墓的安顿好了没？"

元良本家侄子小声回话说："人已经去了。"

他马上接住又问："请谁勾的穴口？"

小伙儿忙回老爷子的话说："请信仁伯去的……"

老爷子一听，十分不放心地追问了一句："信仁？他说没说预备把穴口勾在啥地方？"

一见小伙儿语塞的样子，老爷子立即便知道是咋回事，厉声说道："去，传我的话，让他把你伯的穴打在咱们谢氏大陵。告诉他，这是我谢佑普当面应承下死人的事情，让他看着办……"说完这些，自己却显得有些悲悲戚戚，自顾在那儿自言自语地说："唉，我咋就没想到，老九……咋死在我前头了哇！"

星魁忙安排让星三赶紧去沟坡上传老爷子的话，自己也赶忙组织人去绞水，准备抬埋大事。除过守丧的孝子，其他人都各自忙活各自的事情去了。尽

---

① 纸凿：旧时祭祀时给纸钱上拓钱印的工具。

② 胡基：用模具夯制的用来建房的方土坯，此法因从西域传入而得名。

管已经把当办的事都安排妥当了，老爷子心里还是有点不放心。

眼下，村上也只有谢信仁这个人还会看坟地勾穴口，虽然算不上有名望的阴阳先生，但出了这号抬埋大事，还真是少不了这么个人。尽管公社已经在全社范围内组织过几次“大破迷信，树立新风”的群众运动，那些装神弄鬼的神汉，也被逮去开过几次声势浩大的斗争大会。不过，村民们大多还固执地传承着上辈传下的一些老规矩。像看院子、勾穴口这类讲究忌讳的事情，不但一时还无法完全被破除，而且涉及的群众面颇广，公社也只好睁一只眼闭一只眼。信仁因了自己那身份，已经不再敢明目张胆地应承这号事情。即使被人请到门上，他都会巧妙地婉言推辞，生怕这些事给自己惹下新麻烦。

谢信仁一大早被人急急地喊起来，一听是元良的事情，他便有些为难。不答应吧，老汉在村上的德行相当好，得罪了这个老汉，也就得罪了全村人。事情他倒是硬着头皮应承了下来，应承后才觉得自己给自己揽下个瓷器活。没办法，他装作无事一般，怀里揣着他那个破罗盘在沟边瞎转悠，心里却十分矛盾。他有心给老汉把穴口勾在大陵里，又怕事后有人寻他的后账。最终，他决定把自己打量过多次的那块远离谢氏大陵的美穴地给老汉好好堪算一番，即使事后有人为此再提说，他也能把这件事情圆说得滴水不漏。

也就在这时候，元良的本家侄子谢星三慌慌张张传来佑普爷的口信，信仁这才放下心来，立即放弃了自己刚才的盘算，理直气壮地向西嘴子的老陵走去。

这头，佑普爷觉得抬埋的大事情基本就绪，这才向还在那儿暗自伤神的九老婆打问道：“昨晚上，老九还在我屋里说了一会儿话，咋一回来就把气咽了？”

一听老爷子盘问正事，她怯怯地赶紧回话说：“昨天后晌，从食堂只打回来那点糊汤，他眼看着非得让朗娃一个人喝了。十多天，他只吃一点野菜和干蔓菁叶子，一星米面都不沾牙了喀……他说，他那病饿一点不碍事，吃得再多也没用。他……那是害怕把他的小儿子饿死了……半夜犯病那阵子，人是一阵儿清白、一阵儿糊涂。天明时分，我赶紧把几院儿子喊来，等到儿子来到炕前，他躺在那儿眼睛已经睁不开了，说话还清爽着哩。他给儿子把家事草草交代完，舌头只打了个绊儿，就再也喊不应声了……”

佑普爷茫然地看着躺在灵床上安然逝去的死者，嘴角稀朗朗的胡须耸动着，半天才从牙缝里挤出一句话：“老九……你是饿死的啊。老天爷咋这么不公道，偏偏……把半阁城一个大善人活活饿死了哇？”说完，自顾唏嘘不已，一串老泪便顺着眼窝滚了下来。

几个孝子一看上辈老爷这就算是正式哭灵了，在老汉停止唏嘘之后，几个孝子齐齐地匍匐在地三拜六叩，以表示对老人家这副真情的深深答谢。

九老婆这时却小声喊着让老爷子随她去小房说个事情。老爷子退出安主的大房进了她家厢房，只见她抖抖索索地取出一串钥匙打开炕柜上那个大展箱，小声招呼老辈子爷说：“老爷，他伯咽气前安顿说，让您老人家把这口箱子里的东西亲自过目一下……”

老爷子放下烟袋，站上炕沿扶起箱盖，一眼便看见那个长长的展箱中，整整齐齐压的都是带轴字画。他知道，土改没收浮财那阵子，村上抄走了老九大小几十尊镏金铜佛，一齐当成生铜被砸碎后卖给供销社，为村上添置了一些锣鼓响器。遗留下这一箱没用的东西，依然被他藏得严严实实。

元良确实是个细心人。那一卷卷字画，每轴外边都衬着一层上好的徽宣。他随手取出一轴，小心地取下上边的字条，上书“宋人隐山风啸松竹图”字样。待他小心翼翼地展开画轴，只见一幅不大的糟画，居然盖有大小十几个朱红藏印。他只好又小心翼翼地把画卷了起来，顺手又拿起一个长条花梨木盒，上边也贴着一纸字条——“敦煌莫高窟藏经洞葛丝唐卡观音佚于东瀛于右任耗赤金千两购回又佚民国三十七年甘肃陕西会馆重金收购后藏五泉山石龛”。

他没有再去翻看那些剩下的东西，小心地盖好箱子，神情庄重地问：“老九安顿没安顿，他的丧事咋办哩？”

九老婆双眼无助地摇了摇头，在那儿又为没米没面的日子哭天抹泪起来。

佑普爷生气地说：“哭啥？人死了，是他的寿数到了。活人也有活人罪哩，灾年荒月的，死了也就把孽脱了，这倒有啥好难过的！”

九老婆这才小心地说：“以前他倒是说过只怕村上不准他入祖陵的话……还说，把他那口棺材给我留下，用上房那几块陈板给他合上一口薄的……”

佑普爷一听，叹着气说：“唉，他这个人也真是的。依我看，还是让老九把自己置下的棺材住上。有这几院孝子，到时还怕他们给你做不起一口好寿材？临死，他还给世上想这么多做啥？”

说完，他隔着窗户把元良的小儿子星朗喊了过来，指着那口箱子，看着娃的眼睛一字一句地交代说：“朗娃，你伯念了一肚子文墨，他在世时拾掇的这些字字画画想来都是些有用的东西。按你伯的交代，这东西就不下土了。以后的世事大着哩，或许这些古董还真能派上点用场。记住，不能拉出一卷子去锥写字本子，这些东西都是古人传下来的圣物喀……”星朗懂事地点了点头，老爷子这才放心地出门招呼族人商量后晌抬埋的事去了。

按照长稔塬上的葬仪讲究，一个寿终正寝的人，最少都得在厅房停柩三日以供亲友吊唁。那些德名远播的鸿名人物，其灵柩在厅堂停过七天的亦大有人在。可是，遇上眼前这灾荒年馑，这些规矩已经无法被人们恪守了。

谢元良的葬仪十分简朴。既没有看日子，也没有请乐人。原准备用一桌五碗席做个祭奠的饭碟，在灵车前多少有个摆厢，可他家面瓮里连一把米面都扫不出来，左邻右舍也没有能借出做一桌饭席的东西。三个管事人坐在一起实在想不出个好办法，最后只能用代用品做做样子。献碟勉强拾掇了四碗：一碗白菜帮子、一碗蔓菁叶子、一碗用糠糠白萝卜块精心染红的“方子肉”、一碗观音土加酱色精心拍就的“烧豆腐”。那些需要出力打墓和抬轿的人，按人头每人发了两个荞面饼子，盛一碗水煮萝卜片汤简单对付了两顿。跑事的人和孝子都没有摸筷子，新老亲戚更是无法招呼用饭。后来，只怕抬轿的时候人力不济，大轿又临时改用人拉铁车。这样，亦不用担心路上大轿不慎落地歇脚犯了祖宗留下的忌讳。

眼下，村上死了人，大队都照例要开个追悼会。谢元良是一个地主分子，实在是没法让全村人寄托哀思，追悼会也就免了，这倒也为主家省了不少事。

后晌，刮过一阵黄毛风，天上飘飘洒洒下了几星小雨。还没等人们抬头，那几丝稀薄的浮云便被漫天大风刮跑了。未几，黄风中飘舞的那些树木枯叶，又飘飘洒洒地落了下来……

元良老汉带着一个农夫的遗憾和半阁城人无尽的惆怅，就这么匆匆上路了。尘世的富有或贫穷、身份的尊贵与卑微，在通往黄泉最后这一段路上，已经失去了它们原有的意义。

在村庄里，一个人的死亡，不但会给自己的亲人带来深深的悲痛，而且使活着的人们又一次真切地感到眼前这个世界的一切都是那么的无奈。送葬的人们一个个空着肚子，拖着无力的双脚步履艰难地挪着。即使是那些身心创痛的孝子，一个个亦没有一丝气力去放声号哭。他们像一队幽灵，无声地随着死者向墓地进发……

星朗在前边举着灵幡，不时地撒着为死者引路的纸钱。那些随风飘舞的冥物落在了随行的金童玉女们身上，让正午的长稔塬仿佛一下子进入虚缈的阴曹鬼域之中。

给谢元良送葬的当天，村上又死了一个人。接下来，半阁城好像得到了阎罗爷爷集中办公的口信一般，连续死了九个人。如果死的是一些年迈体病者，还不至于引起人们这么大的恐慌。可偏偏这些男人，个个都在四十往上五十啷当的年纪……

第五章

饥寒盗贼

抬埋完谢元良那天夜里，六队的蔓菁被人盗挖了。

这是一块公社挂牌的丰产样板田。去年夏秋两季，老天爷只下过几星毛毛雨，麦子播种下去没长出几棵苗苗，这块油菜地收耱较早留着底墒，赶上那场适时的零星小雨，居然勉强出齐了苗且抗过了冬春两季的持续干旱。在延绵起伏的长稔塬，这块庄稼让方圆几个村庄的社员都感到了一丝精神慰藉。

眼下，时令已经过了“鸣鸠拂其羽，戴胜降于桑”的谷雨，再过不了四十天时间就能搭镰收割的油菜，其根部的蔓菁被疯长的青薹耗尽养分，基本不可食用。这块冬春一直有人看护的油菜，到了这个时段已不需看护了。为了苦等天雨之后，不失时机地抢种早秋，六队在组织社员给地边堆肥时，发现油菜地中间竟然被人挖走了一片蔓菁。由于天旱苗稀，少了不多的几棵庄稼，一下子便露出几块席片大小的疤癞印。生产队长谢舍娃被人急急喊到地头专门看了情况后，准备当天夜里就继续安排人护青。后晌，大队开会协调各队划拨自留地的事，加之村上刚刚抬埋完人，当天晚上又有人跟着咽气了，几件事情一搅和，舍娃便把安排护青的事给搅忘了。一大早起来，他被人喊到地头，几乎被眼前的情景吓瘫在那儿。

近四十亩油菜地，一夜间居然变成了光秃秃的一片净土。据他估计，一个晚上的时间，如果没有成百人有组织地挖掘，四十亩地被全部翻腾了一遍几乎是个神话。细看，那活路干得十分细致，连压在小粪堆下的蔓菁也无一幸免。待他清醒过来，便一路叫骂着回到村子。不明白事由的人，还以为是谁挖了他家的祖坟。

进了高家南场，他径直先进了支书的家门。

运喜这阵子正坐在自家院子中间的石桌边和村上的闲汉老詹说着话。舍娃也不打招呼，进门后便扯起嗓子吼道："高支书，我日他先人板板，真他妈有人缺八辈儿德了！"

运喜知道舍娃遇点事情便会扯起一副叫驴嗓子骂人的秉性，不以为意地问他："咋哩，咋哩，叫唤的是谁把你手里馍馍掰了？"

舍娃仍旧气冲冲地说："还要咋哩？有人毁青哩喀！"

运喜一时还没听清楚事情曲直，依然不为所动地说："有啥事好好说嘛，遇个屎大的事情咋像吃了炸药，恁冲的！"

舍娃这阵也不着急了，一气儿把昨天下午送粪还见有一地蔓菁、早上起来一棵不剩让人把地翻了一遍的事对支书叙说清楚之后，这才气呼呼地说："要说有几个心眼瞎的挖一笼两笼回去，人心里还不害咋[1]；这几十亩地的庄稼让人毁了，让我咋给社员交代？这队长咱还当屎当哩。"接着，他十分肯定地说："这号事情，十有八九是吾家营那一伙畜生干的！"

运喜"哦"了一声，他立即知道事情大了。

为了稳住舍娃，运喜假装镇静地说："先别急嘛。兔子都不吃窝边草哩，你凭啥说是人家吾家营人干的？这样，你先去公社报个案，在事情还没有眉目之前先不要胡来。一步临近的，国有国法，用不着咱们去和他们费那个口舌……"

舍娃没有回答，推起运喜支在院子里的自行车装模作样地便准备出门，运喜知道他这就算是没事了。

谢舍娃平时根本就不会骑自行车，全村能鼓捣这玩意儿的人，也只有高

① 害咋：难受，不舒服。

运喜跟詹木林。自打几家相亲的小伙儿为了摆阔气，推上老詹和运喜的自行车谈成了婚事之后，半阁城人会骑自行车的事情在整个向阳公社就成了新闻。不过，骑着自行车赶路着实便当。只要你有那个胆子跳上去，两个脚不停地用劲蹬，安在车架上的两个轮子便呼呼地滚转起来。其速度之快，就是放上十只细狗跟着屁股都不一定能撵上。舍娃去公社开会给运喜推过这玩意儿，在无人处也跳上去试过。结果，一头栽下去，差点儿没摔碎他的牙茬骨。挨了一摔，却摸索出对付这物件的一点小窍道。即使是一脚着地蹬着跑，趁着一点小下坡，它也能溜出好一大截路程。从此，谢舍娃也算是村上半个会骑自行车的人了。

一看舍娃推着自行车出了门，老詹又像牧师布道般给运喜继续絮絮叨叨地说："……主让以色列人受苦，蝗虫啃他们的庄稼、瘟疫毒死他们的羊群……"

运喜心里正为刚才的事情烦着呢，一听老詹又开始在耳边嗡嗡，挥手就打断他的话头没好气地说："有屁你痛快点放好不好！别跟我主呀、上帝呀，尽兴念你那紧箍咒，是不是家里又揭不开锅啦？"

老詹摇了摇头，十分诚恳地说："呶，呶，你今天得听完我的新的意见。当然，我还不是你的社员，但是，有个事情要求向你的公社反映。"他一看运喜并没有坚决拒绝的意思，这才继续开口说："事情是这样的，在冬天以前，我用小桑树做的木杈，把红薯的叶子，不，蔓子，把红薯的蔓子搭在羊墙的圈上……"

运喜立即就纠正了他的口误，挖苦地说："你他妈这么简单的话都说反了，羊圈的墙上！"

老詹不好意思地一笑，肯定地重复了一遍之后，才继续解释说："这是我为羊妈妈春天生小羊羔准备吃的饲草，没有用完的。可是，前天，有许多人，明目张胆把羊的饲草拿光了！"

运喜一听他反映的问题纯粹是些鸡毛蒜皮，便无心地问："这号破事情也值得你专门跑来给大队干部反映？你看见是谁拿跑的？"

老詹依然一板一眼地说："许多人。有男人，有女人。"

运喜知道要听老詹说明白一件事，你得有十二分的忍性。于是，他尽管已经极其不耐烦，还是问了一句："那，你起码能认得一个大活人吧？"

老詹却十分认真地回答他说："我全部认得，他们都是四、六两队的乡亲们。难道，你真的不知道吗？"

运喜更加没好气地说："我哪有你那么多闲淡工夫！"

老詹却严肃地说："啾，你应当去了解。你是村庄的书记，你的社员们已经用喂羊的饲草磨粉给孩子们做食物吃了，你为什么不去过问这件事情呢？"

运喜立即口吃起来，结结巴巴地说："这个，这个，我有啥办法？"

老詹面对自己的老朋友，用十分严肃的口气道出了这件事情的严重性，大声提醒他说："这么说你是知道的？那么，你要对这个事件负责！"

运喜马上抬起头来，奇怪地问他："我负什么责？伙计，我的上边有公社和县政府，更上一级还有市政府、省政府和国务院。我嘛，一个小小的支书，对这些事情又能有啥办法？"

老詹立即反驳他说："我不会为这个事情去问国务院，你也不要认为你是小小的村干部就可以敷衍塞责！你已经犯了渎职罪，你知道吗？这么明显的事件，你的责任能推得了吗？你应当想办法给他们吃饭，吃饭，你明白吗？"

"吃饭？"

"对，吃粮食做的馍馍。没有馍馍嘛，起码是人吃的饭！"

"你这是啥话？我难道不想吃几口饱饭！"

"你不要紧的，你应当首先想点办法救救老人和孩子！你明白吗？"

"我能有啥办法？近千口人一顿饭就得十多口袋米面，你让我从哪里找这么多粮食去？"

"不，我能替你想个好的办法……"

"你？你能有狗屁办法！"

"不，狗屁嘛不用，我的羊群，羊群能换来粮食！"

一听“羊群”两个字，运喜突然眼睛一亮，高兴地搂住老詹的胳膊说：“你个老鬼子，你咋不早说呢？对呀，你那羊——”他突然收敛住兴冲冲的激动劲儿，更加为难地说：“伙计，这个恐怕不行……”

尽管他也想把老詹那羊牵走，可他这时候还是能想到，这群羊是老詹自放自养的自留畜。再说，卖了羊让这货以后靠啥去过活呢？

老詹却不解地问：“为什么不行？政府不允许宰杀耕牛，法令嘛，这个我知道。羊嘛，为什么不行？”

为了不扫他的兴，运喜认真地对他说：“羊是你家的私有财产，你现在还不是公社社员，我有什么理由没收你的羊？”

听他这么一说，老詹就有点着急地解释说：“呶，呶，高，我的好朋友，你得听听我的个人意见。我呢，眼下尽管不是你的社员，可是，我吃过不少社员亲手播种的粮食。大家吃我的羊换来的粮食为什么不应该？你马上让你的社员捉一些羊去，我还剩下许多只母羊，明年，又会生下小羊，我的羊群还是有许多羊！”说到这里，他再次提醒运喜说：“你不能让老人孩子再去食用草粉，我不认为这会有什么营养，真的。看到他们这样生活，我詹木林的心脏一直很疼的！”

运喜瞅着自己面前这个异乡人，一时真有点不知道该说什么好了。说真的，他一直把老詹当成累赘。自从老詹迁到半阁城，多年来时时处处都要他这个支书打点。可今天，老詹却要用自己的羊给食堂救急，这是他万万没有想到的。尽管二三十只羊对于近千口人的村庄来说，依然无异于杯水车薪，也委实不是多大的指靠。但这毕竟有几十只羊啊！

看老詹那副诚恳的样子，运喜不无感动地答应他说：“行，你回去跟麦秀商量一下，权当是我这个支书先借你家的。换点粮食再说，能撑几天是几天。噢，对了，你小子是不是想入社了？”

老詹无奈地摇了摇头，坦诚地告诉他的朋友说：“呶。我绝对不会加入你的公社。要不，我自己成立一个牧业公社也行。你的大队食堂的伙食嘛，太差了，太差了。麦秀打回来的米汤，我一直没有找见里边煮的米粒！高，作为干部，你应当向政府赶快反映，食堂不能这样做饭，坚决不能！生活在村庄的人民，他们也是共和国的主人嘛，他们也有活着的权利，活着，你懂吗？为什么要他们活活去饿死呢？我们的政府，这个时候应当赶快向全世界呼吁外援，解决粮食这个大问题呐！”

运喜知道和老詹说这些事情只能是浪费时间。如果自己面前的这个老詹知道美国人已经对大陆实行了物资禁运，俄国佬也撕毁合约加紧逼债，他就不会说出这么幼稚的话来。他只顾抱着脑袋窝在那儿想自己的心思，好一阵子也没有再搭理他。

这时，谢舍娃突然折回来了。看着他一脸青肿，运喜站起身来顺嘴责备地问了一句：“你看看，自行车呢？摔坏了没有？”

舍娃往地上一蹲，丧气地说：“让，让人给抢了！”

运喜明显有点着急地问：“咋回事啊？”

舍娃吞吞吐吐地说：“还不是吾家营一伙贼日的……”

不等他开口申辩，运喜就十分生气地说：“我让你到公社报个案去，你跑到人家村里寻着挨砖去咧？”

舍娃憋着满肚子的委屈说：“我刚出村没多远，远远地看见有十几个人拿着棍子在大路上转悠。近了，还没等我闹清原委，一棍子就叫人撂翻了……一个货还说，‘打的就是半阁城的人！’我爬起来刚想走脱，又挨了几棍子。那个下手的是乔仕津家的大小子，临走还撂了一句话——‘告诉你们高瘸子，把半阁城的盗贼交出来，不赔吾家营的蔓菁就别想要回自行车！’我一看，眼前都是些二愣子小伙儿，也不敢还手，一边往回跑一边琢磨着，他们的蔓菁咋也叫人偷了？这些杂种莫不是为了报复咱们，才把我们六队的蔓菁祸害了？”

运喜一听，低着头在那儿想了想，觉得这件事情还真的有点蹊跷。不过，他还是立即就劝舍娃说：“你这阵也别出村了，我亲自去公社……”说完拄起拐子便准备出门。

站在一旁的老詹也听出了发生在村庄上这个事件的严重性，赶忙拦住他说：“我去，我骑着我家自行车走路很快的！”

运喜恼怒地丢了他一句说："你那舌头像绑了根棍子，去了一句话给人都说不圆泛[①]，腿快能抵啥用！"转过身来，又对舍娃交代说："你给我好好待着，别出去给我惹是生非……"说着，习惯性地去推自己的自行车。等走到山墙边，这才明白他的代步工具刚才已经被人抢走了，马上恼怒地对着舍娃破口大骂了一句："你能闹个尿事，整天尽他妈给老子惹麻烦！"

舍娃本来还蹲在那儿用袄袖子擦脸上的血，一听这话立时咆哮得像只疯狗，对着文书吼起来："我惹的事？狗日的糟践了庄稼还行凶，半阁城的人咋就这么鳖！你也别去了，我今日也要个二㞞[②]去，叫他狗日的吾家营非成一片瓦渣滩不可！"说完，气冲冲地要出门。

老詹忙冲上去想替运喜挡住舍娃，却被对方狠狠地抡了一拳。老詹根本没防备这一着，一下被打得踉踉跄跄退了两步，没等站稳脚步，却把身后的运喜结结实实撞了个正着……

运喜早上只喝了点野菜糊糊，一条腿站在那儿，哪经得起老詹这个大块头冲撞，立时"咕咚"一声摔倒在地，手里的拐子也被甩了老远。刚从做饭屋出来添水的心香，一看自家男人一脸蜡黄地躺在地上，立即像死了人般把瓦盆一撂，尖叫着便前来扶人……

舍娃却头也不回地出了门，怒气冲冲地扬长而去。

半天，运喜才缓过神来，吃力地对还在傻站着的老詹说："快，把他逮住，这货是个二杆子，打下人命不得了！"老詹一听，也顾不上躺在地上的高运喜，赶紧放开步子追撵出门。

未几，村里的钟便被急急地敲响了。随即，巷院中便泛起了一阵人喊马嘶。

---

① 圆泛：完满，严谨圆通。

② 二㞞：指智力低下，蛮不讲理，行为不规矩的人。

械斗

吾家营是个只有三个生产队的小村子，人口也只有半阁城的四成。两个村庄连畔种地，人老几辈起过不少恩怨。至于说到“打冤家”这事上，别说小小的吾家营，方圆十多里还没有一个村庄敢惹半阁城。自打前清时起，半阁城就成立过一个叫“红枪会”的武装民团。那时，周遭村寨多被流寇侵扰，他们却每每杀得那些流寇人仰马翻。那些来自临夏的远征骑兵，在吃过半阁城人几回苦头之后，借路都得在离村十里之外故意闹出点动静，算是先行通报。不说别的，眼下村上要社火放响儿玩的土炮，便是当年以三家祠堂名义置办的重武器——“威武火麒麟”。装了火药和铧铁块，就可用来轰击马队！

此前，两个村庄距今时间最近的一次大械斗，发生在民国二十年（1931）。事情是由一个女人引发的。

当时，半阁城村的谢福鸿花了三十几个大铜子儿，从一个河南人手中买回一名逃荒客的姑娘给自己做了媳妇。十多天后，这小女子夜半出逃去寻找家人，不料，由于人生地不熟迷了路，无意中又被吾家营一老妪收留。那老婆子居然不问来路，好像赶集拾了个小猪娃，自作主张让她那还在铺子里当学徒的儿子娶那女子圆了房。毕竟雪堆里埋不住死人，不几天，这件事情就被谢福鸿发觉了。两个村庄随即找人说事，最后终于达成协议，由吾家营留下女子，出十块响洋交与谢福鸿另娶新妇，算是人钱两清不提。谁也没想到，事情过后不久，谢氏祠堂意外得知那小女子虽面黄肌瘦未满十五，居然已身怀谢氏祠堂的骨血，遂又回头索人。吾家营以此事已经了结为由，拒不奉还。两个村庄立马反目成仇，打得血流成河。最终，小女子被半阁城武力抢回，全村为此还唱了三天大戏。吾家营不但四十多口铁锅被人戳漏了底，三口水井也被扔进不少死猫烂狗，闹得全村半年时间都无法吃水。同时，那些遭遇洗劫的农户还一并丢失了七副门扇、几十个锅盖……再后来，谢福鸿这个身价倍增的小媳妇，一气儿为谢氏祠堂生下了谢要栓、谢绑栓、谢栓柱、谢栓锁、谢栓牢五个男丁。而且，这五弟兄一个个出脱得还都不是寻常卧在平处的主儿，搅得整个村庄几十年间都是他们一门的事。

话分两头，吾家营那头平白无故打了谢舍娃，他们心里也不怎么踏实。几个抢了自行车的小伙儿，开始还推上那玩意儿在村中炫耀，正好被他们的村支书乔仕津看见了。他上前打问清楚自行车的来路，立即便感到他们这些小祖宗给村上捅了马蜂窝。

乔支书虽说年纪不大，也未曾亲眼目睹过两村人械斗，但还是听说过半阁城这一帮蛮蛮旧时的恶行。几个毛小伙儿一看支书脸色唰地白了，估摸肯定是给村上惹下了大事，立即又开始商量万一半阁城人来撒野如何如何对付。乔仕津越想越觉得不对劲儿，抢上前去一阵耳光把这帮惹是生非的毛小子打散后，一路吼叫着让全村人赶紧出门……不一会儿，吾家营村的钟也被人敲得山响。没有一袋烟工夫，全村青壮妇孺决死般拥上村口。线枪在前、棍椽在后，一字儿摆成弧形守住村口。妇女孩童已经开始满村捡拾砖头瓦碴，一笼笼提着往村门口上垛着。

果然不出乔仕津所料，不一会儿工夫，从半阁城那边就漫过来一大群人。远远望去，人如蜂蚁，前边还“咣当咣当”推着一溜装了防铁砂门扇的铁轮车。那些推车的人，手里都操着长长的棍棒和铁叉！

时值四月天，半阁城村的高子升去县城给学生定下一学期的书本，在回来的路上刚拐上沟口，便看见吾家营的人在村头搬桌子摞凳子地乱忙活。他好奇地凑上前去打问：“小伙儿，你们村这是要耍社火哩？”

乔仕津没好气地说：“走你的路！”

没等高子升再问端详，几个在半阁城上过完小的毛小子，以为这个高老师是半阁城那边上门来的说客，容不得先生开口分辩，他们像逮住个盗贼般又推又搡地把人拉进自己村里先押做了人质。

不一会儿，腿长脚快的半阁城人已拥到吾家营村口。他们发现这边亦有防备，前头的人马便停了脚步，耐着性子等待谢舍娃他们赶上来后再作计议。谁知道，那些掮火枪的不知哪个在搁枪时不慎闹得走了火，只听“嗵”的一声，一支火枪先在自家人群中炸了起来！

一声巨响，半阁城的队伍先乱了阵脚。

这边，吾家营的人听到枪响，以为对方居然动起了真格儿，他们那些扛火枪的也顾不得听招呼，一齐乱糟糟地朝对方放开了。

两头这么一放枪可就坏了大事情。烟幕中，半阁城的小伙子们没等谢舍娃发号令，立即气势汹汹地冲了过来。只见棍棒上下飞舞，吾家营阵前那几个人，立即像麦场上立放的粮食口袋一般“扑通扑通”被撂倒了十多个！一时间，双方的铁叉、长棍便搅和在了一起……

谢要栓算得上半阁城村最擅长打架的主儿。他家一门弟兄五人，人称“五虎上将”。此时，他跳过一个被他打趴在地的人去另找对手时，突然从侧面里跳出一个人拿着镢头架住了他的棍。他定睛一看，原来是妻弟乔仕津！一愣神，他这头刚想抽身另寻下家，乔仕津却抡圆老镢和他较上了劲。要栓恼怒地断然大喝：“让开，今日别惹得老子不认各家[①]人！”

乔仕津一听姐夫破了口，立时也怒火中烧地对骂起来：“你个小贱种，竟敢打到老丈人家门前？你爷爷我不怕亲姐姐守寡！”说着，双方便动起了真家伙。两个人你来我往，不几下，要栓被妻弟一镢捅倒在地……

话说，这头的老二谢绑栓瞅见老大吃了亏，怪叫一声：“小子们，吃老子一家伙呦——”只见他冲上前去点出长棍绝招，陡然出手，跳身前来为乔仕津护驾的三个小伙儿便应声倒成一片，要栓这才被本村人拖了回来……

这阵子，谢舍娃已经领着六队那一拨儿生生货从吾家营的南小门杀出一条路冲进村口，一群强盗此刻已经牵出了人家生产队的几头大牛……

乔仕津一看无法招架，便朝着村内大声喊着：“把那个姓高的拖出来！”自已仍毫无惧色地守着村门和打得兴起的谢绑栓纠缠。

顷刻，几个小伙儿从他身后的村门洞子推搡出被缚的高子升。乔仕津大声斥责着拥上来的半阁城人说：“你们的人已被我们拿了，我看今日哪个有种

① 各家：自家。

的敢上前来送死？”

半阁城这边的人一时全愣了。他们并不清楚自己村上的谁已经被人家捉拿，手里的家伙随之都放慢了舞动。等看清楚对方推出来的人原来是村上教书的高先生，他们还挺纳闷：这个酸秀才不领着娃娃上堂写字，跑到人家村子来干什么？

只见高子升吃力地想挣脱身子，很快又被几个小伙儿死死地扭住了胳膊。看着眼前两村人已经打得难解难分，他突然大声对自己村里的人群喊道：“乡亲们，快跑吧！吾家营联手了外村人在村里埋伏着哩，小心咱们人吃亏哟，还愣着干啥？快逃命吧……”

几个架他的小伙儿也不知他嘴里胡乱喊了些啥话，只怕人质被那几个跃跃欲试的半阁城人抢跑了，急忙又拉又扯，几乎是把高子升架着又重新退进了村门。

听到高先生这么一喊，谢舍娃让人立即停了手脚，稍微向后退了一大截地方。他马上叫过来几个事头商量着，看看到底应当是继续硬打还是干脆撤退。这时，有人发现吾家营村北路口还真的簇拥着一群手执棍棒的人，那伙人似乎已经开始慢慢地向村前移动！

随着身边那几个人的指指点点，舍娃也远远地看见了那一群黑压压的人。不过，他一时还真是判断不出那堆人究竟有多少，却明显有点心虚起来。再看看自己村上这帮饭桶，原本就底气不足，一阵子乱仗下来，肚子里那点稀饭业已变成满头大汗，一个个累得蹲在地上站都站不起来，哪还有体力恋战？谢舍娃再笨也还懂得好汉不吃眼前亏这点道理，走为上计。他赶紧对着那些还想交手的吆喝了一声：“拿棍的断后，掮铳的先往回走，快！”

那些牵牛的、提锅盖的赶忙丢下手里的牛绳和东西，一阵风似的退了回去。

吾家营的人不知对方底细，更不敢盲目追撵，只象征性地追着他们的屁股扔了一阵砖头瓦碴。看着半阁城的人像一群夹着尾巴的狗一般仓皇离去，他们诧异地拄着家伙，望着一地乱丢的破鞋烂袜子纳闷着……

原来，站在吾家营村北沟口那一群衣衫褴褛的人，全部是居住在西沟塄的讨饭客。这伙人早上出门讨饭时，一个个手里都得拿一根打狗的棍子。这个时辰，他们刚刚沿村乞讨回到西沟塄聚集，无意中看见当地的两村人正打得难解难分，便好奇地在那儿驻足观望了起来。这群讨吃客人数少说也有四五十人，远远地看去，像有百十余众。一看半阁城的人已经退了，他们估计也再无热闹可看，这才三三两两地向沟坡下他们用以栖身的那些黑窑窟窿走去……

乔仕津立时恍然大悟，连忙让人扶出大恩大德的高子升，又是让人倒水又是让人找吃的，一句一个“高先生”，不住地给人家赔情，并亲自给他松着绑。那副诚惶诚恐的样子，只差给人家下跪了。说句实在话，要不是高子升刚才那几句虚虚实实的喊叫吓退了半阁城的人，这阵吾家营还真不知成啥样子了呢。

子升拍打着自己身上那件被闹皱了的蓝布衫子，也不说被人无辜捆绑之事，只是十分不解地问道：“为啥事情啊？闹得一步临近的两村人动起了家伙！要是不把他们吓唬回去，打出人命咋办哩？”

一屁股坐在地上的乔仕津气喘吁吁地说：“好我的高先生哩，你们村的人挖了我们的蔓菁，还结伙打上门来。你看看眼前这坛场，让我到哪儿说这号理去？”

子升一听对方这话就有点不乐意了，推测道：“你们的蔓菁咋……也让人挖了？哦，原来是这样啊。那你们也不能组织起来糟践半阁城的呀！”

乔仕津赌咒发誓地说：“好我的高先生哩，其他事我这个支书不敢说，吾家营人再缺德也做不出这号糟践庄稼的事咯！”

高子升望着远远的逃荒人群，突然恍然大悟地对周围的吾家营人说：“嗯，说的也是。都是庄稼人，谁下得了那手呢。依我看，西沟塄一帮人……才是罪魁祸首！”

乔仕津倒吸了一口气，望着远处那一群逃荒的讨饭客的背影，猛然惊醒了，赞同地只是个点头。他啥也不再说了，赶忙派人把高子升送出了村。当夜，他挑了两半笼红苕去了半阁城，半笼给了高先生压惊，另半笼送到大姐家，并不嫌寒碜地给姐夫当面下跪赔了不是……

这话还真的被高子升说准了。

经公社派工作队调查落实，正是西沟塄这一群来自安徽、河南、陇东、陕南等地的逃荒客，趁着夜色盗挖了两村的蔓菁，最终引发了这场两个村庄的大械斗。

开始，当地人并没有在意这帮游民的突然到来。他们活像土拨鼠搬家一般，走了一拨儿又来了一拨儿。后来，一部分人居然沿着金水河谷人烟罕至的沟岔岔挖了一溜儿窑洞，正儿八经地安营扎寨过起了他们的小光景。在春夏交接的日子，当地人已经无法糊口，他们更是饥馑难挨。于是，这伙人便盯上了当地人的庄稼。后来，公社民兵在那些黑窑窟窿里搜出的蔓菁和干菜叶，堆在那儿几乎像一座小山！

啧啧，提起这些游民，确实令当地人生厌。首先，他们的食口比渭北人粗；其次，谋生的手段亦相当的不地道。其中，大多数家户时常以乞讨为主业，只有部分人兼顾耍猴、编席、修锁、卖木梳、卖棒槌、烧瓦盆、耍把戏、印花布、扎罗子[1]等副业，或者干脆当了绺贼，其从业花样之多，真是不胜枚举。

由于没有土地，他们掏田鼠洞找粮食、捉蛤蟆剥肉。家家户户那小砂锅里煮出来的饭食，几乎让当地人弄不明白那都是些啥玩意儿。正是由于他们带来的这些陋习的不断渗透，也大大地影响了当地土著的饮食文化。原先，本地人饿死也不会吃河里的泥鳅王八以及冻死的乌鸦和病猫烂狗。而他们——春吃刺蕨根，夏吃知了虫，秋吃烤蚂蚱，冬吃地老鼠，以至于还吃塬上人走路见了都要吐几口唾沫的长虫[2]！遇上眼前这个过不去的年馑，他们只能拄着拐杖，四处游荡。

让人不可思议的是，那些勉强可以蜗居的黑窑窟窿白天亦十分幽暗，从

---

① 罗子：罗面用的工具。

② 长虫：蛇。

中居然还生出了几个小奶娃娃来。那些小东西，稚嫩的小嘴生就得乖巧，缩在娘怀里叼着奶头就已经掌握了觍着小脸向路人乞讨的职业技能。那腔调融合着陇东道情、河南梆子、商州花鼓、安徽黄梅戏的音韵，应当说还算是十分优雅而动听的，甚或，其中还夹杂有几分动人心弦的天籁之音。然而，让本地人看来，这群乌合之众却活像是一群杂鸟！

第六章

吠日（狗的故事之一）

震惊长稔塬的两村械斗，逮了几个逃荒客吃了几天牢饭，然后不了了之。两村人打得不可开交的那阵子，佑普爷却坐在自家院子里，心事重重地把狗唤到自己跟前，伸出他那布满老茧的手一遍又一遍地抚摸着狗身上那干枯而肮脏的皮毛。

欢欢乖乖地伏在他的脚下，像和主子交谈般望着他手中的绳套。它一时还不明白，从未被拴过的它因什么事情招惹得主人动了拴它的念头。

按照老辈人遗留下的传说，狗虽然是四蹄儿趵地的牲畜，可它们中间却混有一些“犬”类。这些负有天命的生灵虽然看起来和一般的狗没啥两样，整日间不露声色地把自己的天职蛰伏在那一副皮囊中，可它们依然比人多长了一只“天眼”。“人”字上边添个“一”字，右上边再多出那么一个“眼”来，这才谓之“犬”。此刻你大约就会品味出来，古人留下的这些包涵无穷奥秘的无言嘱咐，需要我们用多么大的智慧才能解读啊！然而，虽然犬类有着如此显赫的天使身份，可一旦被人们认出来，它的厄运就到了。

老爷子相信这些，也是半阁城懂得这些讲究的不多的几个人之一。一直以来，老汉都和自己饲养的狗有着某种常人不可捉摸的默契。连续三天来，每每到了午时三刻，欢欢都会按时按点地观察着天上那一轮高悬的白日，像和太阳公公交谈一般“呜呜”地发出自己的感言。这一切，已经被主子不止一次看在了眼里。

在长稔塬上，一直流传着这样一则寓言——

神农帝时，麦生六穗，犬通人言。秋里播种一粒麦种，夏至就有六个年头的收成。农人不需要辛苦劳作，打的麦子多得根本无法存放。粮食多了，免不了就有些糟践。这一切传到天上，玉皇爷爷却有点不大相信，决定亲自下凡体察一番民情。

这一天，玉帝幻化成一个隐身老道来到塬畔。在一处修盖整齐的农家院落前停下脚步，静心屏气地观看起来。此刻，厨前正有一年轻农妇在案头烙饼，身旁小儿扯着衣襟在着急地呼唤。原来，孩子急着要去拉屎，缠着让母亲随其去揩屁股。只见那妇人并不着急，慈爱地招呼小儿快去快回。不一会儿，待小儿拉完后撅着小屁股待在一旁等她揩屁眼，她顺手撕下案头一块面团，为儿揩罢屁股随即便投饲给一旁爬卧的看家狗。谁知道，面对滚到嘴边的面团，那狗连眼皮都没抬一下，自顾自打着瞌睡……

玉帝要不是亲眼所见，绝对都不敢相信这一切是真的。妇人这个举动，立即招惹得龙颜震怒。

麦子本是天上圣物，理应被地上人家视如珍宝。上苍以慈悲为怀，特赐麦生六穗。唤风伯吹拂，遣雨师洒道；太阳公公日日照耀，四季冷暖天庭调节，这才有了满场满院黄澄澄的麦粒。谁料想，这帮懒虫居然如此糟践！为了从根子上惩罚他们的奢侈之风，玉帝捞起田间的麦子便捋将起来。他老人家决心灭绝这种天下苍生赖以活命的作物，饿死世间这些不知好歹的浑球儿！

话说，早在玉帝站在南天门向下世瞭望的那一刻，趴在农家院子的那条犬，已经把这一切都看在它那只"天眼"里了。只是，它因负有天命而不便言声。当它看见玉帝不问青红皂白已开始手捋麦穗时，这才急忙冲出门道一头扑上去，扯着老人家的手伏地陈奏道："玉帝快快息怒，容犬民详情道来。去岁天无雨泽，开年地不滋生；人间已无隔夜食粮，吾辈亦以吃屎为生。方才饥儿号啕不止，女主无计可施，便揉泥巴为儿演习做饼，所弃面团，实乃黏土尔耳！”

自古道，狗嘴里吐不出象牙。玉帝想，普天之下，莺歌燕舞，哪有人食泥土之事？闻此犬言，龙颜大为不悦。他放下手中的麦穗，指着伏在地上的狗怒喝道：“孽畜！尔辈与人为善，可知人心叵测？日后不许再说人言，以免熏染淫奢之风！农人理应惜粮如命，却如此暴殄天物；念尔尚存孝悌仁爱之心冒死进谏，且饶性命一条，滚吧。”

一言既出，犬立地就变成了不会开口说话的哑巴。然它并未谢恩离去，依然伏地呜咽。看着狗那委屈的样子，似蒙受了不白之冤屈。玉帝只怕有讹，决定再次登门查看一番。然而，这次他却看得更加真切——那妇人抄起扫把，将自家小院仔细地洒扫一遍，院落立时整洁起来。

但见她返回屋内从柜子拿出簇新衣裳，亲切地呼唤儿子换上衣帽之后，自己也梳妆打扮停当。出屋前，妇人并没忘记锅里刚烙熟的饼子，顺手捞起一块，一口口香甜地品尝，并不时用手掰着送入小儿口中。小儿不快，将饼吐至脚下。妇人目睹小儿举动并不言语，随即恬静地走近自家院中井旁，复揭井盖，迅速将儿投入井中！未几，她整发沐浴，祭拜天地，起身后随之自投入井……

这一幕，让心如铁石的玉帝也不寒而栗。他虽不明恶妇何以做出如此举动，但依然怒冲冲前去捡起妇人所弃残饼。观之，其外表与寻常面饼并无二致；入口品尝，虽乃黄泥做就，却也惟妙惟肖。玉帝从未食过人间烟火，亦无从分辨饭香屁臭。不过，刚才他毕竟亲眼看见妇人吞食面饼，想来定是人间美食。他愈加愤然，遂郁郁拂袖而去。

上邪！幸亏他老人家公事繁忙，急着打道回府了事。如果他还有兴致走进相邻院落完成他的亲民旅程，血淋淋的一幕必定让他更加震怒。此时，一个恶妇，正在瓦缶里为孩子蒸煮着自己刚刚饿死的丈夫……

不知道什么时候，长稔塬上又慢慢地繁衍出一群人来。他们当然知道，既生而为人，此身便与生俱来带有苦业。当然，人们亦在心底里一直感念着上苍最终还是留给了他们这一口狗食。从此，他们也甘愿背负起“犬民”这个千年耻辱的名号匍匐于地，像牲畜一般地苟活着……

农人和狗，从此虽有了相依为命的默契，但也成了时有纷争的一对冤家。如若一只狗夜里观星或对日吠叫，他们就会对其痛下杀心。因为，每每出现这样的情景，上苍就会震怒不已，随之降下一连串毁灭人类的灾难来！

欢欢这个怪异的举动，已经让老爷子的内心不寒而栗。几天来，他在心里一直问自己，难道先祖们留给他们的这些骇人听闻的故事，一直都在为后世预示着什么吗？

夏日正午的农家院落，真是静得让人惊惧。此刻，如果有一根针掉在地上，似乎都会发出一阵轰鸣。

老爷子从口袋里取出一块女儿给他送来的棉籽饼慢慢地掰着，一点一点地用手喂给欢欢。狗十分小心地用嘴含着，并不时叼起撒落在地上的那点食渣，一点点地含在嘴里并不舍得下咽。当看到主人手里已经没了吃食，它这才轻轻地走过去，把含在嘴里的食物吐给几个吱吱乱叫的小崽子。也许是母亲口里的食物气味一下子触动了小狗敏锐的嗅觉，这群陡然被惊醒了的饿虫，立即一哄儿跑到老主人的脚下，一齐摇动着光秃秃的小尾巴磨蹭着不肯离去，希冀老爷子手里还能变出它们喜爱的食物。大狗却带着惊惧不安的眼神，轻轻地又一次回到主人的脚下。某种狗也能感知到的不祥气息，已经在它和主人的心灵之间开始传递着……

老爷子看也不看平日里他都会挨个抱抱的小狗崽，抖掉手里仅剩的那点油渣，尽着小狗们去争食。接着，他飞快地将手里的绳子绾成个背死扣，轻轻地套上欢欢的脖子。狗也不躲不避，伏在那儿等待着将要发生的事情。看着欢欢那温驯的样子，老爷子却突然像改变了主意一般，又一次取下狗脖子上的绳套，怔怔地望着南岭上蓝天下那一个小黑点愣神……

那是一座元代建筑的青石殿。在过去的年月里，自农历的六月六那天起，塔下就开始了一年一度的盛大庙会。整整三天时间，远近的香客们簇拥在那阴森森的大殿里，面对佛祖身后壁画上那一排排血淋淋的铡刀、冒着肉浆的石磨、闪着寒光的刀山、升腾着烈焰的油锅，每个人都在心底默默地念着佛的名号，极力地赎救着自己几近堕落的灵魂。神谕告知他们，一个人在阳世造下的罪孽，阎王爷都在他面前那块青石板磨就的生死簿上一笔笔清清楚楚地给记录着呢！

想到这里，老爷子慢慢地磕着了手里的火绒，等那嗞嗞的声音燃起了青烟，他却犹犹豫豫地忘记了往烟袋锅上按压，就那样又坐了一小会儿。陡然，他终于下定了决心似的用力将烟袋锅在鞋帮上一磕，飞快地把烟袋别在腰里，这才站起来对着自己也是对着狗说："欢欢，把你从沟里抱上来的是我老汉。今日，送你去那不该去的地方的人还是我老汉！你记住，到了阴司，你把这话给阎王爷一五一十都学说清楚了，我不怕旱天打雷把我劈死！"

说完，他飞快地将绳套从欢欢头上套进脖颈，狗像什么事也没发生似的顺从着主人走到院子的石榴树下，他将绳头甩过树杈，双手使尽全力一拽，狗一下子便被悬吊在空中……

他没有勇气再看一眼昔日的伙伴被吊起来的样子，狗只挣扎了几下便不动了。等了一会儿，狗的腿蹬直了，他才无力地松开双手，人狗一同瘫倒在树下。

几只喜鹊从墙头看到了地上的死狗，立即落在石榴树梢不住地嘈叫着。欢欢那一群不懂人事的小儿女，看见母亲被吊上树干的那一刻，还一齐簇拥在下边蹦着想一同上去。当妈妈从树上"扑通"一声摔下来时，它们飞快地围上前去用嘴呼唤着昏迷的妈妈……可是，当它们嗅出了那令它们十分惊惧的死亡气息之后，一个个小尾巴立即耷拉了下来，又一齐惊惧地盯着喂养它们的老主人……

此刻，老爷子眼睛里透出的那股凶狠的目光，使得它们立即瑟瑟发抖起来……

当天晚上，左邻右舍都收到老爷子挨门齐户送来的一碗"羊肉汤"。谁也不知道，他们面前每只碗里盛着的其实是欢欢和它那一群小儿女被合煮了的骨肉！

老爷子早就动过这个心思了。

前一段时间，一窝狗崽饿得眼看已经不行了。为了让它们逃个活命，他牵着大的、抱着小的，好不容易把它们丢到城里的大街上。谁知道，第二天当他打开家门，欢欢领着几个儿女已经早早地等在门外……他真的不能想象，大狗自身走路都一步半步地挪脚，它究竟是用啥办法将几个小的一个不少地又领了回来呢?

昨天，运喜的老娘病了。先生给老婆子开了个处方，说要用绿豆羊肉合煮的汤汁调养，老詹请佑普爷去帮忙宰了一只羯羊。一群面如菜色的老老少少无事可做，围了一大圈站在那儿看着老爷子在那儿剥羊。那臭烘烘的血肠刚剖开，他们居然像恶狼一样，一起不住地吞咽着满嘴的口水……看到这一切，老汉心里实在无法平静。最后，他涎着老脸讨下那副羊肠子和几只羊蹄子，谎说是拿回去喂狗。那时，他就已经黑下心动了杀狗的恶念。他也想过了，既然它们终究逃不过这场年馑，何不成全它们死活在一起去搭救几条人命呢。他把一大砂罐骨头汤送给左邻右舍，回到家里后，却一夜都没有合眼……

第二天，左邻右舍都发觉老爷子走路已经没有了以往高仰着脸的神态，听见有人问候也不再应声，一双眼睛里还多了些凶狠的光亮。中午，巷道的婆娘们呼唤欢欢上炕给娃娃舔屎那阵子，却从门里唤出一脸老泪的佑普爷……

不几天，人们都知道这个老东西已经把欢欢母子烹了。

这不啻是一个天大的凶讯。

长稔塬的人，从来不吃地上跑的狗和水里游的鱼。尽管有一千个传说，他们却只牢牢地记住了祖宗留下的这一条遗训——狗和鱼是忠勇善良的化身。狗不嫌家贫，即使饿死也不会离开养它的穷家去攀附富贵。对于主子，它们从来都不离不弃，忠贞一生。无论是白天还是黑夜，它们都一眼不眨地守护着满地的庄稼和羊群，恪守着日月和星辰赋予它们的天职。河里游的鱼儿，没有四肢、没有羽毛；不会走路、不会飞翔。为了大地给它的那一条性命，它不吃五谷不伤生灵，与世无争地苟活在水底啃食着泥土，甚或终生都不会叫一声！一辈一辈的山里人便与它们有了这个互不相食的约定，从古到今，恪守如一。

佑普爷执刀向狗的那一瞬间，已经把自己推向了不义之路。何况，欢欢这只狗救过这老东西一条命哪。

去年冬天，离矿区较近的二女儿月娥给老汉送了几挑扫来的土煤给他煨火炕。他试着煨了一回，觉得这个东西既省柴火又干净，还不需要人每晚忙活。可是，隔了几天，他因不得窍道煨多了土煤压熄了炕火。天气太冷，他从柴房里抱了些麦草，只顾填进炕洞猛烧一气。谁知道，他家那老房火炕的烟囱一直不利，闹得捂了一屋子炭烟。天明时分，他被炕洞里不时倒出的煤烟熏倒在炕头。好在农家厢房的门窗都有糊纸的漏风菱格，多多少少还能透进来些许空气。要不然，说不定真会闹出人命来。十分了解主人黎明即起习惯的欢欢，发现老爷子吃早饭时还没起床，便急得在院子直打转。后来，它干脆跳到炕上咬住主人的被子乱撕一气。看见老爷子躺在那儿仍然没一丝儿动静，狗像发了疯一样在院子里跑前跑后地狂吠，终于招来邻居救起了主人……

然而，凭着杀狗这一件事情，就把老汉划归到黑心人之列，也实在是有失偏颇。老爷子这辈子除了好那一口滚烫的酽茶，剩下来便是爱狗。他对狗的那份痴情，几乎胜过爱自己的性命。上了年纪的人都知道，老汉这一生和另一只狗的故事，也曾经震惊过整个洽川县。

他十九岁那年，第一次为自己抱养过一只草黄细狗。在久以逐狗撵兔为乐事的长稔塬，村民和他们的狗，一年一度共同演绎着一出出祭祀天地的大礼。无论你是个糙脸脚户还是官府职员，荣辱全系在一只狗的身上。小伙儿那只草黄狗名气也太大了——“嘴尖耳长尾似剑，四个蹄子像蒜瓣”。其训练有素的端庄姿态不但有目共睹，猎兔的技巧更是远播三县。那精湛到家的“挑、扑、咬”三大绝招，让他一个小屁孩儿稳稳做了三年“狗司令”。为此，小伙儿还迎娶了西县狗户如花似玉的掌上明珠！

一只疾驰中的狗，能将腾空返跳着去抓狗眼的狡兔用嘴挑翻，同时，还能扭动腰身发力上扑，不等兔子第二次调整好姿态，在其落地的一瞬间置它于死地，这样的狗才算得上百里挑一。长稔塬上的兔们，几千年来被人狗追撵得已经不是一群温驯的兔子了，它们在求生的进化中，已渐渐异化成一只只狡兽。每每一场血肉相搏下来，狗群中总是不乏许多跛腿、瞎眼、烂脸皮的狗，有些猎狗的肚皮被兔子蹬得流出肠子的事情亦不鲜见。为了拥有一只名狗，旧社会那些大户人家在雇伙计的条件中，专意有一个十分苛刻的条件，那就是必须得会养细狗。

那是一个腊月间，洽川县党委书记兼县长周弘在一次亲民猎兔时，看上了谢佑普的那只狗。事后，周弘曾私下托人掏钱来买。据说已经出到了一匹马的价钱，年轻人气盛，丢给人家一句硬话："牲口是不能出口言卖的！"不日，县政府以逃避兵役的罪名，把他捆进了县大衙。谢佑普是独子，按照民国二丁抽一的法令，他并没有逃避兵役的理由。可是，因为"卖壮丁"的事情，他被抓起来了。

好男不当兵，好铁不捻钉。在长稔塬上，每年丁捐派下来的时候，大户人家只需出点粮食，让穷苦百姓的子弟冒名顶替着卖一次性命。这个营生，居然久成职业。谢佑普为了全家度饥荒，三年中卖过两次壮丁，两次他都利索地逃回家门。当时，关中道上各路诸侯率领的各色队伍你来我往，这种事情根本无人追究，地方政府那些走马灯般轮换坐衙门的官员亦不会无事找事地主动去过问这些事情。可是，县大衙那次传出话来，不出三百大洋的保金，人是不能出牢的！眼看年关将近，一个大活人被关在县大衙，谁都知道人家这是冲着他家那只草黄犬来的。家里人当晚把狗牵进县大衙"卖"掉，人便被无事一般放回了村。

谁知道，他家那只狗离开主人后居然三天三夜不吃不喝，闹得那些衙役们毫无办法。县太爷大年三十又差人把狗主叫了去，让佑普先帮着喂一喂，待过一段时日狗认新主后再说。谁知道，他家那狗不但性烈，而且也不是那种任人买来卖去的狗，除非老主亲饲，否则一直不买新主的账。于是，谢佑普只好每日里出入县衙，安心为县太爷养了一个春天的狗。狗每天一见到他就活蹦乱跳地一阵亲热，离开时又恋恋不舍地直掉眼泪，他看着心里也难受，便想偷回自家的狗。一直待到四月的一个深夜，他翻墙摸进了县府大院。可是，就在他刚刚解开狗索还没来得及脱身的当口，就被巡夜的警察发现了。夜入大衙，不是偷偷摸摸的小罪名。情急之下，他放开爱犬刚想脱身，那个身手麻利的巡警却一把扯住了他，举起手里的警棍就打。赤手空拳的他根本无法招架一个手执棍棒的壮汉，他奋力挣脱后，只能边跑边躲。此时，意料之外的事情发生了。看到主人受到攻击，草黄狗突然带着铁链反扑上去，一口咬住正在鸣笛的巡警的胳膊！那个当差的也是个歹货，三甩两甩，不但衣袖被狗撕掉一大块，而且他拿棍子的左手腕子又被狗换口咬住后死不松口！他那阵也急了，顺手从腰里掏出一把警刺，一刀下去就把狗捅翻在地。谢佑普永远记得那个血腥的场景……狗拖着一地肠子，在咽气前，依然没有放弃扯住凶手让主人逃命。月光下，他几乎被狗临死前那依恋的眼神惊呆了。他居然放弃自己逃生，反身夺过巡警手里的警刺，将对方连戳了十多刀……从此，他逃出村庄，开始了十年的颠沛流离生活。

第七章

羊倌和老婆那一转转风花雪月

一冬一春，就这么熬过去了。

整个村庄里，只有詹木林这个外来客对业已发生着的大年馑无动于衷。前天，当他肩膀上搭着条口袋，按照每月领粮的日子去六队仓库领粮时，突然发现原来那些装满麦子的囤席已经被饿疯了的老鼠咬成一地碎屑！回到家里，他立即把大仓里种子已经被吃光了的“重大事件”给麦秀说了，夫妻俩面对着这个并不会让他们感到突然的变故，整整盘算了一夜。

第二天一大早，麦秀风风火火地去了一趟娘家，夜里便偷偷地掮回来一斗荞麦。当夜，小两口又是推磨又是烧锅折腾了整整一夜。天不明，她又遮遮掩掩地抱着一只鼓鼓囊囊的面口袋出了村庄。只是，每到夜半更深，她家那盘大石磨便会被推转起来。为了掩饰这些响动，小两口不等天黑就早早关门闭窗开始睡他们的大觉，半夜里又一齐偷偷起身，锅上案上折腾个不歇劲儿。待到鸡鸣时分，干完了手头的活儿，两个人这才和衣躺一会儿。不待天色透亮，麦秀背着一包袱东西鬼鬼祟祟出了门，老詹在家打发完几个小家伙的吃喝让去上学，这才东倒西歪地赶着他的羊群出了村。

这种有板有眼的日子，可苦坏了平时疏于出力干活的大懒蛋詹木林。麦秀家那盘石磨，原本是一盘专门给牲口盘的大磨。一个男人要单独去推，不仅需要过人的力气，还要具备围着磨道转几百圈而不晕眩的先天体质。老詹首先被推磨头晕这件事情难住了。

开始，麦秀倒是想起过平时套驴拉磨给它们戴眼罩的事，别出心裁地取了件旧衣服，蒙着男人的头让试着转了几圈，结果情况更糟糕。在东倒西歪地撞过几次墙之后，老詹决定揭起衣服透透气儿。没承想，他还没揭开蒙在头上的东西，便一头栽倒在地可着劲儿干呕起来。他这个毫无做作之感的真实表演，差点没把麦秀给笑死过去……在推磨这件事情上，老詹这个自诩比驴还壮实的爷们还真不如队上那头瘦驴好使。

原来，麦秀娘家一直有个摊莛面、压饸饹的祖传手艺。到了麦秀这一辈，只有家中二哥经营过先人丢下的饭摊子。公私合营后，县城一夜间取消了个体经营，街上那些饭摊子也统一由供销联社合并成了一家国营食堂。老二丢了传家手艺，每次进城赶集都会去他摆过摊的老地方转悠一阵子。有一天，他正在老地方瞎转悠，不防备有个人走近他身边神秘地问："伙计，想吃饸饹不？"他奇怪地东瞧瞧西看看，并没发现哪儿有饭食担子，随口嘟囔了一句："哪儿有呀？"那人把他拉扯到一处狗尿味很浓的墙角下，从怀里掏出个小布袋，伸出脏兮兮的黑手抓起一小把已经压碎了的凉饸饹在一只碗里量后，递过来督促道："快吃，小心市管会的人……"一见眼前就这么简单个吃法，他十分不满意地问："调和[①]哩？"那人只把大嘴一撇："你这个人讲究还多得很。捏着吃吧，别忙，先给钱……"他无可奈何地用手抓着吃了饭、递了钱，那人才做贼一般收了碗，将碗重新塞进怀里，然后鬼鬼祟祟四下瞅了瞅，接着便飞快地顺着小巷子溜了。

此前，老二在村里倒是听说过城里有粮食"黑市"的传言，不是这一碗真真切切的荞面饸饹，他确实不敢相信黑市原来一直这么猖獗。老二这个人胆子也忒大，回到家后寻思了两天，偷偷地借来点荞麦在家里压了饸饹，便试着去黑市倒腾开了。没出一月，他借人的一斗荞麦很快变成了两斗不说，一家老少好赖还有洗过饸饹床子的荞面疙瘩糊嘴。后来，他干脆把那点荞麦换成麦

① 调和（tiáo huo）：烹饪所用的作料。

子，又卖开了麦面蒸馍。不过，看着兄弟姊妹一家家依然在挨饿，老二不但在暗地里扶持起大哥和两个兄弟，还把出嫁了的妹子麦秀叫来一起商量说，妹夫长那么大块头，整天光吃不做这样下去如何得了？于是，就热诚地建议妹子把家里闲置下来的饸饹床子掮去，先试着压点饸饹倒腾着。

麦秀小时候确实没少跟着父亲的饭担子赶周边的庙会，多少也清楚卖饭食里边的门道。这号生意，必须家里的人手多。如果没有一两个好帮手，想长期经营一个饭摊子那几乎是不可能的事情。老詹纯粹是个福生福长的公子哥儿，做这些事情根本指靠不住。所以当时她并没有轻易答应。等到眼前这个节骨眼上，她几乎没经任何考虑，便和男人商量起这件事情来。

老詹这个甩手掌柜虽然不谙经营之道，但一听麦秀说做买卖能给家里弄回来粮食，便极力怂恿老婆大胆实践。麦秀一听丈夫愿意推磨，觍着脸又去找二哥帮忙。于是，他们家这个小生意便如此这般地运转起来了。麦秀和二哥言定，她负责走街转巷找买主，二哥负责在城外庄稼地里看管两家装吃食的襻笼。卖完饭食之后，两个人这才钻到背巷子找人籴粮，一路换着扛回来……

这天傍晚，天已经快擦黑了，麦秀还没进村。老詹一直按捺不住嗵嗵的心跳，心慌意乱地在家里团团乱转。眼见天色已经不早了，他急忙安顿好孩子，一个人向马坡口走去。

走出村口，他有意停下脚步，手搭凉棚朝沟坡上望了一阵儿，却没见一个人影。他心里不免更加紧张起来。谁知道，他刚刚走到车马店老院前的坡头，突然听见前边土坎坎下似乎有人在小声喊他：“哎，当家的，我在这里候着呢！”

老詹还以为是自己出现了幻觉，转过身子，这才看见麦秀不知从哪儿已经钻了出来。她走到了他身边，压着声音给自家男人打招呼说：“瓜娃，这么晚了，你跑出来会老相好呢？”

老詹看见妻子后终于放下了一颗悬着的心，便问麦秀：“你没有回家来嘛，我心里很紧张。你一个人坐在大树背后干什么？”

麦秀戳了一下男人那高高的鼻梁，得意地告诉他：“天还这么亮，咋个进村啊？”

老詹接过妻子手上拎的口袋，一摸里边鼓鼓的好像还有点东西没卖完，便投来问询的目光。

麦秀浅浅地笑了，神秘地告诉他：“这里边是我给你和孩子扯的裤子布料！”说完，又不放心地问：“碎小子睡了没？你没安顿让他们不要逗灯火？”

老詹这才舒心地告诉她：“我出门前给他们讲了个故事，说妈妈掉到沟里去了，我得赶快去救她回来。姑娘很听话的，她搂着弟弟便让我快去拉你上来……”

麦秀满足地笑了笑说：“你就会讲故事吓唬人。”

老詹却一本正经地说：“不，这条沟确实有狼迹呢。我放羊看见过的，心里一直不太放心呢。”

麦秀知道丈夫一直替她操着这份心。一听老詹提说到狼，她就不由自主地紧紧靠住了他。老詹趁机捧起妻子的脸，慢慢地俯首，麦秀也不避，两个人的嘴便紧紧地黏合在一起……他一只手轻轻地抚摸着她的肩头，麦秀心头禁不住一阵战栗，忙推开丈夫那孔武有力的胳膊娇嗔地说：“你要死呀，真像条偷吃的小狗！”她嘴上虽然这么说着，心里却甜蜜极了。

半阁城那群土包子男人，尽管光着屁股的时候就已经被爷爷拽着小牛牛教导得偎在娘怀里吵着要娶小媳妇儿，可是，从脱去开裆裤那天起，他们就不再被允许随意提说“女人”这两个字眼了。老詹这货经营起此类事，却比一般男人在行。即使在白天，在一碗你推我让的苞谷粥面前、在麦秀回娘家小住后初次见面时、在他放羊回来看见被浆洗得平平展展的衣服的那一瞬间，这个男人都会激动得搂着妻子，给予女人时时都在渴望的热吻。这些无论人前人后随意对妻子搂搂抱抱的不雅举动，居然让全村庄的妇女对麦秀充满了无端的嫉妒。

还是两个人刚成家那阵子，麦秀给老詹做了一条土布裤子。这货在他们老家可能从来就没有穿过那种捻裆裤子，走起路来，那裤裆时常吊得老长。麦秀自己也觉得那条裤子把自家男人穿丑了，趁雨天，她拿起剪刀给男人又赶着把那条裤子改成一条“西式”裤。为了前后换穿不费衣服，还特意给他做成了时兴的那种侧开缝的女式囫囵裆。也不知这货在沟里咋蹲咋坐的，那十分结实的三股棉线裤却常常被他弄得开了缝儿。有一天，他穿在身上的那条裤子又被他弄得开了线，不慎露出了屁股。按说，一个男人在沟里放羊，天黑进村又没人能看得见他那尻子。他居然丢下满坡的羊不管，慌慌张张跑回家来。他这一头扎进门，就大吵大闹地要老婆缝裤子。正在剁猪草的麦秀只好放下活计，让男人端端地站好，自己蹲在那儿给他缝补。谁知道，还没纳几针，男人那不老实的东西却勃起如一条粗壮的圆头萝卜……麦秀虽说夜里在娃娃睡着后经常和男人在被窝里办那事，可真真切切在光天化日之下，活生生端详丈夫那峥嵘的东西，这还是头一回。她也不说叫男人把他那物件赶紧拾掇回去，自己先在那儿出不匀一口气儿，身子一下子软塌塌地没一丝劲儿，手也抖得拿不住针线，只好呻呻吟吟靠在了炕沿上……

不知过了多长时间，几个趁着课间跑回家取扫帚打扫学校操场的红领巾，看见老詹的羊群无人照管，已经跑上塬畔正在啃吃生产队的庄稼。一群毛孩子围追堵截赶了大半天，那些羊却从西边赶走了，又从东边跑上来，人手再多也无济于事。他们一看不是办法，几个腿长的便飞也似的跑进巷道，一进老詹家门就一齐大喊：“老詹叔呦——羊吃生产队黑豆哩，你再不去赶，我们就把羊吆到大队去了！”

两口子那阵子正在屋里翻云覆雨，不敢应声。小家伙们以为家里没人，挤在院子里一起开始纳闷起来。他们哪里知晓，屋内的两口子那阵子只想把这几个小子瞒哄出门后，继续忙活他们那没完没了的正经事。

几个小家伙站在院子里，分明已经听见屋内刚才似有老牛上坡一般的吭哧声，而且夹杂有女人害牙疼一般的呻吟声，怎么一下子却鸦雀无声了？这种寂静只保持了一分钟，又听见老詹在屋里嗷嗷地大呼小叫起来！

这时，一个微小的情节让红领巾们终于发现了端倪。一般农户大白天绝对没有闩门睡觉的习惯，老詹那间房门居然从里边插锁着。

几个大点的孩子决定扶一个上去趴在窗户上向屋里窥探一下，看看老詹是不是生病了！这一看不打紧，夫妻俩如胶似漆一时无法分开的景象实在把那个被扶上来的小家伙吓坏了，只听上边的小家伙“呀”的一声，一个跟头就栽了下来！下边几个不知发生了啥事，看见掉下来的小伙伴满脸通红、二话不说撅起屁股就往门外跑，他们也早忘了羊吃黑豆的事，一边随之跑出门来，一边坏坏地交头接耳了一阵子，又齐齐地喊：

“老詹在屋里和芍药妈骑马马咬仗哩——”

“老詹狗日的大白天调戏妇女哩——”

此事便春风一样迅速传遍了半阁城的犄角旮旯。

后来，几个大媳妇倒是当着众人面故意讨问过老詹“补裤裆”一事的端的，老詹并不明白她们的用意，还在她们面前大夸特夸自家老婆针线做得绝对密实。她们感到在这货身上可能也诈不出个具体情节来，便在地头围住麦秀非得让她交代“羊吃黑豆”那一段风花雪月之事。每每被问起，麦秀都面不改色地矢口否认：“哪有这号事？两个人那是闹着耍哩……”末了，却神采奕奕地补充了一句：“留下晚上那一夜工夫闹啥去？”这时候，姐妹们就有点不依不饶的劲儿，非要她交代清楚她家那“属驴的”一个晚上要她几回，麦秀当然不会轻易披露。她们也不管还有姑娘女儿在一旁，几个力气大的把麦秀按在棉花地里又抓又挠，也不管一地庄稼被压倒了一大片，直把笑得快要岔气儿的麦秀逼迫得伸着指头说：“三晚一回……回儿。”鬼才相信，她们哪能就此罢休。稍加笨想，老詹吃的是商品粮，整天不用下地出力，攒那一身驴劲还能干啥用？后来，她们直逼得麦秀改口成“一晚三回”——吹灯一回、起夜一回、娃娃上学走了还得小耍闹一回……她们又一下子都不笑了，一齐窝在一旁幽幽地怨恨起她们炕头上那口子来。吃着食堂伙食，那些死鬼男人一个个已经变得像一头被骟过的公驴一样，压根儿已经绝了炕头上的本事……

夕阳已经西下远山，小两口就这么一直含情脉脉地站着。金色的余晖里，麦秀那俊秀的脸蛋愈发好看，明眸皓齿，艳丽无比，简直像天仙妹妹下凡。老詹目不转睛地凝视着漂亮的妻子，在旷野前激动得不能自已。四目相对之时，这个异乡男人却无端地想着，两个远隔千里万里的人儿，是谁把他们的生命联结在这里？眼前这荒芜的山、干枯的地、生生不息的人们、熙熙攘攘的村庄，还有渐渐隐下西山去的那一轮太阳。那是一轮常新不老的太阳。村庄上的人们，看着她东升西落，不知疲倦，对她充满了热爱，也充满了无比的崇敬。她时时刻刻见证着这一方土地，注目着那些天上飞翔的归窝小鸟和满坡坡怒放的山丹丹。

老詹这个无忧无虑的异乡人，对着身旁美丽的妻子和眼前瑰丽绚烂的野花，突然莫名其妙地大喊起来：

“I LOVE YOU——”

沟崖缝缝里的“崖娃娃”[①]也在学舌，远远近近的崖头上，都在重复着这句美丽的话，哇哇地响彻云霄。

麦秀羞红着脸，故意打断着他的思绪并小声嗔骂道：“你要死呀！”看着丈夫手舞足蹈的样子，她却又认真地告诉他一个秘密：“今天我在城里碰见咱村一个人！”

老詹心不在焉地问：“谁呢？”

她更加神秘地说：“是星三喀。他拿着他妈陪嫁的金耳环让我到银行替他去换钱，我说人家问我咋办。他让我谎说是他老婆，就说是家里老人留下来的老古董……啊呀，那么一丁点金子就卖了九十多块钱呢。可他个倒灶鬼[②]，一下子又花去十多块钱称了三块锅盔！”

老詹好像并不关心她说的那个事情，只是奇怪地问：“什么是……‘锅盔’？”

麦秀用手比画着说：“就是……哎呀，鏊子上烙的大大的面饼嘛，等有了麦面，我给你和孩子烙一个。你个傻瓜，啥也不懂！”

老詹自打来到半阁城，从来没有看见村民们烤制过那么奢侈的大锅盔。听麦秀这么一解释，他似懂非懂地点了点头说：“是的。锅盔嘛，宝贝一样

① 崖娃娃：活在崖缝学人说话的神怪。

② 倒灶鬼：变卖家产、不务正业的败家子。

的，会有的。星三家有许多宝贝，咱们家也有宝贝，你知道吗？”

麦秀没好气地说：“咱们家有狗屁宝贝！”

老詹认真地说：“你和我们的姑娘嘛，还有儿子和小猫咪和我，我们家有五个小宝贝……”

麦秀撇了撇嘴，脸上却甜甜地笑着，嘴里仍不放心地问自家男人：“星三他家是富农，他为啥不把那些东西上交给公社？”

老詹这时却有点不解地看着妻子的眼睛，奇怪地问：“这是他家的财产，为什么要交给公社？”

麦秀却十分不放心地又问了他一句：“你说，他今天看见我卖吃食了，会不会去大队上告发我？”

这回轮着老詹笑了，他逗着她说：“他为什么要告发你？所以你不敢早早回来？”

麦秀没正面回答他的话，只是幽幽地说：“如果他告我卖饸饹的事情，我也揭发他卖浮财搞投机倒把！”

一听这话，老詹几乎惊骇地问：“为什么？”

麦秀十分平静地说：“不为啥，一路上我就是这么想的咯……”

老詹抬头望了望天上红彤彤的晚霞，挽着妻子的手往前走着。他突然指着余晖中西山上空那一颗星星，开导她说：“秀，你看那颗星星多么明亮！知道不，它就是上帝的眼睛。你嘛，应当宽恕一切人，就像上帝宽恕着我们每一个人的过失一样。一个村庄的村民，为什么要去互相告发呢……”

麦秀顺从地点了点头：“你呀，总是教人做善事做好事，人人都有你这么好的心肠就好了！”说完，她又不解地问他：“你整天上帝长上帝短，上帝到底是阿搭人？

老詹虔诚地告诉她说：“在这个世界上，有许多的宗教，你不懂得这些的……”

麦秀仍然不理解地说：“我只知道天上有玉皇大帝和王母娘娘，现在又是上帝又是真主，天上哪住得了那么多的神仙？”

老詹宽宏地说：“天上有上帝，地上也有上帝。毛泽东就是上帝派往人间的使者。他是一位平民领袖，一位惦记着天下穷苦人民的救世主。没有他，穷苦的中国人就不会有今天这样当家做主的好日子，你懂吗？”

麦秀一听他这话却有点恼怒地回敬男人说：“你说的尽是狗屁话。咱们眼下这叫好日子吗？把人都能饿死！”

老詹却十分开心地笑着对她解释说：“亲爱的，主人饿着肚子也是主人，奴隶喝着美酒也没有自由。我相信，中国人民不会长久饿肚子的！”

麦秀却哪壶不开提哪壶：“要我信也行，你能把你的上帝喊下凡来替你推磨子我就信！”

老詹一听妻子提自己推磨时常闹出的那些尴尬，有点不服气地说：“呶，我有的是劲，真的。你看，我这胳膊！只是，我真的害怕咱家那圆圆的石头磨子……”他夸张地比画出一个大圆，然后做出一副要死不活的样子在路上走着转了一圈。麦秀被他那认真劲儿逗得蹲在路边笑得直喊肚子疼。

狐仙

谁也没有心思去算计每天都在默默消逝着的日子，时月已经悄悄地越过了芒种。

这个季节是上苍恩赐给北方农人收获的节日。但连续两年的持续干旱，长稔塬一眼望不到边的土地上，却没能长出一棵麦子让这个季节向农人昭示它的到来。只有那些找不着麦田的布谷鸟儿，十分着急地站在干枯的树枝上彻夜啼叫着。

行走在巷道里哭丧着脸的男人们，相互打个照面也少了往日的问候和说道。然而，从各家各户门道里依然传出一片纺车和织布机的声响。

山里女人们，生生死死都摆不脱那一绺绺用棉线缠绕的梦境。只要她们活着一天，两只手就一直不会停歇。

说到纺线织布这个营生，运喜家婆娘祝心香算是全村婆娘女子里最能干的一个。最近一些时日，她不知从哪儿弄了些棉花，开始背着人没日没夜地织起布来。婆婆和大女儿水仙也一人一架纺车支起来赶着纺线。她们家这些举动，惹得邻居都十分好奇。为了掩人耳目，她支吾着给邻居说，她在娘家借了点棉花，想趁着地里没啥活路早早给女儿做点陪箱。水仙娃已经十四岁了，姬仙也只小姐姐一岁。几年后姐妹俩要出门，也就一前一后的脚步，能早置办就得给女子置办呢，免得到时让人着急。

其实，这里边藏着一宗不可告人的买卖。

心香的娘家在皇甫庄镇边的祝坊圪塄，那儿离武帝山不远。近山的田土四季多霜害，无法种植棉花。山里人的四季穿着，全靠男人背着点山货下山来换取。皇甫庄这个傍山小镇，每逢集日，一条南北向小街都是估衣[1]地摊；两行大小门店，也尽是棉布字号。镇子周边的村民忙时务农，闲时家家都经营布匹估衣生意。小时候，心香时常跟大人卖些老布袜子、窝窝鞋。自打出嫁以后，娘家的这条路便走得少了。前些时日，心香她大姨去世了，娘家差人来说了。

心香和运喜起了个早，一路赶到祝坊圪塄。两个人一进门，还没有轮到去灵前插几炷香，就被管事的招呼着按远路客人先吃了一顿便饭。来到后院棚下，主家过事那大肆铺排的坛场真让两口子吃了一惊。一张大案上，摞着四层已经装好的白肉碗；一口大铁锅上还架着刚刚捞出的方子肉，汤锅里依然咕嘟咕嘟地卤着一板板豆腐……心香不禁暗想，就算山里人不缺粮食，这年月过个白事，咋还杀得起两头猪哪！相隔不过几十里山路，却好像隔了一层天。

抬埋完人之后，她嗫嚅地向表哥开了口。对方怎么也想不到，表妹咋说嫁的也是个支部书记，居然把日子过得能看上他家那一摊切过种子的烂洋芋。于是，他不无嘲讽地对她说："都说山下人懒，买点棉花织成布，换点苞谷

① 估衣：出售的旧衣服。

荞麦不比那烂洋芋好吃吗？这么重的东西，你们两个人用肩膀又能扛多少回去嘛！”

心香和表哥是小时候在外婆家一块儿玩大的好兄妹，她不服气地对他说：“现在谁还会穿土布哩？”表哥立即认真地和表妹算了一笔细账：“哔叽一尺最便宜的也要三毛八分钱，卡其就将近九毛钱哩。那些深山里的猎户，总不能背一布袋洋芋直接去供销社换几尺布去。眼下，一双老布鞋在街上照样能换三斤苞谷呢！”心香不禁吃惊地问他：“不是不让私人卖估衣吗？”表哥不屑地回敬道：“死心眼子，你当山里人傻哩？他们总得穿衣服吧？要是不信，你今日到集上去看一下，满街没见一家地摊，粜粮食的回去提着布，贩估衣的出来掮着粮……为啥？都在家户私下里做生意呢！”

于是，在回来的路上，心香就一直撺掇着不住打饱嗝的运喜：“哎，我说掌柜的，咱也把家里攒下的那几卷布驮上山卖了，你看行不？”运喜心不在焉地反问她：“咱娃娃多，卖了积攒的那点布，一家人精尻子跑哇？”心香平日里当家比运喜有心计，便没好气地说：“从黑市上称点棉花咱再织嘛，一双手整天吊着等拉纸棍[1]用呀！”

运喜一听老婆提到“黑市”两个字，便小心地说：“你这不是在老虎头上挠虮子嘛！”心香只是追问行不行，其他事她不管那么多。运喜被逼急了，才为难地说：“你这人也真是的，我瞎好还是个党员干部，自家婆娘带头搞投机倒把，扰乱国家市场，这咋成？”心香立即开始数叨他说：“干部咋？当干部你就甭娶老婆嘛，晚上把牛儿塞到墙缝里去不也一样！别说你芝麻大个书记官，县太爷他也得养家糊口吧？前些日子，要不是老詹时常接济，老妈也早让你送到土里去了！你个大孝子，咋就给老妈买不下几斤蒸馍？村里人把你抬举一下，你就真的以为你是个官了？有本事你到中央当个书记去，让我也做几天一品夫人！”

运喜被她戗得一声不吭，心香一路也不再提这话茬。

---

① 纸棍：旧时葬仪上孝子手上拉着的哭丧棒。

回到家里，她把孩子们穿小了又没舍得做布片糊褙子[1]的小物件整理了一包袱，又把公公去世前只穿过几次的旧袍褂、旧棉鞋一起裹了，隔天就跟了一趟皇甫庄的六日集。不但一下子换了二十多块钱，还籴来二十七斤苞谷豆儿。她知道县城里粮贵物贱，又连夜折返进城粜了十多斤苞谷，再添钱换回六斤棉花。

做这号事情心香倒是轻车熟路，她先把一部分棉花存在亲戚家里，只弹了三斤带回来。运喜在家里早张罗着几个小的在磨上推苞谷、罗糁子，赶心香回来，已经熬好了一大锅苞谷糁子稠饭。她这头一迈进门槛，一家老小便急不可耐地端起饭碗吸溜起来。一大锅稠疙瘩饭，不一会儿就被一家人吃了个底朝天。谁知道，那苞谷饭熬得也太稠了，几个小点的多少天没见过纯粮吃食，又可着劲儿撑，进了肚子后一时不好消化，一个个肚子胀得哭闹到半夜。后半夜大人被折腾得太困也忘了提醒，一群小的又一齐尿了炕。她家炕上那张破席片子，被浇了个精透……

此后，心香一三五赶山、星期天进城，一家人被她支派得滴溜乱转。

话说，这天正好是端午节。家家没米包粽子，也省却了主妇们不少麻烦。天刚微明，心香和女儿已经赶早起来浆完了线子，把剩下的面水又添了一小面瓢苞谷糁熬成糊汤。她先给老妈送了一碗刮下锅底有疙瘩的稠饭，然后给一群小的一勺勺分匀了，让各端各的不要打架，自己这才端起碗来喝了几口。她趁老太太不注意，把自己的碗扣在饭盆下给男人留着，又紧着招呼女儿晾线子。

不一会儿，老太太手里端着一只小茶碗出了房门，招呼几个小孙孙过来往鼻孔和耳朵、眼里抹雄黄。

水仙看见奶奶已经翻出一直藏在自己展箱里的那一串小香草包包，抢先从奶奶手里挑了那个绣得十分调皮的“小猴子”给自己挂在脖子上，还故意对着大妹挤眉弄眼地炫耀了一番。完了，才又坐下摇起了纺车。谁知道，她那点

---

① 褙子：制鞋原料，将破布片用糨糊粘叠晒干，做鞋底用。

小小的炫耀，却惹得处处争宠的大妹姬仙在一旁又哭又闹，非要换她那个小香包不可。

心香也不说大女子爱起事，远远地指着二女子就大声呵斥：“哭，一天就知道哭！长了一枪杆子高不知道学着你姐替大人干活，就知道和她争东争西。你还牛在那儿要咋？还不快洗锅去！咋，不去是不？好，看我腾出手来不打你个混账东西！”二女子看见当妈的事事都偏向姐姐，愈发噘着嘴犟道：“她不给我香包，我就不去！”心香手里忙张着自己的活路，嘴上依然充满威胁地丢过去一句话：“你敢！”

母女俩正在打着嘴仗，高运喜却苦笑着走进了家门。院子里立时如一鹞入林，瞬间便鸦雀无声了。

平时，运喜这个人在外边和旁人有时还有点说笑，一进家门就耷拉着一张脸。为此，心香背过老小时常骂他“整天就那一副吊死鬼眉眼，你是把干部当到自己家里来了！”一看当家的进门来一反常态，心香就有点稀罕地随口问：“哟，今日太阳咋从西边出来了，看把你喜得像吃了喜娃妈的奶咧！”

这虽是一句村民们时常用来相互取笑的打趣话，由于运喜的小名叫喜娃，于是，在半阁城说这句话时就多少有点指向。话一出口，心香自觉失口，赶紧吐了吐舌头。男人倒没有和她计较，却明显有点生气地接了一句：“唉，这阵子我都想哭哩。”

这会儿，心香才从运喜脸上看出来男人肚子里肯定装着不高兴的心事，这才忙问：“咋？村上又出了啥事咧？”

运喜无奈地把拐子往石凳边上一放，十分惆怅地说：“还能出啥事嘛，老佑普这山杠爷又领着人起事哩喀。”说完，这才一屁股坐在石凳上，摸出烟袋又开始吧嗒吧嗒抽了起来。

心香一边安顿二女子热饭去，自己依然坐在那儿稍稍停了手里的活儿，紧锁着眉头思想了一番，忙问运喜说：“你是不是又得罪人家老爷子了？”他吐了一口烟，不无担忧地告诉自家女人说：“哪能呢，他要领人祈雨去哩，在祠堂已把三眼铳和锣鼓家伙全翻出来了……”心香一听是这个事情，就有些着急地说："呀，你咋不去劝劝老汉？他也不想想，这都啥年月了，公社要是知道村上闹迷信，我看他这个大队干部日后还咋往下当！"

运喜叹了一口气，显得十分无奈地说："唉，我一个人能把几百人的事挡住吗？都是谢家门里那些个老家伙，连谢信仁都急得跳了出来……"说完，他自己也在那儿不可理解地问自家婆娘一句，"你说，解放到现在多少年了，为啥群众思想里那些相信天命的东西才沉下去，就又浮上来了呢？"

心香根本就没心思听他那些大话，依然不放心地说："就是咯。老天爷要是能听见有人祈雨，咋两年不落一丝雨星，就不怕万人咒哩？"

运喜却慢悠悠地和婆娘搭讪："连你一个女人都不信这些了，有些人却还闹得不可开交。你可能还不知道，老盂凸上那几孔没塌的窑洞里又出了个白毛狐仙。咱们村上的人还在鼓里蒙着哩，外村的香客已在里边挂了幛子，有人还给狐仙列了神位！"

一听男人这话，心香立即惊异得张着嘴巴半天也没有合拢，十分不相信地小声说："你别唬人了！"

看见女人那副极不相信的神情，他更加一本正经地说："这哪还有假？那狐仙姑长得杨柳细腰，我都亲眼见了咯！"

心香一听男人居然还有心思在那儿卖关子，就没好气地戗了他一句说："你亲眼见了？那咋不搂着那媚狐子睡一觉去？"

运喜一看女儿还在当面，便沉下脸打断她的话头说："我开始也不知道咯。前天大队已经派人把那幛子撕了，过了一个晚上，又有人不嫌颇烦[①]地重新设好了。刚才，大队专门组织民兵去堵抓那'狐仙'，我也去了。真他妈白日鬼，你猜是抓住谁了？"

心香一看男人不像在说假话，忙问："谁呀？"

运喜慢吞吞地告诉她说："你辣子伙计咯。"

这下，心香却不相信了，她生气地说："冬花去装神弄鬼？你别冤枉好

① 颇烦：麻烦或指人烦闷、不耐烦的样子。

人了！”

运喜认真地说：“咋能叫冤枉她？她都亲口交代了，刚才在大队我已经向本人确认过了喀。”

心香赶忙停下绞线车，疑虑地问：“这是真的？”

运喜抽了一口烟，这才叹了一口气说：“她也不知听谁说，从那窑里取点香灰冲水喝能治百病，谁知道半道上却眼馋上人家那些乱七八糟的供果……唉，那都是些啥吃喝嘛。她每天都偷偷去看一回，可次次都是白跑。次数多了，可能让人远远地瞧见过她的身影，这才闹得四邻八村越传越邪乎。晌午那阵子，有人报告说亲眼看见狐仙进了窑洞，我觉得应当堵一次，让群众明白这纯粹是迷信谣言也好。谁知道，民兵们封窑时恰好把她堵在了里边。一听外边有人，她一时又不好出来。谢有福这个贼大胆，明明听见里边有动静，还是大着胆子端枪上了膛，对着窑门喊——‘是人是鬼你出来，不出来我就开枪了！’冬花原本想在里边躲一阵子，一听外边要开枪，豁着命就往外跑。那阵子，有福正准备伸头进那窑洞去看看，冷不防有个披头散发的女人尖叫着蹿出窑洞，当时就把他吓得扣动了扳机闹走了火，只听‘砰’的一声，子弹就贴着冬花的脖子边上擦过，差点就整出个人命！唉，我真盼有个神灵让全村人能填饱肚子哩。要真有，我这个共产党的支部书记，先带头叩十个响头去！”

在屋里正接机杼绳儿的老娘听见儿子在院子说话，便颤巍巍地出来了。心香忙递了个小凳子，关切地招呼她：“妈，你甭坐石凳，凉呢。你把盛的饭吃了没有？”

老太太根本无心回答媳妇的问话，却对儿子说：“喜娃，你把我屋里依墙上搁的那碗饭吃了。我娃恓惶的腿不好，还要整天在外边跑哩，亏了身子咋拖着这一家子往前走呀……”

心香嗔怪地白了老太太一眼，生气地说：“看把你儿整天挂在心上也不嫌你心口坠得慌，我三天不吃也没见你操那些闲心！”

老太太自信地说：“大旱三年饿不死掌勺的，你天天在灶上做饭哩喀。”

心香“噗”的一声笑了，这才对高运喜说：“你的饭我给在案上盛着哩，妈也真是……不趁着热吃，又得让人家热一回去。”说完，她便放下手里正缠的线穗，扭身进娘屋里端出那碗剩饭，又一头扎进了做饭屋。

二女子老半天连一把火都没引着，惹得心香又是一阵儿责骂。二女子怕挨打，跑出门来才犟嘴说：“锅漏湿了柴，关我啥事？”只听心香在屋里喊了一句：“你进来！几时学会犟嘴的？看我不撕了你的破嘴！”

运喜看做饭屋那扇窗户已浓烟四溢了，又把烟袋叼上了嘴。一听老娘刚才那牵心的话，他为了给老人家宽点心，就胡吹冒撂地对老娘说：“妈，我在外边常吃席哩。心香给你端啥你尽饱吃，把我个大活人咋也饿不着咯。”

老太太年岁虽大却不糊涂，她生气地回了儿子一句：“吃你妈个脚指头！你整天吃席哩？你咋不说你还吃‘毡’哩！天旱得两年没下一阵好雨，你吃谁家的席哩？”数叨完儿子，老太太这才认真地对儿子说：“唉，你爹像你这把年纪，吃席一顿吃过人家十三个圆馍，一拳头都能把牛打卧下。你看你个身板，还有这满院子的猴孙子，哪一个有你爹那一副好身板……”

说完，老太太自顾叹了一口气，又神道道地告诉了儿子一件十分重大的事情。只见她一边接着手里的机杼绳儿，一边给儿子安顿道：“夜黑里，我又梦见你大那老死鬼回家来敲咱院门哩。他肯定知道撂下我一个老婆子在世上受恓惶，丢心不下咯。唉，也不知道他在阴司过得好不好……他进了门，这么热的天还穿着走时那身黑夹袄。我那阵子也没顾上和他说话，知道他回家一定骑的还是咱家那‘鸡屎花’骡子。你大这个人心粗了一辈子，时常是把骡子往门前树上一拴，也不怕牲口啃了树咯！我这头赶着紧儿收拾好包袱准备跟他走呀，谁知道，鸡叫了，你大一闪身就出了门。死鬼都怕鸡叫哩，这次我又没走成咯……”

一听老太太在那里又说开了胡话，高运喜就笑着逗老娘说：“我大那么老远地回来一趟也不容易，咋没给你捎带着拿个岐山的锅盔馍馍呢？”

老娘并不理睬儿子的混话，依然思路清晰地给儿子交代说：“你这个忤逆种哟，尽说一些造孽的话！也不说把我那棺板时常搬出来晾一晾，你不操心，却让我整天挂念。前几年收成好，我让把那寿木做了，你都是说不急不急。你看看眼前这年馑遭的，别叫虫子把板啃光了哟。说不清，你大哪天再回来叫我，去时连房子也没有造好……”

这些话，运喜也不知听老太太说过多少回了，他只是无声地笑着。平日，他最爱听老太太说这些神道话了，有点闲工夫就坐在炕梢和老娘斗嘴。一听老娘说完了，他这才笑着说：“妈，你再甭整天瞎操心了。做那寿木还早哩，我都不急你急啥呀？不说您能活一百岁，再活上十几年我看没啥大麻达。到那时候，您再看咱们半阁城的共产主义新农庄，电灯电话楼上楼下，家家户户吃葱花捞面，您老享福的日子还在后头哩。”

老太太这回倒是听得真切，接过儿子的话头说：“吃捞面？你大一顿能咥三老碗，还得加一个大蒸馍。唉，我都七十九了，吃不上你那‘光铲猪油’的葱花捞面了……”

运喜一下子就被老娘的话逗得哈哈大笑。老太太年岁大了，从来不参加社员大会，也就不知道村庄眼下为啥被叫作“大队”、村民为啥改名叫“社员”这些时世变迁的文明叫法。不说远的，就在他上朝鲜那年，一群人在祠堂门前准备送兵出村，从人群里突然挤出了他这个怀抱小孩的老娘。只见老太太端端地走到谢氏祠堂的砖石台阶前，还没等大家闹清楚出了啥事情，突然“扑通”一声跪倒在佑普爷面前，接着一把鼻涕一把泪地哭喊起来：“谢佑普，你这遭绝户的老东西不得好死哇！我家喜娃是独子你知道不？你们谢家祠堂总不是男丁都死绝了！你咋恁心瞎，上火线的事情，咋让我们高家一次就去四个壮丁……我今儿个也不活人了，叫半阁城全村人一搭儿把我们婆婆孙孙活埋在谢氏祠堂门前哇，哦，嗬嗬……”说完便哇哇大哭起来！

刚才运喜顺口说了那句“共产主义”的文明话，她那副老耳朵却听成“光铲猪油”了。也难怪，老太太这一生仅仅赶过一回县城大集。她这个瘸腿儿子在集上曾经孝敬过老娘一碗荞麦踅面。她永远都忘不了，人家馆子里那盛踅面的小青碗里不但撒着韭花臊子，还实实在在搁着一小块浸着辣子的红猪油哩！

老太太一看儿子还在那儿傻笑，又好奇地向他打问了一句：“你给媳妇说啥地方又出了狐仙？”

运喜不经意地说：“人胡传哩，世上哪有狐仙的事！”

老太太并没有像平常那样去指责儿子，却显然对他提到狐仙时这种毫不谦恭的语气有些气恼，她十分虔诚地告诉儿子说：“瓜娃，你年纪小没经历过咯，世上啥样的奇事都有哩。狐仙都是冤死的女人变的，在阳世还没活够阳寿，她们就化身成狐仙给世人显灵哩。”

她知道儿子并不会相信她的话，依然絮絮叨叨拉起了古：“唉，那一年还没生你哩，你大牵着咱家的骡子从渡口回来，上沟坡时就碰上过一回‘媚狐子[①]’。他起身时，天委实是太晚了。天上只有朦胧的细月，他在沟里走了一夜，就是找不着回家的路咯……后来，他对着崖头大声喊了一声‘崖娃娃指路’，人这才清醒过来了。原来，他脚底下踏的就是那条他走了几十年的老路，当时就是不知道咯。后来，他牵着骡子上到坡头，在驮道上拾了一个褡裢，一摸，里边装的尽是响圆！他拿上那钱，给咱家盖了上房、安了主，让人到你外爷家提亲时一下子就给了我娘家三十九块硬洋。我那时十三岁，一岁给三块。那是讲究咯。爹一块，娘一块，我陪箱底里压一块……第二年，八抬大轿吹吹打打把我抬到半阁城。你爷给我交家事时，父子俩深更半夜从咱家水瓮下边挖出个罐儿，哎呀呀，满当当的都是银圆，我亲眼看过的！”

运喜这回却十分认真地笑着对老太太解释说：“妈，我爷那绝对是在哄你哩。那些银货，我敢肯定没有一块是真的咯。听佑普爷说，他们父子俩从西县贩骡马倒是赚过一大笔银子，可后来却结结实实上了人家山西客一回大当。那些银圆要全是真的，咱们家解放前咋没买下一点地？”

老太太突然茫然地望着儿子，又十分不放心地问：“你大那挨刀子的，他后来给你外爷送去的那些硬洋不知是不是也是假的？”

运喜更乐了：“我咋晓得？不过你放心，那些钱要全是假的，我外爷那老倔头还不跳着双脚骂到半阁城来？不过，土改时我给人家工作队交了一罐儿

---

① 媚狐子：村庄传说狐狸化作的神怪。

银圆，反正人家一个都没要。村里人都笑咱家把银子捂成白铜了！”

老太太却仍然固执地说：“狐仙给你送银钱让你使唤，你不盖房不置地，埋在地底下咋行？你外爷常给我们说，银子有灵性，一入地就长了脚，不在坛子里压符，它就跑到邻居家去了……”

这时，心香已经从做饭屋端出饭来，她给母子俩搁了筷子，这才接过了老娘的话茬儿：“亏了那银子跑到爪哇国去了，要是留下来，你就是个地主婆！这一院猴羔子，一个个都是地主孙子，到时连个媳妇都说不下，看你闹心不！”

老太太不失时机地接住媳妇的话茬说：“我媳妇这回说的真个儿是实实儿个实话。成分不好才叫遭罪哩，在村里做人抬不起头，娃娃也跟上受落怜[①]……”

望着心香端上来的那一碗稀溜溜的苞谷糁，运喜再也没有心思和老娘逗乐了。这碗汤饭，让他似乎看到了一碗老井坊这几天绞上来的黄水……面对着家传的这只大老碗，他惆怅地叹了一口气，半天都没有去摸石桌上的筷子。

老太太也不再和儿子磨嘴，端着自己的碗进了做饭屋，她一直恪守着女人不上桌那老讲究。要是在平时，老太太这一走，高运喜肯定得把老娘说道几句，这时候，他却没有吭气。心香看见男人依然一声不吭地看着那碗饭发呆，就催促他说：“你咋不动筷子呢？”

运喜还是呆坐着没有吭声。

女人家都有个打破砂锅问到底的毛病，不问得男人起高躁一般是不会停嘴的。她估摸着男人为麦秀昨天被关进县看守所的事情又闹心起来，忙问：“老詹不知道找到县长了没有？不就是卖了那点饭食嘛，还真的犯下了滔天大罪？！”

运喜还在想着自己的心事，一听婆娘没完没了尽扯这些让人更加不高兴的事情，便有点没好气地说：“你长着那副耳朵一天到晚是干啥用的？凭着刘

---

① 落怜：可怜，生活不如意。

玉清在公安局当着那个副局长，放个把人还不是小菜一碟！再说，一个女人家她杀人啦？她放火啦？”

其实，运喜一大早从县里赶了回来，麦秀这阵已经在自己家里好好地待着呢。他这头迷迷糊糊地刚起床，佑普爷就来到大队说要领人去祈雨，他一想到这件事情就感到十分头痛。他坐在那儿思忖了半天，这才十分不情愿地告诉了女人一个很不好的消息：“唉，麦秀在里边把我也差点给告下哇！”

这句话，心香听得真真切切，他不由得愣了一下。

她委实不明白，自家男人平日和老詹好得就差换婆娘睡觉了，这个杨麦秀为啥要平白无故去咬自家男人？何况，老高整天只知道撅着尻子给大伙儿拉套，倒是做了啥见不得人的事情？想到这儿，她就更加急迫地问：“她能告你个啥事呀？”

运喜却没有正面回答，只是不着边际地说了一句：“唉，你要是不去卖这布，这一家人往后可咋个活下去哟？”

听到这里，心香立即就脱口骂了一句：“这个卖屄的！被人家逮住就好好说自家的破事，拉我当垫背的！”

看婆娘误解了自己的意思，他忙替麦秀掩饰说：“你看你那样子，人家公安的人都是喝醋的？一个女人家被叫到那号地方，她会知道啥该说啥不该说？她也不过是随便说了一句村上还有人卖破衣烂衫那些话……唉，你这个人呀，叫我不知咋说你才好！”

心香正在气头上，一看男人居然这个时候还替别的女人打圆场，立即放下手里的活计，一拍屁股就要出门。

运喜也不起身，坐在那儿十分威严地呵斥道：“你闹啥去？”

心香气哼哼地说：“我找这个卖屄货论这个理去！”

运喜依然没有起身，只是十分震怒地对着女人喝道：“翻了天了你，给我滚到屋里去！”

这个瘸腿男人在自家院子里，绝对还算得上是个活阎王。只要是从他嘴里说出的话，都像圣旨一般被一家老小认真地执行着。当然，心香也不是村上那号有事无事都故意和自家男人闹气的麻迷儿[①]婆娘，若不是心头这口恶气实在无法忍受，往日里她在自家男人面前也从来都没有这么没规矩过。

站在门口的她分明已经瞧见男人那发青的脸色，知道自己那句骂人的话委实是让掌柜的动了怒气。当然，她比别人更熟悉自家男人的禀性。如果她今日真的敢迈出这个大门一步，接下来将要发生的事情，绝对会让这个小院立即天翻地覆！她怔在那儿站了一小会儿，只好委屈地捂着脸反身冲进了自己住的小房……

一直目睹事情发展过程的大女儿水仙，知道她们家这个“活阎王”有事无事都会拿她们母女来撒气。当然，就她这个年龄，还不敢掺和大人们的事情。看见父亲气哭了母亲，她故意把手里的绞线车子往地上一推，狠狠地白了父亲一眼，起身就随母亲进了屋。

水仙已经大了，平时，运喜也慢慢习惯着倾听她对生活的一些主见。没承想，这贼女子半年来愈来愈不像话，居然敢用这种方式对一家之主至高无上的权威提出挑战。可是，院子里只剩下他一个人，想找个撒气的东西都没有，也只能无可奈何地从鼻子里“哼”了一声。

① 麻迷儿：指不讲道理、不通人情的人。

第八章

营救

高运喜其实不是那号心头搁不住一点事情的人，只是这一段时间，村上几个食堂的事情闹得他头大得像顶了个大草笼。

一冬一春，三大食堂不管饭食好赖，到了饭时还能按人数计口、按时按点敲钟开饭。眼下，入夏以来，不但换成大小葫芦瓢按户去分发，各个巷头那口开饭的钟也不再准时了。地里野菜被挖光了，饭食愈来愈稀。一些年迈的老年人为了省点来回走路的气力，喝过早上那口稀糊糊，干脆坐在食堂门口再也不往回走，又开始等待去喝中午那个份额。没过多长日子，两个队的食堂已经停伙了。

眼看靠食堂糊口要饿死人，一些社员便偷偷地打起了各自的主意。有本事的夹个布口袋进城倒腾起了黑市，没手艺的给人当掮夫拉坡去了。只要每日里能糊了自己的那张口，能走回家门来就算是万幸。那些出不了门的女人孩子，只好守在家里喝着男人省下的那一口稀菜汤苦挨。

同样应当挨饿的光景，如果有的人家有吃有喝，就会被大家妒恨。老詹这个大闲人可以不被大家正眼相看，可他的老婆杨麦秀却是一个在册的公社社员。一个女人家早出晚归常不着家，村上就有了些闲言碎语。据那些偷偷出门拉坡的男人们说，在县城东坡口那些土坎坎下，他们已经不止一次遇到过不少胳膊腕儿上搭件旧衣服、主动搭讪路人“做不做”男女那事的乡下女子。一些颇有姿色的少妇和少女，开口也只要一个苞谷面饼子。一些光棍听得两眼发直，苦于手头没有那个天价饼子。

前天一大清早，杨麦秀依然偷偷进了城。过了大半天，她家二哥蹲在城外的土壕里却一直不见小妹回来再拿饭食，立即觉得事情不妙，便匆匆地背着两大口袋没顾上卖的吃食翻沟赶到半阁城。进了村，先是死活寻不见妹夫的影子。待他和外甥在石架沟的大坡上把老詹找到，已经接近后半晌了。老詹听到二舅哥报来这么个消息，立即火急火燎地飞跑回村找到高运喜。一听出了这号事情，运喜也不敢怠慢，两个人立马推着各自家里的自行车翻沟进城，紧赶慢赶，眼见天已擦黑，两个人才气喘吁吁地进了城门。

不过，一路上运喜一直给老詹宽心说，如果确如他推断的那样，这件事情倒也不大。两个人摸着黑找到公安局刘副局长家门口时，主家两口儿为省点精神，已经早早躺下睡了。他们在外边把门拍得山响，里边一听门外是老战友高运喜，只好起身开门。

老战友见面后也不寒暄，运喜就直奔救人的主题。刘副局长一听有个女人在县城突然失踪，就赶紧披上衣服把两个人领到他的办公室，也顾不上平日那些倒水让座的客套，紧接着就摇通了电话。他先打的是看守所，那边查了大半天，汇报过来说没有此人。最后，他又把电话打到局值班室，这才闹清楚，当天早上确实有个女人在局机关卖馍馍被当场扭获，现已移交给城关派出所。他们二话没说，三个人又骑着自行车去见那个言所长。

进了派出所，这个名叫刘玉清的副局长见了那个所长不问东西，先让他们把早上抓来的那女人喊了过来让高运喜认一认。

被关了一天的杨麦秀，一看见支书和老詹，当着公安的面立马就号啕大哭起来。刘玉清也不让回避，催着言所长把有关案情给他做了详尽的汇报。

一切正如老詹估计的那样。

言所长说，这个女人今天一大早提着馍馍包袱在政府机关四处找人兜售，随后，居然稀里糊涂闯到了刑侦股长邢常禄同志办公室。那时，常禄同志刚刚上班，正在准备早晨交班会的工作提纲，却从门里鬼鬼祟祟走进来这个女人。人民警察的职责立即就让他警惕起来。接着，更让他吃惊的事情发生了，只见这个女人大胆地从口袋掏出一个蒸馍，厚颜无耻地公开向其兜售……鉴于其是一名女子，邢股长假意让她先把馍馍放在自己的办公桌上，并支派其去隔壁再问问，看看是否还有人愿意购买。而该“经济犯”可能觉得大事不好，开始先以金钱收买；一计不成，居然又企图以色相勾引。邢常禄同志大义凛然厉声呵斥，她就大耍泼妇手段，在抢夺物证时，居然将邢常禄同志脸部抓伤……其情节十分恶劣，倒贩粮食制品数额也较大。派出所接到此案后及时做了笔录，本人交代的主要事实和邢常禄同志的电话笔录也基本一致，所里正准备重新落实一下有关细节，以便移送看守所收监……

说完，言所长便恭恭敬敬地把那份笔录递过来。

刘玉清看也不看一眼，只将那材料慢慢地折叠起来装进自己的上衣口袋。这才问了面前的女人一句话：“是这样吗？”

杨麦秀抽抽搭搭地哭了一阵子，这才对公安局这位“大领导”说了实话。

原来，她一大早偷偷在县委门前趁着大伙儿上班卖馍馍，碰到一个男人抢了她的馍馍跑了，路遇一个公安追上那人，那人却跪在地上往手里的馍馍上吐了几口唾沫。那位公安走过来，可能看见她怀里还藏着馍馍，小声说让她跟他进去。可是这个衣冠禽兽，进了房子不但想让她不收钱留下那几个馍馍，还对她动手动脚……还用拳头打了她，后来，她昏昏沉沉也不知道自己怎么就被人抬到了这里……

刘局长一听，这个女社员看来也不是会说谎话的人。便让她不要再说了。看到那一大堆馍馍作为物证还放在办公桌上，他居然自作主张地给高运喜他们一人递过去一个，又让在场的另外几个民警和这位言所长每人抓了一个，嘴上还不住地说道，这权当是对大家一天辛苦的犒劳。说完，他拿起最后两个馍馍，一个递给了瑟瑟发抖的杨麦秀，自己也拿了一个放到了自己嘴边……

那个言所长一看刘副局长居然已经把手里的馍馍咬了一口，便狐疑地走了过来，提醒他并说出了自己心中许多的担心……

刘玉清却声色俱厉地告诉他：“有我这个副局长在，你这个小所长还有啥怕的？”

所长一看恭敬不如从命，只好给局长倒了一杯水，这才一口口吃起了手里的馍馍。谁知道，几个人这头刚刚狼吞虎咽地吃罢手头的馍馍，还在吸溜手心的馍馍碎渣，面前的这个刘玉清却马上把脸变了。开始还有点和颜悦色，后边越说声音就越大了。

“好嘛，”他指着几个部下十分威严地开口喝道，“馍馍呢，你们既然都一个个吃下肚子了，那么，这阵子都给我抬起头来看看。”

他回手又指着杨麦秀，表情严肃地告诉他们——“眼前这个卖馍馍的女人，你们不认识，我也不认识！那么，她是什么人呢？”

言所长和几个警察立即面面相觑地看着他们的副局长。他几乎是吼着告诉他们说：“她，就是埋在咱们烈士陵园那个志愿军大英雄谢省安同志留在这个世上的未亡人！同志们，你们就为了这么个破事，居然把这个对共和国贡献出亲人性命的革命烈属带到这里来。你们想想，这对得住我们那些长眠在异国他乡的烈士吗？不就是两个馍馍嘛，她是倒卖军火倒卖炸弹啦？”

一看几个部下低下了脑袋，他才长出了一口气接着说：“我也不妨再告诉你们，站在她身后这个大个子，就是她现在的丈夫。你们从他这个气派上也可以看出来，他可是给现任的中央某首长在朝鲜当过贴身翻译的复转军官呐！你们也真是，咋不问问清楚就随便关人呢？你们不想戴头上这顶警察帽子了，我刘玉清还想吃这碗饭呢！我呢，现在就替你们把人带走，赔情道歉的事情也不劳你们来做。至于邢股长那边，明天一早我和他谈话。不过，我倒是想让你们终生记住，革命烈属的这两个馍馍也不是那么好消化的！明天，你们每人再给我交一份认识深刻的检查，让你们这个言大所长装订成册亲手挂在你们这间办公室！哪个敢敷衍塞责，就把背包给老子打好，都他妈回去给婆娘抱娃去！”

就这样，杨麦秀无事一般被领了出来。

出了门，几个人并不再做过多寒暄，运喜对老刘也不言谢，便握手告别了。走到大街上，老詹非得要住一晚旅社。他说无论如何都得等待天明，他要陪麦秀去医院检查一下。运喜只好一个人骑着自行车，披星戴月地赶回了村子。

祸殃

麦秀卖饭食的营生一歇业，家里也立即断了生计。全村社员已经无处挖抓，大队亦无暇顾及老詹的粮食保障问题了。老詹本人在民政局领的那点津贴，眼下在黑市上充其量只能籴来几斤苞谷。一个巴掌大的麦面烧饼，售价已经相当于一个小干部十天的工资。面对家庭重新回归的拮据，一家人的生活只好靠老詹每月卖一只羊羔换点钱来维系。麦秀尽管心里十分着急，却又苦于想不出更好的活命办法。家里的小羊羔卖一只少一只，自家男人又是一根筋，卖完了羊让他以后放啥去呢？

不过，老詹这个大大咧咧的男人，却像个没事人的样子。这天傍晚，天刚麻麻黑，老詹一路吹着口哨，兴冲冲地找到了高运喜在祠堂里的办公室。

这阵子，运喜和佑普爷还坐在祠堂里，两个人正在为村上祈雨的事情说得很不投机，看得出来，老爷子脸上已经有些怒容。

一看老詹进了门站在那儿一直不走似有话说，佑普爷起身只给运喜丢了一句话："这事不要你负责，出了事有我这把老骨头在，你怕咋的？再说，为群众办这么个破事又能惹出多大的麻烦？就是见了他张义伦，我照样敢掀他小子的桌子！"说完，便把烟袋锅重重地一磕，气呼呼地摔门而去。

老爷子出了门，运喜这才有时间招呼老詹。他虽然看见老詹那张长脸上挂着一副十分异样的神采，但却没有心思和他磨牙，随口问了一句："你又有啥事？"

老詹一看运喜好像有点不高兴，心里多少有点犹豫。不过，他觉得自己这件事情十分重大，无论如何今晚都得和运喜商量一下。于是就告诉他说："我嘛，想告诉你，我准备参加共产党！"

运喜突然瞪着眼睛看了他一眼，接着又在脑子里飞快地把老詹刚才这句话一字一句地揣摩了一遍，等大致明白自己并没有听错时，立即就觉得面前这老詹的脑子这阵儿绝对又有点不对了。

不过，他还是明白了老詹的意思，尽管心里觉得十分好笑，脸上却还没有流露出来。不过，老詹的这个想法如果真的在村庄里传出去，让那些根本不了解底细的村民听来，绝对又是半阁城一段值得演绎一番的新典故。可是，运喜却知道，这个人在青岛当大学教师的时候，要求加入中国共产党的第一份申请，曾经上交到了中共中央办公厅。只是，由于他作为一名为人师表的人民教师，那阵子居然和自己一个女学生有点“谈情说爱”的倾向。当时，这件事情还让家长闹到学校，他的入党申请最终才没有被批准。

运喜当然也不会去讥笑老詹这个煞有介事的请求，只是提醒他说：“这是个好事嘛。不过，你小子至今没有入社，从来也不参加群众大会和学习，就是公社来人考察，只怕你小子连一点共产党的章程都交代不清，叫我这党支部书记到时咋给人家解释这号事情？”

老詹一看支书虽没有回绝，说话口气却不友好，猜想他一定是为佑普爷刚才吵着要带人去祈雨的主张生闷气，一时也不好催着让对方先为自己这件事情表态。于是，他居然开导高运喜说：“你这个书记嘛，这有啥生气的？普爷爷祈雨，也是一种很健康的信仰活动。文化信仰历来是一个民族兴旺发达的根，共产党也是很尊重自己民族的这些传统的，你为什么要阻止他？我告诉你，你这是在干涉民众的信仰自由，是违反共和国宪法的，你懂吗？”

运喜苦笑了一声，并不正面回他的话，却督促老詹说：“好吧，好吧。说说你的事情好不好？”

老詹一看，这才兴高采烈地说：“嗯，我是这么想的，只有共产党员，才有权利参加你的会议，也可以给自己的党提意见对吧？你批准我入党，这样我就可以有身份上北京去，向中央的领导人当面反映你们公社存在的问题……”

运喜慢慢地把头抬起来，紧紧盯着老詹那张好像一辈子都刮不干净的毛胡子脸凝视了许久。随即，又突然站了起来，只见他倾着身子，几乎把嘴巴都要凑到对方的脸上时，才狠狠地“噗”的一声，结结实实吐了老詹一脸!

老詹根本没防备对方这一招，先是一怔，继而也一下子恼火起来。他条件反射般“嗷”地叫了一声，先在自己脸上胡乱擦了一把，接着一步冲过去，双手提起个子矮了他一头的高运喜，一双说灰不蓝的眼睛也凶狠地盯着对方，那有力的左手已经攥成了一个小钵样的拳头！他实在不明白，一个共产党员何以竟然采用如此恶劣的行径来回击他的政治见解！

就在这个时候，老詹还是能想到自己面对的是一个瘸子、一个不能被他当作对手来施展他那堪称精湛的拳击技巧的残疾人。按照他的做人准则，无论何时都绝对不能出手去打一个朋友、一个和自己不能放在一个等量级上的对手！想到这里，只见他慢慢地松开已经攥紧的拳头，气哼哼地将对手掼回到炕沿上，夸张地喘着气问：“你嘛，为什么这么不懂礼貌？”

运喜却不买对方这个账，煞白着脸挑衅道：“打呀，你驴日的咋不下手呢？哼，你小子他妈的能不能让我消停消停！”

老詹一看最要好的朋友对自己刚才那一番无耻的行径竟然没有一丝悔意，反而依然十分恼怒，这倒让他心里犯起了嘀咕。他又恢复了往日那种迷茫的神态，十分不解地问：“请你告诉我，我说的话有什么地方是错的吗？就算咱们政见不同，真的需要你把你那臭烘烘的口水吐到我的脖子和脸上吗？”

运喜这阵子也实在懒得理他。只见他慢悠悠地取出烟袋锅仔细地装好烟叶，划着火柴后却像突然改变了主意似的，又使劲地摇着手腕使火柴熄灭，在炕墙上磕了磕烟袋锅。随后，狠狠地看了老詹一眼。

看到老詹一脸无辜的样子，他几乎乞求地对他说：“唉，有些事情，我也一直没时间和你好好交谈。不说别的，今后你肯定要在这个村庄生活。不了解一点它的历史，像你这样整天吆喝着一群羊就能认识中国这个大社会吗？这样吧，你先入社，和大家生活在一起，有些事情你就会慢慢明白过来的。要不然啥时给老子惹出个掉脑袋的灾祸，自己咋没命的都不知道呢！”

老詹似乎还在懵懂之中，直到这阵子还是和对方的思维不能同步。当听到高运喜刚才要他入社的那个建议时，又十分委婉地说：“不，我一直对你的公社是不满意的。至少是目前，我还是不想加入你的公社。当然，如果你同意让我做你的助理，或者像谢舍娃一样当个生产队长，我才会重新考虑。在我的思想里，集体农庄应当首先让社员吃饱肚子，才能去一步一步发展机械化农业。不应当搞那些不好的事情，让大家没有饭吃。比如像你，肚子这阵子明明很饿，嘴里却说很饱很饱，也是令人不可思议的。”

老詹看到运喜听自己说完这些话后又开始沉思起来，也不想让自己的好朋友太难堪，就对运喜安慰地补充了一句：“如果你要强迫我参加也行，那我只好选择加入六队。因为，谢舍娃也是我一个很好的朋友。”

运喜心里清楚，老詹并不是大伙儿认为的那么傻。当然，他也不会强人所难。好在眼下老詹还有这个特殊的身份，有些事情以后慢慢再说也不迟。不过，他却再次提醒道：“老伙计，我觉得你以前那些身份还是不要轻易暴露为好。这里虽然是一个小山村，就算惹不出多大事情，但闹出些风言风语也不好喀。还有，你现在是有家有舍的人，你不想因为自己说话不慎，永远地失去麦秀和孩子们吧？”

老詹肯定地点了点头。不过，他却又哪壶不开提哪壶地打问起了村上祈雨的事情：“你不同意我入党吗？算了。那你为什么要和普爷爷因祈雨的事情闹得不欢而散呢？”

运喜冷冷地说：“这些你就不知道了吧，因为他是共产党员！”

老詹却不放心地追问：“那，他要是不听你这个书记同志的话，自作主张呢？”

运喜斩钉截铁地回答他：“除非，这个老家伙真的发疯了！”

老詹又犯了一阵嘀咕，虽不再提说自己准备加入党组织的事情，却又开始为村庄上将要出现的一场更大的事变担心起来。毕竟，他这个外路人也还是知道，村庄上这两个人要是闹将起来，绝对不是件小小的事情……

第九章

祈雨

在长稔塬上，只要提说起祈雨这件事情，就不得不提说一下半阁城西门外的这口井。村里奇特的祈雨仪式，早先也曾经是惊动州府道的重大事件。

据村里老人说，有一年，真龙天子刘彻云游四海途经半阁城村头，在西门外这个井坊正要歇脚，却遇到一位面君不跪、只顾在井中取水的鹤发老叟。皇上居然被老者那种恬静和从容所感动，便驻足观看起来。长稔塬上的水井大约都深在四十丈开外，一盘井索的重量也在百十多斤。取水时，至少需要四个壮汉一齐用力，才能绞动那磨盘大的井辘轳。绞一桶水上来，真比淘一桶金还难。但见这位老者白发垂肩、骨瘦如柴，居然独自一人劳作，这倒引起了武帝的极大兴趣。细观井口，并未拴系井索，老叟却煞有介事地从井口接出一木桶的井水。皇上不免感到惊诧，心中顿生疑窦。在朝中，他早就耳闻北地蛮夷中蛰有术士，时常剪了驴皮做成人马，用线绳操纵着木偶与官家叫阵，且这些纸马、人偶每每打得皇家御林军丢盔弃甲！今日亲眼目睹这一切，他真是不敢相信自己的眼睛，于是，便想闹个明白。他尽量收敛住天子应有的威仪，不过还是流露出了那副君临天下的龙种口吻，威严地说：“尔嗟，何方妖士，竟敢在我汉家地界设蛊弄法，还不快快受死！”老者并不怯惧，只顾低头劳作，头也不抬地应道：“客官，此言差矣。上下三千年，贫道从未耳闻地分秦汉。皇皇大世界，吾身只观悬天日月！”武帝受到奚落，立时龙颜大怒，取出自己腰上挂着的那根马鞭朝井口一指。说也奇怪，井中霎时便有雷声隆隆滚动，井口亦有青烟霭霭升腾。未几，一条青龙从井口蜿蜒而出，直冲云霄。继而，只见青龙在空中盘旋回头，向武帝三叩其首，便向梁山方向飞走了。接着，井口陡然喷出丈余水柱，眨眼之间，半阁城便恍然如蓬莱仙境，桃花红，杏花白，田间小路仙雾袅袅，庙宇道观鼓乐声喧……

此刻，老叟看见青龙飞走，井水自溢，天地之间霎时换了新颜，自顾自鼓掌唱喏："噫兮，化日光天兮，东风入律；泣麟悲凤兮，康衢之谣……"歌罢，这才正冠伏地叩拜，三呼"吾皇万岁！万岁！万万岁！"武帝正在那儿暗自得意，猛然瞧见老叟伏地朝拜，便老不高兴地问道："长老何必行此大礼，儒生只是略施手段而已。这里除过你我，何来万岁之人？"老叟并不抬头，依然俯首伏地答曰："启禀皇上，此龙蛰伏井中已有千年，渭北之水尽数被其霸占。田野十年九旱，生灵涂炭。小民在此栖住三千余岁，今日方见治世明君，焉有不拜之理乎？"听到此言，武帝恍然大悟，眼前这一老叟纵然妖术附身，却不及他真龙天子的一根马鞭。想想刚才所受冷遇，是可忍孰不可忍！只见他马鞭回指，那汹涌之水立时又退回井中，眨眼间，一切美景又消失得无影无踪。看到刚才那一片仙境骤然消失，昔日旧景复现，老叟慢慢站直身子，望天长叹一声，陡然对着黄土啐了一口，十分愤怒地喝骂道："刘家小儿，你今世君王、来世猪狗，苍天会让你驴日的死在马蹄之下！"说完便隐身归附本体。武帝定睛看时，却原来是一株井旁古柳。

也就这么一眨眼工夫，时光飞逝，斗转星移，长稔塬已是饿殍遍野、半城空巷了。一地满脸土灰的百姓揭竿而起，面向长安，自发地列成一队攻城的农民义军……看到浩浩荡荡的造反子民遮天蔽日蜂拥而至，武帝惊骇不已，立即下马宣抚，并提笔在井坊墙壁留下一道御旨——

奉天承运，皇帝诏曰：庶民百姓，不可轻侮，覆舟载舟，衣食父母也。朕准半阁城岁岁年年登临梁山取水济民，四海龙王届时应予兴风作浪。钦此。

这就是一直流传在长稔塬上那个“井溢”的故事。

说也奇怪，只要遇上天干地焦，半阁城的人马出动，屡屡都会感动上苍即时降下那救命的雨水。当然，天上人间，大同小异，成了仙的武帝爷不免时有离宫出游，那些文武百官便疏于值班考勤，日日酒肉，夜夜笙歌；即使轮到当值，也尽兴聚集在一起谈论升官发财之道；要么就喧哗打盹，说东论西，任凭一地子民跪在地上号啕喊救命，他们却充耳不闻。当村民们烧完纸银，却不见上苍有所响应，他们便怒气冲天地上山推倒泥胎神像，甚至纵火焚烧庙堂！直到闹出此等危害社稷的大事端，武帝爷爷这才不得不草草结束异地观摩的行程赶紧回宫，立即整肃天庭那一拨儿司水衙门。然后，或大或小都得在错过节令后补降一次雨。只要大大小小落一场雨，百姓们立即也就尽释前嫌，赶紧上山去向武帝爷“打旱复”，并扶正神像，唱戏焚香，欢欣鼓舞地回家抢收抢种去了。在风调雨顺的年份，他们甘愿忍受沉重的赋税，再为武帝老人家修盖庙堂、重塑金身。如此往复，武帝庙越修越高，山路屡屡拓宽铺石，梁山也因之香火鼎盛、僧道云集。不说远话，在前清乃至民国，历任县令或其他官员来此赴任，都一一祭拜半阁城的老井坊。他们走时拿的多是村民们做的祝颂金匾和精心酿制的酒浆，留下的却是一些被称作“墨宝”的宣纸题字。因各类朝廷命官走马灯般频频更换，此类物件日积月累，多得根本无法一一珍藏，祠堂的管事只好分发给奶娃娃的人家做了揩屁股的软纸……于是，半阁城再穷的人家，正屋里都悬挂着一幅古旧的中堂！

……

祈雨队伍每次都是从老井坊出发的。

半阁城四百多个精壮男人，脸上全抹了锅底的炭黑，浑身赤条条只在羞处缠了一小撮打卷儿的柳枝，齐刷刷地跪倒在井坊门前。佑普爷上了香烛，照着贴在石碑上的奏表老泪纵横地念道——

启禀武帝：大劫忽至，旱魃又现，凡尘告急！天无雨泽，地不滋生，连年荒歉，饥馑荐臻；夏秋食槐叶而槐叶无几，冬春剥榆皮而榆皮无多；村落饿殍无力送葬，路途乞丐肆意倒卧；长者哀哀欲哭无泪，幼者戚戚皮不包骨；盖不第野无青草室如悬磬，斯未见赤地绵延众生号啕！吾等竖子，斗胆代民祈求武帝兴云致雨；苦求上苍，体恤生灵，赦其罪孽，跳出火海；所供祭祀，倾其所有非草即木；来年收割，再献三牲重塑金身！

夫不能致雨，民等无可如何；若能致雨而故屯其膏，是为不仁；冥居水府，虽祷不闻，是为不灵！不灵不仁，而受天子之爵，享天子之祭，而不泽天子之万民，与淫祀何殊！

奏表一毕，老爷子便放声号啕大哭。跪在井坊外边的青壮男人一齐仰天嘶喊道："一炷香、三礼拜，不给雨、不起来；若无信、拆庙台，赐甘霖、献供来！"

这几声如猛兽嚎天的轰鸣，震得井坊顶上那老瓦缝唰唰地直掉土渣。三声起身炮响过，鼓手便敲起了出征鼓。一十八面牛皮鼓一齐擂动，震得人心都快要蹦了出来。出了村，唢呐便换上了苦调调，哀哀地回旋在尘土飞扬的沟沟峁峁之间……

从未经见过此等场面的詹木林，居然激动得跟着流了许多泪水。在大伙儿的簇拥下，他背着儿子也随着人群出了村。小家伙的头发被扎成一撮朝天鬏，脖颈上挂着一只黑陶瓶子，身上光溜溜只穿一条"蛤蟆皮儿"，被高高地架在父亲的脖子上。小家伙已被事先交代过了，他要守护的那只黑陶瓶子很重要，将来从山上取下的山泉能不能平安地、一滴不洒地带回村庄，最终倾入涝池，决定着这次祈雨的成败……在上山的路上，祈雨人群将一如既往地受到沿路村庄的礼遇。只是，在返回的路上，一群如疯如魔的裸奔人群却都是疯跑着过村走镇的，只怕被强行挡雨的人们抢去水瓶，护法和强盗常常扭打得血头烂面……

妇女们是严禁参与整个祈雨仪程的。在男人们走出村口、直到将带水娃携带的神水倾入干枯的涝池的两天两夜里，她们只能做着属于女人们娱神的事。上了年纪的妇人和失去丈夫的寡妇，不约而同地拿着家里扫案板和面瓮瓮的糜秆笤帚，跪在村里涝池中那铺满旧石磨、旧碾盘的迎水坡处扫上扫下。那些被她们扫起的细土，都被一铲铲仔细地放入罗面的罗子，再一点点筛着。妇女们用她们由衷的虔诚向不睁眼的上苍苦苦哀求着……

当月亮娘娘向人间洒下第一绺银辉时，各家小院的小姑娘们便自发地组织起来，跪拜在已烧结的炭渣坨上，用惨不忍睹的自虐感动着上苍。随后，她们又排起长长的队伍，挨门齐户掏着全村院门的出水道。当一双双膝盖跪下去时，一声声如诉如泣的祈祷也随即在村庄里弥漫——“老天爷爷下场雨吧，您再不怜惜，娃娃们就要饿死啦……”

村庄里没了男人，这些由妇孺自发组织的娱神行为愈发显得诡秘而神圣。

运喜的老娘是村里最年长的老太太。她那一头苍白的头发已无法遮掩那红红的头皮，岁月的风霜已使当年那个“盖八村”的姣好美妇变成了一个佝偻的老妪。她的脸上那些褶子，像一朵朵纵横交错的涟漪，记载着一缕缕光阴遗留的淡淡痕迹。那一双眼睛已经枯干，却依然放射着慈善的光芒；两只扎着环眼的耳垂上，悬挂着她当姑娘时那副精致的银耳环；没了门齿的嘴，已深深地陷进干瘦的脸庞。她跪倒在涝池的迎水坡上，带领一群老太太苦苦地祈求着上苍……

七月酷暑，暴晒后的石板能烙熟饼子。老人们就那么虔诚地跪拜着，直等到一个个不省人事，才被一群女人七手八脚地扶了回去。

在接着到来的第二个白昼，村庄一整天都沉浸在一种和夏日极不相符的寂静之中，只有知了虫在树上像吸不出奶汁的孩子一样扯着嗓子“饥了饥了”地叫唤着。一些承受不住这种气氛的女人，想着家里那没米、没面、没水、没炭的光景，禁不住哀哀地哭出了声。她们都知道，又都没有说出口来，武帝爷爷并不是每次都会回应半阁城人的祈求。如果头伏再不落雨，这个已经接续了三个年头的大年馑真真就要饿死一茬人了！从日上三竿到夕阳西下，全村的妇女轮番在自家的院子里跪着，谁也没敢抬头看一眼天上那轮吐着烈焰的白日。

男人两个夜晚都回不来，第一个晚上，他们要在山上的庙堂里和武帝爷说一晚上的贴己话。一身臭汗的庄户汉子，一双双大脚就伸在神殿的香案上。

汗味、屁味、烟味、尿骚味儿熏得那些泥胎神像也直想皱眉头。几年中，也只有这一夜，人神方可不分尊贵与卑微，同在一个屋檐下，秉烛话日月，举杯论乾坤……

天色渐渐暗了，村西那片柏树林里飞回了一群红嘴乌鸦。月亮只露出浅浅的细弯，早现的星斗像银豆般闪烁着诡异的光芒。天上没有一丝儿云，地上没有一缕儿风。村庄里少了嗡嗡的纺车声和孩子们的嬉闹声，便像鬼域一般使人惊恐。一只孤独的老猫在高高的城墙上走过，突然凄厉地叫了一声，那使人惊悸的声音久久地敲击着各家的窗棂纸，女人们的心立即就像被人揪了一把似的六神无主。远处，鸱鸮在村头坟园那石碑上嘎嘎地怪叫，蝙蝠无声地在巷道里飞梭。静静的夜色中，女人怀里的孩子都紧紧地搂住了妈妈的脖颈。不知哪家的孩子先哭了一声，又被母亲那干瘪的乳头堵住了嘴。孩子被压抑着的呜咽，陡然又为阴森森的静夜增添了许多凄凉。

没有了男人的村庄，就像没有了灵魂的躯壳一样死寂。

运喜家里，心香正在娘屋里给老太太搓揉跪得酸乏的双膝。老太太白天中了暑，天黑后一直迷迷糊糊地念叨着一些令人毛骨悚然的话。她那声音沙哑而悠长，像从上古传来的上苍遗嘱："我刚嫁到高家那年，村上就祈过一回雨。唉，人都回来两天了，天爷还是没赐个雨星星。小伙子儿们打着裹腿连夜上山去推神像，进了献殿大门，一齐跳上庙顶去揭南天门上的青石板……这个时候，武帝爷只要从那打开的南天门往下瞧上一眼，百姓那嚼着草根的景象他就会一目了然。眼见又过了几个时辰，地上连一丝儿风都没起咯。小伙儿子们也急了，就把武帝的神像用铁链套着预备毁庙。突然间，月光地里明晃晃地打了一声干雷，他们慌忙停住手脚，地上这阵儿就有了那奇怪的雨点子。他们紧着往回赶，还是被山洪留在了半路上，几天都回不了村咯……武帝爷吃过咱们半阁城的麦子稀饭泡馍馍，给咱们村下的雨可真大呀，半炷香的工夫，平地里就起了三尺水，一会儿便把涝池灌满了。天亮了，人们这才发现村里那棵老皂荚树被雷击了，地上烧死了一大堆蛇虫和乌鸦……只有一只碗大的老蟾蜍没死，它老成了精，肚子里含着一堆避火的冷子[①]！”

心香越听越害怕，她推搡着老娘的肩膀不让她再说下去。一直陪老太太睡在这边的水仙也害怕地说：“婆，你别往下说了，吓死人了！”

老太太却像没听见母女俩的乞求一样，继续说道着：“那些蛇虫都像蜈蚣一样长着角，乌鸦下巴上都有了白胡须了……那是玉皇大帝派天神抓它们回去呢！它们原本都是天上的神仙喀，背过天爷偷偷下凡糟害百姓哩……”

心香生气地摇了她一下，声音颤抖地说：“你要把人吓死呀？你躺着，让你儿过来陪你，水仙娃也跟我过去睡呀！”

老太太依然在说道着：“你又不是白娘子，还怕天爷降下罪来吗？唉，这个家亏了你这个好媳妇哟。喜娃腿不好，他来生变牛做马也报不了你对高家的恩德啊……”

刚刚说完这些话，老人的意识突然紊乱了。

她也不要人扶，挣扎地坐直了自己的身子。在昏暗的煤油灯下，她突然把一双细细的胳膊伸向前方，好像要拥抱自己心中的上苍一样，枯竭的眼睛里也立时饱含着祈求的幽光，只听见从她那干瘪的胸腔里，陡然憋出来一声长长的哭喊——

“嗷哟，苍天哪！接我这个老不死的去吧，不要伤我们的后人！你把娃娃们留在世上吧，好让他们给您老人家日后续香啊！天爷爷啊，您听得见一个老婆子的祈求吗？嗷哟——武帝爷呀，您老人家就睁睁眼吧！”

无力抗争

两天过去了，地上依然没落一丁点儿雨星。

① 冷子：冰雹。

祈雨的村民前脚回来，公社的任秘书后脚就带着民兵进了村。大伙儿看见，这一拨人并没有去大队，径直进了支书的家门。

这阵子，运喜正在自家院子里修理拄折了的拐杖。瞅见任秘书带着一帮人气势汹汹地进了门，他一看那阵势，心里就明白了大半。来人太多，他也没办法安排让客人们落座，心香连忙放下纺车去做饭屋给客人烧水。

任秘书和高运喜平时很熟，他也不多寒暄，刚刚和主家打了句客套招呼，口气还算委婉地对他说明了他们这次来的目的。他说："这次公社派我来，你恐怕也知道是个啥事。你看，事情已经出了，我这也是奉命行事，还望村上能积极协助……"

运喜取出烟袋装了烟叶，镇定地说："张书记也真是的，我又不是能插翅膀飞的人，还要公社派几个人来押？"说完，他取出火柴点燃了手里的烟袋锅，狠劲抽了一口之后，摸过拐杖一起身，便对客人说："那咱们这就走呢，还是等老婆水烧好了喝一口？"

任秘书一看运喜站起身来就要走人，忙赔不是地笑着说："哎，哎，谁倒说要你去嘛！张书记的意见，你们这次把事情闹得太遮不住眼目了，不抓几个人做做样子，县上那头都没法交代，我们也只准备抓一两个带头组织的去教育教育，一两天也就放回来了。那些受蒙蔽的群众人数太多，也不便追究。上边点了这么两个人，一个是谢佑普，一个老党员带头闹这号事情，这叫信仰不纯嘛！还有那个教书先生高子升，也算是一个重点人。老村长脑子里遗留着一些封建思想，这个也还可以谅解；而高子升这号人却绝对是个属王八的，你一天不敲打他，他就乱抻脖子！据说，他亲自撰写了一篇奏表，张书记专门叮咛叫他来时一并拿上，也好让大家开开眼界。你看，咱们是不是让人去叫一下他们俩？我们这样扛着枪在巷里走来走去也不好看嘛。再说，总不能在学生娃娃面前逮他们的老师！"

高运喜磕了一下烟袋锅，又一屁股坐了下来，十分不满地说："任秘书，事情出在半阁城，我既是支书又兼着村上的副大队长，这事咋说都应当由我去公社解释才合适嘛。一个糟老汉，一个酸秀才，他们去了又能承担个啥责任？"

任秘书立即就显出了为难的样子，不无关切地对他说："你这个人哪，这号咬手事情无论遇到哪个，人家想躲都来不及呢，你咋一定要伸着脑袋自己往里钻？再说，张书记又没点名让你去，这肯定对你也是一种保护嘛！"

听姓任的这么一说，高运喜也不知从啥地方突然生出一股子邪气来，气冲冲地问："谁能保护我？嘿嘿，一个瘸子，已经被饿得半死，拄着拐子都走不到茅房，眼下也用不着保护！"

接着，他便对着面前这个任丕显发了一大通牢骚："这一段日子，我倒是憋了一肚子话想和你们这些青天大老爷们坐下来好好唠一唠。迷信活动，确实是不能搞。可在这要命的天灾面前，我们的一级政府都干了些啥？我倒是也一直在想，早几年，群众都不大相信鬼神，慢慢地都在相信科学、努力学习文化知识，现在为啥又转过身来向老天爷乞求活命呢？你是公社的党委秘书，也是识文断字的人，咱都把手搭在心口说一句良心话，这种事情既然已经出了，我倒是想问问，是谁引导群众往邪处想了的？你说说，咱们那些'骑着苞谷上月宫，搭着梯子摘棉桃'的宣传画是不是也有点迷信色彩？一亩地打得下十万斤粮食吗？公社敲锣打鼓给县委报喜说，和家庄的一匹骡子下了一匹马驹子，还登上了省里的报纸！骡子如果能下马驹那还叫骡子吗？一级党委一级政府都敢这么瞎起哄，老百姓去祈个雨又何罪之有？真的没办法自救吗？非得等着吃国家调拨的那二两粮活命吗？机关不出操、学生不上体育课能节省多少体力？工厂的工人还保留着那点粮食调拨，农民眼下咋活命？他们就不是人生父母养的吗？河南、安徽那些外地人都已经结队跑到我们这荒沟野岭来逃荒，咱们要逃，又往哪儿逃去？"

任秘书尽管被他数落了个狗血淋头，但还是耐心地劝道："运喜同志，我劝你还是少说些这样的话好不好？咱不说别的，谢佑普作为一个共产党员，却带头去闹这号事，而且这次参与人数又如此众多，你说这在全公社给我们党造成了多么坏的影响？"

没等他说完，运喜却立即反问道："你是不是中共党员？每次给县上送的那些狗屁喜报，正是你这个大文人辛辛苦苦咬着笔头熬夜瞎编出来的。我问你，你没种过庄稼总还吃过几天人饭吧？你的党性呢？”

站在旁边的那个民兵头目谈如流马上主动替任秘书挡起了驾，阴阳怪气地接过话茬说：“向阳公社早就盛传高支书好口才，今日见面，果然张口不凡！照你说，我们今天不是到半阁城来逮人的，是专门聆听你老人家训话来了是不是？你还是个党员干部，说的兀些落后话哪一句能拾到篮子里？你这些观点不是和中央唱对台戏是闹啥？你饿着肚子是吧？我们他妈的前胸贴后背赶了这几十里路，这阵子又找谁诉说这号冤枉？老任，依我看，咱们把这个瘸子抓去也行！”

这个时候，一脸杀气的佑普爷恰巧从门外走进来，他后边跟着人高马大的詹木林。老爷子进门时，正好听见了要逮人的那半句话，就径直走到任丕显面前冷冷地问：“哪个大胆的敢把高支书叫瘸子？半阁城那一年上朝鲜去了好几个，就回来他这么一个不全乎的人。你把刚说的那话到巷道里试着再说一遍，是个人都敢上来打得你龟孙子满地找牙！”

一看来了一个怒火中烧的老汉，那个谈如流一时也弄不清来路，便没敢接茬。这时候，老詹却不识时务地开了口。

只见他翘着大舌头对着这个谈如流说：“干部同志，你绝对不应当这么对待一个为共和国流过血的人！”

站在一旁的任丕显，立即打断了他的话头，没好气地问：“喂，驴槽里咋伸过来你这张马嘴？你是什么人？”

老詹理直气壮地转过身，朗声答道：“我吗？我怎么能是驴和马？我是中国的人民！”

任丕显一听这句回话，预计和自己搭话的这个大个子脑袋肯定有点什么病症。从对方脸上像蜕过一层新皮的粉红颜色到语无伦次的结巴样子，他觉得根本没必要和这号人计较。于是，口气就又变得比刚才温和了一点地问他：“喂，你是共产党员吗？”

谁知道，就是这么一句不伤大雅的话，居然惹得面前这个老詹十分生气，他立即大声抗议道：“你嘛，没有权力干涉我的信仰自由。我觉得，你对我十分不礼貌的问话，侮辱了我的人格！我保留要你给我道歉的最后的权利！”

这时，另外一个民兵头目却接上了话茬，鄙夷地插了一句：“任秘书，你跟个‘二百五’讲啥哩？一看兀个眉眼就是个没烧熟的生坯货嘛！”

这句话却又惹怒了谢佑普老爷子，他恼怒地走上前去呵斥道：“小伙儿，你把眼睛睁大看一看！嘿，这个人留过洋，吃过英国人馆子里的洋馒头，在朝鲜战场上，他是志愿军首长身边的大翻译！你小子，哼，认得几个驴屎长的‘一’字？”

任秘书白了身边那小伙儿一眼，故作镇定地转脸对佑普爷说：“老村长，你来得正好。咱们也不要让高支书太为难，你呢，跟我去公社走一趟。先别在这儿抖威风，那里有你说话的地方！”

老詹立即就走到佑普爷面前，认真地请求说：“普爷爷，我可以去旁听，请您带我一块儿去好不好？”

任秘书气哼哼地戗了老詹一句：“你嘛，还没那个资格！”

佑普爷转身只对姓任的说了一句话：“走就走，你以为我老汉怕你们这几杆破烧火棍吗？”

几个人正要出门，迎面却被一群人堵住了去路。民兵连长谢有福手里提了一杆老式“汉阳造”，村里基干民兵也让他全喊来了。巷口也被一群满脸怒气的社员挡住了去路。

任丕显一看这个场景，心里不免有些怯惧，但依然壮着胆子问：“谢有福，你这个民兵连长还想不想当了？”

也就在这个时候，转身推起自行车准备跟着出门的高运喜看见门口拥了这么多人，便生气地对着人群吼道：“干啥哩？看狗连蛋①呢？都给我回去！屁大个事，都挤来凑啥热闹？”

说完，他转过脸无事一般地对走近他身边的谢有福安顿说：“你给栓柱说一下，我去公社了断个事，让他召集人把晚上那会开了……”

① 狗连蛋：狗交配。

有福马上喊谢栓牢回去给他三哥传个话，自己却没有一丝离开的意思。一看自己村上的人要被公社的民兵这么招摇地带出村庄，他这个民兵连长心里实在有点不服气。

只见他走到任丕显面前，用商量的口气说：“任秘书，半阁城的民兵连咋说也是向阳公社的老先进了吧？这么大点事情，还用你亲自带人来？你看这样好不好，你们先走，我和高支书随后把人送到公社你看得行？”末了，这厮“咔”地拉了一下枪栓，从枪膛里退出一颗黄澄澄的子弹，嘴里骂骂咧咧地说：“真没见过，世上真他妈的还有这号尿咬腿的怪事！”

老詹刚走到运喜跟前，看他那样子似有话说，但一看几个来人凶神恶煞般的样子他又把嘴闭上了。

任丕显听到谢有福提出的这个建议，见个台阶就下脚，一扭头对他说：“可以。不过，误了事，我拿你这个坏尿连长是问！”

只见姓任的一摆手，那伙人便头也不回地出了巷。

看见他们走远了，老詹这才走近高运喜身边提议道：“高，你应当上政府的法庭去控告他们。他们为什么要取笑你的脚？我学过法律的，我可以当律师给你提供法律援助！”

运喜拍了拍老詹的肩膀，苦笑着对他说：“好我的驴爷爷哩，甭说你能当‘驴’使，就是能当“马”使也不抵事喀。伙计，你永远记住这句话，咱们平头百姓，没出娘胎就是一条贱命。要不经常被人这么吆来喝去，咋能慢慢地在磨炼中学会做一个顺民呢？有些事情，你这号人永远也看不惯，听不懂。”说完这些，他拍拍老詹的肩膀又安顿道：“你也不要跟上凑这号热闹去。好生放你的羊，别老想着掺和我们这些咬筋的事情……”

这时，有福却开口问运喜：“高支书，那咱们还真乖乖把人送去呀？”

佑普爷接过话茬说：“怕咋的？兵来将挡，水来土掩！看来，我这次不去会会这个张义伦还真是不行了呢！”

话撂下后，人就气冲冲地出了门。看那样子，老汉绝对是回家拿铺盖去了。

第十章

谁动了祖宗的坟墓（村庄的秘密之一）

被公社带走的两个人还没被放回来，村里又发生了一起令人十分恐慌的大事情——谢星三他爷的坟夜里被人盗挖了。

谢氏坟园坐落在西嘴子那片柏树林里。由于村民们对祖先的墓地留有许多禁忌，除过每年清明上坟祭祀，平日里很少有人去惊扰。一大早，社员谢民生给家里拾柴火时从坟园路过，偶然间发现一座坟墓周围撒落着不少新土，坟墓后边还留下一个人洞，看那样子不像地陷造成，大洞周围似乎还遗留下一些刻意掩饰的痕迹。他赶紧跑回去给村上把这件事情报告了。经大队派人初步查勘，从挖开的洞口正对着墓室这些情况来综合分析，这是经验丰富的惯盗或对此坟结构十分了解的人干的。

据老年人回忆，星三他爷一生积德行善，为人老实巴交，绝对不存在死后这么多年还会被仇人挫骨扬灰的理由。儿子德锦天生半痴、与世无争，也并无遭人暗算故意坏他陵脉的可能。看来，很有可能是有人觊觎墓主那些随葬器物，才做出这丧尽天良的事。

这确实是一桩怪事。在长稔塬，一个人穷困潦倒没有生计，宁愿上山为匪打家劫舍，也绝不干掘坟盗墓这号营生。村人坟墓被盗一事，算得上长稔塬几十年来所出的最邪乎的事情。

栓柱立即骑上自行车给公社报了案，下午派出所就来了人。经公安人员下到墓穴里仔细查勘，墓室内楠木双层枋板被人撬开，内棺有刀剁斧劈的痕迹；陪葬器物尽数被偷走，具体数目不详。他们在砖箍的墓室里还捡到断柄板斧一把，取出石膏脚印十余只。

询问墓主亲属，谢星三一脸土灰，说他那时还小，什么也不知道。其母韦氏说，她隐约记得，由于丈夫德锦落有残障，封墓由堂弟德懋一手代劳。关于陪葬物，她只晓得有一杆烟袋。至于其他陪葬器物都由族人安排，她一时也说不清楚。

鉴于此事已经在当地群众中造成了恶劣影响，洽川县立即派人坐守半阁城立案侦查。公安人员进村后，一不开会、二不动员，只安排了耳目监视半阁城的出村人等。几天几夜过去了，除逮住几个卖吃食和倒腾估衣的人外，其他一无所获。

负责这个案子的人是公安局的刘玉清副局长。此人年岁虽然不大，却是个老革命了。中华人民共和国成立前，此人和谢佑普曾经同受“澄黄支部”领导，两个人有着很好的交情。后来，解放战争中他被扩充到了西野，洽川解放后被组织安排就地担任了县公安局“肃反”小组组长。不久，朝鲜战争爆发，赴朝部队急需大量军官，刘玉清二次参军后，被任命为一个步兵团政治处的保卫股长。十分凑巧的是，在朝鲜他居然又和分到该步兵团的新兵蛋子高运喜这个小老乡相识了。

由于这几天他在省上参加一个技术培训班，专案组进村已经三天了，他才赶来督阵。不过，一进半阁城这个十分熟悉的村庄，他立即就想到谢佑普和高运喜这两个人来。

高运喜被召见后，面对当年的老首长，他真是百感交集，不得不说出老村长还被公社看押的实情。听到这里，刘玉清立即写了张字条，让人坐着他的吉普车送到公社，责令公社把人先放回来。他的理由也很充足，谢佑普这个老党员在基层工作时间较长，有关盗墓案件的侦查急需聘请这个人做一段时间民俗指导。

天刚近午，老爷子和高子升便无事一般坐着公安局的小汽车回村了。说来事情也十分凑巧。刘玉清和佑普爷一见面还没来得及拉呱，正好碰见派出所那几个人给县上来人移交物证。佑普爷无意中看见那把包了白布的斧子，随口就搭了一句："慢着，这好像是德懋家的斧头咯！"

原来，前年放树烧炭那阵子，村上苦于没有一把能砍大树的板斧，幸好遇上西沟塄的铁匠赵大银在村里转乡打铁，佑普爷也不管造那么大的物什以后有多大用处，让铁匠给自家打了一把河南人经常使用的这种宽刃的大板斧。村上有个人叫谢德懋，是个爱仿别人样子的南山猴儿。他感觉这种能安长把的大板斧劈柴火绝对好使，便也请铁匠给自己家里打了一把。

此案一下子便有了线索，公安上立即派人去叫谢德懋。

却说，谢德懋那阵子正吼着秦腔在坡上给食堂砍柴，被人叫到大队后，当他看到三个穿着制服的公安已经表情严肃地在桌前坐了一排，前边只给他放着一张破凳子时，心里先七上八下地敲开了小鼓。

那位刘副局长在谢德懋进门后，就一直铁青着脸直勾勾地看着他半天没说一句话。谢德懋进门后坐也不是、站也不是，心里一直想着这个公安那一双眼睛咋像刀子，直看得人脊背上一阵阵发凉。

看着一直傻站着的谢德懋已经有点胆怯了，刘玉清突然喝了一句："谢德懋！"

谢德懋只在戏上看见过那些喊人过堂的场面，猛然听到这声有别于戏文台词的断喝，吓得他两腿一软，朝凳子坐了下去。谁知道，他那屁股只挨到了凳子一点边儿，坐下去时用力过猛，不小心压翻了凳子，一下子摔了个屁股蹲。加之他这阵也饥肠辘辘，这重重的一摔，立时让他坐在地上眼冒金星，半天缓不过神儿来。

刘玉清立即又威严地喝道："站起来！"谢德懋慌忙连滚带爬地站了起来。就这么坐下去站起来，足足折腾了十来个回合。

谢德懋一看，这样被人没完没了地折腾下去也不是个事，便战战兢兢地向面前这个浓眉大眼的公安乞求道："公安同志，要盘问啥你就开始盘问吧，再别……别折腾人了，我这个人害痔疮……哩。"

刘玉清也估摸火候差不多了，声音虽然不大，但语气中却透着冰冷，问道：“你知道这是啥地方？”

谢德懋一听，觉得面前这个审问自己的人敢情有点毛病，几乎不假思索地回答道：“祠堂喀。”

刘玉清在以往审案中根本没遇到过案犯会这么回答公安盘问的，立即就怒火中烧地呵斥了对方一句：“放屁！”

德懋站在那儿却一时摸不着头脑，更不知从何说起。见几个公安都盯着自己，几乎容不得他过多思考，只好可怜巴巴地开口说：“这……这不是祠堂，那会是啥地界……哦，对对，这是大队部嘛。”

刘玉清也不再和眼前这个法盲纠缠这些枝节，直接问道：“这几天，你都在家干了些啥事情？”

德懋一听眼前这个公安把口开得这么大，便有些难为地回答他说：“好我的公安同志，你给我这么大个筛子让人咋尿得满嘛！这，这，一下子还真的让小民不好说哩！”

刘玉清给他提示了一句：“你一桩一件慢慢说！”

谢德懋站在那儿瞪着两眼嗫嚅地问：“说啥……啊？”

刘玉清说：“那当然就看你的态度了。看你到底是愿意大事化小呢，还是把小事闹大哩！”

谢德懋一听这话，立即就感觉到自己犯的事可能还不小，忙老实巴交地说：“这个，白天咱是一个社员嘛，在地里劳动哩，这有啥好说的？”

刘玉清见缝插针地问：“那，晚上都干了些啥事？”

德懋有点犹豫地不愿说，刘玉清一拍桌子，吓得他一个激灵，声音也就出奇地大了点：“黑了嘛，搂着老婆摸摸奶头……都这么大年纪了，还能闹成个啥嘛！”

刘玉清立时就被气得脸色煞白，指着他的鼻子严厉地说：“好你个谢德懋，你以为你做的那些事情，你不开口就没人知道吗？你听清楚了，没有十二分把握我们也不会把你叫到这里来。我党的政策历来是‘坦白从宽、抗拒从严’；老实交代，才能从轻发落！你自个儿先掂一下轻重，何去何从，由你本人选择。如果愿意合作，你就把你做的那丑事一桩一件从实招了，听清楚了没有？”

谢德懋经他这么一开导，不知脑子里哪根弦又给搭上了，几乎未加思索地反问人家：“你得是想问村里坟墓被人盗了那事？”

刘玉清听到事情有门儿，却不动声色地说：“什么盗墓的事？你只管说你的事，别想在这儿绕弯子！”

谢德懋低头一想，他们不问那事又想知道啥事呢？他站在那儿十分认真地思考了大半天，还是丈二和尚摸不着头脑。一想自己这么老不回答人家问话，肯定又得受严厉的呵斥，他只好硬着头皮又讨问了一句：“公安同志，你是不是能给我点提示？我也好配合你们呀！”

刘玉清好奇地盯了他一眼，觉得自己面前这个老狐狸还真有一手反盘问的经验，绕了这么大半天弯子居然还敢打探公安人员的虚实。从德懋一进门，他就觉得这个人不是个善茬儿。于是，他小着声却十分威严地继续问他：“看来你是不想说了？”

谢德懋摆出一副十分无辜的样子，气哼哼地顶了对方 句：“你这不是故意日弄[①]人吗？半天没问一句实在的，让人咋给你说？我又没做下杀人放火的瞎瞎事，有啥好考虑的哪！”

刘玉清立时就脸色大变，给坐在桌边做记录的两个公安递了个眼色。两个小伙儿走上前来二话不说，就左右开弓地抽了老东西几个耳刮子。见已惩罚了，刘玉清用手势制止自己部下的鲁莽行为，两个人也马上住了手。

谢德懋挨了一阵噼里啪啦的耳刮子，立时觉得眼睛里开初冒出的那些金星一阵儿又变成了一条条飘舞的金线，脸皮不但又疼又麻，一双眼睛此刻看见祠堂大厅的地面已经在不停地旋转，一对鼻孔里也热乎乎地流出一股酱油般黏稠的东西。开始，他以为是刚才那几个耳光震出了自己那时常不争气的鼻涕，

① 日弄：捉弄。

用手一抹，却发现是殷红的鼻血！他突然也不知哪里来了点胆子，大声号叫着骂了一句："日你妈，一群国民党！"

刘玉清一看眼前这老家伙到了这个时候还这么嚣张，脸一下子就拉了下来。他当然明白，像这号货色你要是不动点真格儿，料他也不会明白马王爷长着三只眼睛！只见他从裤腰带上取下一副黄铜手铐，也不知在手里咋鼓捣了一下，便"咔嚓"一声把德懋铐了起来。刚才还坐在桌旁记录的两个帮手也立马前来，用火绳串住铐子链一甩手，绳头便准确无误地越梁而过，两个人各自抓住绳头用力一扯，德懋便鸭子倒浮水般被悬了起来……

德懋刚刚被扯起离开地面的一刹那，那两只胳膊陡然像被扭断了似的钻心地疼，他只觉得眼前一黑，两条腿只顾在空中乱扑腾。这个时候，他再也顾不上骂人了，拼命地叫唤起来："救命哦，妈耶——我说，好我的爷呀——我啥都给你们说哩！"

公安人员也不愿这家伙的号叫声被墙外的人听见。两个小伙儿放开了手里的绳子，只听见"砰"一声，谢德懋便像一只死狗般脸贴地皮摔瘫在地上。看那样子，半天还喘不匀堵着心口的那一口气儿。

这时，刘玉清走到他跟前用皮鞋勾着他的下巴问："怎么样，感觉不错吧？"

德懋知道这个时候不说不行了，气咻咻地说："伙计，你先把我的手放开！我这就给你们说……你们要我说啥我就说啥……"

公安人员刚给他打开手铐，德懋不等人家再次提问便乖乖地自动交代说："日他妈，日个臭女人叫老子受他妈的这么大个罪……"

刘玉清一听还有个"臭女人"，一边示意那个年轻公安认真记录，一边问："什么女人？一句一句说清楚了！"

谢德懋一不做二不休地告诉他们，大前年，他给生产队护秋时逮住偷本队大田青苞谷的一个叫刘冬花的妇女，便趁机把人家连唬带吓推倒在地……那女人开始还拼命反抗，后来，他威胁她说，要是不从，他就把这事向大队反映，让民兵押着她在全公社敲着铜锣游街示众！女人一听，半推半就算是依了他一回……

交代完这档子丑事，他怕推脱不了自己的罪责，对公安补充说："那女人……还年轻着哩，我一看人家在那边慢慢地脱光了衣服，一对儿白奶子在太阳下晾着，还没等过去搭实家伙我就……泄了喀。过了一阵，她见我再也没了动静，还央求说：'叔，你安心休息一阵子，我等你。待你能行了，我再叫你好好睡一回……好叔哩，做下这号偷人的事情真的让我去游街，以后可咋叫侄媳妇在村上做人呀！'说完她就哭了。我看一个女人家在那儿哭得恓惶，后来也就把她放回去了。不信的话，你去问问她本人，看我说的属实不！"

刘玉清装作兴致勃勃地听完这一切，却突然问他："她是哪个生产队的？"

谢德懋小声说："六队，外号叫'酸辣子'，她男人叫狗剩……"

刘玉清嘴上说："好，很好。"自己却慢慢地在那儿点了一根香烟，停下来也不再多问。

这个时候，谢德懋心里却不免有点七上八下起来。他委实闹不清楚，自己闹下这号丧德事已经过去两年多了，眼前这些公安人员会不会因此再算他的后账。为了争取政府的宽大处理，他又战战兢兢地补充说："后来，我还到过她家，闹……了两回喀……"

刘玉清根本没把他说的这些狗男狗女的事听进耳朵。看着他在那儿避重就轻地信口胡乱交代，知道这个家伙不见棺材是不会落泪的，就随手从桌斗里取出那把斧头，冷冷地问："谢德懋，你别尽拿些葱胡儿蒜皮儿[①]的事胡搪塞。你看好了，这把斧头你认得不？"

看见自己家里的大板斧像变戏法似的被这个公安拿在手里，德懋立即就惊奇地问："咦，这是我家的喀。分家时，让大儿子拿到他屋里去了。这，咋到了你们手里了？"

一听谢德懋这句不打一点磕巴的话，刘玉清不免就有点心虚起来。霎时，他脸上就冒出了细密的汗珠。不过，他毕竟是见过大世面的人，依然不慌不忙地问："你儿子？他叫什么名字？"

① 葱胡儿蒜皮儿：比喻无关紧要的琐碎事。

德懋老实地说：“小名叫哲虎，大名叫星辉。年前，我才给娶了房媳妇。”提说起他那麻迷儿儿媳，他也立时忘记了自己此刻的处境，又多说了几句——“唉，好伙计哩，现在的媳妇家都翻了身了，刚过门就和她妈为吃饭的事情闹得不可开交，过罢年，我就让他们分家另过了。有啥办法哩，家家都一样咯……”

刘玉清业已明白，自己这回八成是把人给抓错了。

俗话说，捉贼容易放贼难。这阵子，刘玉清也顾不上倾听嫌疑人诉说自己儿媳那些恶行，脑袋里马上就开始思考起来，怎样唱好这一出《捉放曹》，才是此刻摆在他面前的大事情。作为一个老公安，逮错了人已经是很大失职，加之，刚才还把人家吊打了一顿……这事要是对方一出门就嚷嚷，自己这个副局长不免会落下惹人耻笑的把柄。突然，他眉头一皱，计上心来。

只见他慢吞吞地又点了一根烟，故作镇静地告诫对方说：“伙计，最近哪，你们村出了个大案子，可能你心里比我们还清楚。根据群众反映，你呢，算是嫌疑人之一。当然，你以前和那个女人那一档子事，也还在我们盘查之列。这是强奸罪你知道不？要是让我们继续落实下去的话，闹不好还真能判你老小子几年徒刑呢！下来咋办？你是想待在这儿继续考虑呢，还是先回去在自己家里考虑好了再来找我们重新交代？”

德懋一听，立即选择了后者。

刘玉清也不难为他，依然威严十足地说：“好吧，你可以回去。谅你小子有十个胆子，也不敢畏罪潜逃！去，回去后想起什么就立即主动来交代，听清楚了没有？”

德懋立即讷讷地回答：“清楚了……”

接着，刘玉清几乎是耳提面命地继续对他交代：“你这个老不正经的东西，儿子都娶媳妇了，自己还在外边搞女人。你好好想想，如果这事传出去，你这个老东西又咋个在村子里活人？”

德懋也不是傻瓜，忙不迭地说：“好伙计哩，知道知道，我不会把你们打我的事给外人学说……”完了，又十分懊悔地说，“问盗墓就问盗墓，让人胡说了一大堆。哦，对了，你们也别去向人家再打问，她男人狗剩是个生生子货，打出人命都不好喀……”

刘玉清一看面前这个货色居然开始蹬鼻子上脸了，立即没好气地说：“滚，出去把你自己的嘴巴管住些，这里的事情还要你操心？”

谢德懋立即向他哈了哈腰，讪讪地说：“好伙计哩，挨打又不是让咱当劳动模范哩，我给人说那些咸淡话干啥呀？要是再没啥事，我走了噢……”说完，他不住地揉着依然疼得钻心的手腕子，看见人家没有继续留他的意思，便悻悻地出了大队部的大门。

话说，谢德懋这头一出门，儿子哲虎后脚就被传到大队部。破案工作异乎寻常地顺利，案情也简单得不能再简单。原来，村民谢星三为了得到祖坟里传说的那些陪葬品，纠集堂弟谢星辉盗挖了自己亲爷的坟墓。

说起村上这个谢星三，真可谓一个不肖子孙。他一生下来，可能就没学会几样过日子的本事。他养家的办法，就是变卖祖宗留下的家当。先从卖家里的小手炉、楠木盘子、青瓷花瓶、插屏镜子那些便宜物件开始，后来又卖花几、茶几、饭桌、椅子乃至老娘的陪嫁被面、手镯、耳环等贵重物件，一应能变钱的东西他都敢卖。眼见家里已经让他倒腾得就剩几间遮风挡雨的老房，他委实是想不出来还能卖点啥东西来换那救命的粮食，便一个人睡倒在炕头给一家人耍开了死狗。任老娘和舅舅把好话说尽，他仍装疯卖傻死活叫不起来。婆娘夜里在枕边说了他一句“败家子”的话，他居然恼羞成怒，狠狠地扇了女人两个耳光。女人哪受得了男人那气，刚刚天亮就扔下大的、抱着小的回了娘家。老娘为了息事，赶紧过小房来坐在炕边劝说着儿子，让他把媳妇哄回来。眼前家里这号光景，咋还有心思闹那些别扭！万一女人家家的在气头上豁出去闹事，一家人日子可咋往下过呀！再说，自家屋里这成分，真的让媳妇走了，以后恐怕无人再敢登门……娘俩说着说着都掉了几滴泪。

说起星三家这个倒霉的成分，也真是令人费解。其父谢德锦生来是个半痴，娶的老婆却是山阳豪门韦家的三姑娘。德锦一生只吃不做，几近废人，三姑娘却为人精细，把家道操持得滴水不漏。土改定成分时，德锦那家道刚刚中兴，新盖了一院马坊，拴了两挂大铁车，其财产自然使这个家庭成了富农。日后，谢德锦这个半傻作为富农分子被社员揪着上过几次斗争大会，他却常常在大会开到紧要关头时，或突然莫名其妙地窃笑，或掏鼻子挖耳朵，显得很不庄重。甚至，他自觉腿脚困乏了，还悠闲地坐下来脱去鞋袜歇一歇。有几回，他居然不打招呼就跳下桌子去解手。民兵们上去制止，还没等人家发火，他开口便骂，伸手便挠！结果，当众尿了一裤裆不说，还闹得整个会场秩序大乱。村上也实在没办法，最后决定让三姑娘顶替了自家男人。谁知道，三姑娘站在台子上控诉了一大段在万恶的旧社会自己这个白皙俊俏的大姑娘受尽封建礼教压迫，最终嫁给一个小痴汉的不幸遭遇。接着，便一把鼻涕一把泪地号哭起来，那样子好像比广大贫下中农还苦大仇深。儿子谢星三一看没辙了，他也不愿让老娘在人前丢这份脸，主动请求大队让他代父陪斗。村里一想，这好赖也是个办法。要不然，每次开斗争大会，台前还真的是凑不够四样角色。就这样，谢星三这个富农子弟自然而然地混成了个富农分子。

然而，谢星三自己讨来的这份孽障差事，无形之中也给自己脖子上套上了一副枷锁。不说别的，那些成分好的社员还敢半夜出去挖蔓菁、倒腾粮食，他一个管制富农咋敢出去胡成精？他母亲却把这一切都归罪到自己炕头那个傻男人身上。她经常给儿子念叨说："这都是你大这个半痴把咱家害的！要不是他，你爷也不会盖这么气派的大房，花钱置办这么多土地和那一群骡马，闹得全村人眼里直冒血水。唉，我和一个半痴过了大半辈子图个啥？还不是盼你大了有依靠。可眼下，房子被分了，土地被收了，一家人被撵着搬到马坊院里栖身。剩些坛坛罐罐，能卖的也让你这不争气的倒腾净了。唉，哪一天我死在炕头，你个没出息的说不定还真敢给我卷一领草席送葬入土咯……"

星三听到此处，根本不为母亲那声泪俱下的情绪所感动，而是联想到自己亲爷死后用了楠木枋棺的事情，心里一下像出现了救星。他也没心思再倾听老娘那些有长没短的唠叨，便掀开被子跳下炕，飞快地跑到丈人家把媳妇叫了回来，两口子关在小房里商量了一夜。第二天，他又旁敲侧击地打问过堂叔德懋，他爷棺内到底放了多少好东西等细节。德懋却无意中提说到，村上原来倒是有过老财东让人偷偷把银锞放在自己的棺材里抬出村的事情。万一遇到天灾人祸，后世子孙卖光房产后必然会想起卖地。那时候，再不孝顺的忤逆种，也会先把祖坟迁出来。此时，必然会挖出那些金银，到时便可救一家人之急。

听到这里，星三一下子来了精神。他想，不管咋样，孙子取爷财想必也是天经地义的事。于是，他回到家里还真的好好地盘算了一番。开始，他倒是动员过自家媳妇，让她在上边帮着吊吊土，自己在下边取东西，起码肥水不流外人田。但一个女人家，一听半夜三更让她去挖墓，根本不敢应承这号事情。后来，他才想到了堂弟，便狠了狠心，在县食堂买了一斤蒸馍，偷偷地把堂弟请到家里……

公安人员押着谢星三，从他家自留地挖出一个用破麻布包裹得严严实实的大包。里边的东西有镏金铜火盆一只，翡翠烟嘴黄柏镂杆玉石大烟枪一杆，白铜刻花烟盘一只，大清龙洋七枚，景泰蓝线雕人物文字白铜烟袋一杆，缅甸翠玉帽顶一枚，“长宜子孙”手雕银质衔钱一枚，“永昌通宝”大铜钱二百余枚，民国陕西造二分大铜板七十三枚。

据佑普爷说，星三他爷一辈子并不抽洋烟，那烟枪和烟盘可能是上辈传下的东西，最终还是给他陪了葬。银圆是镇棺的“七星钱”，二分大铜板数目也和死者年岁相吻合。至于那些硕大的厚板“永昌”铜钱，这跟渭北人从不流用各朝那些叛臣贼子的铸钱习惯有关，即便是逆贼强买强卖留下了这些货币，也大多被他们死后带进了黄土。看来所盗之物，应尽在其中，并未来得及变卖。按出土的东西看，星三他爷那个老吝啬鬼走时委实也没带多少好东西。

不过，这件案子却把法院难住了。孙子盗爷坟，这确实是个稀罕事。判或不判？要判又怎么判？一直没个定论，不过，造成这么大的影响，不处理又不合适。最后，主犯谢星三因盗挖坟茔被草草判处有期徒刑一年，缓刑一年。他只在监狱里待了四十多天就被放了。哲虎只予以当庭训诫，不再追究。所获赃物，一律充公。

语重心长

天干地焦，树枯草黄。长稔塬已经没一处土地能为这个世界呈现出生命的绿色了。谁也顾不上过问白白忙活了一场却未能让老天爷挤出一点怜悯的尿水水的事情，更没人敢上山去打神告庙。盗墓事件虽已平息，可是经群众反映的不少问题都被公安人员一一记录在案，事后都一并交给村上党支部自己处理。

第二天，公社张义伦书记亲自带了工作组进驻半阁城帮村上来“解剖麻雀”。同时，向阳公社党委也已经对半阁城村的祈雨事件做出了正式处理，并向全社各个支部下发了《对谢佑普同志严重错误的处理（决定）》的文件。文件中给予谢佑普撤销半阁城生产大队大队长职务、留党察看一年的处分。

从这一天开始，半阁城这个小村庄十分荣幸地率先在全公社拥有了一个自己本地“土产”的右派分子。其他村庄那些身穿列宁服、上衣口袋时常别着钢笔、牙刷这两样小东西的右派，都是城里下放的读书人。一个个好似戏中的花脸魏延，满腹经纶憋得夯胀却反骨犹在。让社员们担心的是，谢佑普斗大的字识不了几个，不知会不会辱没了人家“右派”这顶十分文雅的帽子！

工作组进驻的当天夜晚，村党支部立即召开了党员扩大会议。除村上那几个生产队长，工作组成员亦全部列席了会议。

张书记坐在高运喜时常坐的那把红木官帽椅上，背靠那张摆着一排马列著作和《毛泽东选集》的八仙桌，面向着参会的全体人员，神情显得十分忧郁。

高运喜脱了鞋盘腿坐在炕沿上闷着头抽烟，却迟迟不开口说话。他看见人已经来得差不多了，只用眼神示意了谢栓柱一下，让他开口主持会议。自己老婆织布换棉花的事情这次也被公社梳成了“辫子”，他这个支部书记当然不能若无其事地自找伤脸。

栓柱是大队党支部的副书记，还兼任着支部组织委员。这要搁在平常，有高运喜举着皮影表演，佑普爷在旁边敲边鼓，他这个“三掌柜”只需敲敲小锣也就算是跟上把戏唱了。眼下，老爷子受了处分，高支书也不好说话，他觉得自己如果不打这个圆场，今天这个会就根本没法开。他看了看佑普爷，老汉窝在那儿连眼皮也不抬一下。他又望了一眼抽闷烟的高运喜，只好很不习惯地咳嗽了几声，自作主张又字斟句酌地开了口：“这样吧，人来齐了，咱们现在就正式开会。这次呢，张书记带工作组来半阁城蹲点补课，这是公社党委对我们半阁城大队最大的爱护，也是对我们支部工作有力的鞭策。我先表一下自己的态度，也想趁机向组织谈一下自己的认识……”

张义伦书记也不插话，栓柱就壮着胆子按照早已打好的腹稿很有章法地开口道：“我个人认为，半阁城大队广大的党员和群众、包括有点思想方法错误的同志，他们打心眼里都还是坚决拥护党的领导的。他们绝对坚信只有在党的正确领导下，一心一意走集体化的道路才是走向共同富裕、防止两极分化的正确道路。当然，我们自身都是农民，有些思想认识也不一定就能跟上政策的趟。前一阵儿，村上有些落后社员说了，初级社时，人民政府害怕我们好了伤疤忘了疼。人民公社化以来，特别是开始吃这个大食堂，已经让广大的贫下中农肉疼得想起了刚刚好了不久的伤疤！”

张书记马上打断了他的话说：“我插一句，栓柱同志这种说法带有点片面性。啥叫落后社员？我们不能一味责怪社员群众没有觉悟。对群众的认识要循序渐进地教育引导，不要动不动就随便给他们乱扣落后帽子好不好？要是社员一开口就是共产主义的大道理，还要我们这些党员做啥？要真正让他们认识人民公社的优越性、满怀信心地跟党走，我们今后还要做出巨大的努力啊！优越性得用事实说话，用囤里的粮食、碗里的捞面、腰包里的钱说话！眼下，国家遭遇多么大的困难你们想过没有？你们以为天下就是一个半阁城吗？城市有多少人口无米下锅？目前摆在我们面前的有天灾，有人祸，也有穷根啊！不管什么原因，国家是人民的国家，人民是国家的主人，手心手背都是肉。你们如果也附和着胡言乱语这咋行呢？我就插这么几句，你继续发言。”

张书记插了这么几句话，却让栓柱忘记了主持会议的事，他硬着头皮对着张书记开口说：“张书记，我们基层目前确实遇到了一些意想不到的问题。食堂化后，去年冬天设的那些老龄灶、学生灶、男劳灶、女劳灶，眼下已经没法再坚持了。不怕您笑话，这几天，为了让工作组的同志吃一顿也不说像样的，但至少是能端上桌子来的饭食，把我这个大队伙食团主任都作难坏了哇！这是高支书交给我的政治任务，我实在完成得不好！这次公社查处个别社员搞了点家庭小收入的事情，我个人认为，这算是生产自救的一个办法。我们绝不能大张旗鼓地去批评，当然，也不该去公开提倡。一个村有一个村的具体情况，我们希望张书记能给我们传经送宝。至于有些人在公社党委会上揭发我们半阁城‘明修栈道、暗度陈仓’，削弱集体食堂的事，这纯粹是血口喷人！工作组今天来得正好，可以查一下支部记录，我这个副支书别的不敢保证，却绝对敢拍着胸脯说，我们至少还都是忠心跟党走的共产党员！”

张书记看见谢栓柱在那儿越说越激动，微笑着接过话茬说：“栓柱同志讲得好。真的，难得我们许多党员在目前这种形势下还能讲点真话、实话，既有道理，也有分析。看来也是考虑过的，很有思想水平。关于食堂这个事，今天这是党员扩大会，让大家讨论一下也是个好事。我认为，对于我们基层目前存在的普遍性问题，批评和接受批评时的言辞并不重要。涉及一些敏感问题的话语，既不是‘血口喷人’，也够不上‘削弱集体’，这些议论双方都得注意改进。毛主席说‘有则改之，无则加勉’，我这个人既从不偏听偏信，也不盲目迷信。如果栓柱同志这就算是放响了头炮，下来谁接着继续发言？我今天只动耳朵，不动嘴巴。说错了也不要紧，我就是想听听你们心里头整天琢磨的都是些啥问题……”

这时候，高运喜却慢悠悠地接过张书记的话头说：“关于村上出的这个祈雨事件，我这个党支部书记基本上要负全责。对谢佑普同志的处理，我觉得重了点。我们应当把带头搞封建迷信和联系群众、进而影响教育群众分开来认识。我就不相信，谢佑普同志就那么相信自己能把雨水从老天爷那儿讨回来？前年群众心里急不急？去年也没闹腾嘛！”

谁知道，刚表示不动嘴巴的张书记一听这个高瘸子又准备大放厥词，立即制止说："会后，我肯定要安排和你个别谈话，今天的大会还是让其他同志多说说，你坐那儿听一阵子好不好？"

妇女主任谢采蘩看见张书记和高支书已经崩了，羞怯怯地站了起来，想打个圆场。她是个羞脸子，未开言已经紧张得满脸通红。只见她像课堂上那些小学生回答教师问题一般低着头，刚刚小声说了半句"我说一点……"站在那儿支吾了一阵便没了下文。

谢采蘩今年刚满十六岁，是本村嫁本村的姑娘，刚刚结婚成家。她性格腼腆，但手脚麻利，在婆娘女子中很有人缘，村上便把她培养成了个妇女干部。可是，在这种场合她却从来没说过话。刚才张书记会前念的那些文件，不点名地批评了村上那些卖破衣烂衫的事情，采蘩听了心里已经感到很紧张。就在大前天，她去麦秀家借织布梭子时，麦秀背过娃娃给她塞了一个糜面皮的豆包。她揣回家自己都没舍得掰一点，又偷偷地送给了老娘。刚才栓柱讲话那阵子，她还一直在想这个事情。要早知道今天公社批评的还有这些事，那天麦秀给她包子时她要是不接该有多好！大伙儿已经无米下锅，她家凭啥会有那么奢侈的豆包？联想到父亲偷吃萝卜上过群众大会的事，她这阵子更是感到自己像是已经犯下了滔天大罪一般愧疚。栓柱这头话音刚落，她本想积极地表个态，可在张书记这么大的干部面前，她一站起身来又不知说啥好了。

张书记看她紧张的样子，笑着点了点头替她解围道："哦，坐下讲。今天这是党员会，都坐下说话。"

为了不让姑娘心情过于紧张，张书记故意转过脸来对高运喜说："我说瘸子，你们支部培养的新人不少嘛，还都是些年轻娃娃。好，非常好！应当让他们好好锻炼，好苗苗还要靠人护哩。这是我们事业兴旺的根本，我今天倒是想听听'半边天'的意见哩……"

采蘩一看张书记口气随和，又在那儿认真地搓着手里的烟叶，心里也就不像刚才那么紧张了，这才大大方方地开口说："我当干部还不到半年，一直负责着妇女工作。平时，我们妇联没给高支书帮多少忙，还时常给人家添乱。

开始吧，办民校那阵子，让妇女上识字班，男人都不让自家屋里人夜里出门。高支书第一个支持我们的工作，他让心香婶带头来听课，一下子就跟着来了三十多个。总算开了课吧，抱娃的、纳鞋底的，来了谝闲话的，把我都急哭了几回……高支书也不嫌颇烦，每天晚上都亲自来给我坐镇，总算把民校办起来了。现在吧，我们晚上还继续办哩。闲了，每天晚上都开课；忙了，有时隔几天上一次。先学学写字，明年再增加算术。女人窝窝里的事情真是难办，人家团支部的事就好办得多。出板报搞广播，年轻人都不推辞，轮到我们妇联办一回板报，没有一个人敢往黑板上写字咯。高支书给我出了个主意，让参加妇女识字班的一人写两个字，让大家比赛，看谁写得端正，完了还奖励一朵大红花！大家一听要搞写字比赛，可高兴坏了。那些写着字的黑板在大队门前展览了十天，每天都有男人来看他屋里人写下的那几个字……”

听到这里，张书记立即饶有兴致地问：“你是啥文化程度？”

采蘩不好意思地说：“上过三年全日制，后来又坚持上了两年夜校……”

张书记马上十分高兴地夸奖说：“不简单呀，实在是不简单。《千字文》你写得全吗？”

她羞涩地说：“全认得，字怕写不全……”

张书记马上转过身子，对着一直把脸高仰着傻笑的民兵连长谢有福问道：“这个小伙儿，你能写多少字？”

有福一听张书记点名问他，立即像电影上那些士兵听到命令一般“腾”地站起身来，两只手紧紧地贴在屁股蛋子上说：“报告张书记，这个嘛，我自己心中一直也没个数！不过，我是全日制完小毕业，算盘学过‘狮子滚绣球’咯！”

张书记一看再问下去，这小伙儿没准会晕过去，忙说：“好，坐下坐下。”这才转向大家认真地说，“啥叫教育农民？首先就是扫盲，让大家识字明理。村上办的那些识字班、耕读班都要办好办扎实，培养有文化的农民是我们党今后几十年的大事情。你们村干部中年轻人不少嘛，还都有点文化，这是个很好的兆头。”

他把椅子移了移，特意对着高运喜和佑普老汉说：“有些事，让我个人去理解，也还得有个过程。再过十年八年，咱们坐到一块儿再讨论，或者是你们对了，或者是你们错了，一切都得用事实说话。今天咱们到会的都是些党员和积极分子，也都应当明白我们为什么入党！想不通就发牢骚、就瞎折腾，这怎么行？有些东西，特别是对党的农村政策的认识，我想这也不是一时半会儿想让提高就能提高的事情。我只对你们说一句话，政策和策略是党的生命，执行时干部是决定性因素。你们应该站在党的最高利益上去执行，当然，谁也不能更改政令，更不能无所作为！至于谢佑普同志这次所犯的错误，性质也确实十分严重。不过，在处理上我还是做了保守派。让他留在党内有好处，相互沟通更有利于他个人改正错误，还可以提高大家的免疫力嘛。犯了错误，就把一个解放前入党的老同志一棍子撂倒，于情于理都是不负责任的。县上主张杀一儆百，我说刀下留人！有些人可能会说，谢佑普同志曾经是我张义伦的救命恩人，这个一点都不假，在任何场合，本人也绝不否认。但同志们，他也是一名忠诚的共产主义老战士啊！不过，我希望老同志这次能深刻认识自己的错误，不断改造世界观；不背包袱，继续前进……”

天色已渐渐暗下来，只有谢氏祠堂里大队办公室这间屋子的马灯还亮着……

第十一章

苦戏

村上的祈雨事件，最终让高子升这个书呆子也跟着栽了个大跟头。一个在册的人民教师参与迷信活动，这件事情根本无法遮掩，公社教育组往县教育局打了个书面报告，最终将其开除出教师队伍，并交给当地生产大队监督劳动。

一介书生，肩不能挑、手不能提；有冤无处申，有苦口难开。耳边少了娃娃的读书声，在家里窝着终日无事可做，免不了心头憋闷。于是，他只好提溜出自己书房那些平时搜罗来的明清偶人，关着门自娱自乐起来。这天，他突然心血来潮，非得拉扯着婆娘陪着他在家里唱一折子戏。

高子升就这点好。村上男人几乎都有个心里憋闷就拉住自家婆娘猛揍一顿的臭毛病，这个人却只需放开喉咙唱一折小戏便可缓解。只有祖宗传下来的这老腔老调，才能让这个委实没多大出息的大男人在自家小房的门背后不时豪壮起来。

婆娘家毕竟心思重，一听男人要拉着她唱戏，想了想觉得不妥。眼下这天干地焦的日子，家家户户都恨不能拿根绳子把一家人的嘴拴着挂起来，自家男人却非得要扯上她关着大门在院里唱戏！这要是让左邻右舍听见了，人家又会咋想呢？有心不随他，但看着男人整天窝在家里那副愁眉苦脸的样子，好像憋屈得要死；难得他突然高兴一次，如果不迁就，岂不是又扫了他的兴？思前想后，她觉得自家男人的心情远比那些村院闲话重要得多，也就把心一横，唱就唱它一回。

两个人最拿手的也就是高子升亲自改编的二人台——《二秃子闹房》。这出戏之所以在长稔塬久唱不衰，全在于那些民间艺人在里边闹了些插科打诨的不雅噱头。经高子升修改后，便成了一出雅俗共赏的好折戏。幻彩这头刚把自家院门关好，子升那头就已经提溜着线偶叫板出厢了——

（赖包子）咿呀，好不气煞人也！
有夫君头上光唤名秃娃，
娶下个小娘子没长头发；
看那厢溜溜儿站在灯下，
活像个圆杵子[①]没安把把！
从脑顶直秃到眉毛以下，
不细观绝当是吹大捏汤[②]！
到晚间也不必点灯说话，
有她在咱屋里能省洋蜡；
男人秃戴礼帽将就一下，
婆娘家领出门叫人笑话；
要下这丑冤家倒能做啥？
打一顿快赶紧送回娘家！
（彩旦）唉，奴才！你听着——
那一年遭年馑粮食起价，
无奈何娘子我许配你家；
漫说是一贯钱倒能做啥？
换一个口哨能哄娃娃！
奴家我自幼儿习琴描画，

① 杵子：圆形石头做的工具，上有深卯用以插木把，筑土墙用。
② 吹大捏汤：气球。

摹下的篆体字赛过梅花；
十三载长成了美人身架，
问亲的把门槛都能踢塌！
奴也曾进香院打过上卦，
求一个读书郎榜上生花；
长得亲长得丑奴都不怕，
实担心嫁给一个秃子膗[①]膗！
哎，那一日你三舅提媒说话，
拎一封烂点心来到府下；
开言说亲姐夫家豪富大，
他外甥长得亲没有麻达。
允了人收了礼不能变卦，
四抬子大花轿才到你家；
话说是进洞房细观四下，
啥东西亮晃晃叫人眼花？
再端详原来是夫君秃娃，
真真地把本宫活活气煞！
哎，笑我秃，
你娃儿咋也是葫芦倒挂？
挤一泡尿水水照照自家；
羞了先人你满口胡话，
黑毛猪居然家笑话老鸹！

（赖包子）呔，贱人该打！（秃女白）哎呀好我爷呀，你驴生的还真舍得下茬打哩！你个挨千刀的头上光溜溜的没一根毛，还嫌娘子我是个溜光脑！得是嫌我长得不亲？你早闹啥去了！把你个丑样子也没拿镜子照上一照，还学

① 秃子膗：光头。

人家戏上休妻哩！哼！没问问四邻八舍老娘我是咋得到你家的？我指定不走，看你把我能咋！（癞包子）好我的先人哩，我咋忘了，咱娶的这个媳妇儿原本就是拣了个便宜！咋办？唉，慢慢儿走哎——

一曲终了，幻彩那配合得相当到位的甩腔和惟妙惟肖的道白，终于逗得子升开怀大笑。一看男人心头宽松了许多，幻彩趁机试探着劝意犹未尽的男人说："戏也随你唱了，你也得听我劝说一句。后晌你也出门去走走，窝在家里真要闷出个啥毛病来，谁能替你受那个罪嘛。再说，工资也没有了，有点小病大恙哪有现钱去抓药？"

说到这点上，女人家就有点多心。子升这个人虽然气量不大，却也不是那号遇事转不过弯子的人。经过婆娘在家里几天来的反复相劝，他倒也认真地对自己眼下的被动处境做了些考虑。既然书是教不成了，务农是眼下唯一的选择。于是，他把从学校搬回来的那几摞备课本子往书箱里一塞，去后院翻出一把锈迹斑驳的锄头，往肩头一扛，径直就去了自己家里那块自留地。

子升以为，种地也不是啥手艺行当。不过就是犁、耧、耙、耱那几下了，只要自己慢慢摸索，绝对会揣摩出点窍道。按照他的个人规划，大约半年时间就完全可以学会做一个自食其力的公社社员。初步打算采用小学生识字的"速成法"先学会使用简单的工具，再正式开始那一整套农耕演练。

幻彩开始还怕男人心里受症，一看男人自从唱罢戏，几天来走路哼着小曲，得空就往自留地里跑，她就好奇地跟在男人屁股后边去观察了一番。

天旱得人家地里都没长几棵草，她家自留地却有一片茂密的紫花刺蕨。这种草根系十分发达，主根几可扎到三尺地下，只要有点湿气，就会旺盛地生长，俗名叫"不死草"。邻居的自留地里绝对没有这些草，只要一露头就被除尽了。子升平时很少下地劳动，有时连自家的地畔子都认不准。幻彩一个女人家，两条麻秆一般的细胳膊根本就抡不起镢头，只好任其肆意生长。话又说回来，子升那点力气比女人也大不了多少。几天下来，他已经多少掂量出了一把老镢头和一截粉笔的轻重差异来。于是，刚开始那股劳动热情也随之消退了不少。不过，他在腰酸腿疼端不动饭碗的时候，却第一次真真切切感觉到，这么多年真是苦了老婆这么个身单力薄的女人。想到自己的后半生都得和这把笨重的锄头打交道，心里不免又一次像被人堵了一团棉花般憋屈……可是，这一切又能有啥办法呢？为了不让老婆感到自己这个大男人心头压着这块砖头，他里里外外都努力流露出一副满不在乎的样子，心底却一直在汩汩地淌着血。

幻彩到了地头，一看子升毫无章法乱锄一气的做派，她也忘了男人是个庄稼行里的门外汉，不停地小声嘟囔：“你看你像公鸡踩蛋哩，走一步晃三晃，来回多踩了多少个脚窝子！”子升回头一看，刚刚锄过的地又让自己踩得跟没锄一样瓷实，自己先在那儿苦笑了一番。等他回过头来，却发现婆娘眼睛里已经溢满了同情的泪水……作为一个女人，她嘴上虽然讲不出世间的大道理，心里却清楚，正是自家男人认识那几个狗扎子字，有过早先吃罐罐饭的排场得意，必然会遭遇眼下挨打挨骂的失意。她当然不知道祈雨事件仅仅只是个引子，自家男人还有一些“现行问题”被人精心地写成材料反映到了公社教育组。

元良老汉被活活饿死之后，高子升虽没敢去送葬，却在教室黑板上写过一首“为大地主分子歌功颂德”的诗，曰：“心香袅袅照弥陀，此生何人无罪孽？舍得肉身饲饿虎，化作金鹿进天阙！”

其诗作一开始先是学生们口头流传，后来就传到教师耳朵里。大家议论说，要是调换这人去教语文的话，有些人肯定就没饭吃了云云。此后，教语文的朱老师就开始对此事耿耿于怀。他趁子升写祈雨奏表被揪住尾巴之机，亲自跑了一趟公社，狠狠地告了高子升一状。公社教育专干一听，立即就感觉到了这件事情的严重性。既然有人亲自反映，口头表述显然不能作为凭证，应当让反映的人把这件事情正儿八经地给县教育局写个书面报告。无论从哪个方面讲，这个事件都不是一般问题。如果继续让高子升这样的人教育下一代，那还不把我们的革命事业接班人从谷子地领到糜子地里撵兔子去吗？

然而，高子升本人在接到开除通知，学校安排学生娃娃帮他把铺盖从学校送回家后，他一进书房，又习惯性地赋诗一首：

一生不识五谷粮，
只把麦苗当韭黄。
今日投笔事躬耕，
胜做帝师伴君王。

他先站在书房自我陶醉了一番，然后才开始研墨饮笔。待把情绪调整到可以动墨的火候，才气沉丹田提气运笔，儿刷子下去，一手好字就落在了一张四尺老徽宣上。这时候，幻彩进得门来，看见当家的这阵子居然还有闲情逸致在那儿舞墨弄笔，不问三七二十一就将那幅写好的字夺过去，儿把撕碎给小儿子做了揩尻子纸，并数叨说："好我的先人哩，世上就你能？狗屁奏表还没把你教训下？我给你说，以后再甭动你那张破嘴和手里的毛笔比啥都强。逢年过节，也不用再揽那些给人家写对联的苦差事，至少还能过几天省心日子。到了这步田地，你真的再有个三长两短，我和儿子日后可咋活呀？"说罢，自己先哭了个天昏地暗！

子升一看白白损失了一张四尺大宣不说，还得赶忙给婆娘回话，他忍着满肚子火气不住地对女人解释："真是孩童之气，妇人之见。你又没听我给你念这上边的内容，咋就知道它又是肇祸的捻子？日后，我就是一个自由自在的社员群众，出工挣饭吃，看谁还能把我再开除到月球上去？"

幻彩一听，忙换了副笑脸说："只要你能想通就好。种庄稼少惹些闲是非挺好，教学写字也劳心哩，你看你头发都白了不少……"

子升却不合时宜地揭婆娘的老底说："这恐怕还不是娘子的心里话吧？遥想当年，幻彩初嫁了，英姿勃发……拉住夫君的手共剪烛花，如是说——'你有文化，我妈常在人前夸，女儿家嫁个识字的男人一辈子都不做睁眼瞎'，这又作何解释？"

男人那话勾起了幻彩的回忆，她羞涩地抿着嘴颤颤地回话说："那是当年！女儿家瓜嘛。你说，嫁你这个穷先生到底图了个啥呀？要房没房，要地没地，到头来还叫人斗来斗去……要知道今日，我当初真不如嫁给住土窑的谢民生！”谢民生是村上一个烂杆光棍儿。半阁城的女人奚落自家男人脏、懒、穷，都会提到这个人的大名。

子升还真的被婆娘那几句不无戏谑的话闹得悲戚起来。自从女人进了高家南场十多年来，他还真是有些对不住她。不说锅台炕头里里外外就够她一人打理，几亩自留地每年的收收种种也得她一个弱女子操心。特别是自己那点不清白的过去，也没少让老婆娃娃跟上受灾。只要大队开群众大会，婆娘就在家里闹心慌。久而久之，居然抑郁成疾。闹得只要他从学校回来晚点，幻彩就魂不守舍地抱着娃在炕上傻等着。只要偶尔有一回开大会自家男人没被拉去陪斗，她就高兴得不得了。又是殷勤地端水、又是伺候着洗脚，尽自己一切所能地给丈夫更多温暖。他嘴上不说，心里却揣着深深的内疚和感激。特别是前几年，每次被自己教过的学生呼来喝去，他都感到自己的人格受到了莫大的侮辱。有几次，他真想跳下沟去了却自己这可悲的一生。可是，每每想起老婆孩子那可怜的样子，他又一次次捻灭了心头那绝望的念头。他倒是时常给自己念叨，人这一辈子披着这张人皮，三十年河东三十年河西，不受点委屈可能还不算活过一世人喀。

事已至此，子升觉得这次祈雨无端地受到牵连，对于自己也不是个天塌一般的事情。既然政策把过去的岁月和今天的日子划为新旧社会“两重天”，如此说来，一个人生在旧社会，其本身就是一大不幸。何况，自己也确实在旧社会军队中服过几天兵役。可是，这个连自己都无法信服的解说，却时时让他陷入另一重迷茫之中。作为一个男人，搁在任何时代都有为国尽忠的义务，如此说来自己当了那几天喽啰兵，又何罪之有呢？如果可能，他倒是十分愿意做一个生在新中国、长在红旗下的小小少年，重温一遍自己的童年时光。可惜，这只能是痴人说梦。看来，也只能撂下教书棍儿，当一个普通社员，走一步看一步了。

第十二章

崖娃娃的传说

不知不觉中又到了一个夏天。

长稔塬上的夏天，最酷热的也就是正午这一小阵子。高运喜也顾不上村里隔三岔五过事[1]埋人这些已经习以为常的事情，一个人站在村东高崖边的老柿树下，远远地望着滔滔黄河，心里毫无头绪地臆想着一些不着边际的事。

正午的大太阳，烤得河对岸的山如同一座座跳跃着火苗的火焰山。远远望去，那些隐约可见的村庄活像被烈焰吞没了的废墟。他幻想着，眼前那河水会突然翻卷着漫上岸来，汩汩地流向长稔塬那一片片干枯的土地。庄稼活转了，树木发绿了，漫山遍野都是绿油油疯长的庄稼。满巷的男人们都端着一老碗黏面[2]，圪蹴在自家门口碾场的碌碡上比赛饭量似的闷头猛吃着。那一双双粗黑的大手里，还应当抓着一块烤得焦黄焦黄的苞谷面饼子，咬一口，光听那嘎嘣作响的脆声，都觉得香在嘴里，甜在心头……他出村当兵那天，也是这样一个太阳当头的日子。

锣鼓声中，半阁城村的兵员高运喜和谢省安等一伙小伙儿在谢氏祠堂换了新军装，正要被扶上披红挂花的大骡子出村，他的老娘却抱着刚满月的女儿来为他送行。

① 过事：婚丧寿诞等大事宴请亲朋。

② 黏面：关中把捞面条叫黏面。

只有他这个做儿子的知道，自己这糊涂老娘经常会闹出一些不知深浅的事情。这阵子突然跑来，估摸着不会有啥好事。一看老人家突然抱着孙女跪倒在祠堂门前，嘴里已经开始又哭又骂地和佑普爷为了自己的独生儿子被派了壮丁的事在那儿吵起来，他赶忙跳下骡子扶起老娘，嘴里少不得连连呵斥：“妈，在家说得好好儿的你不来嘛！你看看这么多人，也不嫌丢人！走走，咱们先回，真是……”

可是，老太太并不买儿子的账，跪在那儿死活不肯起身。只见她慢慢地揭开怀里孙女头上那小被盖，哽哽咽咽地低下头，对着孙女开口哭着说：“……我苦命的仙娃呀，我娃再好好把你亲大看上一眼。他这一去，丢下咱祖孙俩日后可咋往下活呀……”

村民们一下子都愣住了。几百双眼睛齐刷刷把目光投向老太太怀里抱的孩子，一件蓝花包袱的外边，此时正露着一张小小的脸。

这是一张稚嫩得让人几乎不敢用手去触摸的粉嘟嘟的小脸，在奶奶的哭号声中，小家伙依然露出一嘴还没长牙的粉肉冲着她的父亲甜甜地笑着，一双胡乱挥舞的小手一下子抓住父亲胸前的大红花，突然咯咯地笑出了声。

运喜也顾不上再去劝说母亲，慢慢地伸出自己那双粗糙的大手抚摸着女儿的小手。不知咋的，这个七尺汉子立时觉得天昏地暗，眼前一片模糊，泪水止不住地往下流淌，未几，他也东倒西歪地当众给老娘跪了下去！

……

想到这里，面对眼前辽阔无垠的湿地芦荡，这个最后瘸着一条腿回到村庄的男人，再也抑制不了心头那股无以言状的愤懑，突然放开嗓门嗷嗷地吼起了长稔塬上人人钟爱的线腔戏：

娘亲哇，哇，哇——
细思量不过是蒸馍擀面，
急忙忙进厨房先把水添；
恶婆婆站一旁杀气满面，

不吭声打了奴一顿炭锨！

他那山里人特有的野嗓子，激越处如老牛负重、吼声如雷，哀婉时若怨妇哭天、悲音凄凄，让人听了连毛孔都觉得舒坦。只有这老腔的调调，和着眼前这沟沟壑壑，才能把山里人祖祖辈辈窝在心头的那股子喜怒哀乐抒发得淋漓尽致。隔沟放羊砍柴的人，听见这边唱开了，也嗽嗽地接着唱了。沟里沟外，只有这荒腔走板的老戏文在空气里回荡……

怪只怪你的儿福薄命浅，
生就的牛马命鞭打绳拴；
儿死后你不要将儿收殓，
做雄鬼一辈子不返人间！

即使是无米无盐的日子，依然扼杀不了山里的人们那股想活命的赳赳气概。他们就是这样唱着号、号着唱一路活了过来。往后，还得一辈一辈再活下去。两岸崖头上的回声，震得崖畔上的“崖娃娃”也咿咿呀呀地学舌。从一个崖头传到另一个崖头，直到随着黄河水去了太阳升起的地方……

“崖娃娃”是一群活在崖缝中的小精灵。她们原本生活在幸福的天宫，王母娘娘却发配她们到地上的行宫里来观看世相。这些天仙妹妹，一个个如花似玉，俏丽无比，那容颜也永远不会变老。正因为她们长得太惹眼了，上苍担心她们看过了尘世的喧嚣，那些定力不足的会留恋凡尘的生活而私配姻缘。于是，在白天，将她们禁锢在那些石头缝里，不许和世间的男子见面；只有到了夜深人静的时候，她们才会出现在月亮地里嬉笑打闹。唉，如若这些仙女们知道人间的饮食男女居然有饿肚子的忧伤，她们还会留恋人间吗？

运喜站在崖头唱了几句，心里便多了些许慰藉。这时，他似乎觉得身后有薅草的声音，转过身来，眼前依然是那一片黄秃秃的沟沟坎坎。

远处，正午的村庄静得没有一点鸡鸣狗吠，几近于一座死城。只有头顶上那一轮烈日火辣辣地悬在天空，炙烤着冒烟的黄土沟壑。他从来不相信这个世界上有什么鬼神，可最近心里头却时时有些隐隐约约的异样。他拣了一块平整的地方刚想坐下歇歇脚，却蓦然发现老娘如同从地下冒出来一般，拄着一根棍儿正在向他走来。

自从公社那次在他家院子带走佑普老汉之后，老太太就一直像保镖似的关注着她唯一的儿子，根本不让儿子离开自己的视野。运喜刚坐下，只好又吃力地站起身来走过去扶住老娘。老太太却十分不领情地嗔怪儿子："大正午的，你一个人跑出来弄啥哩？"

儿子呵呵地笑着说："家里憋闷得很，我出来透透气儿……"在老娘面前，他永远都不想让她看出自己心底的忧愁。

老太太又絮叨开了："我在屋里正纺线哩，耳朵里却听着'崖娃娃'在沟里唱戏哩，心里就好生奇怪，咋越听越像是你大在唱哩！"她手搭凉棚，望了望瓦蓝瓦蓝的晴空，长长地叹了一口气，接着又对着儿子说："唉，你大年轻时候就爱唱戏咯，扮的彩旦眉清目秀，腰身比女人还苗条咯。打日本人那年，中央军驻在咱塬上，队伍上的剧社就想拉他去唱戏。你大耳根子软，人家三说两说，他那心思就动了。后来，他实心想撇下一家人当戏子兵去。你爷一看他养的这个忤逆种真的起了那心，只怕他偷偷跟上队伍的人跑了，叔伯弟兄几个瞒着一巷人，半夜把他锁到后院红苕窖里不让他出来，还给人家队伍撒谎说人去了山西。那天早晨，我上后院倒尿盆，隐隐约约听着好像有人在院墙缝里唱戏哩。细听，就是你大兀个挨刀子的声气[①]嘛！寻了半天，这才听见他在窖里正唱《张连卖布》哩。哎哟哟，你不知道，他一个人坐在窖底下又说又唱，真真把人能笑死咯！我趴在窖口听了一阵子，他知道我在上面，叫我赶紧撂几个馍馍下去，他饿得实在受不住了……你爷回来吃饭时，听见他那宝贝儿子还在窖里使劲唱戏，就对一家人说：'这驴日的已经饿了两天了，咋还有恁大的劲？'后来队伍拔营了，你爷才把他又放了出来……"

① 声气：消息，声音。

想起了以前的日月，老太太很是怀念地告诉儿子："唉，那时咱家有二十七亩地，一家人从来都没为粮食作过难喀。"

说着说着，她又催促傻站着的儿子说："走，这么热的天，跟我往回走。咱不当兀个干部也行，非得把人怄出问题才罢休吗？你大一辈子也没当过保长、甲长，不操一点闲心照样活了六十二。你替一村人操那闲心还惹了一屁子不是！你开个会跟人家商量商量，让别人也当当嘛，这号不挣银子的官又不是给咱家设的，当了一年又一年，到啥时是个尽头？"

运喜心不在焉地"嗯""啊"了一阵，却根本就没听老娘都说了些什么。待老太太说完那通话，他却突然饶有兴趣地问："妈，你说世上真有'崖娃娃'济人的事吗？"

老太太的耳朵这一回却出奇地好使，她也不说催儿子走了，自己倒慢慢坐了下来，十分虔诚地说："有哩。那一年龙王庙三日集哩，你大赶集回来走到沟底福音桥上，低头拾了一只女绣鞋。那只鞋绣得可巧了，红缎面儿白丝布里子，鞋口子滚着丝线，两帮描着凤凰；鞋底子纳得瓷实得像砖头，毛缨缨尖上还绑着一串串小玛瑙豆！他也是手贱，居然把那只鞋揣回来了。谁知道，当天夜里，咱家一直就没安生哟……前半夜，先是做饭屋的擀面杖一直在响，院里也像有人在扫哩；后半夜，咱家那只大黄母鸡又咯儿咯儿地老叫唤，像黄鼠狼钻到窝里叼鸡哩。你大年轻时那胆子忒大，一听院子里一直有动静，提了棍就出门去撵。好天神哩，只见咱家院子正中蹲着一团像狐狸又不像狐狸的东西。看他撵来了，那东西这才不紧不慢地从细窄的门缝里钻出去，一直在他前面跑着。他撵得近了，那东西就跑得快；他腿脚放慢了，那东西就一直在他前边不远不近处等着。就这样，他撵着那团'火'一直跑到了沟塄坡，抬眼一看，原来那老地方全变了模样，他差一点都吓傻了。你道是咋？明晃晃的月亮地里，老孟凸那片柿树园子全变成了一片亭台楼阁，满地都是假山浮石，一丛一丛的芍药牡丹开得白是白、红是红，嗷哟，真像是进了大户人家的后花园。他真真切切看见，路边那石礅上正坐着一个白皙的小媳妇……他实想和人家搭话，问问这到底是啥地方，人家根本就不理他，自顾自在月亮地里梳头呢……”

听到这儿，高运喜突然哈哈大笑起来，故意逗着老娘问：“我大肯定把那小媳妇当夜就领回咱家来啦！”

老太太佯装生气地说：“他敢！”接着，她更加神秘地告诉儿子说：“你大一看，那女子身后不远处，还有一群女子在弹琴、画画哩。他那时心魂也叫那些女娃迷住了，就那么在沟沿傻傻地坐了很久……后来，连他都不知道到底坐了多长时间。当村里的鸡开始叫鸣时，他的脑子才一下清醒了。可当他抬眼再看时，眼前哪有那些亭台楼阁哟，原来他正坐在沟沿上一块苜蓿地边，前边几步远的地方就是万丈深渊！他再也不敢耽搁，摸回家来，当时脸都吓白了，半天喘不过来那口凉气！过了一小会儿，他又不放心地端着灯碗子去照鸡窝。咦，咱家那只黄母鸡卧在架上好好儿的。天大明了，我收鸡蛋时才发觉，放在蛋窝里的那只红绣鞋不见了……”

运喜终于如释重负地说：“这一回，‘崖娃娃’肯定又给咱家放了不少银圆吧？”

老太太生气地说：“‘崖娃娃’都是小仙人，她们又不使银子！后来我就想，她们肯定是来给你大报恩来的，一群姐妹给咱家扫了一夜院子咯。说来也奇怪，先一年，我掐了一把谷穗留种，挂在房檐下叫麻雀啄得都没剩几颗了，那晚上不知咋的却端端地掉在院子中间。我给你大说，是不是‘崖娃娃’让咱种谷哩？你大说，那就种。那年秋上，咱家十一亩黄谷全丰收了，打下的谷子吃了三年干捞饭！你说‘崖娃娃’是不是济了咱家？那年秋里，别人家种的豆子光开花花，没收下几斗豆子咯。唉，神灵每日都在提示世人哩，你就是不知道哪一句是神灵的真心话咯！”

运喜也没有吃过那黄米捞饭，心思这阵子又不知跑到哪儿去了。这时，天空中有一只小鸟飞了过去，那清丽的叫声却一下子让他惊呆了。那鸟儿还在飞，叫声却依然远远地传到了他的耳朵里，活脱脱是三个字——“自——留——地”！

这三个字让他的心头陡然一热，接着，浑身上下又不禁打起了一阵寒战。年初，县北同堤庄大队自己偷偷搞了个生产队单独核算的试验，并擅自扩大了全村社员的自留地。这件无法遮掩的事，不久就被好事者反映到了县上。县委十分重视这个“资本主义复辟”的重大案件，立即就成立了专案组进驻该村。为了进一步落实好社会主义教育在偏僻村社的政策，彻底纠正少数基层干部偏离党的总路线、搞修正主义的那一套东西，县委专门抽调全县各个村镇的一把手，在同堤庄召开了一个公捕大会。那一天，公安部队全部荷枪实弹，一溜儿停了七辆大卡车。那么大的阵势，真是让村民们瞠目结舌！大队长吓得丢下一家老小，先天夜里就潜逃了。支书那个老实疙瘩开始还以为没事，却被当众五花大绑起来……

眼前，这些长年撂荒的烂沟坡，如果回到社员手里，确实能长出庄稼啊！大田绝收了两年，可自留地每每在那些过了节气的毛毛雨之后，各户拔掉干死的庄稼，及时抢种上萝卜、洋芋，入冬前多多少少还都能有点收成。去年霜降过后，山外的人全部拥到半阁城，抢拾社员们自留地收过萝卜揪下的烂叶子……春荒三月，那些晒干的萝卜缨子，已经救过许多家户的人命了啊！

运喜又突然想到，前一段时间各个小队已经动过自留地，再在这个上面做文章公社肯定会看出猫腻。能不能不动大田，让各队以“植树造林”为幌子，放手让社员公开下沟开荒呢？如果碰上一场好雨，家家户户起码都能收点糊口的秋庄稼！村庄上，社员眼下的生活情形已十分可怕。大队代销点进了一麻袋颗子盐，一月时间只被几个大食堂称走了两斤多！

想到这里，他突然拄着拐子站了起来，扶着老娘的胳膊说：“妈，咱们回家吧！我得赶紧召集大伙儿开个会去……”

老太太又唠叨地数说他道：“开会，开会，一天就知道开会。开会能抵饭吃呀？”

儿子肯定地对老娘只说了一个字：“能！”

老娘看了看天，只好随着儿子起身往回走。她一边拍打着屁股上的土，一边自言自语地说：“快了，快了。这两天武帝爷肯定要给村上送雨来哩。唉，早该送了咯。也不知谁把他老人家惹下了，让全村人都跟着遭这么大殃。

我这老寒腿，哎呀，这都疼了好几天了……”

运喜自己瘸着腿，却还得不时地招呼着老娘。他满怀信心地对老娘说：“但愿啊，要真有一场透雨，全村补秋就能收二十万斤粮食哪。唉，我的亲娘啊，不知老天会不会给你儿子这个面子哟！”

老娘喃喃地回了儿子一句：“你再甭说胡话了，老天爷能听你一个瘸子胡言乱语？”完了，她又叹着气说：“唉，武帝爷也不好生想想，要是把世上这些活人饿得死完了，以后谁给他老人家上香呢？”

一路说着，娘俩就到了村头。路变得平坦了点，运喜一瘸一拐地在前面走着，突然回过身问了老娘一句不吉利的话：“妈，如果有一日我出几天远门，您老人家会不会整天哭天抹泪？”

老娘忙停住一双小脚问：“你瘸着一条腿能走远路吗？”

运喜认真地给老娘解说着：“不能走也得走啊！不过，您要相信，您的儿子一辈子都不会做亏心的事情。不管别人说啥，您权当是儿子一个人豁着命去给社员背粮去的，只要你不哭就行喀。”

老太太赶忙替儿子安排说：“你不会派旁人背去？进山背粮路难走哩。”

运喜回答娘说：“别人不行，人家就要我这个瘸腿支书拿事哩。在关乎全村人死活的当口，我总不能缩着脑袋不出这个头吧？再说，谁叫儿子是共产党的支书哩！”

老太太知道自己养的这个儿子跟他爹一样，是个认死理的倔倔货，说出的话就没有更改的余地，只好迁就地答应他说：“我不哭。你去时把自行车推上，让别人多驮些，你腿不好就少驮些。救大伙儿活命是大事，别把你的命搭进去就行……”

她没有看见，前边低头走路的儿子早已泪流满面，一滴滴眼泪掉在他脚下干涸的土地上，马上变成了一朵朵血花……

斯文扫地

生产队多日不派活、不敲钟，高子升窝在家里觉得无事可做，便把自己那点自留地当成练习农用工具的场所。几天来，他就这么锄来锄去，并尽力学着幻彩的样子把锄把握得松紧合适，很快两手也能前后倒着换锄，巷里人都觉得是个奇事。

吃过早饭，子升和婆娘正在自留地里干活，远远地看见谢君怀急匆匆地走近了他家地头。他心里还在纳闷，平时两个人说不上有啥交情，更没有相互需要帮忙的事。这个人顶着大太阳撵到地头来，恐怕是有事来求他的。

果然，君怀走到子升跟前时，才小声招呼他："高先生，忙着哪？"看他那不紧不慢的神情，好像又没有啥大的事情。子升把铁锨往地头一插，擦了一把汗才回应道："找我啥事嘛，这么热的天还撵到地头来？"

一看子升停了手里的活路，君怀这才不无谦恭地说："是这么个事，我四伯天亮时咽气了，善广想让你过去帮着主个事。"

子升不慌不忙地问："那也用不着这阵子过去嘛。等看下日子，抬埋人那天我再去也不迟嘛。"

君怀不好意思地说："唉，好我的高先生哩，眼下还看啥日子嘛。墓穴昨天就开始打了，今天后晌就想草埋哩！"

子升奇怪地问："甭说老汉那几个儿子，就是你和善广也算是自家屋有头脸的侄子，对老人家的葬埋咋能这么草率，就不怕村里人笑话吗？"

君怀立即就撇着嘴说："眼下还咋顾得住那些脸面嘛。借遍了亲戚，只背回来二十几斤糜子，给老汉做不成寿面，在灵前只献了一碗杂面搅团咯！唉，人死了献那饭食顶屁用嘛。你过去写个告帖，好赖贴副白对子就算有这么个事了……"

子升一听，提起铁锨刚想移步，幻彩却气呼呼地走过来拦住自家男人，警告道："今日这事我说不去就去不成！夜黑咱俩说的话你咋全忘了？从今往后，再甭搅给人写字这号事！”

君怀一看不对劲儿，忙对幻彩解释说：“他婶，我就算是把人活背了，我四伯总还当着贫协主席哩，帮这么个忙你怕啥呀？”

幻彩也不听他那些话，只死死咬住一句话：“不去。只要是写东西的事，你以后别再给你高哥揽。你还嫌他倒的霉少吗？”

君怀却有点不解地问她：“倒啥霉哩？毛主席都说过，人固有一死，火送到泰山，权当扔根鸡毛。给人写副对子犯啥法呀？”

子升一听事情这么急迫，君怀居然还顾得上在那儿“拽”他那一口臭文，先不慌不忙地替他纠正着说：“他叔，引用别人的话咋好信口胡说哩？古时候司马迁倒是说过‘人固有一死，或重于泰山，或轻于鸿毛’这话，毛主席他老人家引用时也一字没差，你咋在兀搭胡说八道呢？以后这号没把握的话，你还是少张口为妙咯。”

君怀也不管自己那话说得在行不在行，趁机督促道：“那我先走了，你一会儿赶紧过来，甭让我跑二回咯。”

子升一看君怀那样子非得让他去，碍于在婆娘跟前又不好直说，只好模棱两可地说：“你刚说的兀个事情，嗯——是这样，你先回去。唉，你也是有帽子的人，我也跟你差不多……这号事，也得容我考虑一下。说句实在话，这事还真让人不好办哩！”

幻彩一听自家男人这次终于还长了点记性，忙帮腔说：“兀是迷信活动咯。死都死了，贴那对子能咋？还让写告帖哩，你就不怕公社再找你高哥的麻烦？”

君怀根本没听出子升那话并不是在故意推辞，而是确有难处，只觉得两口儿在那儿一唱一和好像故意在拿作[①]他，脸上立时就挂不住了，气冲冲地扭头就走。他一边走一边回过头来丢了一句：“难怪人家要收拾你哩！不就是会写几个狗扎扎字吗？你还说得轻巧，你跟我差不多！你说，咱俩咋能差不多？我是贫农，你是上中农；我是堂堂的革命社员，你是个敌伪军官。你也不撒泡

① 拿作：使人作难。

尿照照自己，我谢君怀咋能和你这号㞞人差不多！”

幻彩耳朵尖，听到君怀那几句不三不四的骂人话，不等男人接茬，她先气得跳着脚破口回骂起来：“谢君怀，你日你个婆哩！你兀号人还有脸揭旁人短哩！你个不要脸的钻到邻家媳妇屋里，叫人把脸抓得稀烂，你以为别人不知道？你碎㞞能得你去写呀！你以为你算啥正经东西？偷人家吾家营棉花地头装农药的瓮，叫民兵押着游巷哩；领着特务住在你家让公安局带去蹲看守所，你都写上！把你四伯去河南贩婆娘、上黄龙倒腾大烟的事也一块儿写上，让全村人都看一看，你家门里的人多有能耐！”

在村庄上，一个男人被女人骂得无法招架，却也没有去理会的先例。子升一看君怀虽然停住了脚步却也没还口，便拦住自家女人，对站在地头脸色煞白的君怀远远地递话说：“你先回去，我一会儿就过来。叫人买两张白纸，我总得回去把墨汁和笔拿上……”

幻彩一听男人憋了半天就憋出这么句话，立时不骂君怀了，又指着子升骂开了：“你是狗走千里改不了吃屎的毛病！人家骂你也不还口，你算个啥男人？你还跟他去哩，你去！今黑就和他那骚婆娘睡一个炕上，死都不要回来！”说着，顺势往地上一扑，抱住男人的一双腿死活不松手！

君怀站在远处，听见一个女人把自家男人骂得不堪入耳，便气汹汹地给子升打气说：“把兀号糊涂婆娘不打还惯下毛病了，你拿着个锨把闹㞞哩？”

子升还从来没有被婆娘抱着双腿这么混闹过，一时被弄得无计可施。他一听君怀还在那儿火上加油，就没好气地说：“君怀，你个没人形的东西，你这是来说事还是来起事哩？你过来，你替我打她几下，我娶下她还没用热气呵过一回哩，轮到你在这里挑弄是非！你咋不过来？我倒是想学学男人是咋个打老婆的！”

君怀从来没见高子升发过这么大的火，只怕子升一气之下撵过来抡他两锨把，赶紧闷着头灰溜溜地走了。

幻彩一看君怀跑远了，却憋着一肚子委屈无法发泄，便放开男人的腿，坐在地里放声号哭，嘴里还不住诉苦：“我的妈耶——耶——耶，你把你娃推到火坑里叫你娃受罪哩——哩——哩。面瓮瓮净得用笤帚扫哩，叫我咋给蛋娃做饭呀——呀——呀？天爷爷，你还不下雨咋哩？眼看一村人都活不成咧，死挨刀子的被公家开除了还要去给人写字哩——哩——哩……”

子升一看老婆哭得委实恓惶，便蹲下身子好言相劝了一阵：“还哭啥哩？又没人听。你也不想想，大伯以前和屋里咱大好得像兄弟俩，他老人家这阵子把气咽了，我总不能不过去帮忙照看一下。咱不写那告帖总得成？现在不讲究那些了，写下叫谁看呀？再说，又不请乐人吹打，那帖咋贴得出去？”

幻彩慢慢停了哭声，站起身来仍然哽咽着小声求他：“咱让君怀兀号人都不放到眼里了，你还挨了砖头不长一点记性！要去，你去一下，人多处少说话，省得让那些狗眼看人低的瞧咱家笑话……”

子升捡了块破瓦，熟练地蹭着锨上的老铁锈，顺从地点了一下头，嘴上却有点不好意思地说：“我估摸大伯的棺材还没有着落呢。你看，咱那几块闲板是不是先借给他家用用？”

幻彩十分不情愿地回答：“善广手里能没钱？全村人谁不知道他家院子里埋下的银子一个人都背不动，他还不是故意在巷院里给大伙儿装穷哩！他咋不借给自家屋里兄弟？还叫君怀那样作践人！”

子升毫不在意地说：“君怀是个没成色货，说那话又能把咱咋着了？大伯人不错哩。二三月里，他给咱家偷偷送过一碗黑豆面你忘啦？他还能念起我给他教着两个孙娃哩。人嘛，他在难处，咱如果能帮一把却不出手，心里也不好受咯。”

幻彩不解地问：“那，这时辰把板才扛去，啥时合寿木呀？不是说后晌就抬埋人吗？”

子升叹了一口气：“凑合着过事哩，又不动刀子活，几个木匠一会儿就合了。我过去看看，你到家先把板上的东西挪一挪，一会儿跟着抬板的人也过来一下，老人家一辈子也就再麻烦咱们这一回了咯。”

幻彩接过子升递过来的铁锨，望着男人那微驼的背影，两眼又一次涌满了泪水。

第十三章

豪雨

一轮大太阳火辣辣地悬挂在天庭中央，远远地望去，黄秃秃的长稔塬如同跳跃着一片燃烧的山火。吃午饭这个时辰，武帝山献殿前的南天门金顶上，却兀自升腾起来一个大云团。

在大伏天，只要武帝山上出现这样的云团，长稔塬必会大雨滂沱。在高空劲风的撕扯下，涌上来的大片云层很快被拉成了丝线向南而来……隐约中，从远处已经传来轰轰隆隆的闷雷声。

站在巷道中间的佑普爷，手搭凉棚远远地对着那云头仔细地端详着。只见那云头飞快地向南飘移，后边还翻滚着大团的乌云。他突然像发了疯似地大喊："快回家关窗户哟——，北岸子的云上来了，武帝爷给咱送水来了哇——"

许多人还在巷院中观望着。

地面上偶尔刮起一丝儿毛毛风，干燥的尘埃中，几根鸡毛打着旋儿在地面飞舞。空气里，已经有了一点泥腥味儿，南岭上却依然是一片晴空。在乌云的衬映下，天空显得更加湛蓝。这阵子，太阳依然光芒四射地悬在天空，周围的一切却让人觉得有些异样。

突然，一阵狂风从西向东掠村而过，几棵在大旱之年被虫蛀空了的树被齐茬刮折了。鸡们、猪们被惊吓得没命地往各自家门里狂奔，刚才还在看热闹的大人，全拉了小的跑回家去关闭门窗……

陡然，一声炸雷活像是在村庄中间炸响，家家户户的房子都剧烈地抖动了一下。接着，地面上就出现了铜钱大的雨点。风还在吼，渐渐增大的雨梢子在狂风中像长鞭一样，开始击打着干涸的大地……又是一串儿连环着的炸雷，雨点急剧变密。顷刻间，箭杆子一样的白雨便把原野和村庄吞进午后的阴霾之中！

闪电像巨蛇在空中飞舞，闷雷紧贴着地面隆隆滚动。雨线已相互交错成一片混沌，雨点像发泄着积蓄已久的怨气般倾盆而下。霎时，各家院子全部积满了雨水，巷道中间的洪水也冲积了一尺厚的柴草。一刻钟过去了，又是一刻钟过去了，那撼天动地的雨声、雷声、狂风声，把盼雨的村民们最初的惊喜立时炸成了粉末……

久旱必有暴雨。人们开初的屏息静听变成惊愕和恐慌，他们又一齐在心中暗暗祈祷武帝爷按捺着点性子。可是，大雨在雷声中顷刻又变成了枣大的冰雹。院子的积水里已经溅起了冰粒，房顶上的瓦沟里泻出一道道弧形的冰雹瀑布！

村院里，老婆婆们拼命地发出一阵“哟哟”的唤狗声。狗是上苍的使者，只有让上苍知道这个世界上还有狗，他才会施舍那点怜悯！男人们从门里向外不住地挥着刀斧，孩子们也抓起随手能拿到的脸盆和铁器拼命地击打着……他们试图用这种声响吓唬住那泄愤的雷公。然而，冰雹仍旧不停地下着，其暴烈之势毫无减弱的迹象……村巷中积蓄不住的大水，终于冲开东城那道土坎向沟口涌去，山啸般的淌水声一直从下午响彻到深夜！

第二天早晨，当往日一脸土灰的社员们看到东方那一轮被雨水冲刷得如同少妇红脸蛋般妩媚的骄阳时，久违的喜悦又一次挂在他们的脸上。一巷欢声笑语，大家都在高兴地议论着抢种晚秋的事。他们知道，村干部们也一夜都未合眼。太阳已有一竿竿高了，大家才看见各队的干部从祠堂走了出来。

这时候，六队队长谢舍娃匆匆地进了家门，出来时已经掮了一把明晃晃的大镢头。接着，只见他用力敲响了六队官树上悬挂着的那口铁钟。大家以为要开社员会，都扯长耳朵等着听队长的下文。在这场少见的大雨过后，长稔塬上的土地像棉花一样吸足了水分，没有三四天时间，人和牛是进不了地的。钟声一停，只听见谢舍娃扯起叫驴嗓子大声喊叫了一阵："大家听好了，大队通知，今明两天家家下沟去开荒地，今秋可以先撒点庄稼让地醒一醒。这次的原则是，开多少、种多少，秋后自己收多少……明年春上，大队统一购买花椒树苗，要搞'植树造林，绿化祖国'的大运动……"

听清了的人根本就不相信自己的耳朵，没听清的还在那儿愣神。大伏天搞绿化？队长莫不是吃错了药！可一看他掮着家伙往村东走着要下沟，一巷人这才半信半疑地各自进门寻家具去了。

这时，有些脑子转得快的人立即就明白过来了。坡地不存水，大雨过后及时翻种才能保住墒土。植树造林是小事，能收一季庄稼才是大事呀！手脚快的已出了门，先占了沟上大点的荒坪干开了；那些磨磨蹭蹭来迟了的，只有下到半坡上去……

说到开荒这件事情，老詹才是半阁城"自由开荒"的祖师爷。他早在去年就已经在日头墚墚下的沟坡上开出了一大块荒地。尽管他不善农事，却有一颗孩童般的心。用他的话说，这是他开垦的一家"私营农场"。

老詹之所以有这个惊人的创举，都是他在高运喜家吃过一回老太太腌制的酸洋姜菜，而且觉得挺合自己的口味后萌生出来的。从此，他便开始在远近的沟里寻找那种长着荸荠一样块茎的野生植物。最终，在一个被他命名为"狐狸和花面狸出没的小坳沟"里，终于找到了一小丛长着小葵花一样叶片的野生洋姜苗。

今年刚开春，他别出心裁地挖出那些小小的洋姜"儿子"，将它们带到他的"农场"做移植试验。万没想到，这些野物适应性很强，趁着春天夜晚河道上吹来的那点潮湿的风，居然在山坡上生根、发芽，并长出了一大片。一看全村人马扛着农具下了沟，老詹只怕有人开荒毁了他的菜园子，拉上麦秀率先下到沟底看护起他的"农场"来了。

老詹开的这片荒地面积也委实不小。麦秀站在洋姜地边，简直不能想象是什么力量促使自己的男人用一把小小的羊铲挖出了这么一大块沟地。一夜暴雨过后，那些几近枯萎的洋姜叶片全部舒展开来，在明媚的阳光下，巴掌大小的叶片互相交错在一起，迎着早晨的阳光，郁郁葱葱的像一片小树林。她激动地大声对身边的丈夫说："木林，这也太多了，咱们挖掉一部分种点荞麦吧？"

拄着镢头正在欣赏自己杰作的老詹有点不舍地摇着头说："啾，啾，这种野生蔬菜嘛，高妈妈最爱吃的，我要在收获后送给她家两大桶。我的意见，不能破坏！"

麦秀知道男人根本不了解这种野生植物的习性，就仔细地告诉他说："这东西见点雨水肯长[1]得很，就算剩下三四十棵，不等到秋后，它那长长的根上结下的洋姜疙瘩也够两家人一冬天腌菜的……"

老詹还是不同意，却指着边上长满野草和刺槐的荒坡说："我有力气的，挖了这些小树和草，咱们再种粮食，菜园的洋姜我不同意破坏！"

麦秀告诉他，新开的生地不长庄稼，只有像这样翻晒过的地才能种粮食。随后，又安慰他说："收了荞麦，地里明年还会长出一地洋姜。这野物是地溜子，你以后想除净都不容易哩……"

老詹终于听懂了麦秀说的道理，但他仍忧心忡忡地说："高运喜家里没有人开荒地……"

麦秀好奇地问："这跟你有啥相干？"

老詹不无担忧地告诉妻子："他的儿子小嘛，他的脚不能下沟开地的，我们多挖一点，给他家分一块地！"

麦秀终于明白了，推了他一把说："好了，我的先人！心香早跑到她家自留地下边开地去了，你有那心，还不如打下荞麦给他们家送些吃的去！"

老詹拍了一下自己的脑袋醒悟地"噢"了一声，便抡圆了宽镢飞快地刨了起来。麦秀先撒了种子，跟在后面捡拾着男人挖倒的洋姜秆，还不时地提醒

---

① 肯长：长得快。

他不要使太大的劲儿，否则会把荞麦种子埋得太深不好出苗。老詹却根本不听妻子的劝告，撅着屁股只顾卖力地刨着。她只好在刨得过深的地方不时地补撒着种子……

第一次看自家男人干农活时那古怪的样子，麦秀在他后边笑骂道："真像头驴！"话一出口，她自个儿先笑了。笑了一阵，她又无端地想起昨晚的梦来。

也许是雷雨的惊扰，麦秀做了一夜噩梦。天明时分，她真真切切地梦见丈夫骑着一匹高头大马，好像要去一个从来没有听人说过的地方。那山、那树，还有小桥下的水……蓦然，睡梦中的她突然看见老詹变成了前夫谢省安！他冲着她微微一笑，却背着部队上新发的背包，头也不回地走出了村口。望着前夫的背影，她一个人孤零零地站在村口，不由自主地哭出了声……梦醒后，她的枕头上已是一片泪水。

听着屋外的雨声，麦秀再也睡不着了。她摇醒身边的老詹，撒娇地问丈夫为啥在梦中撂下她不管，只顾自己一个人头也不回地走了。老詹迷迷糊糊听明白是她做了不好的梦，才像哄小孩一样说："好吧，宝贝。让我一会儿也进入你的梦中，看看刚才那个人是不是我詹木林。"接着，他转向妻子，紧紧地搂着她认真地说，"我会骑大马的，可永远不会把你一个人放下独自去旅游……"不一阵子，老詹却又打着呼噜睡过去了。

虽然是一场梦，可这是麦秀的一块心病。她多次问过丈夫的身世，老詹说来说去还是用那几句老话搪塞她说，在他很小的时候，父亲就去世了，是妈妈独自把他拉扯大的。他上大学四年级时，原本准备休一年学去周游世界，最后却为了服兵役报名去了朝鲜……在枪林弹雨中，当他得知母亲因他不在身边孤独而逝的消息后，便没了回故乡的心思。

麦秀一个女人家，虽然摸不透自家男人的心思，却也不时地注意到，两口子每每提说这些话题时，老詹都似有难言之隐，一次次欲言又止。特别是他一直不愿说出他那老家在新疆的具体县名，只告诉她"那是很遥远很遥远的地方……"她也打问过他在朝鲜打仗的事，他只说在志愿军总部做过翻译，并借口"这是需要永远保密的事"便不愿再多说。从男人牛头不对马嘴的叙述中，她也听得出来，老詹和高运喜以前并不在一个部队。高运喜负伤后早于他回国的事情，老詹居然一点都不知情。

倒不是一个女人太多心，而是四邻八村那些倒插门的外地客，尽管小两口恩恩爱爱生儿育女，多年过后，男人们只要回过一趟老家，就会勾起他们隐藏在心底深处那份浓浓的乡情。要么千般生事，非得拖儿带女迁回老家；要么抛妻弃子一去不复还。她时时担心着有一天，老詹也会离她而去，甚至害怕他在她面前提出要回老家去看看的事。

老詹这阵子正干得满头大汗，也顾不上喘一口气，脱下上衣往洋姜秆上一甩，又奋力地挖了起来。麦秀却拣了几个像水泡一样娇嫩的小洋姜走了过来。她帮丈夫擦了一把汗，这才把手里的小玩意儿递给老詹，然后幽幽地问他："木林，你看，这是什么东西？"老詹像孩子一样乐了，高兴地说："多美妙的小生命哪，这是洋姜的小儿女！"

麦秀却没忍住，一串儿泪水滴在丈夫的手上。老詹忙问："秀，你这几天为什么老是不高兴？"她飞快地擦掉泪水一头靠了过去，忧伤地说："我怕有一天你会离开我和孩子。你说，你会不会一辈子和我就这样生生死死在一搭儿？"

老詹被妻子这莫名其妙的话弄糊涂了，停下手中的活儿小心地问她："是的。你为什么要问这些话？"麦秀却赌气地说："你不会是骗人吧？"老詹真诚地对自己的女人说："我不会说谎的，更不能欺骗你和我们的孩子，我永远也不会离开你们的！"麦秀又问："那你为啥一次也没说过要回老家的话？"

"这个，我想至少目前不会的。"

"为啥？"

"我的故乡不欢迎我回去……"

"你做过啥瞎事吗？"

"没有。我只做了我自己认为值得做的事情。"

"你，做了啥值得的事情？"

“就是……决定来半阁城，不再回故乡……”

“你……难道在老家偷过东西？要么就是跳墙摸过女人……是个人人恨的坏种？”

“我发誓，我没有做过一件坏事！”

“那，你总得回去看一看的。”

“我想，如果将来有这个机会，我会回去看一看。那是我的故乡，那里有我的家，还有我儿童时代的伙伴们，我肯定得回去看看……”

“你真的要回去？那，你得答应带我们一块儿去！”

“当然，到时候带着芍药、儿子，咱们一起坐飞机去！”

“是吗？你们老家好不好？”

老詹两只像琥珀一样清澈的眼睛怔怔地望向远方，嘴里喃喃地对麦秀说：“我的家乡很好，很漂亮。那儿有高楼、汽车、大桥，还有像咱们这里的沟坡、云彩，真的很漂亮。对了，我的家乡有一条十分美丽的小河，可是，咱们的村庄周围没有小河……”

麦秀突然转过身，凝望着远方熟悉而又陌生的黄河，抬手指给丈夫说：“那就是一条河呀！”

老詹突然被妻子的话惊呆了。是的，这条世界著名的大河如此恢宏，自己为什么就视而不见呢？在丹东战俘管理所，一群英国飞行员在庆祝五一国际劳动节的广场晚会上唱过一支叫《我们在太行山上》的中国歌曲，他从那雄浑的男声四重唱的旋律里第一次聆听到了黄河汹涌澎湃的涛声。这么多年，他就住在黄河岸边，为什么就没有好好看过她呢？他望着雄壮浩渺的黄河，一股激越的热流情不自禁地开始在心中翻腾。远处，那仿佛凝固了的波涛使他想到了大海，想到了故乡……他回头看着妻子那俊美的脸庞，像在梦中一样看着她的眉毛、她的眼睛，嘴里喃喃地说：“秀，你一定会唱歌的！”

麦秀羞涩地低下头去，脸上立即就泛起一团彩霞般美丽的红晕。她说：“唱不好，我只会一点！”

他鼓励道：“我们结婚这么多年，我这个做丈夫的还没有听过黄河女儿唱的歌呢。你能给我唱一首吗？”

麦秀轻轻地点了一下头，接着，没有一丝羞涩地轻声唱起了她心中最钟爱的歌——

送郎送到一里墩，
一盘儿鲜果一盏盏灯；
将灯儿递在郎的手，
红影儿底下观貌容。
送郎送到二里村，
王侯家公子放风筝；
风筝儿虽高线还在，
只怕郎一去不回心。
天上的星星一颗颗明，
哪一颗是你的宿命星？
卖了良心你魂还在，
我念着奴夫早回程！

崖畔畔上，狗剩和婆娘停了挖地，静静地听着麦秀的歌。同居一个村庄，左邻右舍从来也没有听见过麦秀开口唱歌，两口儿都被她那动听的民间小调吸引住了。一曲终了，狗剩在坡上开玩笑地喊了一句：“老詹呦……羊吃生产队的黑豆了！”麦秀停了唱歌，听见坡上传来狗剩不怀好意的招呼，也不示弱地用双手在嘴上捂了小喇叭对着上沟坡喊：“‘辣子’呦……狗剩又偷吃牛料哩！”

沟上沟下，一听两家人互相揭开了老底，立即就传来满坡开荒人开心的笑声。这如潮的笑声惊飞了一群在崖畔上歇脚的野鹁鸽和呱啦鸡，它们扑棱棱飞下坡来，鸣叫声在沟坡快乐地回荡。

黑手

伏天的荞麦冒出地面就开始吐蕾，只有二十多天的光景，满沟满塬便一片生机。接连又落了几场透雨，整个长稔塬逐渐又活转过来了。

谢信仁蹲在沟沿上看着坡上绿茵茵的庄稼，心里却有一股说不出来的滋味。队上敲钟让社员下沟开地那阵子，他没有让儿子和媳妇出门去。那时，他在心里对这件事情已经盘算过不止一遍。半阁城的这个“神算子”一直相信，世界上的大小事情都基本有个定数。当年，他拥有七十多亩好地，这还不算四十亩祖陵。如果按土改时的政策划成分，政府至少得给他闹个富农。不过，自从他跟山道上的朋友染上大烟，先卖门房、后卖地，最后连祖陵那几十棵大柏树和石桌石凳也让人抬走全换了鸦片。吸上那孽障东西后谁也没办法，他知道祖业在他手上迟早非踢踏净了不可。那一笔丰厚的家业，从他儿子开始下延三代，也不一定能赎回来。后来，为了那一口大烟，他先贩私盐，后倒腾军火，不怕坐牢，不怕砍头，只要能换下银钱，人干人不干的事他都干过了。总算老天开眼，两年不到，他一下子又发了起来。接着，他静下心来在保上当了几年差，抽地亩、派壮丁、吃黑拐，他手头几乎又攒下一笔能赎回家里被他卖掉的那些地的钱了，他却没去赎。在和共产党的多次接触中，他已经觉得，如果共产党得了天下，肯定要实行共产。与其给儿女置办那些物业，真不如用手头这点银子让自己红火上几天。趁着兵荒马乱，他整天戴着礼帽骑着骡子四乡赶集，反正手里也不攒、院里也不盖。三年过后，渭北果真就闹开了土改运动。他家没剩几亩地，居然跟上大伙儿分得了三间瓦房的木料和二十亩官地。这是他人生最为得意的一着棋。到了互助组那时节，别人都傻乎乎地把土地当爷伺候，家家恨不能吃住在自家地头；他却把地撂给别人租种了两年，自己则一心一意白天睡觉、夜里纠合人掷骰子。麦后秋后，甘愿收那点“租子”。那时候，他是全村第一个觉得可能要收地的人。于是，他抓住那些傻乎乎的农户置铁车、买大牛，踌躇满志地准备大干一场的有利时机，以一亩地一石麦子的低廉价钱，一气儿把自家名下的土地私下里卖了个精光！果然不出他所料，那年夏天，全村庄的土地一夜间全入了人民公社。牲口牵去并了大槽，铁车农具收归集体所有，粮食也被装进大队食堂……那些老实巴交的村民这才傻了眼。他一无土地，二无车马，三无余粮，一家人却和大伙儿一样坐在食堂的八仙桌上吃了几天白面蒸馍，看足了全村人的笑话。

那场大雨过后，大队放开让社员下沟开荒的时候，他没有轻举妄动。说穿了，他觉得这纯粹是白下力的事情。他算是琢磨透了，就算高运喜这小子敢在老虎头上逮虱子，他也绝不相信一村傻瓜蛋谁能把那庄稼收回到自己家里去。

紧接着落了几场透雨，眼见沟里的庄稼在多年旱得没长过草的坡地上发了疯一样地长，他却没有看见公社那帮人有一点动静。不过，他还是往失算处想了想，如果每家每户都心安理得地在家里吃小灶，拿啥给集体食堂那大锅里下呢？不管咋说，大锅饭还就有这点好处，有你吃的就有我吃的。眼下，这几架沟的庄稼应当说也有他的一份。

他正在那儿扬扬得意地想着，老远却看见村上的烂杆光棍儿谢民生挑了个破竹笼走过来了。他像看见了鬼推磨般稀罕地打量着一身布片飘荡的民生和他脚上那一双勉强趿着的烂鞋，待到对方走近自己身边时，这才奇怪地问候道："上辈子，拾粪呢？"

民生不过四十啷当年纪，可按辈分，信仁却该叫人家一声"叔"的。为了显得谦恭，加之自家头上一直顶着那个不光彩的"敌伪帽子"，他见了村庄上这些辈分大而年纪小的一概呼之为"上辈子"。

眼角依然沾着几疙瘩眼屎的谢民生，把面前这个四类分子的殷切问候也没当回事，只是吃力地挤着一对迎风流泪的红眼看了看信仁，随便应了声："不拾粪吃啥哩？"

这个平时吃饭连饭碗都懒得洗的人，居然也开始用这样的口气说话，使得信仁愈发惊奇起来。于是，他不无调侃地问对方："粪能吃吗？"

一听信仁这句带刺的讥讽话，民生便多多少少有些不乐意了。他擤了一把鼻涕，顺手撩起袖子擦了擦，这才像教训一个不懂事的娃娃似的接了他的话茬说："庄稼一枝花，全靠粪当家。你还当了一辈子庄稼户，这点简单的道理都不懂吗？"

信仁根本没有想到从民生嘴里居然还能冒出一套一套的庄稼行话，便附和着说："话听起来都对着哩。你早早这么会算计的话，说不定能娶上个媳妇，这阵儿都把光景过得和左邻右舍一样了！"

民生尽管被他当面揭了短处，却显得十分大人大量，依然不屑一顾地回答他："兀么个事嘛，急啥哩？有猪头还怕寻不到个庙门？只要咱敢放一句话，媳妇多得在门口排队候着让咱挑拣哩！"

信仁哑然一笑，故意揭着对方的老底问了一句："我咋听说你姑年前给你说了个寡妇，咋说着说着又没动静了？"

民生已经觉察眼前这个老东西肯定是闲着无事故意拿自己寻开心，就生气地回了一句说："谁说人家是个寡妇？"

信仁倒当真地问："照你说，那女子还是个黄花闺女？"

民生没好气地说："那可不。就这，本人还没看上她那人样哩！"

一听这没影儿的事情倒叫他闹得跟真的一样，信仁接着又问："那，不会是人样差点儿吧？要么就是走路不稳的柳拐子[①]！"

对方的话越说越难听，民生感到今日不和这老家伙把这件事情说清楚看来还不行。他放下肩上的粪笼，摆出一副说来话长的样子，这才慢条斯理地开口说："人家姑娘嘛，身架倒端正着哩，就是嘴上有个小豁豁，说话不太严实咯……"

信仁心里想，眼前这个全村有名的懒汉，加上那破锅烂灶的穷家道，还能配个啥青瓷碗碟？甭说人家女方嘴上有个豁豁，即使是个半癫，只要能生出娃娃，他小子就是烧高香都来不及哩。这样的货色，居然还挑三拣四讲究蛮多，真是烧碗里放着炸豆腐——吃出没看出。于是，他斗胆教导着面前这个

① 柳拐子：大骨节病。佝偻病人。

"上辈子"说："黑白是个馍馍，好赖是个婆娘，你都这把年纪了，还顾得上挑三拣四吗？不如将就一下自己，好赖办个人算了。女人嘛，吹了灯搂在怀里还不都是一个样儿！"

民生平日里最见不得别人下眼小看自己，一听眼前这个谢信仁也说出这般狗眼看人低的话，立即就没好气地撇着嘴说："婚姻大事能胡将就吗？再说了，咱独门独户又是好成分，再等几年又怕咋？能碰上合茬的，还看是不是合意的；起码得有点人样长相，慢慢找合适的嘛。前一阵儿，采蘩给我提说她一个老亲戚，人家女人长得嫽得太[1]哩，就这，我还没松那个口！"

这话更加让信仁觉得奇怪了。他惊奇地打问道："咋哩？她要带几个娃娃过来哩？"

民生摇了摇头并不作答。

信仁暗自揣摩那女的肯定又有啥更大的麻达，便穷追不舍地套话问："总不是给你说了个石女儿[2]吧？"说完，他还像猫头鹰一样怪笑了一阵子。

民生被他那几声怪笑闹得浑身上下立时就很不舒服，半天才气哼哼地反驳说："你如果是个媒人，能给本村人往回领那号二一子[3]吗？我原本不想跟你说这事的底实，你偏要问哩。不说了，不说了。"

站在那里正掏着烟袋的谢信仁，却大有打破砂锅问到底的架势，接着他的话头又问："她要是个嫽货，你咋不应那亲事哩？"

民生没好气地唾了一口唾沫，顺嘴丢过去一句话："唉，她娘家爸是个四类分子，跟你一路货喀。你说，咱清清白白的贫下中农咋能和兀号㞞人做亲去？"

信仁一听，脸上立时像被人抽了一记耳光似的难受，继而便泛起了一片猩红，顷刻又转成了酱猪肝一般的颜色。民生转过身，"扑踏扑踏"趿着鞋拾他的粪去了。信仁这才冲着他那隐约露着屁股的破裤裆狠狠地唾了一口浓痰，

① 嫽得太：好得很。

② 石女儿：不能生育的女人。

③ 二一子：既不属男性又不属女性的人。又叫阴阳人、中性人。

在心里不住地咒骂："真他妈四海翻腾发大水，鱼鳖海怪成了精！你老子打了半辈子光棍儿，你狗日的得打一世光棍儿。你不就是个贫农吗？老子也是贫农！你兀号货色还揭别人的短处哩，呸，你也配！"

信仁平日里最忌讳人在他面前提说"四类分子"。在家里，儿子和媳妇连个"四"字都不敢提。今日叫这个人不人、鬼不鬼的穷烂杆奚落了一番，他心里还真不是个味儿。此刻，他陡然感觉头上这顶"四类分子"的铁帽子像紧箍咒一样让他头痛难忍。

他心里当然清楚，这都是自己给自己造的冤孽。

说起来这事并不遥远。那年，运喜的父亲高闷儿给国军贩骡马得过一笔横财。后来，老汉又倒腾起了洋烟。这事不久就被王善庄的刀客夏侯举惦记上了。一天晚上，这个人摸到了半阁城，撬走了老汉的银子，把老汉气死了。这件事情，前前后后还都假着自己的手。眼下，人家的后人当了支书，自己这个大木桶明摆着在人家井里下着哩。前些日子，他私下里多次撺掇佑普爷去祈雨，与其说是为了地里的庄稼，倒不如说是为了村里的人事。只要把半阁城这池清水搅浑，祈雨那盆脏水肯定会泼在高运喜这个支书身上。只有把这个人闹倒台，自己往后才有可能慢慢想办法找点出路。可是，这小子在公社有张书记这顶保护伞，祈雨事件倒让佑普老爷子一个人背了黑锅。

看着满坡的庄稼，他坐在那儿还在云里雾里地遐想着。如果眼下再能遇上像土改时那样"反戈一击"闹点小功劳的事情，或许就是自己重出江湖的绝好时机。可是，村上又有啥事情值得他再"反"一次呢？

他突然眼前一亮，村上这个"自由开荒"或许就是老天爷的有意安排。已经公社化了，有人还鼓动群众私自开荒，这不是和人民政府对着干吗？可他仔细一想，却又不免有些发怵。这毕竟不是高运喜一个人的事情，也不似祈雨那样的小事，告不准，打草惊蛇自己绝对是死路一条。即使告赢了，自己出卖一村父老，不是给自己找事吗？

想到这里，他一个人坐在地上犹豫了良久。不管咋说，开荒这事公社里派人查出来是一码事，若是自己为了邀功去状告全村人，那又是另一码事。再说，整个村庄没下沟的除了几个死老汉病娃之外，大多数社员多多少少都种了些萝卜、荞麦和糜谷。事情过后，如果在村院中犯了众怒咋办？他思前想后，却不愿意让这个不时在脑海闪现的恐慌熄灭掉心头那复仇的烈焰。他返回头又一想，天大地大不如自己的头大，难道说自己就该这么低着头做一辈子人下人吗？俗话说得好，成者王侯败者贼。一不做二不休，自古无毒不丈夫。做男人，就得有股子豁出去的劲儿！

他慢慢地站起身来，像自己刚才已经做了一回亏心事一般偷偷地观察了一下四周的动静，然后才故意大着声咳嗽了一阵，也算是给自己多少壮了点胆。

这时，从远处跑来一只野狗，以为谢信仁刚才蹲在那儿好一阵子不起身是在解手，兴冲冲地跑近等人离开。

他当然知道狗的用意，偷偷地拾起一个大土块，无端地想拿这只狗出出心头的恶气。狗却看到对方心存不善，不远不近站在那儿再也不往前走。他也不知从哪儿来的那股劲头，左顾右盼地寻找着新的发泄处。终于发现坎下不知啥时有人拉了一坨屎，于是，就狠狠地举起手中的土坷垃向它砸去……接着，就暴跳如雷地对着眼前的沟坡开口大骂起来："日你妈的，没撒泡尿把你们都照一照，一个个都得意得想咋？我不舒坦，你们也别想他妈的就那么快活！"

第十四章

甘霖

时节已经进入了三伏，各队地里的活路都集中在天不亮较为凉爽的那阵子去干。饭后，天气太热，男人们都躺在门道的凉席上歇晌。就在这个时辰，一辆小汽车开进半阁城，跳下来几个公安模样的人，把高运喜从大队部带走了。后晌，那些消息灵通人士都传说，支书是被民政局借去整理烈士档案去了。

高运喜不在村庄的几天时间里，村上却出了件新鲜事情。

为了让广大社员群众在第一时间收听到来自中央人民广播电台的消息，公社组织人马为各大队突击安装了一个老碗大的有线喇叭。半阁城属于偏僻山村，沿路沟壑纵横，等到栓柱组织社员没黑没明地栽完电线杆子架好电线，已经是全公社接通广播的最后一个村子了。

晌午饭时，新安的广播还未试播，公社突然紧急电话通知，中央有重要新闻发布，让各大队务必组织社员按时收听。

正在这个时候，几天没露面的高运喜却坐着县委组织部部长的专用小吉普赶回来了。他还顾不上迈进家门给老婆学说几天来“走麦城”的详细过程，就捂着胸脯一颠一趔趄地去了大队部。说出来谁也不会相信，这几天，运喜一直被关在县上看守所里！

他当天下午被省上来人盘问了半天，等他恢复了知觉，牢房里已经是一片夜色。当时，连他自己也不知道自己身在何处，甚至不知道自己究竟是活着还是已经死去。在一堆谷草中，他只能一点一点梳理着之前储存的那点记忆，直到糊里糊涂地回忆起了生他养他的村庄、白发苍苍的老娘以及自己的老婆孩子……于是，便想起来自己和那个省上来办案的人那场唇枪舌剑。不过，他还在据理力争时，为什么却一下子失去了知觉？这个，他一点都回忆不起来了。趁着窗户里投进来的一丝月光，他吃力地支撑起身子，用手摸索着剧烈疼痛的头部，这才发觉后脑勺右侧肿着一个大血包……整整一夜，他都处在时而清醒时而昏迷之中。太阳的光柱已经投进牢房的窗口，他又被剧烈的胸痛折磨醒来。

直到第三个早晨，那阵子还没开第一顿牢饭，他却被组织部派来的人从监狱提了出来，好言好语地送进县委招待所。不一会儿，县委那位常务副书记正式跟他谈了一次话。只给他口头解释说，这都是组织上一时不甚了解基层实际情况，对自己的一个忠诚的党员采取的错误行动，希望他本人一定要谅解。希望他回去后也不要背啥思想包袱，继续为党努力工作。最后，还特意安排招待所给他炒了两个鸡蛋，下了一瓦盆豌豆面条。

从生死线上又走过一遭的他，吃过那一顿饱饭后，才隐约觉察出国家好像出了啥大事。路过公社时，他顺便见了一下张书记。两个人也顾不上多寒暄，张书记只是十分惭愧地说："老伙计，我知道得迟了喀。唉，就是早知道了，我这个毛猴子公社书记又能咋着！你小子命大呀，这件事回头咱们再细说。你赶紧回去组织社员听好广播，这次中央肯定有重大的政策要出台哪！"

这种时候，高运喜也顾不上给谁去倾诉自己蒙受的冤屈，赶紧坐上汽车往回赶。

话说，半阁城此前还没有一个人见过会说话的广播匣子。尽管城里那些中学生已经组装成了不带电线的"来复再生"收音机，据说那玩意儿只需在树梢上绑上一个铁笊篱当天线，装上两节干电池就能从空中接收到人眼看不见的"无线电波"。而这些事情让孤陋寡闻的村民们听来，那几乎就是瞎子谢贵同胡乱编派的神话。

眼见到了收听时间，大队党支部活动室门外已经挤了不少听广播的人。

高运喜一看来的人太多，只好安排人把那小广播移到主席台上，让大伙儿都见识一下这新鲜玩意儿。

秋天的活路还不到忙的时候，各队的社员一听让参加新鲜的“广播会议”，几乎一个不落地来到大队部争相看热闹，祠堂立时就被挤得密不透风。大队会计谢安民组织几个小伙儿卸喇叭的卸喇叭、扯线的扯线，不一会儿，主席台上那个用红布包裹得严严实实的“碗”，就吱吱地开始响了。

运喜捂着胸部挪到桌子旁边，用商量的口气对安民说：“你把上面绑的红布去掉好不好？那样，声音肯定就大一点。”

安民马上制止说：“坚决不行。公社广播员说了，广播匣子娇贵得很，只要不响了就喊他们来修理，这布谁也不能解，闹坏了村上要给人家赔钱的！”

运喜只好挪到旁边嘟囔了一句：“啥仙物嘛，恁娇气……”他这头话音未落，广播匣子里边却隐约传出喊人的声音：“半阁城，半阁城，听到没有？听到请回答！”他离得近，先听到了那急切的呼叫。不过，他依然愣在那儿好奇地想，喇叭匣子里咋还知道个半阁城？

这个时候，安民急忙跑过来招呼说：“高支书，公社广播员叫你回话哩！”运喜却难为地说：“他再号，总不能叫我一头钻进这个破喇叭里去！”

已经初通此道的谢安民也不解释，赶忙对着那个“碗”替支书答应道：“喂，公社，我是半阁城。对，能听见。我是半阁城，高支书在我跟前候着哩……”

运喜在朝鲜使用过缴获的美式军用步话机。要使用那个玩意儿，中间地带还得有一台大瓦数车载电台“接力”，指挥部和阵地才能相互通上话。这个带线的破喇叭居然像步话机一样也能对讲，他一时还真是有些不明就里。

只听那喇叭里边“咯咯吱吱”响了一阵，一下子又没有了声音。几个人耐心地等了一小会儿，里边还是不说话。

运喜着急地问：“咋办哩？”安民比他还着急，眼见鼻尖上已经冒出了点点汗珠却依然束手无策，更不敢把那仙物拍打一下。

站在台口的民兵连长谢有福突然像想起什么似的在下边大声提醒谢安民说：“瓜㞞货，没接地线嘛，怪道吱吱乱叫哩！”说着，立即自作主张地大声招呼离祠堂近的人赶快回去端一点水来。自己忙找钳子铰来一截电线，几个人又手忙脚乱地把那截电线的一头接在喇叭外边露着的那个铜线头上，另一头则埋在地下……

安民给那截埋好了的“地线”像浇花一样浇了水，做完这一切繁缛的操作，那广播匣子还是不响。他这时候还真是着急起来，一个个地检查着电线接头，满脸是汗地绕着桌子手忙脚乱地转圈儿。谁知道，不小心却绊着了广播线，放在桌子上的广播匣子一下子被他拽到了地上，骨碌碌在台上翻了几个滚儿!

运喜一看，这货毛手毛脚地闹下这个冷杵，心想这下子肯定把聋子治成了哑巴，立即狠骂了他一句：“你急着是给你先人烧纸去！”

谁也没想到，那东西被摔打在地上，却断断续续地又说开话了。

这阵子，谁也不敢再动地上那仙物儿。但见运喜用手给台下打了个手势，像观看蚂蚁打架一般半跪在喇叭匣子跟前，接着，扭过头吃力地给台下说：“广播开始了，你们都不要吵，在下边能听多少是多少，我先听着，一会给大家传达……”

台下立时鸦雀无声了。这时，只听见广播里一个女人用纯正的普通话时断时续地说：“……八届十中全会是在毛泽东同志主持下进行的。参加会议的有中央委员会委员八十二人，中央委员会候补委员八十八人。中央有关部门和各省、市、自治区党委的三十三位同志列席了会议。这次全会讨论了关于进一步巩固人民公社集体经济、发展农业生产的问题，并且通过了有关农村工作的改进决定……”

接着，广播里又念了一长串人名。主席台下边的社员都抻着脖子，呆头呆脑地想听个明白，可是这一切都是白搭。

台上几个干部，只有屏息静气才勉强可以听见那喇叭匣子里的声音。未几，里边又换了一个男播音员，依然像刚才那样吱吱呜呜地广播着——“农业方面，要继续实行党中央关于农村人民公社的各项政策，进一步巩固集体经济，进一步调动农民集体生产的积极性，在优先发展粮食生产的同时，努力发展棉花、油料等经济作物，发展畜牧业、水产业、林业和其他副业。同时，要动员和集中全党全国的力量，在物质方面、技术方面、财政方面，在组织领导方面、人才方面，积极地、尽可能地支援农业，支援人民公社集体经济，分批分期地、因地制宜地实现农业的技术改革……”

运喜离得很近，照样没听下几句囫囵话。但对于政策术语他毕竟比大家精通，联想着还能明白个大概。为了能听得更加清楚一点，他不得不支棱起耳朵几乎是贴着广播匣子在那儿聆听。整整半个多小时，他动也没动一下，还不时用铅笔在自己随身带的破本子上记录着。终十，喇叭里边突然响起了一阵山呼海啸般的掌声！

那一阵掌声活像震好了广播匣子里的什么东西，女播音员说话的声音立即变得清清楚楚，而且声音也愈来愈大，只听她庄严地说——“伟大的中国共产党领导下的中国人民是吓不倒压不垮的，中华民族一定有能力自立于世界民族之林！”

接着，广播里响起了《国际歌》……

社员们这是有生以来第一次听到从北京传来的中央人民广播电台的原始声音。在此之前，除过老詹和西沟塄那帮人给他们带来过一丝儿让人南北不辨的耳音，他们一直不知道全国正在推广的“普通话”到底是一种啥腔调。亲自聆听一回，他们才知道同样是人在说话哩，人家“中央”的声音，确实好听！

高运喜终于慢慢地挪到椅子上，他一边揉着他那圪蹴麻了的残腿，一边龇牙咧嘴地忍着来自胸部的疼痛，然后吃力地从耳朵上取下一根揉得皱皱巴巴的香烟，镇定地点着后猛吸了几口。

只见他皱着眉头倒吸了一口气，又慢慢地舒了一口长气。这才用疲惫的神情看了台下的社员一眼，又怔怔地待了一小会儿，最终吃力地开口说道：“社员同志们，刚才是中共中央开十次全会哩，大家不要着急，中央的精神明天的报纸一定会登出来，咱们有救了哇……”

突然，他用力提高嗓门告诉大家说：“看来这食堂是不吃了哇！”

这个消息来得太突然了，台下的社员心里骤然空荡荡的像没了底儿。然而，当他们终于明白以后的日子再也不用去食堂打菜汤喝的消息后，台下几百号人立即就站起来，一齐发了疯似的振臂高呼：毛主席万岁！中国共产党万岁！万万岁！

台下，许多老人抑制不住内心的激动，一个个都流出了滚滚热泪。他们中间有人经历过一个个年馑，但也只有眼前这个百年不遇的大年馑让人受这么大罪。这场巨大的灾难，终于就这么熬过去了……

运喜看见人群有些骚动，他挥了挥手后，突然向台下大声喝问道："谢信仁来了没有？"

蜷缩在山墙脚的谢信仁站了起来，小声回答："来……了。"

运喜歇斯底里地又喝了一声："去，上去几个民兵把这个杀人不眨眼的老东西押上来！"

民兵连长谢有福虽然不知道发生了什么事，但还是快步朝墙角走了过去。那几个平时经常跟着他狐假虎威的民兵也站了起来，上去后三槌两梆子[①]就把老汉像老鹰叼小鸡一般架了过来。

谢信仁一时还不知道发生了什么事，脸上的表情也还未回复到往常挨斗的可怜状态。谢有福狠狠地按了一下他的头警告地说："站好！老老实实待着，脖子捩得咋？是不是想领现成[②]了？"

高运喜声音稍微平缓地、却依然有点咬牙切齿地问道："谢信仁，你还知道你叫谢信仁吗？"

谢信仁知道高运喜不是一般人，这些年来，至少在人多之地还从来没用这种口气对他说过话。于是，他心里不禁一激灵，莫不是……这只是一闪的念头，他真的不敢往下想了。高运喜这一喝问，他赶紧结结巴巴地回答道："知，知……道。"

高运喜又厉声问他："我问你，你是不是半阁城的人？"

谢信仁听到他这句话后却反应挺快，立即痛快地答道："我……不是人！"

---

① 三槌两梆子：形容做事快。

② 现成：方言，现钱。此处领现成有挨打之意。

高运喜更加气愤地说："我看你自己也把你没当个人！我问你，是谁到处反映半阁城村鼓励群众开荒'复辟资本主义'的？"

谢信仁一听高运喜已经把话说破了，立即就急了："我，我……哪会说这号遭人骂的话嘛，绝对没有！"

高运喜却声色俱厉地反问他："难道张义伦书记的耳朵叫驴毛塞了？他那眼睛也叫鸡屎糊了，嗯？认不下你这个杀人犯，记不清你说过的这些递刀杀人的话？"

谢信仁再也没有开口。

运喜紧紧地盯着这个老狐狸，十分愤怒地继续说道："旧社会，你身为保长横行不法；土改后卖地、放债、收租子坏事干尽；公社化你蛊惑人心，到处煽风点火！半阁城这么大的地方要不下你了，跑到公社不行还跑到县上去告状！你说，为什么攻击植树造林活动？你说，你到底安的啥心？"

谢信仁这时候业已知道自己告黑状的事彻底烂包了，头低着恨不能钻到自己裤裆里去，嘴里依然小声为自己辩解："我……反动，我该死！我是猪狗，我不是人生下的！"说完，自己先主动在那儿狠命地扇开了耳光。

台下的社员这时才反应过来。前儿天村上到处风传公社要来铲青苗的话确实是有些来由的，原来都是这个老坏㞞在暗地里煽风点火哩。几个老汉立即站了起来，这个说："狗日的走路头低着哩，怀里给人揣着刀子哩，给狗日的一点颜色看看！"那个说："旧社会，你腰里挎个匣子炮，张狂得好像老蒋是你亲外爷，你跟土匪有啥区别？""给老驴日的专一下政！""懒锤子货不开荒，给他铲一点屎叫吃一口！""对，叫人铲来，让老驴日的吃一截干猪屎！"

谢有福看见大家已经怒不可遏，只怕下边有人冲上来动手，他走到谢信仁面前恶狠狠地踢了这老小子一脚，指着一直放在台下的那张桌子咬牙切齿地说："把凳子摞上，自己站上去！"

谢信仁走下台去，十分熟练地在台下那张从来都不会被人们移动的大桌子上摞好凳子，晃晃悠悠地站了上去。趁着老东西立足未稳，几个民兵把桌腿使劲一摇，老汉一时站立不住，便倒栽葱般一头栽了下来，立即被跌得鼻青脸肿……

谢有福也不管老东西栽坏没有，指着趴在地上的谢信仁就大骂起来：“好不容易下了一场大雨，大家只想捞个活命，你却去喊人来铲青苗，这跟杀人犯有啥两样？你还想卸帽子？告诉你老坏㞞，社会主义红色江山倒不了，这顶铁帽子你老小子就是戴到阴司也卸不了！你信不信？你看看你做下这号狗都不闻的臭事情全村人答应不？”

台下群众异口同声高喊：“坚决不答应！”“打倒谢信仁！”

运喜这阵子气也消了，鄙夷地对有福说：“给找个锣，一会儿让他自己敲着去转巷谢罪。让他下去，咱们继续开会。”

谢信仁在全村庄老少爷们的怒目注视下，一瘸一拐地走出了祠堂耳门。运喜这才高喉咙大嗓子地说：“乡亲们，党的八届十中全会是我们社会主义的指路明灯，是咱们贫下中农的救命会！我刚才见过张书记，顺便告诉大家一个好消息。从明年开始，各个生产队可能要成为核算单位，社员出工要实行评工记分。谁工分多，分粮就多；谁偷奸耍滑，年底就得饿肚子；多劳多得，不劳动者不得食，这就叫社会主义的分配原则。具体咋办？公社肯定要提前召开三干会，一些政策我现在也不清楚。关于大家开的地，各队将来组织买花椒树苗，自己栽种自己管理，谁种谁受益，多种多挣钱！自留地也可以种点瓜果山药，县上肯定又要重开农贸市场。总之，今后的日子就是大家自己的日子了。今秋风调雨顺，依我看大田小田大丰收没啥麻达。今年过大年，我们半阁城肯定能让大伙儿吃上黄米捞饭了！今天这个广播会就先开到这里，各小队队长留一下，其他人就可以散了。”

会场霎时像油锅里撒了一把盐。许多群众一时还不想往外走，出了大门的一边走还一边激动地议论，人堆里不时冒出“工分”和那些刚刚听来的新鲜词儿。只有高运喜心里明白，生产队核算这着棋不啻是一枚巨型炸弹。摊子小了，社员的自主权相应地扩大了，庄稼肯定就照料得比现在细致了。

各小队队长都提着家里的小马扎上了台自找地方坐了。这时候，运喜却发现谢信仁又返回来在祠堂耳门口候着，便没好气地大声喝问："咋还不转巷谢罪去？候在兀搭等着挨砖哩！"

谢信仁嗫嚅地回话说："祠堂那锣鼓家伙都上锁了，没有敲的锣锣……"运喜依然十分生气地说："你不会拿个破盆儿？去，我看见你这号一把年纪了还整天装得像个孙子一样的货色就来气！中央不开这会，你把我高运喜日弄到没风的地方不要紧，铲了青苗我看你咋在村里活人哩？你，你这老东西也真下得了手啊！"说完，半天不再说话。

谢信仁看支书没有话了，才灰溜溜地反身走了。

这阵子，几个小队队长挤在台子上互相捏着烟叶尝味儿，运喜却转过身从裤子口袋里掏出一包从县委招待所茶几上顺回来的那种没包装皮儿的"经济"烟给大家一一分发，嘴里还念念有词地说道："省'中华'，县'前门'，公社干部抽'红金'；'经济'烟，下农村，支书买的零根根……"大家都笑支书在县上领会了几天精神，人也学大方了，嘴也学油滑了。

谢舍娃却着急地想在支书口中打听点最新消息，搭讪地问："哎，伙计，你个屄货这几天在民政局肯定咥美了。你看你平日那刀背子脸，几天时间吃得都快肿成骡马的尻蛋子了！"

运喜还顾不上骂他几句，站在那儿喉结不住地上下蠕动着。谁也不知道，捂在这个男人肚子里的那些天大的委屈，此刻却怎么也不好向这些乡邻诉说，一时没忍住，一串热泪就顺着运喜的脸颊落了下来……

这时，从巷中间传来谢信仁敲着破盆儿的声音远远传到了祠堂大殿——

"我叫谢信仁！"

"铛!"

"我不是人！"

"铛，铛！"

可能是有跟着看热闹的学生娃娃给老家伙示范了一阵子敲法，那破盆声不一会儿工夫就敲得有点韵味儿了。远远地听着，谢信仁已经转到后巷，依然还在认真地吆喝着——

“我叫谢信仁，铛铛铛!”

“我就不是人，铛铛铛！”

几个队长都笑得前仰后合。谁都没注意，更不明白发生了啥事情，只见运喜捂着自己的胸脯，当着几个队长的面突然号啕大哭起来……

第十五章

桃之夭夭

谁也没有料到平日里一点都不显山露水的谢信仁，暗地里还真的敢下恶口伤人。像他闹出的这号祸害一村人的事，还真是几辈人闻所未闻。在村庄上，诸如“伤借钱人的脸、摔讨吃人的碗”此类细小事情，一直都被村民们作为评判一个人德行的尺码；而为了个人图谋不惜断一村人的生计，这简直几近于投毒于井、放火烧田！思前想后，这事还真让村民们有点毛骨悚然。这件事情经支书在大会上公开说出来，一时就吵吵得不亦乐乎，好长时间都平息不了。大伙儿都恨不能把这个老狐狸撕扯着生吃了。于是，他过去那些杀人放火的事情又一次被人翻了出来。

在旧社会，谢信仁在出任第六乡十七保队副期间，半阁城曾横死过一个人。刁民谢福鸿一贯好吃懒做、游手好闲，经常给村上惹事。一日，他为了几个大烟泡，跑腿给北山上下来的粮子[①]指认了大户谢德懋的家门。于是，德懋他大“孬孬”老汉刚从湖广回家不久，就被土匪夜里拉了票。经祠堂多方营救，凑了一大笔银圆，才将少了一只耳朵的人换回村来。据说事后谢信仁为了村庄清净，纠来王善庄专门为人消灾的刀客夏侯举剁去了谢福鸿一只脚。出乎意料的是，谢福鸿被砍掉一只脚之后，那断腿血流如注无法止住，居然被活活

① 粮子：旧时陕西人把当兵的叫粮子，此处指土匪。

疼死在村头的柿树林里。这个人，也真是死有余辜。

作为一个男人，谢福鸿不走正道不说，居然还从河南骗了自己老婆的亲外甥女过来，不久两个人便明铺暗盖，闹得整个村院乌烟瘴气。那女娃刚满十五，比谢福鸿家儿子还小一岁。这老害货一死，留下这个没有名分的女人在家里无法立站。于是，他家大小子谢要栓便找到佑普爷让祠堂公断。最后，祠堂只好着人将其卖到北山。得来的那些银钱，为祠堂添置了一套明晃晃的锡铁蜡台。

到了镇反那阵子，人民政府为了这条人命便将谢信仁一绳捆了，并以横行乡里杀戮无辜的罪名将其打入死牢。谁知道，不日，此案又戏剧般翻了个底朝天。原来，谢信仁因曾资助革命有功，被人民政府判定罪不当诛，改为回村管制劳动。

事后，据知根知底的佑普爷给人传说，谢信仁早年曾用几斤烟土在晋军一个营长手上换过两把德国盒子炮，名义上是为武装团丁保护村院，暗地里却把那枪反手卖给了国民政府赏钱捉拿的山匪董振堂。何况，谢信仁给地下组织干的那些事情还远远不止这一次。其中，经他谢佑普的手，还在国民党军官手里给山上倒腾过一台组装好的军用电台呢。要说的是，一直盘踞在北山上的那个号称“一盏灯”的土匪大当家董振堂，原来居然是个“共产党”。这个事情一经露出底细，村民们也就有点儿明白。村庄上早先流传的那些风言风语，绝对都留有一些真人的影子……

不过，村庄上要是没有这些鸡鸣狗盗之徒，也就少了村民们茶余饭后津津乐道的谈论主题。每隔一段时日，巷院中不出点吵嘴打架、跳墙扒灰的花花事情，也委实让他们太寂寞了。

趋近几天，当听说谢民生这个烂杆光棍儿居然要大队开证明去公社领取结婚证时，大伙儿这才把谢信仁的事情放在脑后，又谈论起村庄里这个十分新鲜的大事件来。

民生娶的新媳妇叫窦桃夭，大媒是妇女主任谢采蘩。桃夭先头嫁的那户人家，原本是谢采蘩家一门老亲戚。两个人互称姐妹，常在一块打搅。她那表哥修水库死后，她就千方百计想把桃夭攀扯到自己村上来。

说到这个女人的长相，不是山里人少见多怪，人样确实好。这女人毕竟才二十出头，那肤色虽没有杨麦秀那么粉嫩，也不似谢采蘩那么洁白，但白中稍带了些许麦红，便显得更加耐看。她的个头不是太高，但很显个儿。那一双眼睛，更是让男人丢魂儿。村庄里长一对丹凤眼的姑娘女子多了，可她那上挑的长眼角，配上那张鹅蛋形的脸，煞是清丽舒展。

当这个女人第一次走出谢民生的院门时，村里人都傻眼了。其长相和款款的走路姿态，就是戏台上化过妆的许仙也不一定就能配上她那赢人模样。为此，全村庄的小伙儿在心里立即就感觉出许多愤愤不平来。说得好听点的，这个女人和民生无论年纪还是长相，确实不般配；说得难听点的，真可谓是一棵嫩白菜眼睁睁叫猪拱了。

不过，人的命，天注定。据说这女子原本是洛川人，父亲窦六儿在他们老家闹红那阵子，开始好像还跟着盐农会混过几天事。后来，政府派来大军进山清剿时，他为保性命，当时也稀里糊涂跟上赤卫队上山做了红军。之后，却偷跑回了村。他们那个村庄紧靠甘陕两省交界处，国民党军队进了村，他是曾经闹过事的“反贼”，被吊在村口的槐树上打得皮开肉绽，最终被逼迫着在悔罪书上摁了手印。游击队不时下山来，他又被当作“叛徒”去接受审查，成了一个夹在门缝中的老鼠。这种人不人鬼不鬼的日子，折腾得他根本无法在当地立足，只好举家迁到了长稔塬。到了镇反那年，他们洛川老家却有人还时常惦记着这个当年带走邻村财主家那漂亮闺女做了媳妇的窦六儿，着即给洽川县人民镇反委员会这边通了气，这个人便被以“叛变革命”的罪名正式逮捕。经过审查，这个人虽然早期脱离革命队伍，但是有自首情节，也没有出卖过同志。最后，被从轻判处了一年徒刑。

桃夭是窦六儿的大姑娘。顶着家庭这号复杂的历史背景，尽管姑娘长得杨柳细腰，周围村庄愿意和她家攀亲的却不外乎那些四类分子家的子弟。她先头嫁的那个丈夫的家庭成分就不咋好，到了夫家一样受人白眼。因了这些，姑娘从小到大一直都生活在村庄的最底层，吞咽着常人难以咽下的苦水。提到二次改嫁，她的条件只有一条，那就是男方的家庭成分一定要是个“贫农”。

按说，一个白皙俊俏的二婚小媳妇，这个再嫁条件并不算苛刻，可她却在近两年时间里一直没有碰见个合适的茬口。在金水河谷两岸，寡妇改嫁本来就是个难怅事。那些殷实家庭里二十啷当的小伙儿，大多已经结婚生子或定了姻亲；即使日子紧巴一时没有定娶的穷小子，亦不急于迎娶一个小寡妇。而且，她这头一进家门，还带着个“拖油瓶”。何况，对于年轻人来说，遇到参军招工，政审这一关首先得填写老丈人的家庭成分。不到万不得已，没有一个年轻人会在这种事上低就。至于那些三十往上还没娶上媳妇的光棍儿，要么家道不怎么好，要么就是痴、聋、哑的主儿。除过这些人，剩下的那一拨儿问不下媳妇的地富子弟，其中不乏有些家道人样还都相当可以的。可是，任对方长得貌若潘安，也实难撼动桃夭那铁定的心。她绝对不会再去做那刚出狼窝、又进虎口的傻事。挑来拣去，采蘩给她说的这个谢民生还算勉强说得过去。虽然家里穷得叮当响，人也邋遢得不成样子，但人家首先占了家庭成分好这一条，且上无兄、下无弟，还是个独门独院。更为重要的是，半阁城是半山区，社员家里还一直保留有一些自留地。老娘一听采蘩说来这门亲事，便开导女儿说，男方穷就穷点，过门以后只要两个人肯出工，一年半载娘家再帮个手，给小两口盖三间瓤[①]一点的瓦房，来年再生个娃娃，就是一户人家了。男人实在是不在于长得亲丑，只要肯吃苦能过日子就行了。再说，男方年龄虽然大点儿，但更懂得心疼自家炕头上的女人……

一个长住娘家的丧夫女子，为了女儿以后有个贫农后爹，她只有了断娘家这条牵心路。没等谢民生这头放话，她督促着采蘩让赶紧撺掇，早早领个证算了。直到那天两个人去公社正式登记，民生才到供销社顺便给新媳妇买了一双八毛钱的白线袜子，算是送给她的新婚礼物。回来的路上，两个人也没多少可商量的，民生只对她说，趁着天还不黑，要不今晚就住过去，免得多了那些

---

① 瓤：次一点，档次差一点的意思。

村上来来去去的规矩。桃夭知道男人那话里的意思，路过娘家村，进门抱起女儿就走。兄弟随后叫来几个好伙伴，借了生产队两辆架子车，替姐姐把陪嫁的东西连夜送到了半阁城。桃夭姐弟进了门，民生家冰锅冷灶的，连一口水都没烧。这倒不是有啥讲究，而是因为民生那个破锅台上根本就没有锅！

不几天，乡邻们在民生的身上有了些新发现。新郎官那一张从未好好洗过的脸，开始搽着胰子洗得发红；一双迎风流泪的红烂眼，益发显得水汪汪，让人左右端详着，怎么看都像大哭过一场似的。穿惯了破衣烂衫，陡然换上浆洗得平平展展的衣裳，全村人都觉得眼前这个人咋看都还不如以前那么入眼。只是，民生脚上那一双桃夭新纳的千层底条绒布鞋，仍旧让他踩倒后跟趿着走路，大家觉得这才像他们心目中的谢民生。

不过，民生那一副神情也显得太过于惬意，活像赶集拾了个没毛鸡。下工回到家来，桃夭教着女儿叫民生一声“大”，她把碗递过来民生才摸筷子，俨然一副当家做主的样子。有人亲眼见过，一家人围在媳妇陪来的大八仙桌上吃饭，左手端的是老青花瓷碗，右手捏的是南货乌木筷子。不说碗里盛着啥饭食，起码看起来就让人感到是那么的热乎。他家那孔土窑也比以前干净多了，熏黑的窑皮被铲掉了，炕墙上也用白土和着泥水重新刷了一遍。正面窑掌壁上，还贴上了领袖像，显得像模像样起来。

一个好女人，确实能让一个普通人家生发出蓬勃的祥瑞之气。

时隔三天，大媒谢采蘩才专意登门探望。她进了门，站在院子里便大大咧咧地喊：“桃夭姐，在屋里没？”

民生绞水去了，桃夭正给女儿洗脸，一听是采蘩，忙走出窑门，招呼着说：“没大没小的，你得改口叫我婶哩！”

采蘩扮了个鬼脸，笑嘻嘻地回答说：“我才不管他们那辈分呢，以后还是叫你姐！”

桃夭故意逗趣地拉下脸问：“那你把瑶瑶的后爸叫啥哩？”

采蘩随口就说：“当然叫叔嘛。”说完，两个人捶捶打打笑成一团。

俩姐妹一阵打闹，桃夭的一双眼睛却慢慢地红了，她抽抽搭搭地揉着鼻子说：“妹子，你说姐这命咋恁苦嘛！”

采蘩知道桃夭开初并不十分满意这门亲事，实在没法儿才走了这条路。她一边把小瑶瑶揽过来给娃编着小辫子，一边开导对方：“好姐哩，路都走到这一步了，你还说那些后悔话想咋哩？过一过就好了。民生叔也不是瞎人，就是有点懒……”

桃夭满脸羞惭地说：“不是这些事咯，是沟是崖姐都往下跳呢……”

采蘩一听两个人似有不可言传的秘密，便胡乱问了一句：“莫不是他有啥毛病？”

桃夭吞吞吐吐地说：“他，这个事情让人咋说得出口啊……他好像不知道男女夜里在炕头上还有那号事……”

采蘩的粉脸立时绯红一片，好奇地问：“这都好几天了，夜里他没动过你？”

桃夭小声说：“咋不动，急猴猴一样又咬又啃又抓，可他还是没办成过一回正事……”

采蘩惊骇地说：“不会吧！莫不是他大半辈子没挨过女儿身，加之年纪也大了点，有那种‘见花泄’的病症？”

桃夭认真地对自己的好姐妹说：“不，他好像还不是你所想的那种样子。好了好了，咱们不说这号事了……”

采蘩停了一会儿，仍然不放心地给她开导说：“姐，男人嘛，你也别太在意了。我们刚结婚那阵子，我那口子第一回也不会办那事呢……或许，对那事情太上心了，倒会生出些枝杈，过一过就好了。现在吧，金锁一休假回来，急得好像这阵都等不到那阵，天不黑连脚都懒得洗，上了炕只知道急着往被窝里钻，心痒得像个馋嘴猫咯。”

桃夭任她在那儿说道，只长长地叹了一口气，幽幽地说：“唉，几时等瑶瑶大了就好了。”

采蘩却数落她说：“你比我才大多点？咱们年纪轻轻正在活人哩，咋说得出盼娃娃大这号远话哩？哎，你给妹子老实说，是不是和别的相好闹出了野种，这才急着把我这个大媒催得那么紧？”

桃夭似有难言之隐，嘴上却说："要是有那号事，在娘家还咋待呀？我妈跟上我母女俩也真没少掉泪。再难都过来了，以后就这么往下过吧……"

采蘩一看她那六神无主的样儿，觉得他们两个人可能也没有啥大不了的事。随后，却红着脸问起她自己的事来："姐，你说我吧，一点毛病都没有，两年多了咋怀不上个娃娃？"

沉浸在自己心事中的桃夭，好一阵子才缓过神来，但她依然给好姐妹宽心道："金锁一年半载回不了几回家，你咋能那么快就怀上娃？只要他没啥病，回来后你夜里别让他出门去耍，天一黑就把门关了吹灯上炕，进了被窝少说废话多办正事，不信还怀不上个娃娃！"

采蘩脸更红了，声音颤颤地说："我咋能知道他有没有啥毛病哩？只要他一回来，你就是拿上棍子赶都赶不出去喀。钻到被窝，做起那事好像也没个够……"

桃夭笑了，胳肢着她说："那就没啥麻达。记住，月事干净后十天八天你就让他回来一趟……"

一听桃夭这话，采蘩立即有点心慌气短地说："可这一段时间我老觉得身体软塌塌的，月事也不准时来了，怕真是自家身子有啥病哩！"

桃夭忙问："有一个月没有？"

采蘩说："少说也有四十多天了吧……"

桃夭瞪着眼拍了她一巴掌，大声说："瓜妹子，你害娃娃哩。哎，上个月金锁回来过没有？"

采蘩不相信地说："不会吧？他那天回来只是出差路过，下午就要赶火车去韩城。吃过饭那阵家里人少，他把我哄着站在小房门后边日急忙慌[①]就做了那么一小会儿……"

桃夭几乎笑得捂着肚子说："你呀，回去赶紧给娃娃做衣服去吧。听姐说，没麻达！不管他是路过还是专程，这个事情就是那一小会儿工夫喀，你以

---

① 日急忙慌：行动快而慌张。

为得个娃娃要折腾好几年呀？要小鞋样不？”说完就要起身翻箱子。

采蘩忙拉住她说：“看把你张狂的，还说不清哩。你坐下，我还有个事跟你商量一下。”

桃夭漫不经心地问：“啥事呀？”

采蘩认真地说：“你们队要选一个妇女队长哩，你先说你想当不？”

桃夭不清楚她说的是什么意思，不相信地问：“咋还要妇女当队长呢？”

采蘩给她解释说：“眼下不是要实行生产队核算嘛。各队都要选会计、出纳、记工员、保管员，要的干部多了。以后妇女干活，还专门要一个妇女队长领工哩。别的都好选，会计和妇女队长你们队还真没人。我想来想去，就你这个新媳妇能行，你先说你想干不？”

桃夭担心地说：“我娘家爸那历史，人家咋能通过嘛！再说，我这刚过门的新媳妇连名字都对不上，又咋个能领大伙儿出工？”

采蘩责怪道：“你咋还是个老脑筋？嫁鸡随鸡，嫁狗随狗，你现在是堂堂正正的贫农社员，谁敢说你个不是？妇女队长不是谁想当就能当的，还要年轻能干哩。你算算，你们队还有谁能行？不是没文化，就是娃多得脱不开身。我觉得你准行！”

一听这话，桃夭就有点动心地说：“人家要社员选举哩，我总不能自己选自己？”

采蘩一听她递过来的是这意思，就正事正办地说：“只要你没意见，我这就去给运喜叔说一下。其他事不要你管，开会选举那天你只管大大方方去参加会就是了……”

桃夭却为另外一件事担心起来，对她说：“这事恐怕得先问一问你民生叔，他说咱们村庄上老讲究蛮多。当妇女队长要在人前走哩，要是他不同意，我真不敢接人家那事！”

采蘩给她打气说：“他凭啥不同意？新社会的妇女又不是谁的家奴，他同不同意是个淡事。到时有妇女委员会做他的工作，看他还敢胡说八道！再说了，当妇女队长一月还能多记一天工哩。”

桃夭一想有采蘩这个妹子撑腰，对这件事情也就算是默认了。两个人正在说正经事情，门外却传来转巷小贩敲着锅铲换糖的吆喝声，瑶瑶立即缠住妈妈要钱去买红薯糖。桃夭没好气地数叨女儿：“这娃真是落怜得很，我哪里有钱嘛，快到门前和娃娃耍去！”

采蘩突然像想起什么似的从衣服口袋里取出一个小纸包，打开来却是两块精致的小饼干。她赶紧递给正在缠人的瑶瑶说：“给，看姑姑给你拿了啥？”小家伙一看那黄澄澄的甜饼干，马上接了，一双小手捧着，伸出舌头小心翼翼地舔了一下，小脸蛋上立即就流露出十分幸福的微笑，然后才一跳一蹦地拿着饼干出门给小伙伴们炫耀去了。

采蘩接着对桃夭解嘲道：“刚才差点忘了喀。金锁回来买的，我妈给了我几块，我一直没舍得吃。唉，人家在外边工作真好。知道不，铁路上还有女工人哩。要是能当上列车上的服务员那才叫享福呢，整天无忧无虑，打扮得漂漂亮亮，天天坐在火车上东游西逛还不用自家掏钱买票。唉，那才叫活人哩。人家那些女的，结婚前个个都谈过恋爱，先相处上一段时间，双方中意了才告诉两家大人。哪像咱们农村，还要媒人在中间介绍！”

倾听着采蘩学说城里人的幸福生活，桃夭苦叹了一口气说：“人各有命。生到蜜罐里就享福，钻到苦胆里就受苦。女儿家还多一层，嫁汉嫁汉，穿衣吃饭，谁能抗过老天安排的每条路呢！”说到这里，她突然问了采蘩一句：“哦，你和金锁究竟谁是你娘亲生的？我一直也闹不清你们兄妹成亲的这一转子事情喀。”

采蘩诡秘地一笑，偷偷告诉她说：“我才是亲的。只怕我哥胡思乱想，娘老子就谎说他是亲养的，我是抱来的喀。”

两个人正说着话，小丫头在外边可能被小伙伴们抢走了手里的饼干，突然尖着嗓子哭叫起来，两个人风风火火地跑出了门。

第十六章

前嫌后隙

村民们的日子就像老牛爬坡，一步半步都得实实在在地往前挪着。无论春夏秋冬，麦子黄了，荞麦红了，几乎都容不得他们喘半口气。

大雨过后，村上的集体大食堂也随之正式宣布散摊。可是，半阁城几乎有半数的农户一时还没有经济能力添置一口烧饭的铁锅。

公社供销社紧急从山西绛州拉来一大汽车式样奇特的铁锅，让各村代销点先行赊给农户。可是，家家赊着的锅钱却一直收不上来。公社供销社被那些山西锅贩子堵着门市部闹得几乎无法营业，半阁城依然给人家上交不了一分现钱。处理这号小事情，高运喜几乎不需要动用他脑子里的那些小环环，三槌两梆子就把这件事情彻底解决了。供销社那帮讨债鬼早上进村，后晌就一溜烟回去了。他当然知道人家也有各自的难处，就安排谢安民领着挨门挨户让各家农户签字画押，让在信用社那账本上摁了手印。并告知这些农户，年底一个个再不给人家还钱，大队民兵就要给人家把锅原样送回去。

即使已经有了这一口铁锅，锅里还是没有可煮的东西。如何让社员度过这个酷热的末伏，坚持到秋收，运喜这个村支书为此把头都快挠破了。下午，公社党委却不迟不早派人送来个紧急通知。为了落实中共中央全会“大办农业”精神，公社决定在巴邑王村集资修建一所社办农业中学，对各个大队都有摊派，且务必在三日内将东西送到公社筹办处，以备统筹调用。

张义伦这个军人出身的公社书记，办起任何一件事都跟催命似的。这边刚刚开始动员群众，那边已经决定十天后动工。离开学只有五十多天时间，就要求秋后第一批学生必须按时开课。为了把这个事情落到实处，那些无所事事的机关干部一个不落地被下派到各个村队去督促。张义伦在动员会上已经明确讲了，无论哪个大队，如果在这件大事上犯糊涂，到时让支部书记拿着党员证去见他。后边那话讲得更是十分难听："舍不得娃娃套不住狼，不让出炕头逮不住老流氓。向阳公社只有大力发展农、林业，才是摆脱多年贫困生活的唯一出路。培养急需的农业技术人才，这是重中之重的大事！党中央已经给了这么好的大政策，我们这阵子还蹲在自己家里怨天尤人，你还配当共产党员吗？"

半阁城村初步被摊派了一百二十根大松椽的任务。要说钱数也不是太大，折合成钱也就一千七八百元的事情，可眼下还正在年馑的尾巴上，各村确实难以筹集出这些钱来。

半阁城村能变钱的东西，除过那所小学的几间房子之外，看得见的东西就只剩下开会办公占的这座谢氏祠堂了。运喜实在是没有办法，就狠狠心决定找佑普爷商量一下，看看是不是能把祠堂的腰房拆掉，用那些拆下来的椽条抵公社下达的任务。至于剩下的砖瓦，待过了年馑后，再在村上小学里续上两间教室。眼下，村里要念书的娃娃越来越多，一些低年级学生一直没有教室，只能坐在操场上围成圈儿听课。再说，拆房这个主意他在脑子里也是经过反复思考的。即使拆了腰房，放神主的上房还留在那儿。何况不动门房，也还不至于让人一进巷道就看出那破败的迹象。

不过，他也考虑到，当年拆高家祠堂的时候，许多高氏后人曾经很生气，惹出了一巷院的事情。当时，佑普爷是开口说了话的，高家祠堂也就被拆掉了。但剩下的这座谢氏祠堂，是被谢氏门人重新赎买过的。想要动它，还得和老爷子商量商量。

说来也巧，就在他从村东的高崖头走进巷口的时候，却和佑普爷撞了个正着。老爷子平时一般不来高家南场走动，除非到运喜家里闲坐，再就是到子升家串串门子。看见老汉已经走过了子升的家门，并没有要进去的意思，他立即感到老汉八成是来找他的。

老爷子虽然被划成了右派，但运喜仍一如既往地对老汉恭敬有加。村上那些不大不小的事情原本不需要老汉操心，可高运喜依然不嫌颇烦，故意找上门去找老汉“商量”一番，为的就是让老汉觉得自己还是那位德高望重的老支委。佑普爷走到近前了，运喜这才开口招呼了一句：“爷，转哩嘛！”

老汉头也没抬一下，自顾自进了院门。这个老爷子的脾性运喜太了解了，不高兴的时候就这样儿。他也不能计较，跟在老汉身后赶紧进去了。两个人一前一后进了门，老爷子也不说到屋里去落座，老大不高兴地往院子的石凳上一屁股坐了下去，运喜这才大声招呼屋里人：“仙娃娘，端壶水出来！”

心香在屋里一听到男人的喊声，掀起门帘走了出来。当她看见老爷子也坐在院子当中时，又手忙脚乱地反身回去了。

运喜这才慢慢地解下自己的烟荷包，给老爷子递了过去。对方还是一声不吭，只顾接住烟荷包闷着头给自己的烟袋锅里装烟叶，鼻子里却不时地出着粗气。

心香第二次出来后，往石桌上放了一对儿杯子，一边倒茶一边招呼说：“爷，趁热喝。没有茶叶了，将就着喝点枣儿茶[①]。”

老爷子看着茶碗里那一颗漂浮着的焦枣，嘴里满意地“嗯”了一声，算是给主妇回应了一下。心香也不多话，招呼让老爷子多坐一会儿，又反身退回小房。

目送着心香进了房门，老爷子随口喝了一口茶，这才冷淡地对着运喜没头没脸地丢了一句：“这日子喝啥茶呢？一个个肚子里有啥不好消化的东西吗？”

运喜已经感觉到老爷子进门来这势头好像有些不对劲儿，却故作镇静地问：“咋，您老又因为啥事生气呢？”

老爷子把装在烟袋锅里的烟叶压了压，拿出火石放好火绒，狠狠地摩擦

① 枣儿茶：烤焦的红枣熬制的茶水。

了一下火镰，气呼呼地说：“我还能有啥气生嘛，一个留党察看分子，咋还有脸在你这个支书面前生气呢。”

说完，又使劲儿地把手里的火石摩擦了几下。看老爷子一时点不着烟，运喜赶忙把自己嘴上那杆抽得正旺的烟袋锅伸过去，老爷子慢吞吞地把自己的也迎了过来，两杆烟袋锅便凑到了一起。

紧吸过几口烟后，老爷子这才开口说：“喜娃，爷知道咱爷俩之间一直有疙瘩。我不说，你这阴头子货[①]恐怕一辈子都不会拉起这些远话的。唉，你要是活到爷这个年纪，就什么事情都会明白了。我今日来专意和你坐这一阵儿，也只是想让你明白，做啥事都不要把对手逼到绝处。”

运喜一听老爷子还真的和他有话要说，便默不作声地端起茶壶给老爷子续了水。

老爷子知道运喜就这点好，有事无事都沉得住气。他接着说：“当年，谢信仁被政府押在看守所那次，捉笔写状子告人的是你，提头保人的是我，事后我倒是想过，咱们一老一少在村上还都是党员，那时候咱爷孙俩怎么就尿不到一个壶里呢？后来，你当兵走了，回来这又是多少年了，爷都一直没有在你面前提说过这些事情。你也慢慢年纪人了，我也慢慢老了，有些事情如果再不说开，一辈子都是搁在两个人心里的疙瘩喀。”

运喜坐在那儿还是不接茬。老爷子接着就打开天窗说开了亮话，开口说道：“依我说，你爹心眼也太小，不就是那么点银子嘛。他都死了这么多年了，还给儿子留下这笔稀里糊涂的冤枉债，让娃娃背到啥时才是个头？”

这时，运喜才插嘴说了一句：“爷，听您这口气，看来咱爷孙俩还真的有许多话得好好谈谈。您说您的，喜娃用心听着哩。”

老爷子也不怕他不听，接着就神情怪异地问了他一句：“你信村上人胡说的那些没影的事不？”

运喜不解地反问：“啥事呀？”

---

① 阴头子货：阴沉，专指见人说话仔细斟酌言语的男人。

老爷子提醒道："就是你爹遭人暗算那事咯。"

运喜几乎毫不思索地说："信能咋，不信又能咋？人都埋到土里了，现在翻出这号事情还能让老汉活过来吗？"

老爷子说："唉，话不说不透，灯不挑不明。那些年，我和你爹在村上好得就像亲兄弟，你虽然小，这些应当还是知道点。爷在车马店当管事那阵子，时常得和各种类型的人打交道。整整一个冬天，你爹一点营生都不去做，从早到晚蹲在我那个车马店的草窑里纠集人摇碗碗。我劝说了他几句，他还很不高兴。你说说，就你家那号日子，经得起他那样折腾吗？"

运喜眼皮都没抬一下，只是小声地应了一句："是吗？我倒是记得你常给我提说，老汉一辈子都不会去掺和这些。"

老爷子一看运喜并不相信自己的话，也不着急地自顾自喝了一口茶，这才慢条斯理地又开口说："是啊，但那是他小子那次差点把命搭进去以后的事情了。知道不？那天晚上，那是人家夏侯举纠集人设的场子。可能也就是刚到后半夜的时候，就在我给头谷往槽里加草料那一小会儿，你爹一把就赢过来人家七八百块银圆券哩！"

运喜这还是头一回听老爷子在他面前揭自家先人的老底，不过，他依然坐在那儿没有吭气。

老爷子也不怕人家不高兴，继续说着："他那次来得晚。前半夜那阵儿，他还没跟着押钱。看着空中一张张票子飞来飞去，他那瘾就被勾起来了。也难怪，各个赌家面前放的都是小票子，谁也看不出其中的端倪。按说，就是寻常村上人那号小耍小闹的场合，也轮不上他去伸手。经常参与赌局，他也应当明白，夏侯举那晚上是专门为'撒窝子[①]'钓大鱼设的一个局哟。你爹这头刚一上手，一圈儿还没到头，你家一匹大骡子就已经白白送了人！他个二杆子货，那阵子也可能急眼了，明明看好了大，却狠狠心跟了一次小。结果让他糊里糊涂地大赢了一把……"

---

① 撒窝子：撒饵。

老爷子不再说话，运喜也不搭腔。

说到赌博这扎根在长稔塬一带的古老陋习，其花样多得难以计数。对于这个，在车马店主过事的谢佑普当然比其他人更为精通。说起那天晚上几个人的那场豪赌，老爷子话就有点多了，继续唠叨着："人这一辈子，做啥就得懂人家那个行当的规矩喀。说到赌钱这个事情，人家也有讲究。一般说来，手顺不敢抬屁子。你爹赢了那一把，好像实在是坐不住了，非得出去撒泡尿不可。一桌子人，只好坐在那儿干等着他一个人。不一会儿，他掀开草帘子进来了，却一脸煞白地连连给人家赔开了不是……"

运喜听到这里，显然是有点着急地问了老爷子一句："出啥事啦？"

老爷子也不卖关子，紧接他的话头说："他在赌局上把那一桌子钱搂过来时，已经发觉那些卷着的小票子里边好像还折着一两张大票子。他心生疑惑，借故揭开草帘子出门去了。在月亮地里，他偷偷展开赢来的钱一看，啊呀，人家那小票里边可都是卷着百元大钞哩！你娃娃家肯定不知道，赌博轱辘子[①]最怕有人暗地做手脚。这么说吧，他们桌面上看来要的是不值钱的银圆券，场下那却是一块纸币当成一块白花花的银圆付现的。那一把，他老小子如果输了的话，要赔的钱数，就是把你妈拉走让人家卖掉，再搭上你家那二十多亩薄地和那两匹大驮骡，也不一定能凑够！"

运喜这才嘘了一口气说："愿赌服输，既然他赢了，他给人家赔啥情呢？"

老爷子没有接他的话茬，继续解说着那件事情的枝枝蔓蔓："那一晚上，还有信仁在场哩。夏侯举虽然表面上故作惊讶地问他，'呀，闷儿，你咋赢几个破子儿一下子懂得这么多礼数？来，又轮你坐了，下几个？'你爹当时就是不敢落座。说着，就赶忙把那些赢来的大票子乖乖放在人家面前恳求人家都收下，他无论如何是不敢再和大家玩了！"

听到这里，运喜不以为然地说："有赢的那钱，大不了再输给他们就不再玩了，应该也没人说啥吧？"

① 赌博轱辘子：赌徒。

佑普爷磕了磕烟袋锅接着说："要么说你小子还小呢。不玩？庄家不下场，谁能就那么随便走人？再说，那些人一个个都是啥身份？咋能丢下面子接他那号钱？一看他不要了，几个人只怕场子让他这个不识时务的搅散了，都劝说让他把钱拿起来再陪大家玩几把。只有我知道底细，那一晚夏侯举根本就没把他当成一盘菜。人家和信仁约了几天，好不容易才把村上那个国军连长请动。那晚从团部还来了一个吴副官也好这个。没想到，信仁他们一伙那阵儿刚把'鱼饵'撒完，坐在他对面的吴副官荷包里估计赢了三四千元了。就在姓夏的准备收网的时候，却被你爹捅破了底子。夏侯举原想再撒他们一把，好让两个长官放下心来大跟，就给信仁他们使了个眼色，他们都故意跟了一把就是不揭。对方一看便生出狐疑，小跟了照样没揭。轮到你大个二愣子，他一声'起'，一锅给端了，他接着又赢了一大把！"

老爷子抽了一口烟，看见运喜坐在一旁大惑不解的样子，就继续着这个话题说："唉，人在事中迷哟。如果他出去发觉那些钱数那么大，进来后找我偷偷换点小票子，回来后一直小跟着不要声张，即便那晚陪着他们稀里糊涂玩到天明，也不至于赔钱喀。他这个一窍窍货，当时只想到手里尽管有这么一大把钱，但票子的票额大，数起来委实也没有几大张。如果这样一张张跟下去，必输无疑。这个时候，他发现第二次赢的这一把比刚才那把数目还大，更加死活不敢上场了。经他这一搅和，两个长官立马看出这伙地头蛇有人暗地里拉纤，就在你爹开口说话的当口，人家站起来只说了一句他们军务在身得先走一步，起身后就告辞了。尽管信仁和姓夏的身上那时都揣着家伙，在两个长官面前，也不敢放肆……"

说到这儿，老爷子故意加重语气说："你知道不，在赌博行当，搅场子是要剁手的！夏侯举那晚被人搅了场子白白扔了三千多块大洋，能饶了你家老掌柜吗？后来，他就放出风来，要纠人剁你爹一只手。唉，也怪我这个人一辈子爱多管闲事喀。事情是在我的车马店惹下的，眼见村庄里为赌博又要闹出一场剁人手脚的事情，我能不急吗？过了一天，夏侯举就约了人。信仁这人胆子也小，赶紧悄悄跟我说了一下。为了不让你爹吃亏，我私下里和他商量说，好赖凑上千把块钱，乖乖给人家送过去，咱们也能落个破财免灾。可是，你大个烧料子[①]货，没几天就把那晚赢来的钱和人兑换了一罐银圆。他拿出来银圆让我看时，我一眼就发现那些银圆都是山西人造的假货。我也不敢当面说破这号事情，当然也不能亲手拿着这些假银圆去找夏侯举。实在没有办法了，我约了姓夏的在车马店摆了一桌子饭，还给他们出主意说，不就是几个钱嘛，闷儿手头绝对有银子！都是低头不见抬头见的弟兄，不如让信仁谎说能弄到烟土，看看能不能让闷儿拿出家里的银子。这你就该知道了，你爹那晚被讹去的银圆和你土改时给政府主动上交的那银货是一拨儿东西。这话让你今儿个听来，我也是个杀人犯咯。为说和这件事情，你爹至今还欠我三块现大洋的酒肉钱呢。事到今日，你这个后人咋能把这号烂账都算到谢信仁一个人的头上？”

运喜已经听出来老爷子这番话里的意思，却依然不明白他翻出这些陈芝麻烂谷子的用意。于是，他还算诚恳地说：“爷，您老今日总不是专意来给喜娃提叙这件陈事的吧？咱先不说您和我爹之间的关系，谢信仁是个啥人，你不是不知道咯。就说上次祈雨吧，我在祠堂给您咋说的？他巴不得村上乱成一锅粥哩。当时，我只差给您下跪了！到头来，您受了处分，我高运喜在张书记面前就风光了？亏得您救过他的命，他心里还惦记着您的大恩大德，要不，为祈雨闹迷信这事您就得进一回看守所呢。您以为留党察看就把您处理重了？我真的不明白，您老人家今日在我面前说这些话是啥用意？是专意给喜娃亮耳？我看也不全是。是不是谁又在您面前说啥了？爷，只要是喜娃的不是，不要怕话轻话重，您唾我一脸都行！”

响鼓不用重槌敲，老爷子也就不绕弯子了，直截了当地说：“谢信仁不管是个啥东西，他总是一个上了点年纪的人吧？自作孽不可活。他欺人欺己，却不能瞒天哄地，老天爷给他娃把一辈子的烂账都记着哩，用不着旁人再去惹这个眼黑去。人嘛，咋样活是他的选择，已经在死路上走过一回了，想来他也该长点记性了吧？就算你小子现在还咽不下你爹被人气死的那口气，也要容对

① 烧料子：言行不稳重，冒失的人。

手在心里把世上的事情仔细掂量一下吧？你看看你那些虎狼兵，开个会就把人往死里整。一个上了年纪的老汉，被摔得屎尿都出来了，右手也摔骨折了，你居然当场还让他敲着尿盆转巷哩！你说说，你这个党员的胸怀有多大？你这是在搞阶级斗争呢，还是在趁机公报私仇？再说，他也是我们谢家门里的一个老汉吧？他给黄南支队卖枪弹那些事，哪一件又不是我谢佑普牵的线？你整天说我护着他，你哪里知道，没有他那时在村子里，我背着那条人命官司敢回半阁城待吗？话已经说到这儿了，你也应当明白——他帮过我老汉。做人就得有良心，滴水之恩，当涌泉相报，这个你总懂吧？多少年了，我看你就是放心不下这个人咯！”

运喜也不说话，慢慢地解开自己的衫子，袒露出左胸口那块青紫印记让老爷子看了看，又慢慢地系好扣子，不屑地说：“爷，前一阵子，我被人弄到县城去，您真的以为喜娃是给民政上帮忙整理烈士档案去了吗？谢信仁一封反映信就把我送到了看守所，肋条都被人踩断了一根！爷，运喜不是个肚子里能撑开船的人，可也没有像您想的那样龌龊。再说，和他这号人也犯不上怀有多么大的仇恨。可是，这个老贼，他一直谋划着想借公家的刀杀了我！就说当年，董县长那时不给他那一笔笔银钱和大烟，他能那么卖命地给共产党倒枪贩炮吗？如果他早早知道您是共产党，说不准会连您也一起换了鸦片！”

老爷子虽然在张书记那里对运喜被关进看守所这个事情早有耳闻，可是，他一直没有想到这个瘸着一条腿的男人为大伙儿居然遭了这么大的难。他语气缓和了一点，却又开口说了几句更加不着边际的话：“就算他不是个正经东西，你有事无事净闹那些打狗欺主的事，咋能让我不往旁处想！不过我也得让你知道，爷咋说还是党的人，你这个大支书只要是为半阁城群众谋划事情，在我这儿没啥说的。背黑锅也好，挨大伙儿骂也好，爷都不说啥。人嘛，十个手指伸出来能一般齐吗？你到了我这个年纪就会知道，世上没有千年的仇家，大男人总得有个大气量呢。待到咱们都被后人埋在村头的柿树园子里了，一地死鬼总不能还计较着活在这个阳世时互相有过啥亏欠吧！我咋听说，公社这次征收木料的任务一下来，你又在打谢氏祠堂的主意？”

运喜吃一大惊，抬头看着他，嘴唇有点颤抖地问了一句："爷，这一番话该不会又是他给您说的吧？"

佑普爷没有搭他的话茬，而是十分严肃地告诉他："爷只想告诉你，谢氏祠堂不是谢信仁的，是我谢佑普提着斗一户一户收粮保下来的！谢元良死了，他给村上做下的那些善事总不会埋到土里去。老汉在世时跟我说了多少回，他一直想为祠堂续谱。自打民国十八年（1929）大年馑之后续的那次，多少年了，谁还记得这些事情？没听见村上这些闲话时，我还一直在想，高家的祠堂让我亲手拆了，雷家也就那两户，以后这个谢氏祠堂就是咱们半阁城三姓人的公祠。这么说，你还真的有这个打算了？好，爷今日也把话跟你说清楚，只要我谢佑普还有这一口气，天王老子来了都甭想动谢氏祠堂一片瓦！当年，拆高家祠堂时，我是说了话的，我也知道你当时在下边和他们一样埋怨过几句。一个男人拆祖祠，我老汉那是造了一回天大的孽啊！我已经错了一回啦，你还想也跟着错一回吗？"

运喜这才明白，老爷子是为这个事情来的。

不过，他从来都没有想到，自己面前这个老共产党员的心底里居然至今还有这么多封建思想的残渣。当然，他更没有想到谢信仁这个老僵虫时时刻刻都在关注着村庄的大小事情。半阁城的一切，他能想到的，对方比他想得更为周全。甚至，在每个事件发展的关键环节，还早早地为他钉好了橛子。看来，半阁城还真是少不了谢信仁这么个人厢。

运喜这阵儿心里也十分清楚，要想拆祠堂那房，没有佑普爷的首肯，他别说组织人动手去拆，就是能不能上到支委会上讨论，也还很难说。面对支部班子里那几个谢氏后人，他要是硬着头皮往下做，最后的结局也绝对是癞蛤蟆跳门槛——既蹾尻子又伤脸！老爷子既然把话说到这里了，他倒是想听听老爷子的意见。于是，就认真地和老爷子商量说："爷，张书记要各村支书用党员证和他说话，这个我倒不怕。不当这个村支书，我也不操这份闲心。问题是，一个村庄近千人的事情，咱们总得有人给大伙儿承这个头吧？拆祠堂这件事情，确实不是我要给谁难堪哩。您说说，咱们眼下还有啥资产可以变卖？再说，祠堂那腰房已经有点裂脊，如果哪天正开着群众大会，不说突然坍塌，就是掉几片瓦砸了人，谁负得起那个责任？公社盖农校的事情，咋说也比咱们这个旧房重要吧？”

佑普爷颤巍巍地站了起来，用手里的烟袋指着高运喜，气愤地只给他丢了一句话：“好哇，果然如此。”说完这话，转身就要出门。

听见两个男人在院子里说话的声音越来越大，心香躲在门帘后偷听了一阵儿，一直没敢出来相劝。一看老爷子踉踉跄跄要出门，她这才赶着出来劝：“爷，您老甭生气！你俩再坐下来聊聊嘛，喜娃也是有口无心咯……”

一看自家男人依然坐在那儿像尊泥菩萨，她忙督促：“看把爷气成啥样了，还不快扶扶去……”

老爷子这时突然意识到，自己咋把这号公事弄到人家私人的院子里来了。尽管他异常生气，却依然没忘记转过身给主妇道了一声谢：“哦，枣茶好喝着哩。爷走了。”

峰回路转

第二天一大早，向阳公社派了一帮人马早早地来拆半阁城的祠堂。十多个拉着架子车的民工刚到村头，迎面就遇上了手执铁叉的谢佑普。

那些各村来的民工，看见一个光着膀子的老汉手里抡着一把大铁叉，一副随时都要和人拼命的样子，委实没有一个胆大的再敢往前挪一步。当他们听完事情原委，觉得这个自称是“群众代表”的老爷子说的话也有一定道理。这么大的事情，村里至少应当和人家祠堂的所有者商量妥当。毕竟要拆的这可是祖祠，又不是那些公家的破照壁、烂戏楼。不过，这么远的路让他们白跑一趟，回去也不好给公社复命。于是，他们就和老汉商量了一阵，看能否派一个人进村用电话和公社基建办沟通一下。如果公社和村庄真的要动官司，那也轮不上让他们这些下苦的人在人家村头惹这个麻烦。

事实上，这件事情公社那头也实在是催得太紧，一个晚上就打来了三次电话，闹得高运喜在炕上咋也躺不住了。他只做通了几个年轻支委的工作，圪蹴在炕头紧急召集了个支委会。尽管谢佑普还在留党察看期，但他还是恭恭敬敬地邀请老汉列席了会议。既然是列席，就没有权利去举人家那个手。为了慎重起见，运喜还是恳请老汉保留点“个人意见”。老爷子当时铁青着脸一句话没说，还算是把整个会议参加到底了，给他留足了面子。不过，他却知道这个老爷子的脾性，这件事情绝对不会就此善罢甘休的。至于最后会闹出多大的动静，他心里还真是没数。一大早，他这头安排谢有福在前巷派了四个持枪的民兵，以防村上有人趁机跟着老汉闹事。安排完这些，他自己就躲在沟边忐忑不安地听着村里的动静。

话说，那个民工头儿把电话打到公社基建办之后，接电话的任丕显一听拆房队进了半阁城，村支书躲得找不着人影，一个疯老汉抡着铁叉见人就戳，立马向正在工地督促进度的张义伦书记当面请示，看看公社是否可以派几个基干民兵去支援一下拆房队。张义伦一听高瘸子居然敢在这个当口给他上演这出苦肉计，立刻就指示让村上一个叫“谢佑普”的人来接电话。

果然不出张义伦所料，电话接通后，两句话就证明了谢佑普正是那个手持铁叉的疯老汉。

不知道张书记说了些啥，老爷子就对着电话开始怒吼：“张义伦，你个狗奴才记清楚了，要不是我谢佑普当年在沟坡上把你背回来，你小子有十条命也不够死！当个共产党的破书记你就是人厢了？老子入党时，你小子还在你娘肚子里哩！咱们走着瞧，我就是要闹得让全公社群众都知道，你这个得势小人，要把我谢佑普逼死在新社会……”

可能是张书记在那头服了点软，不一会儿，老汉又笑眯眯地对着电话跟人家说起了软话：“好嘛，你这才像个人在说话。行，我组织，这个你放心。再说把人饿得要死要活的，他们总还能端着建校工地那大老碗吃几顿饭嘛……这个事情不用你多说，后晌我就安顿谢舍娃带上二十个人下来……”

那边张书记刚一放下电话，老爷子就趔趔趄趄出了祠堂，立马敲响了六队官树上那口铁钟。

村上，那些躲在自家大门后边只等着出门闹事的人，一听老爷子已经敲响了铁钟，都操着家伙拥到了祠堂门前。然而，大伙儿却被眼前的景象闹得有点哭笑不得。祠堂顶上，并没有一个外村人上房揭瓦，只有老爷子像个得胜将军似的圪蹴在祠堂门外的砖台阶上十分舒心地抽着烟。

看见人来得差不多了，佑普爷这才一磕烟袋锅站起身来，把大伙儿齐齐扫了一遍，十分感激地开口说了一番话：“都来了哇，这就好。我谢佑普亏得还没死，看来一时半会还死不了。如果哪一天阎王爷把我请去吃酒了，打墓的、抬轿的、跟上看热闹吃嘴的，就是我眼前咱们这些乡亲喀。大伙儿都记住，今儿个这就算是我欠下左邻右舍的情了。以后真的到了咽气那一天，你们就不要再给我送香蜡纸表了，那份情，我老汉这阵子已经提前领受了哇。”

接着，他又向大伙儿解释道：“嗯，下来我还得再麻烦老少爷们一回。还是老话说得好，阎王好见，小鬼难缠。人家公社干部还都是些讲理的人，好赖还允许群众说话，多少也听得进去点群众意见，并不像咱们村上那些糨子官[①]，咬住猪尻子蒸馍都不松口！我把村上这具体情况给张书记一说，这就算是给咱把祠堂保住了。话又说回来，咱们的任务没完成，也不能心安理得对不对？张书记在电话里问我，公社盖的那个学校，咱们半阁城的人将来还上不上人家那里去念书？我真是没法回答。最后，他倒是给了我一个台阶，让咱们大队去些社员供几天匠人，就算是抵了任务啦。剩下的人，再把咱们的三道城门楼子拆了，拆下的那些墙砖能顶多少就算多少，也好让他给全社的群众有个交代……再说，现在已经不用再防土匪进村了，留下那些城门楼子也没啥用处。唉，我这个老脸是人家张书记给下的，你们就再赏我一次脸吧。今儿个，咋说也得先去上二十来个人供匠人。以后的事，我就再也不给大伙儿揽了喀。”

一看大家还围着不走，他便对站在那儿发愣的谢舍娃安排说：“舍娃

① 糨子官：分不清好坏是非的糊涂官。

子，你还傻站在那儿干什么呢？其他队，咱叫不来那人、说不起话，你先把咱六队的人派上去。那些搬不动砖块、拿不动泥叉的就别让去充数了，架子上下的活都重喀……”

大伙儿一看无架可打，都怏怏地提上家伙回去了。

后晌，谢舍娃带着村上挑拣出来的三十个精壮劳力背着铺盖去了公社，这件事情暂时算是应付过去了。事前事后大伙儿也都明白，谢舍娃一个小队长，也没那派人出村的权力，派人的事肯定还是运喜一手操办的。本来，他也想随民工去公社，可一下子还抹不开那脸面。等到晚上，他这才骑上自行车过去了，还亲自在那儿督了几天阵。

话说，老爷子气势汹汹地和公社对着大干了这一场，为半阁城保住了祖宗祠堂，人们却一点都不担心公社敢把老爷子怎么样。上点年纪的人都知道，老汉虽说只是一个不起眼的老农民，但若是较个真儿，张义伦还是得给老汉留这个面子的。老汉的大女儿谢月季当年嫁给了黄南支队司令董振堂，这个人眼下可是洽川县堂堂的大县长呢。还有，这个张义伦也曾经是老爷子的二女儿谢月娥的上门女婿哪。在村庄上，这号半路走断了的亲戚，对村庄和当事人都是个忌讳，人们都不会无端地去提说。隔得久了，年轻一辈人都不太清楚这些往事了。

发生在这片塬畔上的故事都离不开“早先”这两个字。这些业已过去的陈年往事，让时光风化成了一堆碎石，被抛撒在一株千年老柿树下雨淋不到的地方，不时地供后人去俯首捡拾。提起过去那段时月里的往事，还得从老爷子开车马店那时候说起……

第十七章

坡头轶事

半阁城沟口有一条通往县城的官路。在整个关中道，也只有这条南北大路连通着龙门和夏阳两个古渡。早先，这条道原本只是一条驮道。到了清朝中叶，同州一带的大户为了把当地的花生、黄花、瓜子、大枣、甘草等货物运出产地，出资打通了东南两条能走木轮大车的商路。后来，他们的生意越做越大，转而做开了盐业、布匹、马匹、茶叶等大买卖。“吝、赵”两户财东，居然敢替朝廷包揽云贵两省的盐务，可见其实力之雄厚。东去潼关和西往长安的两路生意，基本被这两个大户所垄断。

那个时候，在渭河两岸还居住着为数不少的回民。这些从唐朝就在当地居住下来的波斯后裔，一直有着经商的习惯。不过，回商的势力一直很弱小，被汉族商人挤兑得没有一点出路，就设法拓展北路。从朝邑到夏阳古渡，二百多里“官道”，他们前后凿了十三年时间。进入洽川这片号称“三沟六塬”的地界，大多数路都得依山开凿。仅凭几户回商的财力，能修成今天这个样子已经是很不容易了。整个坡道也只能走一辆四尺轴距的木轮车。政府为这条官路还专门设有路捐，定期征用民夫修补，路面却没有从根本上得到改观。

长长的坡道，顺着金水河谷的沟壑七扭八折一直通到沟底。三里半的坡路，几乎没有一处歇脚的地方。有几处险要地方，一边是悬崖，一边是峭壁，那些经见过不少大世面的高骡子大马，每到这里时，即使卸了套也常常会吓得四蹄发抖。只要走过“桥头河”这条道，那些走南闯北的老车户都会感到某种人生的得意和辉煌。设在半阁城坡头的这个车马店，也因之扬名百里。

半阁城的车马店，在关中道名气挺大，其实只不过是靠着沟口土崖的自然地势凿成的十几孔大土窑。这些土窑外表看似简陋，但窑内却能放得下三挂马车。这里的土层好，开凿的窑洞只要有人居住，无论历经多少岁月都不会坍塌。沟崖上那些被先民遗弃的老院子，虽然历经沧桑而长满椿榆黄蒿，已渐渐沦落成獾狐的乐园，但那一孔孔黑乎乎的窑洞依然好端端地留在那里，似乎还在耐心地守望着那已经逝去的炊烟。

站在车马店的院门外放眼望去，一条蜿蜒的大坡尽收眼底。以往过沟的车户，都会在车马店卸下货物等待换车。各路商家的木轮快车虽然行走在平路上既轻又快，但到了这里却根本无法下沟，只有倒换上当地的笨重铁车，套上庄户人家养的大犍牛[①]，给大车夹上大刮木，才能放坡。如遇雨雪，铁车的两根轮轴都得加上链锁，溜着行走。也只有那些膘肥体壮的大犍牛才扛得住那千钧车辕，而再高大的驾辕的骡子也吃不住车的分量。下到坡底的福音桥头，货物又得倒装回轻便的木轮大车，再套上几头跟坡的大牛继续去爬东坡。时间久了，金水河谷两岸就有了“放坡”和“挂坡”这样的职业。不管农忙农闲，半阁城的车马店外都拴着十几头膘肥体壮的大犍牛。

正值盛年的谢佑普在店里当掌柜的那几年，家里也养着一头大犍牛。他家那光景，充其量算是能吃饱饭。除过祖上留下的六亩薄地，还耕种着祠堂的二十四亩坡地。为了备足庄稼粪土，无论冬夏，农人都得起大早去坡上拾一笼牲口粪。谢佑普借着照看车马店这个便利，拾粪的营生也早成习惯。

有一天，大雪刚过，沟里白茫茫一片，呼呼的西北风把沟壑的雪花刮得漫天飘荡。谢佑普披起羊皮袄戴好狐皮护耳，依旧准备出门拾粪，但刚出窑门，便被寒风吹得浑身一激灵。看着坡道上的积雪上没落下一个脚印，那阵子

---

① 犍牛：阉割过的公牛。

他倒是起了不想去坡上的念头。可站在那儿想了想，突然记起先天[1]后晌回程时，自己特意用脚拢成几个小堆的驴粪，距离坡头并不远。于是，他觉得既然无事可做，不如慢慢挪下去把那几堆粪拾回来，大小也是个收获。可是，走到半坡上记忆中的那个地方，却咋也找不到那几堆驴粪。在长稔塬，路上的牲口屎，只要是被人用脚挪动到路边，那便是有主的东西，人一般都不会轻易去拾。他一个人站在半坡上找了好一阵子，就在他多少有点沮丧准备空手返回的时候，不远处被风吹走了积雪的坡道上居然有几个零散的驴粪蛋子像金元宝一般发着亮光。他立即就明白了，这绝对是夜里下着大雪，走夜路的人不小心踢散了他的粪堆。就在他一边小心翼翼地在结着冰的路面上挪着脚步，一边还不时停下来仔细搜寻路边有无其他零散的驴粪蛋子的时候，他突然发现不远的坡道上似乎丢弃着一件车户遗下的老羊皮大衣。他一步一步地向前挪动着，近了，终于发觉那东西好像不是一件衣服。再近点，天哪，他看得真真切切的，原来地上躺卧着的是一个人！

人命关天的事情，他还是决定再走近一点去看个仔细。待挪到跟前，他便慢慢地圪蹴下身子，把躺着的人仔细地打量了一番。

从面相上看，这人二十啷当的年纪。摸摸鼻孔，似乎还有些气息。他赶忙撂下粪笼，跌跌撞撞地爬回坡头，招呼来一群睡懒觉的车户，七手八脚把人先抬到了店里，亲自替小伙儿脱掉衣服，让光着身子贴在热炕上，随后再盖了两床厚被子，又生生地灌了大半碗滚烫的姜汤，折腾了大半天，人这才慢慢地醒过来……

隔了大半晌，待吃过车马店两老碗荞麦趸面后，小伙儿这才呻吟着说他左腿疼得厉害。给牲口接过骨的谢佑普，马上给他捏腿查伤，经过一番折腾，他发现小伙儿那腿确实是摔骨折了。

然而，也就在他揭开被子的那一瞬间，又陡然多了几分疑惑。他发现，躺在炕头的小伙儿的左小腿肚上，有一处显然是中枪后留下的贯通疤痕。他尽

---

① 先天：前一天

管装作毫不惊讶，却依然十分仔细地看了看小伙儿的周身。接着，在对方前肩胛处，又发现了一处同样的疤痕……他把这些看在眼里、记在心里，却装作什么也没有察觉地胡乱打听着小伙儿的身世。此时，他心里已经十分明白，自己救下的这个年轻人绝对不是个普通老百姓。

然而，在请接骨匠夹过板子、接下来又听了小伙儿那十分可怜的身世后，谢佑普心里一下子又改变了看法。

小伙儿说，他叫罗志，湖北人氏，他们老家那儿离陕西这边一个叫作镇坪的地方很近，翻过几座山就能到这边来赶集。在他很小的时候，家中二老相继因病过世，刚刚四岁的他只能被大哥大嫂抚养。大哥是个石匠，心地颇善，把他这个小兄弟像自己的儿子一样看待。长兄常年都得去大山深处的石料场给大户人家凿石活，一走就是十天半月。大嫂趁着男人不在，常常是自家的孩子吃干饭，让不懂事的小叔子站在一旁饿肚子。在小罗志六岁那年春上，大哥出门后不久被石头砸伤抬回家来，躺了整整一年后不治而亡。随后，大哥尸骨未寒，大嫂就改嫁了。为了卖掉家里仅有的那几间石板房置嫁妆，那个女人居然着人把小叔子卖给邻县一户没儿没女的殷实人家做了养子。

开始，那户没儿没女的人家对家里新添的这个小“讨债鬼”倒还说得过去。小罗志平时穿着小袍褂，生活在村庄一般大的小伙伴中显得十分优越。到了七岁，那家人便让小罗志提着书箱去念书。后来，养父母却渐渐发现这个花钱买来的儿子性格上好像有毛病，整天不说一句话，也很少出去和邻居的小孩子们一起玩耍。平时吃饭时狼吞虎咽，吃完后一个人躲在自己的小屋子瞪着一双大眼睛，目不转睛地朝着窗外那条小路傻看……于是，那家人就起了坏心——与其辛辛苦苦养大一个傻瓜，还不如早早甩掉这个累赘更省心。

其实，那时候小罗志已开始懂事，只是他从小受到恶嫂虐待，加上又像小猫小狗一样被人买卖，便形成了不信任大人的孤僻性格。他那个即使挨打也不掉一滴泪的倔强性格几乎使老两口无法容忍，恨不能把这个小傻子一脚踢出家门。就这样，一个不到十岁的孩子被停止了学业，被安排着独自一人赶着三头黄牛去放牧。白天，没有人和他说话；到了夜晚，孩子只能独自在窝棚里睡觉。每隔几天，那家人才捎带一竹筒苞谷饭上来。吃野果、喝生水，小肚子疼得爬都爬不起来的时候，他只能拉着老牛的尾巴一步半步地跟着它们走路。在野兽出没的深山老林里，有几次他被野狼逼得蹲在黄牛的肚皮底下，被自己放养的老牛当作小牛一样保护着才活了下来。

在不久后的一天夜里，当他放养的那头最小的牛被几只豺狗围着咬死之后，他害怕再次遭受大人们的毒打，便决定逃离这里。天亮后，当看见一支商队在山路上走过时，他干脆撂掉放牛鞭跟着他们逃出了那片大山。在挨门乞讨的路上，他遇着一个好心的篾匠，便拜篾匠为师。十三岁的时候，他开始跟着师父四海为家。万没想到，师徒二人在河南南阳讨生活的路上，师父被队伍拉了壮丁，给他只留下了那一把篾刀和一个小竹箱。这些年里，他一直在肤施城里一家竹器行当伙计。那边闹红闹得相当厉害，官府为了搞封锁，别说是布匹、粮食运不过去，就是一根竹竿也不让过河，城里的竹器生意越来越不好做了。朋友说汉中的竹器活好找，他一路打听过来。那天走到县西河西坡时，人实在是饥饿难忍。看见路旁有几颗长在崖头的干木瓜，他就想摘来充充饥。没想到，还没攀到崖前，就一头栽了下来……

听了这一切，谢佑普事后专门到那个沟岔处找到这个年轻篾匠丢失的工具箱。随后，通过侧面打听，也弄清楚了他身上留下的“枪伤”，原来是南方人小时候常染的毒痈结痂后留下的疤痕。他便放下心准备让小伙儿养好伤腿后再做计议。

那年，谢佑普家的二女子月娥刚满十六岁。虽然已经出落成一个亭亭玉立的大姑娘了，可在借住她家的这个“罗志”面前，却是百无禁忌，整天跟在小伙儿的屁股后边一声声喊着“骡子哥”，闹得全村人都以为这个湖北佬的名字叫“骡子”。谢佑普看在眼里，虽多少有点不悦，却也没把这事放在心上。小伙儿走路还要拄拐杖的时候，居然主动抄起大扫把帮着掌柜的打扫起了店院；刚刚能丢下拐杖，因怕老爷子说，他干脆半夜里偷偷起身，干起那些推土垫圈的重活来。尽管谢佑普拉长脸说过小伙儿几次，但小伙儿虽然嘴上答应着，转身却又干他的活去了。这一切，都让月娥姑娘看在了眼里。

不多久的一天，一家人吃饭的时候，谢佑普试探性地对小伙儿说："咱家只有那点薄地，眼下还没有雇一个伙计的打算。"说话时他也根本没有看女儿月娥丢过来的那个不满的眼神。当谢佑普拿出两块银圆让骡子做盘缠，并明白无误地表示这里无法再收留他时，女儿不但摔了水瓢，晌午饭也不做了。当爹的多问了她一句，她好像受了天大的委屈似的干脆哭闹起来。女儿多年来从未在他面前提过自己早逝的亲娘，那天却抱着娘的牌位哭得天昏地暗……

当然，他这当爹的也不是那糊涂人，可这件事情还真的让他进退两难起来。终于有一天，月娥明确地向父亲表明了自己的态度。她说，骡子就是年龄比自己大点，可她在平日的接触中隐约感觉到，骡子也喜欢她这个小妹子。最后，姑娘也不嫌害臊地对父亲说，她愿意让这个大哥哥永远住在这个家里……爹要真的赶他走，她就跟着她的骡子哥一起闯江湖去。当爹的听了女儿这番昏话，尽管心中憋了一肚子气，却也没敢发作。

眼见这件事情无法遮掩下去，佑普便把自己家里这个大麻烦给上级如实说了，很快就得到回话。让他把一些话给女儿安顿清楚，只要她能对自己知道的那些事情做到守口如瓶，车马店多一个人手倒也是个好事。就这样，谢佑普提着酒壶，请回家省亲的谢元良主事，在他三十九岁生日那天，张灯结彩地为二女儿操办了丈夫入赘这件终身大事。同时也就有了这个小他十四岁的上门女婿。

然而，时隔半年之后，在一个让他意想不到的事件中，他陡然对自己的女婿起了杀心。

迫情出手

车马店是谢氏祠堂的官产，谁来掌管这个差事，历来都是祠堂名下的人拼力争抢的事情。那阵子，谢信仁在村上主着事，有意给自己安插个得力的人手。他多次在族内提议，最终把谢佑普这尊大闹过洽川县衙的“马六神”[①]请回了村。其实，地下党组织“澄黄支部”也暗暗盯上了这个车马店。不但给谢佑普买了一头大牛、买了一挂铁车，还给谢信仁送去过半斤生烟土……

半阁城地处关中和陕北两地兵匪拉锯的特殊位置，县城一直驻扎着一整团的中央军。兵饷粮秣，全靠一支骡马车队去朝邑滩的丰图义仓运输。车马店的大宗生意，就是服侍这支骡马车队的。官军那几十挂胶轮大车，一溜儿高骡子大马，每挂车上的牲口都是按毛色搭配的。白色的挂着白缨子，红色的挂着红缨子，就连赶车长鞭也是和车马一色的。在很少走胶轮大车的渭北官道上，那一支有着好几十头牲口的车队，每每都让沿路的大小农户脸上挂满了羡慕和憧憬。

却说，掌管这支车队的是一个名叫刘玉清的国军上尉副官，在这条道上，他跟大小店家已经混得烂熟。这个人表面上是一个国军军官，实际上是谢佑普的秘密上线。

这天，天刚大亮，国军回程的骡马车队浩浩荡荡地进了车马店。刘副官一进门，便熟门熟路地大声嚷嚷：“谢掌柜，半个小时开饭，准备四十头大牛挂坡！”

队伍上的胶轮大车过沟不需要卸货倒车，只需换上辕牛蹲坡。上东坡时，每辆车再挂上四头大牛拉坡就行了。谢佑普也不客套，不待他的话落音，马上对窑内的月娥和院里的骡子大声招呼：“按二十四口人预备饭菜；这次过沟要放坡牛二十头，挂坡牛四十头……”

月娥马上隔着窑门的窗户火急火燎地应道：“嗯，知道了。”便急着安排店里打杂的酒婶快拉火，安排人手舀锅里的米汤。这时候，吾家营村上的蒸馍厨子乔丙丁气喘吁吁地挑着两笼麦面馍馍一瘸一拐进了店院。

骡子听到老爷子的安排后，马上回头招呼那些各村来的车户给牛喂特制的料茶。这种用茯砖熬制的“牛茶”里，不但放了半升碾碎的豌豆，还泡了些

---

① 马六神：爱惹是生非的人。

许生烟土和盐面。车户们一直相信，人畜一理，既然人抽过大烟能提神，让牛喝点，在紧要关头也绝对能使出超常的蛮力。

那个刘副官一看一切如常，大模大样地来到谢佑普身边假装借火点烟，趁机小声给他交代：“瞧好了，小箱‘花生豆儿’，扁箱‘香瓜’，倒数第三车是‘烟袋锅’；看好了，硬货在‘烟袋锅’箱子下边……”说完，又不无担心地用暗语问他：“‘舅家’今日来了几桌？”

谢佑普一边大笑着和刘副官客套，得空又压低声音告诉他说：“放心，‘二拇指’亲自来，老孟咀取货……”

听到这里，刘玉清故意提高嗓门，大声嚷嚷道：“谢掌柜，前些日子，你老小子放话说回来保准请兄弟吃顿手撕驴肉，别是啥都没准备吧？”

谢佑普也立即大声笑着说：“看看，你刘副官的吩咐我咋敢忘了！”说完，大声招呼着骡子：“把那撕好的驴腿肉给刘长官包好放到前车上，再搬一坛‘苞谷烧’。现在就放上，甭一会儿一着急又忘了！”

月娥一边在窑里和酒婶准备饭菜，隔窗户看见那些当兵的给牲口饮完水后，已经在给骡马往脖子上挂那些装着饲料的帆布口袋，她便放慢了手里的活。听见爹在那儿招呼骡子，月娥突然靠近窗子向外乱瞅了一阵，并没瞅见自己男人的身影。她刚想出去瞧瞧，却和急着进门的骡子撞了个满怀。

趁着左右无人，她一把扯住骡子的胳膊小声说：“今日过沟的是……军火！”

骡子奇怪地瞪了她一眼，没好气地回了她一句：“我知道。”

月娥也不计较他的口气，又小声安顿道：“到了老孟咀坡陡处，你要多点心眼……要是惊坡了，你就放牛走，别犯倔！”

按照车户们的规矩，在店院里谁也不能提说“惊坡”之类的不吉利话，骡子虽然不知道月娥那一番话的用意，却分明感觉到女人话里有话。他也不去回答，假装毫不在意地走到队伍上的胶轮车前，装作十分仔细地查看了一阵儿，心里却一直充满狐疑。在那些士兵开始拿着搪瓷碗排队打饭的当口，他看似在那里招呼着伙计套车，脑子里却一直回味着月娥刚才反复交代过的话。

骡子入赘到这个家还不到一年时间，却已经察觉到村庄里一直有个秘密的“道门”在活动。他猜想，老爷子平日行事诡秘，肯定和这帮人有些瓜葛。特别是村上这个“三十六兄弟会”，明着是一个白事会，暗地里却操纵着当地的粮食集市。平时，他也曾暗中注意过常住店的人等，不过是些大烟贩子、赌博轱辘……至少，还没有吃官饭的人物。只有这个刘玉清是个例外。听了月娥的叮嘱，他不免暗暗地替自己的老丈人多了个心眼。

桥头河的西大坡有三险：“老虎口，把车翻；十八坎上捡鼻圈；一头栽下麦涝凸，做鬼也得走三年！”

这段在车户中流传的歌谣，并不是危言耸听。多少年来，为了吃挂坡放坡这碗饭，死伤在这条路上的人畜确实不少。走坡，历来是令车户们心惊胆战的噩梦。载着货物的大铁车，尽管在坡头已被车户们反复考虑过车辕的轻重了，但在陡峭的地方，当用铁链锁住大车的轮轴后，路面稍微有一丁点颠簸，辕牛吃重一头栽倒后，或者牲口蹲坐不住时，人畜必定非死即伤。即使是相对安全的挂坡，到了陡峭处，当一头大牛发出千钧之力时，也常常会发生铜钱粗的大绳陡然绷断，八九百斤重的大犍牛轰然扑倒的事故。牛倒车翻后，亦常常会压住那些在一旁给牛帮力的主人。

眼下，正是寒冬腊月，坡道两旁的沟里一片枯黄。阴面的坡道虽经过及时清扫，却依然结着雪后遗留下来的冰。为了万无一失，放坡的车辆只能拉开距离一辆一辆地走。

下过第一道陡峭的坡，那些驾着辕的大犍牛身上已经冒起了热腾腾的气雾。前边就是老虎口，只有脚下这一小段坡道难得比较平缓。先行下到半坡的谢佑普，紧张地招呼着那些拥挤在此处的车辆塞好车脚子。车户们一个个早已汗流浃背，却顾不上撩起衣袖擦一把汗，大家不约而同地解下腰间的土布缠带，一边给牛揩汗，一边取出褡裢里的粗粮馍馍，半个半个地往牛嘴里塞。还没有等到人畜的汗水完全蒸发，他们便又吆喝着上路了。

过了老虎口，紧接着就是十八坎。沟壑逐渐幽深起来，坡更加陡峭。队伍上的胶轮大车过于宽大，行走在这里，一边得紧贴着红土崖，另外一边距离绝壁也仅有三尺多宽。一小队负责警戒的士兵骑着骡马一路缓行着，其中多半人却得牵着卸套后多余的牲口步行。

到了十八坎坡头，行走在车队中间的刘副官突然勒住马头，环视了一下两边的山势，大声喝令士兵严加警戒，同时招呼谢老板督促他的车户将车队相对靠拢一点。

拐下十八坎那段陡坡后，迎面就是一段缓坡。这也是全程中最为平坦的一段长坡。由于胶轮大车的轮子太过灵活，所以这个时候依然需要紧紧拉住车闸。那些用老槐木做成的刮木，摩擦在光滑的车轴毂上，随着大犍牛逐渐加快起来的步履，便一齐发出此起彼伏的刺耳声波。

骡子套着家里那头大犍牛被远远地甩在车队后边。眼见前边的胶轮车一辆接着一辆拐下老孟咀，他陡然想起娥子临行前的嘱咐，心里不由得一紧。看到自家的车距离前边的车太近时，他赶紧拉死车闸，待自家的车慢慢停稳后，这才大声招呼着几个帮工，叫他们把拖在车后的支木换到车轮前支实，先让牛歇歇脚再说。他知道，就是等前边的车全部拐下急弯处，他们再缓慢地前行也不会耽误多少路程。

在这道坡上，哪儿有一块小凹，哪儿有一处小凸，走了半年的骡子已经十分熟悉。前面这一小段看似十分平坦的坡路，却被车户们称为“鬼吆车”路。每次，辕牛行到此处时吃劲后蹲，而车却奇怪地左右晃荡；在一定距离内，这种持续着的有规律的摆动，一直存在着。途经这段路时，速度稍微慢一点就可以减弱车体的晃动。如果此时稍有大意，让牛撒个小欢，肯定得闯祸。车上那两个帮辕的伙计也是放坡的好手，早就领教过这段路的怪异。一听他招呼，先不慌不忙地支好车木，然后一屁股下去只顾蹲在地上喘着粗气，却没有注意到少东家忧心忡忡的眼神。骡子虽然坐在那儿若无其事地抽着烟，一双眼睛却一直注意着骑在马上的刘副官。

眼见第六辆车已经拐过了弯口，前边押车的刘玉清这个时候好像有些神色不定了。他跳下马背牵着牲口走到谢佑普身边，伸出自己的食指小声用暗语问了一句："喂，伙计，这个'二拇指'怎么还不动手？"说完后又四下里看了看。

谢佑普却浪声说："不碍事喀。"继而小声告诉他："再放几个车下去，只要我这里一摘毡帽，他们就会动手……"

他俩还在那儿说着话，从左边沟坡上突然远远地冒出来一个拦羊的老汉，两个人几乎同时抬头望去。

摇曳着几片红叶的灌木丛中，有几只山羊跑下山来。赶羊的老者虽然腰身有点佝偻，走在山道上却身轻如燕。谢佑普看似无意识地摘下自己头上的毡帽在那儿扇凉，那拦羊的老者却会意地一甩羊鞭，信口唱开了长稔塬上的男人都会唱的老调调——

白糜子正放花，
二姐娃想婆家；
糊涂的老娘亲，
这事咋说呀；
强打起腰身儿，
灯下里剪窗花；
剪对儿鸳鸯鸟，
抓周的小娃娃；
我的妈妈哟……
一剪子剪了奴指甲！

这边，谢佑普转过身镇静地对后车的骡子大声喊道："你也不看看车上的货咋样了，急着盘那些大绳干啥哩？车上拉的可都是些响器，如果掉下一个货箱，一沟人畜一个也跑不脱！"说着，他自己已经走了过来，拉着一个有点松动的绳头埋怨道："看看，这绳头咋这么松！看啥？还不快解开紧一紧！"

谢佑普这头话音刚落，对面沟壑的小路上又走来一个头戴毡帽的行路汉子。只见那个汉子一边走路，一边对上了拦羊老汉的老调调——

窗棂上落雪花，
二姐娃到婆家；
嫁了个学生娃，
裤裆儿开衩衩；
夜哭得姐儿烦，
尿水儿端着他；
起闲情将夫小牛儿耍，
连皮儿不过那酸枣大；
我的妈妈哟——
它哪辈子能长呀！

只见谢佑普手搭凉棚把周围地形仔仔细细打量了一遍，脸色明显有些不安。

这时候，骡子的大车旁，几个小伙儿子按照老爷子的吩咐刚刚松开大绳，还没顾得上再次紧上，老爷子却走近车边盯着骡子看了几眼似有话说，骡子以为老爷子还有安顿，怔怔地等着吩咐，老爷子又无事一般转过身去。骡子却按捺不住心中的疑惑，瓮声瓮气地叫了一声“爹”。

谢佑普委实被“骡子”这一声“爹”吓了一跳，却装作若无其事地紧盯着他的眼睛问：“闹啥？”

骡子看了一眼不远处的刘玉清，小着声但十分肯定地提醒老爷子：“爹，你在前边多留点神，今天好像要出点事……”

一听一向木讷的女婿娃说出这句话来，谢佑普心里不免一惊，又死死地盯着他。骡子知道自己这句话犯了老爷子的忌讳，便埋下头去不再作声，两只眼睛却警惕地扫视着周围。

也就在爷儿俩说这句话的当口，对面坡上拦羊汉手中的鞭子在空中一甩，“骡子”身旁的石坎坎下突然跳出三四个蒙面汉子。没等骡子做出反应，一个黑洞洞的枪口已经抵到了他的脑门子上！

另外几个蒙面人，立即跳上前来，手脚麻利地甩开骡子车上那根还没顾上勒紧的绳头。随即，长满野榆树的崖头上又“唰”的一声抛下几根大绳，紧接着从天而降般滑下十几个人来！

站在车前的那几个人中，有个小头目模样的矮壮汉子也不说话，只用手枪向同伙指了六七个箱子，然后一摆手，又领着两个人贴着胶轮车帮子向前跑去。

这一切的发生，也只在一眨眼的工夫之间。

与此同时，牵马的刘玉清刚转过身来，好像要给近前的谢掌柜安顿什么，猛然发现路上多出了十多个手持短枪的蒙面人，他几乎没有思索立即大喊了一声：“有人劫车！”说罢，拔出腰里的德国匣子对准一伙黑衣人连发两枪！

为首的矮壮汉子身子一顿，踉踉跄跄地向前冲了几步，便跌下路面，两腿一蹬，仰面朝天地躺倒在了那里。

先行下坡的国军士兵听到半坡处的枪声，一窝蜂地冲上坡来。他们刚一露头，埋伏在路上的众匪，提起手中的家伙一阵猛射，国军的人眼见着就被撂倒了两三个。国军尽管占着前后夹击的有利位置，却担心打爆了自己车上装载的军火，只敢对着一旁放枪！

刘玉清一手攥着马缰绳以马挡身，一手持枪连连射击，打得几个匪徒不得近身。可是，他那匹听惯枪炮声的军马，这次不知为何受到惊吓，突然前蹄腾空将他甩起来老高，接着一尥蹶子又驮着主人向坡下冲去……

崖头上接应的众匪一看国军群龙无首，十多支长枪居高临下开始射击。车前的匪徒也不再恋战，只留下两个人掩护，其余的把枪往腰里一别，有恃无恐地掮起车上的箱子，抓住绳索猴子一般敏捷地攀上了山崖。

紧接着，一个谁也意想不到的事情发生了。

刚才“中枪”倒地的那个矮子匪徒，看见国军头目被惊马驮下了坡头后，前后那些草包国军趴在地上连脖子也不敢伸，他突然一个鲤鱼打挺站起身来。接着，无事一般口含食指吹出一声极为尖厉的口哨，先前冲过去的那几个匪徒立马就收枪折返回来。此时，骡子觉得抵在脑门上的枪早已松脱。这个时候，他才担心起老爷子的性命来。

原来，第一声枪响的时候，谢佑普就一头钻进路旁的一处草丛里。他那顾头不顾腚的狼狈样子，早被几个匪徒看在眼里……

那个为首的矮子走过来，从草丛里一把拖起谢佑普，当着几个惊魂未定的车户的面还算客气地说："谢掌柜，敲锣卖糖，各干一行，让您受点委屈吧，本二爷吃的就是这一碗饭喀，对不起了！"他这头话音刚落，手中的枪就响了，只见谢佑普头上的毡帽风吹一般飘落在地……

这时，其余几个匪徒早已飞也似的跳上土坎，往崖上吊着一只只拴好的大箱子。

骡子根本没有想到，这些杀人如麻的匪徒居然会向手无寸铁的车户开枪！他先是被惊得一愣神，接着看见老岳丈中枪扑倒在地，几乎不容多想，就在矮子的枪口上那一绺儿青烟还没散尽的一刹那，突然一个箭步冲上去大喝一声："我操你奶奶！"紧接着，飞起一脚，那个毫无戒备的矮子握枪的右手被他踢了个正着。没等矮子缓过神儿，刚才还握在矮子手里的那把锯了准星的"德国大镜面"已经握在了对方的手里！

矮子毕竟是个惯匪，他看见对手一只握枪的手已经十分熟练地打开了保险。也就在骡子举枪扳动扳机的一刹那，只见他就地一滚，便幸运地避过了飞来的两颗子弹……

这时，坎上的几支枪几乎同时开火还击，打得骡子脚下的路面直冒青烟。没等匪徒第二拨子弹打来，骡子闪身跳过一块石头，很有章法地隐蔽了起来。矮子一看夺枪无望，在同伙的掩护下抓住大绳一跃，便攀上了土坎。说时迟，那时快，躲在石头后面的骡子露出脑袋只一晃，手中的枪随之响了。坎上立即传来矮子的惊呼："妈的，我见'喜'了！"

这一切，被倒在路边却无大碍的谢佑普看得真真切切。此刻，他也被自己女婿娃那不凡的身手惊呆了。待他缓过神来，一切为时已晚。但他还是十分清楚，如果这个愣头青手中的枪再响，绝对会闹出几条人命。他一边向骡子趺趺撞撞地扑过去，一边大声喊叫："先人，先人！你个狗日的，快把人家的家伙扔了……"

说也奇怪，坎上那伙人一看老爷子已经把骡子扑倒在地，也不再开枪还击，趁机掮上抢来的东西顺着山道跑了。

话说，那些趴在地上的国军士兵听见上边枪声骤停，趁机吱哇乱叫地冲上坡来，抄起长枪半跪着向坡上的乱草窝子放了一阵快枪。那挺架在大车上的轻机枪这阵子才派上了用场，嗒嗒嗒地怪叫着，打得山坡上那些树木直掉枯叶。可是，并未击中一人。

一眨眼的工夫，那帮山猴子早就掮着抢来的东西沿着山路跑得无影无踪了。

这个时候，让惊马驮下坡的刘玉清，却瘸着腿一拐一拐地跑了回来。只见他一脸土灰，身上的军大衣已被路边的圪针刮得破破烂烂。当他发现地上一个中枪的弟兄还有气息时，立即火冒三丈地大骂身边一个小头目："李排长，人家早都跑了，还装模作样地乱打啥哩！你，赶快安排人把受伤的弟兄抬到前面的车上包扎好送过沟去；警卫排注意警戒，驭手班跟我随车队放坡。再闹出闪失，小心老子的枪不认自己人！"

这时候，一脸土灰的谢佑普却不识时务地走上前来指着一群惊魂未定的车户向刘副官央求道："老总，看来今日这钱……我们是没法挣了。不是兄弟不帮忙，他们家中都有老小，您就行行好高抬贵手放我们回去吧！他们中间谁要是真的有个三长两短，我咋向人家老婆娃娃交代？"

怒火中烧的刘玉清慢慢地举起手中的匣子枪，几乎是从牙缝里慢慢地挤出来几句话："老东西，你他妈的这个时候想找死吗？认识老子手中这个吃饭的家什不？再多说一个字，它不答应！"

说完，他又对着那几个早已吓得魂飞魄散的车户吼道："你们老老实实跟着老子干完这桩买卖，钱，一个大子儿也不会少你们的。临阵脱逃，小心兵爷爷的脾气！”

谢佑普也不敢再多嘴，只好招呼大伙儿说：“走吧，应下的事情，好赖给老总把这趟活干完吧。回头到店里，每头牛再领三升黑豆……”

露馅

车队过沟后的当天晚上，谢佑普从村子里赶回店来，一直窝在草窑里唉声叹气。放坡遇了事，月娥也惊得还没顾上回家。听见爹在这边又咳嗽起来，她赶忙端起茶壶掀开草帘走了进来。

直挺挺地躺在炕头上的谢佑普看也不看女儿一眼，半天才有气无力地叫了声“月娥”。月娥看见爹睁开了眼睛，忙凑前来小声应了一声：“爹。”看见爹似有话说，她撩起门上的草帘子向外看了看，转过身就坐在了炕沿上。

老爷子慢慢地直起身子，月娥忙替爹掖好被子。他打量着小女儿，想到自己刚才已经安排好的一切，禁不住落下一串儿眼泪来。

接下来，他不慌不忙地把“三十六兄弟会”如何安排了这次接枪，又如何为了瞒住众人耳目，让顺子对他放一枪装装样子的实情对月娥说了一遍。他看到女儿那副并不吃惊的表情，这才忧心忡忡地告诉她：“晌午，是骡子开枪打伤了顺子……”

月娥惊骇地瞪大眼睛问：“打伤顺子的不是国军的人？”

他摇了摇头说：“骡子夺了顺子的枪，要不是我这头拼命喊叫着扑在他身上，崖上那一阵乱枪说不定早把他放倒了。这小子，那阵子一直都没扔手里的家伙啊！”

“骡子，他……会使枪？”

“何止会使哩，没有十年工夫，练不出那么准的枪法！”

月娥立时就被惊呆了。她怔怔地呆在那儿大半天没吭气，过了一会儿才自言自语地说：“他在啥地方学会用枪的呢？”

老爷子脸色阴沉地说：“事到急处露真相啊。我估摸，他要不是个绺子，就是有人往我这儿安插的内线！唉，我这个人哪，玩了半辈子鹰，到头来却让雀儿啄了眼。一个乳臭未干的毛小子居然坑到我的头上来了，还骗了我的女儿！”

少顷，月娥平静地对爹说了一句：“你说咋办吧？既然他到咱家来一开始就没安好心，我也舍得下他这个人！”

谢佑普摇了摇头，对女儿说：“不，这事用不着我娃操心。不管他是谁安插的内线，我也得亲自安排他‘上路’。不过，这半天来，他倒像是无事一样，倒叫我觉得奇怪。他咋这么能沉得住气呢？”

月娥知道“三十六兄弟会”的规矩，出卖自己弟兄尚且要当众刀剐；充当坐探，那是要“点天灯”的啊！骡子毕竟和她是夫妻，想到他将要遭遇的一切，当着父亲的面，一个姑娘家忍不住流出了难过的眼泪……

佑普从炕墙上摸过烟袋，一边慢慢地装烟点火，一边对女儿交底说：“爹走上这条路，早把自己的生死放在了一边。你可能不是太清楚，爹参加的是共产党。你大姐已经为咱们穷人的事情把命搭上了，我身边就剩下你这个女儿……自打这个灾星进了咱家，你们小两口也还算恩爱，爹何尝不想添丁进口，盼望着咱家小院里也红火红火？”

说到这儿，他狠狠地抽了一口烟，像是对着自己又好像对着门外的沟沟峁峁说：“咱们穷庄稼户，盼只盼能过上几天平平安安的日子，可这个世道它就是不让你好好活人喀。孩子，组织上让我马上除掉这个人，只求你以后不要怪怨爹呀……”

月娥咬着嘴唇叫了一声“爹”，擦着眼泪哽咽得再也说不出一句话来。长稔塬的人没有管父亲叫“爹”的。正是随着她深爱着的骡子哥，她才把自己的亲生父亲喊成了这个让全村人感到生分的称谓。一看爹在那儿也有些说不下去了，她果断地给了父亲一句话：“爹，你做主吧，女儿将来不怪怨你。只怨女儿命苦，随你咋处置他，我都不说啥！”

月娥抹了一把眼泪，情绪也镇静了许多，又替父亲宽心说：“不管他跟给我咋样满口胡说，今天夜里我也要他说个明白！他要是敢耍横，我叫他知道我那连枷的厉害！”

佑普立即打断了女儿的话头说：“只要我娃心里明白这个大理，爹也就放心了。走，山上的弟兄已经在石架沟口等着哩……我想让这个人最后再见上你一面，兴许，他小子死到临头还能有点做人的良心！”

在石架沟一片荒草坪上，刚刚挖好了一个土坑。被反绑着手的“罗志”看见父女俩来到坑边，尽管他脸上多少有点惭颜，但依然十分镇静地对自己年轻的妻子交代后事说：“娥子，我想你和爹一定会来的。面对死亡，对于我这个人来说，已经不是第一回了。看来，这次是走不脱了。我一直没有勇气跟你们说出我的真实身份，不是我不信任你们，确实是我自己觉得太窝囊。这样吧，难得你和爹在车马店曾经给过我一个家，我就把我在这个世界最后的话留给你们……”

原来，这个自称“罗志”，其实是叫张义伦的人果然是个人物。此人十三岁参加红军，一直在川陕交界处活动。后来，这个能识文断字的张义伦带领一支工作队被秘密“交流”到陕甘宁边区指导扩大根据地的工作。可是，在一天夜里，他们一行人却莫名其妙地被自己人关进了大牢。几天后，眼见随同的两个同志被活埋，他这才感觉出问题的严重性。在一个汉中籍看守战士的帮助下，他只身逃了出来。当时，镇原一带白色恐怖闹得人心惶惶，他连个藏身的地方也没有，只好又向关中这边逃来。在大雪纷飞的日子里，饥寒交迫的他一头倒在了半阁城的大坡上……

只见这个张义伦给娥子交代完这些，又深情地管老爷子叫了最后一声“爹”，更加镇静地说：“您老人家干着您的事情，我也说出了我的身份。不过，我不想让月娥稀里糊涂掺和在咱们两个男人之间。不管您干着啥营生，想来在这片地面上也有点人脉。烦请您帮我捎个口信，告知陕甘边区集团军许政委，一个叫张义伦的红军战士虽然逃出了自己人的大牢，最终却被你们活埋在这里了……我是他的警卫参谋，他绝对在惦记着我这个湖北佬！”

说完这些话，他用下巴对一旁傻站着的那几个人示意道：“诸位，还想听点什么呢？我在这个世界的话已经说完了，劳烦几位这就动手吧。”

接下来，这个张义伦并没有被谢佑普他们就那么简单地处置掉。当天夜晚，他便被山上下来的武装人员押上了黄龙山。原来，谢佑普无意中逮住的这个“逃兵”，尽管官职不大却大有来头，统制四县的澄黄支部都不能对他妄施死刑。上山后，这个人一直被关押在宜川张家堡一家农户的石窑里。直到六个多月之后，黄南支队队长兼政委董振堂接到已改任中共关中专署许书记的亲笔密令，把这个年轻人秘密移交到第十八集团军副总指挥彭德怀派来的人手中，这件事情才算告一段落。

后来，谢佑普知道自己的女婿娃是一个“老革命”的事情后，也一直四处打听着这个人的踪迹。甚至，他冒着违反地下交通纪律的风险，希望通过自己那条线打听一点信息。可盼来盼去，却盼来一条噩耗——在侵华日军对晋察冀抗日军民展开的那次篦梳般的“大扫荡”中，这个骁勇的八路军总部参谋带领着一百多名机关兵组成的敢死队在四十多天时间里，打了三十几场恶仗。为了掩护总部机关，他们多次出生入死，这个人最后英勇战死在了太行山上。其壮烈殉国的事迹，很快被刊登在了当地的《晋绥日报》上。连他和战友们牺牲的那个村庄名字，报纸上也写得清清楚楚——“樊家集”。

接到这个凶讯，月娥一个人蒙着被子在家里哭了三天三夜。第二年，老爷子只好做主让女儿带着孙子改嫁给了被她的骡子哥开枪打瘸了一条腿的顺子……

其实，半阁城车马店的这个小伙计张义伦，并没有牺牲在山西的樊家集。那只是一个和他同名同姓的湖北老乡给他这个大活人闹出的一场“壮烈殉国”的大误会。当时，他在晋西北战场上当着一个威风八面的八路军营长确实不假，但由于在战斗中手部负伤后被截三根手指不能再握枪了，不久就被组织秘密抽调回故地，组织起了“二华潼”地方军的“兵运”工作。半年后，举国瞩目的“陕军”东征中条山，这伙陕西楞娃在整个抗日战场上威名大震。究其根由，皆因这支名不见经传的地方民团中为数不少的基层指挥官，都是黄南支队掺和进去的“土八路”。这群来自陕西的关中汉子，吼着大秦之腔，挥舞着大刀片子和武器精良的日军死拼，一年多时间里，用三万条性命硬是守住了潼关……

张义伦那个时候已经再次更名为“罗志”，在东府一带公开的身份是做牲口经纪的生意人。他虽然多次出入澄黄地界，其身份却不容许他踏进自己家门一步。刚刚回到关中这边，他得知娥子因他闹出的“牺牲”误会已经改嫁，从此就再也没有心思回半阁城了。中华人民共和国成立以后，他先在陕西省委组织部任二科科长，后又调任公安厅第八处教导队教导员。在此期间，他也多次让人给老爷子捎去问候，爷儿俩却一直没有机会见面。直到1958年，他的老首长此时已是陕西省委的要员，有意安排让张义伦在省委机关担任更重要的职务，他却死活不买人家那个账，坚决要求回长稔塬这个艰苦的山区来任职。回到长稔塬第二天，他这才专程探望过老爷子一回。

黄河流经的地方的男人都有一种执拗的秉性——生于斯，死于斯。只要从娘胎里落在这块土地上，喝过无论哪个村头的老井坊绞上来的那一口甘甜的井水，他的灵魂就会被收留进这里的沟沟峁峁。任你走遍天下，心却一刻也离不开这里！即使是一个远处来的客人，只要曾经在这里驻足过，那一条条山路也就会牢牢地记住他身后留下的那一溜儿深深的脚印；当他再次回到故地时，山山岭岭便为他开满怒放的山花……

第十八章

窝内纷争

张义伦在县委参加完中共中央全会文件精神读书班回来之后，立即在向阳公社召开了七天三干会[①]。各大队那些大小头目，一块儿被召集去吃了几天大锅熬的豆腐菜和椽头馍馍。

半阁城大队的做法比中央的政策早走了一步，落实起这一切来，应当说要比其他村顺当得多。然而，六个生产小队这阵子却为了土地的重新划分吵成了一锅粥。

事情是由西沟塄栖住的那些外来客引起的。

眼下，为了稳定农村的社会秩序，县政府成立了一个专门的办公室，有组织地动员那些流落在渭北的外地人返回原籍恢复生产。县政府的这个办公室组织民兵赶了一阵子人，却发现收效甚微。一看这伙外地客拿上棍子都撵不走，县上又重新做出决定，将依然滞留在当地的各省盲流统一划归到就近的村社居住置业。

长稔塬的这类人口，大部分集中在靠山沿沟的半阁城和吾家营这两个村庄附近。公社初步设想，让占据着西沟塄的那一拨人自己组成一个生产队就地居住，行政归属划归半阁城。

---

① 三干会：此处指公社、大队、生产队三级干部参加的会议。

这么个“大好”事情，张义伦没忘记半阁城。

高运喜一听，张书记一句话就给自己村上丢来这么个包袱，立即提出把这些人给吾家营也匀上一些。张书记却不同意他的意见，并且给他做工作说，这些人本来就成分复杂，其中还混杂了几乎半数以上逃亡四类分子；剩下那些成分好的，也基本是在当地根本无法继续生活的农民。再说，一部分人已经返回原籍，留下来的人口毕竟不多，分开入队必然存在入村居住、划宅基地、盖房等问题。刚刚渡过三年自然灾害，本地人的糊口问题还没有一丝缓解，政府哪里还有钱再去资助那些外来人口？不如暂时让他们继续住在他们原来的黑窑里，依靠自己的双手慢慢艰苦创业。都是社会主义一家人，再无情地撵走他们于情于理都说不过去。公社和吾家营已经初步商议，他们明确表示宁肯多划拨地亩，也绝不收留那些外地客。最后，张书记推心置腹地问了高运喜一句：“如果让你当我这个公社书记，遇到这号咬手事情你说说咋办合适？”

运喜想了想，只得先答应下来，准备回去再做计议。一路上，他初步估算了一下，村里各队的地并不少，抽上几十亩交给他们，加上这些外来户自己开的坡地，每户少说也有几亩地了，事情倒不是个多么难办的大事。

谁知道，回村后，当他刚刚给几个队长透了个口风，村里一下子就像在油锅里撒了一把盐。

从历史上讲，谢氏在村上一直是个望族，其祠堂名下就曾拥有一百多亩地，而且净是一些好地。可是，土改时，那白菜心一样的好地几乎全部划归了以高家人为主体的第二生产队。大家一听说这回又要抽地给那些一不沾亲、二不带故的外来户去种，有关重新划地的老话又被提了起来。

谁都清楚，眼下已经实行了生产队核算，交过公粮、社筹粮，留足战备粮后，剩下的才是可供社员分配的基本口粮。土地的多少、产量的高低已经直接关系到社员家户的切身利益了。由于高家这几年人口增加相对快一些，现有人均土地比其他几个队还略微偏低。在这一点上，他们倒没说什么。其他几个队却趁机异口同声地要以土改前谢、高两户祠堂原有地亩为基础第二次划分土地。这个意图很明显，以谢氏家族为主的五个生产队想重新瓜分全村百分之九十以上的好地！而以高家为主的那个小队，就只能继续耕种他们祖宗留下的那些沟沟坎坎和不成片的坡地。至于西沟塄这帮人的死活，那得看他们自己的造化。

土地是农民的命根子。在村庄里，有关土地的纠纷永远不会是一个小小的波澜。而且，高运喜面对的将是一大村子人的氏族矛盾，并不是一家一户的小小纠葛。他更清楚，这个时候，支部的决议已经无法代替广大群众的意见。只有通过社员大会，充分发扬民主精神，逐步给社员讲清道理，最后才能确定解决问题的办法。

经过多次酝酿协商，关于如何给外来户抽地的社员大会最终在六队巷道里那棵官树下召开了。有资格参会的也好，听不懂话的傻瓜蛋也好，挤得巷道满满当当的像赶集。

高运喜圪蹴在一个小土堆上，不慌不忙地用眼睛扫了一下人群，看到各队那些头头脑脑和能人都来齐了，这才站起身来开口说道："社员同志们，这个这个今天开会该来的都来了，这就好，起码可以让大队收集到更加广泛的意见。关于这次会议要解决的问题，就是如何在公社的统一调配下，落实土地划拨这个事情。首先我要向大家解释一下，重新分地这样的提议肯定是站不住脚的。有些群众可能思想上一时还转不过这个弯子来，所以下边说什么的都有。这个这个有些话尽管不好听，也明显存在一些落后的宗族观念，这些嘛，从感情上还都可以理解，但是，我们个人的感情毕竟不能代替阶级感情和党的方针政策。这件事情最后如何实施，得大队党支部最后决定，在形成决议前请各队先说说你们的意见。"

六队队长谢舍娃还没等高运喜的话音落地，便站起来大声责问他："喂，高支书，你也先别拿着'宗族'的大帽子唬人好不好？照你刚才的说法，咱今天这是做样子哩？反正最后还是由大队几个人开会决定，那还召集大家在这里耽误这工夫做啥？"

高运喜没有开口，也不好开口。副支书谢栓柱马上站起来替支书解释说："大队的决定也是在充分尊重社员意见的基础上，经综合考虑后才做嘛。这个事已经安排下去让你们讨论过了，咋能说是做样子哩？"

谢舍娃一看支书还没说话，驴槽里却伸进栓柱这张马嘴，立时把矛头对准栓柱大声责问："既然你们承认划地的事情是件大事，今天开这个会并不是在做样子，依我看，是不是借着这个社员大会让大伙儿都把心里话说出来？公道不公道，只有天知道。最起码，别让一些明白人把群众蒙在鼓里！我先问一个问题，土改分地时，村上为啥把谢氏祠堂一百多亩地划给高家？还有，这次公社抽地总该有个说法吧？我看你们还是给全体社员把这些都解释清楚，然后再讨论划地的事情也不迟喀。"

高运喜知道谢舍娃这话是冲着他来的，便接过话茬说："咱们老区闹土改比全国早些，当时我还正在上小学。不过呢，你提的这个问题，我还是能解释清楚的。谢氏是村上最早的住户，一户贫农尚且有十多亩、二十亩地。当时住在城外的高姓人家中，却只有一户中农，当时也不过有四五十亩沟地。其余大多数人都是雇农，靠做小本生意和当长工勉强维持生计。解放了，地主被打倒了，没有人再雇工了，全国都在闹土改，能不给他们分地吗？再说了，土改并不是只给姓高的人分了地，半阁城的人均地亩都是一样的，并不存在谁多谁少的问题。这都是过了十多年的事情了，大伙儿还是应当理性地看待这个政策问题。我看，下边发言的同志都往正题上靠一靠，不要再纠缠这些陈芝麻烂谷子的事了好不好？"

谢舍娃马上打断了他的话头问："啥叫个正题？我作为一个谢家人，祖宗留给我们的地被人瓜分了还不能问吗？"

下边各队那几个能人立即跟着起哄："社员大会就是让人说话的嘛，咋还能不准群众说话？""为啥当时把我们的好地分给了高家人？"

运喜听他们嚷嚷得差不多了，这才把头扭过来问谢舍娃："你家解放前有多少亩地？"

舍娃立即语塞了。他家那时只有三亩薄地，一直靠租种祠堂的二十亩地过活。运喜知道舍娃这阵子也不会回答他的话，顿了顿又接着自己刚才的话题说："你姓谢这不假吧？但谢元良一家就占有四百多亩地，你爷为啥租祠堂的地种你知道吗？你记住，天下穷人是一家，共产党从来不问你姓张还是姓李！你谢舍娃土改时不是也分到了十多亩地吗？你当时为啥不问问你自己为啥要分人家地主的地呢？至于你刚才提的另一个问题，我也可以解释。当时为啥把谢氏祠堂的地划分给高家，事后我倒是听谢佑普说过。那时，谢姓人家大多都有地种，增补的地都得从几个大户的地上划拨。为了运粪土方便，才让二队种了谢氏祠堂那片相对集中的地。那时候，高家没有一个人在村上当干部。如果按照你谢舍娃的说法，我们统统都得把地还回去，你这不是要算土改的老账吗？"

四队队长谢要栓看见谢舍娃不说话了，他也不经允许着忙站起来替舍娃帮腔说："就算不说地亩的事情，入社时给高家拉了那些车、牵了那些头谷的账又该咋算？那总是土改后群众自己双手攒下的！"

谢栓柱一听大哥在那儿也趁乱说开了胡话，忙站起来制止道："你快坐下，这号场合你咋能胡说话哩？说都说不到点子上，你说的是啥话呀？"

要栓一看三弟居然敢在众人面前教训他，便拿出家中老大的架势，站在墙根就不干不净地骂上了："哎，柱子，你算个啥屎官？屎壳郎打哈欠——咋就这么大的口臭！又拉车又牵头谷的咋咧？兀是分地主吃大户哩？这号事情还不能问一问？像你这号干部就兀么点屎水平，我倒是想看看你今日给大家能有啥新说辞。"

高运喜知道老大这话是有些目的的。如果说抽地本来就不是个小事的话，紧接着还得给那些外来户装粮拉牲口更是大事哩。西沟塄那一拨讨吃客家家户户除了一口砂锅，就只剩下一只讨饭篮子了，连个像样的锄头都没有一把，就更不用说那些犁耧耙耱了。即使给他们划了地，又让他们咋样去耕种？吾家营宁可给划地，也坚决不要那伙人并入村就是怕惹这个大麻烦。

谢要栓一看村干部再没人搭话，粗声粗气地接着说："说句良心话，几亩地倒不是个啥事，但是你问问，现在哪一个社员没憋一肚子火？这是叫大家过日子哩，还是把大伙儿当猴耍呢？眼下，咱们的人一个个还饿着肚子，村里倒是有几家能端出一碗米来？招这些外来户入村，咱这是闹红火要热闹图人多呢，还是唐明皇从西域借兵打洛阳哩？不说清这些事情，我们四队首先不同意划地！公社要划他们随便，到时候交公粮可别说我们一颗没有！日他妈，不行的话，我们也拖根棍子四村吝人[1]去！我就不信，几个站在门上的臭叫花子还他妈的把主家给箍住[2]咧！”

栓柱只怕老大越说越离谱，便把脸转向二队人多的地方大声说：“大家都静一静，不同意见可以保留。二队也谈一下你们的意见，社员会咋研究的你们就咋汇报，支部主要是想听一下各个方面的意见，准备好了你们就派个代表发发言……”

二队队长高恩全是个大结巴，人多处一激动这个毛病就更严重。他慢吞吞地站起身来先不说抽地的事情，结巴了半天却和刚才那些人就重新分地的事情纠缠起来了。

只见他站在那儿张着一张大嘴运了好几次气，终于吃力地从嘴里努出几句还算完整的话来：“高、高家咋咧？唵？解、解放这么多年，咋还、还有人提这号事？我老爷那辈给谢家大户当长工时，财东家都没把他下眼看过。今日一听，半阁城好像是你、你、你们的！唵？还要我们说啥呢？公社让划地，咱、咱就说划地的事，扯那些陈、陈芝麻烂谷子的事情，让、让谁的心里难受哩？”

谢舍娃不敢和高运喜顶嘴，一听高恩全接了火，“腾”地一下站起来将了他一军：“喂，伙计，二队地多嘛，那你们先划！别说半阁城是你们高家的，你就是再把西沟塄那些外来户的婆娘全抱到你家炕上一晚一个地去使唤，我谢舍娃也不眼热咯！”

高恩全的口才不如谢舍娃，说起话来却并不饶人。只见他把胸脯一拍，大度地说：“你妈……妈个腿！二队全……全体社员一致同意把麦涝凸整条沟，送……送给七……七队去种，就这！”

谢舍娃万万没想到在这个节骨眼上，村庄居然出了二队这帮叛徒，他怒火中烧地吼道：“唵？日你个先人板板！麦涝凸是我们队‘四类分子’户的坟

---

① 吝人：使人恶心。

② 箍住：死缠硬磨地要某人办某事。

山，你狗日的咋就这么大方？往后‘四类分子’户老了人，我他妈就把穴全打到你们家院子去！”

会场立时哗然。

栓柱觉得这会如果这样开下去肯定没有结果，他和支书交换了个眼色刚想说话，谢要栓又一次站起来继续搅和着——“既然二队社员有共产主义风格，那咋不把你们那些好地划出一二十亩去？”

在这两个人的发难下，几个小队觉得也犯不着再开口惹那眼黑，这阵子只要跟着起哄就行了。

谢舍娃这个人来疯一看谢要栓闹这号事情比他还有在行，只怕让这货抢了自己的风头，于是不失时机地又站起来嚷嚷：“对嘛，让二队把那些河南蛋全养活上，这倒还省事！”

这时候，高运喜实在是坐不住了。为了使大会能继续开下去，他没好气地大声向谢舍娃问道：“谢舍娃，你还是个共产党员不是？”

谢舍娃平日倒是敬高运喜几分，可在这么多人面前被责问后，也一下子翻了脸，立即大声对着高运喜吼道：“党员咋？共产党员他妈的就不长嘴啦？！”

一巷社员全笑了，栓柱马上跳出来解围。他一边挥着手一边说：“划地的事公社已经决定了，没有任何商量的余地。一次会议不行，咱们就开它两次三次，直到把问题解决为止。今天的会就开到这儿，散会！”

社员大会就这样被搅黄了。

将心比心

话说，谢舍娃搅了社员大会，这几天心里却很不踏实。别看这是个全村出了名的烂嘴，平日里在婆娘女子面前没有他不敢说的粗话，在人多之地没有他不敢惹的是非，人却委实是个胆小的老鼠。

几天来，高运喜并没有找他说事，其他村干部见了他也不理不睬。这样一来，他自己心里倒是有些发毛了。人嘛，难免都会有头脑发热的时候。说实在的，那天在会上他也不是成心想让支书难堪，说穿了，他这个人就是这个臭脾性。骂出那些日娘带老子的过头话，那也纯粹是想给自己队上那些能猴猴亮亮耳，让他们知道他这个队长也不是平地卧的狗，不是谁在头上撒尿都不敢吭一声的。不过，他比谁都清楚，说到底，地还是要给人家划的。闹腾归闹腾，最后也只不过是早划晚划和咋划的问题。当然，他更明白，高运喜在会上质问他是不是党员那句话，原本并无多少恶意。只是当着那么多群众的面，别说自己大小还是个干部，就是个一般群众也会觉得很没面子的。遇上他这号吃软不吃硬的坏脾气，当时只回了那话还算是轻的！吵也吵了，闹也闹了，事后他却有些懊悔。他想，划地这是公社定下的事情，佑普爷这次都没有发话，自己却将一村搅和了个一团糟，让高支书下不来台，怎么说都有点过分了。

早饭那阵子，舍娃接到支部通知说明天一大早又要召开全体党员大会，看来自己再这么僵着也没好果子吃。他觉得这件事，还得让佑普爷来决定。他清楚，在六队的事情上，他这个生产队长充其量只是个传令兵。没有老爷子发话，凭他自己瞎折腾，最后绝对会把自己闹得里外都不是人。

夜幕初降，舍娃就偷偷钻进了佑普爷家。这时候鸡刚上架，老爷子站在院子里手里正推着鸡窝门准备关鸡，隐约看见有人进了大门，等眯着眼睛看了一阵子估摸到是谁后，才顺手蹭了蹭鸡窝门上的鸡粪，故意打了一句不咸不淡的招呼："咋？睡不着啦？"

舍娃也不接茬。老汉一边关鸡窝，一边又接着说："我就知道你会来打搅我的。喜娃说的那些话又不是他的主意，你却磨不开你那驴脸。明摆着嘛，这事是公社定的，你却和村上怄气，闹得一群人跟着瞎起哄，你看你在村上多能！加上个二杆子要栓，你们几个说的那些闲话，就不是地的事嘛。"说完话，老汉进屋点着了灯，往火盆里加了些硬柴，然后旁若无人地坐上炕头抽开了他的旱烟。

舍娃坐在炕沿看老爷子不再吭声，这才回应道："不是地的事是啥？咱队的地紧挨着西沟塄，我要在这事上装老鳖不伸脖子，全队社员肯定要拿尻子骂我这队长哩！”

佑普爷坐在炕头上没动，看舍娃在那儿说的全是他的理，这才慢吞吞地接着说：“我问问你，半阁城自古到今有多少个坟堆？谁能说清那些土坟里的死鬼姓谢还是姓高？我也说不清别的，民国时候，老蒋年年派壮丁，那时，咱们老谢家咋没人跳出来说高家人少咱多出几个？高子升那年在省城正念师范，丁捐派下来了，他老子当着保长都不敢让咱祠堂通融，直接就把自己的亲儿子算了一个人数让他报了军校。兵荒马乱的年月，谁愿意让自家的儿子去当兵？这号事情，咱都把手捂到心口想一想。动员去朝鲜那阵子，高家才几户人？他们三拨儿走了多少个？喜娃拄着拐回来了，这些年给大家跑前跑后，多吃过大家一口饭吗？咋有人现在还提谢家、高家这号老话？就是说到西沟塄住的些个外地客，哪一个又不是人生父母养的？人哪，但凡有办法，谁愿意背井离乡到咱这里受这号恓惶？眼下，中央有了好政策，这日子正往高处走呀，咱不考虑咋把大伙儿的日子谋划好，成天想着翻老账……你看看那情形，像话吗？你说，多一亩地能咋？少一亩地又能咋？我给贺子高家干活那些年，一亩地打三斗麦子，财东家就觉得是丰收年。那也叫产量吗？现在有高产种子、有化学肥料，一亩地打二三百斤粮食也是常事。搁在前多年，一家一户种地的时候，多一亩就有一亩的粮食；眼下，生产队大田作业，多少地都撂荒了？现在划这点地又算个啥事？”

老爷子一看舍娃没插嘴，又接着说：“这些话我也不代表谁的意见，这是我的想法。不管是半阁城的人，还是眼下公社要给分地的那些外乡人，只要是凑在一起了，就应该互相帮助。逃荒以后家都没了，让他们回到哪儿去？日子长了，大家慢慢也成了同村的乡里乡亲，这跟一家人又有啥区别？吾家营还痛痛快快地划了几十亩地过去，人家都不像咱们这么难说话。咱们闹腾的这事要是传出村去，能不让人把咱们这个先进支部当笑话？”

舍娃根本没想到从老爷子口中会说出这些话来。他立即反驳道：“就算划地，也不能不让人说话吧？你看支书在群众大会上那恶劣态度。谁不像党员？我土改时跟他同时入的党，早把自己这一条命交给了组织，他怎么能在大会上那样说我？这又不是和邻居争院墙，我代表的是群众意见！”

佑普爷磕了磕烟灰，顺手挑亮了油灯，然后才语重心长地说：“你先别大声叫唤，乖乖给我坐下。”

舍娃马上就停了嘴。老爷子这才对他说：“我比你入党早吧？吃的咸盐也比你小子多吧？就算我是个右派，但我总还是党员喀。党员说话做事就得按党的章程来哩。支书在上边说东，你在下面道西，搅得那么多人跟着起哄，你自己说说你像不像个党员？喜娃是我看着长大的，他肚子里有几条虫子，我咋能不知道？金无足赤，人无完人。他那点小毛病我也清楚，好高骛远、妄自尊大，好像半阁城只有他最能。可在事关群众利益的大事情上，他却一点不含糊。走集体化道路是党的现行政策，就是想不通，也得照这样走下去。上工像赶集，干活像看戏，锄一锄盖一锄，谁哄谁呢？唉，喜娃也难啊。你是生产队干部，替大伙儿想过这些事没有？照我说，一个生产队应当再分几个小组，打多打少年底各自算账，多劳多得，不信社员没有积极性！你一天不想一点正事，光想着和人吵架，你说你像不像个党员干部？”

舍娃听着听着忍不住出声笑了，说：“嘿嘿，好我的爷哩，眼下这个社会主义教育，就是专门批判你老汉这种时刻都想走回头路的瞎思想哩。再分几个小组？那不是又回到了互助组？眼下能让咱们按生产队核算就不错了，你还想复辟资本主义？”

老爷子也被他那话给逗笑了，但却依然认真地说：“你懂个屁！你把全队人赶到地头，他们不用心思还不是白搭？人哄地一时，地哄人一年。一年一年就这么过下去，啥时能实现‘楼上楼下，电灯电话’？我看，再过十年还是不行！”

舍娃有点不服气地说：“公社这次搞社会主义补课教育是弄啥哩？就是提高大伙儿的觉悟哩！”

佑普爷反问他：“教育谁呢？大家的自留地紧挨着大田，自留地里的庄稼高出生产队一大截。是老天爷给自留地多下了几场雨还是咋的？生产队新置办的双轮双铧犁多厉害，可它就是不如各家自留地里的烂锄头干活快！”

舍娃被驳得没了说辞，只好又提起划地的事，说：“好爷哩，咱们平头百姓还是莫谈国事，说半天也是在这里空谈。你说，这地的事情到底咋办？”

老爷子连想都没想就说：“还能咋办？划呗。”

“我知道划是肯定得划，问题是咋划？”

“二队给了麦涝凸，咱总不能给个野猴坡？”

“那，凭啥让咱划好地给他们？”

“二队地少！”

“咱们划哪块？”

“官道西。”

“哎呀！”

“咋？”

“八十亩‘白菜心’从边上拉一刀子？你干脆把我杀了算咧！”

“其他小队再调整嘛，总不能东一块西一块地乱拼凑，那让人家将来咋犁地、咋运粪土？”

舍娃呆呆地看着老爷子，想了想才说：“好爷哩，这号话还得你说，反正我不敢说！全队社员要是听到从我嘴里说出这种话来，鸡一嘴、鹅一嘴，还不把我给活吞了！”

佑普爷神情悠闲地回答：“没事，人心都是肉长的。你想想喜娃有多难？他惹得起咱们谢家五个队的人吗？可是，该办的事情还是得办。说句大实话，这号事情他也没敢来和我商量。再说，公社办个事情，哪一次不是急得像索命？上次拆祠堂那件事情，他已经被爷逼得只能躲起来了。眼下，不听公社的，他还有啥办法嘛！”

不觉就已经更深夜静了。

关于村庄的其他事情，两个人又说了一会儿。舍娃觉得老爷子已经把话说到了这个份上，只好怏怏地回家睡觉去了。

第十九章

两个女人一台戏

有关划地的事情，高运喜一直不急不躁。任凭风浪起，稳坐钓鱼台，好像根本没有这回事情。他心中有数，村庄里这号大事，只要谢佑普这个人不犯浑，其他人根本翻不起浪花。

办此类咬手事情，高运喜历来也很有章法。他先找机会和老爷子就此事简单地沟通了一下，随即就召开了全村党员大会。结果，谢舍娃尽管心里有一百个不乐意，还是被迫同意了“整块勘界，就近补缺”的党员倡议。六队这么一“让”，新成立的第七生产队最终得到了相对集中又距离他们居住地较近的几块大田。几个队一看谢舍娃阵前倒戈，也十分痛快地给六队划了补缺。而且，三划两划倒让谢舍娃这个精灵[①]鬼占了个大便宜。一开始，五队曾担心六队不愿意要他们涝池岸边那块靠近村边、经常被家畜糟践的地，便有意多划出了三亩地以示补偿，但他们却忘记了，那块地还生长着七棵百年以上的大柿树。

另一个爱挑事的谢要栓，因碍于自家兄弟在村上大小也是个干部，而且又少了谢舍娃这个炮筒子，觉得再闹下去也是白搭工夫，便也偃旗息鼓了。其他小队一看这种情况，也不再跟在后边瞎起哄。

长稔塬自古人少地多，低产的主要原因还是干旱少雨。只要老天爷每年

---

① 精灵：精明，伶俐，敏捷。

春夏两季多恩赐点雨水、农户有足够的肥料入地，粮食打多打少确实不在于地亩大小。眼下，这突然变得好起来的政策让全村人已经无比惊喜。如果再连续下上几场好雨，凭着他们现在这些老牛破车，能不能及时把一地庄稼收回来还是个大问题呢。看着眼前疯长着的秋庄稼，不久，大家也就把划地的不愉快丢在了脑后。

然而，新近加入的“七队”带来的其他麻烦事，却扰得几个村干部不得安宁。

这天，要栓在家里正吃午饭，三弟栓柱急匆匆地进了门。大嫂见三弟一天到晚忙得屁股不挨地，也没问他吃没吃，便直接给他盛了一大碗荞面剁剁送到手里。

栓柱往台阶上一圪蹴，拿起筷子就夹菜，一边吃一边和大哥商量着说：“咱队里放在麦场边的那个车厢，你能不能借给我先用用？”

老大也不停筷子，随口问：“又没个车轱辘，你借那破车厢干啥呀？”

栓柱说：“我在五队已经寻下一对铁轱辘，七队还没一辆车呢。唉，支书指派我去尽快帮七队把集体生产组织起来。那帮穷鬼，连好镰刀都拿不出一把来。这几天，他们把粪土送不到地里，到时秋庄稼也拉不出地外。单靠那些死老汉病娃用肩膀扛，麦子等到开过年我看都不一定能种进土里！”

老大听罢，也有点替老三着急地说：“像今年秋里这么大的雨水，铁车进了地，三头牛都拉不动，人咋拉得动那么重的铁车？”

栓柱没好气地说：“人不上咋办？他们哪里有牲口嘛！”

老大饱饱地喝了一口汤，停住筷子想了想说：“这样吧，队上那两辆架子车你先借给他们用几天，好赖人拉着也能轻松些。咱还有那几头牲口哩，好赖也比他们好对付。”

栓柱闷着头吃了两大碗饭，临走时不但不言谢，还像使唤丫鬟似的跟大嫂说：“变巧在沟里割倒些谷子，她喊我帮她背回来。你帮她把穗儿先剪了，谷秆先撂在坡上，过几天我有时间了再去背。刚才在家里她又吵又闹的……你过去劝一劝。谁叫咱当这破干部哩？忙得人恨不得生三只手……”

老大一想就这么个事情，还值得老三细致安排？于是，冲着三弟要出门的背影就丢了一句："你忙你的事去，我一会儿和你嫂子帮着连谷子带秆都背回来先晾着。谷秆见不得雨水，放到沟坡上，最后还不是个扔了的下场？"

栓柱前脚刚出门，老大就起身找绳准备下沟，这时候弟媳变巧却揉着红红的鼻子进了门。

变巧见了大嫂，一句话还没说完就"哇"地哭出了声。大嫂忙问："咋？好好儿的又闹活[①]啥哩？吃了没有？我给你盛饭去……"

看见弟媳进门那副样子，当大哥的也不好说什么。他只随口问了一句："哭啥哩，好好过光景哩嘛，整天闹能当饭吃吗？"

变巧哽咽着说："你当大哥的也不说说他，当个破干部，整天像个甩手掌柜似的什么都不管，还开口就骂、动手便打，我好像是个捡来的舍娃子[②]，为这个破日子整天把身体都累垮了！"

要栓一听，小两口之间无非是些磕磕碰碰的小事情，就规劝道："他不去背庄稼还有理了？还敢动手打人？话说回来，你也别夸大其词。当干部事多，你在后边少唠叨一点不就完了？"

变巧也不还嘴，只是抽泣，嫂子端来饭碗她也不接，半天才说："这，这日子我看是没法过了！"

老大也不说话，依然打着绳结，心想，女人家也就这点破本事，动不动就是这句话。整天说没法过了，也没见谁家真没往下过。于是，他心不在焉地规劝三弟媳说："你先吃一点饭，我和你嫂子这就跟你一起下沟去。就那么点活，几个人搭手干起来费啥事嘛！"

变巧还是不端碗，委屈地说："你不知道，家里那点活倒算个啥嘛！他……他跟'酸辣子'那个骚狐狸眉来眼去的。晌午，我看见'酸辣子'穿得花里胡哨地先出了村，他跟屁股就去了西沟塄……"

老大一听弟媳说出了这种话，就多少有点生气地说："七队那些人像一

① 闹活：因纠纷吵架。

② 舍娃子：被父母丢弃的病小孩。

群没头苍蝇，光那一摊子烂事眼下就够他一个人忙活的了，咋还会像你说的那样胡闹？柱子是你男人，他是个啥人你还能不知道？走，先背庄稼去，要真的有这种事情，看我不打折他的狗腿！”

变巧刚要走，大嫂忙说：“你填饱肚子再走嘛！”

要栓又对媳妇说：“你急得走啥哩？满沟都是收倒的庄稼，咱们下去知道哪个坡上是她收的？”说完他拿起一捆背东西用的划子绳[①]先走了，变巧忙吃了点东西，然后和大嫂在后面跟着也出了门。

三个人忙活了大半天，总算把庄稼背上了沟。

天擦黑这阵子，“酸辣子”刘冬花慌慌张张进了村。她也顾不上回家，先进了栓柱家门。

忙活了一天的变巧，正坐在院里用连枷打晾好的谷子。冬花风风火火地进了门，她也没看变巧那脸色，仍像平时一样开玩笑地问：“喂，老伙计，你那口子哩？”

变巧一个人正生闷气，没好气地说：“找他呀？哼，他早让野母狗叫去连蛋去了！”

“酸辣子”一听变巧的话味儿不对头，又小心地问：“呀，你这是又跟谁怄气哩？”

变巧也不掩饰地说：“吃着、喝着，自己心里觉着，说谁她心里肯定明白！”

“酸辣子”一看院子前后就她俩，立即感觉到这话显然是冲着自己来的，就有点动气地说：“有话你就明说，谁又在你跟前嚼舌头哩？”

变巧一脸恼怒地说：“这还用谁学说？天黑啦，熬不住啦？跑到别人家里抢汉子来啦？你总得让他歇一阵子吧？”

“酸辣子”一时被气得脸色乌青，半天一句话都说不出口来。平白无故受人这一顿辱骂，她倒是想扭头一走了之，却被女人那小肚鸡肠的毛病拉住了脚步。她觉得，这口不明不白的冤枉气搁谁也咽不下去，便转过身给变巧丢下

---

① 划子绳：一头系有木质栓扣的捆东西的粗绳。

一句："哟，看把你家男人说得值钱的。就他那个丑样子，老娘我还看不上眼哩！要不是他求我，我才懒得管他那些破事情……"

一听对方说出这号得了便宜又卖乖的话，变巧陡然感到受了极大的羞辱，便跳起来破口大骂道："你个骚母狗，是谁把人家德懋老汉拦在苞谷地里脱了裤子？听了都叫人恶心！"

"酸辣子"先是一怔，继而脸色煞白，哑口无言。她万万没有想到，自己过去那个不愿回想的噩梦，居然还有人一直在替她记着……瞬间，一股被知心朋友揭了伤疤的愤懑和羞耻使她失去了常人的理性。为了气气对方，她也胡说起来："咋啦？不服气？谁叫老娘有那号本事！你咋连自家的男人都看不住，还有脸在自家院子跟人说？"

变巧哪里受过这等羞辱，随即跳上前去抓住冬花的头发便开始撕打。冬花也不管这是在人家院里，回手抓住变巧的裤子，一把就给扯下了地……眼见着变巧那白花花的大屁股露出了大半截，两个人依然撕扯着互不放手……

那些隔墙听热闹的邻居，听到两个人已经开打，而且越打越凶，只好一起跑过来劝架。两个人虽然被邻居生拉硬拽地总算是分开了，却仍然不肯罢休地对骂着。

变巧一手提着裤子，不住地遮盖着自己露出的皮肉，嘴里依然很有章法地继续骂道："母狗不翘尾，牙狗不跳起！我早看你这个狐狸精对我家柱子没安好心。咋，冤枉你啦？这么忙的时月，你一个人穿得花里胡哨跑到娘家做啥去？谁不知道你骚劲大，钻到荒沟野地和别的男人脱裤子，也不怕风钻到你狗日的尻子里去！你还敢到我屋里来找他，看把你狗日的能行的！"

"酸辣子"虽然气得浑身颤抖，还是耐心地跟四邻解释说："栓柱叫我到我娘家巷里请个绳匠。我这才进门，她不问青红皂白就又骂又打的。我跑了一天没吃没喝了，到头来却落了这么个下场！"

变巧不依不饶地说："活该！没吃没喝还让我给你当丫鬟做饭吃是不是？有本事今夜你甭走，叫我看你个骚货敢不敢占我的炕头！"

两个人吵得不可开交，邻居们又不好相劝。正在大家进退两难时，谢栓柱却不迟不早地进了门。一看自家院子里闹得鸡飞狗跳的，他一时还不知道发生了什么事情。

天色已经暗下了，他瞅了半天才看清地上坐着的是“酸辣子”，忙凑上去问：“哎，伙计，我叫你闹啥去啦？你咋跑回来坐在这里和人闹事哩？”

“酸辣子”满肚子委屈一时不知从哪儿说起，只叫了一声“谢支书……”便大哭起来了。

变巧一看自家男人进门先不问她，倒和这个“破鞋”亲昵地搭起了腔，立时又来气了，冲过去就又开始撕扯人家。栓柱拉住自己婆娘，十分生气地问：“咋哩？有啥事不能说？打啥哩？”

变巧中午那气还在肚子里憋着，当着许多邻居的面，她居然直接唾了自家男人一口，开口便骂：“我日你妈！到了这个时候还向着外人？我今日就不活了！”说完，一头就撞了过来。

栓柱最讨厌自家婆娘有事无事撒泼这个坏毛病，在左邻右舍面前又受到女人如此侮辱，他一时按捺不住心头那股怒火，抬手扇了女人一个大耳光！

变巧在地里忙了一天，回来后又忙着用连枷拍打谷子，再加上刚才那一番折腾，早已有点心慌气短。男人一巴掌扇来，她立时被打得晕了过去……

被人急急忙忙喊来管事的老大，在路上听了些偏话，进门后只见“酸辣子”坐在当院，弟媳却被老三打得趴在地上不动弹了……他也不问清楚到底怎么回事，抓起地上那根牛皮绳就在栓柱身上狠抽起来。栓柱躲闪不及，结结实实地挨了好几下。

一群围着劝架的婆娘女子，怎么敢去拦一个怒火中烧的壮汉？大家只能眼睁睁看着老大在那儿教训老三，直把栓柱打得抱着脑袋无处可躲。看见老大依然怒气不消，几个妇女一哄而上，抱腿的抱腿、扯胳膊的扯胳膊，总算把要栓拉住了。

看着老三仍像犟驴一样不说话，要栓这才气急败坏地开口骂道：“翻了天啦！学会打媳妇了？一巷人都忙着收秋哩，下地回来不烧汤都挤在你家看狗连蛋呢！我看你整天也是把丢人败兴当成是给大家演戏哩！瞪啥眼睛？你小子以后给我长点记性！”

这时候，“酸辣子”慢慢地站起身来，胡乱拍打了一下身上的草屑，镇定地说：“要栓哥，都怪我没说清，不关谢支书的事喀……”

要栓正在气头上，立即没好气地打断她的话说：“这院子里的锅碗瓢盆，咋搅和着个你？有你说话的地方吗？”

变巧被人灌了几口热水，这阵子已经渐渐醒了过来。一睁眼，看见大哥来了，又开始哭闹起来：“大哥呀，你可得给我做主呀……”

栓柱这才明白，莫不是“酸辣子”被自家老婆误会了？他忙给大伙儿解释道：“唉，这号事情要叫我开口解释哩！”

老大只怕家丑外传，挥着手对看热闹的左邻右舍说：“有啥看的，都回去！”

栓柱却不想让一巷人就这么走了，对着老大说：“你倒知道个啥嘛。我早上想让冬花去她娘家请个绳匠，找了半天才在坡沟上找着她。人家手头的活忙得走不开，我给狗剩说了一堆好话，他才同意让婆娘去。刚才，我一回村先去了她家，狗剩在沟里背庄稼还没上来，家里黑咕隆咚的，驴驴一个人被锁在院里吓得直叫唤。谁能想到，冬花却在这里遭人打骂哩！冤枉人也得有个影影，你们看我和冬花是那号人吗？”

“酸辣子”一听她那宝贝儿子还在院里被反锁着，刚抽身想走，栓柱忙喊住她问：“你也是，自己没长嘴呀？你问的绳匠咋样了？七队弄了辆破车，连一根纳鞋底的细绳绳都没有，叫他们拿社员的裤带做套绳呀？唉，给人当这号屎干部，我真是羞了先人了！”

“酸辣子”这才记起了栓柱叫她去请绳匠的事还没回话，就气哼哼地说：“你明天派个架子车去，那绳匠的腿脚不灵便，走不了这么长的路。就这。”说罢，她拢了拢自己的头发，扭头便出了门。

邻居们一听原来是这么回事，便不再围观，三三两两地出门走了。

老大这时候也有点明白，可能自己跟着这群糊涂女人真的是冤枉了老三。一看栓柱脸上已经起了血印子，他顺手从捶衣石上拿起条冷毛巾递了过去，这才开口说：“女人嘛，都爱胡思乱想。你再忙张，也给屋里人说清楚，这能用你多少工夫？”

栓柱一边擦脸，一边委屈地说：“她几时倒提说过这号事嘛！平日里两个人好得恨不能穿一条裤子，逮个虱子都记得掰条腿分给对方，谁知道今日咋又会打得不可开交！”

要栓惆怅地对自家兄弟说：“当干部难，当七队这个家就更难。你让他们自己选个队长不就得啦，你一个人就是块铁疙瘩，又能打几斤钉子？”

栓柱走过去帮着大嫂把媳妇扶到台阶边让变巧坐定，这才对老大说：“唉，还选队长哩。七八十口人来自五个省十六个县，谁敢当那队长？我这一去，半天先寻不下个能敲响的东西。到了后晌，好不容易在六队要了一张打了尖的旧犁铧，好赖先吊起来当钟敲……”说完这些，他自己先苦笑了几声。

老大一听也真是太难了，就对老三说：“过了这两天，坡上的秋收了，我让队里给你派两个人去帮这群外来户指拨活路，冬闲时再做买车、修犁那些大事情。饭要一口一口地吃哩，你再急又有啥用？穷汉起家得三辈人哩，一年半载想让这群穷光蛋的光景变模样，世上哪里有那么轻巧的事哩。”

栓柱叹了一口气，摸出一包烂纸烟给老大递了过去，自己也抽出一根点着后又说：“这些人也太苦了。下沟去挑水，连根扁担都没有。婆娘娃娃用树棍抬着个陶瓦罐子，一天得跑好几个来回。二三十户人家，只有三家有大案板。有些家户，洗脸、和面都只能用一个破瓦盆。更要命的是，这里头还有十多个失学的娃娃。高支书说无论如何得先把娃娃接到咱这边住校，让我赶紧落实。他说起来倒是容易，那些外来户大多数家里只有一床破棉被，娃娃背走了全家人咋办？何况，有些家里连一床棉被都没有哩！”

提起这些让人头大的事情，栓柱立马就急躁起来，他焦急地说：“我得和高支书再商量一下。唉，咱们平时没事，谁倒是有那闲空钻他们那黑窑嘛。进门你就得哈着腰，一不小心就碰着了头；炕是土墩墩，锅灶是土台子，桌子也是留了个土台子。我后晌去了西头一家，那女人一见我进了门，就飞快地跳上炕，盖了一件破褂子坐在那儿就是不下来。她的裤子也不知是洗了没晾干，还是叫男人娃娃穿出了门，尻子上只剩下一件遮不住皮肉的大裤衩……眼下，天还不咋冷，入冬后，他们那边真能把老人冻死在土窑里呢！我初步这么想了一下，咱好赖先得组织各队给他们送上一些干泥基[1]，入冬前每户必须盘一铺大火炕。看来，让大伙儿捐铺盖的事情也不现实，各户捐一点破衣烂衫旧套子[2]，组织妇女去给缝一缝就算不错了。你不知道，他们那些女人也笨得要死！不会织布，更不用说做针线了，也不知道她们在老家穿啥哩。唉，跟你们说这些话倒能顶啥用嘛！我这就到高支书家再坐坐去……”

说完，谢栓柱便不管不顾地又出了门。

一地庄稼

让人望眼欲穿的秋天真真切切地来到了长稔塬。

大田里的谷子早上还弯着腰，中午就被掐了穗，只留下一片黄灿灿的谷秆随风摇晃；豆子被摘了以后，蔓子被胡乱地堆放在地畔上，只能等晚上借着月光往场里拉运。公社开来一台“东方红”链轨拖拉机，司机也不和各队队长商量，看见撒了粪土的地，便一块连着一块地用圆盘耙松土。各队的铁车、架子车、独轮车全用上了。回来时拉的是庄稼，去时装的是粪土。一村老少齐上阵，几天来像蚂蚁搬家一样来来去去忙碌得不敢停歇。

三秋累死牛。收罢秋，还得适时抢种冬麦。塬上地凉，就这么几天暖和的日子，耽误一个时辰种就耽误一个时辰的来年庄稼。学生娃娃也停了课，组织起“红领巾”服务队，在地里拾豆子、送开水。塬畔上呼啦呼啦地飘着彩旗，老老少少的脸上都挂着汗珠。

粮食哪，你这让人发疯的魔鬼哟。

公社张书记在七队那边待了一整天，对付着吃了顿饭。那些外来户家里

① 泥基：泥坯。
② 套子：衣服或被子里使用过的棉花。

的住宿条件，根本无法给他安排个歇脚的地方，他只好早早地打道回府。顺路来到半阁城，身后却跟着个女人。

这个女人从面相上看去，约莫四十，穿着打扮农不农、商不商的，谁也摸不清她是啥来路。

正在大田里干活的高运喜，一听有人传话说张书记进村了，骑上他那辆破自行车就往回赶。半路上，两个人却在三岔路口碰了个正着。

运喜刚打完招呼，张书记就给身后那女的介绍说："这就是你们大队的高支书。军人出身，能说会道，敢想敢干，是全社有名的实干家。"说完，又把话题一转问运喜："瘸子，这个小大姐是你们七队的人，你认识不？"

运喜笑着点了点头说："看你说的，咋能不认识嘛。她二三月还到我家讨过一回饭咯，来时好像还领着一个小姑娘……"

女人也开口说："我也认得高支书。他常骑着自行车来沟边打兔子，大伙儿都夸他枪打得准……"

高运喜听到对方这句十分得体的夸赞，乐呵呵地问："上次并队咋没见你到会场来？"

女人回答说："我在村东头铁匠家借住着哩。那次开会，我病着没起床，只隔窗听到了你的声音。"

张书记马上取笑高运喜说："你这个支书，真是官不大架子不小嘛。这个小大姐，唉，一句话，真叫人同情哪。男人死了，她一个女人牵着女儿一路讨饭才到咱们这儿。铁匠老赵呢，原本是她老家一个远房亲戚，前一阵子，托人在你们六队给她看了户人家。她呢，划地时也见过给她介绍的那个老汉，觉得这事可以商量，可就是没人敢保这个大媒咯。"

高运喜心不在焉地问了一句："谁呀，我咋没听说这事？"

张书记却神秘地说："我那老丈人嘛。你看吧，老爷子鳏居多年，一直也没个伴儿，我估摸这事十有八九能成。人，我已经给你领来了，你先做做老爷子的工作咋样？电影上那个'喜旺'不是说可以先结婚后恋爱嘛，都是年纪一大把的人了，能互相照应就行。这事我就交代给你，反正你小子鬼点子多……哈哈哈……”

高运喜把眼前这个女人上下打量了一番后，立即不无担心地小声跟张书记对着耳朵递话说：“……两个人年龄是不是差得太远？这号话，得找人一点一点给老爷子说去……”

运喜声音不大，但还是让女方听到了。她马上开口说：“张书记也跟我说了老村长过去的许多事情，年龄我不计较。再说，我也是四十出头的人了，好赖有个落脚的地方就行。我听姨夫说，老村长是个大好人，只要他不嫌弃，我还能说什么呢……”

高运喜却觉得面前这个女人怎么看也不像她说的那么个年纪。尽管她看起来已经没有了年轻女子的那股青春气韵，人却利索得没法挑剔。特别是她那副说话的神情，再加上一身打扮，让人觉得她根本就不像个乡下人。

一听女人那几句真心实意的话，高运喜在心里暗想，张书记这个“说嘴子”肯定在人家女人面前讲的都是些老爷子“五马长枪”的大作为，老汉那些受处分的事情肯定只字未提。此刻，他倒是觉得，让对方多少了解一下老汉的真实处境，对人家也公平一点。想到这里，他就故意抖老爷子的那点老底，实打实地对面前这个女人说：“大姐，你可能还不知道，佑普爷还戴着顶右派帽子哩！”

张书记一听高运喜在这种场合居然说出这号话来，立时就怒火中烧地接住了茬：“高瘸子，我问你，右派算个啥？那只不过是我们党内的一个处分嘛！他杀人啦，还是放火啦？你咋不说老汉解放前就为党出生入死卖过命哩？真没想到，我们一个支部书记在这些大是大非的问题上还这么不开窍！”

那女人听到高运喜那番话，依然不为所动地说：“我知道他是个右派。我前夫也是右派。张书记既然都这么说了，我觉得这也不是个啥大事。”

高运喜听到这里，立马觉得释然了。心想面前这个女人虽然打扮得利利索索，原来屁股也不咋干净。既然老爷子的那些事情她已心知肚明，谁也不用嫌弃谁，两个人这号身份倒也挺般配的。于是，他就爽快地说：“行，张书记。那我先替佑普爷谢谢你这个大媒了。今儿黑你也别走，有福他们套了几只兔子，走，到家里煮了解个馋再回去。庄稼熟了，野兔子也多了，这东西真糟害庄稼哩！”

张书记这才看见高运喜那辆自行车后架上还真挂着几只兔子，其中一只前腿一蹬一蹬的，还活着。他忙婉言谢绝：“不啦，你忙吧。这几天我比你也轻松不了多少。我看这件事情就这样吧。你给老爷子带个好，就说我今天不去家里坐啦，还有十几里路要赶哩！”

话还没说完，他就迈开步子上路了。高运喜突然像想起了什么似的连忙拍着自行车座子大声喊：“喂喂，张书记，把车子骑上，我回头让人去公社取……”

张书记在远处挥着手说：“不啦。你那玩意儿我享受不了，还是自己的两条腿稳当！”

红媒

高运喜活了这半辈子什么行当都耍过，就是从来没有给人保过大媒。他觉得，像眼下这样先把人领到自己家里，然后才想着办法跟另一方商量的做法，简直就是旧社会那些人贩子才干的勾当。再说，自从因为拆祠堂和老爷子闹了那场别扭，两个人一直还没坐在一起解解各自肚子里那点小疙瘩。自己这一头上门去，就给老汉领个女人，人家又会咋想？人已经被他领回来了，他这头不急，人家女方还等着回话呢。想了大半天，高运喜把村上的“日鬼匠”谢德懋叫到自己屋里商量了一阵子，然后撺掇着让他先去探探老汉的口气再说。

德懋这个人脸皮比较厚实，平时做起一些事情主意也蛮多。一听支书给他派了这么个重大差事，几乎没有考虑就屁颠屁颠地去了。没一袋烟工夫，他却吊着个脸给支书回话说：“老东西根本就不开窍。没等我把话说完，就把我骂了个狗血喷头！”

这个结果，运喜早已料到了。一看德懋灰溜溜地站在那儿，他想了想，觉得这事还是不宜耽搁，便决定觍着脸亲自出马做一回媒去。临出门，他给德懋交代说："你回去吧，这事先不要给人胡说。我去试试，哪有这号人哩。"说完便拄着拐出了门。

他一路盘算着，还没等想出个切实可行的办法，两条腿已经来到了老爷子的院门前。他硬着头皮轻轻叩了几下门，好一阵子却没听见里边的回音。他只好透过门缝往院子里瞅，隐约看见厢房里已经透出了光亮，这才安心地在门外等待起来。

其实，老爷子这阵儿还没睡。干了一下午活，他也累了，只吃了一口冷饭，这阵子正坐在炕头喝他那酽茶呢。天色这么晚了，一看是运喜在叩门，老爷子估摸肯定是村上有啥大事情。等他把人让进门来，一看对方满脸坏笑、不慌不忙地往炕上盘腿一坐，老汉莫名其妙起来。

运喜接了老爷子递过来的烟叶篮抓了一点烟叶，这才东一榔头西一棒槌地做着铺垫说："爷，这一段时间月娥咋没看你来？"

佑普爷含糊地应了一声："都是忙人，又没啥事，来看我一个老汉干啥？"

运喜又若无其事地问："哦，我想问问你，元良老汉那时候是多人年纪时才续的后来这房老婆？"

佑普爷一听瘸子尽打问这些无聊话题，就问他："这么忙的时月，你今儿个咋有心思问这些闲事？"

运喜故意含含糊糊地说："没事谝闲[1]哩。好像他那婆娘比他小二十岁吧？"

佑普爷说："嗯，好像是吧。这都是哪年哪月的事情了，我都记不得了，你咋记得清！"

运喜立即就不满意地说："我咋不记得？他娶亲那天，我还捡过炮呢。他家那大女子大点，老汉得儿子时，我把心香都娶进家门了。"

① 谝闲：聊天。闲，陕西方言读hán。

佑普爷开始以为高运喜这次来闲坐，多多少少肯定得给他提说一下拆祠堂的事情，顺便再给他赔个不是。听运喜绕了这么一大圈后，才觉得他那话题好像跟德懋天黑那阵子提说的事情有点关联，就催促他说：“你也是忙人，今晚来有啥要紧事呢？”

运喜这才打开天窗说开了亮话：“也没啥大事。张书记下午到村里转了一下，给我安顿下个事情。这件事情呢，说大也不大，说小也不小。您老人家如果再不和我配合，这回可就真的把喜娃赶到风箱里去了。”

佑普爷并没有从德懋口里听到这事跟张书记有啥关系，就正色地问了他一句：“啥事嘛，把你个大支书作难成兀个样子？”

运喜这才摆出一副公事公办的样子说：“其实，此前我曾有个简单的想法，村里想给你办个‘五保’，报上去后，张书记这一关却死活通不过。我问为啥呀，他说你还不老，想给你介绍个老伴先过几天自在日子。我问他哪里有这么合适的人呢，他说他跟前就有个现成的。人嘛，他后晌都领来了。我打眼一看，女人身段好，长得也十分好看，真是人尖子哩，我看了都眼热得不行。我寻了一后晌，先寻不着你人嘛。”说到这里，他眨巴了一下他那一双小眼睛，又神秘兮兮地补了一句，“你信不信，那女的这阵子正盘着腿在我家炕上跟我妈说话哩……”

佑普爷神色平淡地说：“喜娃，人都说你一眨眼就是一个鬼点子，今晚你怕不是又给爷来编谝子哩吧？”

一听老爷子这话，运喜立即一本正经地说：“入‘五保’的事是前几天开“三干会”时张书记正式给我回了话的，这还有假？给你介绍老伴的事我以为他说着耍哩，当时也不好替你应承这号事情。今后晌，他把人给我领来往家里一放，自己拍屁股走了，这咋能是哄你哩！”

老爷子听他说得确实像是真的，很是感动地说：“喜娃，你和张书记的好意爷心领了。入‘五保’？我还能干动活路，干不了重的，就干点轻的。这点年纪就靠社员养活也不自在。队上这几天还准备让我当饲养员哩。只要大伙儿没意见，我就准备接这手呀。人老了，瞌睡少了，牲口要吃夜草哩。至于办人[1]这事，你们就别费那心思啦……”

运喜一听就急了：“那咋还就不能说个人？你才六十多点，活个七八十我看也没啥麻达。一天冰锅冷灶的，有个老伴也是个照应。再说，您老人家在全县那也算是个大名人吧？万一病了，一个人躺在家里没人知道，第二天让人一摸鼻子窟窿没出的气儿了，你叫我这个支书咋给一村人交代？”

佑普爷在火盆上用铜筷子夹着火炭点着烟后，这才郑重其事地开口说：“盖房压脊，五十续妻。这些事还看一个人福轻福重哩。我一个穷庄稼户，六十岁还凑这号热闹，让四邻八村听到了，这不成笑谈了吗？”

运喜一看有门，忙趁热打铁地说：“谁敢笑话？婚姻自主，恋爱自由，这是《婚姻法》定下的。从古到今，哪一朝规定过六十岁不准续弦这事？你这个老党员呀，思想咋还这么不开化！”

佑普爷淡淡地笑了笑，说：“恋啥爱哟，说出来把人都能羞死，都这把年纪了，我给你个准话，这事往后就不要在我面前提了。”

运喜一听老汉口气挺强硬，只好给他摊牌说：“爷，我给你把话往明里说，这事是人家张书记保的大媒，怎么说他也做过你半个儿吧？并且，人家还代表着一级组织，这号事情，你看着办吧。就算你一直没把我这个小支书放到眼里，你让张书记那个大脸面往哪里搁？”

老爷子想了想，这才慢慢地说：“那女人我见过的，人家哪像个老婆子嘛。你说说，一个年纪轻轻的女人家为啥要嫁给咱这个糟老头？不就是没处容身想有个落脚地嘛。反过来说，咱们这不是乘人之危吗？这样吧，杨家城我认得个人，年前刚死了女人，年龄我看也还算般配，前一阵子倒是托人给我捎话，让在西沟塄给他找一个外地客续一房人。人家没有明说，看那样子可能看好的就是这个女人。唉，这号给人保媒的缜密事，倒叫你和骡子两个门外汉闹成这么个样子……这样吧，让我明天抽空去打问打问，看看能不能把她给熟人先介绍一下，也算给人家回话了。我说的这个老汉在县委烧了多年锅炉，月月

① 办人：男子办理续弦事。

往回拿工资哩……”

运喜却急眼了，立即打断他的话头说：“哎，好我的爷哩！我这是应了人家张书记给你介绍老伴哩，不是让你当人贩子卖人哩。你先甭操心人家嫁得了嫁不了，先看看这事咱们咋脱手好不好？这样吧，明早你到我家转一下，不管这事成不成，总得和人家见个面，我回头也好给张书记交代。眼下，总不能让人家一直住在我家，等着咱们给她四处寻男人吧？你看这样得成？”

老爷子没吭气，运喜立即接着说：“要不，明天吃过早饭我把人给你送过来，不满意了你把她领到公社交给张书记。依我看，五六十岁啦，还说啥大几岁小几岁的，权当你老汉积德行善哩。她总能给你浆洗、缝补、做饭、烧炕吧？这事就这么定了，我回去给人家回个话去。”说着，也不管老爷子最终同意不同意，他把烟袋往腰里一别就要下炕。

佑普爷没想到，这件事还真叫运喜作了难。再说，要自己这个糟老汉大白天出去相老伴也确实很难为情。看到运喜要走的样子，他忙放话说：“喜娃，爷本不想把这话在你跟前说……唉，我是个犯了错误的右派咯，让人家一个清白人一进门就无缘无故跟上咱背这号身份，唉……”

运喜一听老汉思想终于有了转变，连忙转过身来，一本正经地说：“你兀个错误算个啥嘛。不就是组织人祈了个雨吗？人家女方把话也挑明了，不是‘老右’她还不嫁哩。你可能不知道，她先头那个男人也是个大右派咯。别看她人样长得像一朵花似的，自己是啥身份心里肯定也有一杆秤哩……”

佑普爷被运喜闹得一时没了办法，知道这个事情迟早还是得他自己处理哩，只好建议说：“那是这，你回去后先和人家商量一下，看这阵子如果方便的话，趁着天黑人少，你俩一块过来坐坐。见个面，也算对人家有个交代。不论事情成不成，也得让你先把手脱利。白天有白天的事，都是忙人咯。再说，一直让她住在你家咋行啊？”

运喜这才松了口气：“这就对了，害得我费了这么多唾沫。”他刚要出门，又不放心地给老汉安顿了一番，“爷，一会儿人家女方来了，你把你兀个长脸稍微往上提一下，态度最好热情一些，礼多人不怪嘛。我只交代一句，不准三槌两梆子就把人家给打发走！不管结果咋样，咱尽量把话说委婉一些。女人嘛，年龄越大脸皮越薄哩。现在不是你们那个年代，娶亲是布袋里买猫两不反悔。新社会讲究尊重妇女，你先听人家咋说，咱再顺着她的竿子往上爬，也显得咱老革命有新水平。即使有啥谈不来的，你主动一点搭话，咱争取一次完事，最好让她当场拍板！”

说完，他一拄拐，下炕找鞋屁颠屁颠地回家领人去了。

第二十章

一波三折

麦子插耧播种不几天，地里已经生出一行行鹅黄的嫩芽芽。霜降近了，柿叶也跟着红了。村民们惬意地端着饭碗蹲在自家门前打发着渐渐日短夜长的光阴，陡然觉得肚子吃得再夯胀，可这日子还是少了点说不出来的味道。

自打上次听公社广播时闹了那场笑话后，高运喜狠狠心给村上置办了一台带灯管的“红灯牌”收音机，还配了一台扩音机，外带四个大得像草笼的高音喇叭。这玩意儿可神了，大大的圆口里只塞着一根红头头棒槌，根本看不出这玩意儿能闹出多大的动静，传出来的说话声却大得不得了。只要半阁城的高音喇叭一开，远远地站在吾家营的村头，都能十分清楚地听见这边喇叭里传出来的喊话声。大队组织人把那玩意儿架在祠堂屋脊上，对正了东西南北四个方向，只要加汽油的电机轰隆隆地发动起来，它就能让全村社员收到中央和省上的电台。每逢星期二、四、六，里边的大戏唱得跟村上过会时一般热闹。只要喇叭一响，社员们正吃着饭的筷子便停在空中等着上边通知事情。不久，这一固定程序就渐渐成了村庄生活的一大习惯。

正是晌午饭时，喇叭里正放着秦腔戏《云头送子》，还有几句没唱毕，“啪”一声被人关了。未几，便传出大队会计谢安民用嘴吹火般“噗噗”的吹气声。吹了大半天，他这才干咳了几声开始广播通知：“喂，各小队注意，各小队注意，社员谢善广从朝邑滩逮回来了一窝半大狗娃，如果哪户社员有意饲养，请与他联系，请与他联系！还有一个事情，刚才，得虎家刚逮的猪娃出门跑了，花颜色，母猪娃，脖子绑着红布带，谁看到了，请立即告知得虎，必有重谢，必有重谢！下面，请谢支书给大家讲话……”

各家各户都支棱着耳朵，只听见喇叭里又好一阵子电流声后，这才隐约传出栓柱和安民在里边断断续续的对话声。

“……你吹了大半天，不知里边吹净了没有？我咋觉得外面恐怕还听不见哩……”

“哎哟，你……甭对着这个东西说话，麦克风早传出去了……”

“怪事情，我还没坐下对准它讲，咋传得出去？”

“这红疙瘩灵敏得很，外面声音这阵肯定比驴叫声还大！”

也不知栓柱坐下后用啥东西把那麦克风弹了几下，活像把那玩意儿弹疼了一般，只听一声极尖厉的声音“吱——”就传了出来，聒得全村人的耳朵痒得像里边钻了条毛毛虫。

终于，喇叭又响了。栓柱也十分在行地把那玩意儿“噗噗”吹得山响，然后才正式开口讲话：

“广大社员同志们，公社张书记安排老詹陪高支书去上海疗养的事，可能大家都已知道。高支书本人呢，现在已是咱们向阳公社新增补的党委委员了，大小也是个官嘛。这不但是他本人的进步，也是我们半阁城全村社员的光荣！他呢，最近有事不在，我代表党支部把近几天公社有关会议精神给大家简单地传达一下，简单地传达一下。”

大伙儿知道，比起高运喜的碎嘴碎舌来，谢栓柱说话时喜欢重复最后一句话的毛病已经无可救药。他这个“简单传达”，接下来肯定又是一大通废话。

只听他在喇叭里认真地讲起来：

“说起来呢，我要传达的这个事情呢，也是个上不得台面的事情。可公社既然能召开这个会议，我们还是要让广大社员群众都明白。第一个会议呢，是关于‘计划生育’问题。什么是计划生育呢？就是生娃娃今后要计划着来，不要由着婆娘的肚皮来。没姑娘的，你就生个姑娘；没儿子的，你就生个儿子；不要几个姑娘几个儿子了还可着劲儿生，这样不行。我刚才坐在家里掐着指头仔细一算，好我的神呀，咱们村近年娶回来这么多新媳妇，搞起田间生产来，一个个倒没见有啥大的能耐，可论起生娃娃这件事情，个个还都不是省油的灯。嗯，你们大伙儿都记准了，眼下咱们村加上西沟塄的第七生产队，准确人口一共是一千零一十三人。你们想想，照这样下去，一个年轻婆婆还在生，四五个儿媳妇跟着搞竞赛，二十年人口再翻上这么一番，咱们就是把吾家营的地都种上，恐怕打下的粮食还不够咱们一村人吃呢。关于这个事情，公社的口号是'男结扎、女上环，计划生育不收钱'。如果有人主动响应国家号召做这号事的，公社卫生院还答应上门服务，上门服务。第二个会议呢，是关于养猪的事情。毛主席最近教导我们要'大养其猪'，什么是'其'猪呢，其实也不是啥引进的洋品种，其实就是肥猪。肥猪能卖钱，猪粪能肥田嘛。两个会议的核心内容总结成一句话，就是少生娃娃多养猪，把自家婆娘的肚子都管住！"

他讲了这么一长段话委实是有点口渴了，只听见他咕咚咕咚地喝了几口水，又扯着嗓门讲了一些工作安排。他这边讲完之后，安民又不失时机地补充通知说："上完粮之后，村上请了县戏剧团安排唱三天线戏，热烈庆祝国庆，过一个喜庆祥和的节日。还有一件大事也给大伙儿通知一下，后晌老村长佑普爷那新娶的老伴正式过门，晚上请大家一块儿去暖一暖新房……"等这两个饶舌鬼在喇叭上说完这些事情，收音机里那台大戏硬是给耽搁过去了，大家只好拿起筷子继续吃饭。

这时候，六队那口催人出工的钟已经响了起来。

栓柱这阵子才想起支书走时安顿过的一个大事，像火烧着了屁股似的出了大队部，急急忙忙去了佑普爷家。

运喜给老爷子撮合的这个女人，并不是他所想象的那种为了找个窝儿、心甘情愿被命运摆布的一般女子。两个人坐着说了几回话，她的言谈举止使老爷子心里一下子有了一种前所未有的异样。第一次碰面，两个人便有似曾相识的感觉。

说起老汉和前头老伴那个旧式婚姻，毕竟多了些包办的意味。自从老伴因大女子被民团杀害闹了那场大病忧郁而逝后，他也绝了续娶这个念头。二三十年也就这样过来了，他一个人已经很习惯了。眼下，生产队实行按劳核算后，既要出工又得做饭，老汉这才觉得里里外外还真少了个人。自打有了这心思，加之运喜这个大媒比他还心热，谢佑普便把这事先应承了下来。

女儿谢月娥知道了老爷子突然要给她接个后娘进门这个事情，原本想和父亲商量着把这个事缓一缓再说，可老爷子全然不理解女儿的苦心，不但固执地和若兰去公社领了结婚证，而且当天晚上就把人领进了门。她知道老爷子这回看样子是铁了心了，一大早便跪在老娘的坟头哭得死去活来，想和老爷子闹一回事。

女儿的心思，佑普爷心里也清楚。他神色黯然地去坟上喊回女儿，一路唏嘘，左右为难。他明白，女儿虽说已经是近四十岁的人了，可心里还是惦记着埋在土里的亲生母亲。他只好安排若兰去运喜家先避一避，一个人闷闷不乐地掮了把锨去了自留地。

刚刚吃罢午饭，月娥洗过了碗筷，又翻出老人的被褥准备拆洗。听到广播上安民在咋呼他们家的事，心里边的气真是不打一处来。恰好，谢栓柱这时却进了院门。她招呼着说：“哟，柱子当支书了嘛，麻卡①得很嘛，都能抽得起纸烟了。变巧在屋里忙啥哩？”

栓柱比月娥的年龄小了八九岁，平时见了面一般是不叫姑姑不搭话的。一看对方脸上那表情并不是十分冷淡，他也赶忙热情地回应道：“好姑哩，你是儴治②侄娃呢。高支书不在，咱这是马槽里没马拉了个驴给人支差哩。你啥时回来的？”

月娥回答说：“夜儿个就回来了。”

栓柱故意挖苦了她一句：“听变巧说，你咋一回来就趴在我六婆坟上哭

① 麻卡：架子大。
② 儴治：捉弄取笑，用反话戏耍。

哩？人都埋了几十年了，咋又想起去表那份心了？”

月娥不好意思地说：“不晓得咯。我心里想起老娘一辈子也没留下个儿子，坟上野草都长满了，便不由得内心难受……”

栓柱装作不经意地说：“你看你这个人，有个事我还没顾上跟你说哩，这好办得很。是这，你把你那二小子过继到娘家来。一来，老爷子也有个人照应，你走娘家也有劲了；二来，老爷子百年之后，咱这一门总还得有人续香火哩。你看这个主张咋样？”

月娥并不买他的账，毫不动心地回答：“这事高运喜也跟我提过。二牛才十三岁，自己都照顾不了自己，这事过两年再说吧。”

栓柱却说：“男子十岁协父哩，十三岁还小个啥？再说，老爷子已经说了个人，让老两口照顾娃两年，以后给二牛娶上房媳妇，这不又是爷爷孙孙一家人吗？”

月娥一看栓柱说话这口气，联想到刚才村上那喇叭通知，立即觉得自己家里的事村上已经插手了，脸上一时就不高兴起来。不过，她态度还算和蔼地说：“你见过那女人没？你看她那长相，打眼一看就不是咱们庄户家留得住的人。我爹年纪这么大了，唉，还是多一事不如少一事。进了门，过到底倒没啥；若是过上三两年，人家一拍屁股去了天南地北，再把家底倒腾得一干二净，到那时候，你让老人咋往下过活哩？再说，如果真的让二牛过来，娶个媳妇还要看后婆的脸哩。是分锅分灶呢，还是天天吵架呢？”

栓柱一听月娥果然在这件事上横着，也顾不上讲究平日那份客气，口气强硬地说：“碎姑，听你这意思，你好像还不太同意这两件事情是不？你们这些女人呀，咋整天尽盘算那没影子的事哩？佑普爷虽说有点年纪了，可毕竟还不老。如果你是个真孝子，就甭听旁人胡咧咧，让老人按他的心愿再续一门亲，好赖总是他自己选的路。就算以后闹得鸡飞蛋打，也绝对没人怪怨你这个下辈人咯。”

月娥立即就反问他：“像老爷子这年纪，办个人不外乎为了能吃口热乎的饭，你看看那女人是乖乖地给他淘奴的那号人嘛！”

栓柱更加奇怪地说："咦，你这咋说话哩？人家也是居家过日子哩，谁给谁淘奴？都解放这么多年了，老年人的思想都转变了，你咋还倒退了？再说，这幸亏是给老爷子往回娶哩，要换了是让老娘往外嫁，我看你都敢在老人身上下刀子！"

有些话月娥似乎还不好跟栓柱明说，支吾了一阵子也没说出个所以然来，但还是咬住一句话："我不放这个话，谁也不能进这个门！"

栓柱一听这话就有点急了，问："那你总得说个理儿。比如，你嫌那女的有病、邋遢得不成样子、懒得不做啥？终归你得有个具体说法嘛！"

月娥一听栓柱已经逼得她不说不行了，终于从心窝子掏出一句大实话来："我嫌她……长得太年轻咯。"

栓柱更加奇怪地问："咦，这就奇了怪了，年轻有啥不好？"

月娥吞吞吐吐地说："她……她人还那么年轻，总还会惦记炕头上那些事哩。老爷子都六十岁的人了，身体吃得消吗？"

听了她这句话，栓柱就不由自主地怒火中烧起来，十分不解地咕哝了一句："这，这，都是哪儿跟哪儿的事情嘛！"

看栓柱那不解的神情，月娥理直气壮地反问道："咋，让她儿大就把老汉在炕头给送走了，那才是我这做女儿的大不孝哩！"

栓柱几乎是哭笑不得地说："那你说咋办？总不能让老汉孤身到死吧？"

月娥不再说话，只顾洗她的衣服。栓柱又点了一根烟，站在原地思索了一阵子，又开了口："碎姑，恐怕你还是担心老爷子这份家业吧？"

月娥也直言不讳地说："有点。那女的嘴上说没儿没女，可如果半道上来个牛高马大的儿子，要占这份家业，谁挡得住？不是我多心，这号事世上出得太多了！"

栓柱一听事情的症结可能就在这里，强忍着满腔怒火"嗯"了一声，并尽量地把口气放平缓地说："咱先不说人家有没有儿子，即使有，这号事情还得要祠堂出面说话哩，不是谁想踏进谢家这个门槛就能随便进的。如果是这事，倒不是个啥大问题，我回头给老爷子提醒一下。你看，眼下呢，是不是高高兴兴先让老爷子把这事办了，其他事情咱回头再商量好不好？”

月娥一听栓柱这话，立即口气坚决地说：“不行。我爹就我这一个亲女儿，这事外人甭想插手！”

栓柱站在那儿，脸上立时就挂不住了。看起来还没多大的火气，嘴上却斩钉截铁地回敬她道：“我是外人吗？谢月娥，你把眼睛擦亮了再说话好不好？人家老爷子和若兰同志的婚姻是领了证的合法事情，你这是干涉老人再婚自由！话顺你的理儿说也行，自古讲究嫁出去的女子泼出门的水，我谢栓柱好赖还是老汉没出五服的孙子，谢家门里的事还由了你啦？我还忙着哩，不过得先跟你把一些话说清了。原本想让老两口凑合着走到一起算了，经你这一说，我倒是准备大张旗鼓给老汉大操大办一回。让你们这些脑子里环环太多的人也清醒一下，现在是共产党领导的新社会，谁都有权利选择着让自己过上几天舒心一点的日子！”

这是谢栓柱自打当上村干部以来，第一次给人撂下一番硬气话。月娥还想强辩，栓柱已经怒气冲冲地走出她家院子。

兴尽悲来

时过三天，就遇上个好日子。

岭上艳阳高照，万里无云。佑普爷家的大门上，天一明就贴上了高子升亲书的金字大红对联：

莫放春秋佳日过

最难风雨故人来

午时三刻，谢栓柱走出主家大门，先向站在巷道看热闹的人群拱手唱喏："东来西去，沾点喜气；卯兔丑牛，避之大吉！"接着，一袭黑绸礼袍，头戴插花礼帽的佑普爷从门里走了出来。在大媒高运喜妈的指点下，新郎官一一向人群和村中倒贴了大红喜字的官树、石狮作揖行礼。此时，只见"拉马娃"谢善广脖子上系着个涎水牌牌，手牵四队的那匹大红骒子走了过来。骒子背上的红布鞍子上坐着的"压马娃"是满脸胡茬的谢德懋，他脖子上居然也夸张地戴着一副自家孙孙的银质长命锁。两个半截子老汉一路要着一蹦一跳地先头出了村，直把看客们笑得喷了鼻涕。

约莫两个时辰过去了，在唢呐手吹奏的《百鸟朝凤》声中，一辆包铜高轮轿车被迎进了村，后面一溜儿跟了七挂全村仅有的轿车和牛车。一路长鞭高扬，那骡马已走得喷了鼻息。佑普爷一班人在村外转了一圈后，已早于送亲队伍进了家门准备迎亲。

轿车这头刚一进城门，佑普爷门前立即就放响了迎亲的礼炮。那些三眼铳子声响太大了，被勒紧了缰绳的骡马还是被惊得一蹦一跳。待新娘子的轿车刚在门前停稳当，"撩轿"女傧谢采蘩搬出一张山核桃木的内翻马蹄长凳，轻轻地放在轿车辕下等待新人下车。运喜的婆娘祝心香和栓柱的媳妇周变巧装扮的"送女"客，这才从后面先行下了车，款款地走到新人轿侧的遮帘小窗外。

撩罢轿，一个小男孩拖着扫帚绕着轿子转了三圈之后，女傧窦桃夭按礼数给坐在轿辕花格上的"吊钥匙娃"递了一个小红包。送女的和伴娘们这才来到轿侧用红杖揭开轿帘，小心翼翼地把新人请下来。

新人头戴凤冠，面遮红绸盖头，身着一件绣满小娃娃嬉戏图案的霞帔，足蹬扎花大红绣鞋。她这头一脚伸出轿来，两个女傧此时并不去扶人，只是阴着脸向新娘头上抛撒掺有红纸钱、豌豆、谷草节、盐巴的"花豆"，并厉声喊了一声"避"，算是除却了一路跟附而来的魑魅魍魉。随即，一群毛小子立马上去抢了盛有花豆的木升子，抓着花豆只管朝新人脸上扔……这时，采蘩和桃夭马上换了副喜盈盈的笑脸搀扶着新人一步步地向门口那堆燃烧着的谷草走了过去。

新娘子进门之后，被领到屋脊山墙上镶嵌的那小神龛前向祖宗和土地爷行了鞠躬礼。本来按照规矩要在神主前拜天地，老爷子事先已经安顿，这就算是芟繁就简地举行过了。若兰盖在头上的绸布被窦桃夭代揭了下来，人们立时被惊呆了。

新人刚开过的脸上腮红眉乌，嘴上膏脂轻染，活脱脱是一个城里念书的洋学生。只是若兰眼含喜泪，几近哽咽……这个异乡人根本就没有想到，自己一生中还会鬼使神差地在逃荒的路上经历一次如此隆重的婚礼。当她被戴上凤冠、扶上轿车的那一瞬间，禁不住为女人本该拥有的这一切哭了……

这时，桃夭提来一只花斗让二人抓饭。佑普爷推辞着让若兰抓了一点，这抓中的馄饨便被端去下锅了。抓饭这个仪式看似简单，但历来都是新人你争我抢的事，讲究不抢不成礼。佑普爷之所以让给若兰去抓，就是想让她从此把这个家掌管起来。若兰根本不知道这些当地规矩，只顾伸手抓了，立即惹得妇女们一阵哄笑。那些刚端下去只在锅里煮了一小会儿的饭食，马上又被端到两个新人面前。这一碗放满辣椒、盐粒和花椒的七生馄饨，也有其相当吉祥的寓意，含“天地缘法、情深意重、生儿育女、一门红火”之意。

接着，栓柱开始展示两个人的结婚证。接下来那些铺席、撒枣、抢炕角的仪程也一概免除。简单的新式程序结束后，两个新人卸了衣冠，走出来帮着招呼新客故人入席，便算是亲成礼就了。

大执事谢舍娃一声“开席”，八个小伙儿一齐端了盘子，撤下吃茶的看碟。上菜的已端来四个下酒菜先为主桌布好。下首陪席布菜斟酒时，上席年长者一直正襟危坐。站在陪席身后的唱酒人便为坐在左手上席最为尊贵的年长者开始劝酒唱喏。

村庄上每逢过事，请来的唱家都是村上的人梢子，你不用担心他们嘴乏，就怕客人没酒量。只要你能喝，他可以一口气唱到九九归一、天黑掌灯。劝罢三敬、六升、九杯的满贯酒，等上席贵客拿起了筷子，坐席的人才一齐夹一口菜。趁着席桌上正飘着酒香，但还未上饭席的当口，村庄里自乐班的锣鼓家伙便锵锵锵地打了开场。

自乐班一般是不用主家花钱去请的。只要村庄上有红白喜事，这一群人便不请自到。由于此类事的人数一般无法确定，再加上有的主家日子贫寒，过事时实在无力多备几桌有排场的饭菜，所以自乐班的人一般都不会被管事人计算在坐席的人数之列。好在这些人也都是本村人，有了吃一口，没有了亦甘心在唱完后吃几口残羹剩汤，也算是饱了口福。对于他们来说，蹭酒饭这个事情并不重要。只要有锣鼓喧嚣的地方，这些喉咙痒痒的人便轮番着你唱罢了我登场，自龙宫唱到寒窑，从天庭唱到地府，直吼得脸红脖子粗仍不歇口。远远地听着，你不必去品他们信口胡吣的戏文，只需听听那一声声脆生生的扁鼓击打在你的心上、那一段段悠扬的葫芦琴的音韵抚摸着你的五脏六腑，无论什么愁苦都会随即远离你的身躯；三灾八难，也随之烟消云散。由心底生发的对这黄土沟坡刻骨铭心的热爱便鼓荡着你，于是，你也直想如野兽吼天般唱上一曲，将自己想抛却久久压抑在心头的事，让血液般黏稠的黄河把它带到大海，带向人们永远也不知道的远方……

然而，就在自乐班还在敲敲打打，谢善广这个老吼家扯着破锣嗓子替“刘协”苦叹汉室“多遭不幸”的当口，六七辆自行车突然停在了谢佑普家门前，“扑通扑通”一下了跳下来八九个人来。

开始，跑事的以为是一群远路来的贺客，立即端出酒盘子让客人进门喝喜酒。这时，只见那领头的把酒盘子用手一挡，大大咧咧地从门外闯了进来。大伙儿听得真真切切，那人开口时操着满口的河南话。等其他人一进门，刚才说话的那个河南人伸手就指着正在给人敬酒的李若兰告诉随行的公社干部谈如流：“没错，绝对就是她……”

谢舍娃正在里边满头大汗地和客人猜拳行令，端盘子的小伙儿谢栓牢慌慌张张地跑过去偷偷扯了一下他的袄袖子。谢舍娃抬起头来，这才看见来的这一拨人好像不是邻村熟客，刚想前去主动招呼，却一眼认出了混在人堆里的谈如流，他一下子觉得大事不好了。

原来，这个谈如流虽然是公社一个临时雇用人员，在长稔塬却有着很大的声名。此人那点德行不但谢舍娃十分清底，就是在整个向阳公社也是人尽皆知。据说，这个人在村上当社员时就是个远近有名的半吊子。不说怎么欺负左邻右舍了，他曾经酒醉后打断过自己老婆的一条胳膊！公社那些人之所以把他借上去当这号差，就是看上他那股二劲儿。在本公社的地盘上，只要有逮人的事情，就少不了这个恶物出场。

不等趁乱溜出去的谢栓柱给公社摇通电话，姓谈的一挥手，几个民兵就不由分说把新娘子“请”出了门。等他们刚刚走到祠堂照壁处，只见他猛地从腰里掏出副黄铜手铐，居然当着许多社员的面把新娘子“咔”的一声就铐起来了。

第二十一章

热热闹闹的院落酸溜溜的事

别说在半阁城，就是走遍长稔塬，从古到今人们都没有经见过这号新人拜堂、官府抓人的恶心事情。待那些人撤出了村子，栓柱和舍娃这才缓过神来，立即派了几路人马去搬救兵。

新娘子被人抓走那一阵子，张义伦正在县上参加县常委扩大会。他听到这个恶性事件，立即气得一蹦三尺高，当场就把字条递到正在主席台上做报告的董县长手里。董振堂一看后院起火了，立即宣布休会，招呼公安局长马上出动县中队，自己亲自坐着汽车分头去追。幸好，半天过后，总算把人从朝邑境内抢了回来。那几个倒霉的河南公安，也被一并押回洽川。

说穿了，这伙河南人也真是太多事。这个流浪女子李若兰现在已经是在半阁城村补办过户口的社员群众，他们根本就不该做这号“蝗虫吃庄稼不认界畔”的事情。于是，这帮人被关在洽川留置室经受了一夜苦寒。第二天，董县长亲自来到留置室，当面训斥那些人说：“就算这个女人是个逃亡右派，那几年你们都闹啥去了？咋能等到人家举行婚礼时才大张旗鼓地去逮人？还美其名曰要押送回原籍接受改造，老子倒是有心让你们这些浑球先改造改造！要走人是不？洽川县看守所一天一夜的伙食费铺位费，你们一分不少的给老子留下来！”

这帮河南人，当然不知道眼前这个只剩一只眼睛的黑脸汉子是当地的县长，更不知道那个“老郎官”曾经是这个人的老岳丈。

高运喜却是员福将。他根本不知道佑普爷婚礼上还闹出了这么一场惊险故事，也没有经历那场惊动全村的大营救。他前脚刚刚从上海回来下了火车，一进村就碰上了佑普爷招待张义伦这个“大媒”的谢媒宴。运喜在老人家的事上也算是帮了忙的，跟上大媒蹭一顿酒也委实是理所应当。不迟不早，这场酒席硬是叫他赶上了。

天已过午，运喜这头酒足饭饱离开酒桌迈进自己的家门，他家那小院子里，立马就挤满了来探望的人群。

老詹这次陪着高运喜到上海浪了一趟，也一下子像换了个人——剃了个板寸头，穿了件皮夹克；一双翻毛皮鞋蹬在脚上，再配上那条瘦长的灰色劳动布西裤，让人觉得他咋看都像电影上那个保卫萨拉热窝的“瓦尔特”。

听说支书回来了，还装了一只“假脚”，许多人都挤来看新鲜。运喜在院子里丢了拐杖一遍又一遍地走来走去，不厌其烦地给大家演示他安的那只嘎吱乱响的钢管假脚。据他说，这只假脚原本四十多天以后才能做好，车间的工人师傅们一听他是荣誉军人，主动加班加点，没一周时间便赶制了出来。测试时，厂里还派人陪着他在旅社住了几天。钱，人家却一分都没有收。

老詹口袋里装着准备给运喜用的一应费用，一下子就省了不少。这个不守财的浪子把钱一股脑儿买了一大堆时兴的打火机。这会儿，他站在当院里见男人就送一个。这玩意儿像个大叩头虫，只需用大拇指轻轻一按，旋转的小砂轮就摩擦起火石，一下子便引燃了火绒。小巧的打火机上还安有挡风罩，即使在风地里使用，火苗也熄不了。

最为稀罕的是，这两个人第一次给半阁城带回来一把城里人理发用的推子。用那玩意儿理发，根本不需用热水洗头，直接在头上“咔嚓咔嚓”推着走，就能像电影上那些马拉收割机收麦子一样。

被“酸辣子”支派着来叫支书吃饭的谢狗剩只顾看了稀罕。人走了一拨又来了一拨，运喜一直没个空闲。当他好不容易蹭到运喜跟前时，运喜才主动招呼他：“咋躲躲闪闪的？这又不是让你上批斗会。去，让老詹把你兀个驴头也好好收拾一下。”狗剩红着脸只憨笑着说：“你忙吧，没啥事……”

心香也招呼着狗剩，问他：“‘辣子’快生了吗？”狗剩说：“还早哩……”正在帮着倒水的杨麦秀抢过了话头儿，挖苦狗剩说：“怕不是来请支书到你家喝酒去吧？那得排队等一阵子去！”狗剩不好意思地说：“哪有酒呢，冬花今日割了点羊肉，请支书和老詹去吃顿饺子……”

麦秀瞥了狗剩一眼，故意糟践他说：“看你个蛇变猴说得多好听，请支书就请支书呗，还扯上我那一口子图旁人好听哩！吃啥哩？别是一锅搅团、半盆子浆水，让支书来一顿‘水漫金山’？”

狗剩一听这话便不高兴了，着急地说：“搅团咋？他们出门那阵，谁家吃得上那一碗煎火饭？有那份心还没东西端哩。今日你跟着去看看，荞面皮的纯羊肉饺子，再炒上几个鸡蛋让老詹咥个饱！饱了才有劲儿拦羊，别让羊乱跑又啃了生产队的黑豆，再惹出一巷院的笑话……”

运喜先听出了狗剩那话的味儿，“噗”的一声笑了。他万没想到，这个蔫货说句怪话还藏掖得这么好。麦秀被揭了老底，上去就抓狗剩，狗剩只是坏笑也不躲闪。

运喜看他们打闹得不成样了，笑着说：“行了，行了，你先回去烧火，我今日还真想见识见识冬花锅台上的手艺呢。今日谁家都不去了，我和老詹一会儿保准过来！”

狗剩一听支书这句回话，也不再凑热闹，赶紧跑回去帮老婆烧火去了。

提起狗剩媳妇“酸辣子”，她那个肚子疼的老毛病居然好利落了。小锅小灶地吃了几天像样饭食后，女人家那月事便正常了。

说到这两口子先前那光景，谁见了都替他们感到心酸。他家那小驴驴已经三岁多了，还不会用两条腿走路，整天瘫坐在大门前的石礅上傻傻地看着路人，小脸儿蜡黄蜡黄的，活像个土行孙。大家都觉得，这孩子算是彻底废了。然而，白露那天，小家伙突然丢掉手里的馍馍，扶着墙自己学开了走路！也就十来天工夫，这娃居然不要人搀，自己就跑出门找小伙伴们玩耍去了，全村人都纷纷称奇。

此前，“酸辣子”知道自己那身体不好，再生娃娃已不大可能，便死了那条心。加之儿子半瘫半傻的不见好转，她常在姐妹们面前掩饰说，多一个儿女便多了一份累赘，有驴驴一个儿子守着也就行了。自从自己身体见好，儿子也突然欢实起来后，她却又有了再养一个女儿的想法。可是，生儿育女并不是她自己一个人能决定的事。其实，小两口还有个难以启齿的事被掩藏在他家那小院落里。不过，这件事还是被冬花难过地跟她那几个贴心的姐妹提说起来了。

原来，狗剩虽说才三十多岁，可做炕头那事却不行了。冬花身边那几个贴心姐妹个个都是过来人，她们哪个不晓得男人那德行。一起替她分析说，怕不是狗剩又暗暗好上了西沟塄那些野婆娘，回到家里只剩下个瞌睡。冬花说绝对不可能。还是妇女主任谢采蘩心细，她提醒姐妹们说，会不会是那次批斗狗剩叔时，“辣子”当众说破那些话伤了他的心。男人都是犟货，遇事一般都不爱言声，只会在肚子里憋着。何况，揭发的人还是自己的婆娘！姐妹们一听，都说有理。她们每次伤了自家男人的面子，夜里再叫干那事，绝对像拿着棍子叫狗，你愈是显得迫切它就越跑越远。就是勉强把他扯到被窝来，裤裆那玩意儿也绝对少了平日那赳赳的雄伟，软塌塌的不说，就是勉强做了，也远远不能称心如意！于是，她们就给“酸辣子”出主意说，心病还得心药来治，要治好男人这个心病，还得在炕头上多下点功夫。

冬花一想也是，嘴上不再说啥，当天夜里就行动起来。她一个人盖着被子先睡了，在那儿偷偷地伤心。狗剩以为她病了，忙伸过手来摸了摸她的头，发觉她并不发烧，便把自己的手又缩回去了。她愈发难过，哽咽了一阵就哭出了声。狗剩也知道婆娘家那点心思，毕竟夫妻同床共枕十多年，哪能没有一点夫妻情分？冬花进门那年才十六岁，在娘家，她就有心慌气短的毛病，结婚多年，两个人也一直没个娃娃。好不容易有了驴驴之后，又偏偏赶上吃食堂，娘俩跟上自己这么个大男人真是没过过一天舒心的日子。在平时，他倒是十分体贴老婆。可是，自从那次批斗大会上，婆娘在人多之地揭了他的短处后，他便落下一见媳妇就心怯的毛病。时间一长，他还真的不想和媳妇做炕头上那事了，只会在梦中和鬼神们翻云覆雨……婆娘躺在身边这一哭，他便百般哄劝。冬花干脆坐起来也不哭了，正色跟他说："夫妻本是同林鸟，大难来时各自飞。既然你嫌弃我，那咱们就离了算了！"

狗剩叹了一口气，只好跟媳妇说出了一直压在自己心底的话。他面有难色地叹了一口气，这才一五一十地告诉妻子："唉，自从被你碰上我偷吃牛料那事起，我一直就觉得自己已经羞于为人了。你知道的，为了提防饲养员偷吃那牛料，保管员发料时会专门往里面搅一锨从粮囤底下扫出的老鼠屎……那阵子，我实在是饿得受不住了，你说，我咋能让你和驴驴吃那些东西啊？"

看见男人说这些话时，一双眼睛在黑暗中闪着泪光，她忙紧紧地搂住了他。想起过去那日子，她又忍不住为自己错怪过丈夫伤心起来，继而，就难过得放声大哭。哭罢了，她哽咽着告诉狗剩，她相信自家的男人绝对不是那种没有良心的男人，只是万没想到那牲口料中居然掺有他亲眼所见的脏东西……

狗剩也回手搂着媳妇掏着心窝子说，自从把她娶进家门，他就从心底暗暗地发了毒誓，有自己一口绝少不了媳妇半口。因为，在那个羞于跟人学说的新婚之夜，他这个鲁莽的汉子曾吓坏过惊慌失措的心上人。在那排山倒海般的抽插之后，他发现新媳妇雪白的尻蛋子上居然沾有那爱情伤痕的殷殷血迹……冬花听到这里，不禁就想起了两个人的新婚之夜，立时身心荡漾而不能自抑。她又像新婚不久后狗剩从水库回来的那夜一样，干脆赤着身子钻进了男人的被筒……这是她第二次主动把自己看得十分轻贱而做出的明智之举。她吻着丈夫的眼睛，抚摸着他的胸脯，像以前一样毫无顾忌地把自己那一对白鹁鸽般滚圆的乳房在他身上蹭磨着，一只手大胆地滑向她曾为之怯惧而又丢心不下的男人那生命之根！越过那一片茂密的灌木丛，一任放着胆子向前走去……突然，那棵曾被雷电击倒的大白桦又焕发了勃勃生机，它陡然拔地而起，赫然展现出那曾经熟悉的峥嵘！被唤醒的男人翻起身来，开始慢慢地探索着身下那微沁着圣水的生命之门，然后轻轻地拨动着爱的小船，让它悠悠晃动起来……她像又一次回到了少女时代，任性地紧紧支撑住将要倾倒的大树，让它慢慢地在那被爱包容着的圣泉里静静地安然躺卧着……她知道，此时此刻，随时会突然刮起一阵飓风，使她那平静的海湾骤然掀起一场暴风骤雨般的汹涌激流，最终把他们送向人人向往的极乐世界……

自那夜过后，狗剩像换了一个人一样精力十足。没几个月，“酸辣子”的肚子里便又一次孕育出了一个小小的生命之果。女人也不嫌羞臊，她把这一切都毫不隐瞒地汇报给了她的姐妹们。

第二十二章

苦情

在佑普爷家喝罢那场“谢媒”酒，张义伦当天晚上没能回去。在老爷子和顺子的一再挽留下，他只好决定在自己这个曾经的家住一个晚上。

顺子现在已经是洽川县农机局的局长。碍于自家老婆和张书记年轻时曾有过的那段婚姻，两个男人平时开会见面也很少互相招呼。不过，也正是这个被张义伦一枪打成了瘸子的男人，后来却一直替他照看着自己最终舍弃了的这个小家。

一家人围着火盆寒暄了一阵子，顺子就借故出去了。老爷子陪着这个曾经的“女婿”刚刚喝了头壶茶，若兰就支派着让他趁着天色尚早赶紧去邻居家借两床被褥去。家里一下子回来四五口人，安排住宿就成了她这个主妇的重大职责。老爷子被她轰出门，这边屋子里就留下了张义伦和谢月娥。

面对这个自己十分熟悉的小院和面前的娥子，张义伦心里此刻真是百感交集。他打量着月娥那一弯蛾眉，满脑子的纷乱再次把他的思绪推回到了十多年前那次路过家门的往事之中……

那是1946年的秋天。

当时，张义伦护送省委特别支部负责人过黄河时，曾经路过自家门口。两个人吆着三匹走骡[1]，假扮成牲口经纪，黎明时分就远远地离开了华县高塘

① 走骡：善走的骡子。

镇。那个一路被他称呼为“蔺老板”的人正是后来的省委书记蔺澜涛同志。当时这个“蔺老板”正身患严重的肺痨，骑在牲口背上，禁不起一路颠簸，过了寺前镇，他就开始惦念桥头河这个坡头小店了。老蔺决意要停下歇息半天，顺便给牲口添点草料。张义伦一路尽管劝说着赶路要紧，却明白自己这个“连手”[①]也真是不能趴在骡子背上长时间颠簸，只好不再言声。三十里土路，在走骡那轻快的长蹄子底下，也不过是个把时辰的事情。眼见到了车马店门口，那几匹常赶路的牲口似乎也闻到了车马店里的草料气息，不要人吆喝，径直就走进了店院大门。

客人这头刚进门，院子里正巧站着一个年轻女人，手里牵着一个蹒跚学步的胖娃娃，正在那儿教孩子走路。

她，正是谢月娥。

张义伦一路上把什么都想到了，却万万没想到一进店院就碰上了日思夜想的心上人。不过，当看到月娥手里牵的孩子，张义伦释然了。他这头故意装作忙着去拴牲口，却还是忍不住多看了娘俩几眼。

月娥那阵子反应倒挺快。没等这个抢进门来的脚户哥站定，就被他的背影惊住了。那阵子她也忘记了应当恪守的妇道，瞪着一双惊异的大眼睛，抱起娃娃就走了过来。

她也不说赶紧招呼客人，而是先把面前这个头戴大礼帽，身着蓝布衫，戴着一副大墨镜的脚户哥上上下下、仔仔细细打量了一遍，这才十分不合规矩地打问道：“客官，你这是从哪儿来，又到哪儿去呀？”

张义伦并不躲闪她那惊异的目光，转过身子故作自然地对她说：“行路人不问前途，只管走呗。到哪儿天黑了，就在哪儿歇脚。”回完她的话，他又说道：“老板娘，准备三升上好的豌豆。人嘛，有啥吃啥，越快越好……”

然而，可能是他那永远也改变不了的湖北口音，让面前的女子更加惊诧。月娥直愣愣地站在那儿并不移步，而是慢慢地俯下腰身放下怀里的孩子，

① 连手：帮手，能互相配合干活的人。

装模作样地替孩子解开了那小鞋上的鞋带，又慢慢地重新系着，一双眼睛却一直没有离开客人正在拴牲口缰绳的那一双大手。蓦然，她觉察到这个汉子隐藏在墨镜后边的那一双犀利的眼睛也正在深情地打量着她。就在两个人的目光碰撞在一起的那一刹那，她几乎就要晕了过去……她真的为这从没遇过的怪事惊呆了，站在那儿居然不由自主地颤抖起来……

这个刚进店的脚户哥假装奇怪地打量了女掌柜的一眼，居然笑着问她："如果我没有记错的话，你小名叫娥子对吧？"

月娥尽量压抑着心头那一阵骤然加快的心跳，却不经意地点头一笑，也不接人家那话茬，便假装进窑取东西，抱起孩子一溜烟地跑了。

进了窑门，她飞快地把儿子往炕上一放，立即转过身子透过篾帘的缝隙，又一次打量起院子里那个脚户哥来。院子里的脚户哥，这时恰巧摘下了一直遮盖着自己脸的那一副墨镜，也怔怔地向窑洞这边望着……

月娥此时几乎无法自抑。她觉得，今天自己绝对是大白天遇着鬼了。院子里这个男人，刚进店门还没有出声的那一刻，她一下子就从他那脚步上听出对方是她的骡子哥……刚才，他转过脸来回答自己的问话时，除那一口很重的湖北口音似乎有点异样外，他的脸庞和走路的姿态让她深信不疑，这绝对就是曾经和她同床共枕的前夫！除非，这个世界上真的有鬼。多么漫长的两个春秋，她在心里一直说服自己，自己的骡子哥已经牺牲在了太行山上……可是，眼前这个人怎么看都酷似她心坎上永远也忘不了的那个前世冤家！

她心慌意乱地让酒婶准备着饭食，自己又拿着空升子出了门。这回，她并没有像平常那样去舀料，而是快步走上前去把升子往客人手里一递，又急急忙忙反身进了窑门。那意思已经很明显，让他自己去打理牲口。

当她再次贴着帘子仔细地观察着客人的一举一动时，这个脚户哥居然不假思索地就向储存大料的草窑去了。尽管许多车户对车马店的一切都十分熟悉，但这个人熟悉的程度仍然使她惊呆了。

她招呼着让酒婶赶快备办吃的，自己顺手从炕上抱过正在独自玩耍的儿子，轻轻地取下戴在孩子小脚上的那一串饰物……

这是一串用樱桃核雕刻的十二生肖小物件，也是骡子留给她的唯一一件信物。她把它轻轻地攥在手里又一次出了门。

这时，客人正在石槽边给他那几匹骡子拌草。那个抄起搅料棍的背影，让她越看越觉得诧异。这时，她已经在心里认定：这就是自己那个“死去”的骡子哥。

她假装着毫不在意地走上前去，招呼道：“哎呀，你赶紧歇息一阵子去，我来……”她顺手接过客人手里的搅料棍，左手心那串东西却在她的“不经意”间端端地掉在客人的脚边。她尽管认真地在那儿搅动着槽里的草料，一双眼睛的余光依然偷偷地打量着眼前这个脚户的举动。

只见他俯下身子拾起那一串小东西只看了一眼，就顺手将其装进了自己的口袋……这一切，客人觉得他还算做得神不知鬼不觉，却没逃过女店家的那双眼睛。

月娥的心里实在是不敢不相信村庄上老辈人的那些传言了。据说，一个横死的男人，在他死后未满三年的时间里，会在某一个时间找机会在自己最亲近的亲人面前显现一回自己的灵身，来看看他留在世间的妻子和儿女……

看见客人站在低矮的院前土垛边一直面对着沟口发愣，月娥这时的心境也平静下来。拌完草料，她装作无事一般走到盛水的石槽边撩着水洗了一把手，一边用围裙擦着手，一边移到客人身边又一次开口问道：“客官，你这应当是第一次到我们这个小店来歇脚的吧？”

然而，她面前的这个脚户的回答却叫她又一次心跳加快起来：“不，我的梦境里一直有这样一个静谧的村庄。看着眼前这一切，我心头的梦好像突然变成了现实。你看看这条路，还有这些沟沟坎坎，都跟我梦境里的一模一样……”

说完这番话，他才慢慢转过身来，开玩笑地问她：“老板娘一直追着打量我，莫不是也觉得我这个人很眼熟？”

月娥的脸上立即就泛起了两团红晕。一看自己这句玩笑让女掌柜有点不好意思起来，他哈哈大笑了几声，这才认真地问道：“老掌柜今天怎么没来，不知他老人家身体可好？”

月娥心头不禁又是一怔。面前这个客官上门齿上那个不经意露出的小豁口，一下子被她看得一清二楚。这个小小的疵点，一般人几乎不会去注意，月娥却太熟悉了，那是她和她的骡子哥几年前一起耍闹时，不小心用飞镖打出的爱痕！

月娥又一次魂不守舍起来。按照她平日的感觉，这些远离女人的脚户只要遇见个年轻的女店家，都会主动和她胡吹浪谝，而且，那些酸溜溜的话语里有时干脆就夹杂着赤裸裸的性暗示。然而，眼前这个男人却好像一直在躲避着自己。特别是刚才他看她家孩子时那一副慈爱的眼神，真的让她觉得匪夷所思。于是，她故意轻轻地对他说：“还好，爹今日上山去了……”

脚户听到从面前这个女人口中突然蹦出“爹”这个字眼，不禁浑身一抖，猛然转过身来，直勾勾地看了她一眼。

月娥浅浅地一笑，一双大眼睛也大胆地和他对视起来，而且用故作轻松的口吻继续向他打问着：“你，好像是湖北人吧？要是我没有说错的话，你的肩胛骨上还有一块铜钱大小的疤痕！”

客人一听这话已经没了刚才的镇定，脸上很快流露出一丝暧昧。月娥也不再羞涩，一直盯着他那双大大的眼睛等待着对方的回应。

也许是实在忍受不了一个年轻女人那直勾勾的眼神，客人又一次把身子转了过去。月娥却轻轻地叹了一口气，低下头来轻声地对眼前这个陌生人倾诉着过去的那些往事：“让客官见笑了。我家这个店院以前雇过一个湖北小伙儿，他的长相和你几乎就是一个模子里出来的。你不晓得，他那一双手可巧了，用一个小小的樱桃核儿就能雕出小猫、小狗来。他送给我一串小手链，我一直戴在自己的心上……”说着，就煞有介事地在自己的口袋里摸索起来，好像要掏出自己一直珍藏着的那样小东西，想让面前这个男人开开眼。

她观察到，眼前的脚户几乎同时下意识地把他的右手伸进了自己的长衫口袋。这时，她才有点失望地看到，这个人的右手虎口上并没有她所熟悉的那道篾刀留下的伤痕，而是齐着茬少了三根指头！

不过，她窃以为他绝对会在此时拿出刚才捡到的那手链递还给她。然而，他只是取出一方手帕，顺手擦了一下自己的下巴，并不转身地笑着问：“是吗？我在你们这个店也住过不少回了，咋没有碰见过你说的那个小伙儿呢？说不定，他就是我流落到这里的一个亲兄弟哟！”

看着这个客官无动于衷的表现，她欲言又止，半天才惆怅地说：“你咋能碰见他嘛。他早把良心卖了，留下我们母子……天天盼着有一天他真的能回来，哪怕就看我们一眼……”

听月娥说到这儿，客人居然忍不住用手里的帕子轻轻擦了擦自己的眼角。

这时，酒婶已经端出一大盘子饭菜，大着声招呼：“娥子，让罗掌柜赶紧吃饭，不要耽搁了他们上路……”

月娥答应了一声，仍旧不甘心地趁机又问了他一句：“罗掌柜，罗……志？骡子！”

年轻的脚户猛地一怔，却很快笑了笑说：“骡子？你真会耍笑，我怎么能叫骡子？”

娥子不易被对方察觉地在心头轻轻叹了一口气，这才深情地看了他一眼，恋恋不舍地朝草窑里走去。

吃过了那顿饭，两个客人并没有打算住店，而是急忙赶着骡子走出了店院。

当脚户一行刚刚走下第一道沟坡时，月娥再也抑制不住自己内心的情感。她觉得，这个客官一出店院，自己的一颗心也随之远去了。开始，她还碍于酒婶那责备的眼神；后来，当心头那种再看他一眼的念头搅得她坐立不安时，她发疯一般抱着儿子撵出了店门…… 站在崖畔上，默默地目送着他们二人远去的身影。

盘山道上，她看见他也不时地回过头，望着沟上的她和孩子……

那个同路来的“蔺老板”却一直被蒙在鼓里，他显然不知道和自己同行的这个“罗志”曾经在长稔塬住过一年时间，还做过这个村庄人家的上门女婿。而此刻站在崖畔上那个抱着孩子在寒风中瑟瑟发抖的年轻女子，也正是这个被半阁城一村老少唤作“骡子”的小伙儿那盼着相见却不能相认的妻子！

这时候，月娥再也忍不住心头的悲苦，她扯着嗓门对着他们的背影，长长地叫了一声："骡子哥，你回来吧！"

年轻的脚户突然站住了脚步，他几乎无法再往前行了。这时，让人潸然泪下的歌声，从崖畔飘了过来——

走咧，走咧，
越走呀越远咧；
褡裢里的锅盔轻下咧，
我的个脚户哥，
心上的惆怅就种下咧！

走咧，走咧，
越呦的远下咧，
奴心里像刀子在搅咧，
我的个脚户哥，
眼泪的花儿把心淹咧！

这是一对苦命夫妻十八年前的一次真实会面。

也正是那次奇异的会面，让月娥坚信她的骡子哥绝对还活在这个世界上。从那个时候起，她一直私下里打听着，却再也没有见到过心上人的踪影。直到中华人民共和国成立后不久，姐夫董振堂告诉了她和老爷子一个天大的喜讯——"罗志"这个人还活着！

这次，却轮到月娥不相信这一切会是真的了。张义伦调到向阳公社任书记后不久，月娥曾经专程赶到公社，暗地里把眼前这个"张义伦"和自己当年那个"骡子哥"反复地做了比较。最终，她才在心里得出结论：这个"张义伦"正是自己那个前世冤家。作为一个女人，她当时也没那个脸面去找他哭诉分别十多年的满腹苦楚，两个人也从未有私下会面的理由和机会。

生活就是这样，让守着它的人充满了一生一世的无奈。

……

跳跃着的油灯下，月娥看着已经有点老相的张义伦在痛苦地回忆着过去的岁月，就主动地开口问他："骡子哥，你是不是离家两三年后还回过咱们车马店？"

张义伦也不搭她的话茬，只轻轻地掏出自己的烟荷包。荷包上那一串已经被他抚摸得有些发红的手链，一下子就映入月娥的眼帘。他慢慢地解下信物，又一次给娥子递了过来。

月娥并不接那手链，却一把抓过那双熟悉的大手认真地看着，她这一次依然被惊呆了——她的骡子哥右手虎口处留下的那个让她时时惦念的篾刀疤痕已经永远地不见了，那个手掌……真的，齐茬少了三根指头！

张义伦只是望着她笑着说："在山西，让鬼子的小钢炮伤的。不碍事的，还端得住吃饭的大老碗！"

月娥就那样一直攥着那双手，一串珍珠般的泪水就滚落了下来……这个迟来的会面，让这个女人积攒了十八年的泪水，终于尽情地滴淌在眼前这双温暖的大手上……

张义伦吃力地抽回自己的手，一边认真地给自己卷烟，一边劝慰道："娥子，我们都是大人了，你咋还像当年那个十几岁的女娃娃家？你看今天咱们这日子多好呀，离开家之后，我那时想都没敢想过，咱们还有活着见面的这一天啊……"

月娥依然抽泣着说："你把良心卖在了外边，咋……这个时候才回到这个家来……"

张义伦悲苦地叹了一口气，喃喃地说："唉，你和爹在心里对我可能一直都有误会。咱俩成家那年，我早就有个想法，等一有机会，我就和老爷子说清楚，然后带你去汉中参加游击队……没想到，那天夜里，差点儿叫你这母夜叉和老爹喊来的人把我给活埋了哇！"

她依然低泣着，任性地问了他一句："那你就不会给家里捎封信？"

他却更加悲苦地说："到了山西前线，我又咋个给你们捎信呢？日本人那阵子已经疯了，为了斩断我们和老百姓的联系，村庄和村庄之间都被挖了深深的'交通壕'。我们一个团时常被分隔成许多很难联络的小分队，打起仗来都是乱窜乱撞，又咋和家里联系呢？回到潼关后，我倒是准备即使违反纪律也得让你们知道我还活着，不久却听说你已经改嫁了……当时，唉，你就甭提我心里那股味道了。我那身份你也知道，不但不能回家，就是被别人认出来也不行啊！"

说到这里，他却换了一副高兴的神情劝说着娥子："咱们毕竟还都活着。想想大姐，如果能看到咱们过上了当家做主的安宁日子，她不知道该多么高兴呢。比起他们来，我们的被迫分离又算得了啥呢？顺子这个人挺好，我一直也很放心。你可能还不知道，后来，我也凑合着成过一次家。当时，组织上为了方便联络，在我身边安排了一个女交通员，我们做过几天'名义夫妻'。时间一长，难免生出点男女情分，两个人就那么假戏真做地住在了一起。这个女人，唉，后来为了自己活命，居然把我这个丈夫出卖给了团防队！要不是省委组织人力多方营救，咱们今天哪还能相见哪……说这些干啥？生生死死已经十八年了哇……"

月娥这时也平静了许多，就关切地低声问他："那，你们有没有自己的孩子呢？"

一听"孩子"两个字，张义伦几乎说不下去了。

他们曾经有过一个儿子，就在他被关在西京大牢的那段时间里，儿子无人照管，最后病死在福音堂的育婴院里了。那时，他那个妻子背叛了自己的信仰，不但公开登报和他离婚，还出卖了不少熟悉的同志。最后，这个女人也是为了偷偷看孩子一眼，被地下组织的"锄奸队"乱枪打死在了玉祥门外……

月娥看见他沉陷在对孩子的那份深情中半天不愿开口，就尽量压抑着内心的激动，小着声问他："骡子哥，你注意过大牛那孩子没？"

张义伦立即吃了一惊："怎么？他，会是……"

月娥抿着嘴点了点头，十分肯定地说："是的，他是你这个卖了良心的男人留给半阁城老谢家的一根独苗啊！”

看着他惊诧的眼神，月娥回忆着对他说：“你走后四十多天，我才知道肚子里有了这个孩子。在坡头，老天爷安排咱们夫妻相见那次，你第一次见到你那亲生骨肉时，他已经整整两岁了……过后，我就一直坚信，你绝对还活在这世上。回到家，我跟爹说我在咱们坡头的店院见到你了，他气得差点要打我，说我一定是撞见鬼了！顺子却相信我的话，多年以来他都暗暗替我打听着。1948年老区开始闹土改时，你来洽川那回顺子在那次动员大会上见到过你，就赶紧打听你在省上的地址。后来，他多次撺掇着想让我去看看你，顺便跟你提说一下咱们孩子的事……我当时不愿意，现在依然不愿意。大牛是顺子架在脖子上带大的儿子，他跟你这个卖了良心的亲爹早已没有一丝牵连了喀！”

月娥说到这里，张义伦讪讪地笑了，惆怅地说：“娥子，你说得太对了，不要让孩子知道这些更好。不管在谁身边长着，也都是咱们半阁城的后人嘛……”

看见月娥的情绪比刚才稳定些了，他这才认真地对她说：“他们这一代真是赶上了好日子啦。我以前没有机会好好跟你说我的事情，像儿子现在这么大时，我已经是红十五军团的特务营长了。从小到大，我们谁倒是能坐在教室里好好念上几天书嘛。我后来认识的那几个字，也是在行军路上看着前边同志背包上贴的那些纸板一个一个记下的呢。”

月娥看见他又开始回忆过去那些悲苦的日子，就故意打岔问了他一句：“你再没回过湖北老家吗？”

张义伦叹了一口气，这才告诉她说：“唉，前不久，我倒是回了一趟老家。全村庄的老老少少，他们已经没有人能记得那个受恶嫂虐待的小放牛娃了。只有邻县领养我的那对老夫妻，倒是还记得他们家一头小牛在山上被豺咬死的往事……老两口见了我，根本就不相信我还会活在这个世上……”

说到这里，他突然对着月娥庄重地说：“娥子，我张义伦已经没有故乡了，只有半阁城这个小山村才是我心里时时惦记的老家。这里有我的老爹，还有你这个妹子……哦，大牛这孩子，是不是已经该娶个小媳妇了？”

月娥微笑着告诉他：“还早呢。他喜欢读书，高中二年级就保送上了西工大，五年的学业，他两年多已经学完了。明年，就该毕业分配了。他偷偷告诉顺子，说他还想继续读书，正在争取出国留苏的指标呢！”

月娥一看两个人一块儿坐的时间也不短了，这阵子，她倒是有心让她的骡子哥好好看看他的宝贝儿子。说着，她起身假借去端夜饭，过去一阵儿就喊着让大牛过去陪陪张伯伯，一下子撵过来顺子父子三个人来……

第二十三章

把式[①]荐计

张义伦过分关注半阁城村的事情，对于村庄原本是个大大的好事，却闹得高运喜这个支部书记处处感到十分别扭。这个半山区生产大队在全公社、甚至在全县都闹得报纸上有名、喇叭里有声，张义伦立即就心热得不行，给高运喜这个村支书层层加码，要他首先在向阳公社给他这个书记撑点面子，把半阁城大队搞成一个样板大队。

高运喜嘴上没说，心里却犯嘀咕。做样板那是要有许多条件的，不是人的精神就能代替一切。依靠原始的耕作方式，增产增收已经很难取得令人满意的效果，搞那些花花架子更是于事无补。不过，在暗地里他却决心在第六生产队下点工夫，让谢舍娃这个党员队长首先在全大队闹出一点动静。一个村庄，同样的地理条件，一个生产队把生产搞上去了，才能树起一个让人信服的铁样板。

俗话说，一个篱笆三个桩，一个好汉三个帮。谢舍娃身后不但站着佑普爷，还有几个像谢狗剩那样的能人，再加上他这个支书经常给他们加油呐喊，只要年内能实现“劳值兑现”这一条，对全大队社员的思想就是个不小的震动！

---

① 把式：行家里手，如车把式、庄稼把式等。

说起来，六队社员谢狗剩这个人确实不容小觑。

自打他那年偷吃饲料被卸了饲养员职务之后，生产队就一直安排他给队上当着车把式。这货是个心高气傲的人，别看他一天优哉游哉地赶着生产队那挂老铁轮车，心里却一直觉得很憋闷。这个人嘴上虽木讷了一点，眉宇间却透着庄户人少有的灵气。任何东西只要他肯上心，不出几回他就成了行家里手。庄稼行里，他扬场使左右锨，赶车能甩回头鞭，犁地不踩犁沟走，摇耧的行子像线打的一样端。在全村，这样的庄稼把式，确实挑不出来几个。

可能是人以群分的缘故，整天在人堆里喜欢逞能的谢舍娃，却最信服自己队上的谢狗剩。无论大小事情，他都喜欢和狗剩一起商量。眼下的队长已经不好当了，到了年底，社员们一双眼睛都要看家里的粮囤哩。高支书一直在他后边打气，让他多动动脑子，赶紧让六队这面红旗高高地飘扬起来！谢舍娃倒是恨不能把自己挂在旗杆上迎风招展，可自己那个猪脑子就是让人扭成麻花，也挤不出多少好主意。他手头掌管的这个全村最好的生产队，也就眼前这点数得清的穷家当，一下子要想成为在全公社叫得响的先进生产队，还真让他犯起难来。

天气渐渐凉了，地里也没多少事情。谢舍娃肩上搭着一把麻丝，一边给媳妇捻纳鞋底用的细绳，一边找上门和狗剩谝活路来了。

狗剩这阵正在院子里接大车套绳，他给刚编好的绳结喷了水，用脚在地上来回蹭着。一看是舍娃进了门，他也不打一声招呼，继续忙活着自己手里的事情。这货来他家串门的频率就像老狗跑茅厕，一天不来人还奇怪呢。等人已经走到跟前了，他才腾出一只手从腰里拔出烟袋递了过去。

舍娃的嘴正叼着麻丝，一时还顾不上说话，狗剩却丢了一句："天还不冷嘛，一队人都在家里闲着哩，明年的收入咋保障哩？"

舍娃终于把嘴腾了出来，这才把烟袋接住，若无其事地说："没事干？那就搂着婆娘在炕上造娃嘛。你心慌啥？就那么点农活，早早干完，一冬天干啥去？"

狗剩往手心吐了一口唾沫，冷冷地丢了一句："你个㞞货，当着干部，一点心都不操。去年全队每人才分了一斤油，社员碗里咋会漂起油花花？我要是你，早拔根尿毛上吊了，还文呀武呀地上公社介绍经验哩，你说你带领大家闹出了个啥成绩嘛！”

这话要是从别人嘴里说出来，舍娃绝对会和人急眼。可要是狗剩开口，就是把他祖宗三代连带着都骂到了，也不会有啥事。不过，他还是没好气地丢过去一句：“你能得很嘛。那你说，咱下一步咋干？”

狗剩连头也不抬地丢过来一句：“我看，咱们得赶紧买一挂大胶轮车！”

舍娃追问：“大胶轮车？”

狗剩肯定地应了一声：“对！”

“好伙计，那要多少钱哩？”

“估计得两千多！”

“好我的神，这一大笔钱，日后可咋还人家？”

“跑运输！”

“运啥？”

“砖！”

“你妈个肚脐眼，哪里有砖呀？”

“先建砖窑，开春就开始倒坯子，赶麦收大忙前，先烧一烧这股穷气……”

“哦，烧出来谁要呢？”

“这刚刚过年馑，城里和农村建房用砖绝对都少不了！”

“那，砖匠上哪雇？”

“西沟塄那些外来户，哪一个不会编席、倒坯？”

舍娃一听，今日这趟门还真是没白串。于是，两个人很快就认真商量起如何倒坯烧砖的事情。狗剩心眼比舍娃稠，他给对方出主意说，可以和七队那些外来户以工换工。

原来，狗剩不知从哪儿打听到县联社的运输队最近新购了十辆新卡车，要处理原来那些马车的消息。那些负重三吨多的大型胶轮车，放到农村用来务庄稼确实是个好帮手。

一看舍娃停住手里的活听得发呆，狗剩故意激了他一句："你整天吹嘘你能日狮子、撵豹子、跳到空中逮鹞子，一提正事，咋就变成蔫骡子了？"

舍娃想了想，终于打定主意说："行。事不宜迟，后晌伙计给咱先去公社探探信用社的口气，你到县里看胶轮车去。记住，先别给外人说。八字没见一撇，别让人老说咱们六队闹事情不靠谱！"

狗剩一看舍娃已经上了道儿，这才一板一眼地说："你咋是个烧料子货嘛。这是办正事哩，你日急慌忙的是跟媒人去拜堂呀？是这，你先和四队商量一下，把他们那匹枣红骡子给咱换过来。一挂大胶轮车，至少得四套骡马，不添几头大牲口咋行？"

舍娃立即面有难色地问："人家换吗？"

狗剩胸有成竹地说："他们队一槽牛驴，哪还有一头大牲口和那匹骡子配套？我也是听了点风声，要栓这个货早想把那匹骡子倒换成头好牛省点草料呢。你把咱们那头胭脂红犏牛给他牵上，只怕他娃儿睡梦里都偷着笑哩！"

舍娃想了想说："行嘛。不过，咱们养那么多高脚牲口，那可是有很大风险哩！"

狗剩白了他一眼说："怕噎着就不吃干捞饭了？"

舍娃点了点头，突然又想起一件事情，就和狗剩商量着："这头谷一多，怕就得分槽哩。让佑普爷当饲养员，你看老汉吃得消吗？"

狗剩不在意地说："老汉都敢娶那么年轻的婆娘搂着睡觉，当个破饲养员就能把他累着啦？不过，选他你还真选对了人。饲养员多垫一锨土，地里就多打一斤粮，这真是个没深浅的差事……"

舍娃也不再说啥，闷着头便走了。他人已走出门时，这才想起手里还拿着狗剩的烟袋，立即又转身进了门。

狗剩一看舍娃又急匆匆回来了，就慢吞吞地提醒了他一句："老伙计，你当个烂生产队队长，每月还白拿三天补贴工分哩。要是真的跑开运输风雨不避。到时候，你一个月给跑车的补助几天工分？"

舍娃一听这货还没解布袋就先抬高了价格，大嘴一咧就骂上了：“你个货，咋整天光知道瞅着我的尻门子寻屎哩！”

狗剩也没好气地回了他一句：“村看村，户看户，社员看的是干部！六队的人不看你谢舍娃，看驴尻子呀？”

舍娃站在那儿嘿嘿地笑了，当场就给他许了个空愿：“饲养员天天不落一个工，天晴天阴照样记，给个肥羊尾巴你嫌膻气，你不愿意干了怪谁呢？是这，等买好了胶轮车，到时每天给你补贴三毛钱，再给你置办一把好鱼儿刀，咋样？”

狗剩一看谢舍娃已经把话撂下了，就得意地取下他那拴着红樱的扭竹长鞭，在院子里上下前后甩得啪啪直响。完了，又取下鞭梢仔细地放了放长度，取出新刮的狗皮打梢仔细地换上。他照准院子枣树上那一颗孤零零的干枣，抡圆了鞭子“啪”的一声抽去，小枣掉下地来，他拾起一看，那枣像刀削般从中开了一个小口儿。为练这点准头，他抽断过三条长鞭！

火上浇油

几天来，谢舍娃像个夹着包袱的老媒婆，一直在村庄和公社这条路上跑了个不歇气。最后，却端端地跑到了张书记的办公室里。

在公社信用社，任凭他那张大嘴说得天花乱坠，人家最终也没答应贷给他一分钱。这也难怪，一个生产队除过四季庄稼，没有一分钱的副业收入，如果要信用社贷出这么大的一笔款，没有硬扎人出面担保，人家就是不敢冒这个风险咯。大队开的证明也不顶用，高运喜以为他的面子大，亲自跑去担保，人家根本就不吃他那一套。两个人回来思量再三，只好让佑普爷亲自去求张书记。

张义伦听到老爷子专程跑来就为了这件事，首先肯定这是个大好开端。

他不但把谢舍娃大大地称赞了一番，而且大笔一挥，一次性让信用社贷给六队两千三百元现金。紧接着，他居然把自己的铺盖也驮到了半阁城，亲自钻到了六队这个“酱坊”搅稀稠来了。

来时，他还给佑普老汉捎带着牵来一只草黄色的半大细狗。这只狗是他专门托熟人从南阳一个叫李楼的镇子上精心挑选出来的名犬之后，花去了他这个公社书记整整四个月的工资。村上那些村民，去年就已经有人逮了几只狗娃饲养着。大家一看张书记给老爷子牵来的这只草黄狗还真是一条很入眼的好狗，就都议论起了这只狗的身价，而并不关心张义伦这次进半阁城所肩负的重大使命。

自从土改以来，如果中央有重大的政策出台，各级政府就得派一些干部来村庄驻队。对于这种大呼小叫的指导办法，社员群众早已经司空见惯。不过，哪怕人家来的只是一个人，大家都得恭而敬之地称呼他为“工作组”。有如社员们所说——“工作组，工作组，呼个口号人就走。”这类流于形式的指导，一般都是开始雷声大，中间雨点小，最后也就风过地皮干了。

果然，张义伦这头一进村，也叫响了一个口号：“一年苦，二年甜，三年建成新家园！”尽管大伙儿十分佩服他这种敢想敢干的工作干劲，暗地里却都在偷偷地发笑。山里人糟践读书人常借用一句俗语叫作“秀才造反，三年不成”。别说三年，就是十年，能让一个穷山村变个新模样，也算他张义伦还真有点过人的本事。

不过，这个四十冒头的白面书生，却是全县出了名的拼命三郎。趁着风调雨顺和集体经济迅猛发展的大好势头，他已经狠下决心，要在自己领导的这个人民公社闹出点大动静。全社只有十三个大队，就有四个大队被他公布为第一拨“样板实验大队”，半阁城算是其中的先行队。不同的是，这次他看起来还是动了点真格。机关干部一个不落，全部打起背包被他赶到了各个“点”上。他自己挑选了自然条件相对较差的半阁城大队，谢舍娃的第六生产队被他定为“开路先锋”。为了更具有号召力，他居然自封为“半阁城第六生产队政治队长”。在社员大会上，他已经公开放话，说他要是不把谢舍娃培养成洽川县呱呱叫的“红旗队长”，他这公社书记就不当了！

谢舍娃属于那种听不得草料升子响的主儿，一看张书记在全公社这么看重他们第六生产队，立即也烧包得不知自己姓啥了，不光把“工作组”请到自己家里居住，当夜还把老先人留下的那张狗皮褥子给张义伦送了过去。然而，当张义伦紧接着提出，要在六队首先推广他那个“一户一只生产羊”的大运动时，他却和人家张书记吵了一架。

原来，正在谢舍娃踌躇满志地打着他的如意算盘时，有人却在暗地里和他较上了劲儿。不知是谁走漏了风声，四队队长谢要栓突然反悔，把已经和中间人说好的话收了回去。谢舍娃牵着一头带着犊儿的大犏牛，要换人家那匹烂骡子，谢要栓却不再吐那个口了。开始，谢舍娃还把胶轮车在县里放了几天想压压四队那骡子价，一看事情弄不成了，便让狗剩把车接了回来。大车进村时，他故意张扬地放了一长挂鞭炮。为了赌这口气，他安顿狗剩套了几头大牲口，张张狂狂给七队送粪土换了几天工。村民们这才知道胶轮大车的确比铁车厉害。不说一挂胶轮车能装四铁车的粪土，进了地，胶轮车的车轮也只轻轻地压了两道浅辙。几天下来，牲口并不像三夏大忙时那样被累得顶槽不吃草料，几头骡马跟没事一样。

接下来，窑场顺利开工。从未见过垒砖窑的社员，原本以为那是一项很复杂的技术活，做起来才知道也不过是个粗笨的活路。只需靠着土埝头挖个三丈多半径的圆坑，垒上一圈胡基再慢慢往上收口，不到十天工夫，一孔能装三万青砖的烧砖窑就修建妥当。万事俱备，只欠东风。待到春暖花开之后，再买几张芦席搭棚，就能倒砖、装窑、点火。开始，当地人还听说烧砖要用西县的炭，但七队那个安徽来的老窑匠则指点说，头一窑用麦草“烘窑”最好。不过人家还是提醒谢舍娃，要趁农闲早早把麦草备好，点火后就一下都不敢停火，多备点麦草，省得到时再抓瞎。

连续三年没收庄稼，各队麦场上多年来积攒的麦草已经让牲口吃光了。六队牲口多，虽说前年秋里积攒了不少糜秆和谷草，去年麦后也总算又积起了几垛麦草，可是，眼下生产队的槽上又添了三头大牲口，算来算去还是没有富余麦草。从社员家里倒是还能收集一点，队里却没一分现钱。如果按一斤三分钱赊些草，砖烧成了倒还好说，万一烧不成，到时肯定会欠下一屁股烂账。想到这一点，谢舍娃心里便有些发虚。加之，四队好像专门要和他们叫板一样，已从七队请了个务瓜的把式，趁着冬闲已经整出了四十亩西瓜地，准备开年后跟六队比个高低。谢舍娃这个事事爱占先的人，心里却有自己的老底：你谢要栓再张狂，却没有张书记这张虎皮当大旗喀。

然而，张义伦先行主持召开了一次社员会，大肆贩卖起了他的那一套“羊经”。按照他的话说，养羊十分适合农村发展经济，半阁城沿山靠沟，凭借沟多草盛这个自然条件就应当首先考虑多养些羊。羊多肥多，肥多粮多，这是关键中的关键。至于建窑烧砖也是个很好的事情，但是队上的主要精力得先抓住“一户一只生产羊”这个纲！

六队的社员会这头刚散伙，谢舍娃就找到高运喜的门上。一开口，谢舍娃便让支书趁早把张义伦这尊瘟神给他请出去。用他的话说，他不愿意和这号狗屁不懂的驻队干部共事。并扬言，别说是个小小的公社书记，就是董县长来了他也还是这句话！

高运喜清楚谢舍娃那点德行。好上来，给你让出自家婆娘去睡觉都行；横起来，你就是给个香饽饽他也不认你那个卯。张书记这头刚在他家住下来，他就和人家撕破了脸。看来不出面把这件事情摆平，马上就是个大问题。

已经是中午饭时，高运喜刚刚参加完六队那个社员会，进门后正要端碗吃饭，却看见谢舍娃气冲牛斗地跟屁股撵进门来。高运喜立即把碗一放，招呼了他一句：“这么快就吃过啦？”

舍娃气哼哼地丢给他一句：“吃个锤子，气都把人气饱了！”

运喜估摸他又跟张书记闹别扭了，也不计较对方那口气，装作很随便地问了他一句：“张书记今天在谁家吃派饭？”

舍娃怒火中烧地说：“按轮的顺序，该到狗剩家了。张书记说今天他自己挑一家，这阵子正坐在我家等我老婆给他端饭哩。我看他那样子好像真的不想走了，我一拍屁股走尿了，撂下他一个在那儿干等着！真是的，我和这号狗屁不懂的人永远坐不到一个桌子上咯。你这就跟我过去，让这货另挑一个队去耍他的官僚主义去，六队的事情用不着他操心！”

运喜一听，两个人已经闹到这个份上了，随时都有闹崩的危险。他便不敢怠慢，起身一拄拐说：“走，我也到你家蹭一顿去。”舍娃这才怏怏地跟着他又一起往回走。

一路上，运喜也不听他的一面之词，只闷闷不乐地跟在舍娃的屁股后头闷头走路。眼见到了六队的巷口了，他才安顿说：“有理不在声高，人家好赖是个公社书记嘛。我不在当面，你俩哪怕打起来都行。我去了，你绝对不能跟人家来硬的！闹成那样，传出去还像话吗？”

谢舍娃也不吭气，算是同意了支书的安排。两个人这头一进门，张义伦已经端起一碗洋芋擦擦，笑吟吟地坐在谢舍娃家院子的石桌旁准备动筷子。

运喜马上换了一副热情洋溢的表情紧走了几步，往书记身边的小凳子上一坐，就客气地说：“你看看，让你这大书记来到咱这穷乡僻壤受苦来了。咋样，这几天各家饭食还吃得惯不？”

张书记美美地吃了一口饭，满足地说：“再好的馍馍面，抵不过擦擦饭嘛，香！”

这时，舍娃那婆娘看见支书也来蹭饭，立即端来三碗漂着蛋花的清汤荞面麻食放在石桌上，然后又赶紧给舍娃和支书送来拌了蒜泥的洋芋擦擦。三个人都不吭气，只顾着对付那碗干饭。待到各自放下大碗端起了汤，运喜这才轻轻地捅了舍娃一肘子，怂恿他说：“‘老六’，我咋听说你这货对张书记在会上那些讲话有一肚子意见呢？你也不要闷着，咱们三个当面说说看，让我也听听你脑子里到底都想着些啥东西！”

按照舍娃平日那脾性，遇上这两个十分能沉得住气的书记，早就炸腔了。无奈人家都是比自己大的官儿，他一直在极力地忍耐着。一听运喜递过这个话茬来，他慢悠悠地接了一句：“你好赖也是个支书嘛，咋说话一点都不注意方式哩？咱一个破队长对人家张书记本人能有啥意见？不过，就是对他那个养羊经有点个人看法咯。”

张义伦一听，立即就奇怪地问了他一句："养羊有啥不好？"

舍娃把碗一放，十分敞亮地说："谁倒是说过养羊不好这话来着？别说是一户一只，就是一户十只我也愿意让社员家户去养！问题是资金呢？眼下，一只种羊的价钱咋说也得三四百块钱吧？十九户人家就得近万元哩。队上买了一挂车、添了三头大牲口，总共需要两千九百多块钱，除了你搭话信用社才给贷的那两千三外，还差六七百元钱。为了这点钱，你知道我明里暗里给全队社员说了多少好话才凑够的吗？既然二位书记都在当面，我就把自己的个人意见也摆出来：养羊这事可以提倡，但不能强制，更不能给社员忙上添乱，就这！"

张书记把碗往石桌上一放，声音也立马比刚才大了点，且有点生气地说："重病不能用猛药，这点道理我还是懂的嘛。给你们一户再贷二三百元，又不要你们卖婆娘卖娃，你怕啥？"

舍娃马上就接了上去，十分恼火地说："你们这些大干部都是喜欢抱不哭的娃娃在人前夸！咱先算算，一斤羊毛能卖多少钱？一只羊一年能剪几斤毛？咱们就按收购站的一级毛计价，一斤也就两块多钱吧？一只大羯羊一年才剪不到十斤毛，那些母羊是不是更少？一下子让他们投出去三四百块钱，一年只能收入二十多块钱，给你你干吗？"

张书记一听舍娃把话说到这儿了，就打断他的话头问："一年后，要是每只母羊都生出两只羊羔呢？你算过这个没有，一只羊羔多少钱？"

舍娃不屑地反驳了他一句："你是给社员丢了一条长虫让量尻子哩——根本就是个没有深浅的大话嘛。那要是一年后的行情不好，一只母羊带着羊羔只值八九十块钱呢？扔出去的那两百元得等大羊生多少年羊羔才能补上？羊又不是鸡，隔天就能下一个蛋！"

张书记一听这话，心里立即就翻腾起来了。

他面前这个谢舍娃，在整个长稔塬不但有着非常鲜明的代表性，还存在着相当广泛的普遍性。他们确实是一群典型的北方农民，无论大小事情，都会瞻前顾后、患得患失，怕负责任、踟蹰不前。只要是前人没有走过的路，他们绝不会往前踏一个脚步。就是一台小小的脚踏轧花车子，在这些落后山村推广使用时，居然都能遇到不可小觑的阻力。他们宁肯背着大弓在那儿辛苦地弹，让自己的女人用一双手一瓣一瓣地去抠、去掐，也不放心那飞快转动的轧花机器。说穿了，这已经不是一般的农民意识的问题，这简直就是顽固不化的愚昧！

就说这个谢舍娃，他尽管还算是一个热爱集体的积极分子、一个能接受新生活的新式农民，却宁肯跟着牛尻子走那安稳路，绝不会骑上千里马飞奔前进。说轻点，这些从未走出过山沟的农村党员，几乎就是一拨小小的右倾机会主义分子。说严重了，要让这些人理解党的农业政策，把一村一社、一家一户的事情和共产主义这个远大的革命理想联系起来，那还是十分遥远的事情。

但是，张义伦还是想用一些大道理说服一下谢舍娃。眼前这个自己在心中已不知打量过多少次的生产队长，起码还有着一股闯劲，有那么一份想把集体的大事情办好的责任心。

运喜一看两个人果然顶起了牛，立即就两难起来。他觉得舍娃的观点十分简单，但还是比较切合实际的；张书记的主张虽有些风险，却也可能有很大收益。于是在他俩都不说话的时候，他这才慢吞吞地插嘴说："'家有张口，睡不安宁。'羊是个张口东西，养它并不简单。不说得病，一只羊如果单纯靠放养，夏秋至少需要三亩好草供养；如果遇上大旱之年，冬春就需要十五到三十亩荒坡呢。半阁城那些沟壑，老远看起来郁郁葱葱，近前看又有多少草是羊能啃到的？别说绵羊，就是那些会上崖头的小山羊，冬季放一天回来都是要加饲草的。像咱们这植被贫瘠的山坡坡，一只羊如果没有一百亩荒坡，单靠放养绝对无法生存！老詹那个羊群最多时大小不过五十来只羊，多年来不但把村庄周围的沟坡都啃秃了，有时还不得不把羊吆到十里以外去。要不是滩里有那点水田，他这一群羊是不是能活到今天还是个问题呢。半阁城说起来有一万多亩可耕坡地，人的脚步能到的地方也都挖好了树坑准备栽花椒，这以后又咋个留羊走的路？"

张书记一听运喜也在一旁帮腔，就严肃地问："瘸子，我说过让你们放养了吗？一户养两只羊，只需要农忙时集中几天时间让人赶到收割过的庄稼地里跑跑，平时圈养着，又费得了多少饲草呢？下工回来你们笼里能不能割点草？那些红薯蔓子、庄稼秸秆呢？栈羊听说过吗？你们只知道半阁城这么一点天地，外边的世界究竟有多大，知道不？”

舍娃并不怕他这个公社书记用官职压人，马上接了一句：“好好好，你这大干部也别生这么大的气，你来跟我换换。让我也当几天公社书记过过训人的瘾，你给咱坐坐生产队长这把钝铡刃！不是老子吹嘴，你亲自试一下它的钢水，你就知道即使长个铁尻子，也经不住它轻轻剐一下喀！”

张义伦立即就火了，也不顾自己那身份，站起身就不无训斥地说：“啥？你他妈的给谁当老子？说到打硬仗，你小子差远了！老子当营长那阵子，带着三百号人马，硬是顶住了一百多个鬼子一天一夜的连续攻击，你小子听说过吗？”

一听面前这个“老革命”居然给人吹出这样的牛来，舍娃突然怪笑了一阵子才说：“好尿神哟，三百人打一百人还敢给人吹哩？要是我谢舍娃，一百人整他三百个小鬼子！”

张义伦冷冷地笑了笑，这才认认真真地告诉他：“小伙儿，你以为打仗是拍电影呢？我们手里端的是打一枪拉一次大栓的‘汉阳造’，而鬼子拿的是什么？是‘三八大盖’！知道不？我们那破枪一百步之外就没办法瞄准了；而且，一个人只能配发七颗子弹。而鬼子的‘三八大盖’，三百米距离照样一打一个准！还有那些小钢炮，他妈的就跟长着眼睛似的专往人窝子里钻。知道不？鬼子的一个联队，不过就是我们一个加强营的人马。咱们每次都得出动两个、有时甚至是几个团去对付。毛主席的‘集中优势兵力’你知道吗？让你们养几只羊就熊了？我问你，给你谢舍娃面前放一个糠饼子和一个白蒸馍，你拿哪一个？”

谢舍娃根本就不信他那一套鬼话。看到张书记还真是有点生气，谢舍娃就冷冷地丢过去一句不软不硬的话：“那，你先给我牵两只羊来，我给大家做‘党员示范户’嘛。不过，咱把丑话先说到前头，没现钱！等到下了羊羔卖了钱再给你还本行不？”

张书记几乎是恶狠狠地戗了谢舍娃一句，一字一句地告诉他说：“两只？明天，你派人到县联社赶羊去，一共是二百只怀着小羊的草原寒羊！一只一百二十元，概不赊账。其他农户可以不买，‘党员示范户’一家一只。六队是老子的试验田，每户两只！知道不？全县只扶持四个村，全让我争取到咱们向阳公社了。一只羊政府补贴三十元钱，贷款又不要你们一分钱的利息。这样的好事别人争都争不到手，你还给我讲啥价钱？要不是人家董县长看着老岳丈这点面子，咱们这个破村子倒算个啥嘛！记住，明年秋季，你们再给人家县联社上交五十只纯种羊羔。只要先把社员们的家底子打好，还愁生产队没钱买新式农具吗？同志们，一年一个脚步，一步一个台阶，你们得着手筹划发展集体经济的大事情啦！眼下，这点小甜头也只能是让大家先解决点温饱问题，等将来经济真正发展起来了，让他们一家养几只绵羊，他们还嫌麻烦哩！”

高运喜一听这么大的好事让张书记已经给村上争取来了，立即就换了一副口气：“好我的老哥呢，你咋不早说这些情况哩？”

张书记没好气地说：“老董从来不办那些没把握的事情，羊运不到县联社，他哪能给我夸那些海口嘛！这不，中午邮递员才捎来话，我这不是还没顾上给我们这位谢大人汇报嘛。你这个高瘸子，这阵子也别在这里装好人。这狗小子，肯定是找你来帮忙撵我走的，对不对？你们也忒胆大了，眼里还有我这个书记吗？”

谢舍娃马上就像被人踩住了尾巴一样噌一下蹦了起来，大声问道：“张书记，哪个驴生的又在你跟前告我的刁状哩！让我知道了，有他小子好看的，这纯粹是挑拨咱们干部之间的关系哩！”

张书记一看这小子这阵子张狂得也真是有点自不量力了，立即就告诉他：“你也别问是谁说的了。你老婆刚才还说六队人不欢迎我驻在你们队，这是谁的意思？你这个小小的生产队长，居然和我张义伦列起朝班来，还大言不惭地称‘咱们干部’！哼，你也想当几天公社书记过过瘾是吗？就你这一副小脚女人走路的样子，能不能当好六队这个家我现在都开始怀疑啦！”

舍娃一下子就不像刚才那么张了，他讪讪地笑着说："好我的大书记哩，我要是有你这一身武艺，早当县委的书记去了！既然政策你也给咱乡巴佬讲了这么多，那你就多待些日子，帮咱们六队把这些事情理顺。六队是你的一面红旗，我谢舍娃到时就是你吆喝着撵兔子的一只细狗。闹不好，我们年底在县上还能领张奖状啥的，你脸上也光彩嘛！"

张书记狠狠地瞪了他一眼，没好气地吐了一口唾沫，很生气地问："你们以为向阳公社就是你们一家呀？我后天就得走人，半阁城这碗饭本人也消受不起了。"

说完这些，他才把脸转向高运喜和谢舍娃，严肃地说："你们俩都是党员，不管在哪个岗位上为党工作，一定要识大体顾大局，以党和群众的利益为中心。还有你这个谢舍娃，跟个混眼狗一样逮住谁咬谁，居然多次和支部唱对台戏，这咋行？好了，下午你们就分头去各户做做工作，别又为了争羊闹出一堆意见。"

说到这里，他才长长地吐了一口气，总结性地丢给他面前这两个农村党员一句十分富有哲理的实在话："我现在才真正领教了，咱们这个半阁城啊，真是'庙小妖风大，池浅王八多'呀！"

运喜听到张书记最后这句话说得是那么贴切，便忍不住哈哈大笑起来。

第二十四章

嬗变

张义伦离开半阁城没多少日子，高运喜这个村支书还窝在他家院子里抱着脑袋想着咋样才能把村上这锅稀搅团[①]搅匀了，却莫名其妙地被洽川县委任命为向阳人民公社党委书记。

原来，张义伦在半阁城蹲点的那阵子，他已经接到任职洽川县委书记的通知了。在还没有走马上任之前，他业已着手安排组织部把洽川县所属公社的党政一把手认真地过了一次筛。对于那些不适宜做领头羊的干部，他都大胆地做了调整。组织部动用一切手段，仅用了一个月时间就对高运喜等人考察完毕，县常委会不出三天就做出了对他们这批人的任免决定。

一个公社同时出了两个越级提拔的干部，这在整个洽川县还是史无前例的。特别是一个村的大队支部书记，一步走上了公社党委一把手的位置，可以说，这完全可以算作洽川县一条爆炸性新闻。

早上，有人看见高运喜推着他那辆破“三枪”自行车，带着铺盖卷儿像个要上工地的民工一样一个人出了村，谁也想不到，他们的支书这是上公社赴任去了。

谢栓柱收工后听佑普爷说起这件事情，开始还有点高兴，接着不免又有

① 搅团：北方面食，用杂粮面粉熬制的稠糊糊，佐以辣椒姜蒜，蘸浆水吃。

点沮丧。他跟高运喜搭班子一起干了这么多年了，支书走的时候，却没让自己像模像样地送他一程，心里便觉得很不是滋味。他顾不上吃饭，把锄头往门后一靠，日急慌忙地一路撵着出了村庄。直到进了公社大门，也没见上个人影。等他找到传达室一打听，才知道新书记已经骑上自行车去杨家城大队看那眼快打成的井去了。

栓柱进了书记办公室，一眼便认出那个没顾上铺开的包皮布单子是高书记在大队时常铺的。一掂办公桌上的暖瓶，里边竟没一口热水。他只好自己去伙房打来后给自己倒上。等了老半天，他觉得这样干等也不是个办法，便在办公桌上写了张字条——“老支书，你就这么一走了之，绝对是对不住半阁城的全体社员群众的！谢栓柱即日。”

当他摸黑回到村上走进大队部时，才发现运喜早给他这个副手在那张办公桌上端端正正地留了一张字条,上边也留着一句话——“栓柱，我这一走，真对不住半阁城的父老乡亲。你挑起这个担子干吧，社员们就指靠你这个主心骨了。”

栓柱反复地把那张字条看了，总觉得，自己那话跟高支书的只差了几个字，意思却相差了十万八千里。

他坐在大队部的办公室里，一个人还在空落落地傻想着突然摆在自己眼前的这一摊子事情，这时候，妇女主任谢采蘩腆着个大肚子摇摇摆摆地进了大队部。她见栓柱一个人在那儿愣神，高兴地问他：“栓柱叔，高支书走了吗？”

栓柱没好气地说：“早走了。”

采蘩也不和他计较，低声念叨了一句：“他这人真是，咋一说走立马就走了？”看到栓柱那副六神无主的样子，她又问了一句：“高支书升了官，你咋还一脸不高兴哩？”

栓柱叹了一口气，不无忧愁地说：“他把这一摊子撂给我，自己一拍屁股走了，你看我是能拿动这号事的人吗？”

采蘩不无讥讽地对他说：“看把你熬煎的。董县长在陕南当少共团长时才十四岁，让你当个烂支书就把你吓着了？我看你一满是烧包得说胡话哩。”

栓柱好像是对她也是对自己说：“站着说话不腰疼咯。不信，你给咱把这事顶上几天！”

采蘩笑了笑说：“我要不是这身子，你以为我不敢当你兀个破支书？”

栓柱却烦躁地说：“你能行得很嘛。嗳，你整天说你生哩，咋还没生？你把你那一摊子放着让谁替你打理呢？”

采蘩一看栓柱莫名其妙地对自己发起了火，也认真了起来：“你这人还日怪得很，真是皇上不急太监急，我这不是和你商量来了吗？是这，窦桃夭在她队里干得不错哩，让她在大队替我把这一摊子管上一段时间。公社开个会，她也能领会那精神，坐完月子我再换她，你看得行？”

栓柱觉得这么安排也可以，刚想和她把此事商量得更为妥帖一点，二队社员高子升却拿着一卷纸进了门。

一看两个人好像在谈工作，高子升又退出去站在耳门候着。栓柱知道他有事，只好招呼高子升进来。

高子升进了门坐在那儿却不说事，只问了一句：“高支书哩？”

栓柱看见这个往日衣衫整齐的老先生现在闹得一身灰土，不无戏谑地对他说：“你们高家坟里这阵子黑烟冒得都快起火苗子了，你还不知道？他嘛，现在已经是公社的大书记了。咋，你找他有啥事情要汇报？”

子升一听运喜不在，便扭身准备出门。栓柱忙喊住他说：“哎，高老师，你那事不说我也知道。这样，你也不要瞎跑了。前几天，张书记临走时把你那桩事给抹平了，村上这边也同意，决定让你继续到学校教书去。你呢，下一步回到学校就静下心好好教你的娃娃，不要有事无事再写你那歪诗。说话慎重一点，该说的少说，不该说的就不要开口，我就不相信谁还能把哑巴问下个斩罪来！就这，我这就算代表支部正式给你本人通知过了。”

高子升听到谢栓柱这句话，好像并不高兴，而是显得十分难为地说：“好我的谢支书哩，算了算了。我不是不想再教那书去，唉，你看看这个世界，真是瞎人多好人少，二㞞把人能绊倒。张书记这样抬举咱，我这心里就更加不安了。我是个历史不清白的人，他能保住我一个臭教书匠这一回，下一回再遇着这样的事情咋弄？唉，有些事不好跟你们这些娃娃学说咯……”

栓柱一看子升居然在那儿拿作起来了，就摆出村干部的架子，颇有点教训意味地对他说："高老师，不是我一个人说你，你这个人还真是有点不识好歹！要不是你教过我几天，我都不该跟你说这些话。你知道向阳公社这次只落实了几个人？亏得张书记还比较喜欢你们这些臭老九，你这次也是沾了他的大光了你知道不？你还谦虚得不行，不想再去挣那工资？就你兀两下子务庄稼的水平，迟早都会把老婆娃娃饿死！"

他突然发现高子升手里还拿着一卷纸在不住地捻来折去，便前去要了过来。等他展开一看，哎呀，又是一篇奇文——

偷生为人千条路，
今番才识有左右；
早知昔日报国死，
何必留做活人羞。
动辄站桌挨批斗，
人耍猴时人亦猴；
一纸斯文欲加罪，
之乎者也去个尿！

栓柱看了，怔怔地站在那儿。采蘩也接过去看了，又慢慢地交给了栓柱。栓柱把手里那张东西恶狠狠地揉成一团，又一点一点撕碎了，这才两眼直勾勾地盯着高子升，陡然觉得他的这位启蒙老师咋看都像一头犟驴！

只见他语气缓慢地、而且十分不解地像给一个不谙世事的学生教导道："高老师，教书你便乖乖教你的书去，日后再甭给自己添乱了。咋？你好像还有点不服气？佑普爷在黄河上划羊皮筏子做地下党那阵，他也想不到后来当右派这些事吧？你说说你倒有啥想不通的？不管咋说，张书记代表公社已经给了你个说法，人家现在还能代表县上的一级组织，我这个小卒不敢擅改帅令。好，好好，跟你老先生说话就跟和驴说话一样费力，我也不想跟你多讲那些破道理了。你去能教啥就教点啥，实在不愿意讲课，总能管高小班的开水灶吧？反正，我劝你别让张书记难堪。至少，写奏表那事至今村上也没专门批斗你嘛！人嘛，最重要的是不要自找轻贱。你是几斤几两，大伙儿心里都有一杆秤哩。”

采蘩也在一旁劝道：“高老师，好人总归是有好报哩。高支书是从战场上下来的人，复员后原本坐在办公室享清闲，后来他积极地报名参加农业生产，回村时才领了三百斤黄米当安家费。这么多年，他风里来雨里去，这不又去公社当大干部了嘛！再说你吧，教了大半辈子书，组织上肯定对你有说法哩。要不，这次为啥要解决你的问题？你不去上课，娃娃误下了课程，你心里也会不落忍是不是？”

高子升一听，和这些年轻娃娃也无话可说，只好点了点头，站在那儿发起呆来。

自打他被停了工资，一个四口之家的生活一下子就陷入了拮据的境地。两年多来，为了给家里挣点盐钱，他也曾模仿旧时那些转村卖文具的书倌做过一阵小生意。不同的是，人家书倌那挑子里文房四宝几乎样样俱全。他没有资本去买其他物件，趁着雨天，一气儿写好了一摞小学生用来描红的大字仿格，得空又找到以前和自己一同教书的老朋友，让他们以一张四分钱的价格代卖给学生娃娃。好在他那一手好字还值点小钱，昔日的同行也大都愿意把他的仿格推荐给自己的学生临摹。

说起仿格这东西，描过几次后如果沁过墨点就得换新的，一个学生一个学期少说也得换十张八张，一个人就得花三四毛钱，一个小学一个月下来准赚一两块钱。八九个学校统计下来，数目也相当可观。凭着这点小生意，子升一个月基本还能保证十多块钱的收入。可是，随着国民经济的调整，全国中小学的学制被明文缩短了一年。为了完成教学任务，有的学校已经取消了学生习练毛笔字的作业，他那仿格便卖不出去了。

看着老婆孩子跟着自己过的那日子，高子升何尝不愿意去教书领那一份正式工资呢？可是，一想到又要让他重新去和整过自己的那一拨人共事，他时时都感觉到一种外人无法理解的屈辱在心头泛起。有时候，连他也说不清是不是自己已经发昏到不谙世事了。或者说，眼前这些世事已经变得让他跳跃着去思考也撵不上人家这趟儿了。

第二十五章

涟漪

秋末冬初，草木凋零，自然界已经到了万物蛰伏的日子。然而此时，半阁城各个巷院中那些鳞次栉比的瓦房里、土窑洞里飘出来的气息，却和这个季节多少有所相悖。活像小草错误地得到了春的信号，一棵棵慢慢地露出了冰盖；只有在夏天才活动的小虫子，此时也不合时宜地爬出蛰伏的土洞，欣赏着凋零的霜叶。

自从谢佑普被撤职以后，大队长这个职务一直都是个空缺。谢栓柱上任支部书记还没多少日子，便组织各队召集小组准备村上的选举。一些想趁机过过官瘾的人便蠢蠢欲动，村庄上的气氛也开始有些异样。且不说那些有本事的人怎么去想，谢德懋这个连一天生产队长都没有当过的小人物，居然也往谢栓柱家跑得勤快起来。

村庄虽小，却也鱼龙混杂。有些人安分守己过着自家的小光景，有些人却天生喜欢在人前张牙舞爪。不管自己是不是人家村干部那张犁上的铧，一听要搞选举，便心热得在热炕上坐不住了，活像戏台上那些身穿蟒袍的官老爷身后的跟屁虫。人家打马上轿地唱了一个晚上，哪怕轮到自己一句戏词也没有，只要能跟上打着旗号喊着“嗷呵呵”上个场，也算是上过一次台、过了一次瘾了。

俗话说，无利不起早。据村上那些洞观世事的人士分析，谢德懋这个人绝对是想在这次选举时捞个一官半职。

两年前，谢德懋被进村调查盗墓的公安人员关在祠堂里无辜吊打过之后，人就变得神经兮兮起来。他那个小脑瓜子里已经不止一次地苦思冥想过了，最终，他觉得那次绝对是遭了小人暗算。一个人之所以无端受辱，主要是在村上人微言轻。事后，他便极力巴结村干部和那些他认为在村上说得上话的、对自己有一点用处的人。连个记工员，他见了都要点头问候，夹起尾巴做了一阵子人，但心头那股无名的怒火却时时升起，甚至萌生出一些整整别人的恶念。为了这一切，他忍辱负重，并近乎痴迷地盘算过，收效却微乎其微。开初，他曾经把这个希望寄托在儿子身上，可儿子哲虎天生是个吃舍饭打碗的货。自从娶了媳妇，这个不成器的东西便白天死吃、夜里酣睡，对出人头地这些事情一点兴致都没有。他这个当老子的也只好学一回佘太君，亲自破一回半阁城这个天门阵了。

栓柱这头刚刚上台，德懋便一天三次地去家里嘘寒问暖，百般轻贱自己，并拉出八竿子都打不着的关系跟人家套近乎、攀亲戚。算来算去，按辈分他确实还得叫栓柱一声“老姨夫”。栓柱实在赔不起工夫，只好让这个人先混了个贫下中农管理学校的贫管代表。

对于这个人来说，官职大小倒不要紧，只要能体现自己在村上的身份和地位就知足了。虽然自己大字不识，但那些小学老师见了他却不得不毕恭毕敬。且不说有一个月能白混两天补贴工分的实在好处，单是从心理上讲，这也已经大大地维护了他一生做人的尊严。可是，他仔细一想，凭自己这身能过五关斩六将的本事，当个小学校的贫管代表实是小了点。最近，他又给自己盯上一个村干部的缺儿。

自打去年老贫协主席死了之后，大队贫协主席这个位置一直在那空着。对于其他人来说，这个官职根本就不值一提。但在谢德懋的眼里，这大小也够得上个村干部的头衔。当各个选民小组已经开始向支部上报候选人名单时，他心里不免就痒痒起来。他想，这对于自己来说，绝对是十年九不遇的好机会，过了这个村，就不一定再有这个店。

俗话说，宁叫做过，莫要错过。天还没黑，他就用衣襟揣了一包东西跑到栓柱家去了。

栓柱刚从公社开会回来，顺路又去七队和那个临时指定的队长孙富贵商量了半天打水窖的事情，等迈进家门时，时辰已经不早了。

高运喜在村上那阵子，栓柱充其量只是个“二掌柜”。当他一个人苦苦支撑了这两个月后，才真正地体会到当官还真不是个轻省的事情。村上无论大小事情，都得他这个“一把手”过问。特别是七队，尽管他投入了很大精力，集体生产至今依然如一团乱麻。政府按照国家移民政策给这些人支援了三头耕牛。头谷已经牵回来了，他们却没有一处地方可饲养。好在这些外来户的吃苦精神倒是蛮强，那个孙富贵发动全队男女老少轮班倒，锅碗瓢盆齐上阵，三天之后，总算打成了一孔在他们看来已经十分宽敞的土窑。没有木板做牛槽，他们就捡来些青砖，盘了几个小槽凑合着拌草料，总算把牲口先安顿了下来。这一切，谢栓柱这个新支书都看在眼里，心里还真不是个滋味。

德懋这头一进门，看见支书正端着个搪瓷缸子坐在椅子上“咕咚咕咚”地喝白开水，立即从怀里摸出一封点心，像在自己家待客一般解开了麻纸上边的纸绳儿，这才毕恭毕敬地推到他面前说：“刚才外甥路过，给我捎了一封点心……”

栓柱一看那点心，客气地说了一句：“你留着嘛，给我送来干啥？”

德懋十分惭颜地说：“好我的谢支书哩，咱这嘴长得像簸箕一样，凭啥吃人家这么值钱的东西哩？”说着，亲手取了一块点心送了过去，并十分在行地介绍起来，“来，你先尝尝。人家这才是正宗的金帮银盖‘石灰窑’哩。皮酥馅软，揭层掉渣，入口即化，老字号的东西就是不一样呢……”

栓柱也不推辞，接过去就往自己嘴里放。两三块下肚后，他才点了点头称赞地说：“味道确实好！”接着，就随口向德懋问起了学校的事：“最近，你觉得咋样？”

德懋立即就把他那个小蒜脑袋点得像小鸡啄米似地回答道：“还行，还行！”

栓柱喝了口水，对他说：“要多操点心哩，别以为每个月那两天补贴工分就那么好拿。唉，你现在总该明白了吧，当干部就是给大伙儿驾辕拉套哩。不过，吃苦受累下大力，总是咱们自己给自己揽下的颇烦。这不，我刚进门，也不知变巧跑到哪家转去了，一口热饭还没吃着呢……”说完这些，他这才问一直坐着的谢德懋，“呃，你来又有啥事情呢？”

谢德懋讪讪地一笑，并不急着向对方表明真实目的，而是不无谦恭地说：“好我的大支书呢，没事还不能串串门子嘛。咱这个‘代表’是咋当上的，村里人不知道，我心里还能不清楚吗？看你一天忙张成这个样子，就是有事咋好意思在这个时候开口哩。”

谢栓柱料他也没啥大事，就说：“你也算村上的能人哩，有个事我倒是想问问你，西沟塄原来居住的老孟家和后来的雷家，那时吃水用啥办法在家里存储？”

德懋一看栓柱还真是没把自己当外人，就摆出一副说来话长的架势说：“听老人讲，老孟家那时有个存水的大水筲，那个水筲一次可装十二担水哩。每次进村来绞水，都是全家出动一起推着水筲来拉水。到了雷家手里，他们已经有几头牲口了。一家一户，根本打不起井，就想了个用水窖收集雨水的穷办法对付。现在，咱们还能看见西沟塄路边上那些废弃了的黑窟窿，那就是雷家先人遗下的水窖喀。后来，咱们村上也学着人家那办法，在村外打过几口水窖，遇到大旱之年还真救了不少急呢！”

栓柱一听水窖，忙问：“哦，兀个东西好拾掇不？”

德懋却好奇地问：“你打听这事是想闹啥？”

栓柱奇怪地白了他一眼，没好气地说：“你这个人哟，咋好像刚从湖广经商回来的南洋客似的。七队社员这不是没水吃嘛，村庄上这么大的事情，你都没放在心上呀！”

德懋这才恍然大悟地说：“啊呀，你看看我这个人。那他们自己不去想法子，难道还等咱们给他们闹现成的呀？”

栓柱爱搭不理地回答说：“一方水土一方人，那些外来户知道土窖能存水吗？再说了，那些水窖咋打，又咋个把防水的胶泥贴上去？这些，他们懂吗？如果要弄的话，大队不派个当地把式指导咋行？”

德懋听到这里，立即轻松地舒了一口气，他知道栓柱终于遇到了需要他搭手的事情了。他赶忙给自己也倒了一杯水，趁着热乎喝了一口，然后轻轻地放下杯子就给栓柱出主意说：“打一口新水窖你以为就那么容易吗？不说打窖是个技术活儿，夯窖底那么多红胶土又到哪儿去找？你以为贴窖用普通泥就能行？不用铁棍捶打十儿遍做成醒泥，那还不能用来砌窖呢。况且，那泥还得用泥叉一点一点地仔细过几遍，不然不小心有个小柴棍棍混在里边，沤烂了将来就会漏水。还有窖口那些石錾的跌水、箍口的青砖，你一下子也没地方备办那么多东西咯。”

说到这里，他给栓柱建议说：“我有个想法，说出来你听听看行不行。七队虽然牲口不多，人却不少。如果全部指靠水窖，少说也得十来口小水窖。依我看，咱们把原来那几口废水窖淘挖一下就行了。尽管多年不用，但那些窖只是塌了口，水线以下的窖壁和窖底绝对还都保存得好好儿的。淘一口老窖，咋说也比打一口新窖省事。据老人说，西沟塄路旁那些老窖可都是一口抵几口的大窖呢……”

栓柱听到德懋这个主意还真是不赖，就讨教道：“淘窖这活路应该还有不少讲究吧？闹不好窖口塌了，把人埋在下边咋办？”

德懋内行地说：“不用担心。淘挖前先把窖口和水线以上挖开用砖块砌好，再把周遭回填上用木夯砸实了，淘挖窖底那点烂泥根本就不费个事咯。”

栓柱马上兴致颇高地问：“看来你还确实是个内行。你看你能不能抽几天工夫过去给他们帮帮忙去？”

德懋并不拒绝，只是却有点难为地说：“几天咋行？淘挖一口老窖，顺利的话也得十多天呢。要把几个老窖全淘挖出来，凭着他们那点劳力，少说也得一个大冬天！”

栓柱觉得他说得也有道理，便十分明确地对他说：“那这样，我就派你到七队去指导这个专项工作，你看咋样？”

德懋却讪讪地说："咱又不是个干部，这个样子不是叫人家背后又说咱这是屎壳郎撅屁股——自己在那里臭显摆吗？"

听到这里，栓柱这才明白过来，就直戳戳地问了他一句："好嘛，你想要个啥官？"

德懋不好意思地说："你看，这阵子大队上不是要搞选举嘛，你跟他们说说，贫协老汉这不是死了都一年多了嘛，让我把兀个主席接上，我保证积极配合你。好赖那个时候咱也是个村干部，出队指导工作也名正言顺。话说回来，咱也是贫农咯。共产党的事情，我们这些老贫农不去干，难道指望谢信仁兀号老反革命为群众去出力呀！"

栓柱想了想，也只好对他许诺："好吧，你先回去盘算盘算。过几天村主任一选出来，这个事情我再在后边提议一下，估计问题不大吧……"

两个人把话头又撵到村干部这个事情上，栓柱随便问了他一句："你说说，村上这次让谁上这个村主任比较合适？"

德懋几乎不假思索地说："谢佑普咯。有这根老杠子在村上横着，谁敢惹这个村爷爷嘛！"

栓柱一怔，刚想开口问他，又觉得和德懋这号没一点人缘的角色提说村庄上的这些大事情也是白搭工夫，便不再吭声。正在这个时候，他突然听见有人进了自家院子，便把身子探出房门问了一声："谁呀？"

借着月亮的光亮，他影影绰绰看见好像是大哥慢吞吞地走了进来。

德懋一看老大进了房门，估摸人家亲弟兄肯定有话要说，忙推说家里有事，出门前依然没有忘记给老大哈了哈腰，然后对栓柱说："打水窖兀个事情你就放心，我先去马村我亲家那里问问，有些事我也不得手咯……"

老大看见德懋告辞出门，估摸人差不多已经走远了，这才开口问老三："兀个烧料子货，这几天往家里跑得这么勤想弄啥哩？"

栓柱一边给大哥递烟一边倒着水说："还能有啥事情，想捞个官当当呗……"

老大一听，这号只配站在门道等舍饭的货色居然也想摸主家的勺把子，嘴角鄙夷地笑了笑。他也顾不上和老三扯闲话，接着他的话茬问了老三一句：“后晌，你去公社啦？”

栓柱在老大面前从来都不会隐瞒村上的一些实情，面有难色地说：“你看看这几天村上那伙人急成啥样啦。选个破村主任嘛，好像是竞选国务院总理似的。我后晌去见了见运喜，顺便把村上这些事情汇报了一下。唉，谁这阵要是看上我这破支书，我绝对都主动让这个贤哩，不就是多挣几天补贴工分嘛，真是的……”

看老大没搭腔，他又解释道：“这次，咱们队上还有不少人提到你的名字。我跟运喜说了说，他那意思很明显，弟兄两个一起当半阁城这个家也不现实，我只好压住没把你往上报。你来了，我倒是想问问这个事情。这次支部准备让佑普爷重新披挂上阵，你感觉老汉愿不愿意再接这手？”

老大抽了几口烟，慢吞吞地告诉栓柱：“谁上都行，这个人不行！”

栓柱立即奇怪地问：“为啥？”

老大还是刚才那口气，并且更加蛮横地说了一句：“不为啥，我就是看不惯这个老东西在人前张牙舞爪！”

栓柱一听从老大嘴里说出这号话来，马上提醒大哥说：“这次是公开投票选举哩，又不是谁一个人说了算。看你这口气，好像你一个人就能当全村人这个家！”

老大瞥了他一眼，没好气地丢了一句：“一村人站在那里嚷嚷半天，也抵不住你放一个屁！”

看着老三那不解的眼神，他便摆出家中老大的架势，十分愤懑地说：“你记住，我今晚就是为这事来的。谢佑普这个人一日不死，我一日就咽不下这一口恶气！”

栓柱这阵子已经想到大哥为啥这么记恨老爷子了，忙规劝道：“咱爹咋死的，这个我也听人说过点，不就是谢信仁这老狗闹的嘛。再说，上一辈人之间的小恩怨，谁说得清楚？你好赖还是个生产队长，在村上多少也还有点身份，最好别让人说咱们弟兄处处干涉村上的事情！”

老大长长地吐了一口气，认认真真地盯着老三的眼睛问道：“啥叫恩恩怨怨？杀父之仇这也能叫小恩怨？”

栓柱委实是被大哥这话说糊涂了，不过也没有开口问他。老大看了看老三，接着说：“你那时还小哇，不记得咱爹被人抬回来时的惨相……至死，他都抱着那条被人砍断的腿啊……人都抬放在灵床上了，我上去掰都掰不直他那蜷曲的身子……”说着，这个四十多岁的汉子禁不住唏嘘起来。

栓柱这个时候也不好插话。只见老大慢慢地缓过神来，才接着说：“不提谢信仁那老狗欺男霸女那些事情也罢，谢佑普又算是个啥东西？在县衙杀了当差的，跑得几年不敢回村，后来居然和土匪搅和在一起。咱爹只是说了句要告谢信仁倒枪贩炮的话，就算是牵扯到他谢佑普了，他咋忍心找来山上的绺子进村杀人灭口？这是人能做出来的事情吗？”

老大看见栓柱听到他这番话后那一副吃惊的样子，反问他：“你真的以为咱爹是谢信仁害死的？”

栓柱更加迷茫地摇了摇头。

老大望着老三那不解的眼神，对着自己的亲弟弟第一次说出了二十年前那个家族秘密——“……当年，那个夏侯举亲手糟害咱爹的事情倒也不假，可他是一个靠杀人吃饭的刀客。冤有头，债有主，是谁把这个牲口招进村的你知道吗？镇反那阵子，我拿着父亲的血衣去人民政府鸣冤，原想只要把谢信仁这老狗让政府毙了，剩下谢佑普个老东西让他慢慢活着，我倒是想看看他还能蹦跶几天！谁知道，这老东西跑前跑后，硬是把谢信仁从大牢捞了出来。为啥？没有谢信仁，那些年他别说回半阁城给祠堂照看车马店了，就是死到荒郊野外让狗撕了，都没人替他拣回他那臭骨头来呢！后来，他居然做了地下党，成了大红人！我总算是琢磨透了，正是这人面兽心的老贼那时候怕自己身份暴露，暗地里给咱爹下的那黑手！”

说到这儿，老大依然没有忘记叮嘱老三：“你现在是个村干部了，当哥的也不想沾你的光。你只记住，给大家主事先得堂堂正正地做人，不要得点小势就欺负良善！谢佑普这个老狗，前一阵子刚刚被公家弄倒了，没想到，他仗着董县长和张义伦这两个乘龙快婿，不但又摘了头上那顶右派帽子，咋听说他这次居然还想继续上台来在人前张牙舞爪！哼，你看吧，谁当半阁城这个家都行，这个人，哼！”

说到这里，他把桌子上那纸包顺手往前推了推，这才发现里边似乎还裹着几块点心。

老大突然想到德懋刚才那副奴颜婢膝的样子，一切都明白了。他紧紧盯着老三发窘的脸，立即气哼哼地说：“你，你小子！好嘛，居然有人已经开始上供了哇！”

没等栓柱解释什么，老大一把抓起那包剩下的点心奋力地扔出门外。

第二十六章

老单干入社

半阁城沸沸扬扬的竞选村主任活动，不但使村庄的人事变更显得有点扑朔迷离，而且大大地刺伤了一个人的自尊心。

当全体社员每个人都领到了一张大红的选民证，兴高采烈地议论着怎样行使一个公民的基本权利这些话题时，老詹这个外路客却一直被丢弃在村庄的一隅。

在不久前的人口大普查中，向阳公社登记在册的基本人口里，只有两个人不是公社社员。一个是由于地域相隔，当时根本无法就近加入当地生产队参加集体劳动的铁匠赵大银的病秧子婆娘；再一个就是半阁城这个放羊汉詹木林。西沟塄正式成为半阁城第七生产队，赵大银的婆娘顺理成章地被上报为正式社员。于是，全公社就只剩下老詹这个“老单干”了。

这几年，老詹应当说已经熬得没有一点意思了，要是随着前几天人口普查顺理成章入个社也就罢了，可是，这货却依然一点都不着急。为了这件事情，麦秀的脸却在村上挂不住了。女儿芍药已经上小学三年级，因为有个坚决不入社的继父，连累得娃一直戴不上红领巾。芍药娃在麦秀面前已哭闹过好几回，她也硬着头皮劝说过丈夫几次，可是，老詹一直坚持着自己的老主意。为了先哄女儿继续去学校，他特意为女儿在县城里买了一件领口打着红结的漂亮连衣裙，自己则依然优哉游哉地放着他的羊。

不过，几天来，村庄上轰轰烈烈的选民活动已经开始触动着老詹的神经。在继续放羊还是做一个名副其实的公社社员这两者之间，他已经开始做着反复权衡。不说老婆孩子已经跟他闹得势不两立，这次选民中自己被明确地排除出“人民”的正式行列，终于使这个很好面子的人受到了很大震动。这断那一根筋的脾性，想一出是一出的，现在得空便往谢舍娃家里跑，在村庄上还惹出了不小的风波。

谢舍娃这段时间的日子很不好过。先不说他被头上那个“红旗生产队”的大牌子压得真有点喘不过气来，光是村上又要搞这个“民选大队长”，自己被提上了候选名单的事情，就闹得他几天几夜都没有好好地睡个安生觉。

另外，老詹这个没成色的货色为入社的事多次找上门来，还真把他为难住了。尽管两家关系不错，但是这件事情他一个人还真是说了不能算数。杨麦秀是四队社员，这断却不愿跟自家婆娘加入第四生产队。

四队队长谢要栓一看老詹连日来撅着屁股往谢舍娃家里跑，觉得舍娃绝对趁着这件事情又在背后捣四队的鬼，便放出话来：“入社时各户都交了农具牲口，老詹的事特殊，他本人还是革命功臣，他如果要和婆娘一起入四队，我们一不要他上交应负担的生产队农具牲口和固定财产折价钱款，二不收他那一群羊，只要他一年给队里交两圈羊粪就行了……”

老詹这货委实是个不识抬举的东西。四队明确表示欢迎他加入，他不但不赏脸，还公开表示，以后不放羊了，要做个真正的“农业社员”。为此，他甚至愿意把自己的羊群无偿交给四队，以回报四队社员这么多年对其妻杨麦秀和几个儿女的照顾，但他本人坚决不入四队……

舍娃得知要栓在这事上漏了口风，趁机在背后撺掇了一下，故意在井坊扬言说：“只要老詹瞧得上我们这个穷队，我谢舍娃绝对举双手欢迎！别说他一个，就是把麦秀和娃娃的户口全转过来也行……”其实，他这话就是随口一说，他自己也知道事情没有这么简单。何况老詹已经声明要把他那一群羊留给四队，自己队里那些能猴猴肯定会有很大意见。可万没想到，老詹一听这话，便三天两头往他家里跑。这时候他才知道，自己这张说话从来不打草稿的大嘴，硬是让自己的手扇了个大嘴巴子。

事情明摆着，老詹一个还好说，连老婆带娃一下带过来四五口人，这不是明摆着和其他人争饭吃吗？虽说人多力量大，但老詹这号只会夹着口袋分粮却不会下地干活的人，多一个便多一份累赘。

舍娃在井坊放出口的大话一时收不回来，老詹却是个咬住猪尻子用白面蒸馍换都不松口的主儿，他逢人还大肆散布："入社自由嘛。如果谢舍娃同志不让我詹木林加入人民公社的话，我就不放羊了，天天去县城找张义伦书记说这号理去！"

一听老詹放出这号话来，舍娃便熬煎得坐不住了。别说让这货上县城去四处丢人现眼了，即便这话只传到公社高书记的耳朵里，自己都成了不让革命群众加入人民公社的罪人了。何况，这几天村上为了选举，已经把自己推到了风口浪尖上，这件事情闹不好，就是个引火烧身的事捻子。

吃过早饭，老詹又找上门来。舍娃觉得应该跟老詹把这件事说清楚，省得他天天来捣乱，闹得自己一顿饭都吃不安生。

一看老詹拖着他那双大皮鞋又进了门，舍娃忙招呼着让他先坐下。老詹不但不言一声谢字，还不买账地说："每次都是坐，你有什么理由不同意我加入人民公社？"

舍娃也知道老詹说话从来不会拐弯，便好心好意地对他说："好我的老哥哩，你真是头犟驴咯。我不知跟你说过多少遍了，你这个事情看起来小，其实麻烦得很哩。你说说，将来你一个人在六队劳动，麦秀和娃娃在四队待着，这不是成了长稔塬上的大笑话吗？你见过谁家两口子分开在两个队挣工分粮？"

老詹却死乞白赖地说："这有什么？我认为是可以的。再说，你已经说过了，还可以把我的爱人和孩子一块转过来嘛，为什么中途又变卦啦？"

舍娃有时也是个把说话当放屁的主儿，看到老詹抓住了自己的话柄，立即指天发誓说："我几时给你撂过这号没深浅的话？再说，四队会给我划地吗？"

老詹不解地反问："什么地？公社的地谁种还不一样？"

舍娃还真的被他这话给噎住了，可还是耐心地说："你个尻货说得轻巧，没地咋种粮食？"

老詹轻省地说："这个，我有办法！"

舍娃奇怪地问："你兀个尻样子能有啥办法？"

老詹认真地说："我把自己开的荒地上交给生产队。我嘛，还可以再去开地！"

舍娃几乎哭笑不得了。老詹从不参加社员大会，只知道没粮了夹着口袋去大队要他的那一份口粮，给他讲地的事情实在是对牛弹琴。一看这货还真把自己给赖上了，舍娃只好耐心地给他解释说："当初是按大队核算嘛，别说你一个参加过来没个啥，就是再添几张吃饭的嘴我也不怯火咯。现在是按生产队核算，一下子再平白无故地增添几张分粮的嘴，这得开个社员大会让大伙儿讨论一下呀。"

老詹一听这话，便十分理解地说："你放心吧，谢舍娃同志。我知道我的爱人和孩子们会给您带来一些麻烦，所以，我会入一份股份的！"

舍娃赶忙问他："啥'股份'？"

老詹恳切地说："六队的牛马和农具，没有我的劳动所得，我能入队的话，可以买一头牛送给社员同志们！"

舍娃知道老詹从上海回来腰里缠了不少钱，便好奇地逗他说："你狗日的咋平白无故要入社哩？开始嘛，坚决不入；要入了还非得入六队不可。你个瞎锤子是不是最近又吃错药了？"

老詹却神色庄重地告诉他说："呶，谢舍娃同志。我詹木林是很有思想的人，并不是你想的那种四肢发达、头脑简单的人。这么说吧，我呢，现在名义上是半阁城的人民，但因为没有加入公社，还不能算一个真正的人民。这几天，你们都在发放选民证，我詹木林嘛，没有。再说，高书记是我的好朋友，他现在是公社的书记。如果在他的公社里，目前还有一个人不愿意加入这个公社，而这个人恰巧又是我詹木林，这不是不信任我的好朋友领导的这个人民公社吗？如果这样，其他的人民群众又会怎么去想呢？”

舍娃一听，老詹说的这一番话还算入情入理，便不住地点着头又问了他一句：“那你为啥不愿意加入四队，偏偏要把嘴伸到我们六队来吃这口抢槽食？”

老詹认真地对他讲出了自己的想法：“六队嘛，要办制造砖的工厂，我知道，六队以后在您的领导下还会干许多大事。在我来到半阁城这个村庄以前，也一直想当个农业工人！”

舍娃听到这里，更加觉得奇怪了。人都说老詹脑子有毛病，这一番话却让他觉得浑身上下都十分舒服，于是，就故意逗他说：“你他妈的是不是看见这几天人家选干部，也跟着眼热了？”

老詹十分肯定地说：“是的，是的。我们村庄上的民主进程太快了，我很高兴。如果我也是一个人民公社的正式社员，这次我一定会报名竞选村主任。真的，我的竞选纲领比你谢舍娃的实在，你相信不？”

舍娃不屑地丢了一句：“去去去，你有屎大个本事！”

老詹却更加认真地说：“首先，我会告诉他们怎样养羊，也可以养牛，先让我的村民有奶喝，再帮助他们掌握新式农业机械，社员们一定都会给我投票的！”

舍娃一看这家伙说起来还一套一套的，故意拦住他的话头调侃道：“哎，快算了吧，还养牛哩。社员私人不许饲养大牲口，这个大政策你小子都不懂，还想当人家那村主任！不过，伙计还是想问你个事情，如果我同意你加入六队，你会不会在这次选举中投伙计一票？”

老詹立即对舍娃这句玩笑话认真起来，他鄙夷地瞄了对方一眼，摇着头连连说：“呶，呶。你这是贿赂选票，很卑鄙的，会触犯共和国法律的！”

舍娃一听老詹又在那儿胡说八道，禁不住哈哈大笑起来。

老詹却被谢舍娃莫名其妙的大笑闹得一脸惊愕。

舍娃终于笑完了，这才骂着说：“你个老驴，我说你屎也不懂，你看是吧！选票那都是公社印好下发的，我哪儿‘会弄’兀个选票哟！”

这阵子，他也无心再和老詹穷开心，觉得得先把这尊瘟神安排好，让他不至于再给自己忙上添乱，至于上社员会的事情，下一步慢慢再说，便郑重其事地对傻站着的老詹说：“行嘛，就冲你刚才说的那几句舔尻子的好听话，伙计就好人做到底。你回去给麦秀说，明天，你们两口子就听着咱们六队的钟声出工。这事嘛，先这么着吧。”

老詹一听谢舍娃突然同意了自己的入队申请，还是有点不放心地追问了一句：“就这么简单吗？”

舍娃随口说了一句比较能表达他真实意思的大脏话：“这有啥难的？又不是让男人生娃娃——还有个尿绊着。六队的事情我说了不算谁说了算？”

老詹一听大事已妥，立刻庄严地从上衣口袋掏出一张提货单递给对方说：“这是你的……不，是咱们第六生产队的！”

老詹抖着手里的提货单，示意舍娃拿去看一看。

舍娃的文化水平充其量只认得“男女”两个字，即使这样，上城赶集还时常跑错茅房。但他依然煞有介事地把那张提货单接过来反着正着看了一遍，这才十分大度地说：“你存折上这点破钱留着给麦秀扯一条绒裤子去。我说不要就不要，收你这号八成货的钱，全队人还怕跟着折寿哩！”

老詹却一点都不着急，夸张地用手比画着问他：“尊敬的队长阁下，一台拖拉机你都不要吗？”

舍娃立即像被蝎子蜇了一样倒吸了一口气，又一把抢过那张提货单认认真真、仔仔细细地看了一遍，这才仰起脸不解地问：“啥，啥，拖拉机？”

老詹又一次比画着说：“大轮胎的拖拉机，不是带链轨的那种，是二十八匹引擎的，可棒啦！”

舍娃实在是有点不敢相信自己的耳朵了，他更加吃惊地问：“你妈个脚，你从哪里弄来的大拖拉机？”

老詹自豪地告诉对方：“我的朋友，许多的朋友，他们都在上海和北京那样的大城市生活，你明白吗？我去上海，他们跑来一起聚会。当他们知道我的一家人在农村生活时，就一起商量着给我送了一台拖拉机作礼物。货呢，已经从洛阳拖拉机厂托运到渭城火车站了……”

舍娃像傻了一样急忙问道：“你真的打算把它送给咱们村？不，咱们生产队吗？”

这阵子，却轮到老詹吃惊了。他站在那儿，奇怪地观察着这个往日趾高气扬的谢舍娃，委实闹不清对方那张嘴这阵子咋会半天也合不起来呢，于是，他不无调侃地回答他：“这很简单的，像你说的又不像逼男人生孩子那么难办。我过几天亲自开回来，你一定很高兴的！”

舍娃还是有点不放心地说：“驴哥，这，社员们那得给你家折多少钱哪？你知道，咱们队的人都是穷光蛋喀……”

老詹大度地笑着说：“谢舍娃队长，我一个外地人，在村庄里生活了这么多年，都是吃着社员们生产的粮食，这是应该的。我不会要一分钱，真的。”

舍娃突然傻笑着，像个智障患者一样地傻笑着。他不敢相信，在全县的人民公社还没有轮式拖拉机的时候，他的生产队仅凭一张纸便可开回一台拖拉机。他咬了一下自己的舌头，发现吐在地上的唾沫有些血丝，这才相信这一切不是在梦中……

凶兆（狗的故事之二）

半阁城谢氏祠堂门前的照壁上，赫然张贴出一大张“选民召集小组”的大红告示。按照规程，三天时间里，如果没有接到反对意见，召集小组便会通知全村七百一十九个有选民资格的社员，择日正式召开土改以来的第二次选民大会。

在麦苗上冻之前的几天时间里，一群吃饱饭无事可做的西县村民已经领着一群狗来到了黄河滩。看见那些村民领着他们那猎兔狗招摇地从村前走过，半阁城有狗的家户，立即忘却了自己村庄上明天将要选举的大事，相约着提上拐木和笨镰跟着人家下了滩。

此前，半阁城家家户户都养着一两只狗。色分黄、白、黑三种，其形大致相似。嘴尖腿长，腰身如弓，皆瘦，谓之“细狗”。

追根溯源，他们这种饲狗嗜好完全缘于一种原始的习惯。据说在早先，炎黄二帝联手打败了蚩尤，其首领率大部族人迁徙南下。其时，有为数不少的人口被掳至西河种起了庄稼，最终归化为“黎民”；而他们这一支依然以狩猎为生，结果沦为“犬民”。时至今日，在他们的日常生活之中，依然顽固地恪守着司傩狩猎的古老习俗。到了冬闲的季节，十里八村的村民们便心潮澎湃，实在是按捺不住祖先遗留在他们血脉里的那股冲动，一起吆喝着自家的爱犬浩浩荡荡赶到黄河滩来撵兔子。一群群满身土灰的人狗，不辞劳苦地一路追撵，在滩底沙地里荡起的那一股股黄尘，闹得真是如同闯王反朝。几百人狗忙活上一整天，倒不一定就能逮得住多少只兔子，他们却甚感惬意，好的就是这个营生。寒风呼啸的夜晚，滩底的原野上便点起星星点点的篝火，映照着一伙叫喊吵闹的人群。劳苦之余的主人吃罢手里的锅盔，手舞足蹈地吼唱着大秦之腔，狗群亦跑来跑去地附和号叫，年年岁岁乐此不疲。

撵兔子这号事情，只要你有那雅兴，有狗没狗都可以跟着去凑凑热闹。只要喜欢掺和，就有权利从狗嘴里抢取猎物。只有一样，得烦劳凑热闹的你用随身带的刀子当场剖出猎物的内脏奖赏给那只叼兔的狗！

可是，让半阁城的村民们惊奇不已的是，几年不见，西县人今年牵在手里的狗，一色都是那种毛色斑斓、被叫作“灵缇”的洋种。

据他们吹嘘，这种被英国贵族宠爱有加的犬种，其血统非但有着非洲马赛马拉大草原野生猎犬和英国大丹犬的优秀遗传，其奔跑的速度和耐力都不是当地土狗所能比的。在香港和澳门的赛狗场上，这种猎狗一直被训练着追撵“电兔子”，用以吸引那些达官贵人去博彩。因其昂贵的身价以及相当苛刻的饲养要求，一般平民家户根本无法去喂养这种猎狗。

长稔塬的黄河细狗在多年前几近绝迹，西县牵来的这些狗，还是他们从河南平顶山一个狗贩子那儿弄来的。不过，对于这些狗在放滩时能不能像本地狗那样认真地去撵兔子，他们心中还真的没有多大把握。

从外表上看，这些狗前胸宽大，腿骨细长，屁股也肥大而敦实。特别是那双凶狠的眼睛，似乎透着狼一般的野性。而当地土狗站在这些洋狗身边，身量首先就比对方小了一圈儿。而且，这些散布在黄河流域的猎兔狗，已经和它们以农耕为业的主人一样，不但性情中庸，连行走时的步履也十分慵懒。它们在猎兔时是否能和这些舶来的洋种一比高下呢？那些天天都做着“司令”美梦的本地村民，在这些洋对手面前同样有些忐忑不安。

当村民们扎好营盘，这才了解到那些“灵缇”并不能被当作哨狗去自己围猎，当地人就在心里对那些洋狗有点鄙夷起来。

多年来，已经没有人组织过这种大规模的撵兔盛事了，佑普爷主动安排本村的村民谢善广，让他带着附近村上那几只还不到一岁的狗去芦苇荡边先行瞭哨，随后又让吾家营的乔仕津把他们那四只狗牵过来和自己村上那三只大狗放在一起熟悉着，以便在关键时刻能齐心协力地去和对手一决高下。

在狩猎这号事情上，猎狗确实比人还通灵性。村庄上只要两家狗主关系要好，他们的狗就从来不会咬架。即使是十分陌生的两只狗，只要主人之间见面热情，它们也只需相互嗅一嗅对方的气味，便会很快成为朋友。而且，狗的这种友谊几乎是终生的。在当年冬天如果两只狗一同撵过一次兔子，来年重逢，远远碰到，都会摇着尾巴冲过去亲昵地嬉戏一番。

一会儿工夫，当地那几只显然还不熟悉狩猎规则的小哨狗，已经毫无章法地从芦苇丛中追撵着几只兔子蹦上了河岸。

几年来一直养尊处优的兔子，昏头昏脑地被狗赶出了草荡，居然莫名其妙地向人群这边观望起来。它们委实闹不清楚，这刚消停了几年，这些当地人怎么又想起玩这号无聊的游戏了？兔子们一时还不知道用怎样的方式去应对这些骚扰它们宁静生活的狗。

这时，只听见佑普爷嘶哑地叫喊了一声：“放狗嘞！”

没等老爷子的话音落地，西县那一拨三十多只“灵缇”猎狗便被狗主人放了手。不同的是，双方的人员并没有像往日那样随狗而去。第一场是狗们的事情，这是规矩。在还没有决出各家猎狗独自狩猎技巧高低之前，村民们只能静静地观察着狗群里那只头狗和跟随在它左右的那几只快狗飞奔猎兔的雄姿，以便给予公正的评判。

话说，那几只被赶出草荡的兔子，却没有人们这些雅兴。看到一群猎狗迎面奔来，它们立即没命地掉转过头逃命……

这些洋狗也确实不简单，它们那长长的腰身奔跑起来构成的曲线十分优美，那一双双紧抿在脖颈上的双耳几乎让人看不出来。在短短的数十秒钟，它们已经缩短了和兔子之间的距离。有两三只速度迅猛的头狗，已经紧紧地盯住了一只疲于奔命的雄兔！

此刻，那些西县的人禁不住为自己的猎狗呼号起来。

然而，当那只狡猾的雄兔懵懵懂懂地跑到一个土丘前腾空反跳时，力大无比的“灵缇”却因为体重太大，难以控制自己那笨重的身躯，结果向前冲出了三丈多远。头狗的失误，使紧随其后的两只狗不慎撞到了一起！后边冲上来的群狗也因一时无法躲避，相互撞得翻起了跟头……当兔子朝相反的方向已经跑出十余丈远时，它们这才掉转头来又一次发力猛追起来。

不过，这些狗还真是具有力大的长处，它们居然在二十多秒钟的时间里，又一次追上了那只兔子！

那只兔子依然在前边拼命地跑着……在头狗已经接触到自己尾巴的那一刻，它突然像被地面吸住了似的一下子缩了下去。身后那群一路狂追的笨蛋，在这突然的变故面前，居然失去了目标，莽撞地继续向前飞奔而去……

一般来说，一只野兔的速度，要比猎狗快许多。可是，经过最初那段时间的较量，它们开始时那点速度和猎狗的耐力相比便相形见绌了。不过，在最为要命的关键时刻，兔子都会运用与生俱来的狡猾伎俩做出许多惊险的动作死里逃生。然而，今天这只兔子也太不幸了，它在接受上苍给它的第一次生死考验时，便倒霉地碰上了这些如狼似虎的灵缇！

狗群越过兔子停下的地方十余丈远后才折返过来。此刻，那只兔子借着那点时间差业已调整好方向，朝着右侧一片长着芦苇的水荡再次仓皇逃窜；然而，它身后这群力量充盈的狗居然又一次追了上来。眼见它们之间的距离愈来愈近，在头狗已经伸嘴扑咬的那一瞬间，那只兔子突然打起一个蹦子，露出白花花的肚皮，伸出四爪奋力朝头狗的头部蹬去……

一群灵缇发觉猎物使出了如此怪招，便“哗”的一下围起一个大圆圈。它们眼睁睁地看着猎物纵身扑向空中，却无从下口！

话说，这只腾空反扑的兔子，在落地的一瞬间狠狠地蹬直了爪子抓伤了头狗的脸，然后趁着狗群一愣神的工夫，居然选择了一条不归路——它再一次打起蹦子，一头扑向了前边那眼深不见底的瀵泉之中……

第一个回合，灵缇们一无所获。

西县那些人吹起牛角，召唤着他们那群首战受挫的爱犬归队。当它们垂头丧气地跑回主人身边时，奖赏它们的只有那一副副不满的长脸。那只头狗最惨，好一阵子在原地转着圈儿，不住地用前爪抓挠着自己的脸。待主人再三召唤过来后，这才发现原来这只漂亮的花斑狗已经被狡兔抓破了眼球。狗的左眼已经翻出白来，正在汩汩地淌着血水……

看到这惨状，佑普爷心里已经有点底气了。那些灵缇的主人已经各自抓好了自己狗的项圈，老爷子这才胸有成竹地解着自己的狗绳。

佑普爷这只纯正的草黄狗，正是张书记亲自托人从南阳专程给他带回来的那只黄河种狗。对狗的毛色，老汉一生对草黄有着自己的偏爱。他十六岁的时候，正是家里那只草黄色的“欢欢”让他赢取过三年狗王的殊荣。只见他轻轻地拍了拍膝下这只依然被他叫作“欢欢”的狗，用手指了一下不远处的枯草丛，依然像刚才那样向那些牵着本地细狗的猎户大声地吆喝起来——“放狗嘞！”

六个当地狗主在听到“司令”那声喝喊，并看到欢欢已经轻快地飞跑起来时，这才一齐放开了手中的爱犬。

这些当地狗，已经习惯了随着主人一起围猎的方式，少了那种肆意狂吠的热烈气氛，只会轻盈地迈着步子慢跑。在没有看见猎物之前，它们在不经意间也一直在观察着主人脸上的神情。等哨狗在那边赶出兔子来，它们才会随着主人发力猛追。这也正是这些黄河细狗的高贵之处。

作为黄河岸边和主人相依为命的猎狗，它们在刚刚断奶的时候，便和自己的主人一起体味着这块土地对于它们的教化。一块锅盔馍馍，狗半块、人半块；三百里猎路，人一程、狗一程。主人时时刻刻给它们诠释着同甘共苦的精神品德，它们也忠贞不贰地给主人展示着忠诚的品质。在放着食钵的砖块一天天被降低着位置，以至慢慢挨到地面，再被埋进地下小坑的过程中，它们的脖子就这样一点点被拉长着。为了上苍恩赐的那一口粗糙的食物，它们那细细的脖颈上就多了一根索命的链绳。

不一会儿，欢欢嗅到了顺风飘来的猎物气息，飞快地向前奔跑起来。在平时的合作中，其他几只邻村的狗已经认可了欢欢这个身材高挑的头领。在它做出冲击的示意姿态之后，其他猎狗立即像射出的矢镞一般冲了出去。它们在和自己的头领一同摆好三角队形之后，这才用同样的速度飞奔起来！

两只刚才还趁着混乱隐藏在不远处枯草丛中的兔子，一直按捺着性子欺骗着对手。在猎狗们已经发起了最初的攻势后，它们居然还静静地卧着不肯暴露自己的踪迹。当前边的三只猎狗有目标地朝着它们藏身的草丛直接飞奔而来的时候，兔子终于去掉了最后那点侥幸，一个蹦子跳起老高，慌不择路地飞跑起来。

发现了猎物后，这些训练有素的当地狗一下子都亢奋起来，明显比刚才提高了追撵的速度。不过，此时此刻它们并不像那些灵缇那么玩命。

群狗分工明确地紧盯着前边的两只猎物匀速地追撵着。在两只兔子突然分开向两个不同方向飞奔的时候，狗群也立即分成头领和二号头领两支队紧紧地分头去追撵！

两只疲于奔命的兔子后边，各自跟随着三只信心十足的猎狗。

在一望无垠的黄河滩上，这幅由猎物和猎狗描绘着的狩猎图不断变幻着好看的图案。两只被追逐着的猎物开始还颇有章法地利用它们十分熟悉的地形和红柳丛，不断为身后的死敌设置着一个个难解的障碍。但它们身后的猎狗，却一次次熟练地截住了它们最后的去路。两只走投无路的兔子不得不采取最后的反击，突然向狗的队列中间迎面冲来。

按照往常的惯例，这个时候村民们只要听见“司令”一声喊，便会提起笨镰和拐木号叫着加入猎阵！然而，这一场是猎狗之间的较量，他们还不能加入其中为自己的猎狗帮忙。

兔子好像天生就知道这一切规矩，居然围绕着狗户们的脚下兜起了圈子。两支只有喘气声的猎队多次相互缠绕在一起，又一次次泾渭分明地分散开来。兔子已经力不可支，猎狗也明显放慢了速度，双方最后的较量开始了。

这个时候，只见佑普爷怔怔地看着前方，突然向人群大声喊道：“看，文王阵！”

村民们立即对着猎阵仔细地观察起来。

那两只兔子领着猎狗，围着两大片碱沼子转出了一幅大大的“八卦”鱼儿，细观其形，俨然是一幅阴阳图！

这时候，可能是看见一群同类追撵的猎物几次都从它们身边经过，西县那些灵缇居然咆哮起来。眼见兔子就在自己脚下兜圈子，那些洋狗开始发疯般暴怒，主人尽管紧紧地抓着链绳，但显然已经无法压制那些性情暴烈的洋狗，有两只狗已经挣脱了主人手中的链绳，迎着当地的狗阵冲了过去！

此刻，欢欢已经把自己前边那只疲惫不堪的兔子用嘴挑到空中，就在猎物快要落地的那一瞬间，它正要发力跳起来扑咬兔子的后脖颈时，那群灵缇里的二号头领却已经冲到它的面前！

接着，令人愤怒的事情出现了。当欢欢刚刚咬住猎物时，身后那只灵缇为了和它争夺头功，竟然向身为同类的欢欢发起飙来。

在当地的狗群中，没有一只狗敢在欢欢这个头领叼到猎物后去抢夺。在灵缇扑上去一口咬住欢欢的脖子并死命摆头的那一刻，欢欢还没舍得丢下猎物。当它的脖子被撕开一道冒血的口子后，它不得不松开嘴巴里的兔子……

那只灵缇看见猎物终于从对手嘴里掉在了地上，这才放开欢欢去叼兔子。然而，欢欢在自己的头领地位遭到如此蔑视的时刻，那种维护尊严的反击是不容置疑的。它几乎没有犹豫，跳起来一口将兔子重新夺了回来！

然而，它面前的灵缇居然兽性大发，又一次扑向了它。欢欢看准对方的进攻路线，不时奋力躲避。谁料想，对方却一口咬住了它的前爪！终于，欢欢被彻底激怒了。只见它就地一个翻滚，在丢开猎物的同时，几乎是贴着地面一纵身，一口下去便准确无误地咬住了对手的喉管……任凭灵缇三翻四滚，欢欢死不松口。短短十多秒后，倒地的灵缇便开始口吐血沫。欢欢趁机翻起身来，仍未松口，还不住地摇着尾巴使劲地发着力。躺在地上的灵缇痉挛了一阵后，便一命呜呼了！

欢欢这个黄河滩的精灵，瘸着一条腿，但依然没有忘记叼起兔子送到自己的主人佑普爷的脚下……

风波（狗的故事之三）

祠堂的主席台上，大供桌上新铺了几条从农户炕头临时借来的洋布床单，中间摆放了一对崭新的铁皮暖壶。长长的桌面上，两头对称地放着一对青花瓷瓶，里边插着新扎的红花。正中间那个裹了红布的麦克风，也显得十分抢眼。主席台的正上方，一条新制作的红布条幅上边贴着一行整齐的白色大字——“半阁城生产大队第二届选民大会”。一进大厅，立即给人一种庄严的气氛。

十点二十分，按照仪程，谢栓柱代表支部先做了选民工作的指导报告。接着，“召集代表”谢佑普做了准备工作的口头发言汇报。原本由谢舍娃代表“召集小组”宣读那些印刷好的“投票注意事项”等材料，由于他认不全那些文字，大会只好安排谢有福代念。只是在发票之后，谢舍娃才大声提醒了大伙儿一句：“不认得字的，可以让家里人代填；一人只有一张，闹坏了就作废了。”

几个生产队长清点了自己队上的人数，然后帮忙分发了那些标有号码的选票。当一些人拿起铅笔填写起手中的选票时，大门外的锣鼓队已经敲打起了一阵“乱刮风”。

如此重要的场合，社员们照例是要打一通鼓的。

半阁城锣鼓的打法和其他村庄有很大不同，只要打起来，一般都是打擂台。村上有两副锣鼓家什，一副属于谢氏祠堂，一副属于高氏祠堂。两个祠堂置办的这些锣鼓家什，也正是为了在这种场合显摆的。每每出场，两面四尺大鼓便形成“对垒”之势。久而久之，这种打法便成为一种模式。两队锣鼓在巷中间表演起来，经常打着打着便相互踩上了对方的大鼓。他们虽然斗得像乌眼鸡一般，但各自手里的节奏却一丝都不会乱。这种打法，被周边的人形象地称为“上锣鼓”。每每敲打起来，就如千军对垒，声势浩大！

这时，祠堂门外的锣鼓队在打过开场之后，正式打开了“出征令”。那鼓铙奏出的兵车结集、旌旗猎猎的恢宏气势，直让那些还在填写选票的壮汉手忙脚乱起来。

这边，一看有些人已经填好了选票，谢栓柱传话让门口的锣鼓先停下来。

主席台下边，被临时指定负责妇联工作的新媳妇窦桃夭，已经组织着几个女学生摆好了两只贴着“投票箱”几个字的大石料。

佑普老爷子估摸着大家都已填好了手中选票，站起来对台下招呼说：“下面，先请大队党支部成员和选民召集代表下来投票。台下选民按照大会开始宣布的各队顺序依次排队投票。下面，我宣布，半阁城生产大队第二届选民大会投票开始！”

说完，老爷子庄重地两手执票，第一个上前轻轻地投了下去。

主席台上的谢栓柱、谢舍娃、谢有福等人顺着两边台阶走下来陆续都投了票。

按照大会一开始宣布分配的投票箱，左右两边几个队的选民排着队，依次把手中的票投到了两只票箱中。

大约进行到一半时，四队社员谢绑栓走到票箱前突然大声向台上发问：“喂，请问台上的各位官老爷，我谢绑栓的女儿谢环姬出嫁不足十天，粮户还没有转去婆家，她还算不算半阁城的合法选民？”

台上那几个召集代表立即傻眼了。刚才发票时，谢有福倒是听到有这么个纰漏，这个粗心鬼以为绑栓只是在打问闲话，连考虑都没考虑就丢出了一句话：“出嫁的女子没有票。”

然而，谢绑栓前几天出阁的女儿谢环姬这两天刚刚回门在家，这阵子早已在侧门边站了起来。她看父亲在前边已经开始发难，也跟着大吵大闹地喊叫起来：“不许歧视妇女！我咋不算半阁城的人？你们还堂而皇之在这里选举哩，我看这是明目张胆地在糊弄群众，这样的选举结果就不应当作数！”

作为召集小组负责人，谢佑普根本没有想到几个人事先反复核实过的人数咋会闹出这么个差错。他赶紧站起来，看样子是想给绑栓做下解释。

站在台下的谢绑栓看见事主终于站了起来，突然对着老爷子怒吼道：“你这个人面兽心的老畜生，旧社会横行乡里、杀戮无辜，新社会还人五人六占着村干部位子不放。你睁开你的一双狗眼看看，这是共产党的群众大会，不是你把持的祠堂！我女儿谢环姬还是不是半阁城的社员？嗯？为啥不给她发票？咋，你个老不死的还想一辈子骑在半阁城人民群众的头上作威作福吗？”

绑栓是栓柱的二哥。一门弟兄除过台上的栓柱，其他四个已经在大厅里站了起来。

主席台上的谢栓柱这时突然在谢佑普身后站了起来，大声制止道：“二哥，如果确实是漏了票，立即给你补发，可以现场补填选票。你先坐下，不要影响正常投票！”

谢绑栓对着老三大喝了一声：“啥叫现场补发补填？你们这些狗官就这么给群众办事情哩？这叫个啥屎民主程序，老子就不认这个卯！”说着，顺手从石料里抓起一把前边人刚刚投进去的选票，几把撕扯成碎片抛向空中……此时，一门四兄弟的婆娘女子也趁机在会场捣乱，老四栓锁干脆提起一只石料当众打砸起来……

会场秩序立时大乱。

老大谢要栓虽然靠在柱子边没有说话，可此时也已是一脸怒容。

看到此景，台上的谢佑普啥也没说，他转过身先向供桌后边那块挂祖宗神轴的墙壁深深地行了一个礼，又向混乱的台下群众鞠了一躬。做完这一切，他神色沮丧地走下了主席台，头也不回地走出了谢氏祠堂。

谢栓柱一看召集人已经下台，只好示意公社的任秘书先到办公室坐坐，并大声宣布："暂时休会！就让他们几个随便闹腾，我倒是要看看，到底谁能闹腾得过国法！"

后晌，公社派出所来人走访了几户群众，并让谢栓柱等大队党员干部在事件材料上签了字。接着，谢绑栓便被公安人员戴着手铐带出了村庄。

当夜，村上的党支部临时召开了一次党员大会。谢佑普却没有参会，只捎来个口头意见说："不要难为绑栓他们兄弟，我谢佑普确实给村庄造了不少孽……"并以年事已高不适合再当村干部为由，声明彻底放弃自己的选举权和被选举权。

专门赶回村庄坐镇处理此事的高运喜一看也没辙了。

因候选人提出不再担任村干部的请求，整个选举工作只能重新开始。于是，谢栓柱只好让各队开会讨论上报新的候选名单，择日再召开选民大会。

第二十七章

一块银圆

村庄上，四类分子是一群被剥夺了选民资格的人物。祠堂里闹得乌烟瘴气那阵子，他们一个个躲在各自的院子里隔着门缝瞅热闹，出得门来，行事说话却比往常更加小心谨慎。

谢君怀趁着那几天难得的清闲，窝在家里倒是和老婆好好地把自己小家的事情梳理了一番。

眼下，刚刚吃了几天饱饭，村庄里已经有人大张旗鼓地动起了泥水活路。他虽然此时也有点动心，却一时还不敢贸然雇匠人。自从那年自家张张狂狂打银活招祸以后，他这几年在村上说话行事越发小心，连走一步路也处处留神，只怕树上落的黄叶砸了自己的脑袋。

在半阁城，你要是没有一点根基，说话行事不掂量自己的斤两，早晚都是招祸的主儿，君怀这个人便是一个例子。

说穿了，这人倒不坏，就是太张扬。平日里不走亲戚不过节，他却爱穿着一条裁缝做的阴丹士林裤子穷显摆。即使是大热天，他那两只手也会不时地插在裤兜里，四巷里晃荡着。无论天气晴阴，出门鼻梁上总也忘不了架副墨窝子，整天把自己捯饬得像个驻队干部似的。更让人看不惯的是，这个人抽烟充其量只是个毛毛瘾，也没有养成见人递烟的良好习惯，有事无事却故意咂着根纸烟在人前晃悠着惹眼。那副不可一世的神情，活像他家房脊比左邻右舍高三寸、日子比谁家都阔绰一样。为此，村庄上许多人提起他这个人都很不满。而这种不满，最终由一件小事引发了事端。

前年腊月送灶神那一天，村子里来了个银匠。谢君怀老婆想给大女子打一对出嫁陪的银镯子，便从柜箱底翻出几块私藏的银圆交给了他，让他出门找银匠商量个工价。他拿着手里的银圆又是吹又是听音，好像那几块硬洋是稀世珍宝似的。这一切，恰巧让本家堂嫂谢善广的老婆香粉瞅着了。看见君怀要拿去熔炼的一块银圆上有小汽车的怪异图纹，女人家觉得甚是稀罕，便想用自家的一块“船洋”换下。

半阁城上了点年纪的婆娘媳妇，出嫁时都有几块银圆做添箱[①]，并不是他家才独有这类稀罕物件。土改时，虽然政府百般动员让上交给国家，但村民却多有藏匿。说到银圆这东西，村民们最看重各色龙洋。对遗留下来的各类省造银圆，或者来自北山客手里的那些制作粗糙但成色极纯的“苏维埃”银板，一般多在用银子时熔炼了。香粉只是稀罕君怀手里那物件的图案，话虽说出口了，却并不一定真心去换。

君怀一看有人要换自己手里的银货，便故意拿作起来，阴阳怪气地让人家拿出来看看成色再商量。不一会儿，堂嫂果然拿了一块“船洋”出来。

君怀把那块银圆拿在手里，一眼便看出那银货的“帆船”图案上奇怪地多出了三只“鸟”。不但图案有异于常品，颜色也有点发白，几乎没咋细看，便断言人家那块银圆绝对是赝品。旁边站着的左邻右舍平时对他这个人就有些反感，当即便有人看不过眼，七嘴八舌地说了几句公道话。

要说君怀这个人，外表看起来十分活道，行起事来却是个一根筋。当时，他只需把对方那块银圆递给身边的银匠，让内行掌个眼便皆大欢喜了。可是，一见众人好像都在和自己过不去，他不但坚决不和人家换了，还跟一旁说情的吵了个一塌糊涂。

其实，谢善广那阵子一直站在自家门道里把这边的情景看得一清二楚。

① 添箱：给出嫁的姑娘送的礼品。

听到自家柜子里拿出来的东西被君怀在人多之地糟践得一无是处，他装作啥也没有听见一样背着一双手不紧不慢地走到银匠担子跟前，气哼哼地将那块银圆从老婆手里讨了过来，顺手交给摊子上的银匠让当众予以鉴别。

银匠是个地道的江湖人。他虽然不愿介入巷院中这些琐碎小事，却不得不接过那块银圆给主家掌掌眼。谁知道，不看不打紧，一上眼，银匠那眼睛里便露出了一股不被一般人察觉的光亮。只见他抬起头来先打量了主家一眼，尽量装作无事一般地对善广随口说了一句话："假作真来真亦假，是铜也有三分银！"

善广立时被小炉匠这句话怔住了。

这时候，只见银匠从自己怀里也掏出了一块同样成色的船洋，轻轻地和他家那块放在了一起。接着，他慢吞吞地从匣子里找出一根小钢钎，只轻轻一挑，便将自己拿出来的那船洋上的一只"鸟"划掉了！

这个时候，银匠才慢慢地抬起头来，对一脸惊愕的谢善广说："东家，你这是一块南京造币厂的头拨样币[①]。我经手过不少此类银货，只有你这一块才是正儿八经的真品！你可能平时都没有仔细看过，这种钱不但帆船上多出了三只鸟，边上还有一行洋码子编号呢。给，拿回家放好了，这绝对是个好宝贝，日后必定能派上大用场！"说完，恭恭敬敬地把原物双手递了过来。

谢善广立时面如土色，闹得周围的人也面面相觑。

只有谢善广知道，自家这块银圆来历非同一般，并且一直隐藏着一桩村庄的秘密……他不再提说和君怀调换银货的话，收起那块银圆转身回去了。不一会儿，又慢慢从家里出来，怀里给客人揣了三个鸡蛋放在挑子上让银匠煮着当午饭。

谢君怀闹了个大红脸，圪蹴在银匠那小火炉跟前不再说话。趁着众人散去，他这才悄悄地告诉银匠，他家还有一块"双龙"银圆。他那意思很明显，是想借银匠那一双慧眼给他家那块银货也鉴鉴真伪，并生拉硬扯地让人家到他家吃了顿午饭，当晚还安顿客人歇到了他家厢房。

---

① 样币：官方铸币用的样板币，存世极罕。

活该这小子倒霉。第二天，那个在他家借宿的银匠还没等全村人起来，便已经早早爬出他家厢房土炕的热被窝，一个人鬼鬼祟祟地在巷口溜达，却被秘密埋伏着的公安逮了个正着！

说也蹊跷，公安机关几个月来一直频繁监听到一个奇怪的电台“呼号”，虽然已经被判断在长稔塬一带，却一直忽东忽西不能确定具体位置。他们经过周密分析，立即加紧了对那些游乡串村的补锅、铲蹄、修锁、收烂绳头子换火柴的小手艺人的监视。那天晚上，跟踪而来的侦查员又一次在那个时段准时收到了敌特呼叫信号，而且十分准确地测算出了电台的方位就在半阁城村。于是，他们当即断定借住在谢君怀家的这个银匠绝对是一条“大鱼”。

果然不出公安人员所料，他们不几下便从银匠的那副挑子里搜出一台伪装成小铁砧的袖珍发报机。

原来，这个胸前挂着共青团团徽流转四方的小炉匠，其开具的身份证明纯属伪造，他的实际身份是一个不折不扣的国民党空降特务！

要说这件事情，其实跟谢君怀一点关系都没有。但是，社员群众一致认为他收容特务住宿事实确凿，起码应当对其进行管制劳动。并且，在他们强烈要求下，村上还派民兵去君怀家翻箱倒柜地搜查了一番，顺便抄没了他藏匿在枕头匣子里的六块银圆，却并没见到他时常给人炫耀的那块“双龙”银圆。大伙儿觉得这家伙肯定还有藏匿。为此，谢君怀便被强行戴上了一顶坏分子的帽子，在村上再也不敢嚣张了。

眼下，说到修房这件事情，君怀家的房子并不少。半阁城除谢氏祠堂那组建筑群和四处佛庙道观比较显著高大外，还有一座老房十分惹眼。那座老房，就是君怀家的上房。

在清同治年间，他爷爷翻修此房时拆了梁金板，于是，闹得后人已经无法说清它初盖的年份，只能从其形制上推测个大概。奇怪的是，这座房的门楣和前檐墙全部镶嵌着木质的菱格窗棂，前后屋檐均无飞头；山墙是尺二青砖一砌到脊，台阶一色用青石楔锁；脊上虽未压兽瓦，却平压了三层青砖，扣着一溜小筒瓦；檐梢跌水为大小素面猫头，样式亦和祠堂的跌水完全不同。从外形上看，整座房屋既不像清朝中前期房屋那么烦琐，又不像清末那么简陋，给人一种庄重清雅的整体美感。进得房门，四明四隐八根圆柱，原来是用木质隔断隔开的。后来，可能被后辈拆下改作他用，只遗有廊柱上的楔卯。房内的柱脚踩的圆鼓石磴，雕工亦相当精细，不但凿有一圈浮凸蝙蝠，八棱磴腰上每面也都刻有一组逼真的八仙人物。整座房前檐后檐的明柱和窗棂，十分和谐地结合在一起，其做工确实细致。抬起头来，顶上的大不同更加让人震惊。清式老房都有背檩，而此房采用的却是圆拱式木桥。方木拱桥两头全部巧妙地卯接在两坡椽跟上，椽空儿使着石浆刮灰小青砖，透着素洁严谨繁而不乱的工整和庄严。

祠堂族谱上，谢氏胄裔贵为官宦的先人都有着明确记载。谢君怀的先祖无有一丝在册功名，却在村院中留下这座老房，实在是叫人费劲猜想亦不得其由。

不过，村上一直有个并不太靠谱的传说，君怀的曾祖中好像有个人当年给张献忠牵过马，曾被“大西王”封为“游击先锋”。可惜，张献忠被史书载为逆贼，其伪朝文武更是不值一提。于是，君怀的曾祖挣来的那些不值钱的伪“功名”，均未被入谱记载。故正史野史不可不信，亦不可全信。

如果此传说确有依据，照此推算，这座老房的初建时间应当早不过明朝末年，晚不会到清兵入关。虽然眼下只遗此上房，想来当时的门房厢房应当也是十分考究的。可是，谢君怀现住的老院落如今只剩了一块残缺的西湖瘦石和一个雕花储水石槽，已经让人无法想象这座小四合院昔日的富丽堂皇了。不过，在清末民初，曾有晋商相中此房上的楠木大梁和檩条，掏过三万块硬洋的价钱想把整座房搬到河东去，但不知为何却没有被主家拆卖。

话说，到了君怀手上，这个败家子在前年把仅有的、显然是后盖的厢房拆了两间，把木料卖给良石城的梁万仓换了三斗黑豆，接济一家人的生活，弄得整座院子更显破败。

前几天，有人给他家那小子武印说了个媳妇，按规矩得请女方家先看一回家道。在村庄上，这是儿女婚事所要经历的第一个程序。按说，儿女婚事这号大事，一般还没哪个人会在后边去说闲话。但由于君怀在村子里的人缘实在不咋好，趁着此事在后边戳他那烂脊梁的人不少，这个事情不几天就出现了点小变故。眼看事情都快黄了，君怀趁着天黑给媒人送去了半吊子羊肉，外加三捆正宗的什邡卷烟叶子。亏得媒人还算硬扎，三请四唤总算把女方的看客给君怀按时接进了家门。然而，在吃过酒席之后，陪着来的女娃她大姑要上后院净手，一路仔仔细细地数过主家住房的间口，终于在他家那祖业前定住了脚步，自言自语地说了一句话："嗯，这户日子以前倒也厚实着哩，厢房虽说被拆了两间，也罢，到武印手里还有这老房哩……"说完，她撇着嘴半天都没回到房里。

偷偷探出房门观望客人行踪的谢君怀远远地听见这句话，立马像被人当面掴了记耳光般难堪。有点脸面的人都知道，卖祖业这号事情谁能觉得光彩呢？最后，人家虽然勉强应了亲事，却在聘礼上狠狠地拿了君怀一手。一般说来，寻常的儿女亲事，即使碰上很刁蛮的女方，也不过是开着狮子大口拿捏一阵子，最终都会以"一份礼"应个名声。然而，轮到君怀给儿子定亲，女娃她姑当着媒人的面，好像故意显示她家侄女金枝玉叶一般，开口便要了两份干礼。这还不算"扯衣服"那二百元钱和给大人的那一百元"养殓钱"。最后，又给小两口扯结婚证时留下个"离娘钱再议"的伏笔。媒人气得怒火中烧，但还是耐心地和她大姑讨价还价，最终以"一份半"干礼外加三百元现金定局。

说到君怀的儿子谢武印，在村上应当还算是个出色的小伙儿。虽然不能说长得一表人才，倒也端端正正的。要不是遇上年馑家里穷，小伙儿肯定能把初中念完。回到村里这几年，小伙儿待人谦逊有礼，口碑比他老子要好。然而，在定媳妇这号大事上，他却输人一筹。只有做老子的君怀心里明白，这都是自己头上那顶坏分子的帽子把儿子这口结实的大铁锅给戳漏了。

于是，他决定先拆老房，然后用那椽条翻修两厢房子，起码先把自家的小日子"箍囫囵"了再说。他想，自家这座老房虽然能放桌子待客，可过日子总不是天天在屋里摆席，留那房子委实没多大用处。他心里也算过一笔大账，眼下修盖的人多了，那些楠木大料拆下来卖给木匠铺子换回的钱，即便新买红松大料，说不定做完新式门窗后都还有盈余，也正好弥补对修盖预算估计不足的短头。不过，拆房毕竟是个大事，即使动工也得先讨问一下村上的能人。一来，村上有老辈传下的讲究，修盖动土不偷偷看个日子，只怕日后院子不净让人心里老结疙瘩；二来，老房拆下来的椽条配多大的厢房木石才能搭盖起来，他心中还真没个谱。为了稳妥起见，他首先想到了谢信仁。

谢信仁在村上是那号号称“百晓”的角色。在整个半阁城，这个人可谓天上的事通晓一半，地上的事几乎无所不知。加之，君怀和信仁同属四类分子，去公社挨斗时常搭伴，平日在一块交往较多。听信仁一路闲谝那些五胡十六国的古经，君怀从心底便对这个人有了十二万分的佩服。

不过，谢信仁自打那次因告村上开荒的事敲着盆在村里游了巷之后，一直羞于见人，整天大门不出、二门不迈地在家里装病，一时很难遇见。前几天，老汉到邻村药铺抓药回来时无意中让君怀碰上了，君怀倒是遮遮掩掩地向对方提过几句自己想拆房的事，但当时人多眼杂，信仁只随口说他家这座房名气太大，弄不好又是个事捻子。并说起土改时有人曾因此房差点给君怀定上中农成分的事，劝他暂且不要张狂。还随口跟君怀说他家这座老房被人吹嘘得能值几草笼银圆的那些陈事，也纯粹是村人胡吹冒撂以讹传讹。楠木楸木还不都是个烂木头？死鬼谢元良的黄花梨大香案被大队抬走后，开始搁在祠堂当过几天办公桌，但由于那老案子制作时没有抽屉可放报纸和零碎，没几天就被放在集体食堂墙角做了放置碗盆的案桌。他力劝君怀还是不要开初把有些事情想得太好，事后却后悔莫及。

说到这点，谢信仁毕竟是走州过县吃过磨盘大锅盔的人。他当然知道，君怀家那座房戳在那里还算得上是个看厢，如果拆倒未必能顺利卖掉。虽说楠木在民国年间已经很稀贵了，但是这尺八的老材拆下来万一被公社看中，怕他谢君怀有一百个胆子也不敢卖给旁人。鉴于两个人都连走霉运，一动不如一静，他只是不愿把话挑明罢了。

君怀听了这些话，心里尽管有些七上八下，但还是有点不死心。他那麻迷儿婆娘知道自家男人平时有事无事便和谢信仁搅和在一起，连自家拆房这事也把那老神棍奉若神明，心里有些不乐意。君怀却责骂老婆说，老汉在村庄再没有个人样，也不能说人家就没一点能耐。人嘛，尺有所短，寸有所长。咋说人家年轻时也是村上一个人厢哩。最后，为了把自己这件事情问清楚，君怀狠狠心称了一封点心，决定亲自登门拜访一回。

君怀踏进信仁的那座小四合院时，信仁还盖着被子猫在被窝里没出来。君怀无聊地在桌子边干坐了一阵子，对方就是不露头。

君怀遇事却十分有耐性，放下点心纸包，干脆坐在人家炕沿上不挪屁股，大有等人家下逐客令他才走人的意思。

其实，谢信仁这几天一个人在家也闷得心慌，看在君怀进门提的那封点心的面子上，他怎么说也得陪人家这点闲工夫，一时倒也还不急于撵君怀出门。

君怀根本不明白人家的意思，谢信仁无话找话地和他拉了大半晌话，只是只字未提拆房的事情。

眼见已近饭时，信仁一看不把这瘟神轰走，儿媳妇做饭屋那风箱是万不会响的。他只好裹着被子坐起来，用嘴努了努炕头那个结满尿碱的瓦盆。君怀马上心领神会，小心翼翼地端起来替信仁塞到被窝里。屋子里本来就有一股浓烈的恶臭气味，顷刻，又多出了一股热腾腾的臊气。

撒完尿，信仁也一点都不遮掩地光着尻子把瓦盆往炕根一放，拿起炕墙上的烟袋便“咕噜噜”地抽开了。

只有在自己家里，或者是在君怀这号不能当人待的货色面前，谢信仁才敢人五人六地摆一阵子谱。看他一锅子接着一锅子地抽烟，君怀只好从怀里摸出一包纸烟给他敬了一根过去，想让他把那张嘴先停下来。

信仁爱搭不理地将那纸烟接过去别到耳根上，拿起烟袋“噗”的一口吹掉烟灰，这才意犹未尽地把烟袋放在了炕墙上。君怀看到主家已经有点让他说话的意思了，立马不失时机地开口说：“他伯，你看我那房——还敢不敢拆？”

信仁几乎未加考虑便没好气地说：“你才吃了几天饱饭？咋，也想张狂得盖厦子？你那房还好好儿的，先住着怕啥？再过两年，看这日子咋转哩，等人家都盖了，你再盖也不迟嘛。我不是跟你说过了嘛，眼下拆那房怕不是时候哩。”

君怀马上苦着脸说：“谁说不是哩。可武印眼见都二十三了，我想明年农忙前给娃娶媳妇呢。现在屋里这点地方，新房咋收拾？总不能让我们老两口搬到上房里去住吧？村里谁家在上房安过锅灶嘛。那是安神主的地方，咱咋好脱了裤子撅着尻子在祖宗牌位前和老婆睡觉哩？”

信仁一听也是个理，便带着一副说来话长的神情呷了一口茶，十分骄矜地说：“不是我不给你拿个大主意，你知道你家那个房你爷当年为啥没拆成？”

君怀立马一脸恭敬地说：“好像后来兵荒马乱的，那客商再没来，要不，我爷那烧料子货还不早早换了鸦片了？”

信仁的头立即摇得像个拨浪鼓，神色十分严肃地说：“要么说你娃儿年纪小呢。此事你只知其一，不知其二。那客商不来了，再没人来过吗？嗨，半阁城为啥能出大官？你以为是咱的祠堂和四圣母庙盖得是地方吗？嘿嘿，说起风水这些名堂，门道深着哩。你看嘛，如果前巷是一条龙，龙头就是祠堂……算了，你不懂这些，我也不多费唾沫了。”

君怀刚抻长脖子，信仁这一卖关子，急得他不住地恳求：“你说嘛，我家那房是不是还有点啥说道哩？”

信仁刚拿下耳朵上的纸烟，君怀忙从自己口袋里另取出一根敬了过去，并拿起炕边的火柴给人家点上。信仁抽着烟吐出一团烟雾，这才慢悠悠地说：“伙计，依我半辈子对运势的观察，你家老房确实是龙脊上最高处的那一片鳞呢！”

君怀立即咽了一口唾沫，紧接着问了一句：“啥叫‘运势’？”

信仁并不理睬他的问话，依然慢条斯理地说道：“听老辈人说，当年那晋商的轿车一到咱们村头，还没进城门，就看见有一股青烟从村中袅袅升腾，他忙双手合十默念了几声诀，没用人指点便停在你家门口。一巷两行那些安满拴马石的大院，人家连看都不看一眼；你家院门只有三堵塌了的土墙，门还是一边翘扇子，人家却停下了。进院后，那人先恭恭敬敬地点了一炷香，这才进房门转了一圈。为了在那房里住上一夜，他一把先给你爷交了十块响圆。”

君怀更加诧异地问：“都交了定钱了？”

信仁不慌不忙地问了君怀一句：“定钱？那房只值那几块响圆做定

钱？”见君怀不再打岔，他接着开口说，“我也是听老年人说的。那客人为了在你家老房住上一夜，就送给你爷十块响圆。当天夜里，那个山西商人宿在你家，前夜里倒是无事，到了鸡叫时分，从你家老房里翩然走出一个鹤发老道，指名道姓地要和客商说话。老道问：‘客官，此房本是太白金星的颐年宫，你口袋那点银子怕买不走吧？’那晋商从怀里掏出了一沓银票跟老道抖富说：‘老人家，别说这是个小小的颐年宫，就是北京城里的金銮殿，我们山西人也敢问个价钱！’老道把手中的拂尘一挥，只见你家满院的地面慢慢如金牛拱地，不一会儿便钻出一群斗大的金娃娃。那客商看见满院金银，不知好歹地上去搂抱。没想到，他使尽吃奶的劲儿，最终也没抱起一个金元宝喀！只见老道把拂尘再一挥，那人这才大梦初醒，却发现自己躺在咱村涝池的迎水坡上，一双手还死死抱着那只大石鳖的脖子哩……”

君怀倒吸了一口凉气，惊异地问：“这么说，我家老院子底下还……还埋有金元宝？”

信仁正卖着关子，继续不紧不慢地说：“那就不知道了。你大在世时，冬天封河后他都踩着冰凌过河去运城赶赌场，去一次输一次，可家里的钱总也输不净。年年腊月都进‘怡香院’里包房子，大年三十还领回来个俏娘们，气得你妈跳了几回沟喀……你说，就凭他那两下摇碗碗的本事，次次都是贼娃子打官司——只是个输，你家那银子是从哪里来的？”

看着君怀一脸的迷茫，对方意犹未尽地接着说：“你回去看看挂在你家老房里北墙上的那把拂尘，据我所知，那物件把儿是三根龙爪湘竹扭就，梢缠你老祖当年牵的那匹烈马的红鬃！年年要社火你都让人借着玩，你小子哪儿知道这就是你家的镇宅之宝哇！”

君怀战战兢兢地说：“啧啧，你说得对对的。前年，家里有个黑不溜秋的花盆架子，眼看都快散架了，我听人说那是个好物件，就偷偷拿到城里背巷那个店铺子卖了，人家二话没说，给我装了三斗荞麦！当时粮食价多大哟！一斗荞麦能置办盖一间房子用的木料哩。你说，兀么个烂木头咋就值那么多钱？”

信仁一听，一口刚到嘴的烫茶被惊得“咕咚”一声咽了下去，烫得他一阵子猛咳，待缓过气来这才生气地说："那是紫檀花儿，你真把那货糟践了？"

君怀却莫名其妙起来："咋？那货还值得更多些？你咋……是这号人？我当初问你时，你不是说那是个烂木头架架，搭火盆都没人要吗？"

信仁被揭穿后，悻悻地说："只怪你娃儿把屎吃多了喀。我也是后来才听人说的，那是件明代的老古董。到你老祖手里之前，说不定在皇宫摆着的。唉，卖就卖了吧，你可别再在老房上打主意了。信不信由你，别再拆出乱子。别管人家咋说，你小子可别把祖上留下的那点财气全漏光喽！"

一听信仁这话，君怀觉得自己家那房是万万不敢拆了。可一想盖厦房的材料无处备办，又一筹莫展起来。

信仁看他在那里还真是着了急，这才暗喜今天终于给自己拆下来的那些旧房木头找到了买主。他善解人意地和君怀商量着说："我家东厢房那椽条粗细咋样？你请人搭个价先拉去用，几时有了给几个钱；手头紧的话，我也不催着要喀……"

君怀一听，紧着又问了他一句："砖瓦咋来哩？"

信仁给他指点着说："六队建窑场是弄啥的？到时没你用的砖头？"

君怀马上一口应承说："行。"

说完正事，君怀又拉起两个人共同关心的话题，说："他伯，依你看，运喜这一去公社，日后会不会给村上有点啥照顾？"

信仁奇怪地丢了一句："哼，这个人……能有个屎照顾！"

君怀却不识时务地提醒说："你看，高先生这不是都没事了嘛。到时，他会不会给咱们也慢慢地照顾着多摘几顶帽子？"

信仁阴森森地笑了几声，这才回过头来问君怀："你脑袋叫驴踢了？咋尽想这号好事。眼下讲究的是斗争哲学，没咱们这些黑斑膛，他们斗谁去？唉，只要风调雨顺，咱们能这么往下熬着，不再受饿也就够了，你倒尽想些美事。"

君怀却不知轻重地说："好伙计哩，我睡梦里一想到头上这顶不明不白的烂帽子，心里就一阵阵恶心得慌。咱已是土埋到脖子根的人了，迟死早死还不是那回事？可娃娃还要在村庄上活人哩。唉，咋让咱两家都赶了这号背时事！就说前几天，年轻人都报名参军，我那小子在家偷偷落了一天泪。跟他一般大的招工参军走了不少，留在村里的也都娶了媳妇生了娃娃。唉，我好不容易央了他老舅给娃说了这门亲事，真真把人为难死了。那女子你没见过那人样，瘦得像个竹竿，那两颗大门牙龇出来足有半寸长……就这号长相，人家一开口要两份干礼，还没算离娘的半份养殓钱。唉，这都怨咱这顶烂‘帽子’在头上顶着哩，闹得好像我做下羞先人的丧德事一样。说句不怕你见笑的话，娃这半年见了我都不想开口叫大咧。唉，咱一天还有啥脸给人当老子哩嘛！”

信仁心里明得跟揣着镜子一样，凭君怀的脑袋，永远也不会明白眼下这世事。他装作十分想得开地劝导君怀说：“嘿嘿，万事开头莫着急。急火攻心，小心为这号屁大的事情折了你小子的阳寿哦。你老爷学相公三年，只学会给掌柜的提水、倒茶、涮烟袋锅三样本事。老汉硬是凭着这点本事给家里攒下了几十亩地咯。但到头来能咋？还不是让你爷兀个败家子丢进了宝局子！到了你爹的手上，家业已经基本让折腾光了，那日子过得吃了上顿没下顿，不也给你小子留下个贫农成分嘛！这就叫一个人的运势。说句良心话，只要咱们一闭眼，娃娃们总还都是清白的。唉，世上的事，谁能长着前后眼嘛。能知者不能言，能言者不能知。早知道有今日，我当年给共产党倒枪贩炮就不图那点银子了，跟着风光几天是几天。就是后来，给西进大军抬担架到扶风那次，我都不会偷跑回来咯。当时，不费个啥就能穿上八路那二尺八的制服袄袄，人家动员了半天，咱死活不愿意当人家那个差咯。要不，到了这阵子，咋说也是个人厢呀。如果那阵子跟上共产党去了，他高运喜这个破支书算个啥嘛！唉，扯这些远话还顶个屁用。只有吃好些、穿烂些，到了人前走慢些；心放宽、脸放厚，这样才能活长寿。眼下这个社会，咱们倒有个啥办法嘛！”

家丑（村庄的秘密之二）

不几天，大闹选民大会的谢绑栓被拘留十多天后放了回来。村上重新组织的选举工作，依然在紧锣密鼓中继续进行着。可是，在七天以后的正式投票中，谢舍娃、谢要栓却都因为得票没有超过半数而折戟沉沙。有三分之一的社员在这次投票中都投了弃权票，半阁城第二届选民大会因此无疾而终。经向阳公社党委研究，鉴于半阁城大队二次选举亦无结果，决定让支部书记谢栓柱兼任村上的大队长一职，算是支书、大队长一肩挑了。

除过谢有福这个二愣子不知深浅地继续当着他的民兵连长之外，谢栓柱安排谢德懋担任贫协主席，以便让他以村干部的身份去七队指导淘窨工作。鉴于采蘩坐月子不能理事，他又提名让谢民生的媳妇窦桃夭临时担任大队团支部书记兼妇女委员会主任工作。半阁城这个被泥沙堵着的堰塞湖，终于挖开了一个小小的口子。

然而，谢栓柱这个一身二任的新官上任还没来得及放头把火，就接手了两件让他头大如斗的事情。

一个是丹凤县棣棠镇孙家圪塄大队向向阳公社发的一封函被转到村上，说明半阁城大队第七生产队现任队长“孙富贵”逃亡前后的家庭成分变更问题，以便于居住地的公社给予其监管改造。信函上说，这个孙富贵一家逃亡前，在其原籍并不姓孙而姓贾，真名叫“贾富贵”，其家庭成分此前确属上中农。不过，经当地公社在这次普查中认真核实，有一个重大情节还是引起了当地村干部的注意。这个贾富贵的父亲在新中国成立前一年春夏之交时，曾经雇用过一个跛子老汉为他家里放过一季牛。这一严重的雇工情节，恰恰在土改时被当时的工作队疏漏了。当时，贾富贵兄弟二人和其父还在一个锅里吃饭，并未分家另住。其父为逃避家庭被土改工作队定为富农成分的事实，一夜间将财产分割给兄弟两个人，一个大家庭分成了三个家门，最终居然逃避了专政机关劳动管制的法网。在这次农村社会大清查中，依照政策他家已经被重新划定为

“漏划富农”。

第二件事情更麻烦。

一个叫皇甫紫嫣的女人通过成都市民政局向陕西省民政厅发来一封“寻找亲子”的信件，那封信从洽川县被一级级转到了半阁城。

说到这件事，栓柱立即知道这个女人要找的儿子是谁。此前，大伙儿都知道谢善广的一双儿女是收养的，但其中的内情却不得而知。原来，善广这个儿子谢金锁的亲生父亲名叫刘德明，是陕西旬邑刘家沟人氏。那阵子，他还是一名国军营长。1947年9月，因战事紧迫队伍南下，夫妻强忍悲痛将亲生儿子通过在澄城县鬼混的谢信仁托付给半阁城村的谢善广夫妇抚养。同年10月，身为营长的刘德明率部在四川泸州阵前起义。从此，这个人便算是参加革命了。后来，他又担任解放军西南军区第四十七军一三九师四一五团参谋长一职。次年4月，他却在参加西南剿匪时不幸壮烈牺牲。其妻皇甫紫嫣那时任四川省民政厅户籍一处科员，只好带着遗腹女含泪改嫁。她在来信中恳切希望陕西当地政府在洽川县“半窝城”村寻找一位叫“薛仁贵”的人。她清楚地记得，自己的丈夫刘德明正是通过这个人将自己三岁的儿子送给一个卖颜料的中年小贩。两个当地人当时是把哭喊着的孩子放在一副货郎担子里，一起离开澄城县城隍庙的。其儿子耳后有一片朱砂胎记，同时被带走的还有一个小一点的妹妹……

谢栓柱尽管百事缠身，但为了处理好这两件事情却投入了很大的精力。他一个人坐在祠堂里的那间办公室做了反复思考，并没有轻易去处置。眼下，金锁已经在外工作，这个时候被亲生母亲寻访到村上，会使问题很复杂。他觉得这号事情不但不能声张，还应当把此事和佑普爷商量商量。想到自己几个亲弟兄和老爷子闹出的那场不愉快，他也想趁机坐下来跟老爷子解释一番。

晌午，天上稀稀拉拉飘了一阵雪花。吃过饭雪停了，寒风却呼呼地刮个不停。天气骤冷，许多队都没安排活路。栓柱早早吃过饭便去了六队饲养室。

老爷子正在用独轮车往圈角堆干土，一见栓柱进院来一副愁苦的样子，他估摸村上又遇上了啥咬手事情。老汉顺手把铁锨往土堆上一插，掏出烟袋把支书领进饲养室自己那个小炕上。

两个人这头一坐下，栓柱就发现几天没见老爷子，老汉一下子好像苍老了许多，并不突出的额头最近似乎已经有点前倾，嘴角已经长出了密密的白胡茬，却没有像以前那样及时修剪……

栓柱在路上已经想好了，孙富贵的事情并不需要让老爷子知道。他只把成都那个女人的来信取出来递给了老汉。

老爷子慢慢接了，就着屋内那点昏暗的光亮，一双越来越不济的眼睛，怎么也看不清那龙飞凤舞的钢笔字。栓柱体贴地从头到尾把谢善广那儿子被人找上门的事情一五一十地对老爷子口述了一遍。

听完，佑普爷苫着眼皮想了半天，这才开口问他："这号事情，大队是咋想的？"

栓柱自己点了一根纸烟，忧郁地说："唉，世人谁没有舐犊之情嘛。我倒是想给这个女人回个信，告诉她，她儿子在这里活得好好儿的，也好让她放心。可是，她如果知道了这一切，肯定会来村庄走动。她住在成都那个条件好的大地界，一来二去，金锁找到亲娘，领着媳妇娃娃跑过去不再回来了，剩下善广这头咋闹！"

老爷子想了想，说："你是对的。1953年，我也接过这个女人的一封信。当初，我也是你这么想的。你想想，善广这么多年容易吗？当年他们的老子为了自己的前程，把孩子丢在当地，一拍屁股去了爪哇国，现在咋想起这个娃娃来了？哼！"

一看栓柱没有说话，老爷子又接着谈了自己的想法："我是这么想的，既然那个刘营长已经死了，女人也另嫁了人，她身边还添了个姑娘，想来也不缺这个早先丢弃的儿子。以后也会慢慢地淡忘这些前事……"

说完这些，老爷子又不放心地问了一句："那个女人在信上打问没打问善广女儿的事？"

栓柱从炕墙上拿起那封信，重新认真地看了一遍后，对老爷子说："是，是，有一句，她说一同被善广担走的还有一个小姑娘，但也没说明这个女娃的来路……”

老爷子放心地舒了一口气：“这就好。你们小，不知道村上这些事情。金锁和采蘩小两口都是那次被善广一担子挑进村的喀。我看就按你说的那样办吧，也不要给人家回信，省得咱们到时脱不利手。她爱写信让她写去，写几次她就不写了。这号事情，咱绝对不能胳膊肘向外拐，你我知底就行了。”

说完这个事情，栓柱那张脸上这才堆起一副愧疚的神色，他想对老爷子把前几天选举那件事情说一说。

他给老爷子递过去一根香烟，老爷子用手轻轻地挡了挡说：“爷不抽纸烟，嫌烧嘴哩……”

栓柱一看老爷子不是假意推辞，自己点上了后这才推心置腹地说：“爷，上次选举，老二和老四把您老人家在人多之地闹得……这段时间我都没脸见您呢！”

能从栓柱嘴里听到这样的话，老爷子并不吃惊。

谢福鸿这一门五个儿子，个个虽然都还不赖，却唯有这个老三最有城府。于是，老爷子也毫不避讳地跟着栓柱这个话题提说起来：“我晓得，这事跟你无关。”佑普爷惆怅地在那儿叹了一口气，接着又开口说，“提起村庄上过去的陈事，只有老天爷才能主持这个公道。十多年了，爷一直也在扪心自问过不知多少遍了。唉，绑栓在人多之地骂我是‘村盖子’、是土匪……这些话，静心想想也对着哩。爷当年参加革命不假，但在许多事情上做得也有对不起父老乡亲的地方啊！就说你爹的死……”说到这里，老爷子居然潸然泪下了。

栓柱一看自己扯出这个话头让老爷子唏嘘不已，便给他宽心说：“爷，话看咋说哩，我老先人在世那个做派，也确实不成个路数。老二把话说得再难听，也跟您老人家扯不上一丝干系。谁不知道谢信仁那个老狗在村庄上的德行！”

老爷子突然抬起头否认道：“不，村上在那个年月死过两个人，个个都和我脱不了干系啊！”

一听老爷子这话，栓柱突然瞪大了眼睛。

老爷子却没有注意栓柱的脸色，继续说道："你们不知道，夏侯举那样的货色，别看今日人五人六地当上了县里的公安局长，当年可是个靠杀人吃饭的刀客哩。当年，他只要夜里说出杀人的话，对方就活不到天明。为了高闷儿搅了他一次赌博场子，他就纠人要剁老汉的手。我私下里跟闷儿打过那个招呼，好话说了一箩筐，他就是不愿意破财免灾喀……唉，闷儿不久就遭了暗算。到了后来，夏侯举这个不成才的东西还是我举荐到咱们队伍里来的，跟上董振堂干了一点人事。把这号人拉进共产党的队伍，这也是让我悔恨了一生的事情！"

栓柱忙问："我爹不是谢信仁害死的？"

老爷子说："不，这件事不关谢信仁一丁点事。他那点欺男霸女的臭德行固然可憎，在村庄上也确实落下个人人恨的坏种名声。不过，让这个货领着别人的婆娘赶集吃油糕还行，让他去招绺子杀一个无冤无仇的同村人，料他娃儿也没那个脏腑！既然咱爷孙今日把这个话头赶到这里了，我也跟你说句大实话，你爹确实是我安排他们给……拾掇了的……"

栓柱几乎不能相信这句话是从老爷子嘴里说出来的，立即吃惊地张大了嘴巴。

老爷子并不避讳地说："爷一辈子就这脾性，自己拉下的不往狗身上赖！"

栓柱不相信地摇了摇头，诧异地问他："爷，你是不是气糊涂了哇？"

佑普爷对栓柱说："不，我一点都不糊涂。说起来都是些陈年旧事了，可在我心里就像昨天才发生的一样。那年，德懋他大'孬孬'老汉被你爹指认给绺子，被割去一只耳朵，祠堂那时就对你爹起了杀心。你外爷不知咋的在那阵子想起了我这个人，跑过沟来要我回去给祠堂说情。我那时是被官府通缉的罪犯，哪有那脸面回村庄到祠堂跟人说话？再说，我也不想为他这号人去开这个口。后来，祠堂派人把你爹连夜拉出被窝绑起来，你妈一个女人家颠着一双小脚又一次来到沟东，哭着找到了我的门上。一个女人家，真的让人把男人给处置了，日后的光景可咋往下熬哟。没办法了，我这才回村找到信仁，他仗着认识几个道上的朋友，托人使了点小钱，祠堂最后还是放了你爹一马。我记得那天晚上，天上没出一颗星星，祠堂派人故意透风说要把你爹装进麻袋扔到黄河滩去喂狼哩，那也是为了让家里人有个地方去找人，只想吓唬他一场喀。日后，他捡回了那条小命，倒是收敛了不少。后来，我就想让他走正道，私下试探着看他能不能跟上共产党干点正经事情……”

栓柱从来都没有听说过父亲的死还有另外的说法，就小心地打问起老爷子来：“那，后来，他咋惹下那杀身大祸？”

老爷子一副说来话长的样子，向栓柱道出了二十多年来一直埋藏在自己心中的那个秘密。

“唉，说起来，你爹也太不成才了。还没等我和他说上山的事情，你家就接连出了两场大祸！”

“咋就遇着两场大祸？”

“唉，你那亲娘是咋死的，你肯定一点都不知道。你们五弟兄那时都小嘛，栓牢才一岁多点。那年，正值三夏大忙，趁着几天好太阳，你家一场的麦子等人摊开晾晒，好趁着财东家的碌碡闲下了借人家的牲口碾打头场。那年雨也多，麦子收到场里不巧遇上了三天霖雨。你娘一个女人家，哪儿掂得动麦钩？她拿着一把铁叉，又咋样能摊得开那么大个湿积子？她折腾了半天，也没能把麦子摊开，便回到屋里，想叫上你爹上场里帮她把垛子先摊开，没想到她就给自己惹下了那一场杀身大祸！”

“这，咋会惹出啥祸事呢？”

“唉，你爹那阵子正和你那个……姨娘坐在盘子跟前点着烟灯烤烟泡呢。你妈女人家嘴碎多说了两句，你爹觉得老婆在小的面前伤了他的面子，一下炕头连鞋都没穿就捞起你妈扔下的三股铁齿叉追到门外……唉，亏得你娘是从河南林州逃过来的，那双脚缠裹得还不是太小，但她紧跑慢跑，还是在巷当中被你爹投过来的铁叉穿透了后背！”

“我大……他真的是这样做的？”

“呸！这个吸洋烟吸疯了的衣冠禽兽，身上连一点人味儿都闻不着了啊。自己已经失手闹出了人命，赶紧救人才是正事。他居然无事一般甩手回去了，回到家又抽开了他的洋烟！”

“那村里人呢？”

“那时辰，一巷人都在麦场上忙活，没有一个人看见喀。一个可怜的女人，脊背上带着那铁叉……一步一步挪着，到了涝池边就一头跳了下去！”

听到这里，栓柱禁不住呜呜地哭了起来。

老爷子却依然在那儿诉说着：“她身上淌出的血呀，把半池水都染红了。人捞上来之后，那把铁叉还端端地叉在背上……唉，你妈……那时已经显怀了，人被捞起来后，乡邻们才发觉她的肚子里还有一个小生命哪！”

听到这里，栓柱已经伤心地擦开了眼角。不过，他还是强忍着心头的悲痛开口问了老爷子一句：“爷，这……都是真的吗？”

佑普爷盯着栓柱的眼睛却反问了他一句：“这些，老大一丁点没跟你们说过？”

栓柱低下头小声地说：“没有。这些事情，他咋好在弟兄们面前提说……不过，我倒是隐隐约约记得我妈好像是被人从水里捞上来的……”

佑普爷惊诧地摇了摇头，又絮絮叨叨地说：“世上就怕这种阴人。不管咋说，他现在也有一把年纪了，应当把这些都告诉你们弟兄才对啊。后来，为了那个小女人，你爹倒是放过话要收拾谢信仁。他是不是已经有那个上县府告状的打算，我当时也不太清楚。全村人都私下里传说信仁卖枪那事情牵连着我，其实我那时一点都不怯火。当时，地下党的外围组织‘三十六兄弟会’在洽川官府已经安插了一帮人，别说是贩卖几支破枪，就是你爹把我谢佑普以前杀人的事一同告上去，也是个屁大的事情。不过，信仁这人胆小，听到你爹放出那话后整天魂不守舍，他来找我商量，我趁机放了那句话……”

栓柱马上瞪起眼睛问：“你……爷，这是真的？你，咱们两家那时有啥过不去的仇冤呢？”

老爷子这才告诉了栓柱另一桩不为人知的村庄秘密——

“柱子，做人就得有人的血性。埋你妈的那天，我是村上的管事人。看着殓放死人的木板下一直滴着黑黑的血水，那个时候，我这个局外人都有把你爹当场剁掉的心思了！埋完人那天夜里，你外爷聋子老汉又找到了我门上，颤颤巍巍趴在地上给我磕了几个头，起来后就放声大哭……时至今日，只要遇上月黑风高的夜晚，我这耳朵里就响起了老汉那悲怆的哭声。唉，你们哪儿知道，你外爷是挑着一双儿女从河南逃难过来的啊。兵荒马乱的，老婆死在咱们村头实在没法收殓，不到四十个铜子儿他就把亲生女儿卖到了咱半阁城……为了和亲生骨肉不至于离散，他就在西沟塄挖了一孔浅窑洞带着你舅舅住了下来。原指望女儿在当地为人妻人母，承携一家人，总会有苦尽甘来的一天，万没想到，他却把自己的亲生女儿送进了虎狼窝啊！到头来，女儿年纪轻轻的就被恶婿折磨致死，他一个牵着猴子靠耍把戏养家糊口的逃荒人，遇上这号冤屈又向谁人去诉说？”

说到这里，老爷子自己装了一锅旱烟，点着火之后又接着说：“唉，为了你爹那一只脚，我已经应了你爷一句话了。三天内，我还得给老汉回话呢。当时，你外爷跪在我这个比他年纪小的人面前一把鼻涕一把老泪，口口声声要我给他女儿申这个冤，还掏出两块银圆要‘买’你爹的一只脚。我只问了你外爷一句话，五个孩子以后咋办？他表示，他就是再回头去挨门乞讨，也要把自己五个小外孙抚养成人。老汉那时已经在九郎庙给他那苦命的女儿许了天愿——不剁这禽兽女婿一只脚，他誓不为人……唉，哪想到，事后就闹出了那场人命。说到底，这都是我亲手造的孽！”

栓柱这时不再吭声。

老爷子点着自己的烟袋锅，又开始慢慢地叙说。

“你家老大那时才十四岁，祠堂照看着给他把小媳妇娶进了门，好歹有人能给你们几个小兄弟把饭做熟。绑栓一个八九岁的娃娃，跟上你舅舅赶集、跟会、学耍猴，我在集上碰见一次，心里就流一次泪。不过，你外爷聋子老汉还算是条汉子，年年耙耱犁耧收种碾打，宁可把他累死，也要帮着你们把粮食弄回家。直到临解放那年，老汉才摔下沟死去。他在世时，年年都忘不了来我家送一封点心。他一直把我当成除暴安良的武二郎敬着，年年如此！他哪里知道，他送上门来的那份心意，我鼻子酸得都不敢抬头接哇！为了替你大那死鬼照顾好你们，到土改时，你们一家已经欠祠堂十多石粮食了。你知道不？那都是我谢佑普一年一年给你们赊下的陈账，祠堂也没打算让你们再还咯。你家老大这个人哪，也难怪，这辈子他恐怕都不会在你们弟兄们面前把这号事情提说半个字的！”

栓柱听到这里，擦了擦自己的眼睛对老爷子说：“爷，你别说了，这些我都懂。过去的事情，咱们以后都不要再提说了。别说是我的亲娘，就是邻居女人被逼到这个境地，我都会上去替她砍那个人的！我不会记恨你，也不会记恨辛辛苦苦把我们拉扯大的外爷……说实在的，我爹他最终得到的那个下场也是天谴！”

佑普爷摇了摇头，对着饲养室的牛槽喃喃地说：“爷不怕遭别人记恨，这个世上也不会有啥天谴。人这一辈子，就怕自己记恨自己呀！年轻的时候，血气方刚，啥冷饭都敢吃，啥愣活儿都敢做，到头来自己给自己积了一肚子的心事。你现在领着一村的人，要尽量为大家谋划着往前拉，能成多大事就成多大事，千万千万不要做出对不起自己良心的事情。否则到了老境，真是生不如死呀……”

说完这些久久压在心头的话，老爷子这才换了轻松一点的口气说：“你也不要太伤心，爷这次选举也没想着再披挂上阵去当个村主任去。爷已经老了，不去为你们筹备这个大事情，咋遮盖得住这张老脸面嘛。村庄上还有你们这些年轻人，我咋能不放心呢？”

栓柱好一阵儿也不再说话，老爷子这才提醒他：“我刚才说的那一摊子陈事，你也不要在老大、老二面前提说。你爹再是个瞎种，也是你们的亲老子。说到这里，爷倒想再问问你，你知道你爹给你们领来的那个姨娘是谁？”

栓柱迷茫地摇着头。

老爷子这才一股脑儿地把那个女人的一切说给了这个晚辈。

“我一辈子都不愿意给人学说这些事情，今日说给你也算是对尘世有个交代。唉，那年，你爹不知从哪儿听说，河南那地方遭了大灾，一个苞谷面馍馍就能领回来一个女人。他这个没成色的东西，就偷偷摸摸地去贩了一趟人。谁知道，他这头一到林州，先投靠的是你妈那亲姐家。一看陕西来了三妹夫，人家哪有不热情的道理？你二姨那年也就三十出头吧，你爹在人家屋里没几天，就对自己的亲妻姐起了坏心。你那个二姨夫是个可怜人，小时候腿脚不方便，日子过得很拮据，只能眼睁睁地看着年轻的妻妹夫和自己的老婆在自己眼皮子底下胡来……”

栓柱默默不语，自顾在那儿叹气。

老爷子接着说：“唉，你爹那个人，可惜你们记不得了。他那一副人样，长得真正是‘喜死丈母娘，气死掌柜的’。无论脸面个头，还是口才，都是不一般啊。他一辈子也就仗着这副好皮囊混吃混喝，最终把自己混得早早地见了阎王！他在人家女人面前胡吹冒撂，说咱们关中道天天吃白面馒头，硬是将人家骗上了手，丢下你姨夫跟他私奔到了潼关。两个人一路明铺暗盖自不必说，过了河一直住在潼关城也不着家。两个人胡吃海喝的做派，混得很快没了钱。这时候，他转手将你二姨卖给了华县瓜坡魏家圷的贠五德。手里有了那点银子，他二次返回林州，将你二姨那刚刚十五岁的姑娘又骗到了澄城，后来……居然丧尽天良地把自己老婆的亲外甥女霸占着做了自己的小妾！霸着人家两辈女人，这还能叫人吗？这不是爷给你编出来的，你去打听打听，村里上点年纪的人谁不知道这件事情？那女子我初见时还不吸大烟，半年之后，就叫你爹调教得不成个样子。后来，他在西县实在是混不下去了，又把那女子领回村子准备倒手卖掉。开初，娃见了你妈还亲亲地叫‘姨’呢，可为了那口烟，她居然和你妈操着切面刀干了几次架！再后来，谢信仁这个爱偷吃的老狗就用烟膏把那女子骗到了手。你妈在村上是个善良女子，她哪能不知道自家男人领回来的小妾是自己的亲外甥女嘛，她那是嚼碎牙根硬往肚里咽喀！”

栓柱打断了他的话头，认真地问了老爷子一句话：“爷，我倒是听说过那女……人，最后是不是让祠堂卖了？”

佑普爷无奈地回答他说：“村庄上的事，有时候永远是个谜啊。对外说，那女子是被祠堂卖了银钱，我也让你外爷把那钱捎回河南送给你二姨夫。谁能知道，那十块大洋还是我谢佑普在车马店账面上赊欠的钱哪。那可怜的女子，后来被我安排着让你月季姑姑连夜带上了北山……后来，她就成了有名的双枪柳春琴！谁能相信，当年那个英勇的女游击队员会是从咱们半阁城走出去的苦命丫头啊！”

栓柱还想开口，这时，六队社员詹木林却满面春风地一头钻进饲养室来了。他这一进门，一时打住了两个人的话头。

一看支书和老爷子都在这儿，老詹也不问人家忙不忙，立即高兴地对栓柱说：“支书同志果真在这儿。普爷爷，我得告诉你们一个很大很大的消息，我的许多朋友马上要到我们村庄上来，你快快帮我杀一只羊去，我要用烤羊肉很好地招待他们……”

老爷子并不着急地问：“多少人嘛，还得杀羊？”

老詹又犯了老毛病，挠着脑袋说：“不知道。他们都是我的好朋友，对了，张义伦书记和高运喜书记也要一同来。”

说完这些，他突然向栓柱请求道：“谢支书，你能不能让村民们像过年一样，给他们表演一下咱们村上的敲大鼓？”

栓柱一听，不过是要来几个闲汉，居然还兴师动众地要劳县社两级书记的大驾。他还沉浸在刚才的往事之中，被老詹这一搅和，脑子里便无端地冒出一股烦躁来。他无端地感觉到，半阁城这几天肯定是闹鬼了，尽给他招这么些莫名其妙的事情！他当然更不会清楚，这个洋浑子老詹不知从哪里居然认识了那么些狐朋狗友。

佑普爷听到老詹这话，却高兴地说了一句：“好！你快去准备其他事情去。对了，人几时进村哩？”

老詹着急地说：“谢安民会计说公社电话讲的，他们马上要进村了，我这才来找你和谢支书的！”

老爷子给栓柱努了努嘴，安顿道：“你还愣着干啥？这是你出头露面的事情，你让他一个不通礼仪的外乡人咋样去接待？”

栓柱从来没有遇事给人出主意那些客套习惯，即使是需要村干部出面的事情，只要老爷子和高运喜在跟前，他根本不用去操那份闲心。老爷子这一提醒，他突然想起老爷子眼下不再是村干部，高运喜也早就去了公社，忙一拍屁股对老詹说："走嘛，还耽搁啥哩！"

一出饲养室，三个人便分成三路而去。

第二十八章

事出有因（村庄的秘密之三）

张义伦和高运喜陪着来到半阁城的那些客人中，居然混着两个模样古怪的外国佬。

别说一个小小的半阁城，就是在整个洽川县，此前还从来没有人亲眼见过从银幕上走下来的外国人。村民们把这两个正儿八经的外国佬上上下下打量过几遍之后，从心底里立即涌上了一种大失所望的感觉。

运喜给大家介绍说，那个除过鼻子疙瘩上没长毛、满脸都是胡须的“穆罕默德”是来自土耳其的朋友。大伙儿那阵子还顾不上关心“土耳其”那个国度到底在地球的哪一边，却为他们面前这个大毛胡子每天咋个洗他那毛茸茸的脸担忧起来。另一个脸色白净的红毛番鬼名叫“列奥纳多”，据说是南斯拉夫来中国的留学生。对于他，村民们立即从心理上就有所认同。在一年前，他们已经看过几部翻译来的外国电影，这个南斯拉夫小伙儿和《桥》里边扮演德国军官的那个演员长得完全是一个模样。

不过，据高运喜介绍，这两个特殊的客人都有着非凡的能耐。那个“穆罕默德”据说是西北局农业厅从中科院专门邀请来的外籍专家，他来时还带着一个村民们不知所云的“研究项目”，其正式的名称是“北纬30度～北纬40度年降水量460毫米～600毫米的黄土台塬土壤每毫米降水量出产0.5公斤小麦可行性调研报告”；至于和他搭伴来的那个“列奥纳多”，研究和考察的课题更是让当地人感到匪夷所思，他脖子上一直挂着个大照相机，准备实地拍摄一些“地穴式窑洞民居”的照片，以供自己的毕业论文之用。

这两个外国朋友围着半阁城第七生产队那些外来户的土窑洞转了两天，走时仅仅用玻璃瓶子装了一点土，拍了许多不经冲洗还无法让大家观赏的照片便算完事了。

然而，在他们离开村庄之后，大伙儿无意中察觉出来，跟着两个外国佬跑前跑后的詹木林的长相似乎也有些异样。这些风言风语很快也传到了杨麦秀的耳朵里。晚上，她在炕头开玩笑地问起了老詹是不是个“外国种”的话，老詹以为妻子已经对自己的身份产生了怀疑，只好吞吞吐吐地跟麦秀道出了自己的真实身份。这个不啻晴天霹雳的意外结果，吓得麦秀一夜都没能好好合眼。一大早，她便神色倦怠地找到佑普爷的门上。

老爷子的老伴李若兰已做好了早饭，刚刚在锅底加了一根硬柴让锅里的苞谷糁咕嘟着，便给老汉织开了毛袜子。这个女人可谓半阁城手工针织业的引领者。在她来到半阁城之前，村里人根本没听说过用几根小竹签便能织出手套和袜子的事。

麦秀进了门，若兰赶紧放下手里的活儿把她让到炕沿上，给她倒了一杯水才问道：“一大早沉着个脸有啥事？”她已学着会讲一些渭北话了，虽然还带着很重的河南腔，但大家反倒觉得十分亲切。

麦秀见人家主动问话，便慢吞吞地放下手里的水杯说：“没啥……我有个事情想跟我爷说说。”

若兰看她魂不守舍的样子，嗔怪地说：“牲口还要拌一回草，他刚扫了院子去饲养室了，那你得等一阵子哩。”

麦秀听说老爷子一时回不来，满肚子话又憋得难受，觉得自己心里这话也能跟若兰先说说，可刚想开口却沉默了。

若兰一看她心事重重的样子，便问：“啥事呀？把你为难成兀个样子！”

麦秀终于下了决心对若兰说：“花婆，反正你也不是外人，有个事……我想来想去，还是应当跟你们说一下……”花婆，是村上那些下辈人对年轻的上辈女人的尊称。

若兰随便问了她一句："啥事情嘛，还非得跟他说呢？男人家心粗得很，他又出得了啥主意？"

麦秀长长地吐了一口气，鼓起勇气说："那我就跟你说说。老詹，老詹……"

若兰更加好奇地问："老詹咋啦？"

麦秀突然紧紧地盯着若兰的眼睛说："你发誓，除过佑普爷，这事你一辈子也不跟别人说！"

若兰感到事关重大，想了想才说："那么，你也不能再跟另外一个人说这个事，我才发这个誓，你能做到吗？"

麦秀还没开口，一串眼泪先流了下来。

若兰委实想不出来麦秀小两口之间又会有多大的秘密。看着麦秀那狼狈的样子，她忙递上一条毛巾，让麦秀擦了一把脸。

麦秀停止了抽泣，像怕吓着了对方似的绕着弯子问了若兰一句："花婆，你看我们家老詹像不像前几天来的那个带着照相机的外国人？"

一听是这么个事情，若兰长长地舒了一口气，立即数落她说："人的长相各种各样都有嘛。老詹本来就是个少数民族，这有啥好奇怪的？"

麦秀自己却心中有底，慢慢地告诉若兰说："你知道他和高支书是咋认识的？昨晚，他跟我说出的那些事情……连我都不敢相信是真的！"

若兰想了想，但还是想不出来有什么可诧异的事情。她摇摇头猜测道："不会吧？他真是个外国人？"

麦秀垂下眼帘，长长的睫毛慢慢地抖动着，鼻子一酸，一串晶莹的泪珠又落了下来。

若兰真是惊出了一身冷汗，小心地问："那他又为啥要到咱们这穷乡僻壤来呢？"

麦秀看了看她，肯定地点了点头说："花婆，他真的……是……一个美国鬼子！"

若兰毕竟见多识广，一听麦秀说出这句话，却出奇地镇定了下来。接着，她便十分平静地看着麦秀的眼睛问："这是真的？那当初运喜咋没跟你说过这事呢？"

麦秀摇了摇头，心情好像比刚才平静了一点，幽幽地告诉若兰说："我一直不放心这件事，也经常问老詹。他开始一直不肯说，问得多了，他就用其他话把我支开，好像不想让我知道这些事。自他从上海回来以后，我发觉他几次都想对我主动说点啥，可每回话到嘴边就又咽了回去。昨天夜里，他终于说出了那些事，我真是吓死了。我家芍药的亲大是在朝鲜战场上打鬼子英勇牺牲的烈士，我却嫁了一个美国鬼子……孩子大了还不知咋埋怨我哩！"

……

原来，老詹真名叫格拉斯·詹姆森，其真实身份的确是一名美国士兵。这个英俊的美国青年，确实是那场战事的幸存者。

在朝鲜战场上，高运喜负重伤回国后，因为施救不及时不得不截去坏死的左脚。再后来，他作为荣誉军人复员回乡，被组织分配到洽川县邮电局工作，永远地离开了那个炮火连天的战场。可是，在农村长大的他却十分不习惯在县城邮电局坐冷板凳，半年后又主动要求回村参加农业生产。就在那个时候，他在村庄上意外地收到了名叫"詹姆森"的美军战俘的一封来信……

运喜依稀记得，在那战火纷飞的前线，在一次打扫战场时，他意外地发现一个美国人被击穿了胸部，却还没有死。不过，他几乎同时想到，这么重的伤势和已经死了又有什么两样？即使被折腾着抬下阵地去，恐怕也是死路一条。却说，也不知是这个大个鬼子命不该绝还是回光返照，在被高运喜挪动之后，他居然睁开眼睛久久地辨认着他曾十分熟悉的那一片蔚蓝的天空……终于，他吃力地扭动着头颅与一个黄皮肤黑眼睛的中国士兵的目光碰在一起。

一双琥珀色的眼睛和一双纯黑色的眼睛就这么在朝鲜一座小山头上那棵还在冒烟的树桩前对视着。

美国人终于确信眼前这名中国士兵不会枪杀他。他吃力地抬起胳膊指了指自己的胸口，看样子他根本无力自己从中取出他想要向对方展示的东西。运喜像个哑巴一样默默地在他胸前的口袋掏了半天，替他掏出了一张布片印制的东西，上边用中英两种文字印着几行字——“我是联合国维和军人，在我放下武器或受伤的时候，请贵军保全我的生命安全！”运喜鄙夷地把那个美国兵人人都有的“保命符”丢在了一边。

躺在地上的美国人看到他不高兴的样子，立即又指了指自己作战服上那个大大的口袋。

运喜只好再掏，这次掏出的却是一块金质手表。运喜以为，至少能掏出点药片或止血包之类的东西，看也没看就把那块手表放了回去。

这个时候，美国人又给他指了指左胸口袋，运喜耐着性子又帮着他去掏，摸了一摸，不看也知道是个钱夹子。他不知道这个美国兵又要干什么，只是怔怔地看着美国人吃力地从自己的钱夹中取出一叠美国票子，并示意把这些钞票送给他。运喜没有接，他的一双眼睛却紧紧盯着美国人手上那个皮夹里别着的一张老妇人的相片！

运喜慢慢地单膝跪下，从美国兵手里重新拿过那皮夹，对着一位美国母亲的照片看了良久。他觉得这个有着一头卷发的漂亮老妈妈的眼神，太像自己远在中国的老娘了，而且越看越像！于是，他仿佛觉得地上躺着的不是一名美国兵，而是他自己……

他头脑里那阵子不知道都想了些什么，却有一个念头不时地浮现在他的脑海里——都是母亲的儿子，家里的妈妈都在盼着我们平安回去啊！他一把扶起那个大块头的美国人，想也没想就把他背着，然后一步一趔趄地向山下的救护所走去……

在寒风刺骨的朝鲜半岛，夜里就是穿着皮衣都时常会被冻伤手脚，何况一个伤势这么严重的伤员。运喜觉得那不是他所能考虑的事情，这家伙身板也真够结实的，说不准真的还能活下来。在运喜把他送到救护站签了部队番号和自己的姓名返回阵地时，连队已开走了。运喜扒着炮兵连的车去追赶部队，过后便把这件事忘得一干二净。

然而，被他救起的这个“詹姆森”在朝鲜那个寒冷的冬天真的活下来了。这些首批被俘的美军伤员被转送到临近中朝边境的战地医院得到紧急救治，一些危重病号还被转运到中国境内接受专业治疗。半年时间，这个美国小伙儿身上的枪伤和冻伤居然奇迹般地痊愈了，还学会了简单的中文。再后来，这个在战俘营里被他所接触的中国人感动了的美国大兵，居然重返前线，向不了解新中国的联合国军队做起了阵前广播宣传工作，成了一个知名的国际反战人士。他对自己亲身经历的描述，对那些不了解战争实情的西方士兵不啻是一个当头棒喝，许多人开始怀疑自己为之卖命的寡头政府的虚假说教。于是，在战场上只要出现詹姆森的喊话，对方必定会以打击一座城市的弹药基数向一座小山包发射成吨的炮弹，很快还会呼唤来飞机投弹。为了保障詹姆森的生命安全，志愿军总部只好调他去做了总部首长的英文翻译。

最终，美军克拉克将军在板门店停战书上签下大名宣告停战，随即，双方开始了遣返。可是，詹姆森那个时候却断然拒绝回国，并在交换站和牧师亲自谈过话，并被确认这是在没有任何外在政治压力下的决定。当时，共有二十三名联合国军士兵联名声明自愿留在中国。他们大多数是美国人，也有英国、土耳其和加拿大人。这些外国青年的个人谈话资料和照片立即被刊登在地球另一边的《纽约时报》和《每日邮报》上。

詹姆森在给自己国人的书面声明中说——

> 我是美利坚合众国远东战场被中方俘获的詹姆森中士。在这场不幸的战争中，我却有幸接触到被我们的政客描绘成东方恶魔的中国人。我想趁此机会告诉我的同胞这样一个事实：他们绝对不是一群不开化的人。相反，当我从昏迷中醒过来时，看到一双黑色的眼睛，那几乎就是一双上帝才会有的眼睛！
>
> 在战俘营里，我又一次感受到这个国度的人们那种超乎想象的友善和好客。人类最为纯真的道义在这里得到了很好的传承，他们是一群至善至美的人。尽管现在中国的人民还很贫穷，乡村和城市的建筑也十分简陋可是，那些巍峨的宫殿和高大的楼房，却让我时时都在思考着她的过去和将来。因为，这里，属于她优秀的人民！

诚然，每个民族都有自己浓烈的民族情感；每一个生活在这个星球上的人，也应当有选择生活的自由。这一切，更需要我们当代世界给予应有的尊重。我，詹姆森，最终选择侨居中国的决定，完全是出自个人意愿。对于从战争中走出来的士兵来说，没有任何人能再一次来命令他应当怎样去做或不应当怎样去做。

中国人民选择的生活道路，应当是人类文明社会的明天。我也很高兴和这个年轻共和国的劳动者一起，用自己的双手去建设人类最为美好的乐园。亲爱的朋友们，欢迎你们在不久的将来到这个亚洲大陆的国家来做客，我会用美酒招待你们的。

永远爱着你们的快乐男孩格拉斯

1953年8月8日

后来，在半阁城这个小山村的村民们还感到十分陌生的西京城里，从北京坐飞机来的一名高级官员，亲自把“詹木林”这个“新疆人”的档案移交给当地政府。高运喜被那位“中将同志”请到一个密室里交代了一个多小时后，没有任何办法可以推辞，只好领着这个前世冤家来到半阁城。

事情就这么简单。

若兰听了麦秀的叙说，久久地沉湎于她那天方夜谭般的故事中一时还缓不过神。直到佑普爷从饲养室回来，两个女人像商量一桩杀人案般突然都缄口不语了。老爷子笑着说：“秀秀，你花婆把饭放凉了，你添把火热一热，吃了饭再说话。”

若兰却用少见的严肃语气对老头子说：“女人说话，你掺和个啥？要不，你先吃去，我给秀秀把话说完就过来了。”

佑普爷十分不情愿地进了做饭屋。自从有了若兰，老爷子吃饭一个人从来不动筷子，更不用说自己去热饭了。

麦秀一看老爷子还没有吃饭，催促若兰说：“花婆，那你们先吃饭去吧……”

若兰说："等下咱俩一起吃。"

她目送着老头子进了灶房，这才接着小声说："这事让人猛一听，还真是有点吃惊。可仔细一想，其实也没有什么。老詹不回美国去，自有他自己的道理，这么远的路，又鬼使神差般地爱上了你这个人，你说，这不是缘分是什么？他心里有你，才会把自己的身世说给你，也是把你当成他在这个世界上唯一信任的至亲了啊！一个西方世界的大学生，在咱们这个小山村放了几年羊，这听起来也真是天大的新闻，可他为什么这样做？这就是爱情！你不要担心，他绝对是个好人。国家都愿意收留他，可见他肯定做过不少好事呢。外国人又怕咋？不就是离家远一点嘛。我们机关就有个俄语教师是乌克兰人，她随留学的丈夫来到河南后，住的也是火炕。平时给点辣椒送点酸菜，我们也把她当成好邻居，她不也一样活人？你说哩！"

麦秀默默地点了点头，却多少有些不解地问："你说说，咱们这么个小村子咋尽出些稀罕事？别人都说佑普爷娶了个县长的太太，我就不信这话。花婆，你得是也上过大学堂？"

若兰听了她这话就笑了，如实地告诉她说："我也不瞒你，我确实是复旦大学在新中国成立后招收的第一批大学生。毕业那年回到我们商丘老家时，当时的县政府还专门组织了锣鼓队欢迎过我们哩。那时候，国家的人才奇缺，我们这些大学生不恋大城市回到偏僻的小县城，组织上在安置时也十分重视。在征求我的个人意见时，我当时也年轻，懵懂地选择了去中学教书这个平凡的职业。一年后，我居然被组织指派担任了商丘中学的副校长，当时我才二十四岁。我的前夫当时是县委的副书记，两个年轻人被熟人介绍着认识后不久，便登记结婚了。我们的女儿六岁时，他爹已经是河南省最年轻的地委副书记了。唉，你不知道，'反右'那阵子，我们那边比全国哪个地方都闹腾得凶。我丈夫因和一些人工作意见不同，在会上说了几句话，后来被那些人列为'右派言论'，最后被折磨得身心交瘁，被迫……自杀了。那一年，他才三十六岁啊。"

麦秀紧着问了她一句："那你又咋个跑到陕西来的？"

若兰幽幽地叹了一口气说："我这个大右派的妻子，因为一直给丈夫四处申冤，后来也被牵连着戴上了一顶右派帽子。我们那里是中原，历史上的每一次社会动荡，都会让那块土地经历一次撕裂；给它带来的旧创伤还没有得到根本修复，新的创伤又会接踵而来。在失去城市户口的日子里，农村的集体食堂每每都是先给社员们打饭，留给我们母女的只有一点残羹剩汤。有时，我们已经排队到了跟前，锅里却什么东西都没有了……无奈之下，我拖着女儿，随着逃荒的人流到处流浪。直到打听到母亲有一户老亲戚落脚在长稔塬，我们母女才搀扶着沿着铁路走到潼关，又一步一步讨饭到了西沟塄……”

麦秀又问：“那，你的女儿咋丢下你又回去了呢？”

若兰浑身一颤，怔怔地看着墙壁回答麦秀说：“没有。前年，我那苦命的女儿她饿……死了。人的生命太脆弱了，死去就再也活转不来了。想想周围这些朴实的村民，我重新感到了做人的价值和尊严。他们面朝黄土背朝天，饥一顿饱一顿地过活，可他们从来没有失去活着的信念，这就是我应当活下来的理由！”

麦秀似乎不太懂地跟着叹了一口气，又问她：“花婆，你是有学问的人，你说说，这个世道为啥要人去前线打仗呢？”

李若兰这个复旦大学历史系的高才生，此刻却无法回答一个山村少妇提出的这个十分简单的疑问。看着花婆怔怔的眼神，麦秀以为她又想起了她的故乡，接着轻声地又问了她一句：“花婆，像你现在这样，还会不会想着回你们河南老家去呢？”

李若兰却转过脸反问她：“回去？我能回到哪里去？这里有我的家，我还要回哪里去呢？”

两个女人一直谈到老爷子出门，不觉又唠到他中午回家。这时，老詹像家里失了火般找了过来。

麦秀一看自家男人进门来火急火燎的样子，嗔怪道：“你找我做啥？你和娃娃先做饭吃嘛，没我，你们都不活了？”

老詹十分憨厚地笑了笑，好像他只要把人找着了便心满意足了，人家说啥倒无关紧要。他站在那儿揉了一把他那过高的鼻子，看那样子好像并没有急于要走的意思。

若兰也催麦秀赶紧回去给娃娃做饭去。麦秀顺手拿起炕头几件要补的衣裳问："花婆，家里还有要缝缝补补的衣服吗？"

老詹这时也十分得体地补充说："是的，花婆，我们秀做针线活没麻达的！"

麦秀"噗"一声笑了。佑普爷这时也开着玩笑说："木林的话越来越土了，有个庄稼户的样子。哎，木林，这几天我咋听人说，你还放话想当几天生产队长，有这事没有？"

老詹还是笑了笑，随口轻省地说："我们村许多生产队长都没有文化，还经常取笑我的主张，这让人很不服气。我要是当上队长，绝对比谢舍娃这个文盲头子强多了。普爷爷你相信吗？"

老爷子只当老詹是在开玩笑，笑着说："我看你还行。不过，你不懂农活，这个事情可难办哩！"

老詹毫不犹豫地说："我会学习的，很简单的体力劳动嘛，这有啥难的？"

佑普爷知道老詹念过许多书，却不知道他念过什么书。他倒是常常向老詹这个文化人请教一些自己无法理解的天文气象，弄得老詹还得查一本很厚的英汉辞典。一看老詹这阵子依然摆出那副不知天高地厚的样子，老爷子又笑着问："你看你那不会打弯的腰板，你能收得了麦子吗？"

老詹拍了拍胸脯，毫不怯惧地说："普爷爷，社员们不是都笑我是属驴嘛，我干活会很卖力气的！"说完，还做了一个奋力挖地的动作。

老詹现在说话已经不怎么结巴了，不时还能引用几句半阁城的村民们很地道的土话骂人。不过，他依然把一些很简单的当地话语闹得颠三倒四的。譬如，村民们那个运用自如的口头禅——"驴日的"这几个字，无论是轻骂重骂，让人听起来咋个品咂都觉得相当亲热。可是，总让他说成"日驴的"丢过来，常常让对方十分难堪！

麦秀一看丈夫那夸张的样子，早忘记了半天来郁积在心头的不快，在一旁浅浅地笑了。

投怀送抱（村庄的秘密之四）

其实，村庄上并没有人对老詹的身世产生太大的怀疑。前一段时间的鸡飞狗跳过去之后，整个村庄又恢复了以往的平静。

栓柱这个新支书这才静下心来把近来村庄上发生的一切大小事情做了一次细密的梳理，发觉有些问题还真得认真地去解决。

全村七个生产队，除过第六生产队还比较让人省心之外，另外几个生产队都不同程度存在着一些亟待解决的问题。即便是栓柱自己所在的四队也有问题。由于老大在普选中惹出那么大的事端，闹得老二蹲了几天看守所。谁知道，老大磨不开面皮丢不起人，一气之下连生产队长也辞掉不干了。结果，大伙儿一举拳头，不足十八岁的老五谢栓牢却被塞到这辆大车的辕上来了。栓柱心里比谁都明白，弟兄五个同在一个生产队，让其他人谁当这个队长也都是个棘手的事情。老五这个犍牛犊子，居然不知轻重地就那么走马上任了。尽管老大暗地里不时地给老五指拨，这货还是常常做出一些离奇的举动。要真的让他放开手脚一个人去当四队这个家，说不准他还真敢领着全队社员跳大神去。

再说，西沟塄那帮叫花子虽然来自天南海北，里边倒也多少有几个脑子相当好使的人厢。在栓柱的亲自监督下，七队总算选了个队长。可是那个孙富贵，最近不知吃错了啥药，几天来一直找他，死活不想再干那个队长了。他一听对方这话，心里不免有点担心。过罢年没几天时间，七队那些没有一点余粮的外来户又揭不开锅了。如果单纯是这个原因，他倒是不急。但是像这样集体家底十分薄弱的生产队，不说那些长远规划的事，如何能很快地让他们把正常的集体生产开展起来，他心里还真的没一点谱。如果今夏这茬麦子薄收了，秋庄稼再安排不好，一个生产队近百号人今冬又咋继续往下过活？

一看孙富贵居然在用人之际撂开了挑子，那天这货进门刚开口说出这句话，他不问东西劈头就把对方骂了个狗血喷头。最后这次回去后，孙富贵几天里没再来纠缠，让他安安静静地过了个正月十五。

村庄上十六这天还有一户人家过事。

妇女主任谢采蘩趁着丈夫休假回家，张罗着给一双儿女补办了一场被一推再推的周岁酒。在村庄上，这是个很讲究的事，村民们一般都很重视。从十三那天开始，谢金锁就已经轮番邀请那些嘴馋的村民开始大吃大喝，连续折腾了四五天，家里的卤罐子一直没歇着。按说，这号比较隆重的仪程只有第一个孩子出生需要举办，可是，采蘩第二胎一下生出一对“龙凤胎”。这号事情几辈人都难得遇一次，也确实算得上长稔塬一个大稀罕。不过，村上一直流传有“龙凤胎”是一对前世苦命夫妻相约投胎来世间团圆的迷信说法。年纪大点的村民给当爷的谢善广煽风说，你家儿子媳妇小两口原本就是兄妹成亲，一下子又生了一双“小兄妹”，这事先不说老辈的讲究，一定得给两个娃娃好好办一场酒冲冲喜才是正事。

谢金锁在外工作，毕竟见多识广，对那些言论根本不屑一顾。他高高兴兴地给一对儿女分别起名“超英”和“超美”，对请酒的事情并不怎么热心。但过年回家经不住老爷子在身后不住地念叨，他最后还是应了村子的这个旧讲究，就着年上热锅热灶新割了点猪肉杀了只羊，像模像样补办一场周岁酒。结果，当爷的谢善广陪人喝了一天喜酒，却乐极生悲地落了个瘤疾。

正月十三那天后晌，当最后一桌贺客散席出门时，老汉还能起身送到门口，睡了一夜后，当爷的那口眼就开始慢慢歪斜，任医生怎么拉扯也对搭不到原来的位置上。人倒是还能挣扎着下炕，不过，走起路来趔趔趄趄的，非得有人在旁边搀扶不可。整个人已经不似以前那么利索不说，看个东西，脖子亦基本不会转动。站在那里，即使他眼睛正对着你，那目光却像瞅着旁边的其他东西一样，且游离不定。饭量倒是没减，只是口齿变得迟钝，几天来嘴角上都一直流着口水……

栓柱被村上的事情搅缠得脱不了身，头两天一直没顾上去凑这个热闹。金锁一看支书三番五次请不到场，专意到收购站托熟人又拎回来个猪头，特意把那些能和支书坐到一个桌子上的谢佑普、谢舍娃、高子升、谢有福和开拖拉机的老詹也约到家里来了。

一看儿媳在村里给自己挣来了这么大的名望，善广老汉挣扎着还要亲自给村干部敬酒。几个人不好推辞老汉的好意，又都不敢让他再喝，栓柱只好先干为敬。

采蘩和栓柱是搭班子的村干部，见支书百忙中还肯来赏这个脸，金锁就放开酒量和栓柱斗起酒来。按说，这种场合女人是不能入席的，采蘩却特意进席棚给几位贵客倒了酒。本来栓柱酒量就不咋样，已经和金锁这个“开火车、用碗喝”的酒中豪杰斗了两个回合，又被采蘩灌了好几回。四钱大的青花瓷盅他少说也一气整了二十多下，立时就喝得头大如斗，舌头发直。饭席的火锅端上来，栓柱那双手已经无力再掰开主家那白面蒸馍，便趔趔趄趄赶紧告辞。回到大队部他那间办公室，一头倒下去就呼呼大睡起来。

他这一头睡下去也没个长短，从大正午睡到半后晌，接着又睡到日偏西；眼见鸡已上架，夜色慢慢地笼罩了整个村庄，他还昏昏沉沉地酣睡酒乡。就在这时，他却被人摇醒了。

栓柱吃力地睁开惺忪的双眼，影影绰绰看见炕沿下站着自家媳妇。人虽然还未彻底清醒的，他却还是发现婆娘腿上只穿了条单裤子，正站在昏黄的油灯卜瑟瑟发抖……

此刻，他委实是无力起身，心里却还不怎么糊涂，嘴里嘟嘟囔囔招呼她说：“哎哟，头疼得很，再让我躺一阵子。你站在那里也不嫌冷吗？炕上热乎，上来先把腿暖一暖……”

媳妇开始还扭扭捏捏不愿上来，在他的一再催促下，人家这头一上炕梢，却把身上那单薄的衣服三下两下脱了个精光，羞怯怯地钻到他那热被窝里来了……男人的手一接触女人那光溜溜的凉屁子，马上就惊诧地说：“好神哟，这是祠堂，你……这么黑了不回去啦？娃娃在家谁管呢？”

被窝里的女人却缩得像个大虾，只小声颤颤地回答道：“别，别那么大声……你要弄就快一点，别四处胡摸，完事了，我……就回去……”

栓柱尽管这阵子脑子还不咋清爽，却被老婆这个出格举动感动得有了点男人寻常那些动静。他习惯地用手抚摸着媳妇那脱得光溜溜的胸部，立即就感觉出一些异样来。平日十分熟悉的那一对物件，今天为啥无缘无故变得比以前大了许多，自己那大手一把都攥不过来！

这时候，被窝里的女人不知是冷还是紧张，不但说话嘴唇一直在打战，牙齿也磕得直响。他那手每触摸到她身上无论哪一处地方，她都会紧张得浑身一阵抽搐，呼吸也比以往紧凑得多……这时，他便就有些疑惑起来。

刚才女人钻进被窝后，他隐隐约约听见自家婆娘说话那声音好似不大像平时那样风风火火，居然显得十分温柔。他以为自己喝高了，耳朵可能也有点不大中用。此刻，当被窝里这个女人急迫地抓着他的手从她那滚圆的小腹引领着移到自己那隐秘之处时，这个男人立即惊呆了——自家婆娘那原本浓密的阴毛，一天不见，咋就掉得没剩一根了呢……

他赶忙移开自己另一只已经搂定女人细腰的胳膊，装作翻身准备上马的样子，侧起身子后趁机把灯捻子往亮地拨了拨。这一拨不要紧，炕上那个白花花的女人裸体几乎把他这个大男人吓得喊叫起来！

只见这个大男人一下就跳下地。他那里立足未稳，炕上女子被他这一反常举动也惊得立即光着身子坐了起来。一看栓柱那一双眼睛都直了，她羞怯得赶忙拉起炕上那条被子，飞快地把自己又遮盖了起来……

栓柱这才定睛一看，天哪！炕头上这个光溜溜的女人，哪里是自家婆娘，原来是七队队长孙富贵那个商南女人……

他这时虽然没了刚才的惊惧，却依然十分紧张地吼了她一句："谁叫你上炕的？贱货，还不穿衣服起来！"

炕头上，业已脱得光溜溜的女人，一边哆哆嗦嗦地蹬着自己那条单裤子，一边小声地辩解道："我替你点着灯，看见你睡着哩，就想小站一会儿等你醒来，你却催着叫我上来睡觉，急得好像这阵都等不得那阵……你是支书咯，想睡个女人谁还敢说个不字嘛。看你凶巴巴的样子，这咋能怪我哩？"

栓柱的酒这阵子已经醒了八九分。

看见这个小女人已经飞快地穿好了衣裤，他声音明显比刚才小了点，却仍然十分气恼地回了她一句："放屁，赶紧下来！我让你暖和暖和，你咋一上炕就脱得一丝不挂地钻进我的热被窝胡骚情？”

那女人飞快地溜下炕来，站在一旁战战兢兢地回他的话说：“……我家富贵兀个没出息的每次要我，都是说要抱着‘暖和暖和’，我以为支书也要和我做那事哩，就上来赶紧脱了，也就不用你动手了……”

栓柱看这女人只穿着一条单裤站在地上一直在打战，口气缓和了一点问：“这么晚了，你来大队干啥？”

那女人看到支书站在那里依然满嘴酒气地站立不稳，口气却明显比刚才好多了。一听人家问话已不似刚才那么凶，一时还真不知说点啥好。如实说吧，实在是不好意思；不说吧，富贵回去肯定要骂她。她支支吾吾从嘴里只挤出几句话来：“富贵说你脾气不好，他不敢再来了喀，让我……陪陪你，顺便问问我家那些事情……”

栓柱心里立即就奇怪起来。

就算这个坏屄货色不想当他们那个队的破队长，也犯不上为这屁大的事情搭上自己的老婆啊！他暗自思揣了一阵，估摸这么黑的天，这个女人一个人绝对不敢走西沟塄那段偏僻的夜路，就问她：“富贵是不是也来啦？”

女人也不敢撒谎，老实地说：“他说，他在西头壕里等我。这里一完事，到村口时使劲咳嗽一声，他就会出来接我，然后再一块厮跟着回去……”

听到这里，栓柱几乎都想笑出声来，嘴上却严肃地说：“去，你到村口给我把兀个瞎锤子货叫过来，我今天倒是一直想找他去呢！还指使老婆拉拢村干部，我看他小子确实是活颇烦了！”

谁知道，这个女人支吾着就是不肯出门，依然扭扭捏捏地站在那里，大半天才像蚊子一般轻轻地哭出了声。

不等栓柱闹清楚到底出了啥事情，面前这个可怜女人突然“扑通”一声就给他跪了下来，一边哭一边说：“谢支书，我和富贵穷得连一口锅都没有，年上想到家里来给你拜个年又咋好空着手？眼下又碰着这个过不去的坎儿，思来想去，不知还有啥能让你看上眼的。你就将就着要我……一回吧，你甭嫌我糙，我才二十七岁……你要咋个就咋个，只要不被你们送回去，我和富贵这辈子都忘不了你的大恩大德啊！”

栓柱一时还不明白她都说了些啥，却知道这个女人这阵子还真的把他赖上了，他马上厉声呵斥道：“你喊人去还是不去？得是不去？好，那我就喊个人替你叫他过来！”

栓柱说着就趔趔趄趄假装要出门。

那女人一看支书不像是故意拿作，赶忙一边往门口挪动着脚步一边说：“我去，我这就去，你别动，小心酒后着凉。你等着……我这就把他给你喊来……”

不一会儿，孙富贵就耷拉着脑袋进了门。那女人可能路上没少受自家男人的责难，一直躲在门外不敢再次进来。

栓柱尽管头还有点发晕，依然大声地对孙富贵说：“咋不让嫂子进门啦？这么冷的天，让她穿着条单裤，你这个当男人的也不嫌臊得慌！”说着，又对着门外喊了一声，“富贵家的，进来嘛，你把刚才那胆子放哪去了？”

看到富贵媳妇磨磨蹭蹭地进了门，他这才换了一副口气招呼道：“坐到炕上去把被子盖上。”那女人也委实是冷得受不了，不再推辞就上炕坐了。

孙富贵比谢栓柱大一岁，尽管他那婆娘比栓柱年龄还小得多，按规矩栓柱却得尊人家为嫂。富贵一看支书并不像婆娘一路说的那么厉害，也就多少有点放心了。他自己找了把椅子坐下，头却显然比平时低下去了许多。

栓柱一看两个人都坐定了，这才疑惑地打问道：“老孙，你狗日的一天不好好领着大家谋正事，还到处煽风点火，你听谁说大队要把你们西沟塄的人往回送？”

孙富贵抬了一下屁股，不好意思地开口说：“这个嘛，实际上，也没听谁说过这号话……”

栓柱更加奇怪地问他：“那你老婆咋说是从你嘴里说出来的？”

孙富贵知道自己这瓜尿婆娘刚才肯定把自己卖了，就多少有点生气地说：“女人家理不清个事，我也没有把话说得那么肯定喀……”

这时候，栓柱脑子里突然想起年前公社转来丹凤县棣棠镇孙家圪塄那封函来。他估摸信上那个“贾富贵”可能就是眼前这个孙富贵，于是，就胸有成竹地问孙富贵：“老……孙，你狗日的在你们老家是不是姓贾？”

孙富贵立即一激灵，屁股也飞快地离了椅子，结结巴巴地问：“你，你咋知道我家姓孙，呃不，姓贾……”

栓柱笑了笑，故意逗他说：“你们西沟塄那几个鸟人，谁家老婆尻子上长几个瘊子我这个当支书的能不清底吗？”

孙富贵马上就浑身颤抖起来，更加结巴地问：“谢支书，那，照你的意思，还真的要把我们一家押送回丹凤呀？”

栓柱看见他那副可怜相，便吓唬他说：“不押送咋办？你狗日的是个富农分子咯，人家要咱们这边把你押送回原籍监督改造哩，我一个小小的村干部能有屁办法？”

孙富贵一下子就瘫坐在椅子上，两眼发直地看着谢栓柱，几乎是哀求地说：“谢支书，看在我家三个娃娃的份上，你得替兄弟想想办法啊！在咱们这里就是累死饿死，也比回到老家受那活人罪强啊！”说着，一个大男人，居然直挺挺给栓柱跪了下来。

孙富贵那衣着单薄的婆娘原本不想下炕，一看自家男人已经给支书跪下了，也哧溜一下下炕跪了，不待男人招呼，便给人家主动磕开了头……

栓柱一看这两口子一点都不经吓，马上换了一副口气说：“起来起来，这是闹啥哩？”两口子一听让他们起来，赶紧又从地上爬了起来。

两口子坐定了，栓柱这才认真地开口说：“是这，你得跟我说清楚，你家大抵是啥情况，让我听听看事情究竟大小哩。太大了，我也拿不住公家的政策；小了嘛，还可以商量。你先说说，你两口子为啥要逃出来？”

孙富贵只好老老实实地向栓柱诉说起自己的事情来。

原来，眼前这个“孙富贵”确实姓贾。其爷爷贾道子是当地一个小有名气的书馆，挑着副破担子卖了一辈子笔墨纸砚，教了一辈子野学。到父亲贾候成手上，家里终于置下零零碎碎的塘坝田一十七亩，还有三十来亩坡地。他们家那日子在当地不说过得有多么滋润，一家人却也不用再担心饿肚子了。到了土改那年，按田地算，他家在他们孙家圪塄已经算是个大户了。话说，他们村上有个叫乔慷成的穷棒子，自从当了村长之后，一直在打贾家那一院房子的主意。他咬住贾候成多年前和人倒换三亩涝坝时多出的八亩零碎坡地不放，死活要给贾家安个富农成分。只有这样，那个乔慷成才能名正言顺地去清算贾家那处房产。话说，候成老汉在他们孙家圪塄也算是比较精明的主儿，土改工作队这头还没有进村，一夜间他们父子三人就分好了家。等到正式登记地亩家产时，父子三人按三家地亩摊算，总算躲过了被定成富农成分这一难。可是，乔家那拨人还是不死心，硬是按照贾家田土的数量，给一家三户强行定了个上中农成分。

在孙家圪塄，贾姓算上贾富贵父子新立的三户，也只有七户人家，而乔家却多达十六户。由于贾富贵家的日子确实过得比别人好，乔家就趁着人多势众又把持着村子，时常欺负贾家。以致在候成老汉被活活气死之后，身后留下的那半边院子两个儿子竟然无权继承，硬是让生产队占去喂了牛……

开始吃食堂那年，孙家圪塄的大食堂三个多月就吃完了交来的余粮。那个乔慷成当时也着了急，便领着人在各家挖地三尺地找粮食。到乔家去只派他们自己人去找，轮到贾家就用上了搜粮队。贾富贵看着那些人抡着镢头把他家那间大门房挖塌了半边，却没有敢说一句硬气话……

不过，他们那里好赖是秦岭山区，雨水还算及时。秋上，村里依然收了不少苞谷和洋芋。食堂里每人每天不但能供应一葫芦瓢稠饭，有时还能吃上一顿苞谷面贴饼子。可是，集体大食堂从做饭到打饭都是乔家的人，发饭时别人家是一瓢，到他们几家就变成了半瓢……就这样，贾家人的日子在村上实在是无法往下熬了。他四处打听，最后听人说关中这边是个产粮区，想来日子咋说也比他们强些，就准备趁着天黑背着孩子出门逃命。

到了这般田地，大哥风闻兄弟一家要逃命，将自己的小儿子也送了过来。老大有两个儿子，知道照这样下去，自己肯定也养不活自己的孩子了，就嘱托兄弟无论如何也得给自家保住一个传后的男丁。就这样，两口子随着逃荒的人流，背篓里背着自家两个女儿，手里牵着九岁的侄儿，稀里糊涂地走上了逃荒这条路。走到长稔塬的西沟塄，再往前走就要上北山了。夫妻俩只好放下背篓，挨着那些逃荒的邻居挖了孔窑洞，开了一垄沟坡，这才慢慢地扎下根来。为了掩人耳目，并牢牢地记住村名，他就改了姓……

年前，他觉得风声已经不似以前那么紧了，就偷偷地领着侄儿回了一趟老家。原本准备先探探老家那头的底儿，看看是不是能把侄儿留在亲生父母身边让上学去。可万没想到，他这头刚到岳父家，再翻一座山就能看见自己的村子了，岳父却告诉他其兄被正式定为“漏划富农”了，还被拉着上了几次批斗大会。他一跺脚，又连夜把侄儿领了回来。

可是，回到长稔塬，他这心里就不免有些惶惶起来。眼下，老家“成分”这一屁股屎还没办法擦净，自己在西沟塄还人五人六地揽下人家生产队队长这号差事，万一派活轻重不慎招惹了那些个爱咬道的狗，到公社告发自己改名换姓的事情，他这个“逃亡富农”就是长一千张嘴也说不清楚了。紧接着，几天前大哥从老家又寄来了一封信，说这边肯定向他们老家那边发过信了。他一直想打听点这边的详细情况，却也打听不出一点底细。看看家里也没啥东西能送人息事，想了半天，只有让老婆陪支书睡上一觉，看看能不能过了眼前这一关……

栓柱一听，原来是这么个破事。他取出一根烟一边在自己指甲盖上磕着，一边开始在脑子里思索着这件事到底咋样处理才好。

孙富贵马上掏出火柴给他划着了火，候在那里静听支书破解。

栓柱此时也不客气地吸着了手里的烟卷，然后打量了一眼自己面前这对可怜巴巴的夫妻，这才慢吞吞地说：“老孙，如果是这样，你记住你叫孙富贵就行了。我呢，也只知道我们七队只有一个叫孙富贵的。任他哪一级来调查都咬死这一句话。你一个破落富农眼下已经穷得冬天都没裤子穿了，还不是跟我这个贫农一个样？你放心，过了这一阵子，谁还有那闲工夫打听你是啥农嘛。”

说到这里，栓柱趁机和这个孙富贵约定好，告诉他说：“不过，咱们还得把丑话说到前头。我不管你在你们老家是个啥人，今后你得把自己先当成个好人！要我不追究这个事情也行，那你得给我把七队这副担子继续挑着!”

孙富贵一听让自己干这点事情便能救一家人性命，立即感激涕零地说：“好我的谢支书呢，只要村上不把我一家往回送，上刀山还是下火海你吩咐就是了！”

栓柱一看这货也还算识相，就推心置腹地对他说：“日子还要咱们两级干部带着大家往下过哩，你看看你们七队哪找得出个能理事的人嘛。你呢，一天把自己放展拓[①]些，别猴头猴脑的，让人一搭眼看上去不偷人都像个绺娃子。至于你兀个家庭成分，我也就不吭气了。万一有人找事，我会给你通气的。”

说到这里，栓柱突然话头一转，确实有点生气地说：“富贵，你小子也把老弟太不当人瞧了吧？刚才，要不是我清醒得快，一翻身稀里糊涂地骑上去，信马由缰地折腾一场，闹下那号无法遮盖的事情，不说坏了我谢栓柱的一世清名，你让嫂子以后在村庄上咋做人？”

站在门边的富贵媳妇一听栓柱旧事重提，立时满脸通红地接嘴说：“谢支书，那……你歇着，我和富贵回呀……”话未落音，她先闪出门去。

栓柱还有点小事要给孙富贵安顿，两个人嘀嘀咕咕了半天，那女人站在门外实在是冷得招架不住，就不时向门里探头。

孙富贵立即冲门外喝骂起来：“男人说个工作事情，你一阵阵扒在门边伸着头是脖子痒痒啦！”

女人在外边嘟囔：“外边风大得像刀子剐，你穿个单裤出来试火一阵子！”

栓柱这才借故停了话题。

孙富贵千恩万谢地出门后，两口子依然在不住地向送出门口的支书点头致意。

---

① 展拓：大方，爽朗，敢作敢为。

半阁城

下册

关中牛　著

陕西新华出版传媒集团
太白文艺出版社

第二十九章

邪行

山里的日子并不需要人们精心地去算计。春天过去，一转眼就是苦夏，接着又过了秋天。

几年的光阴一眨眼就过去了。半阁城那些大小媳妇活像没啥事可做，为村庄上一共生出了一十九个娃娃，闹得村庄酒宴不断。最值得一提的是，佑普爷的老伴李若兰居然也掺和其间，赶着这个火红的年月，为长稔塬创造了一个男人花甲得子的新纪录！

然而，福兮祸所伏，祸兮福所倚。村上的瞎子谢贵同睁着一双无光的眼不时地望着天上的白日，嘴里不住地念叨着五字箴言——时顺时不顺，不顺时又顺；顺时寓不顺，人顺天不顺！一切不幸皆被这个盲眼人一语言中。

眼下，周围的原野上只剩下准备越冬的麦苗和油菜还给大地留着些许秋的回忆。寒冷的朔风吹来，枯老的柿树枝头便有了寒鸦的叫声。那些沙哑的叫声，伴随着眼下这满目凄凉的土地，一天天迎送着暮色中天边那一轮如同白灯笼般的太阳慢慢地向西山隐去。

突然，一头瘦骨嶙峋的老母猪从村头那间生产队的官茅中跑了出来。它那过分松弛的肚皮随着匆匆小跑的颠簸，左右摆动得如同一个空布袋般地几乎可以甩上自己的脊梁。一只大红公鸡站在朔风中被吹起了羽翼，专注而不解地望着老母猪匆匆而去的背影，直到看见它钻进祠堂旁边的小巷，这才又无趣地继续寻找着粪堆上的菜根，并不时地招呼着其他母鸡来啄食。一只白母鸡立即跑了过来，大红公鸡便围着它扇动着翅膀急切地左转半圈右转半圈，白母鸡便心领神会地俯下身子接受了它的美意。大红公鸡悠然地跳上去啄起了白母鸡的鸡冠，颤悠悠地晃了半天，待母鸡微微翘起尾羽之后，它才尽情地叫了一声，然后趾高气扬地从母鸡背上跳了下来。母鸡站起身子，在原地招摇地耸起羽毛扑棱棱一阵抖动，又无事一般寻找其可吃的食物去了。这一切，都被远处一只芦花公鸡看得一清二楚，它便奔过来寻衅。大红公鸡也不甘示弱，支棱起脖子上的细羽迎了上去，两只公鸡便一扑一抓地啄斗起来……

离此不远的老井坊里，那些排队绞水的社员们根本没有发觉山外的世事已经悄悄地有了变化。他们生活在大山里，只知道早出晚归地伺候着满地的庄稼。凭着那肤浅的想象，怎么也无法理解山外世界发生的那些很是莫名其妙的事。

这阵子，在省城回来省亲的谢金锁正在给一群人鼓吹城里新近发生的事情。据他吹嘘，眼下那些工厂里的工人已经自发地组织起来“造反”了。一群排队绞水的群众专心地聆听着，简直不敢相信胆大的城里人居然敢闹这号事情。只见谢金锁滔滔不绝、唾沫四溅，围观者却听得一头雾水。

看来，这个冒失鬼在外边吃过几年洋面后也确实长出息了。他从国际形势扯到国内形势，不时地还夹杂着点来历不明的“小道消息”，活像他在人民大会堂刚刚开过大会回来一样。

最后，他终于对傻待在村里的父老乡亲说出了自己的一点看法——“大冬天的，闲着也是闲着，大伙儿不如也起来造造反！”

不待大家对他这番新思想理解透彻，这个货色便十分心焦地在当天夜晚就撺掇了谢有福和几个小年轻在村上成立起一支史无前例的“风雷激”毛泽东思想宣传队。

第二天一大早，一群自封的“红卫兵”也不知在哪儿做了些红袖箍戴着满村宣传，并信誓旦旦地向村民们反复解说：“马克思主义的道理千条万绪，归根结底，就是一句话，那就是造反有理！”

这群白日鬼聚众造反，有理无理暂且不论，总归是得有一个明确的纲领。但是，他们一直不能自圆其说。昨天还在滩里吆喝着一群细狗撵兔的村民，委实闹不清这一伙毛头小子冒着坐牢杀头的危险不为名不为利，却站在自己家门前造这一通屁反为了何事。

红卫兵们扎扎实实地在村上折腾了几天，最终却无人叫好。于是，他们就开始了实质性的行动，精心地组织了一场“大夺权”的闹剧。为了把谢栓柱这个村支书撵出祠堂，这群人敲锣打鼓地围着祠堂不歇气儿地闹腾。结果，反而叫栓柱把栓牢抓住狠狠地扇了一顿耳光！

先天晚上，大队部的炕洞里可能被四类分子煨多了羊粪，土炕烫得实在让人的尻子无法忍耐。栓柱半夜起来通了好几次，那炕火却越烧越红。他只好打开炕洞让烟筒抽抽火，然后往炕席下撑了根火棍，又昏昏沉沉地睡了过去。好不容易挨到天明，他这才发现脚边的炕席被烤焦了一大块，媳妇变巧拿来给他垫背的狗皮褥子的一角也已被烧了个大窟窿。

天刚亮，大队团支部书记高水仙和四队队长谢栓牢领着一群红卫兵敲锣打鼓地进了祠堂。那阵子，栓柱正在用脸盆给还在冒烟的褥子淋水，被那锣鼓聒得两耳嗡嗡听不清来人说的话，后来终于明白红卫兵是在“勒令”他立即腾出大队办公室，好让他们暂时成立一个造反“指挥部”。他没好气地骂了声：“滚你妈的屄！”

他家老五还没等随后赶来的谢金锁说话，马上回敬了三哥一句：“谢栓柱，你这是在镇压革命群众的革命运动！要做革命派，你就站过来；要做保皇派，我们就要坚决扳倒你！”

栓柱正在气头上，抓住栓牢就是一顿耳刮子。他一边打还一边喝骂：“狗日的当了两天队长就出息了，我保啥皇了？戴个红袖箍你就是革命派啦？老子今日就镇压你小子一回，有本事上公社告去！”

话说，栓牢被打也无法阻挡“风雷激”的革命步伐。这伙自封的红卫兵们一看“保皇派”依然十分顽固，也一时不敢把栓柱咋样，便兵分三路，一路人马先行去几座破败的庙宇里戳瞎了菩萨的琉璃眼珠，庙堂四面墙壁上那些明代壁画亦被扫把蘸着石灰水抹上了“不破不立”几个大字标语。然后，他们又挨家挨户去砸农户家山墙神龛里供着的土地爷！

第二路人马在谢有福的带领下，每人手里拿着一把榔头和錾子，转着巷去錾巷院里的拴马桩和各户门墩上的石狮子头。就连涝池迎水坡上那只长脖子老鳖，也被齐茬敲断了脖子！

第三路那几个胆子更大，抬来梯子攀上祠堂的屋脊，已经开始扒房上砖雕的貔貅脊兽。他们居然开始拆祖宗的房子了。这个时候，几个上了年纪的族老被人急急地喊了过来，怒不可遏地对着祠堂房顶大声喝骂。这一拨砸脊兽的家伙一看众怒难犯，瞬时没了底气，跳下房灰溜溜地走了。

脊兽上那些龙子龙孙虽被砸得面目全非，祠堂最终却没有拆成。

不过，几天来经红卫兵这么一折腾，村庄的气象倒颇有点焕然一新的意味。社员也不用去出工，整天袖着手站在巷道里像在过大年。只要祠堂里那些锣鼓家什被抬出来，红卫兵闹出一阵子大动静，巷道里立时就挤满看热闹的人群。

这天中午，谢善广正拉着孙子孙女在巷中间看红火，无意间，他突然瞄见儿子谢金锁从家里出来了。这小子贼溜溜的一路躲躲闪闪地走着，怀里好像还揣着个东西。从儿子的走路姿势上看，善广突然想起家里那尊汉白玉观音像来！

老汉也顾不上许多，顺手从地下拾起一块砖头就向儿子追过去。金锁腿脚快，一闪身便跑开了。

善广在后头一边追，一边咧着他那一张中风后合不严实的嘴在巷中间一路大声地叫骂：“革你妈的屄命！观音爷惹过你？你跑得了和尚跑不了庙，有本事你狗西（日）的今晚别回来费（睡）觉！”

超英和超美两个小孙子看见爷爷刚才还乐乐呵呵地牵着他们看热闹，转眼间又像换了一个人一样拿着块砖头追打他们的爸爸，两个小家伙一齐吓得失声哭叫起来。陡然出了这么个小插曲，惹得大伙儿都转过来看起了父子俩演绎的这场新热闹，巷院中顿时热闹非凡。

善广一看追不上儿子，却吓坏了一对孙子，又返回来哄孩子，口里却一直在不住地高声叫骂。

这几天，老汉早已憋了一肚子怨气。自从儿子出门工作，每次回家省亲不用招呼都会给老子提一封西安回坊上的干果点心孝敬他。可这次回来，金锁推诿说城里现在很乱，坊上老字号被砸了，进门给老两口竟连一颗洋糖都没拿。老婆子在他面前先唠叨了个不歇气，免不了提说一些养了一对白眼狼之类的过头话语，却让老头子狠狠地骂了一顿。

当然，一封点心事情尚小，更让老汉生气的是，半阁城从古至今都让娃娃把当家人叫“大”或者“爹”，可他这个儿子，却率先让自己的娃娃把他叫“爸爸”！在家里，两个小家伙稚气地大声叫他们的“爸爸”，当爷的好像听见孙孙随时都在叫狗吃“屉屉”一般不舒服。不提这忤逆种的一桩一件倒还罢了，一提起来不由当老子的不生气。

老汉一直站在巷中就这么咧着嘴叫骂着。他开始还有章法地骂自家儿子，骂着骂着又信口开河地骂开了红卫兵和他们的革命行动。

这时候，“红卫兵副总司令”谢有福忙从金锁手里接过那宝贝石像送了过来，小声叫了一声“叔”，一边交代让他不要再在神龛里供这物件了，一边把老汉推搡着想让他距离祠堂远一点。

善广赶紧恭恭敬敬地把他家那古董接了，尽管被有福推搡得步履趔趄，嘴里仍然不服气地说：“神龛里我早放了毛主席的像，不知几个败家子从啥地方把观音爷翻出来了，狗西（日）的！”

看到村上这帮红卫兵闹腾得太不像话了，吃过饭，谢栓柱一个人骑着自行车偷偷地出了村。他觉得，应当把村上这一切赶紧向公社报告一下，这样下去可咋得了！

栓柱推着自行车进了公社大院，领导们正在会议室忙着开会。院子里，公社中学的师生正在敲锣打鼓地在会场外边闹腾着。一会儿点名叫这个出来“对话”，一会儿又喊那个出来接“大字报”……直到天色擦黑，学生们才很不情愿地撤走了，公社那帮人得空开完了党委会，一个个满脸沮丧地去取碗准备吃饭。

运喜一出会议室，一眼就看见栓柱像个傻瓜一样站在院子里，他也不说话，忙到食堂给栓柱和自己各打了一份豆腐菜，两个人便闷头吃开了晚饭。他当然比栓柱清楚眼下从北京到各省那些大城市都在搞这场“革命”的气派，依他估摸，这场史无前例的造反运动来势过于凶猛，绝对不会轻易了结。当然，一时半会儿也无法了结。

下午，他们学习的正是有关这场革命的权威文件。洽川县委已经正式发文，要求各级党委、支部充分谅解群众的某些过火行动。作为向阳公社党委书记，高运喜三天来几乎无法坐卧，一直都在应付这伙学生娃娃的“造反”。尽管他已经忍耐到了极点，依然无法理解这种无政府主义的“革命行动”。整整一个下午的时间，他憋着一泡尿一直没有出去，从心理上根本就不愿意接见这些满嘴胡吣的红卫兵小将。正是由于他这个书记还算沉得住气，公社才坚持开完了有关冬季备耕的生产安排的例会。

然而，机关里还是有点人心惶惶。因为，以秘书任丕显为首的一帮年轻干部，已经公开成立了一个游离于党政系统之外的造反组织。就在学生冲进会议厅狂妄叫嚣要“踢开党委闹革命”的时候，这个党委秘书居然也站起来指着高运喜的鼻子，让他立即表明自己的态度。单凭这一点，一帮老家伙已经感觉到一场席卷整个共和国的大灾难已经悄悄来临。

运喜尽管自己一肚子的想不通，但一边吃饭，一边还苦口婆心地劝说着栓柱：“群众运动嘛，又不是开镰收麦。过了这一阵子，说不定也就灰飞烟灭了。不过，张书记私下已经透露，这次这个运动不同寻常，你回去也要当心呢。不过，一个小村子，估计也出不了多大的事情。”

栓柱听了半天，觉得县委为这号事情都发了红头文件，他一个生产大队的干部更不能马虎。不过，他仍气呼呼地告诉老支书：“其他的人都好说，谢有福这货实在是个靠不住的角色！现在已经看不上那个民兵连长了，谢金锁给他封了个‘副司令’，他就整天领了一帮红卫兵在村上胡整，我的话他都爱听不听的！”

运喜无奈地说：“那咋办？你总不能去压制群众运动！”

栓柱却丢了一句：“管他呢！我已通知各队不要给这些人白记那些闲工分。啥叫革命？实实在在把粮食打下才是真正的革命，整天喊那些语录口号又能抵个屌用！我看，村上在外工作的兀个谢金锁，也该跟他们单位反映一下，哪有这号瞎起哄胡乱整的工人阶级？他不回来搞这一套，谁知道成立什么战斗队？善广老汉骂了他几句，这货干脆把铺盖搬到大队部来了。一群小子整夜围在炕头的炉子边炸油馍馍吃，看那架势是一时半会儿不准备回家去住了。你看看，半阁城到底我是支书还是他是支书？一级党组织咋就让这伙人随随便便地跷了尿骚？”

运喜劝导他说：“你也不要太激动嘛，有些事你出面不如让佑普爷出面……”

栓柱无奈地告诉他说：“唉，老爷子整天躲在饲养室的热炕上抱着他那宝贝儿子给娃念《三字经》哩，这些人都上房揭瓦了，他也一个屁都不放！我看这老爷子也是被那次选举闹得没脾气了，只顾盘算自己家那小日子，村上的事已经是一点心都不操了喀。”

这些情况运喜也清楚，他也没有其他更好的办法。两个人一直谈到深夜，待栓柱摸回村，鸡都叫头遍了。

懵懂

话又说回来，革命归革命，口号喊得固然声大如雷，但毕竟是一群毛小子在那里瞎折腾。热闹了几天之后，村民们立即就少了开初的新鲜感。眼下，磨子还得推，猪食还得煮，各家的小日子还得自己操着心慢慢往下熬。总不能放下一地活路，天天念着语录跟着这伙龟孙子上房揭瓦去。

这一天，全村人正在吃早饭，刚去饲养室喂完牲口的佑普爷回到家里，这头刚端起饭碗，便听到巷院里锣鼓喧天，口号阵阵。他苦叹了一句：“不知这伙人又闹腾啥事情呢？”若兰只得告诉他说：“红卫兵要去抄老地主谢元良的家！”老爷子立即把饭碗一放，起身就出了门。可是，当他风风火火地赶到后巷时，谢有福他们已经把九老婆那一箱“无价之宝”扔在当院烧了。

火堆旁边，一群姑娘小伙儿还不时地往灰烬上拣放着那些冒烟的檀香木画轴，并十分厌恶地把那些火烧后掉下来的翠玉轴头狠狠地摔碎在砖地上。元良那儿子星朗被那团熊熊大火烤得满脸热汗，却显得比平日长了许多精神。原来，这个放假回家的中学生，为了向红卫兵表明自己和地主家庭已经在做“最彻底的决裂”，主动领着人把亲老子珍藏的那箱字画当“四旧”烧了！

佑普爷没说什么，那阵子也说不出什么了。当他跌跌撞撞地回到家往炕上一倒，若兰便知道他肯定是去晚了。这个识文断字的女人，早就从老爷子口里听说过元良老汉那一箱字画。据她推测，其中确实不乏多件世界级的珍宝。那些古旧字画中，各朝名家遗墨的价值几乎不能用金钱去衡量……

红卫兵烧得兴起，除过生产队喂牛的麦秸垛没有被他们点一把火之外，其他几乎见啥烧啥。看那势头，即使是一个多年没人敢动的马蜂窝，他们似乎也要尝试着戳它几竿子。

第二天，谢金锁带着一班人又冲进学校，进门就铲了校园花圃里的樱花树和月季。高子升这个不识时务的教书匠，看到这种有悖于常理的作为，只是前去问了句话，结果就被一群自己手把手教习过写字的毛小子推来搡去地现场批斗了一阵不说，还不小心被推了个仰八叉！他那胯骨轴子也不结实，倒地时被花牙砖硌了一下，回到家里睡了一夜，第二天走路便瘸得离不开拐杖了。

话说，高子升这个“封资修”的铁杆卫道士，居然还不明就里，不但对此事表示出常人不可理喻的义愤填膺，还拿起大笔写了一份状子，瘸着腿就递到县教育局。没想到教育局乱哄哄的也没人处理这号事，那状子不几天便重新被转到了半阁城。

状子以七言绝句结尾，诗曰：

花为皇后草为兰，
满园娇娥多美艳；
何故引得妒杀祸？
只遗疮痍与断垣！

谢有福和他手下的喽啰们眼下已经把持着大队部，收缴了这首“反动诗词”原件之后，把它作为“保皇派”阻挠“文化革命”的罪证保留了下来。他们准备腾出手脚之后，再好好收拾村上这个“封资修”的孝子贤孙！

谢栓柱在家里闷了好几天不好露面，眼见这群毛猴子越来越无法无天，他觉得把这群人不当回事是彻底不行了。他硬着头皮和佑普爷商量了一番，当夜在六队饲养室开了个秘密“党员会议”，天一亮，便以半阁城党支部全体党员骨干为主要力量，并吸纳了几个生产队的现任队长，大张旗鼓地拉起一支“誓死捍卫”战斗队！他之所以萌生这个念头并连夜付诸行动，也是受到吾家营人的影响。

吾家营大队只有两个生产队，合着周围三个小村成立了一个生产大队。村子小，“害货”相对就少。外村的“文革”闹得轰轰烈烈，吾家营却根本无动于衷。全村连一条标语都没人去刷，就更不用说有人跳出来组织战斗队了。为此，村支书乔仕津在公社已经不止一次地受到点名批评，并被勒令三天内由他本人亲自“点燃”吾家营的“无产阶级文化大革命”这把烈火！这小子回到家窝了好几天，却一直没想到办法实施，最后干脆独自一人成立了一支名叫“独虎革命战斗队”的造反“组织”应付上面。他的这一怪异举动，立即让整个吾家营沸腾起来了。全村几乎没有一个人有异议，一致认定他们的乔支书绝对是小时候挨过狗咬，眼下才犯起了潜伏了多年的疯狗病！试想，自古迄今，只有乱臣贼子起来造反谋位，哪有皇上自己造自己的“反”、并招来各路诸侯和他平分江山这号古怪事情。然而，即使这个人已经赤膊上阵了，响应的人却依然寥寥无几。不说别的，就连敲锣打鼓这号小事情，都没有人愿意给他帮忙。他这个村支书也太有才了，干脆让自家的老婆孩子上阵助威，一家子人在村庄里稀里糊涂地闹将起来了。三天前，去公社参加全社那场革命大游行时，吾家营的队伍里，乔仕津让婆娘在最前面打着那面用自家炕头的被面制作出的“独虎革命战斗队”大旗，他本人把领袖像挂在后背上，手里却拿着一面大铜锣，一边指挥着他那一群未经训练、个头不一的“儿女亲兵”敲锣打鼓，一边慢慢地退着走路。在全公社的游行队伍里，也只有吾家营的游行队伍最出彩……

话说，谢栓柱这支“誓死捍卫”战斗队刚扯旗放炮地宣布成立，谢金锁那边的“风雷激”毛泽东思想宣传队立即便偃旗息鼓。一天时间还没过去，后晌，谢有福和高水仙立马“反水”投了过来。老五谢栓牢脑瓜子也转得快，觉得到任何时候“跟党走”都一定没错，当然，他也是不愿意和老三作对，乖乖地做了“降将”。

只有谢金锁一个人在祠堂里干咋呼了一阵，一看自己已是四面楚歌，只好悻悻地把自己的铺盖搬了回去。第二天一大早，半阁城“风雷激”毛泽东思想宣传队的红卫兵们便作鸟兽散了。

谢栓柱这种瞎狗吃屎的闹法，居然旗开得胜。一看无人再和他叫阵，便觉得十分开心。如此一来，半阁城村的“无产阶级革命政权”还牢牢掌握在党支部手里。

入冬无雪，全村麦田一片枯黄。栓柱这头刚刚通知各队套牲口干农活，村上却接到公社“红色联合总指挥部”转发的《中共中央关于无产阶级文化大革命的通知》。

谢栓柱又一下子傻眼了。

当天晚上大队传达完文件精神，第二天一大早半阁城祠堂门外的照壁上便赫然出现了四张白纸黑字的“大字报”。其题目亦十分醒目——《揭开“老革命”谢佑普这个大村盖子的美丽外衣！！！》。

那一连挂着的三个感叹号，像飞机上撂下的一排炸弹一般，立即在全村引起了很大的轰动。

栓柱这才搬进大队部没几天，一大早起来后准备回家，一看许多人围在门外照壁前看稀罕，也挤上前去仔细看了一遍。

原来，大字报的内容是揭发“村盖子”谢佑普和反动保长谢信仁“狼狈为奸”，在万恶的旧社会残忍杀害老贫农谢福鸿的累累罪行！其言之凿凿、恨之切切，明眼人马上就能想到这是谁闹的事情。虽然大字报后边并未署名，谢栓柱依然敢擅自做主，回大队部端来半盆洗脸水，在众目睽睽之下拿起扫地的笤帚沾着水，把那惹事的黑白之物很快从照壁上清扫掉了。

然而，受这几张大字报的启发，一时间，人们已经不满足于对小小的半阁城的某些人物去说长道短，而是敢于把话题扩大到他们的生活圈子之外。栓柱这阵子在祠堂他那间办公室实在是有点坐不住了。想到自己三槌两梆把人家谢金锁带头刚刚闹腾起来的“文化大革命”镇压了下去，以至于使村庄上没了开初的革命气象，他赶忙派谢有福进城去打探县城里“文化革命”的最新进展，以便有的放矢、认认真真地对待这场群众性的革命。

谢有福挎着媳妇为他仿照驻队干部做的那种“宝书袋”，里边塞了一个烤熟的大红苕，一路风风火火地进了城。

县城毕竟是县城，尽管胡闹总归是胡闹，但人家的大气派却在那里放着。进了南城门，满街的行人已经没有了以往赶集时的那份悠闲。每一处地方，都有高音喇叭放着嘹亮的战歌。原来的铺面门板和墙壁，随处都是各派刷糊的大字报。一些刚贴上去的显然还墨迹未干，又被人提着糨糊桶刷上了另外一层。于是，国营商店的各色纸张基本被各造反派买断档了，有些大字报干脆用上了很金贵的宣纸和包点心用的食品纸。

谢有福站在大街上四下乱瞅了半天，心里一直忍不住暗自叹息：狗日的城里人真敢把钱往墙上糊哩！不说这些纸能给学生娃娃订多少算术本子，就是让全县社员过年用来糊窗户，恐怕几年都用不完哩。

他一边胡思乱想，一边一路参观着，到了老衙门前原来那块空地边，猛一抬头，才发现那儿兀自挺立起了一尊伟大领袖的水泥塑像。他马上加快脚步赶了过去，站在那里认真地瞻仰起来。

冷不防，身后陡然传来一阵锣响。

他马上转过身子，远远地看见一拨头顶戴着高高的白纸帽子、脖子上分别挂着一块用油漆刷着“牛”“鬼”“蛇”“神”四个字的牌子的“走资派”，被列队带出了县委的大门。

近了，他这才看清楚，张书记和董县长不但身在其间，而且他们每人手里居然还比别人多拎着两样东西，左手是一本《毛主席语录》，右手是一个用来清理街道的拾粪筐……

看着这群昔日曾风光无限的大人物被人捯饬成这副十分滑稽的模样，不由围观的群众不发笑。这群人慢慢地被赶到毛主席的大雕像下面之后，立即被看守的红卫兵勒令双膝跪倒，向那尊巨像履行“请罪”的仪式。那个红卫兵头目像村庄祠堂里祭奠祖先的司仪，扯着沙哑的嗓门下着口令，折腾得那些人像孝子祭灵般一会儿起来、一会儿下去地对着领袖像叩拜了好大一阵子……

有福看到这里，心里立即就泛起一阵阵恶心。他暗想，好在这是在人家城里，要是搁在半阁城，谁要是敢这样糟践人，他首先就敢冲上去抓住那几个瞎锤子扇他们一顿耳刮子！

突然，一群发狂的女学生，拽着一个被剃了半边头发的妇女飞奔而来！只见那个被一路推搡着的女人赤身露体、满脸伤痕，一条被扯断了系带的乳罩，被这群女红卫兵故意挂在那女人的脖子外边……

有福觉得这个女人有些眼熟，最后终于认出来她是洽川中学的副校长孔令媛！那些女学生中，有几个也像愣小子一般剃着个锃光瓦亮的光瓢，光着脑袋一路牵着她们的老师行进，不时歇斯底里地振臂高呼——“打倒孔家店！解放全人类！”

他看着这一切，不禁浑身发冷，他实在是看不下去了，只好到前街去转。直到饿得两眼发花，他抬头看了看太阳，这才知道天已过午，自己大半天还没有吃一点东西。

这时，过来了几支准备去北京接受领袖检阅的外地红卫兵的“徒步长征”队伍。他们每个人身上都挎着一只印有“红军不怕远征难”字样的挎包，还十分整齐地挂着一个搪瓷缸子。两三支队伍或一身军装，或上黄下蓝，一个个腰里都扎着宽宽的武装带，列队站在县政府招待所门前唱着“领导我们事业的核心力量是中国共产党”的语录歌，等待接待站为他们供饭。

看到这个场景，有福突然异想天开地掏出了一直装在自己口袋里的红袖箍往胳膊上一戴，然后站在街角偷偷地“武装”了一番，这才混在一支队伍后边决定也趁机蹭一顿饭去。

这一招还真管用，进门相当顺利。但排到发馍馍的大窗口时，他那一口塬上话便被当地接待人员识破了。这厮不但当众被罚念了十遍“革命不是请客吃饭”，还被人家支派着帮伙夫抬出了几个盛满苞谷糁子稠饭的大木桶。最后，那些革命小将看着他站在锅边不走，已经用“滚你妈的”表示出了他可以走了的意思，但他根本就不懂城里人的说话习惯，还傻乎乎地站在那里等待处置。直到屁股被人重重地踹了一脚，他才恍然大悟，像一只偷嘴的狗一般飞也似的跑了出来。

走到大街上，他觉得肚子比刚才叫得还厉害。四处摸索了一阵，这才发现随身挎的“宝书袋”里边还有来时路上吃剩的一块冷红苕，赶忙掏出来三两口吃下去暂且止住了饥饿。看到天色已晚，他也不敢再耽搁，只好匆匆地往回赶路。

回到村庄，有福在大队部将此行的所见所闻跟几个村干部讲述了一番，栓柱一听就更加犯难了。闹革命至少得有个对头，村上只剩下他们一家，谢金锁这小子居然跑了不再回来！几个人坐在祠堂里想了半天，把村上那些整天爱和邻居打架的货色齐齐过了一遍筛，最后还是找不出一个可以和他们闹事的对手来。

栓柱坐在椅子上抱着自己的头喃喃地说：“日他妈，走遍天下见惯了给人息事的，哪有逼着让人闹事的？这号革命叫人咋开展嘛！”在这件事上，他才切实感受到，一个村庄如果不出几个闹得四邻不安的害货，无疑也是一个天大的缺憾！

有福毕竟在城里经见过一次世面，看见栓柱那一副六神无主的样子，一边剥着刚从家里拿过来的煨红苕，一边给他出主意说：“这有啥难的？咱和吾家营闹嘛！”

说到这点上，有福那话也不是毫无来由地在那里胡说八道。就在前几天，公社召开那次全社动员大会时，经常挨批评的乔仕津发动吾家营那群烧包社员，高举着一百幅贴在窗扇上的领袖像参加游行，十分气派。当然，亦显得有点过分张狂。有福想到在县城亲眼目睹的那尊领袖巨像，就鼓动栓柱先请人画一幅大型主席像抬出去震震四邻八村再说。

栓柱也不说花钱的事，只是有点拿捏不准本村的能人里谁会画那么大的人像。有福咽了一口烫嘴的红茗，把嘴一撇说：“画个像有啥难的？良石城马一芬老师会画猫，还不会画个人吗？”

栓柱立即就狠狠地瞪了他一眼：“你个驴日的得是想找死！领袖像嘛，咋敢说话大不敬？”完了才问他，“你请得动老汉？”

有福缩了缩脖子，依然兴致不减地说：“他跟高先生好，我去怕是请不动……”

栓柱也不顾大队连灌煤油都得在代销点赊账的实际情况，一拍大腿说：“不就是花几个破钱嘛，这事就这么定了！”

第二天，栓柱指派高子升拄着拐去了一趟良石城。后晌，子升气喘吁吁地回来向他汇报说：“马先生说能行，让咱们准备上几桶油漆，扯上几丈白帆布，让木匠钉个大木框，咱们要多大的像就钉多大的框！他这两天人不大舒服，到后天能来就自己来了……”

栓柱不放心地问：“工钱你和老汉说了多少？”

子升这才想起老汉的叮嘱，认真地说：“马老先生说画领袖像不能谈钱。依我看来，人家话虽是这么说，事后咱们还是得多少表示一下。没钱，给点苞谷啥的也行。老先生是个实诚人，他确实没有这号意思。人家不提，咱却不能失礼。另外，那几天得把饭食给人家做好一点，你看呢？”

栓柱想了想说：“行。”

两天之后，马一芬老先生如约而至。栓柱特意安排老先生吃住在子升家里。子升课间陪在一旁涮笔递刷忙得不亦乐乎，栓柱专门去代销点赊了一包

“宝成”烟。为的就是让两个教书匠心情愉快地加紧画成这幅大像，尽快给村庄造出一点声势，起码让外人知道，半阁城村的“无产阶级文化大革命”，也不是一点动静都没有！

这，才是谢栓柱压在心底的苦衷。

第三十章

临危受命

半阁城村的“无产阶级文化大革命”，除过花钱请人画领袖像这件大事之外，村上还每日里安排学校几个高年级娃娃站在村头按时按点地敲一阵锣鼓，活像护秋吓野猪一般鼓噪得村上多多少少有点声响。栓柱心里比谁都清楚，自己这种虚张声势的做法，从本质上讲，压根就没有什么实实在在的内容，也无法和人家城里那种轰轰烈烈的闹法相比。若真让人家戳破了这层假象，作为村支书他绝对是吃罪不起的。凑巧得很，正在他苦于找不下一个革命的“对象”的时候，村上却逮住了一个进村行窃的毛贼。

就在昨天夜里，四队的一对架子车轱辘夜里被人偷走了。谢有福领了一帮子人寻找了半天，最终在车马店废弃的老窑里找到了。据推测，盗贼一时没能拿走赃物，隔天肯定还会来偷运的。不出所料，沟东伏六公社北伏蒙大队一个人，当天晚上刚刚钻进藏东西的那孔土窑准备运赃，就被逮了个正着。

栓柱马上来了精神。这件事情不管大小，已经能够算“干扰无产阶级文化大革命”了，趁此开个群众大会闹点声响，村上这场“革命”至少就有点实际内容。可是，当那小偷刚刚被人带到祠堂，两个人四目相碰的一瞬间，他几乎不敢相信自己的眼睛了……

原来，这个老实巴交的外村人正是以前和高书记一同上过朝鲜战场的老战友苟存德，他本人还在他们村里当过一阵子村干部。以前，他经常来找运喜撵兔打猎，村里许多人都认识。当他被带进祠堂，在栓柱认出他的同时，他也认出了栓柱，立即羞愧得低下头，半天都不愿再抬起来。

栓柱一看人还被五花大绑着，脖子上的那副架子车轱辘压得他已经有点吃不消了，马上让人先解了绳子。听了半天，这才知道老汉家里炕头瘫着个病老婆，这几天已经揭不开锅了。栓柱也不想把这个熟人咋样了，只有悄悄把人放走才是上策。他派谢舍娃半夜偷偷把人送出村，走时还给他塞了几个糜面馍馍……

吃过晌午饭，栓柱百无聊赖地来到子升家看画画。他这头刚进门还没等把凳子暖热，大队会计谢安民就赶了过来，叫他赶紧回大队去，高书记来了。

看安民说话那急迫的样子，他几乎一路小跑着来到祠堂，这头双脚刚迈进二门，一眼就看见高运喜身边还坐着一个身穿藏蓝毛华达呢中山装的白发老者。

栓柱这头一进门，运喜也顾不上客套，马上站起身来给他介绍说，面前这位“靳同志”是国务院派下来的“工作人员”，并示意他不要紧张。栓柱牙疼一般吸了一口气，惊得半天不会说话。运喜看似随便地问了詹木林最近的生活情况后，这才跟他郑重地说了一句话——“有个事我一直没有告诉你们，咱们村的这个詹木林是位国际同志。”接着，他把老詹如何在朝鲜被俘，后又在志愿军总部为我军服务的事简短地说了一遍。

栓柱听着听着直惊得手心冒出了冷汗，加上老婆中午做的是红苕稀饭，肚子里此时不迟不早似有一股热烘烘的气体在猛烈地升腾！最后，那股热气好像顺着肠子终于寻找着了出路，他实在是控制不住满腹的憋胀了，也顾不上有中央的大官在，使着劲儿长长地放了一个响屁……

高运喜生气地瞪了他一眼，靳同志却完全没有介意，依然语重心长地接过高运喜的话头对栓柱说：“你们多少年来对詹木林同志的悉心照顾，我已在公社听高书记讲了，这是一件很不容易的事情。鉴于眼下的形势，中央首长专门指示，让我们下来征求一下生活在国内的国际友人们的本人意见，要采取一切手段，尽最大可能地把他们先保护起来。听高书记讲，詹木林同志的真实身份一直没有在村上公开，十年来，你们的保密工作做得很好。你，谢支书吧？你这就亲自去把他找来，我和高书记跟他谈会儿话……”

栓柱呆呆地听完他这一番话，从凳子上站起来时腿脚都僵了，虽然勉强站起来了，一时却还迈不开脚步。不过，他依然一边满口应承一边趔趔趄趄地出了祠堂耳门，扶着墙走了几步。接着，可着力气一路朝老詹家跑去。

这阵子，栓柱的思维一直处于某种混乱状态。他万万没有想到，老詹这个洋浑子居然是个美国佬！且不说别的，“美国鬼子”这玩意儿他只在电影上见过，自己的村上居然窝着这么个真家伙！这货也真能守得住口……他一路小跑到了巷头，碰上老大正在给队上装粪土。他气喘吁吁地走上前去，这才恢复了理智般小着声问了一句：“大、大哥，老詹、麦……秀他们在家吗？”

老大不知发生了啥事，虽然看到三弟神色不好，依然爱搭不理地随口说：“你问我，我问谁去？人家是六队的人，谁知道呢。”

栓柱一时不知所措，转身就要走人，老大这才慢条斯理地跟屁股丢了一句：“你找他俩啥事呀？他们晌午那阵好像开上拖拉机上麦秀娘家去了咯。”

栓柱也不应声，仍然不放心地去老詹家门上看了一遍，大门上果然挂着一把“将军不下马[①]”大铜锁。他忙折身追上大哥的驴车，小声交代说：“你快把粪土卸了，立马到麦秀娘家跑一趟。见了面也先不要告诉麦秀，只告诉老詹就行了，就说高书记领了个外地人找他有点事……就这！”

老大把牲口吆喝住，奇怪地问：“等不着人回来吗？”

栓柱着急地说：“等不着咯！高书记在大队等人哩，也没跟我说到底是啥事……对了，你也得先给我保密着，见谁也不要提说有人找过老詹这件事情，你记住了没？”

栓柱从来没在大哥面前这么慌慌张张地说过话，老大低头一想，立即觉得三弟这阵真是遇上过不去的坎儿了。于是，不再多问，扎好粪耙，重重地在驴屁股上抽了一鞭，那头骟驴立即就拉着架子车，尥起蹶子小跑了起来。

---

① 将军不下马：古锁，钥匙插孔设计特殊，开锁后拔不出钥匙。

却说老詹开着拖拉机刚刚从大路上返回村庄，一路并没有遇上谢要栓，一进村口，却碰上了心急火燎的谢栓柱。

栓柱尽管装出一副啥事没有的样子，还是十分不合常理地握住老詹的手久久没有松开，像看牲口似的直盯着老詹那个大鼻子寻找了半天异样，这才结结巴巴地开口说："你看是这……驴哥，高书记来了，还带来一个外地人，这阵子都还在大队等你哩……"

站在一旁的杨麦秀只是好奇地望了栓柱一眼，从车后座上取下包袱正要回家，老詹转身跟她安顿说："秀，你把拖拉机开到饲养室车棚里去，我去和高书记说个事情。记住，晚上我要请高运喜大哥在家吃你亲手擀的长长的面条！"

麦秀嗔笑着回答他："看你兀个搡眼[①]样子！"说完，丢了一个媚眼，把包袱放回车座，自己跳上去突突突地把拖拉机开走了。

老詹进了祠堂的耳门，高运喜和栓柱就知趣地回避了。

老詹粗粗打量了一下面前的这个不速之客，很随便地问："您是专门找我来的吗？"

来人回答说："是的。我是国务院外事局的靳辅臣，您称呼我老靳就行了。"

两个人只寒暄了几句，老詹就问："是不是出了什么事情啦？"

老靳跟他解释说："詹木林同志，鉴于最近国内的形势，国务院有关负责同志特地让我亲自来告知您，如果您在这里生活不习惯或受到不公正待遇，可能或者已经给您造成了一些麻烦的话，您可以在这个表上签一下字，我们会在很短的时间内处理您的请求。"

老詹接过那张表看了看，奇怪地问："要我离开村庄吗？"

来人肯定地说："是的。如果您还有更具体的要求，比如暂时申请移居香港或者选择其他地方，我们也会满足您的要求的。"

老詹立即把头摇得像个拨浪鼓似的说："呶。靳同志，这里有我的家，

---

① 搡眼：过分贪，使人觉得不顺眼，不雅观。

还有我的妻子和儿女们。我不准备到任何地方去，至少在目前，我不愿意离开我的公社去做一个城市居民。您不知道我们的公社明年要干多少事呢！”

这个老靳很是震惊地问：“这么说，您在这里生活得十分愉快啰？”

老詹肯定地告诉他：“十分快乐。你们住在城市里当然不知道，我们公社的人们一起劳动、一起去享受收获的快乐。尽管生活还十分贫苦，但是，这几年连年都是大的丰收，我们一定能过上富足的生活的！还有，这里没有仇恨和丑恶，他们都把我当成一个好朋友、一个普通社员看。你没有见过我的妻子，她很漂亮，还有我们的儿女也很漂亮，我为什么要离开她们呢？”

靳同志想了想，觉得这个善良的老詹说的可能都是实话，他应当尊重老詹的意愿，便说：“好，我会把您的情况做一个专门汇报的。不过，我得给您留下我的办公地址和我在北京的家庭住址，万一有什么事情，打电话和写信都不方便的话，请您直接上家里来好了……”

老詹接过那张印着黑字的白纸片，十分认真地看了一遍，然后小心地收起来放进了自己的口袋。

这时，靳同志把高运喜和谢栓柱喊了进来，反复交代说：“詹木林同志的一切，你们俩要向党和人民负责。在目前这种情况下，还是不要暴露他的身份为好。我想，他在你们这里或许更为合适……”说完，又问高运喜，“他的生活待遇还能保障吗？”

高运喜马上回答说：“县民政局一直按省上下的那个文件给他每月发放补贴，生活目前没什么困难。”

靳同志反问道：“假如县民政局陷于工作困难之中呢？”

高运喜还不能理解政府的办事机构怎么会陷入“工作困难”，几乎没有思考地说：“那还有我这个公社书记嘛！”

靳同志又追问道：“如果你也不能为他说话撑腰呢？”

一听这话，高运喜一时还真是丈二和尚摸不着头脑地问：“你是说……我会被限制自由？”

靳同志十分诚恳地告诉他说：“凡事我们都要多想几个怎么办才行。这次，我从省里直接调阅了他的档案，但没有跟任何人透露过此事。另外，我这里带了三千元钱，请大队替詹木林同志收下。还有这位谢支书，请你们二位记住，到任何时候，都要坚信我们的党能推翻一个旧中国，也能医治好自身的创伤……”

高运喜郑重地替老詹接过那一叠沉甸甸的人民币，十分认真地点了点头。

谢栓柱这阵子也不知哪来的胆子，居然讪讪地在一旁赔着笑脸，对靳同志连连保证道：“我代表半阁城全体革命群众向党中央和毛主席表决心，坚决保证把老詹保护好，他放在我们村上绝对丢不了喀。”

靳同志一看这里的事情已经办完了，便要起身走人，高运喜也不敢留人家吃饭，连一句客套话都没敢说。栓柱也一言不发地跟随着他一起把贵客送出了城门。

谢栓柱这才抬头向远处瞭望一阵，他真真切切地看见六队的地头上停着一辆黑色的小轿车，旁边好像还站着两个佩带手枪的军人……

第三十一章

破嘴漏风

老井坊里，这天天不亮便有人溜索排队绞水。按照以往约定俗成的规矩，西门外这口老井只有前巷和城南巷的人可以排队绞水，其他生产队都有就近的新井。不过，偶有舍近求远的来绞也无人过问。不管在哪个井坊，第一拨人都应当先为溜索的人绞过两担水之后，才能为自己绞水。井上要一直保持四个人，才能让井轳辘不停地转着，直到为最后那个人绞满一担水后才能收起绳索。

昨晚半夜时分，天上飘了一阵雪花。下沟挑水坡路太滑，天冷不出工，排队绞水的人相对会比往常多一点。谢君怀在鸡叫头遍时就故意大声喊着从祠堂门前扛起晾晒过的井索到老井坊溜了索。可是，等了大半天却不见来人排队。原来，昨晚村上放了一场电影，公社放映队那台破发电机中途出了好几回故障，放完电影已是后半夜了，折腾得一村人都睡得很晚。

君怀一个人踩着已经入井的井索大半天，直等得他两腿发颤，才来了谢星三。两个人就这么轮番踩着，好不容易又等来个谢舍娃，可三个人都不是壮小伙儿，只好再等一阵子凑够四个人再开始绞水。

平日，舍娃根本不屑和这俩人搭腔。也不知道是什么原因，特别是对君怀，他一看见这个人肚子里就来气，平时见了也没个好脸。但这天可能是因为头天夜里看了电影，睡了一大觉他那兴致都还在，居然主动和这对活宝谝了起来。电影演的是一部供批判的影片《刘主席访问印度尼西亚》，谢舍娃这个文盲头子根本闹不清“印度”加上“尼西亚”三个字是另外一个国家，一直不住地夸赞“印度女人真他妈肥哟，啧啧，在海滩都敢精尻子走路”之类，接着，大约还说了些“某某某这回倒霉了”等无趣话，谢君怀便有点心惊胆战起来。他便让星三先一个人把井索踩住，借口说他要撒尿去。

星三却推辞说，他那旧鞋底子太滑，一个人恐怕踩不住索。君怀倒是想让舍娃替他踩一阵子，可一想这家伙往常平白无故就开口骂人的臭德行，只好硬着头皮继续踩井索。两个人都没搭他那话茬，君怀也没法离开，只好继续听舍娃胡谝。

直到狗剩揉着眼睛进了井坊，君怀才好像遇到了救星。

于是，四个人开始绞水，舍娃的话匣子也一直没有断头。这阵子，他好像对上级号召“全党种谷子，全国种稻子”的指示又表现得很关心。按照他的话说，在长稔塬的坡地上种稻子，成功与否也还在两可之间。但是，从未见过稻子的他依然认为，不管咋样，只要上级号召让种，多少还是会有点产量的。于是，他又就“如果让我到了国务院”这个对于他来说近乎天方夜谭式的假设话题，发表了一通不着边际的演说，笑得狗剩擤了几回鼻涕。

狗剩这个人肚子里的墨水并不比舍娃多多少，却还知道广播上讲的“全党共诛之，全国共讨之”是闹运动哩，跟“种谷子”和“种稻子”一点关系都没有。也只有舍娃这个文盲头子，才会随心所欲地去想象外边的世界。

君怀只绞了一担水，送桶回来时，看见人来得多些了，就借口说他家缸满了不用再绞水了，就离开了。

其实，他是不想再在这个是非之地待了。

回到家里，他两腿发软站都站不稳，上了炕盖上被子就睡，心却突突突地一直跳个不歇气。他那麻迷儿婆娘一看掌柜的半夜起身只绞回来一担水便不再去绞，以为有人故意欺负自家男人，又吵又骂地说：“你是尿尿叫自己的屎吓着了？扛绳溜索咋只绞了一担水？你去，我今儿个就想看一看，谁敢不让你绞水！你去不去？不去，我叫武印去！”说完，便“武印，武印”地大呼小叫起来。

君怀没好气地吼了老婆一句："叫唤啥？是谁把你槽里的草料抢了？你叫他过来，我跟娃说个事情，一会儿去绞也不迟哩。"

武印从自己的新房里出来，看见老娘一脸不高兴，忙进了老房想探个究竟。

儿子进了门，君怀喘了几口气之后，这才把谢舍娃在井坊的胡言乱语给儿子学说了一遍。说完，他仍旧魂不附体地说："这二尿货绝对是吃错了药，说那些屁话把人能吓死！我刚才还想了想，万一星三那货向大队报告了这件事，我这日子往后可咋过呀？"

武印毕竟念过几天书，想了想说："不会吧？星三无事找事报告这种事对自己倒有啥好处？再说，又不是你说的那些话！"

君怀一副说来话长的样子，尽量详细地对儿子解释道："好我的瓜娃哩，舍娃兀个货色说一句，还非得问我一句，我咋好不搭腔嘛！你不知道，土改那阵子，星三他娘为了自己家不被定成富农成分，偷偷去舍娃家求情，反叫这货告成腐蚀拉拢贫下中农……唉，尽管说已经过去十多年了，星三能把这事放下？他要真的趁机告发了，舍娃还不被抓去坐牢？我一个四类分子听之任之能脱得了干系？"

儿子却不以为然地问："这都是哪儿的事嘛！星三他娘比舍娃大了七八岁，人家一个干部哪看得上她那模样？"

君怀十分生气地说："你知道啥？星三他妈年轻时模样好得很哩。你不知道，她在娘家时就叫'小八宝'，那阵子差点当了县太爷的小姨太哩！"

武印想了想，这才慢吞吞地开口说："这么说，还真是个事。可是，信仁伯到公社告村上开荒那事，你看后来叫人闹得……"

君怀马上打断儿子的话头，说："咱们这是啥事？他那又是个啥事？咱不是想讨个啥好，好我的瓜娃哩，我这是害怕自己被连累啊！"

武印经老子这么一指拨，觉得这件事看来是应该早于星三向大队报告的。如果人家不理当然更好，至少能证明自己的清白嘛。然而，如何去说，他一时也想不出个办法来。于是，他小心地提醒老子道："你咋报告？这号事情咋跟人去学说？栓柱叔不理不对，理了更糟糕，我看不如另想个办法……”

君怀无可奈何地说：“唉，有狗屁办法嘛！都是你妈这个能猴猴，催着非得今日让我起个大早去绞水，看看，绞回来他妈的一缸醋！”

一看老子犯了难，武印突然一拍脑门说：“有了，我看不如写个反映信往大队意见箱一投！人家没人理，咱也少个事；要是星三真的报告了，大队追问下来，也能证明咱们不是没报告嘛！”

君怀一听，觉得儿子不愧念过几天书，这招儿实在是高。他随手让武印取了纸，父子俩像干大事般忙活了起来。

祸起萧墙

事情也真是凑巧。适逢公社近日要举行“革命委员会”成立庆祝大会，各村都在紧张地准备着闹社火。在长稔塬上，各村都有耍社火的拿手绝活。肖杨二城的高低背杆、王善庄的太平鼓、贺箪的柳木腿子、吾家营的青瓷旱船、巴邑王城的跑竹马、渠西城的决马车……真是不胜枚举。只有半阁城人耍社火名堂最奇怪，叫了个闹“血故事”！

这个社火品系不知起源于哪个年代，委实是古老得没法让人去考证。要这样的社火，至少需要几个人钻在一个高轮车搭的平台下，藏匿好从不外传的秘密机关。在一阵“火麒麟”土炮放出震耳欲聋的声响过后，站在平台上的刽子手眨眼间就能让上边被“斩”的大活人肝花满地、脑浆四溅！十里八乡只要听说半阁城正月里要闹社火，村里村外都被那些卖狗皮膏药的、卖琼锅糖的早早占了摊，景象比县城的三六九集还热闹壮观。

这阵子，栓柱和有福他们正在大队部细细地商量着，在全公社这么大的集会上，咋样才能显示出半阁城生产大队广大贫下中农被“无产阶级文化大革命”激发出来的革命气势。有福便第一个想起了闹“血故事”。他提议：“隔了这么多年，有些人手都生了。趁着老年人还都在世，给咱们再手把手教一教，要不然几年后谁还会耍？”

不过，栓柱考虑到自己村上这个社火闹起来倒是很热闹，却很不适合这种革命形势。那玩意儿要起来都是开膛破肚的场面，闹得血淋淋的也不文明。最后大家商量，不如把锣鼓队闹起来。前边八个人站两行统一穿上军装，举着红宝书，一前一后再闹两支锣鼓队。在游行队伍行进的间歇，要一要本村的“上锣鼓”，这样的“对台子”打法，绝对既气派又紧跟眼下的革命形势！

采蘩却提醒栓柱说：“借八身黄军装全村哪有嘛！让谁扯那么贵的哔叽做新衣裳，肯定都不乐意。裤子换成蓝色的或许还能凑齐，就这都怕到时候新旧颜色不统一哩……”

有福一听栓柱提议闹锣鼓，为了显示自己也有说对的时候，又抢着说：“对嘛。前边抬着咱们那个大领袖像，让民兵把真枪扛上，给毛主席他老人家开路嘛！”

栓柱一听又上火了，没好气地说：“你小子的嘴咋这么臭呢。那是日本鬼子扫荡呢？你没看电影上‘开路开路’是啥意思？”

三个人一直商量到天将要黑，一些事情最终还没说妥。不说别的，几十根旗杆就不好弄。栓柱让有福先进城去买些竹竿，队伍前边那个红旗方阵起码得像模像样，旗杆坚决不能用那些长短不一的山木桄桄子胡对付。

有福怕跑冤枉路，建议把祠堂神像轴上那些直溜溜的木棍先卸下来用一用。话刚说出口，他又有些后悔了。以前他领人扒祠堂已经让人骂过一次，这次再卸那神像轴说不定要挨一顿大伙儿的饱打哩。

三个人最终还是没有确定下来该怎么办才好。这时，谢栓牢气喘吁吁地跑了进来。一看几个村干部都在场，火急火燎地说：“三哥，不好了，来了几汽车人把村口封了……”

没等他们闹清出了啥事，公社造反派头目任丕显已在几个人簇拥下闯进了大队部。

这家伙几日不见，不知从什么地方闹了一身黄呢子军装，肩上还挎了一把真正的德国造匣子炮！一进门，这厮先把双手插在腰间那条宽皮带上在房子里转了一阵，这才煞有介事地问了在场的人一句：“你们谁在战备值班啊？”

栓柱一看客人终于开了口，忙回话说：“我。这阵我们正商量如何防敌机空袭哩。任秘书，你咋亲自来了？坐，请坐，请坐！”

任丕显又踩着自己那双翻毛皮鞋来来回回在房子里嘚瑟了一番，这才坐了下来，然后慢吞吞地从上衣口袋里掏出一张纸，放在桌面上往前推了推对栓柱说：“你先过目一下！”

栓柱拿起那张纸仔细地看了看，大体知道是村上一个“革命群众”向大队反映谢舍娃在井坊胡说八道的事，可这张纸怎么会送到公社、又咋个落到任丕显的手里呢？

原来，公社在举行革委会成立大会之前，为掌握阶级斗争新动向、防止走资派组织大反扑，那些“文攻武卫”人员天明时分突击检查了各村意见箱。作为向阳公社大走资派高运喜老巢的半阁城，却查到了这么一封问题十分严重的反映信，并被火速交到了任丕显手里。

栓柱当然清楚姓任的和高书记面和心不和那点事情，拿这么个破事情也能闹到村上来逞威风，纯粹是欺负不了瓜折腾蔓子来了。此人那点底细，全社都知道。他一直和机耕站那个女会计关系十分要好，前多年还明目张胆地把小情人的哥哥谈如流安排到公社当了临时协勤。这件事情在全公社闹得风声本来就很大，加之他平时工作方法有点问题，动不动就吊打群众，为此得罪了不少人，有好事者就把这事告到了县委。那阵子，高运喜刚刚就任公社书记。他觉得此事只是个人生活小事，借调个把临时人员协助工作也无可厚非。无论从哪个方面讲，此事都不宜公开处理。不过，他还是不点名地在机关大会上批评过一回。事后，也就不了了之了。任丕显却磨不开面子，认为高运喜初来乍到就拿他这个党委秘书开刀，从此记恨上了高运喜。一开始闹“文革”，这个任丕显就把高运喜当成了自己出气的活靶子！

看来，今日姓任的是来者不善、善者不来。

栓柱刚想开口说话，任丕显已经语重心长地开了口：“我说同志们哪，走资本主义道路的当权派之所以嚣张得不可一世，肯定是基层有摇旗呐喊的应声虫子！我这次在百忙中能处理这个案件，也是代表公社革委会对你们村上的‘文革’工作做个检察。你们要把这件事情提高到保卫‘文革’胜利成果的高度去认识。首先呢，要认真地配合；下来呢，立即将罪犯揪出来狠狠批斗！我们这场不亚于武装斗争的‘无产阶级文化大革命’，就是要彻底解决革命领导权的问题。今后革命道路还会很漫长，就是要斗一批，关一批，必要时还得杀一批，直到取得这场革命的最后胜利！”

栓柱也没心思听他那一通屁话，一看搪塞不成，只好讨问道：“那，你尽管吩咐，让我们咋个去处理这号没底没面的事？”

任丕显胸有成竹地说：“你派人给我把谢君怀和谢星三叫来，其他的事情就不用你来操心啦！”

栓柱立即摆头给有福递话说：“去，用喇叭把他们喊一下。”

有福忙把门外那台小发电机缠着绳子用力一拉，待机器转匀了，又赶紧进门打开扩音机预热，等了一小会儿，他这才打开扩音机大声通知——“四类分子谢君怀、谢星三，赶快到大队部来，赶快到大队部来……”一连喊了三遍，这才把广播关了。

没有一会儿，被通知的两个人便奔丧一般赶来了。

任丕显打量了一下面前气喘吁吁的两个人，开门见山地问：“你们哪个是谢星三？”

还在喘着粗气的谢星三马上立正回答：“报告班长，我是。”这是他那年偷盗他爷坟墓蹲看守所时带回来的习惯，见了上边来的大干部，心里一急就喊人家“班长”，两手也习惯性地紧贴着裤缝。

任丕显十分满意地接着问谢君怀：“那么，你就是谢君怀了？”

君怀也毕恭毕敬地老实答道：“我就是坏分子谢君怀！”

任丕显对着两个人突然发问道：“你们最近在井坊都干了些啥事？”

君怀一路还在嘀咕，这阵子大队传唤他到底有啥新鲜事由，特别是还叫了谢星三。姓任的劈头盖脸的这句发问，让他不禁一激灵，他立即想到了反映信那件事情。可又一想，这事咋会让公社的人知道呢？于是，他先假装糊涂地说：“我去绞过几担水喀。”

任丕显并不再追问他，又把脸转向星三问：“你呢？”

星三不知人家这话是何用意，老实地说：“井坊？我……没干啥。”

任丕显提醒他说：“你可听见有人散布过一些恶毒攻击‘文革’的反动言论？”

星三摇了摇头茫然地说：“没有，绝对没有！”

任丕显又转过脸来问君怀：“你听到什么没有？”

君怀心中有鬼，一时不知道说点啥好。这阵子他已经多多少少有点感觉，他在信上提到过三个人的名字，除当事人谢舍娃外，自己和星三都被叫到场了，人家肯定是为那事来的。于是，趁着人家问话的间隙，他心里还一阵暗想，早知事情会闹成这样，还不如当时让儿子多写几个人名呢。一看姓任的穷追不舍地逼问事情的经过，他有心说出当时的事情真相，碍于栓柱站在当面，万一传出去，这不是要命的事吗？不说吧，将来这事肯定了结不了，自己又打了自己嘴巴。他突然也不知哪根筋想出个馊主意，心想，先过了眼前这一关，以后的事情到时再说，便假装糊涂地说：“我耳朵背喀，他那嘴一直叨叨个没停歇，我也没听清他说了些啥话……”

任丕显根本没想到写信的人就在当面，一看两个人一脸无辜的样子，就有些生气地说：“你们两个头上长的那副耳朵是做啥用的？明明有人反映你们就在现场，你俩还都没听见？真他妈是久居鲍鱼之肆不闻其臭！你们听着，绞水至少要四个人在场。除过谢舍娃，应当还有一个人，你们说他是谁？”

两个人无法推辞，互相盯着对方，谁也不愿意开口。任丕显察觉出两个人神情有异，就对着谢君怀大声喝道：“难道是你两个人绞水不成？”

君怀吓了一跳，心虚地随口答道：“我想想，对了，昨天……哦，前天，好像还有谢狗剩哩……”

任丕显一听，觉得在这两个废物身上也捞不出多少有价值的东西，便十分不耐烦地说：“下去，下去，老老实实在门口待着，随时听我们指挥部专案人员传唤！”

两个人灰溜溜出门之后，任丕显让有福在喇叭上立即叫一下谢狗剩。有福又在那里手忙脚乱地忙活开了，姓任的便和栓柱议论起了谢舍娃这个人。

任丕显问：“根据你的了解，谢舍娃这个人平时政治立场咋样？”

栓柱几乎是拍着胸膛说：“没问题。他爷讨过饭，他大扛过活，他是‘土改’入的党，是个根红苗正的无产阶级革命派！”

任丕显立即就把他那颗脑袋摇得像个拨浪鼓一般，不屑地说：“同志，无产阶级内部也会产生蜕化变质分子，这个你就不懂了吧，他一个小社员哪有这个胆？肯定是幕后有人指使！要保持革命的红色江山永不变色，就要不断地清理阶级队伍。高运喜可谓是个老党员吧？他这个人哪，可是一贯走资本主义道路的哟。而且，危险就危险在这些人还把持着我们党的一些领导岗位！”

栓柱却十分不解地问道：“他咋啦？任秘书，你在基层这样不负责任地议论负责一级党委工作的书记，这有点不好吧？”

任丕显冷笑着说：“他负责啥工作？不会太久喽……”

……

却说，谢狗剩刚下工回来，在家里听见巷道里有汽车喇叭响，便端着一碗黑乎乎的红薯饸饹出了门。一看满巷站的都是端枪的红卫兵，便一边吃饭，一边看热闹。

天色渐黑，一见君怀和星三已经被大队放出来站在台阶上晾着，他估摸接下来也不会再有啥西洋景可瞧，刚想回去给婆娘送碗，突然听见大队喇叭上又在喊他的名字，只好把碗往自家门墩上一放，硬着头皮进了祠堂。

这时，任丕显正准备对栓柱那些不合时宜的言论再次批驳一番，突然从门外闯进来一个汉子。他根本没想到这么快就进门的是他要传唤的谢狗剩，便没好气地说了句：“去去去，一边去。这里是你看热闹的地方？哪娃多到哪要去！”

狗剩热脸碰了个冷屁股，转身又准备出门，栓柱忙起身拦住他对任丕显说：“任秘书，他就是谢狗剩！”

任丕显看也不看对方一眼，随口就问了一句：“哦？你这阵在家闹啥呢？”

狗剩大咧咧地说：“还能做啥？和婆娘为娃的作业拌嘴哩，刚咥了一碗冽饸饹……”

有福在门外听到狗剩那句话，忍不住哈哈大笑起来。

狗剩是个蔫脾气，平时不但说话慢吞吞的，即使手里拿个热红苕也能跟人说成“咥了个冽苕”。特别是那个“咥”字和“冽”字从他嘴里出来愈发显得恳切而可爱，不由人不发笑。

任丕显却躁了，大声对狗剩吼道：“告诉你，态度放老实点！我问你，是不是一直在外边偷听我们的谈话？”

狗剩根本没想到自己这一进门就碰见这么个混账东西，也没好气地回了他一句：“有福在喇叭上像号丧哩，我不快点来能成吗？偷听啥？你们又不是在里边贼分赃哩，还怕人听见？”说罢抬脚就要走人。

栓柱忙一把拉住他，恳求道：“狗叔，你咋来这么大火气哩？哦，哦，忘了给你介绍介绍。他呢，是咱们公社的任秘书，现在马上就是任主任了。上级领导问你个话，你就好好配合一下嘛！”

站在门外的谢有福立即跟着栓柱的话屁股补充了一句：“人家主要是想问你，舍娃兀个货在井坊都说了些啥话……”

一听有福在外边插了一嘴，栓柱隔门就骂了他一句：“你是狗拿耗子多管闲事哩！谁让你多嘴的？一点规矩都没有！”

有福也不接茬，栓柱回过头来这才郑重其事地对狗剩说：“事是个小事，你想一想。该说啥不该说啥，可别冤枉好人咯……”

狗剩几乎不假思索地说：“舍娃兀个敞口子货你还能不知道？他兀个破嘴整天胡说八道的，在这里咋给人家公社干部学？”

任丕显一看有门，态度立即就稍微缓和了一些，说：“我们应当相信群众，我们应当相信党。你尽管大胆揭发，我们呢，肯定也会给你保密的。”

一看人家公社干部已经这么诚恳了，狗剩这个时候确实有点为难。看着任丕显那期待的目光，他只好硬着头皮说：“就在前天吧，先天晚上村里组织大家看了场电影，舍娃兀个货色是狗看星星不懂个稀稠，人家让批判呢，他却乱七八糟说了一河滩……”

任丕显只怕眼前这个谢狗剩在关键时刻卡了壳，赶忙紧接着追问了他一句：“谢狗剩同志，你不要着急，慢慢想想，他都说了些啥话？”

狗剩脑子里一愣，这么个破事咋就让姓任的这么上心？便支支吾吾地停住了口，站在那里一时不知说点啥好。

栓柱马上用眼神示意让他赶紧回答，免得再惹人家生气。狗剩却不知栓柱那葫芦里装的是啥药，又不好推辞，便把谢舍娃那天在井坊说的那段“顺口溜”能记住的前几句说给他们听——

我要是调到国务院，
首都就设在洽川县；
半阁城列为直辖市，
吾家营升格郊区办；
升旗唱歌就吼线腔，
一老碗𰻝面当国宴。
……

任丕显几乎是抻着脖子听的，他觉得里边并没有他要知道的核心东西，于是，就又启发他说：“不对吧？我就不相信他就只说了这么几句怪话？”

狗剩一看搪塞不了，只好如实地说：“这还少哇？我背了两天都记不全乎哩。不过，他倒是还说了一些……我看就不用在这里学了吧？”

任丕显好奇地问：“你尽管大胆地说，我正想听听哩！”

狗剩更加难为地说：“算了，兀个狗日的一天说的话简直入不得人耳咯！”

任丕显觉得下边肯定才是自己要听的东西，立即就用不无威胁的口吻问了狗剩一句：“你是不是还想包庇他？往下继续说，一个字都不能漏！”

狗剩一看姓任的已经有点上火了，立刻豁出去一般清了清嗓子说：“谢舍娃还说，电影上那些印度女人又肥又嫩，光着尻子在海滩上晒太阳，看得他一晚上都没睡踏实咯……”

任丕显强压着怒火继续问道：“完啦？”

狗剩如释重负地回答了一声：“完了。”

任丕显一双眼睛几乎能冒出血来，骂了一句：“滚出去！全他妈的一群流氓无产者！”

狗剩一听，这明明是他让自己学当事人当时说的话哩，这个不识抬举的狗东西居然敢开口骂他是“流氓”，他也不管对方是公社干部还是谁，挽起袖子就上去了。

有福眼疾手快，赶忙把狗剩一把拉住了。狗剩一看打不了这小子，开口就叫骂上了：“你个驴日的还敢骂人！我说我不学，你非得让我学，你到半阁城拿上二两棉花纺一纺，你个驴踏的得是皮紧得想挨打咧？日你妈的你还是个公社干部……”

栓柱一边让有福赶快把狗剩弄出去，一边呵斥道：“狗剩，你得是想受法咧？我看你最近张得不知自己姓啥了，等公社领导走了，看我不立即给你狗日的开个专场批斗会！”

有福赶紧前来连推带搡地把狗剩推出房子，狗剩在外边依然不依不饶地跳着脚继续叫骂：“啥干部嘛，就兀点尿水平……”有福一看这家伙今日非闹腾出一点事情来不可，便扯着嗓子喝道：“谢狗剩，行了行了。再胡喊叫，老子现在就能让民兵把你老小子逮捕了，你信不信？”

“逮捕”是有福时常用来吓唬社员的一句口头禅，他这个民兵连长也就这个能耐。这阵子他对着狗剩说出这号话来，也纯粹是为了让屋里的任丕显面子上好看点。让他收拾谢狗剩，他才没那个闲工夫。

好不容易把狗剩弄出了祠堂，栓柱一边低头哈腰地给任丕显赔不是，一边好言好语地解释说：“任秘书，你千万别和兀号货色一般见识，一个文盲社员喀，但绝对是咱们的阶级弟兄！他肯定不认识你，要不，给他小子两个胆，他也不敢撒野……回头，我们一定好好批评教育，一定一定，绝对让他狗日的知道喇叭是铜锅是铁！”

任丕显尽管稍微有点消气了，但仍然气哼哼地说：“今天我先饶他这一回……哼！”

白白地领受了这么一顿秽骂，任丕显也是干瞪眼没办法。说到这一点，倒不是这个人的涵养好，而是他好赖也是个长期搞农村工作的基层干部，经见的事情也不少，知道别说自己一个小小的公社干部，就是天王老子下凡，一个二杆子社员这个时候也不会认你那个卯。真正憋着气和这些人闹一阵子，就是闹到天尽头，最后的结果，也只能是癞蛤蟆跳门槛——既蹾尻子又伤脸。

话说，狗剩这一番的闹腾，让姓任的也忘记了自己来半阁城的真正使命。他也不说“反映信件”这件事情接下来到底咋办，披起军大衣就准备打道回府了。临走时，他只丢了一句话：“谢栓柱，我明确告诉你，你们村上这件事情，我说没完就没完！你不要小看这份反映信，这里边绝对有名堂……”

门外汽车一发动，栓柱这才长长地出了一口气。

第三十二章

无法遮掩

栓柱实在是等不到夜深人静，就火急火燎地敲开了舍娃的家门。

舍娃是村上有名的瞌睡虫，这阵子早已钻了被窝。听见有人把自家大门铁闩在外边拍得乒乓直响，他硬是装作没听见。栓柱站在门外，黑灯瞎火地摸了摸门环，确定在里边闩着，知道这货肯定是钻在被窝不愿起来，顺手捡起块破砖头就开始狠砸起来。舍娃在炕上虽不吭声，却也睡不安生，只好披了件衣服骂骂咧咧地把栓柱让进了院子。

栓柱也不进屋，两个人摸着黑站在院子里就此事嘀咕了好一阵子。

尽管栓柱对舍娃加油添醋地学了一河滩，舍娃却一时想不起自己在井坊究竟都说了些啥话，更不明白为啥这么个屁事居然招惹得人家公社的人动起了如此大的阵仗。

最后，栓柱千叮咛万嘱咐，如果有人问起他在井坊的那些事情，一定要咬死一句话：啥都没说！经过两个人分析，在这号事情上，左邻右舍一般不会互相出卖。不过，他还是有点不放心地让舍娃给星三和君怀亲自安顿一下为好。并告诉他说，公社天黑那阵子来人追问这个事情时，当时到场的三个人都没吐口。为了让舍娃此时心里不要太紧张，他又安慰地说："这号扯淡事情又不是人命案子，撂一撂说不定也就没事了。眼下，却万万不可粗心大意！"

舍娃看栓柱这么认真地给自己交代，这才惊出了一身冷汗。他根本没想到，这号砍头坐牢的话居然有人敢给他举报上去。他实在是想不通，但凡害人都要利己，半阁城谁又会和自己结下这号不共戴天的冤仇呢？

栓柱走后，舍娃躺到炕上，一直圆睁着两眼在反复想：狗剩绝对是做不出这号没前后的事情的。星三为人活泛、脑袋瓜灵醒，也不会无事生非。想来想去，就只剩下君怀嫌疑最大。于是，他又反反复复把君怀这个人在脑子里掂量了一阵，觉得也不大可能。可是，这货在村里经常会闹一些不合常理的事情，看来也只有他了。那么，君怀为啥趁着这事要置自己于死地呢？这阵子他还真的有点不敢往下想了。

那还是四年前的一件事情。

他在河槽朋友家里借粮回来刚上坡头，远远地看见地上倒着一个人。等近前了，才看清地上躺的是本村人谢君怀。问了半天，倒在地上的君怀勉强还能开口说话，却少气无力地说不清个子丑寅卯。他看见君怀腰里缠着一根牛皮划子绳，心头也就一松。这货八成没啥大病，肯定是饿倒了。寒冬腊月，有些村民时常偷偷帮人拉坡挣点脚钱，再不济也能挣几块馍馍。这货不知道入冬后县联社的运输队全换成了卡车，那天准备碰碰运气，空着肚子守了一天，也没有揽下一分钱的活路……舍娃想到这里，二话没说就从自己的粮食口袋取出一大块苞谷面锅盔递了过去。一个大锅盔，主家切了四刀分成八块，自己家留下三块，他吃了两块，剩下的三块本来是他留给自己老婆孩子救命的呀！

可是，这个狼心狗肺的东西不知为何要把自己的救命恩人往茅坑里推！

舍娃本来就不是个心里能搁住事的主儿。他躺在炕上一整夜几乎都没眨眼，一个人愈想愈憋气，直到鸡叫头遍才迷糊了一阵子。天刚蒙蒙亮，他早忘了栓柱的再三叮咛，便找到君怀家里问事去了。

他这头一进门，正好撞见君怀在扫院子。他也不说那些废话，劈头就问：“喂，我问你，是不是你跟公社反映了我在井坊谝闲话那事？”

君怀一看来者不善，赶紧说：“伙计，咱两家平时是啥关系嘛！没有，绝对没有喀。兀号事情又不是其他事情，我那是闲得没事干了去啃那烂槽帮？”说完，还故意关切地打问了一句：“伙计，到底是咋回事呀？”

舍娃仍然十分恼怒，也不管人家那态度已经十分诚恳，又紧着追问了他一句：“那你说，人家咋第一个问的是你？”

君怀立时脸上青一阵白一阵地交代不清，舍娃把对方揍了个半死。临走，还把话向君怀留下了：“去，麻烦你小子到县上再告一趟去，老子早想吃看守所那八两苞谷面去哩！”

君怀那儿子给丈母娘送年货去了，君怀没人帮忙，这顿打也算白挨了。望着舍娃气势汹汹出了自家大门扬长而去的背影，君怀趴在地上暗暗发誓：不把你狗日的扳倒，我谢君怀就枉活这一世人了！

舍娃这么大张旗鼓地一闹腾，村上人立即就知道半阁城又出了个吃里爬外的狗东西。不过，他们委实闹不明白，君怀这个人也真是无事生非，万一因为这号事把舍娃弄到公家那“四堵墙”里去避几天野风，他又能从中得到什么实际的好处呢？再说，两家一无仇、二无怨，居然在村庄上闹出这号事，这货真是驴踏骡子不成个正经路数。

几天过去后，公社居然没有追问这事，栓柱先心松了一半。不过，他依然十分小心，一般都不敢离开大队部半步。

眼见天色已晚，他刚想回家吃饭去，杨麦秀却惊慌失措地跑到大队部把他拦在门口。见了支书的面，她结结巴巴只说了“老詹”两个字，就紧张得说不出话来了。

栓柱此时已有预感，可能是老詹出了事。自从他知道了老詹的那些底细后，就一直担心这活宝出什么麻烦。他也急了，几乎是提着麦秀的领口问：“快说，老詹他咋啦？掉沟里啦？”

麦秀着急地说：“老詹叫人抓走了……这阵，肯定还没走多远！”

栓柱也不知道是谁有这么大的胆子居然敢进半阁城来抓人，只把麦秀往旁边一推，自己撒腿就向村口跑去，一路跑着还一路吆喝：“都把家伙提上……老詹叫人劫走了……”

听见支书一路失声号叫，正在吃饭的都把饭碗往门墩上一放，正在揽柴的把笼一撇，一群村民像当年从狼口里去夺娃娃一般，乌泱乌泱地随着栓柱冲向村外。

半阁城出村西去只有一条官道。另外，还有一条小路是上中学的娃娃抄近道踩下的羊肠小道，平常一般人都不走。栓柱领着一帮人抄小路撵了两里多地，到了南头壕那足有一丈高的土崖前，左右都没有路了，前边几个小伙儿也不怕蹾坏了腿脚，呼呼地一跃而下，后边的人便下饺子般扑通扑通地跟着跳下去。不一会儿，大路上几个人就被他们挡了个正着。一看老詹也在其中，栓柱这才一下子放下了那颗倒提着的心。

那几个押人的家伙，看见迎面来了一群气势汹汹的村民，一时不知所措，没等人家近前，立时丢下老詹，一个个慌不择路地朝上了冻的麦地里跑了。他们虽然从未经见过此种场面，却知道如果落在这帮目无王法的村民手里，根本容不得分辩，即使死不了也得活活地脱层皮。

栓柱一看老詹安然无恙，便招呼大伙儿不要再撵了。他已经认出那几个人是公社雇来的打手，领头的正是任丕显手下的谈如流。可几个小伙儿在谢栓牢的带领下，依然像细狗撵兔般大呼小叫地追了过去。

事情有时坏就坏在做贼人的心虚上。这帮人如果不撒腿跑，有栓柱在那儿搁着，咋说也惹不出接下来的这一场混乱。他们看见后边有人没命地追，只顾往后看，却没注意前头还有一队人马已经动起来了！

原来，吾家营一群壮汉正在村头喊着号子夯涝池，远远望见几个人在前边跑，半阁城的人在后边撵，便丢下手里的木夯帮忙在前边拦截。两村人虽常起仇怨，但对闯入这块土地上的外来毛贼，那绝对是会同仇敌忾、齐心捉拿的。那几个人被拦住了去路，一个个此刻业已跑得上气不接下气了，就只好跪在地上求饶。两村几个爱打架的家伙觉得过手瘾的时候到了，不问三七二十一，上去就是一阵拳脚，直把几个笨蛋打了个灵魂出窍……

过了好大一会，待栓牢他们把那几个鼻青脸肿的家伙拖到路上来时，栓柱这才冲上去作势要打老五，几个小伙儿忙把支书拦住了。

栓柱却依然跳着双脚喝骂："你们全把狗眼瞎了？这是公社革委会的革命小将，你们都不认得了？真他妈一群混眼狗！知道不？打击他们就是打击革命！”说完，他亲手扶起瘫在地上不能动弹的谈如流说，“同志，让你们受委屈了，实在对不起，兀些货色都他妈是些不长眼睛的东西喀！”

参与打人的谢有福在一旁说道：“你们来了也不跟我们招呼一下，你看这事闹得……咋样，到村里喝口水把脸洗一下再走吧？”

栓牢却在一旁小着声十分鄙夷地嘟囔了一阵：“对他们还客气个屁！下次进村再敢像那些偷地雷的狗特务一样，小心半阁城的人把你们都给卸了！”

栓柱立即就白了他一眼，真的有点生气地吼了他一句：“你狗日的真是个惹事精，看我回头不收拾你个狗东西！”

这时，那个姓谈的坐在地上喘着粗气开了腔：“谢支书，这也不能全怪你们。我们这次是秘密行动，也没想到你们村的人咋是一窝混眼蜂！你看能不能让不明真相的革命群众先回去，让我们把人带走？”说完，自己用手指按住鼻子擤了一下，一小股血便溅了一地。

栓柱显得十分为难地蹲下身子对姓谈的说：“老谈，按理说吧，下级革委会应当坚决支持公社革委会的英明决定。不过，你们这样不明不白地把人带走，让我向群众咋交代？这种情况下出了人命谁负得了责？”

谈如流吃力地站起身子，慢慢地挪到栓柱身边，一边用眼溜着老詹，一边用手捂在栓柱耳朵上小声告诉他：“兀个货……是证据确凿的美国特务——你看他那……鼻子！”

一听从谈如流嘴里吐出这句话来，栓柱的脸色刷地一下就白了，他半天说不出一句话来，站在那里好像自己给自己壮胆似的大声说：“原来是这样？这……消息可靠吗？”

姓谈的只怕栓柱泄漏秘密，挣扎着直了直腰，把栓柱又往旁边拉了一把，这才小声制止他说：“你小子小声点好不好？在这儿咋跟你说？人家省上‘红联指’来人调查这事情刚走，任主任只怕半路有人走漏了风声，就立即部署了这次秘密抓捕。其他的，我这个毛猴猴咋知道？”

栓柱表情怪异地点了点头，马上认真地扯着对方的耳朵说：“伙计，你他妈的还真够朋友哇！不过，这是个大事，你看你们现在这样子，咋能保障把他顺利带到公社？”

一看姓谈的面露难色，栓柱趁机替他出主意说：“我看是这样，你们前头走，我在后头亲自带上几个基干民兵把他给你们送来。你先向公社报个信儿，我保证天明之前给你们把人全须全尾[1]地送到！”说完，这才不无歉意地对他说：“至于你们挨的这顿打，纯粹是革命群众闹出的误会，还请原谅。”

谈如流也知道，如果半路上老詹逃跑了，凭他们几个目前这副样子，是绝对没有一点劲再去追撵的。他只好同意了栓柱的建议，但仍慎重地答应说：“行，这可是你当这么多人面保证过的。今夜就得送人，不敢有一点怠慢，出了事你亲自跟任主任解释去……”

栓柱立即拍着胸脯说：“任主任好赖也是上级的人，说出的话就是指示，我咋好开这号玩笑？”

谈如流满意地点了点头，伸出手象征性地和栓柱握了一下。接着，就招呼起他那几个伤兵一瘸一拐地走了。

不明真相的老詹一看这伙人就这么被打发回公社去了，坚持要跟那伙人一起走。栓柱没好气地喝问他：“你干什么去？你给我站住！”

老詹不识时务地走过来跟支书解释说：“你们打了公社的人，我得亲自去跟高书记解释一下，我一会儿就回来。要不，我骑上自行车去，路上会很快的！”

栓柱马上厉声制止道：“从现在开始，你给我老实待着！瞪啥眼？谢有福和谢栓牢，你们两个负责给我把他先弄到大队部看管起来！”

谢有福不知栓柱和姓谈的刚才都说了些啥，却明显看出支书脸色不对，这个时候才抻着脖子凑了过来。

栓柱马上对他命令道：“你，立即命令半阁城武装基干民兵连进入一级战备，防止美帝苏修今夜和我们开战！”

那几个人一看谢栓柱这个大队支书革命觉悟挺高，也就十分放心地回公社等人去了。

---

① 全须全尾：完整。

生离死别

天色很快暗了下来，铅灰色的霾笼罩着整个村庄。从鳞次栉比的农家院子冒出来的那一缕缕烧炕的柴烟，让整个巷道一直弥漫着温馨的味道。

麦秀在灯下为老詹收拾包袱，老詹却不知所措地坐在一旁。麦秀不时地抬手擦着眼角的泪水，一会儿便低声抽泣起来。老詹却不识时务地前去搂住妻子的肩头安慰她说："秀，我想好了，我不能这样走的。再说，我一个人能走到哪儿去？留下你和孩子，又该怎么办呢？"

麦秀转过身子，轻轻地推开丈夫愠怒地说："你现在不走，等着人家天明又来抓你呀？"

老詹却依然不解地问："他们为什么抓我？我又没有干坏事，一个普通的公社社员，犯了什么罪？"

麦秀看着丈夫那高高的鼻梁，提醒他："你还要咋呢？你……谁叫你是美国鬼子呢！"

一听妻子这话，老詹生气地回答她说："不，我是中国的公民，这个你也不承认吗？难道，就因为我詹木林和你们不一样的长相吗？秀，我真的不明白。"

看着丈夫那不谙世事的样子，麦秀擦了擦眼睛，不得不又一次耐心地劝说家里这个"榆木疙瘩"："好我的先人呀，你一个明白人咋听不懂半句寻常话哩。你咋和那伙人说理去？你以为你是不远万里来到中国的白求恩呀？他们不拷打得让你招认自己是个美帝潜伏特务才怪呢！"

老詹神色立即就沮丧起来。

麦秀提醒道："栓柱刚才那脸色你还没看出来？你这阵子也甭和我犟嘴了，先跑出去躲几天再说，等过了这一阵子，再回家来又怕啥？"

这阵子，老詹还真的有点六神无主地犯了难。尽管妻子把这事说得挺厉害，他心里还是有点闹不清楚，一个大男人毫无根由地撇下一家大小仓皇出逃，这到底是因为什么？于是，他只好无计可施地抱着脑袋坐了下来。照妻子的说法，看来他也只有逃亡这一条路可走了。于是，他不得不逼着自己开始思考出逃后的生计问题来。可是，他除过会开拖拉机、会放羊，农家小手艺却一点都不会，出去后又凭借啥在外边混饭吃呢？老詹越想越觉得栓柱和妻子给他出的这个瞎点子，无异于赶他一个人去田野上饱受饥寒！

思考良久，老詹脑子里陡然蹦出了个好主意，便和妻子商量："秀，我嘛，不要远走，就住在县城的旅馆里，你每天来给我送消息。他们不再寻找我的话，咱们再一起回家，你看这样好吗？"

麦秀连想都没想就立即否决了丈夫这个馊主意，她没好气地对他说："县城就一个招待所，里边啥人都有，你去那里不是自投罗网嘛！干脆走得远远的，到一个谁也认不出你的地方躲几天。在外边再难，也比让他们逮去坐牢强！"

老詹一听坐牢，心里不免就有点紧张起来，他不无担心地问："那，我上北京找靳同志去，他如果安排我去香港怎么办？"

麦秀一听男人要去那么远的地方，好好儿的夫妻眼看就要天各一方了，她一时没忍住，一串热泪又顺着脸颊肆意地流淌下来……

老詹走过去捧起妻子的脸，像往常那样把自己的嘴唇又慢慢地俯了下去。这是他安慰妻子最好的办法。有时惹麦秀生气了，他那笨嘴又不会说话，只能用此法去缓解。

麦秀用手慢慢地推开他的脸，哽咽着说："你这一走，不会就这么永远不回来了吧？"

这时候，孩子们在隔壁欢快的打闹声不时地传来，老詹脸上马上就有了一种悲戚的表情。

麦秀知道丈夫在想什么，便抓起老詹那一双大手慢慢地向自己的腹部按去……当他感到了妻子腹内的胎动，立即就露出了更加担忧的神情。麦秀看着丈夫的眼睛，叮嘱他说："你这个杀千刀的，可别卖了良心，一出家门就忘了我们母子啊……"

老詹慢慢地抽回了自己的手，紧紧地搂住妻子瘦弱的肩膀认真地说：“秀，我们一起走吧。带着我们的儿女，离开半阁城，去大城市生活。你不要为以后担心，我学过许多的东西，在城里也能找到工作，一定能让你和孩子过上比在山村更幸福的生活。我一直觉得，我们的孩子从小应当受到更好的教育。这里没有钢琴老师，也没有很好的幼稚园，让他们太自由地成长虽然有许多好处，却也剥夺了他们从小就应当接受现代教育的权利，这样是不好的。”说着，就督促妻子说：“你快去，快快地收拾孩子们的东西，我不会就这么一个人走的！”接着，他笨手笨脚地拉起炕上的床单就要包孩子们那些小衣服。

麦秀慢慢地走过来，从丈夫手里轻轻地拿下他为儿子做的那把小木枪，十分冷静地说：“你这样拖儿带女咋走得脱呢？你就放心地一个人先走吧，他们不会把我们母子咋样的。再说，还有佑普爷和栓柱他们。你记住，你的家在半阁城，你的几个儿女都等着你平平安安回来。时间不早了，赶快准备一下，他们马上就来接你了……”

说完这些，麦秀站在炕凳上，从架板箱子里翻出一个包得严严实实的小手帕递到丈夫的手里。

老詹知道，手帕里边是国家给他的那一笔钱。由于钱数太大，麦秀一直没敢去信用社存储。刮风下雨天，夫妻俩一遍遍不知把压在箱底的这笔救命钱翻出来数过多少次了。

老詹接过那包裹，轻轻地解开手帕，只拿出很少的几张崭新的拾元大票，又把剩余的送还到妻子手里，并且安顿说：“我不在家的日子，你一定要替我照顾好孩子和你的生活。这些钱留给你们……好了，不要哭鼻子，我很快就会回来的。家里有事你就找谢舍娃队长去，不行的话，去公社找高运喜书记，他们都是我在村庄上的好朋友。碰见大的事件，普爷爷一定会替你出面的，他们都是很好的人……”

安顿完这一切，他从自己脖子上慢慢地取下母亲在他上朝鲜战场前送给他的那个护身符，然后轻轻地替妻子挂在脖子上。

这是一个非同寻常的礼物。一只小巧的铂金包壳的小熊，里边裹着他的亲生父亲的一颗臼齿。他那永远年轻的父亲在他三岁时死于一场狩猎，最终和一只雄熊同归于尽了。

麦秀轻轻地走上前去，踮起脚搂定了丈夫那伟岸的身躯。夫妻俩好像忘记了世间的一切，就那样一直紧紧地搂抱着……

话说，谢舍娃带着社员拉了一后晌粪土，下工后刚喝了一碗凉苞谷糁子，栓牢却神色异样地找上门来，悄悄告诉他，支书安顿让他赶紧把老詹送出村庄，闹不好公社当夜又会来逮人呢！

舍娃生气地嘟囔了一句："逮他一个洋浑子干什么呀？"

栓牢只好把老三的原话学说了一遍，并跟舍娃透底说："我咋会晓得？这事已经惊动了高书记，是他专门来电话安顿的……"

舍娃一听高书记都这么重视这个事情，便觉得老詹肯定是遇到了过不去的坎儿。他二话不说，一头钻进做饭屋，从瓷盆里拿了一个冷苞谷面馍馍准备上路。这头一出门，他那张大嘴就开始嚼着那冷馍馍填肚子。

两个人摸黑进了老詹家的院子，看见两口子那间房子的灯还亮着，舍娃便大咧咧地一脚就闯了进去。可是，眼前的场景却立马让他感到难堪。一看人家两口子站在那里抱着一时还不愿分开，他立即不好意思地又一步退了出来。

跟在他身后的栓牢刚要随着他进门，却被他那十分不合常理的后退动作碰了脑袋。栓牢也没敢责备，只顾往边上挪了挪脚自己继续往门里迈去。这时，腾出嘴来的谢舍娃一把扯住他就低低地吼了一句："碎崽娃子，急得是咋？乖乖跟我在这里候一阵子……"

栓牢不知道老詹两口子到底在屋里边干啥，看舍娃退出来后不紧不慢地蹲在台阶上又开始吃他手里剩下的那半个冷苞谷面馍馍，只好也离开窗台跟他一起等着。

不一会儿，老詹一个人提着个大帆布包出了房门。舍娃一看老詹出来了，起身只说了一声"走"！

临了，舍娃仍没忘记他那无论什么时候都爱调侃几句的毛病，隔着窗户调侃麦秀："好尿杆子哟，浪几天就回来了嘛，还闹得像《十八相送》似的……喂，麦秀，伙计跟你说，你明天领上我老婆去帮佑普爷磨一晌头谷料去，老家伙这几天感冒了。唉，一会儿我还得到饲养室替老汉添一回草去……”

转过身，他这才对栓牢说：“你这就赶紧去大队，看老三给你还有啥安顿。路上的事情不要你们操心，闭着眼睛我都走得了西沟塄那条小路喀……”

话说，西韩线的火车道沿山蜿蜒而上，每天有一列比牛车还慢的“普客”要经过离半阁城不远的黄岭车站。单日，火车只去韩城；逢双日，才走一趟山西侯马。

火车晚上9点多到站，只停三分钟。附近村庄的人们，只要夜里听见火车出站时那十分准时的“三长一短”的汽笛声，他们就知道该吹灯睡觉了。

天已经黑了好长时间，火车按往常早该过站了。村上那喇叭却依然不知疲倦地放着造反有理的战歌。不一会儿，栓牢从大队部跑出来，像被蝎子蜇了似的在巷道里跳着双脚叫嚷：“老詹翻墙跑了，快追呀，他朝城后头沟跑了哇……”

前巷那些晚睡的男人听见巷院里起了动静，赶紧披上衣服跑出家门，却一时还不知村里出了啥事情。

这时，大队喇叭里却隐约传来麦秀的哭号声——“你还我男人，你把人打跑了，你给我找人去……我可怎么活呀，你把我也一起打死算了……”

等人们抻长脖子细听，又依稀听见栓柱好像一边和麦秀撕扯，一边在喇叭里着急地喊：“你个麻迷儿放手不……”接着，广播里栓柱那声音突然变大了，只听见他着急地在喇叭里大喊——“各小队注意，各小队注意，如果发现老詹，立即带到大队来！立即带到大队来！”

栓柱在大喇叭里这么一喊，村民们这才知道，老詹半夜三更跑了！离祠堂较远的几个队的人，这个时候能起来的都急忙穿好衣服簇拥到大队部来想看个究竟。在祠堂大门外边，他们却撞见披头散发的杨麦秀正抱着支书的腿仍然没有丢手……

这几天身体不太舒服的佑普爷一听是老詹的事情，也早早和老伴若兰赶了过来。一看麦秀扯住栓柱一副要拼命的样子，他让若兰赶紧去劝一劝，并给麦秀递话说："老詹腿那么长，放只好细狗都撵不上，你让柱子黑灯瞎火地咋替你去撵人？"

狗剩也立马赞成道："老詹这货常在沟里放羊，腿底下有劲得很哩，一般人怕是跟屁子都撵不上哩！"

看见已经聚集了不少人，栓柱这才气喘吁吁地对人群说："我已经打电话给公社了，人家的武装民兵马上就赶过来啦。我命令，武装基干民兵马上集合，好好配合搜索！其他群众都睡觉去，晚上注意一下院子里的动静……"

栓牢却活像对大家表功似的趁机挤上前来说："狗日的老詹哄我哩，说他到墙根尿呀，我一眨眼，只见这货一拍屁股从墙上翻了过去！兀个驴日的肯定会轻功，绝对能飞檐走壁！"

栓柱立即变了脸，对着老五十分生气地吼道："你还在那里卖嘴哩，看人家公社一会儿从你手里要人你咋弄！"

栓牢居然不知轻重地顶了他一句："要啥人？我又不是专门给你们看人的，你答应给我记工分了没？"

栓柱也不和老五拌嘴，一头进了祠堂大门又安排其他事去了。

杨麦秀终于被李若兰劝走了，佑普爷却没有走，在进祠堂前扯了一下栓柱的衣角。栓柱却好像没有感觉到老爷子的暗示，依然给民兵小队态度严肃地布置任务说："去，不要放过一切旮旯拐角。特别是麦秸窝里、土场壕里、破砖窑里都给我寻一遍。我明确告诉你们，老詹在朝鲜可能有啥历史问题，上边活要见人，死要见尸，就这！"说完，这才进了大队部。

整整一个晚上，半阁城的四条巷道一直回响着脚步声和民兵换岗的口令声，来来往往的人一直没断头儿。老詹这个洋浑子，居然在半阁城布下的天罗地网中成功地逃脱了。

第三十三章

怯懦的第一种代价

詹木林的仓皇出走，很快惊动了整个洽川县。省上造反总指挥部对向阳公社革委会不听统一号令，擅自抓捕人犯打草惊蛇的举动大为光火，立即责令洽川县公安局“文革”领导小组，马上派出八个人组成的专案组连夜进驻半阁城。

这是中华人民共和国成立以来半阁城村上继谢星三盗挖祖坟之后发生的第二个重大案件。用“电话通知精神”的话说：井坊事件还未查清，又放跑了一个“美蒋特务”；阶级斗争已经到了白热化的程度，我们有些基层干部的思想居然还在睡大觉！专案组这头一进村，谢栓柱被认定有私放“敌特”的嫌疑，立即被停职反省。

天不可一日无日，国不可一日无君。为了村上的革命和生产不受影响，谢有福这个民兵连长暂时被公社革委会指定为村上临时负责上下传话的“专案组联络员”，代行革委会主任之责。有福虽是个村干部，却从来没有独当一面地开展过工作。眼下，一下子来了这么多人，吃派饭首先就把他难住了。

社员家户到了冬天的主要饭食，不外乎就是苞谷糁子煮红苕或者红薯面饸饹，碗里的菜大多是晒干的蔓菁叶子，讲究的人家亦不过是凉拌一碟萝卜丝儿。有些个别家户，平日根本无力蒸麦面馍馍，即使轮到管工作组饭这号和待客一样需要重视的事情，时常也会一顿搅团、一顿糊汤地胡应付。加之，有些队今年夏季没有分一两菜油，各队的棉花籽还都在棉花站没有拉回来榨油，要保证上级领导吃饱吃好，肯定有一定的难度。几个生产队长一听这么多人要吃派饭，异口同声地反映他们管不起饭。有福一看没辙了，便决定在大队部砌个灶，并抽调谢民生的媳妇窦桃夭专门掌厨，兼顾烧开水供这一拨人吃喝。每个生产队先行送交五十斤麦面、二十斤红白萝卜和一捆葱，按照一、二、三、四、五、六、七的顺序，各小队每天轮番供应大灶两担井水。

话说，人家公安人员也不是来混饭吃的。进村之后，他们很快就投入到了破案工作。他们仔细勘查了现场，祠堂耳门外边的墙头果然一丝痕迹也没留下。谢栓牢这个擅离职守的基干民兵，被专案组拉去抽了一顿耳光，可他矢口否认是自己放跑“特务”，只咬定一句话——“这个狗特务绝对是一拍屁股翻过去的！”而且，每次的供词都一字不差。几个人开始相信老詹确实身手不凡。

挨了那顿耳光，栓牢当时只觉得两耳嗡嗡乱响，第二天，两只耳朵便流开了黄水。在专案组留驻村庄的二十多天时间里，他耳朵那黄水老也流不干，双颊一直肿得老高，活像嘴里含着两颗枣。

经专案组分析后认定，一个农村出身的共青团员，平日里连县城都甚少去，显然不具备被特务利用的条件，几乎也找不到他私放嫌犯的理由。他们只好又拿井坊事件作为突破口，想借机牵扯出些有用的线索，再进一步挖出潜伏特务的组织体系以及通讯联络手段。

老詹和麦秀两口子常在人前显摆的那一部袖珍收音机被收缴到大队部，被人拆开做了技术检查。虽然初步排除其具有发报功能，但收音机的短波可以随时收听敌台“明码”呼叫，这绝对毋庸置疑。

经过对全村庄所有人过筛，专案组人员发现这两件事情都牵扯着一个关键人物——谢舍娃。

根据专案组进村调查了解后掌握的情况来看，这个人平时和詹木林关系较密切。在詹木林入社时，他特意从四队将詹木林一家老小的户头迁到了六队，安插在自己身边百般照顾。姓詹的为了收买人心，进而达到其长期潜伏的目的，用“特务经费”为第六生产队购置了一台拖拉机。在物质诱惑面前，这个谢舍娃立即就丧失了阶级立场，不但感激涕零，居然连年上报此人为“模范社员”。詹木林仓皇出逃之后的当天夜里大队组织寻找时，谢舍娃也不在现场，显然有很大的接应嫌疑。于是，专案组决定在这个人头上打开突破口。

负责这个案子的邢常禄，据说是一名参加工作多年的老公安，破案确实有一把刷子。只是，此人一年前因涉嫌奸污人犯妻女、私放在押政治犯而被停了工作。遇上这场运动，他却组织一些公安人员造起反了。也不知他打通了哪个关节，居然又重新返回老单位，并被指定为这个专案组的临时负责人。

舍娃被请进祠堂屁股还没有坐定，这个姓邢的就说说笑笑地给他递了一根烟，语气和善地说：“伙计，今天我们请你来呢，主要是聊聊天。你呢，也别太紧张了。吃公安这碗饭也不容易，有时难免就闹得有点过火，在群众中造成很不好的影响。这个问题看怎么去说。我这个人办案从不用刑，这是原则。但有一点，我问啥话，你得实话实说，不知道就是不知道，但不能说谎。只要谁在我面前撂一句谎，我就不会像现在这么客气了。”

说完这一席话，他抽了口烟便开始正式盘问。开口先随便地问了谢舍娃一句无关紧要的话：“伙计，你这几天都忙啥哩？”

舍娃这个人看起来大大咧咧，却并不像大伙儿想象的那样胸无城府。男人都会耍的那点小聪明，被他深藏在肚子里，只是不轻易施展罢了。他那张大嘴，平时给人一直留有的印象是有啥说啥、毫无遮拦。其实，那得看面对的是什么人，说的又是什么话。

一看这个邢常禄开口还算客气，舍娃便大大咧咧地回答他说：“不忙啥。生产队已经多日不敲钟了，你们这头一进村，谁还有那些心思去打理活路？都在家里候着哩喀……”

邢常禄也不着急，随着舍娃那话又淡淡地问了一句：“我想再问问你，这几天时间，主要也就是你们农村说的每天晚上喝汤后那段时间，你都到谁家串过门子？或者还干了其他什么事情，你都好好回忆一下好不好？”

舍娃不假思索地说：“这有啥回忆的？昨晚嘛，排队绞了一担水；前天，睡前好像也没干啥；大前天在东城壕蹲了一会儿……”

姓邢的立马就接着问：“蹲在那里干什么？”

“解手。”

“解手？你解个手为啥跑那么远？”

“你不知道咯，我家里养了头老母猪，人一进后院，它就哼哼，不待你拉完一泡屎尿，它就把拴的绳子挣脱了。有接绳头那工夫，我还不如多走几步路……”

“好。二十号那天这个时候，你在哪里？”

“二十号？阳历阴历？”

“就是村上那个姓詹的逃跑的那天晚上，你难道能不记得？”

“哦，这个当然记得。”

“那，你在什么地方？”

“就那个老地方……”

“你这家伙总不是整天都蹲到那里拉屎吧？好，一会儿你领我去看一看！”

“行嘛，只要你不嫌恶心，我铲来都行！”

谢舍娃神态自若、对答如流，根本就不像那种有心事的人。姓邢的对自己打算从这个人身上找突破口的想法已经产生了动摇，随口说：“好，好。下来咱们说点轻松的话题好不好？我听人说，你小子很能谝嘛。”

舍娃一反往日那大大咧咧的样子，十分谦恭地说：“好我的邢股长哩，他们那是抬举我哩，我这嘴笨得像个挖土的镢头，你看能有那号能耐吗？哦，对了，我们村里有个瞎子叫谢贵同，那货绝对能谝！”

“好，咱们不说你们那个瞎子。不过，听人说，你这个家伙也还真是个好谝家。你能不能给我再学说一遍，在井坊给他们谝的那些新鲜事？”

“啥新鲜事呀？”

“这样吧，你也别当真，权当咱两个男人胡吹浪谝哩。你也不要怕羞，把胆子放开，有啥说啥，没啥拉倒！”

“这，这，我当时提说过印度那些女人长得漂亮……这个这个，咱好赖也是个党员，这算不算是作风错误？”

“嗯？不对吧？你说没说‘文革’是‘羞先人’这句话？”

“没有！”

“你敢肯定没说？”

“傻瓜蛋都知道说兀号反动话犯法哩！我是贫农又是党员，从咱嘴里咋能说出兀号傻话？”

“是吗？真没看出来你小子还蛮有点政治觉悟嘛。我再问你，你有没有注意过，你们村那个詹木林常到啥地方去？比如喜欢跟哪些人走动？不管男的女的……你想起啥就随便说说。”

舍娃一听对方已开始切入正题，也就摆出一副十分不屑的表情说：“兀个货嘛，简直是个二百五。人呢，说话也不甚利索，好像小时候害过啥大病。平时呢，根本就不会干农活。没入社那阵子，一个人放着一群羊，后来又整天捣鼓队上那台拖拉机，在村上也没啥人缘。至于一些偷鸡摸狗的事情，他个上门女婿，哪有那个胆子？不过，这家伙倒是念过不少洋书，认识好几国洋文呢！”

邢常禄觉得对方说的也正是他们所掌握的那些情况，只好匆匆地结束了他们之间的这次谈话，并十分亲热地说：“你小子说得倒也是。很好，很好。这样吧，咱们一起去你前天夜里拉屎的那地方转转去。”

说着，两个人就一前一后出了祠堂。

一路上，姓邢的依然不住地打量着舍娃的表情。经过刚才两个人那一番对话，他对面前这个人已经做出了一个最基本的推断。从谢舍娃那说话时轻松的神色上看，此人在案发前并不清楚那个老詹的真实身份，也无一丝协助其逃跑的理由。

两个人深一脚浅一脚走进东城壕那片高粱地，满地的干屎一堆接一堆，简直让人无法挪脚。舍娃先停住脚步，显得十分为难地说：“看把他家的[①]，

① 把他家的：因事有阻滞或发生不可挽回的情况，而十分懊恼。

自己拉下的自己都认不得了！”

他领着姓邢的又走过几堆，指着相对新鲜一点的那堆依然不肯定地说：“恐怕就是这一堆，边上有我扔的烟头哩。”说着，就拾起一个长些的烟头看了看，几乎递到姓邢的鼻子底下后才开口说：“没错，这是我用儿子的旧作业本子卷的……”

邢常禄把那烟头小心地夹在了随身带的本本里，对舍娃若无其事地说：“咱们回吧。这样，你再把你们村那个谢君怀的情况给我讲一下，然后就没你的事了。”

两个人又调头往回走。

刚跨上土坎的谢舍娃，一听邢常禄又在后边问话，赶忙回身搭手把他拉了一把，这才义愤填膺地说：“说到君怀嘛，兀个瞎屃是个四类分子咯，狗日的绝对不是个好驴下下的！”

邢常禄停住脚步奇怪地问：“咋一提起这个人你就来这么大的气？你们以前有啥纠葛吗？听人反映说，你还打了他一顿？”

舍娃理直气壮地说：“不打他是咋？”

姓邢的尽量装作无心的样子问道：“为啥？”

舍娃只好支支吾吾地胡说了一番：“说起来，我还救过这小子一条老命呢……狗日的，没一点良心咯。唉，不说远的，就说去年他儿子结婚吧，我老婆明明给他家上了两毛钱的礼，他家那礼金簿上却只记了一毛钱！你说说，好赖咱也是个村干部，这不是成心胡丧摆人吗？日子再穷苦，也得给人务个门户吧？少说，咱也得和大家一样，不就是多一毛钱嘛。回来我还专门问了老婆，她说钱绝对是她亲手递给执事的。还有，去年秋里谢君怀借过我三块钱，说要上会逮个猪娃。眼见要过年了，我要的次数多了点，他还跟人满口胡说……你说遇上这号人，搁你你生气不？打他狗日的一顿再说，钱，老子也不想要了！”

舍娃知道迟早有人会问起这些事，早在肚子里编好了这番假话，说起来也就跟真的一样。走到巷头，邢常禄交代了几句让他注意保密的话，就让他先回去，说这事情过几天再说。

话说，君怀却是个没城府的，被人喊到祠堂，进门一看见那场合，没经人家套几句，便招认了那封“反映信”确实是他和儿子合伙写的，不过上边没有一句假话。并且，他还说出那天在“现场”的谢星三也自始至终听完了谢舍娃说的那番话，并指天发誓说他绝对没有借过谢舍娃的钱，这货肯定是穷急了想讹他的财！

接着，谢星三被传唤到案。

尽管星三平日里游手好闲，脑子却一点都不糊涂。他当然知道这号事情的轻重，任凭公安如何问，只咬死一句话——“谢舍娃确实说过，如果他能娶一个像外国女人那么光鲜的老婆，能整天搂着睡大觉的流氓话……”一个进过看守所的人，他当然知道，只要自己能像“李玉和”那样咬着牙挺过这一关，就能救下一条人命，故坚不吐口。

另外一个旁证谢狗剩，由于进井坊较两个人晚些，除过赶上聆听谢舍娃那几句无伤大雅的“我要是调到国务院”的调皮话之外，前边的那一切幸亏没能让他赶上。

由于谢星三和谢君怀两个见证人的口供不一致，邢常禄觉得谢君怀绝对有诬陷之嫌，随即让人拿出刑具伺候了一番。结果，这老东西还没等人家上齐招数，就顺着人家的意思胡说八道了一河滩。不但招认出纯系乌有的借人钱财之事，而且一会儿说是三块，一会儿又变成了五块。总之，他说一时记不清楚数目，但肯定是有这事。而且为了自圆其说，他还编着说，因为还钱之事让谢舍娃撵上门来打了一顿，他心里不服气，就干下这谎报“假”案的事！

一听真相大白，任丕显专门从公社大老远跑来给邢常禄道喜。谢有福立即安排着让民兵逮了一只土狗勒死后煮了半锅狗肉，并从供销点赊来一大坛黄米蒸的“烧刀子”，陪二位贵客喝了个酩酊大醉……

井坊事件有了突破性的进展，潜伏大案的破获已指日可待。专案组很快将材料上报县革委会，先行将谢君怀关入祠堂上殿，除过吃饭解手，这家伙被当作现行反革命要犯，一直戴着脚镣手铐。

在不日召开的正式公捕大会上，邢常禄代表专政机关宣布逮捕令时说："发生在半阁城大队的这个案件，并不是一般的诬陷案件，而是一个政治案件！在大好形势下，四类分子谢君怀攻击'文革'成果、诬陷革命干部，以'意见书'的形式故意散布反动传单，趁机发泄对我红色政权的刻骨仇恨，现行反革命罪状清楚、证据确凿，不狠狠打击不足以威慑现行反革命分子的嚣张气焰……"

当天下午，从县城开来两辆汽车，拉了二十多个拿着各种长短枪支的"文攻武卫"的革命武装人员来押解人犯。

四类分子谢君怀在被架上汽车前，只喊了一声"冤枉哇"，便从此在半阁城消失了。

冤魂不散

专案组的联络人员还待在村上继续深挖细找潜伏敌特的蛛丝马迹，转眼已经是农历十月一日。

按照村庄留下的老规矩，这一天是村民们给先人"送寒衣"的日子。无论穷家富户，这天半夜都得包一顿麦面煮角[①]。凌晨寅时三刻，家家户户的男主人都会轻轻地卸下自家大门的门槛爬出门外，恭恭敬敬地把一碗碗热气腾腾的煮角献在自家门口。然后点燃托盘里那些折叠整齐的鬼衣，恭恭敬敬地等待那些黄表完全化成灰烬后，又从门槛下退回自家院内，隔着大门朝外三跪九叩。在做这一切的时候，即使两厢邻居不慎碰头，也不许随便搭腔说话。据老辈人交代，主祭的孝子贤孙二次出门端盘子时，万万不能左顾右盼。特别是那些重孝在身的人家，他们那过世未满三年的至亲，也和我们活着的人一样，依

① 煮角：又名扁食，类似饺子的食品。

然苦苦思念着阳世的儿女，那些鬼魂仍徘徊在家门左右。要是此时抬头，无论看见身边任何一个人，那都有可能是自己的亲人显现的灵身……

因为这个节日禁忌多，家家出门烧寒衣的男丁一般都是家里最为年长的成员，小孩和年轻人一般都不会轻易被委以如此重任。

谢武印因替其父撰写反动传单，被公安机关以共同犯罪做了相应的处理。但因其毕竟是在其父的胁迫下执笔书写传单的，罪不至判刑，便被戴上一顶“现行反革命分子”的帽子在村上接受监管劳动。二十啷当的小伙儿，脑袋上的头发一夜间便掉得不剩几根。不几天，剩余的那点头发也日渐花白……

谢君怀不几天就死了。他被带出村庄后，村里人从县城四处张贴的白纸布告上已经看到，除了前边那几个在名字上画了红叉的死囚，谢君怀以“书写反动传单”获现行反革命罪，专政机关从快从重判处其有期徒刑八年。又过了十多天光景，村里人帮着去看守所领尸体时被告知，人犯是在服刑期间不服改造“畏罪自杀”了。事后，据知情者透露，君怀的死，跟他犯的罪种有关。同是戴罪之身，当那些人渣知道新来的这个“大脸胖子”居然因明目张胆地攻击全国人民心中最红最红的红太阳而获罪，立即就表现出了极大的革命义愤。不说每日里送粪桶成了他的任务，开饭时亦不许他摸碗。在一次开饭时，那个心狠手辣的狱霸为了逗他恶心，将上顿偷偷藏下的玉米面窝头嚼碎后搓成一截大便一样的形状，让人用碗端过来逼君怀“品尝”，并说了一些肆意侮辱的话语。面对每日此种忍无可忍的歧视，君怀豁着命将那“大便”给那个狱霸兜头摔了过去……据说，他最后是被狱霸手下的那些喽啰一哄而上活活踩死的！死人进村时，大家只看到君怀那断腿的骨头茬已经戳出皮肉，断腿处溃烂得只连着一点筋肉；他原来那红光满面的水盆大脸，也一下子塌陷下去了，脸上长了寸把长的胡须，露出了高高的颧骨……

埋葬了原本一个月前还好端端的父亲，武印这个儿子一下子垮了。白天，他只要一闭眼，脑子里就会浮现出父亲那蓬头垢面的样子；夜里，一挨枕头又会沉浸在同一个奇怪的梦境之中。

在小伙儿的梦境里，自己居住的村庄好像并不是半阁城，而像是一处人间天堂。那些衣衫光鲜的人们不知为什么一直都在敲锣打鼓，一个个兴高采烈的样子，活像他们每个人心中都揣着难以抑制的“快乐”。梦中的他，对曾经发生在自己家庭的悲剧已出现了实质上的错位，觉得好像是自己的一条腿被人打折了，坐在一辆破旧的架子车上，露着白森森的骨头……而他的父亲推着他，三步一叩、两步一跪，在乡亲们面前不断哭诉着，并羞愧难当地抡起手臂不住地自打耳光，然后老泪纵横地向父老乡亲们请着罪——“我谢君怀羞了先人啦！我对不起我的儿子啊……”

天天如此。

夜夜如此。

不多日子，闹得小伙儿白天也时常出现一些视听幻觉。这种夜以继日的焦虑几乎折磨得武印濒临崩溃。好在他还没有完全发疯，觉得自己一定是邪魔附身。他想起村上的谢信仁老汉会作法驱魔，便想去讨个活命的办法。

谢信仁已经洗手不干这号营生许多年了。看在死鬼君怀的面子上，他坐在炕头耐心地等武印说完这一切，立即就表示此次作法不收任何布施，决意在自己家里为眼前这可怜的小伙儿冒死摆一回道场。

他悄悄地关好自家院门，从炕头那个紧锁的箱子里取出一本《道德经》虔诚地放在炕桌上，这才焚香更衣、盘腿入定，接着，便双目紧闭、两掌合十，静心地等待“本性神”离开凡体，悠悠地飘出窗外，任由灵魂在那浩瀚的时空里遨游。

约莫一袋烟的工夫，他陡然睁开双眼站起身子，捞起一把桃木剑步伐轻盈地满屋追撵了一番，最终对着他家那脏兮兮的墙壁大声呵斥：“你这个过路凶煞！吾道弟子谢武印近日三魂不定、六魄离身，阳气受损、神志恍惚，原来是你这孽畜假借谢君怀未化肉身在本道面前玩弄雕虫小技，姜太公在此，急急如律令！”

只见信仁嘴里像发烧病人一般颤颤地念着谁也听不明白的咒语，有条不紊地忙活了一阵后又重新入定。

少顷，他这才一头冷汗地乘着坐骑大青牛千辛万苦地赶回人间，亲手交给一直虔诚地跪在地上的谢武印一张黄表镇符，并面授机宜道："这是镇符，回去贴在你和媳妇小房的门后，千万不要让外人看见！记住，在梦里你要是再见到刚才那个人，切记不要认他是你亲老子，只管两眼睁圆对他说一句'清清白白天，是是非非地；来来去去路，浑浑噩噩身'，他就会化成一股仙气，再也不会纠缠你了……"

武印快快地回到家里，按照信仁老汉的吩咐贴好了咒符。

当天夜晚，他迷迷糊糊刚进入梦乡，那个跟从前一模一样的梦境又出现了。说也奇怪，这次他好像觉得自己并不是在做梦，耳边也立即响起信仁老汉的话来。但当那个自称自己"父亲"的人终于出现之后，谢武印的嘴唇却像压着千钧石锁，面对栩栩如生的父亲的灵身，他根本无法开口说出那句大逆不道的谶言。听到老父哭得肝肠寸断，他这个忤逆种居然哈哈大笑起来……

他在被自己那一阵莫名其妙的笑声闹醒之后，立即感到一丝诧异。当然，小伙儿也明白自己刚才确实在笑，而且，心情一下子也变得异常愉悦！

于是，他整夜都再也没有合眼，独自体味着一阵又一阵不时袭上心头的那个梦境给他带来的新的"快乐"，并尽量压抑着自己不笑出一点声音来，只怕惊动了睡在炕头的妻子，让她偷走了本该属于自己一人独享的这份"快乐"！

丑寅交接时分，天色正黑，老娘却早早地起来，站在窗前着急地叫了儿子几声。

根本没有一丝睡意的武印，那时眼前正旋转着一轮温暖的太阳。母亲的呼唤一下子又将他拽回到自家的炕头来……他便没好气地隔窗问："叫咋哩？"

老娘叹着气给儿子安顿说："还不快起来，给你爷你婆送寒衣去。唉，咱家还有新主，一会儿天明了咋送得出去……"武印的心头立时被老娘这个不合时宜的安顿闹出一些怨气来，此前那些纠缠得自己生不如死的苦闷又一下子涌上脑际。

往年，这个事情根本不用他这个当儿子的操心。只有在清早起来，看见母亲给家里人在锅里捞起那一碗热乎乎的煮角时，他才会明白过来，冬天这就算是正式来了。

父亲已经走了，小伙儿还没有接受眼前这个现实，时月却又到了今年的冥阴节。他穿衣服时，无意中想到今年那纸扎盘里绝对会多出一套该父亲领的寒衣，心里不禁悲凉起来。不过，这个时候他突然想到了村上老人们常说的那些奇异的传说——在冥阴节，有人曾亲眼见过自己亲人的面……想到这里，刚才那不翼而飞的“快乐”又骤然回到了小伙儿的身心！他的灵魂深处立时如痴如醉、如焚如炙，那种强烈的兴奋感真是用尽人世间最为美妙的语言也难以形容。好像他在凡间苦苦地等待了一个世纪，盼望着见到父亲的愿望终于得到上苍的满足，这个幸福的时刻，马上就要到来！

武印恨不能一步跨进厨房，端起家里那个朱砂漆器盘子把一颗拳拳的孝心呈献在自己的父亲面前。

小伙儿从容地走出厨房，三步并作两步地抢到大门前，先卸下院门的门槛，然后爬出院子仔仔细细地烧完寒衣，接着，又爬着钻进门来做完那些繁缛的三跪九叩后，这才“哐当”一声打开了自家的大门！

他希望就在自己开门的一瞬间，父亲会一步走进永远属于他的这个家门！

可是，在黎明前的暗夜里，这一切都没有出现。

武印仍然不死心，狐疑地迈出家门向着父亲被人抬出村庄的西城门放眼望去，可是，依然没有看见一点踪影。他就这么傻傻地站在巷中间望着，也不知站了多久，直到泪流满面……

一只野狗，闻到了地上放着的那两碗香喷喷的煮角，开始还不时地躲躲闪闪，当发觉站在不远处的武印似乎并不关心身边的这一切时，狗就慢慢地走上前去，不几口就将那两碗供品吃下肚，随之便夹起尾巴飞也似的逃离而去。

武印在朔风中不知站了多长时间，当他转过身跪下来再次端起盘子时，却发现两个碗里的煮角不翼而飞了！这个奇异的场景，使得他刚刚平静下来的心境又一次浮想联翩起来！

就在这个时候，从他身后隐约传来一阵“扑嗒扑嗒”的走路声。

在静谧的山村黎明，这种突然响起的人声，立即让武印又一次亢奋起来。他转过身子，向着村东那渐渐走近的脚步声望去，隐隐约约的，他看见有一个人向他走来。

近了，终于近了，他真真切切看到是自己的父亲提着家里的粪筐，依然像往常一样威严地从喉咙咳出一口痰，“噗”的一声又吐出去老远。此刻，他正在慢慢地向家门走来……

这时候，“父亲”已经走到了儿子的身边，居然还茫然地转过脸来。只一眼，武印便为世间的无奇不有而彻底惊呆了。

他真真切切看到了父亲那张熟悉的脸！

“父亲”望着地上那盘子看了一阵子，这才把脸转向自己的儿子，似乎刚要开口的当口，武印便再也忍不住涌上心头的激动，一个箭步跑过去，立即双膝跪倒在地，抱住父亲的双腿号啕大哭起来：“大，你咋才回来呀，大呀……”

“父亲”好像被儿子这个突然的举动闹得不知所措，立即吃惊得开了口：“武印，你这娃咋了？我是你民生哥喀，你疯了？”

武印赶紧抬起头来，又仔仔细细把面前的“父亲”打量了一番。他刚才分明看得真真切切的，自己面前明明站的是自己的亲生父亲，他老人家为啥却用这样一种眼神打量着儿子？武印此时根本不敢松手，只怕父亲的灵身不翼而飞。他腾出另一只手不住地摸索着父亲临死前那条断腿关切地问：“大，你的腿咋长好的？现在还疼吗？”

“父亲”好像根本就不认识他这个儿子似的，居然被他这一番疯话彻底激怒了，一抬腿就将他踢倒在一旁，然后大声喊：“我腿好好儿的，你，你这娃肯定是疯了！”

武印这阵子根本顾不上搭理“父亲”的责骂，依然大声叫嚷：“大，你真的不认识我了吗？我是武印，我是您老人家……抱大的‘宝娃’啊——”

“父亲”却毫不理会双膝跪倒的儿子，满脸狐疑地紧盯着他一字一句地回答道：“我知道你小名叫宝娃喀。赶紧回去，地上凉呢……”

说完这些，武印心目中的“父亲”居然高仰着头大声朝自家院门内连声大喊：“花婶，花婶……”

院内，依然无人应答。他只好扯长声音喊了一声：“嗷——武印家的，屋里有人没有？”

这时，天色已经微明，东方出现了一抹曙光。巷道里，亦渐渐有了人声……

第三十四章

意外之意外（村庄的秘密之五）

眼见慢慢进入隆冬，村庄却失去了冬日的宁静。不时地有一些不祥的信息通过“号令”或者“通知”传进山来，让这群村民愈来愈感到迷惑不解。眼前这个冬天，是不是还能让人活着度过?

正在这个节骨眼上，专案组负责人却出了点事。

那天晚上吃完手抓狗肉之后，邢股长烧躁得一直在房子里转圈子。一会儿要喝凉水，一会儿又要吃热茶，还一把扯开棉衣的纽扣不住地扇风。他那上身脱得只剩了一件秋衣，可依然燥热得大汗淋漓。酒酣耳热之际，他突然要出去解手，还把前来搀扶他的谢有福推了个趔趄!

谁知道，他这阵子虽然喝得烂醉，却另有所谋，一出门，便在中房大厅扯住正在烧水的窦桃夭，看人家一个年轻媳妇胆小怕事，不但搂着人家又啃又咬，还直把人家往地上摁去……

几天来，桃夭虽然早已察觉这个“工作组”的那一双贼眼老在她身上溜来溜去，却没想到他居然敢在人多的地方动手动脚。刚才，这个邢常禄趔趔趄趄走到她身后时，还只是试探地隔着棉裤在她屁股上抓了一把。一个女人家，以为上级领导喝高了，对他这个出格的举动也没太在意。她想，男人嘛，穿着件二尺八制服袄袄跟个人似的，谁知道他们脑子里整天在盘算啥呢。她觉得没必要让人家太尴尬，借着微弱的油灯，还微微冲他笑了笑。没想到，她刚要转身回避的时候，这畜生已把他那硬邦邦的家当掏在了裤外，一口吹灭了灶台上的油灯，像饿虎扑食一般扑上前来，一把就将她的裤带熟练地抽掉了！

女人几乎被突如其来的侵犯吓蒙了，却还是知道这时候她绝对不能大声呼救，只是死命挣扎着、撕扯着，极力保护着自己最后的尊严。

姓邢的从来没有碰见过一个能和男人纠缠半天而不动情的女人。在他看来，一个乡下小女子，能遇上他这么个英俊潇洒的男人，哪有棉花见火不燃的道理？

然而，偏偏这个窦桃夭不是他想的那一种女人。她拼死反抗，终于惹怒了紧紧搂抱着她的男人。他一只手还搂着她的腰，另一只手腾出来就卡在了她的脖子上……

桃夭从小到大，还从来没有遇到过如此兽性大发的男人，眼见这个男人已经把手伸向了她的腰际，在惊恐和绝望的紧要时刻，她却从心底不合时宜地释放出一点女人对男人的那种渴望！随着这种微弱的感觉出现，她的全身陡然像有一股电流迅速穿过……继而，脑际也很快出现了一片模糊的白光，像一群萤火虫在飞舞，像一轮太阳那么温暖；那种久违的儿女情把她的五脏六腑烧煮得如焚如酥，她的手，居然鬼使神差地搭上了对方的脖颈！

就这么一眨眼的工夫，让这个可怜的女人感觉像是经历了一万年……突然，在遥远的天边，似有一个孔武的男子向谢氏祠堂走来，桃夭看到那是她死去的前夫，她少气无力地在心底轻轻呼喊了一声：“瑶瑶她大，快救救我……”

此刻，这个女人一下子就昏了过去。

与此同时，办公室内的谢有福无意中听见大厅柴堆被什么东西撞倒了，他担心邢股长喝得太多，只怕把人摔伤了，赶忙拿出手电筒赶了出来。

当有福打开手电筒一照，新搭的灶台那边柴堆上的景象吓得他两只眼睛都直了……

也就在这个时候，他影影绰绰听见邢股长身下的女人似乎用一种微弱的声音呼喊着：“……救救我！”

有福再粗心也知道这种事不能声张，他立马关掉手里的手电筒，故意装作什么也没看见浪声浪调地大声问："老邢，你狗日的咋摔倒了？是不是喝高……高……尿了？让伙计过来扶一扶你！"说完，故意磨磨蹭蹭地走上前去。

没想到，有福这里刚抬脚走下台阶，那边邢常禄拔出腰里的小手枪冲着他来的方向一扣扳机，只听"啪"的一声，有福的手电筒一下子便被射来的子弹打掉在地，谢天谢地，幸好人没受伤。

满屋子人一听枪响，都赶忙趔趄着拥出门来。这时，邢常禄还没提上裤子，像只死狗一般趴在那里。桃夭已经飞快地整理好了衣服，站在大柱子边上不住地瑟瑟发抖。

有福假装微醉地掩饰着说："没啥，没啥，老邢狗日的喝高了，快扶他进屋，让躺着……"

一件丑事件就这样被隐匿了。

人们七手八脚把姓邢的抬到屋里火炕上，姓邢的先是一阵哇哇大吐，接着又神神道道地呻吟了一阵子。看他昏昏沉沉像要死去的样子，不意间却"腾"的一下又从炕上坐了起来，随即双膝跪地对着墙壁上的领袖像一把鼻涕一把泪地哭号："毛主席呀，您老人家可要给我做主哇！我是冤枉的呀……我没有强奸西街那个女娃呀，是她送……上门的呀，她爹是右派，他们上上下下这是合谋陷害啊！"

公安局那两个和他一同来的人，一看他们的头儿出了洋相，忙替他遮掩说，老邢这人吃亏就吃在人太耿直上。要不是在单位能力太强得罪过一些领导，就算他把那个送上门的小破鞋搞了，也不至于为这么个小小的作风问题受那么重的处分。按老邢的能力，眼下说不定已经是副局长了！

几个人还在那里围着火炉子说着一些不着边际的酒话，惊魂未定的窦桃夭这时候却靠近了门边，她看见姓邢的并无大碍，这才探着头跟有福小声说她要回家。看她那一副惊魂未定的可怜样子，刚才绝对吓得不轻。

有福故意装作无事一般取笑道："领导喝高尿了，看把你吓的……女人就那么点胆子。你收拾收拾，这阵子也没啥事了，我顺路去送送你。"

说完，他大大咧咧跟邢常禄招呼了一声，便和桃夭一前一后出了门。两个人一路默默无语，到了家门口，桃夭却久久不愿叩开自己的家门。

作为一个大男人，有福心里知道桃夭肯定还沉浸在刚才那件事情的恐惧之中，不过，这号事情他又不好开口相劝。看桃夭没有急于进门的意思，他只好就势蹲在地上无声地抽起了烟。他真的不知道，姓邢的刚才是不是已经糟蹋了面前这个女子。他想，如果真是那样，这号事情可咋让一个女人回家后跟自家男人交代？不过，他却又转念一想：或许，这个女人当时只是半推半就，人家早就盼望那种事情发生呢！由于自己这个冒失鬼不合时宜地出现，却坏了人家一桩美事。这并不是他的恶意揣测。为了一盒海喇油、一双白线洋袜、一点女人的虚荣，或者干脆就是一句永远无法兑现的诺言，那些上级派来下乡指导工作的“工作组”，捎带着掠走了多少梦想攀附权贵、向往美好日子的房东姑娘仅仅拥有的那点女儿红呢！那是她们来到这个世界上唯一还能被男人们时常惦记着的一点值钱的东西，却成了纠缠着她们终生的一场永无休止的噩梦……

有福想到这里，就慢慢地站了起来，像在自言自语地说：“你也别想不开，不就是这么个破事嘛。再说，你也不是个黄花闺女啦，有啥见不得人的？回到家不跟民生叔说不就得啦？男人最忌讳这个事情喀。你放心，我会把这件事烂在肚子里，绝对不会给人胡咧咧的。刚才那里也就我是村上的人，你放心……回去吧，天不早了，看着你进了门，我也得回家去呢。”

桃夭依然没有迈进家门的意思。听了有福这番话，女人家那点心思立时就让她进退两难起来。她相信有福这个大男人的话，却不愿让这个男人对她在这件事上产生一丝误解。她终于艰难地开了口，却奇怪地问他：“你是不是觉得姓邢的还算一个好人？”

有福不知道她为什么问了他这样一句话，回应道：“我看不出来。不过不管咋说，刚才他那德行真是让人恶心！”

桃夭却问他：“是因他对我那样，还是……”

“一个男人，就是和自己的老婆……也应当避一避旁人的耳目吧？啥东西，牲畜！”有福说。

“自己的老婆？你以为我……愿意那样？”桃夭问。

“没有。我随便说说……”有福随便地支吾了一句。

“他是个男人不假，却不是我想要的那种男人！”桃夭大胆地向有福说了一句。

“你——”有福对面前这个桃夭居然说出这样的话感到很吃惊。

“你不会说我是坏女人吧？”桃夭却十分坦然地继续问道。

“不，不，不会……”有福突然口吃起来。

“你这阵子是不是还在想，他是不是真的糟蹋了我？”她依然平静地试探着对方的心思。

“怎么可能呢！还有人，你……咱们不说这事行吗？”他终于不愿意和一个女人谈论这个敏感的话题了。

正在这时，两个人都听见有人向这边走来了。从脚步上，有福知道这个人是谁。尽管他喝多了，却在刚才他俩走出大队部的时候，就已经发现那个老东西在大队部门外转悠。

有福只轻轻地对近在咫尺的桃夭小声说：“你回吧，我也得早早回家啦……”说罢，他也不管她进没进门，径直向自家巷口走去了。

有福虽然走了，桃夭却依然站在门外发了许久呆。一个女人，面对着伸手不见五指的暗夜无助地思索着、哽咽着……她就那么站着，却没有心思推开自己身后那扇沉重的院门。谁能知道，在她心里，这个家只是个寒冷的冰窟。

第二天，邢股长因酒后不慎摔伤了头部需要住院医治，县上便把他调了回去。专案组出师未捷阵前换将，原准备由邢常禄亲自审问的主要对象杨麦秀也因此而逃过了一劫。

几天来，麦秀早就认出了这个曾经差点让她上当的邢常禄,正是为了抢夺她的馍馍，把她送进了城关派出所的那个“邢股长”。她一辈子都忘不了这个有着一张英俊脸庞，却长着一副虎狼心肠的禽兽男人。结果，经过留下的那些公安的反复盘问，杨麦秀也打消了大闹一场的想法，故意装作头脑受到很大刺激的样子，每次都认真地给他们交代着同样的内容说：“要不是你们公安来了说破这些事情，我一直以为他是新疆人哩。村干部谢栓柱私设公堂把我男人打跑了，让他给我把人找回来！咱们三方面对面把这些事情都说清楚了，也好还我男人一个清白！他和我过了这么多年，是好是坏我心里能不知道？我家老詹也太善良了，学生娃娃掏个小鸟玩，他都会跑去要回来送回窝里去……几时你们把他找回来了，我跟他一起去坐牢……”说完，又拿出老詹的复员证给专案组的人一一过目，公安人员面对一个疯疯癫癫的乡下女子也无计可施。

当问到高运喜在他们结婚前是否给她透露过此人的身份这个问题时，麦秀更加委屈地说：“当初要听高支书的话就好了。他说老詹是外地人，只怕以后不咋牢靠。我当时还回了人家一句话说，近了就牢靠啦？唉，自己的命苦，怨不得旁人！是我自己愿意往苦井里跳的，不关人家高书记的事咯。”审讯的人只好让她回去。麦秀却赖着不走，声称不见谢栓柱她不走，她要让支书跟她说清楚，人是他押到祠堂里去的，她就是要在这个人嘴里为自家男人讨个说法。再逼，她就住到栓柱家里去，他家做啥她就吃啥，直到他把人给她找回来！

一直陪审的谢有福一看麦秀比人家公安还难说话，在一旁装作和事佬一般规劝她说：“谢支书为老詹逃跑的事情都被停职了。你再撵到他家里去胡闹，你还让他过日子不？人家这里只问了你这么几句话嘛，你还蹬鼻子上脸了！你先回去吧，只要一有老詹的消息，我保证先通知你，这总行了吧？”麦秀见好就收，一见新主任搭了话，不再纠缠，便回去了。

不几日，因把持县上领导班子的造反派之间又有了新的权力更替，此案被暂时搁置了下来，专案组只好无功而返。

第三十五章

谁是疯子

君怀的儿子谢武印疯了。

送寒衣那天早上，小伙儿受了点风邪突发癔症，被人抬回去后就一直神智不清。家里请来外村的老先生抓了几服药，几个人硬是把他压住一勺勺灌了下去，原想让其吐出肚子里的那股子秽垢，看看能不能减轻疯癫症状。结果，倒是从小伙儿肚子里折腾出了不少嚼碎的书片，人反而愈发疯癫了。

这种病症一般无药可治，不几天时间，家里的一切小东西都被这厮犯病时砸光了。闹得他家案板上连把菜刀都不敢明放，只怕他捞起来砍出人命。最后这次犯病，家里灶台上那口铛锅终于被这厮戳了碗大个窟窿。一家人已经没有一点办法可想了，佑普爷只好给武印娘送去一根锁狗的链绳，让在无法控制时把人先拴上一阵子试试看。好在这号病症时缓时紧，时好时犯。在病情相对稳定的那几天，也可以放心地让人出门行走。

从此，半阁城的巷道里，几乎隔几天就可以看见一个面部黄肿、满头秃斑的小伙儿身后拖着一根长长的狗链绳，边走边跳地高声唱着歌。一路旁若无人，全凭兴致所至；且声腔激情慷慨，不免令人观之动容。

一个疯子随心所欲的歌舞，不说根本无法让社员得到听觉和视觉上的愉悦享受，身后那根拴狗链绳，随着他且歌且舞的节奏，亦不时击打得脚下的黄土路面嘭嘭作响。此刻，如遇小孩围观欢呼，这厮便愈发来劲，不免就有些手舞足蹈的大动作，亦常常被脚下的链绳缠绕得绊倒在地，闹得满脸青肿……

巷道的狗们，看见村里好端端冒出个满脸血污的怪异人类，都吓得夹着尾巴钻进自家门道里狂吠不已。唉，也不知道他嘴里唱出的这首歌是哪个学校老师的杰作。一段句子长短很不一致的大白话，居然也能被他们谱成一首歌曲，也真是太难为先生们了。说句良心话，歌倒委实是首好歌，唱起来也勉强还算顺耳，但让一个疯子舞着两个彩布条儿去号，却让全村老老少少个个不寒而栗。直到有一天晚上，这厮从麦场上抱来一捧麦草，在谢氏祠堂前燃起了一把大火。眼见那熊熊烈焰越烧越高，火苗子已经蹿上了屋檐，他居然又开始兴高采烈地放声高歌。此情此景，让村民们顿时觉得身边的这条黄河似乎多少也透着一股子邪气。

冬天说来就来了，村民们却没了往常下滩撵兔子的心思。

小雪这天，高运喜被公社造反派特意押回半阁城，站在谢氏祠堂里边那张原来供四类分子站立的八仙桌上接受批斗。祝心香这个普通的女社员，一夜间也变成了“大走资派的狗婆娘”。几个拿着长短枪支的造反派，特意从会场把这女人带回自己家里。

这帮人这次进村还有个特殊任务，就是搜查高运喜和大特务詹木林之间的联络电台。进了高家南场，他们三下两下便砸开高运喜家的锁头，一进门便翻箱倒柜地搜查起来。心香拖着发软的双腿被押进家门，靠在山墙边眼睁睁地看着这帮小伙儿把做饭屋的坛坛罐罐噼里啪啦打得粉碎，却没有一丝气力去阻止他们的恶行。

最终，因没发现走资派家里藏匿有类似于“电台”之类的罪证，那拨人的目光便集中在院子里这个女人身上，希望这个女人能招出一些他们需要的东西。

这时候，一个漂亮的农家姑娘满脸通红地闯进了院子。

这个姑娘正是运喜的大女儿高水仙。在祠堂批斗现场，她看见那些人百般折磨自己的父亲，姑娘那阵子心里虽然像刀割一般难受，但为了不让父亲看见女儿就坐在台下，她一直把脸深深地埋在两膝间偷偷地落泪。当她突然看见母亲被一帮小伙儿中途带出祠堂，心里更加恐惧。趁着会场没人注意，她慢慢地把小凳子移到靠近大门的房檐下，没等门口站哨的反应过来，便飞快地扔掉小板凳追出门去。

姑娘以为母亲被那些人带上了停在村中间的汽车，可到了跟前，却没见到人影。她撒腿又往村西赶去，一直追到岔路口。狂风中的原野，寒风萧萧，大路小路上依然不见母亲的身影。情急之下，她才飞跑回自己家。

一进门，当她看到母亲站在当院中的台阶下，几个半大小伙儿正拿起一根绳子捆绑母亲时，这个平日里十分腼腆的姑娘也不知哪里来的那股子胆量，冲过去大声责问道："你们这些土匪，咋不回去把你妈也捆起来！"

那几个正在捆人的小伙儿一看突然闯进来一个大姑娘，开始还有点怯惧。毕竟，他们正在捆绑着的是一位和他们的母亲一样受儿女敬重的女人。可是，当他们明白过来，这个如花似玉的丫头片子原来是大走资派的女儿，那点开初的畏惧立即就变成了一种邪恶的亢奋。

只见那个领头的小伙儿走近水仙，横着他那张长满青春痘的糙脸，先上上下下把姑娘打量了一遍，一句话没说，抬手就给了她一个嘴巴子，这才揉了揉自己打痛了的手掌，恶狠狠地说："妈的，黑崽子，你找死呀！"

水仙一下子蒙在那里。一个姑娘家，根本就想不到面前这个年龄和自己不相上下的小伙儿居然会出手打一个荏弱的女娃！不过，那种保护自己母亲不受凌辱的心理，让姑娘忘记了自己的屈辱，依然坚强地开口大骂："你这畜生，老天会惩罚你的！"

当打人的小伙儿再次把手举起来时，万没想到，心香这个母亲像匹母狼一般挣扎着扑了过来，抱住小伙儿那只打人的手，狠狠地咬了下去！

只听小伙儿"嗷"的一声，手上就被咬出了道血口子。他立时兽性大发，顺手抓住这个泼女人的头发拼命地甩了起来，脚下还不时地踢打……

水仙一看母亲拼了命，对方居然像踢打牲口一样暴打着自己的母亲，她也忘记了姑娘应有的矜持，冲过去就在那个人身上胡挠乱抓了一气……

其他几个扛枪的小伙儿一看头目被这母女俩撕扯得不能脱身，立即扔下手里的枪一起上手，好不容易才把两个人控制住。也不知道是母女俩被打出了鼻血，还是那小伙儿自己手上伤口流出来的血，三个人的脸上顿时都沾了不少殷红的鲜血！

心香又一次被他们七手八脚地捆绑了起来，半边脸已经明显比刚才肿胀了许多。趁着那个打人的小头目撕扯着手绢包裹伤口的时候，心香这个当娘的寻思着让女儿脱身的办法。无意间，她看见这群人中间那个戴着军帽的小伙儿不时地低下头，似乎有意回避着自己的目光。她尽管被绳索勒得喘不匀一口气，可还是一下子就认出了眼前这个小伙儿。

原来，去年后半年那阵子，公社供销社的老主任给她家水仙娃提说过一门亲事。作为未来丈母娘的心香心热得不行，背过男人自己先偷偷相过了人家小伙儿。当时，她倒是觉得男方一切都好，美中不足的是小伙儿的父亲是个农业户口。自家男人咋说也是个公社书记，这门亲事还真的多少有点门不当户不对。当时，她私下跟运喜把自己这个想法说了说，男人只随意地说了一句："农民咋？咱当个公社书记门户就高了？"她一想也是。自家女子只念了完小，人家娃好赖还上过中学，眼下又在供销社当出纳，心香从心底便默认了这事，并给大媒放了话。

可是，夏天里刚提说起这门亲事，立秋之后全国就闹开了"文革"。做媒的老主任由于中华人民共和国成立前做过私人商号的管家，运动刚起来没几天，就被作为"阶级异己分子"清退回老家种地去了。没了媒人，心香也只好先把这事放一放，等男方重新央来新媒再次提说这门亲事倒也没啥耽误。前一段日子，自家男人被莫名其妙地"打倒"之后，男方家那边马上捎来了话，人家明里推托说他家孩子年龄还小，让把这事先往后缓一缓。实际上，对方是不好在媒人跟前提说因亲家被人"打倒"，怕影响自己娃娃日后的前程那些难听话。为此，心香还生了一肚子闷气。

看着眼前这个小伙儿很不自在的样子，只有女人才会萌生出那种说不清道不明的复杂心理。她毕竟是个成年人，看着女子一进门就被打得鼻青脸肿，知道这一群毛头小伙儿什么事情都做得出来。她突然想让这个小伙儿知道，她已经认出了他。或许，因为这一层关系，还能让这些还不明事理的年轻娃娃放过她们母女……

心香在心里斟酌再三，还是向那小伙儿开口说：“你们在家里总还有父母姐妹吧？就说这个戴军帽的小伙儿，你咋装着不认识我了呢？”

那个戴黄军帽的小伙儿一听这个被捆绑着的女人已经认出了自己，马上把头扭了过去。其实，刚才这个院子里发生的一切，已经让这个年轻人难以面对了。

早上，公社供销系统造反组织领受总部分派的这项押解大走资派巡回批斗的重大政治任务时，小伙儿已经知道今天要押的是高运喜。作为一个红卫兵战士，在这号对敌斗争的重大考验面前，他没有选择的余地。可是，任丕显为他们临时“委任”的这个从县上来的小头目，一路上对那些被押解的人动不动就拳脚相向的举动，却使他觉得有些忐忑不安……

心香在那边这么一开口，小伙儿就更加无地自容了。

刚才，水仙姑娘进门的那一刹那，这个小伙儿也立即就认出了这个去他们门市柜台扯过花布的漂亮姑娘。那时候，水仙还不知道这个长着一张娃娃脸的小伙儿就是母亲给她曾经暗示过不少次的“他”。姑娘那副处子的贤淑和恬静，当时就深深地打动了小伙儿。看着她那眉清目秀的端庄容貌，小伙儿心头立即就涌上了一股热流，为自己今生能娶到这么一个好姑娘做媳妇，激动得小心脏一直跳得个不停歇。要不是老主任被清退回家，他今天走进这个院子，那绝对得喊这个和自己母亲年龄一般的女人一声“丈母娘”的……

这时候，那个站在台阶下包扎好伤口的头目已经走了过来，他好奇地对着那个戴军帽的小伙儿打量了一阵，这才阴阳怪气地问道：“毛子，你认识这个臭丫头？”

同单位来的几个小伙儿，此前多少都知道这个小名叫“毛子”的同事曾经和公社书记的女儿谈对象的事，便都站在一旁坏坏地笑了。

毛子看着自己头目那严厉的目光，只好无声地点了点头。

这个小头目也不知道哪里来了股精神劲儿，立即就嘎嘎地大笑起来。末了，他指着周围几个手下说：“同志们，照这么说，这个咬人的老母狗怕不是毛子的丈母娘吧？”他这一句十分下流的话语，立即就引起一群坏小子附和地讪笑。

一片哄笑中，他却煞有介事地对着同伙开心地说：“好吧，那么咱们今天就给毛子同志提前闹一次洞房咋样？”

小伙子们一下子都不笑了。

这群小伙儿都是四邻八村出来的农家子弟，多多少少还都知道点村庄里的规矩。接下来，这个院子会出现什么事情，尽管谁都不可预料，他们一个个却明显有点害怕起来。在村庄里长大的小伙儿，对于事物的评判，一直以来都有着他们从小耳濡目染形成的好恶标准。他们知道，今天这个被任丕显从城里给他们请来的头儿，怎么说都是个坏种！在他们这个刚刚学着做人的年纪，他的坏已经几近于禽兽了。

当年，这小子在洽川中学就是个出了名的混世魔王，不说左邻右舍见了都得躲着走，就是家里人也被闹得无计可施，只好把他转到偏僻的向阳公社继续复读。谁知道，到了这个山高皇帝远的地方，这厮更是无法无天，仗着自己父亲是县长，几乎不把任何人放在眼里。男同学谁家背的馍馍白些，他不问东西抢来就吃；哪个班有女同学长得俊俏，他就死皮赖脸地逼着学校把他转到那个班去……在不到一年的时间里，一个班主任被这厮一耳光打落了门齿，还有一个年轻女老师被吓得不敢再来学校上课了。更为可恶的是，一个学习相当不错的女同学为了摆脱他的纠缠，被迫退学回家，随后还背着“小破鞋”的恶名匆匆地被家里嫁到了外地。平时，别说学校拿这个恶少没一点办法，只要不出洽川县，他走到哪里，当地派出所都是睁一只眼闭一只眼。

说出来谁也不会相信，眼前这小伙儿居然是洽川县县长董振堂的大公子董双良。而这个公子哥儿，也正是半阁城村谢佑普的大女儿谢月季的义子。也就是说，他是被谢福鸿拐骗进半阁城、后来被佑普爷送上北山的小姑娘——柳春琴的亲生儿子。无论这个人的父亲是谁，他的身上流淌的绝对都是谢氏祠堂的血……自从去年秋季洽川中学成立那个“井冈山战斗队”，并广泛地在社会上吸纳那些复退军人拉起一支队伍后，这个混世魔王马上从向阳公社跑回县城母校参加了造反队。由于他根红苗正，不久就成了其中声名显赫的小头目。

在全县揪斗董振堂的万人大会上，人们已经领略过这个董大公子的风采。他不但在揪斗大会上带头高呼“打倒大土匪董振堂”的口号，而且亲自组织红卫兵扇亲老子的耳光！眼睁睁看着老爹被打得满脸青肿，他居然站在台上笑吟吟的，毫无一丝怜悯之情……

于是，进村之后，任丕显就特意安排这个“董司令”临时负责搜查分队开展工作。他也想过了，不管这个二愣子在半阁城整出多么大的事情，也完全不用他去操心。

话说，那个叫毛子的小伙儿和董双良上中学时曾经同过班，也知道这个人的那些底细。对方既然已经说出那些话了，肯定是想让自己和这个年轻姑娘当众出这个丑。眼见这一切已无法避免，毛子却把这一腔怨气撒在了多嘴的祝心香身上。

这个时候，有两个不怀好意的家伙已经被头目那“闹房”的主意鼓动得有点跃跃欲试。

只见这个董双良左手从腰间拔出一把美式手枪，指点着那两个家伙说：“去，你们两个先上，把新娘子给咱们先捆好了，然后再让毛子同志当众‘验货’！”

被指派的那两个小伙儿像恶狗听见主子的指令一样，立即就流里流气地扑向了姑娘……

面对这些毫无廉耻的家伙，水仙只顾拼命挣脱着。为了一个姑娘的贞操，她这时本能地已经想到了逃跑。然而，一个弱女子哪会是几个小伙儿的对手？水仙这一挣扎，他们趁机就在姑娘身上乱抓乱摸，水仙立即就哭得撕心裂肺地呼救起来：“妈，救救我！妈——”

姑娘尽管扯命地在那里呼救，这伙人却不为所动。看见猎物已经被手下的喽啰控制住了，董双良又把枪口指向昔日的同窗毛子，并不无戏谑地问：“咋样，新郎官？你小子今天提前开个洋荤，也让这群小子过过眼瘾！咦，咋还不动呢？”

这时候，心香尽管被死死地捆绑着，可听到姑娘的尖声呼救，她即刻便像母兽一般挣扎着前去拼命，身后的那两个小伙儿却死死地拖住她不让她挪动一步。

眼睁睁看着那个叫毛子的小伙儿满脸通红地向她们母女身边怯懦地移动着脚步，心香立即把脸转向这个小伙儿大喊：“毛子，你还是个人吗？水仙娃是你的未婚妻呀！”

董双良不怀好意地眨巴了一下那双小眼睛，对浑身哆嗦的毛子大喝了一声：“听见了没有？丈母娘已经发话了，你小子还磨蹭个啥呀？”

谁知道，董双良的话音未落，毛子突然满脸煞白，怒气冲冲地扑到祝心香面前，几乎不假思索地举起巴掌，对着心香狠狠地扇了下去！

被捆绑着的心香慢慢地瘫软着身子倒了下去，鼻孔里立时就没了气息。站在对面的水仙看到母亲瘫倒在地，嘴里几乎没有力气喊出一声“妈”，就也随之昏迷过去……

这时候，不可思议的事情发生了。

这个貌似木讷的小伙儿，突然发疯般声嘶力竭地对着董双良喝骂了一声：“我日你先人！”说着，顺手抄起了搁在台阶上的一支步枪，直直地冲着姓董的拉动了大栓！

几个同伙一看毛子要犯浑，马上放开两个女人向已经开始发飙的毛子扑了过去……

那支被毛子端着的枪虽然被几双手同时扭住了，黑洞洞的枪口却依然朝着天空“砰”的一声放响了。

院子的老枣树上，几片干枯的叶子受到枪声的震动，无声地飘离枝头，缓慢地落在了母女俩的头发上。距离枣树不远处的猪食盆边，一只觅食的小麻雀被突如其来的枪声惊得飞了起来，却慌不择路地一头撞在山墙的砖棱上。只听“啪”的一声，麻雀像个小沙袋一般掉在了不知生死的一对母女身边。

但见，鸟儿半展着翅膀吃力地站直了小小的身子，嘴里立即沁出一朵殷红的血花……

涝池岸边

第二天清早起来，一夜寒风吹冷了塬头，村头涝池结起了一层新的厚冰。

山里妇女不嫌水凉，白天在冰上凿了圆洞捶洗家里想要漂染的衣服，不多的半池水已经被洗成黑乎乎的颜色了。而那脏乎乎的池水，在夜间结冰的过程中又出奇地得到净化。水面上，那层好看的冰凌，像雪一样洁白无暇。

谢民生在自己家里为生产队饲养着一头老母猪，每天早上，他都要去涝池里那个圆洞挑一担水回去给猪煮食。数九寒天，往日那凿开的洞口在清早都会新结上一层薄冰，需要他用扁担一点点地去敲碎。奇怪的是，今天一大早，那洞口旁边并没有放过水桶的印迹，上边的薄冰却碎了。

他只怕是夜里天气有点回暖，便用扁担试探了一下周围的冰层，感觉冻得还算结实，他这才慢慢地挪动着脚步移到圆洞边上，蹲下身子从身边的水桶里摸起了水瓢。这时，却无意中发现离洞口不远处的冰层下边似乎有一团模糊的东西，隐约中，像谁家女人冲丢的一件衣服。这个爱财不要命的家伙便想捞个便宜，又慢慢地站直身了，小心翼翼地踩着冰面往前走。他发觉那件衣物距离洞口并没有多么远，完全可以用扁担打捞出来。

于是，他反身又拿过扁担，伸进冰窟窿钩捞了一阵子。那团东西没被他钩近洞口，反被钩着翻了个儿。透过厚冰，他感觉那团东西怎么像是一个人。他眼神不好，疑惑地再次仔细端详了一番，这回看得清清楚楚——冰下浮着的确实是一个人！

那人一只手扶着结实的浮冰，隐约露出一张苍白的脸，面对着天空，好像向上苍无言地诉说着自己的冤屈……

看到这一切，这个大男人立时两腿发软。他也不怕踩塌了冰层，连滚带爬地跑到池边。此刻，涝池坡上一双摆放得整整齐齐的女式布鞋映入他的眼帘……他立即就明白过来，村上有人投池了！

大伙儿正准备出门下地，却听见民生跑到巷口大声喊人。那些出门早的立即抄起手里的工具，飞也似的向涝池奔去。砸冰的砸冰，捞人的捞人，不一会儿，死人就被拖出水面。

这时候，人们才看清楚，投池的是高书记的婆娘祝心香！

桃夭急急忙忙去高家南场报信。正在扫院子的水仙，看见她慌慌张张跑进门来却已经惊得不会说话了，一下子就觉得有一股不祥的气息被带进了自家的院子。桃夭几乎是带着哭腔叫了一声“水仙”，就再也不忍开口，只扯住她赶紧就往门外拽……两个人跌跌撞撞跑出巷口，人们已经把心香放在耱地用的枣条耱上抬上了池坡控水……

水仙扑上去只叫了一声“妈——”，便昏死了过去。

直到晌午饭时，运喜被村上派人接了回来。水仙见了父亲又是一阵大哭。运喜还顾不上掉泪，只是不解地问：“你妈一向乐观，她咋能做出这号没有前后的事情来？”

守在丧前的水仙给父亲抽抽搭搭地说出了原委：“……昨天开批斗会来的那几个人，先在家里乱翻，我妈前去跟他们讲理，他们就捆绑了她。他们要侮辱我，有个……人，被我妈认出来了，他，他居然……扇了我妈一巴掌！”

运喜暴跳如雷地问女子：“他是谁？看我不宰了他！”

水仙边哭边说：“还不是供销社陈叔……给咱家介绍的那个……土匪！”

这就是一个女人要结束自己生命的全部理由吗？

长稔塬上，新女婿进了院门，丈母娘的鸡蛋罐罐就遭了殃。这一经提说起来便让人感到温馨的话题，眼下却变成了一个让人不寒而栗的悲怆故事……

面对着这个匪夷所思的场景，运喜啥也没有再说。他一边安排人抽下自家炕头放箱子的架板，招呼匠人给婆娘赶做棺材；一边对挺在炕头相濡以沫的妻子说话，好像心香这阵还能听见自己说话的声音一样。他只哽咽着说了半句话：“仙娃妈，眼下，我只能让你住这副薄棺了……等以后我死了，让娃娃再好好地翻埋咱们一次吧……”

只见他哭声未出，人却一头直挺挺地栽了下去。

然而，还没有等高运喜把妻子亲自送进土里，公社派来的那几个人就推搡着把他押了回去。

第三十六章

响鼓重槌

眼下，谢栓柱虽然已经不是啥村干部了，但长期养成的爱管闲事的习惯一时却还丢不了。一看各队的活路撂了一大摊，他觍着脸逐个上门提醒，几个队已经陆续敲开了钟。然而，六队这阵子却没了队长。舍娃已经公开向社员撂了挑子，表示不想干生产队长这差事了，放话让大家赶紧另选能人。

其实，这一切并非出自他的本意。不是他不想干了，实在是他没脸干了。

去年，六队种西瓜烧砖窑，拖拉机和大胶车得空还跑点小运输，社员一个劳动日值陡然上升为七毛六分钱，抵得上其他队的三个劳动日值。一个社员如果出全勤，一月收入已经接近一个二级工的净落工资了。不说别的，过年时六队社员一家不落地割了肉。有几家分红过百的富裕户，割的还不止二三斤。初一早上，也只有六队巷头的万字头炮仗声响招摇。

今年开春正式搞开运动之后，大队整天组织搞大批判、大游行，这事那事的一大堆，六队在外边没有揽下一分钱活路不说，就是自家地里的庄稼都耽搁了不少。窑场只烧了一窑砖，剩下的泥坯在一场大雨过后全塌了架。老詹留在队上的那台拖拉机放置了一段时间，时常出毛病。加上买不到柴油，甭说跑运输，就是收麦种秋那点犁耧耙耱的小活路，都出不了窝。

舍娃窝在炕头粗略估算，今年全队的劳动日值绝对上不了两毛钱。自己亲手把自己领导的生产队闹成这个样子，他觉得已没法向社员交差了。人活脸，树活皮，既然没那能耐，自己主动辞职总比让别人撵下台的好。同时，在他的内心还窝着一个解不开的疙瘩，一直也无法向人诉说。

只有他清楚，君怀的死，确实是因他这个敞口货在井坊说了那些不该说的话连累的。葬埋君怀那天，他根本就没脸去帮忙，一个人在家里待着想了许多。一个活生生的人，就因为自己那几句不识时务的话语，死了。如果当初自己在井坊不说那些屁话，咋可能惹下这祸端？一个男人，给村庄上造了这么大的孽，还有啥脸面在人前吆五喝六！

舍娃这头一撂挑子，有福先急了。他专门召集六队社员开了两次会，社员两次都给舍娃投了全票。一看大家舍不得让这个人下台，佑普爷舍下老脸亲自上门劝说这厮，不管有啥想法，总得干到来年麦收，并且给大家有个实实在在的说法。半道上撂挑子不干，实在不是地道人能干出的事情……

这次，舍娃让老爷子的那张老脸没挂住，照样捂着被子睡他的大觉，就是不出门敲钟。不过，他人睡在炕头，心里却比谁都焦急。豌豆、麦子如果再不拾掇，过了年前这几天，开春雨水再及时，大减产也是注定了的事情。砖场棚下还有半窑瓦坯没装窑，再不赶紧点火烧瓦，那坯也就只有扔掉的下场。他越想越觉得，别说这队长自己没办法干了，就是做个社员，往后这日子也没法过了！

其他几个队的活路好赖还都慢吞吞地做着。七队只有四头老牛，用人拉着碾子都把麦子压了，六队的活路却摞成了堆。

栓柱看在眼里急在心头，只好亲自找上门去。他虽未被正式打成走资派，可在村上已不能说话拿事了。不过，他还一直在暗地里为大伙儿操着这份心。

舍娃一见栓柱进了门，赶紧起来穿鞋递烟。栓柱也不谝闲话，一点都不客气地问了他一句："你整天给谁要死狗哩？几个队都忙活哩，你到六队的地里看一下，胡基疙瘩[1]比牛头都大，你狗日的还有脸挺你的尸？"

---

① 胡基疙瘩：犁地翻起的土块。

栓柱和舍娃平日关系挺好，他也不计较人家的口气，不紧不慢地说：“好伙计哩，咱还有啥脸当人家那干部嘛！”

栓柱不知道这厮咋在自己面前突然冒出了这句话，依然没有好气地问：“丢啥脸面？你是卖尻子碰见赊账的了？狗日的，全队社员把你当个人看，你就真的以为自己是西天不出的白蘑菇了？离了张屠户，人家也照样不吃带毛猪！”

舍娃抽了一口烟，叹着气说：“唉，好伙计哩，不是兀些事咯。”

栓柱奇怪地问：“那是啥事？”

舍娃平时在栓柱面前也不藏话，鼓了鼓勇气便吞吞吐吐地把自己那些心事全说了出来：“唉，还不是君怀嘛。想起他们父子，伙计的心这阵子就像被针扎一样啊……”

栓柱更加不解地问了一句：“咋啦？他是自作自受，你做了啥对不住世人的事情啦？”

舍娃又狠狠地抽了一口烟，依然心事重重地说：“人不怕身上得病，只怕心里有病。唉，君怀恓惶哩，确实是受了冤枉啦……”

栓柱从来不知道这件事情还有这样的内情在里边，便更加好奇地问：“他冤啥？”

舍娃叹了一口气，接着说：“在井坊，我在他们面前确实是说过那些话，没想到，害得君怀……唉……”

栓柱知道舍娃平时嘴上就没有把门的东西，可他根本没有想到这货还真的在人多之地说了那一河滩坐牢砍头的话。破案那阵子，公安人员也不会让他这个村支书知道他们把人绑在老虎凳上灌生辣椒水的那些事情，他当然也一直不明白君怀后来为啥乖乖地认了那一摊烂账。不过，现在看舍娃这厮心里头搁不住事的样子，便不免有点担心起来。

当初，老詹的出逃还牵扯着这个货呢。当时，他也是多了个心眼。老詹平时放羊都是在村东那些沟壑里转悠，去火车站白天走大路还好说，夜里背过人抄沟边小路，他实在担心老詹黑灯瞎火地跑错了方向。万一掉到沟里，那更是个事，只好安排舍娃这个胆子大的专程陪送了一程。

想到这里，他便开导舍娃说："事情已经到了这一步，你难受啥？话说回来，君怀这老小子再胆小，也不该三番五次乱写材料告黑状吧？你可能还不知道，你那天撵到家里打了他一顿，君怀还写了一封同样内容的亲笔信亲自递到了县上……那要是上次把你弄进看守所，还不是和他一样的结果？"

舍娃无可奈何地说："是哟。你说这世道咋成了这个样子？戏上还有《斩皇袍》这一折儿，老百姓咋就不能在井坊炕头说几句打哈哈的话呢？运喜那么尽职尽责的人，一句话就让人不声不响地把官职撤了，还被打成走资派了；你呢，撅着尻子给大伙儿拉了多年套，却被闹了个'牛鬼蛇神'！我要是再当几天队长，说不定也弄个没名堂的帽子自己给自己扣着。伙计真的不想干了，委实也端不起人家这大老碗了。这一年，我把一辈子的事都经历了。想来想去，好死不如赖活着，当这破队长我他妈的真是闲得没尿事干了！"

一听他这话，栓柱更加没好气地问他："你狗日的是今夜一头睡下去就能死，还是明早一起来就断气？耽误了生产，等这运动一过，大家找你算后账时，我看你给社员咋交代！耽搁了麦子，明年的公购任务咋办？社员的口粮咋办？这些大事你考虑过没有？"

一看舍娃不再还嘴，他又换了一种口气接着说："我告诉你，人家高书记是正儿八经的国家干部，就眼下这个运动，我看也闹腾得差不多了。我就不信，这伙人还能把整人当饭吃？你好好掂量一下，全队人的性命要紧，还是你这个值不了几个小钱的脸面要紧？伙计，甭再叫死去的人把你的魂牵了。一个人该死到揭锅舀饭时，他娃就活不到拿筷子端碗时，这就是一个人的命喀！"

栓柱说了大半天，舍娃那眼皮连抬也不抬一下。

栓柱有点不放心地又说："我给你再安顿一下，老詹的事只有几个人知底。栓牢是我的兄弟，麦秀是他的婆娘，他们我都放心得下。只有你个敞口货，一定要把你这臭嘴闭紧点，万万不能透一点口风！不管咋说，这是我在祠堂听了中央领导亲口交代的事，过上多少年这事都能搁得住喀。老詹绝对不是特务，这一点你放心。这几天，我这两只眼一直在不停地跳，你小子可千万别在外边再胡说这事，上边还在追查哩！”说完，他这才像办了一桩大事般出了门。

栓柱前脚刚出门，舍娃便躺不住了。

没等栓柱迈进自家门槛，舍娃就从家里窗台上摸起那把专门用来敲钟的小铁锤，出了门便把六队官树上那口钟催命似的敲了起来。完了，站在树下犹如往常一般，一开口便可着他那叫驴嗓子破口大骂起来：“都他妈趴在窝里孵蛋吗？等着老鸹给你们往嘴里拉上一摊，就能把一个个小肚子填饱了？”

社员们知道他这厚脸皮算是又干上队长了，一窝蜂都出门来领了活路。说到这点，舍娃这厮脸皮子也厚实，并不需要给大家详说自己为啥又干上队长了，分派完活路，他这才喊住麦秀，恶声恶气地给她交代说：“你再叫上几个女的去窑场收棉秆，让她们擦整齐了，谁拿回去一根都不要记工分！”

麦秀当然知道队长这话是说给大家听哩，便也没有计较他的态度。再说，这些轻省一点的活路，队长每每都忘记不了分派给她。为此，那些女社员也不多舌。因为她们知道，这是人家有本事的男人给自己婆娘在村庄挣下的脸面。

棉秆背回来还得半晌，麦秀便回去拿了锨去铲窑场满地乱丢的砖块。一秋一冬，砖窑无人打扫，做坯子的场子已经乱得像一个大杂院……

井殇

清晨，早起溜索绞水的舍娃发觉老井坊的井索被人一头拴在井辘轳上，一头已经放进了井口。他以为有人提前溜了索，傻傻地等了一阵。不一阵儿工夫，已经来了不少排队绞水的人，却没见有人担大水桶来招呼。几个人又等了一阵，还是没人来承头。于是，他让几个人在索头系了木桶放下去使劲绞开了。

只绞了几圈，几个人都觉得井里的东西似乎比往常一桶水重了许多。未儿，井索一飘，那头拴着的东西突然脱掉了！接着，井口便传出扑通的一声。井坊的人就开始有点狐疑，井索那头拴着的东西肯定比水桶要大得多，究竟会是啥东西呢？

老井坊的井口是锁过石口的。上水口和下索口是一大一小两个相连的宝葫芦状窟窿，中间只有一拃宽点的交索道。即使相对大点的上水口，也仅仅勉强可以放进一只梢桶。下索口就小得多了，几乎只有一张煎饼大小。这个设计，完全是为井上人的安全着想。大冬天里，生硬的牛皮井索在井辘轳上容易打滑，摘索人非得使劲扯住井索往下用力，万一上水这头的井索打滑或闪断，也不至于把摘索的人拖进井中。平时，人们担心家禽活物掉进井，绞完水之后上水口都是用老树根旋割的木头疙瘩塞着的，一般小孩也不容易搬动。就是这样，井里仍然时常会掉进些小猪小狗而需要人下井打捞。于是，长稔塬便一直有人从事着“淘井”捞东西这个职业。

这阵子，几个人也不再去猜想，千辛万苦地把井索绞上来，却发现索头上打了个死结，狗屁东西都没拴！大伙儿虽多有疑虑，却也没有往别处去想，依然拴了梢桶绞起水来。

到了中午饭时，死鬼君怀的老婆忧心忡忡地跑到有福家，着急地给他报告说她家那疯儿子已经有两天找不见人影了。老婆子这头刚出门，坐在有福家说闲话的栓牢突然不肯定地提醒他说，早上从老井坊担回去的水里似乎有些细细的血丝……

这阵子，人们还都在排队绞水。听到栓牢传来武印“失踪”这个信息，谁也没有说出口，却都心照不宣地倒吸了一口凉气。

会下井捞东西的谢增田，没让人去叫已经闻风而至。他趴在井口用两面镜子往下打着光，最后只说了半句话：“恐怕是的……”

舍娃一听增田这句隐讳的话语，觉得这次掉下井的东西肯定是个大物件。不过，不管是啥东西，总得捞上来再说。于是，他就安排几个年轻人去抬其他井上的索绳。

吃水井里掉下去了脏东西，这是一件很大的事情。不一会儿，前后两巷在家的大小伙儿全来了。增田这阵子已经系好骑马扣，绑好腰绳，让人先把身旁那根悠索往井口里放。

捞东西时井上至少需要三根井索。一根绑捞东西的人，一根绑掉下井的东西，还有一根悬在井中作“悠索”，为淘井人加一根保险绳。一个人要比一木桶水重得多，来不得半点马虎。即使是经常使用的好井索，都要让老年人一个节头一个节头再检查一遍。

结果，三盘索只有两盘还凑合。急着要下井的增田安顿说：“有两盘就放两盘。如果井下有东西，我把东西拴在悠索上，先吊我上来，再绞下边的东西……”

舍娃马上给坐在井口上的增田交代说：“井里至少有七个梢桶掉下去了，下一次人不容易，你在下边多耽搁一会儿，最好把那些桶都挂上来……”

增田没好气地戗了他一句：“这阵子，你说的是个锤子话，先捞人！”

一看平日说话温和的增田这么讲话，舍娃立即就感到，井下可能真是个人！

这时候，佑普爷点了三炷香插在井坊神龛前那个碗里，算是敬了井神。又从怀里掏出一瓶白酒让增田喝了一口，这才对大家说：“不管井下有啥没有，这回增田下井，四、六两队每户送一个鸡蛋；这瓶酒嘛，算我的。增田，你看这样安排咋样？”

增田二话没说，把两只脚伸进井口，招呼了一声：“放吧……”

人，一点一点被放下去了。

井上的人这阵谁也不敢多说一句话。直到觉得放下井的增田已经安全地到了井底，井上的人才互相用眼神交换着停止了放索，静心地等待井中那根悠索被下边的人摇动。

约莫过了几分钟，增田在下边喊了一声，佑普爷马上叫人用镜子往下打光。又过去一两分钟，一直静止不动的悠索终于被下边的增田摇动了。井上的人立即紧张起来，舍娃指挥着几个人慢慢地绞动了井辘轳。

负重的井辘轳不能猛提重压，一直要慢悠悠地匀速绞动，只有这样才不至于因用力过猛而闪断了井索。绞水时，是一只桶上一只桶下，两只水桶过半时只留辘里一个人就行了。捞人却是要几个人一直匀速出力，直到将人慢慢绞出井口。

突然，在绞起井下活人那根索约莫刚有几丈高时，掌辘的舍娃觉得井索隐约作响，没等他说出一声“不好”，井索便轻飘飘地一闪，人们不愿见到的事情还是发生了：索断了！

接着，只听井里传来“扑通”的一声，井上的人马上知道这下可闯下大祸了！先绞的是活人，也不知道离开水面有几丈？断索又是从哪一段断头的？如果靠近井上，上百斤重的断索下去会不会将离开水面的大活人又一次砸进水里去？

舍娃急了，立即趴到井口朝下大喊：“增田，增田——”大半天，下边一点回音也没有！

佑普爷赶紧吩咐人去抬一队的新井索。

舍娃听见下边没回应，着急地说：“赶快把悠索绞上来放我下去，不知增田是不是呛水了？”

佑普爷立即就呵斥道：“慌啥哩！悠索上拴着东西，这阵子能动吗？”

这时，隐约听见从井下传来一阵回声，舍娃赶紧再次俯下身子对井下又喊：“增田，增田——你没事吧？”

老半天，井下传上来一阵嗡嗡声。由于井太深了，一点都听不清楚。一听有人声，井坊里的气氛立时松弛下来。

几个小伙儿抬着较远的一队的那盘新索几乎是一路跑了过来。

佑普爷一节一节精心地检查了那些索头，又麻利地接上了“骑马套”，立即安顿小伙子们放下井去。

不一会儿，从井口终于绞上来了浑身是水的谢增田。

可能是腰被摔坏了，他脸色苍白，两腿悬在井口里坐着，人是一步路都不能走了。他坐在那里喘了几口气，面对一双双焦急的目光，只喃喃地说了两个字：“武印……”说完，没要人搀扶，自己慢慢爬着挪离了井口。

井上的人几乎一齐张大了嘴巴。村庄上少见的横事，居然真的让他们遭遇到了！这种惊愕只保持了短短的几秒钟，有人这才想到增田这个大活人刚才已经在死路上走了一遭，连忙七手八脚地把他扶到火堆跟前，一边用热酒给他擦身，一边帮他揉腰。其余的人在舍娃的指挥下，轮番换手又开始慢慢地绞悠索。

约莫一袋烟的工夫，死人终于大头朝下被绞上了井。

……

这是近百年来老井坊发生的第一宗成功了的投井事件。一个疯子，用他异于常人的思维，终于把自己的离世和这口神圣的老井紧紧地联系在了一起，让子孙后世看见这口井，便能记起村庄上一个叫谢武印的人……

原来，批斗运喜那天，在大会开到关键时候，这个疯子突然闯进会场大呼小叫起来，公社那帮人不问东西，拿起枪托就狠狠地揍了小伙儿一顿。他那胆小怕事的老娘，回到家里气得卧病在床，两天都没有烧火做饭。武印虽长时间都处于疯癫状态，但最严重的那两天一旦过去，也有稍微清醒一点的时候。事后，他也明白，他喊的那些口号内容，不但差点给自己惹下杀身之祸，闹得老娘也惶惶不可终日。眼下，老爹死了，媳妇走了，老娘最钟爱的小孙子也被媳妇带去了外婆家。家里除过自己不时地闹点声响，平时几乎没有了一点人声。老娘一病不起，缸里的水也舀不出来半瓢……他突然觉得，眼前这个世界也没有他留恋的必要了。于是，在荒野里游荡了一天两夜后，他回到了生他养他的村庄里，借着月光往自己脖子上系好了井绳……

一个人用投井结束自己的生命，怎么说也不是一个体面的选择。可看到眼前的这一切，大伙儿都默默无语。按照常理分析，这个疯子在离开这个世界前，还是做了冷静的思考。他自以为系好绳索投井，并不需要麻烦大伙儿下井就能被人轻省地绞上来。可他那未经内行指拨的绳结，导致自己在坠入井中和井壁反复相撞的时候，早已被那些锋利的石碴磕碎了头盖骨，当井上的人们拽他第一次起水时，绳索便从他那脖子上滑过，被磕碎的头颅滑脱了……

增田小声告诉大家说，武印的裤子早被石碴挂得遮不住身子了，上井时这件裤子，还是他在井下脱了自己的一条单罩裤给他换上的……这番话，也应验了老辈人遗留下的传说：人死在水里，捞起时都会赤身裸体。因为，无论一个人来到阳世受过多么大的羞辱，水神都会在其死后替他拂净附着在身上的尘埃……

第三十七章

日子（村庄的秘密之六）

光阴，并不会因为村庄上横死个人就停止向前。

四队和六队的社员不分白天黑夜地淘了七天井，直到把全部井水淘干后，又把井底那些沾有血腥的烂泥铲上来十几大车。等到泛出新水，又反复绞干了几回。即使这样，人们还是不忍心再吃那依然遗留着同类血液的井水。两个队只好轮番派工，一天天绞着不断泛出的井水饮牛，一直折腾到腊月二十三。

这个日子是村民们十分讲究的小年。为了祈求来年人畜和顺，家家户户这天早上都要包糖包子送灶神爷回天宫去“言好事”。即使在艰难的日子里，祖宗遗留下来的这些繁缛的节日习俗，还在不时地打搅着他们的日子，并不时地提醒着他们，再苦再累，嚼碎牙齿都应当快快活活地过个新年。

可是，当他们拿着积攒的白糖供应票挤近代销点的柜台时，那原本十分金贵的票证眼下却已经变成了一沓废纸。供销社入冬就断了绵糖供应，只陈列着一纸箱当地用红薯当原料土法熬制的“水果糖”。拿着糖票的窦桃夭只好买了一大包红薯糖，回去后放在案板上捣碎后搅了点苞谷面做馅，一屉蒸了二十多个糖包子用以祭灶。

民生下工回来，却根本没心思吃那包子，吊着脸扯开被子睡了。桃夭也没理他，手忙脚乱地给放学回来的瑶瑶拿了包子，让娃娃先吃。自己裹了几个想给采蘩送去，让她也尝尝新鲜。

民生看媳妇揣着包子要出门，跳下炕头，不由分说便从她手里抢过包子一把掼在地上。几个包子骨碌碌地乱滚一气，他居然还不解恨地追着踩了几脚。眼见两个包子就像两坨狗屎，扁扁地贴在了地上，他才坐在炕沿上气哼哼地破口大骂起来。女人家倒是能忍，桃夭知道自家男人那病在啥地方害着，只默默地拾起几个尚能下口的包子用手帕擦着上边的泥土，一句也没还嘴。

瑶瑶娃却被吓得在一旁小声啜泣。民生依然气势汹汹地大声嚷嚷："吃了不算还往外送！这是过日子哩还是羞先人哩？"

桃夭一动不动地站在那里，看男人火气愈来愈大了，便平静地说："你今日进门这是咋啦？年都过不成咧！你说，是不是成心想撵我母女回娘家过这个年去？"

民生也不知道哪里来的那么大火气，抓起案板上的一摞碗"啪嚓"一声掼在地上，嘴里依然怒吼着说："你试火到娘家去！你想把我的家当全给你娘家顺去，然后再和我离婚是不是？"

一看自己从娘家陪来的一摞青花细瓷碗转眼成了碎片，桃夭没好气地说："摔嘛，再摔嘛！你看还有啥家当？要不是我拉来这张桌子，全家吃饭都只能在地上蹲着，你也拿斧子一起劈了！"

民生听她这么一说更火了，恶声恶气地说："哟，这阵子嫌我穷了？你娘家富又咋了？还不是个被人揪斗挨打的黑五类！我知道你当了几天妇女干部心高得已经能挑旌旗了……"

桃夭确实没心思再和他吵架，一屁股坐在凳子上一边哄瑶瑶吃饭，一边在那里暗自伤神。

瑶瑶一看两个大人不吵了，一双大眼睛却在两个人之间滴溜乱转。桃夭这时才想起来，今日学生娃娃要放寒假，瑶瑶去时还得交开春的定书钱。

看当家的那副凶神恶煞的样子，桃夭一时也没法吭气。瑶瑶毕竟还不太懂事，一直磨磨蹭蹭不肯出门，缠着她小声央求道："老师说，二年级交六毛钱，今日不交就不给发通知书……"

姑娘这话却让民生听见了，他立即又像被人踩了尾巴似的大声呵斥孩子：“没钱！你跟你们高老师说，咱不念他兀个屎书了！”

桃夭一见男人把火气发到了娃身上，这才大声地回敬他：“你给娃当大哩，你看这像是当大的人应该给下辈说的话？”

民生这阵子也顾不了平日那个大面子，回骂道：“我还给人当大哩，你看我这副样子像个人吗？日他妈，养只老母鸡还下蛋哩，我这哪像给人当大的样子！”

桃夭却无话可说了。这对夫妻，一天到晚就是这样，经常把拌嘴吵架当吃甜饭，闹得四邻都习惯了。可是，谁也不知道，两口子有个秘密一直无法向世人学说。同时，这也是一桩被夫妻二人隐匿得相当严实的村庄隐秘。

还在两个人刚结婚那阵子，村上就已风传这对苦命的人儿可能从来都没行过炕头上的夫妻之礼。事实也当真如此。为了遮人耳目，平日里两个人依然认真地演绎着这一段当代孽缘。在那个新婚之夜，民生这个可怜的男人面对羞涩地依偎在自己身旁如花似玉的妻子，幸福得长喘着粗气，但在言语和行动上却几乎无动于衷。有过一次婚姻经历的桃夭，开始还以为自己再嫁的这个男人可能由于太过于本分，所以完全不谙男女大礼的路数，便没有在意。熬过了最初那几天，在男人慢吞吞似有动静的那个夜晚，她鼓励着，丈夫却灰溜溜地做了逃兵，推开缠着自己的妻子跳下炕沿，圪蹴在地上吸了一袋烟。当他再次上炕来，不知其中隐情的新娘子又一次钻进了他的被窝。民生却借口自己太累，坚决地推辞着说：“不要了，不要了，睡觉吧……”

当天晚上，桃夭已没了新媳妇的羞怯，抚摸着身边的丈夫，祈盼他出现回应。然而，身边的丈夫被她得热情抚摸又一次感动得不知如何是好，只得紧紧地抱着她，不一小会儿，居然昏昏沉沉打起了小鼾。桃夭心里十分清楚，嫁鸡随鸡，嫁狗随狗，睡在自己身边的这个男人再窝囊，也是自己日后要依靠的丈夫。她有义务让他知道世间男女的那一切。然而，当她摸索到那个男人与生俱来的生命之根时，她却惊呆了……这个和她同床共枕了几夜的丈夫，不说浑身没有一丝结实的肌肉，甚至没有那硕大的睾丸、浓密的阴毛，“牛儿”也如同幼童般细小且带有残缺，整个隐私部位只有一片松弛的皮肤皱褶！这个有过一次婚姻经历的女子，几乎被惊得昏厥过去。

她不知道这是为什么，也不好去打问别人。从此以后，每当身边这个男人靠近她的身体，甚或运用暴力要求和她一起“造娃”的那个时刻，这个不幸的女人都觉得像在死路上走过一回般惊惧。她不知背地里为此哭过多少回了，却一次次选择了忍受。离婚吧，一个女人，为了和男人炕头上的这个事情，真的闹到公社又如何开口？即使找个其他理由闹死闹活真的把婚离了，谁又愿意收留她这个家庭成分不好、又离过两回婚的“克夫”女人？正是因为嫁给了这个男人，她才能在半阁城安身立命，还被女人们敬重地推举为她们的妇女队长，并入了团，担任了团支部书记……一想起回到娘家的那一段日月，她便横下一条心，准备就这么熬过后半辈子那些漫漫长夜。

家里只有一孔土窑，两个人根本无法分炕，她硬是缠着娘家兄弟抽空打胡基买椽条，凑合着先盖了一间做饭屋；靠着锅台，勉强盘起了一个小土炕。在这个小土炕上，正值青春的她，一夜一夜浑身颤抖地搂抱着自己的心肝女儿泪流满面。在清醒的现实世界，她失却了女人常常希冀的那种如饥似渴的异性爱抚，却不得不在众人面前强装出一副幸福美满的神情。一个二十多岁的女子，就这样走上了自己选定的这条充满荆棘的难言之路。

后来，被媳妇冷落了一段时间的民生，却无端地窝了一肚子火。平日里，每每自家媳妇的人样被旁人夸赞时，这个男人也从对方那称羡的口吻里感到一种自豪。甚至，对他们那些十分下流的话语，亦充满不屑。不过，他也会骄傲地谦逊一番。女人嘛，长得那么漂亮委实没多大用处，吹了灯还不是一样搂着睡觉嘛。至于两个人时不时地闹的那些别扭，他一概认为都是桃夭嫌弃自己太窝囊而引起的。至于两口子干不干炕头上那些事情，他倒不怎么在乎。不过，媳妇进门两三年来，却没能为他增添一男半女的事实，已经让他觉得无法在整个村庄的男人面前抬头。尽管桃夭不止一次认真地跟他说过，炕头上的男女之事，根本就不是他想得那么简单，他却固执地认为，这完全是女人的托词。

昨晚，他在外边不知听信了哪个高人的指点，早早回家来赖在桃夭的炕头，兴冲冲地纠缠着非得要和媳妇干那事。桃夭只怕吓着了已经熟睡的孩子，只好被裹胁着去了男人单住的土窑……

这回，民生一反往常那种莽撞。他坐在炕头上，自个儿皱着眉头硬是生吃了一根大葱，这才从炕头柜里摸出一瓶子烈酒“咕咚咕咚”喝了几口。就在桃夭看着男人认真地做着这一切“前奏”而禁不住瑟瑟发抖的时候，不常喝酒的民生却被喝下肚的烈酒刺激得哇哇大吐起来……

酒壮怂人胆，这话一点都不假。尽管眼前这个男人东倒西歪地已不能控制自己，却仍然没有忘记拉住自己的老婆继续着往她肚子里“种”儿子的正事。尽管他呕吐得满脸污垢，但还是有力气摁倒自己的女人，一把扯下她的短裤，骑上去就是一通胡折腾……

开始，桃夭还反抗着不让他近身，不一会儿便被撕扯得昏死了过去。男人一看自己这么卖力地使劲，女人却在那里故意给自己装死，平日那一肚子邪火又冒了出来。他越想越生气，起身拽起身下的女人又踏又掼，结结实实地暴打了一番。这次，桃夭没有哭喊。男人那一阵粗暴的殴打，对于已经出现幻觉的她，像被人陡然注射了一支强心剂。随着丈夫手中那根皮带上下飞舞，这个半死的女人心底里居然慢慢地升腾起了一股她曾经历过的男女交合时才有的那种强烈的快感！当她清醒过来时，尽管浑身皮肉钻心的疼痛，那种祈求留住那种快感的欲望却更加强烈。她没有责怪自己男人一句，只是可怜兮兮地祈求着让丈夫再打她几下。望着桃夭那痴迷的眼神，民生愈发怒不可遏，放下皮带就抄起炕边的火棍儿，狠狠地一下又一下打了下去……

这个可怜的女人，默默地聆听着棍棒落在自己胴体上啪啪作响，脸上却流露着难以言说的慰藉……

作为一个女人，她在祠堂大厅被那个姓邢的摁在柴堆上的那一刻，久违的女儿情差点让她依了他。至少，那个恶棍还是个实实在在的赳赳雄性。他那根裸露在灯光下硕壮的阳物，时常充斥着她的梦境……在处于性饥渴的日子里，她把村上那些她看得上眼、看不上眼的男人齐齐地都梦过一遍。

最终，在她的心底里，只对谢有福充满了纯真的爱慕。

正是这个男人保全了她的贞洁。后来，她时时又幽幽地恨过这个多事的男人。那天晚上，她久久不愿开启自家的门锁，臆想着有福如果有贼胆要她，她真会把自己立即给了他……后来，那个老不死的谢德懋来了，有福居然怏怏地走了。那晚回到她和女儿栖身的小炕，她做了一夜噩梦。先是被一群贼人追杀，后又掉进一个大蛇坑里。她紧紧地抓着一条向她体内蠕动的粗壮大蛇，心里又惊又怕，激越地一次次经历着刻骨铭心的人兽之交……

这个梦境，她已不是第一次经历了。

……

民生这阵子躺在那里依然生着闷气。看见瑶瑶站着不走，男人心头那点天性使他的心肠一下子又软了下来。只见他从口袋里摸摸索索地掏出几张毛毛钱，一张一张地数了一遍，凑够六角钱后示意让娃接住。

瑶瑶犟着不接，他又添了两毛说："去，这两毛给我娃买糖吃去……"瑶瑶这才破涕为笑地接了钱，一蹦一跳地上学去了。

看到这情景，桃夭的脸上便流淌出两股泪水。她心里知道，即使两个人之间再不愉快，民生却从来不会把气撒到她带来的这个女儿身上。也许，他还存有一点男人的天性。每次赶集上会，他一整天都舍不得给自己买一碗五分钱的凉粉，啃几口干馍馍便算是一餐，却每每忘不了给女儿买点吃的、耍的。村里人都说民生人懒，但自从有了这个家，他不但不懒，还过分勤快。一个冬天，他没有让桃夭缺过烧炕的柴火，家里的水缸啥时候都是满满的。下雪天，他早早地起来帮女人扫雪铲院，还抽空扫了几大车羊粪，把自留地那点庄稼伺候得比谁家的都好。

想到这里，桃夭突然有了一个奇异的想法，如果自己能给丈夫生个一男半女，让他从心理上拥有自己的"亲子"，或许也是拯救一个灵魂的好办法。

瑶瑶出了门，她这才鼓着勇气对还窝在炕头上的丈夫开口说："唉，咱们俩这辈子注定不会有自己的孩子了，这是真的。我跟你说过多少遍了，你就是不信喀。从心底里讲，我确实想给你生个儿子。这样下去也不是个办法。如果你真的想要……那只有想别的法子了……”

民生抬起头看了她一眼，立即就接过她那话茬：“我知道你看不上我这个人，根本就没心思跟我好好过日子喀。照你说的，你和别的男人眉来眼去生一个，还想让我给你们养着是不？”

桃夭叹了一口气，惆怅地说：“也只有这一条路了。”

民生强压着一肚子怒火，口气却十分平静地回了她一句说：“我知道，你能说出，就能做出。我给你把话撂这里，谁敢给我门里下个野种，我叫他一家子都不得活命！”

桃夭问：“你真的逼我走呀？”

民生没好气地丢了一句：“你整天就这句话。要走你走，我不拦你，一个人哪儿有这些气受！你说，几时去公社离婚？”

桃夭却哑口无言了。

民生见她不说话，一个人在那里自言自语：“我大就我一个儿子，老妈又死得早。我大临终都闭不上眼，拉住我的手不肯放开……可旧社会那日子，咱穷人又咋顾得上这事呢。父子俩种着财东家十一亩薄地，年年糊不住个口，我都十多岁的人了还没穿过一双新鞋。东家要一双旧的，西家提一只烂的，没有一只能提起鞋帮，穿上咋能好好走路！你嫌我老是穿着新鞋不提帮趿着走，你哪儿知道我穿新鞋就不会迈脚呢！实指望你进了门，一家人红红火火地过日子，好歹也算对得起祖宗。唉，一天到晚吵吵闹闹，这还像个家吗？我问你，你还有啥不知足的呢？我不就是日子穷点、人长得寒碜点吗？既然你已经说出口要走，我只能怪老天不睁眼，鼓再大的心劲又有啥用。命中有半斤，不要求七两，这就是我谢民生的命喀……”

桃夭没有说话，她知道说得再多也没有用处。男人什么都明白，就是不明白他的病。

第三十八章

灵异

山外的世事已经变得失去了常性。大山里边，亦开始慢慢地显现着一些老几辈人都没有经见过的古怪事情。

谢氏祠堂门前的檐墙两厢的花棱墙壁上，原来画着孙膑和庞涓一对门神。土改时，那两厢门神被抹成两方用来书写标语的黑色墙报。到了“大跃进”那些年，那墙报又被工作队员画上了拿着锤子的工人和抱着稻谷的农民。随着日晒雨淋，那些图像渐渐褪去了鲜艳的颜色，已经变得斑驳一片。这天一夜之间，那墙壁又换了个新模样。

右边那块墙被刷了一层鲜红的底漆，套着黄色写了一段毛主席的“最新指示”；左边那方墙上边被人精心地喷绘上了一轮喷薄而出的红太阳，太阳下边，用黄色套着一座天安门城楼，簇拥着一片向日葵。繁花之间，“请示台”三个碗大的美术字让人立即感到十分诧异！

这是谢有福主任去公社参加了一天现场会，按照上级安排，原样为半阁城照搬来的新鲜事物。用他的话说，从今以后，干活出工都得先在“请示台”前给老人家请示一下。眼下，最紧要的事情是得组织部分积极分子赶快学会跳“忠字舞”，为各队培养几个“领诵员”。

听说上工前还要唱一阵歌，拍着巴掌跳一通舞，几个热衷耍社火扭秧歌的女社员便心热得不行。六队的“酸辣子”刘冬花本来就是个人来疯，一听说要挑人学跳舞，她也不问那舞好不好跳，便自告奋勇报了名。可是，她虽然平时能扭几下秧歌，跳现代舞却把她难住了。别人学会的时间晚点不要紧，她却得笨鸟先飞。

早上一收工，儿子驴驴已经放学，她也不说赶紧给一家人做饭，却拉住儿子让给她单独教练了一番。学生娃娃软胳膊软腿的，在学校早已学会那段动作简单的忠字舞。母子俩两遍三遍还不行，又来了第四遍。两个人在自家院子里像驴跑圈一般闹腾了个不歇气，家里养的那只正孵蛋的老母鸡，看见一大一小两个主人不住地跺着脚、扬着一双手在那里做着驱赶它们的动作，吓得夹住屁眼里的蛋就是不敢进蛋窝！

母子俩扭得正欢，女儿圆圆一个人在房子独自玩耍时，不小心碰倒了暖瓶，立时被烫得吱哇乱叫。

狗剩刚刚下工进门，一听心肝宝贝在房子里嘶声哭叫，丢下铁锨就疾步冲了进去……好在他家那暖瓶不咋保温，孩子并无大碍。可是，狗剩依然抱起丫头冲着婆娘生气地喝骂起来："耶，耶，跳嘛跳嘛，别把一个个胯骨轴子扭折了！整天放着正事不干，活像老母狗发情似的扭那尻子能顶个屎用！"

"酸辣子"被男人骂得不耐烦了，她一边从男人怀里接过女儿，一边手忙脚乱地给娃脚上抹了油，嘴里依然没好气地说："你懂个屁，明天你学不会就别挣人家那工分！"

她看见男人听到她这话之后，突然怔在那儿，口气也就比刚才缓和了一点说："人家满村社员都学哩，就剩你一个瓜娃还傻愣着哩！日后出工先'请示'，完了才派工，回来还得'汇报'一次，哪个人学不会都不行哩……"

狗剩一听媳妇这话，奇怪地问："给谁'请示'哩？"

"酸辣子"说："肯定是给队长请哩！"

狗剩一想，这狗日的舍娃睡了几天咋就闷出了这么个花花点子？他忙又问老婆："那回来又给谁汇报？"

"酸辣子"十分肯定地说："给记工员汇报哩，那还能给你汇报？"

没想到，第二天大队广播通知说，为了让广大人民群众过一个有意义的革命化春节，向阳公社革委会决定在半阁城试点搞“早请示，晚汇报”辅导演示现场会，并要求各个大队必须把推广这项活动当成一项政治任务来完成。

已经有过一次在大队挨训经历的谢狗剩，一回到家就关起门来先把婆娘指责了一顿。他俨然一副经见过世面的派头，小声教训婆娘说：“以后，没弄清事情的底细，就先别张口胡咧咧！人家明明是给毛主席他老人家请示汇报哩，你听了大半晌咋回来跟我说是给舍娃请示哩？幸好你是跟自家男人说错了话，在外边说让人知道了咋得了？有良心的说你妇道人家理不清个世事，碰上个瞎锤子货说你把毛主席不当回事，谢君怀一家就是样子！”

冬花立即被他吓出一身冷汗，埋怨道：“关我啥事？有福兀个货也不给人说清楚，差点叫人惹下一世界大乱子！”

然而，即使全村社员还不能适应上工前后站在祠堂前做那“请示”和“汇报”，力求他们做到歌舞整齐划一的标准仍远远未达到舞蹈的规范要求，公社的正式通知还是跟屁股就下来了。大年初一早上，全公社各个大队派代表来观摩半阁城全体社员的“早请示”活动，中午安排在村上吃年饭；晚上组织观摩“晚汇报”后，公社“毛泽东思想文艺宣传队”还要送戏进村，让广大的贫下中农过一个真正有意义的革命化春节。

整天窝在饲养室喂牛的佑普爷，听说村上搞的这个让人对着墙向毛主席“祷告”的古怪事情居然还惹得公社要来村里吃大户，这才觉得内心有些愤懑。几天来，老汉倒是在心里一直嘀咕，毛主席他老人家每天不知要忙多少世界大事，哪里还有时间去听一个生产队关于劁猪、阉牛、给母驴配种那些事的请示汇报呢？再则，一群人站在半阁城的沟沿上可着驴嗓子号叫，他老人家能听见吗？即使退一万步说，就算主席戴着无线电能听见，这帮人的那口半吊子“普通话”，他老人家能听懂吗？想到这里，老汉便坐不住了。

村上以前倒是有人敬过狐仙，那也不过是几个老婆子在那儿折腾。眼下，老人家还活得好好儿的，这些人却低着头给他祷告，这不是折老人家的寿吗？更让他生气的是，让四类分子到大队门口每天领个事他都没啥意见，还非得把在家赋闲的高运喜也算上充数，这到底是谁想出的花花点子？

饮完牲口，他正好碰见有福从巷口走过去，便大声叫道："毛蛋，你过来！"

"毛蛋"是有福的小名。自从当上了革委会主任，除过几个年岁大的老辈人外，全村一般还没人敢这么叫。一听老爷子喊他，有福忙转身屁颠屁颠地小跑过来问："爷，叫我咋哩？"老爷子没好气地丢了一句："给你小子发洋糖哩！"

有福一怔，马上就知道肯定是谁把这老爷子惹下了，站在一旁只傻傻地笑着，等人家的回话。

老爷子一看这厮洗耳恭听的样子，便也不拐弯，直戳戳地问："这'早请示'是谁出的主意？"

有福忙认真回答："这，这……我也说不清。不过，这恐怕还不是公社那几个人想下的，可能全国都叫搞哩！"

老爷子却又问了一句："叫高书记和四类分子一起'请示'，这也是全国叫闹的？"

有福忙解释说："好我的爷哩，四类分子那叫'请罪'，社员群众才叫'请示'，这是两码事，咋能羊肉、猪肉一锅煮嘛。再说，谁倒是敢把高书记归到四类分子里边？我已经跟他解释过，这是公社电话反复交代过的。初一那天让他装一回样子，那拨白日鬼一走，以后就不再安排他去了。谁知道，今天一大早他自己积极地提前跑去演练了，我也是才听人说的！"

佑普爷知道有福不会诓他，这些话可能都是真的。他不再说"请示"的事情，只冷冷地对他说："大年初一是啥日子？你让他一个高氏后人站在谢氏祠堂门前请罪合适吗？你等着，大年初一我也给列祖列宗去请个罪，只是祠堂门前不准站高运喜这个外姓人！你看咋收场？就这个事，也算我这个'革命群众'向你这个'革命干部'请过这个'示'了咯。"

有福一听老爷子这番话，马上感觉坏菜了。

老汉一辈子都是这个咬住猪屁子白蒸馍也不换口的杠脾性，说出口的话谁又能让他改了？他想了想，不如冒一回挨耳光的风险，亲口给老爷子把这件事情的枝枝蔓蔓说清楚。于是，他小着声不无商量地说："爷，公社任丕显主任明天要亲自来哩，咱那样做，只怕那货不答应吧？万一又惹出个事端来可咋办？”

老爷子没好气地说：“爷死过几回了。杀人不过头点地，脖子只留碗大个疤！”说完气冲冲地走了。

有福一下子就蔫在那儿了。他知道，光是公社那一拨人的话还都好应付，老爷子跟上这一搅和，还真让他一时无计可施。

春情

初一没好天。太阳刚升起来那阵，昏黄的天空飘起了薄云。眼见刚有点放晴的迹象，一阵寒风过来，天又阴起来了。不一阵子，空中飘飘洒洒下了一阵冰粒子。起早赶来的那些各村干部，被分头安置到半阁城各队巷口去观摩社员群众的“早请示”仪式。看完后，这才三三两两缩着脖子向大队部走来，准备在祠堂候一阵子，等着被领去吃村里分派到各队的年饭。

这伙外村人到了祠堂门口，看见巷道正中间的车辙里，一个穿戴齐整的老汉对着祠堂的大门端端地跪着。每个半阁城人路过此地时，都恭恭敬敬地向老汉作揖问安。完了，又小心翼翼地绕行而过。外村一些小年轻，却一时闹不清这老汉是个啥人物。

吾家营的大队支书乔仕津恰好路过，一看地上跪的是佑普老汉，急忙凑上前去拱手作揖大声问候道：“老佑叔，年过得好吗？”

老汉抬了抬眼皮，慢条斯理地回答他说：“噢，是乔家外甥呀，好着哩。托老天爷的福，总算又活了一年。回去代问你娘个安康，晌午到叔家喝酒来……”

乔仕津忙不迭地说：“好好，一定一定，有空一定来给您老人家叩头……”

走在旁边的小伙儿不住地小声问他：“兀个老汉是闹啥的？”

乔仕津瞪了他一眼，离开十多步后才一脸正气地对他说：“嚯，兀个老家伙年轻时会使双枪，提起他的大名，怕吓得你娃夹不住尿水！”说完，他用拇指和食指比画了个大大的“八”字。

这时候，一辆破旧的军绿吉普车摇摇晃晃地开进了村。一贯爱睡懒觉的谈如流还算早早地颠来了。车子停在了祠堂门前，他跳下车却发现谢佑普跪在大门口，就随意地问了他一句：“喂，老汉，你跪在这里干啥呢？”

老汉连眼皮都不抬一下，认真地回答道：“报告革命领导，这不是过年了嘛，谢有福让我代表四类分子给毛主席请罪哩喀。”一看谢有福这个货对公社安排的事情很重视，谈如流脸上立时露出了得意的笑容。

这个穿着翻毛大皮靴的男人，张扬地几步跨进了大队部一看，大厅里冰锅冷灶的，只摆了一张桌子，上边放着几只老瓷碗，碗里连最简单的柿饼、核桃都没摆一个。他用目光草草地把整个大厅扫视了一圈，这才一头迈进大队办公室。探头一看，里边跟往常没啥两样，只有谢舍娃一个人像过冬的狗熊一样坐在冷炕上。他便相当生气地对舍娃说：“你们这叫‘革命化’的大年？再革命他妈的也烧一碗枣茶嘛。去，立即把谢有福给我找来！”

舍娃根本就不想动窝，爱搭不理地说：“有福这几天忙冒风[①]了，昨天夜里头疼得满炕打滚。大队值班也没个人，就安排着让我替他值了一夜。刚才我去叫他换班，他连裤子都还没蹬，媳妇正在给脊背上拔火罐哩。”

谈如流不耐烦地说：“屎的个话！叫你去你就去，还啰嗦个锤子！”

舍娃很不情愿地出门去了，没一屁时就又转回来了，依旧懒洋洋地对姓谈的回话说：“有福这阵子确实是动不了，不信你去看看就知道了……”

谈如流马上对站在院子里的各村的头头脑脑喝问了一声：“巴邑王的老范来了没有？”

一个中年人从墙根下马上跑了过来，嘴里紧着答道：“来了，来了。”

谈如流走出门站在台阶上，故意大声安顿说：“去，找一个大号针管，拿一盒‘西林’，立即到谢主任家给那狗日的在尻子上推上一管子，让我看看

① 冒风：感冒。

他小子能不能起来！”

谈如流招呼的这个“老范”，祖上原本是个骟匠，经常走村串巷专务劁猪骟牛这个买卖，手艺相当到家。不但全公社大多数人都叫得上他的名字，就是各村拴在槽头的驴，一见到他那辆悬挂着一大坨风干过的驴卵子、飘荡着一个红布条招牌的自行车进了村，立即都叫得恨不能咬他一口。由于他有这手绝活，曾经被招聘到公社兽医站。后来，却因一次出手不顺，阉死了一匹马，便又被公社开除了。再后来，不知咋又混成了他们村的干部。

只见这个被喊作老范的中年人跑上前来，怔怔地站在那儿，认真地看着谢舍娃。舍娃也下意识地看了看老范。这个人的长相也太有特点了。他的一只门牙被驴踢得少了半截，踢伤后的上嘴唇多起的那点肉褶，活像另外贴着一片死肉。一看他斜着眼睛翻起了随身携带的小箱子开始找针管子，舍娃知道谈副主任的二尿劲儿这阵已经上来了。他二话不说，悄悄地溜出大门，一出去就放开步子往谢有福家跑了。不一会儿，谢有福便像个痨病鬼一样，披着一床烂棉被进了门。

谈如流一看大过年的谢有福摆出这副倒霉劲儿，劈头就问：“你这个主任，这是准备了个尿杆子嘛！大队门口那个谢佑普是闹啥的？”

有福忙赔不是：“哦，那个老汉嘛，我安排让他在门口训那几个四类分子呢。他训完后，可能已经放那些人回家了。那一伙渣滓，一个个哭丧着脸站在那里，这大过年的，也省得让你这个大领导见了晦气嘛。我身体不大爽快，安排让谢舍娃在大队候你哩，这货真是抵不住个人用……这样，你坐下先用茶，我马上安排酒饭！”

虽然桌子上空荡荡的没放一个暖瓶，但谈如流的大面子还算是挂住了。他这才气冲冲地安排道：“一切都按原先的计划进行，宣传队和任主任随后‘步行长征’进村，你立即派一支锣鼓队欢迎一下。小将们这是第一次到你们这个穷乡僻壤搞宣传，你小子绝对不能冷落了人家。哦，还有几个年轻女将，你给找个被褥干净一点、饭食做得细法[①]一点的家户去，今夜宣传完之后，大家可能就不走了……”

有福一听对方丢来这话，一下感觉脑袋瓜子又大了一圈。看来，被折腾个大年初一还不行，初二也没法消停了。他心里尽管有一百个不愿意，嘴上却依然言不由衷地说：“欢迎欢迎，热烈欢迎！反正杀了几头猪了，饿不了客人的肚子喀……”

晌午，各家各户表演完早请示之后，算是安安生生让社员吃了顿年饭。谈如流和那一帮男女宣传队员被有福安排在自己家里吃酒，媳妇一个人根本招呼不过来，有福喊来衣着光鲜的窦桃夭来帮厨。为了招呼好这些远道来的客人，有福又挑来几个爱喝酒的二愣子，火锅还没端上来，一盘萝卜丝儿就把这帮乌合之众灌得一个个翻开了白眼。

喝罢汤那阵子，佑普爷又早早地端坐到祠堂门前。早上被他大赦了的那几个四类分子一看老爷子还在那里坐着，以为他老人家一天都没回去，一个个悄悄地在墙拐角站了一会儿，一看老爷子还没有挪窝的意思，便各自走了。

却说，和老爷子一个堂屋门下的杨麦秀，赶到老爷子家去拜年，却一直没见到人。听说晚上有节目，两个小子死活不在家里待，早早闹着要出门。她让姑娘先收拾锅碗，自己拽着儿子想赶紧去给老爷子把初一的礼节补上。没想到，母子三人刚刚走到祠堂门口，却碰到了跪在地上的老爷子。

麦秀忙摁着两个小子的头说：“快，世伟、盛伟，给你们老爷叩头讨压岁钱！”

两个狼羔子按照历年已经演练过的那些固定程式，飞快地就地跪下，撅起屁股低头便叩，嘴里还念念有词：“给老爷添寿哩！”“讨老爷的欢心哩！”

佑普爷赶忙站起身来，乐呵呵地从口袋里摸出压岁的小红包一人给了一个。老大盛伟手快，当时就拆开一看，立即大声嚷嚷：“噫，老爷今年发了五毛哇！”

---

① 细法：做事仔细。

一群准备看戏的娃娃都眼热起来，跑上来一齐趴在地上“老爷”“老陈爷”“陈陈爷”地乱喊乱叩了一气，老爷子只得把预备好的那些小红包全部掏出来一一给他们散过。结果，有几个年龄小的根本就挤不到跟前。等到前边的拿着红包跑开后，老爷子这才从口袋里掏出糖块和一串小鞭炮。小的得到了糖块，大一点的又一齐跑过来把那鞭炮抢到手点了火，噼里啪啦一阵响声过后，又抢着去找没捻子的哑炮……

这一串响鞭所造成的声响，是整个村庄过大年时听到的唯一的一阵爆竹声。

晚上，一同来的公社革委会主任任丕显被贫协主席谢德懋请到家里去食宿。有福便一心一意地在自己家里等待谈副主任醒酒后吃饭。媳妇老惦记着祠堂里的节目，手里拾掇着碗碟，心里像猫爪子在挠。她也不管请来帮忙的窦桃夭同意不同意，就安顿让她先招呼一阵子。好在饭菜都是现成的，人如果起来需要支派，让有福赶紧去祠堂叫她，咋说也绝对误不了吃饭的事情。

桃夭刚才回家招呼了一阵子，一进门就赶紧拾掇案上的饭菜。看见女主人非去不可的样子，也不好说啥，谦让着让她去了。有福坐在房子里无事可做，桃夭便招呼他到做饭屋给她帮忙拉一阵儿风箱。

在村上一拨儿三十往上的人中间，谢有福并不是一个出类拔萃的主儿。无论长相还是身板，钻在人堆里几乎都挑不出来。然而，桃夭却早早地在暗地里不止一次地打量过他。

平日里，两个人见面有事无事就搭个话，她就是喜欢这个人。这阵子，两个人总算逮到个说话的机会。

有福却是一截大木头，平日也没把她的暗示当回事。两个人坐在那里没说几句话，桃夭就问他：“你还记得那晚的事不？”

对她这句不冷不热的话，有福根本就没多想。他以为她在那只是无话找话，只抬头看了她一眼，又忙活着给灶膛里添了一把柴。

他尽管是个村干部，平时却很少和村上的年轻女人说话。倒也不为别的，他只是觉得但凡女人长得漂亮一点，心性可能就比较高傲。作为男人，也犯不上主动找她们搭腔去讨那个没趣。听见桃夭问了那句话后不再开腔，他很不自然地说：“幸亏你当时没有大声喊叫，要不，真的就遮不住其他人的眼目了喀……”

背着身子正在案板前准备碗筷的桃夭停住手里的活儿，又问了一句：“你当时是不是在屋里已经听见那畜生在外边糟害人才出门的？”

有福坦诚地说：“没有。事后，我倒是想过……当时还真没有想到他是那号货。我听他们一起来的人说，那个邢常禄前几年就是犯了作风错误才被单位开除的。”

桃夭转过身来瞄了他一眼，小声问：“你知道那时……我为什么没有喊叫？”

有福嘿嘿地笑着说：“吓傻了呗。放到一般女人身上都吓坏了，至少是没防备……再咋说，人家也是‘工作组’嘛。”

桃夭又背过身子忙活起了案板上的活路，只轻轻地叹了一口气，喃喃地说：“我真恨死你了！”

有福不由自主地停住了手里正拉的风箱拉杆，奇怪地问：“恨我干啥？我也是怕他摔倒了，才出来给照照手电。再说，这几个月你听见一点啥闲话了吗？这号事我给媳妇都没透露一个字，你凭啥记恨我哩？”

桃夭却声音发颤地问了他一句：“我真苦哇。难道你真没听说过你民生叔的事吗？”

有福更加不解了，莫名其妙地问：“咋？他咋能知道那事？是不是你嘴贱地给他学说了？”

桃夭幽怨地问：“你真的不知道他那……人？”

有福肯定地说：“我咋能不知道！这号事哪个男人听了舒服？咋，他为这……打你了？”

此时桃夭的脸上已经流下了眼泪。她撩起围裙擦了一把，背着身子不再说话。

有福忙规劝她说：“唉，过两天我找个机会跟民生解释一下。都过了这么长时间了，再说，那晚，那姓邢的真的……？”

桃夭没有回答他，只顾在那里低泣着。有福这话一出口，自己立即就觉得浑身不自在起来。心想，自己一个大男人和人家一个小媳妇咋说开这号屁事了？为了掩饰尴尬，他起身便想去外边转转。

他刚站起身来，桃夭把身子往门口一挡，瞪着一对儿杏眼问他：“你到哪里去？”他立即就被吓了一跳，但仍假装镇定地说：“我……去看谈副主任酒醒了没……咱们好端饭嘛……”

桃夭并不让道，他只好又坐回灶火旮旯的草墩上，心立即跳得像快要从嗓子眼里蹦出来。不过，他毕竟是个大男人，马上就能让自己心头那种汹涌的激流平静下来。

在此之前，有福倒是听说过有关民生的风言风语。就在他们两个人结婚不久，这些闲话好像还时不时被人提起过。不长日子过后，人们看见桃夭说说笑笑地安心过起了小日子，村庄上便渐渐地绝了那些闲话。有福想到这里，不免又生出另一个不安来。

深更半夜，一个有夫之妇，一个有妇之夫，这……真的传出去一点闲话，自己纵然有一百张嘴也说不清楚啊。他知道，今晚弄不好还真的会惹出点是非呢。

俗话说，男追女隔座山，女追男隔层纸。桃夭站在那里已不能自抑，如果自己哪怕是做出一点可能被误解的动作，哪还有不出事的道理？他心里虽很清楚这些，可面对一个比自己媳妇年轻水灵的女人已做出的示意，男人的内心也乱了起来……

桃夭又一次转过身来，一看他还坐在那里，叹了一口气就主动地又让开了门口，幽幽地说：“你是个好人，从那晚起，我就知道你是个好人。要不是德懋过来，我那阵子真想把自己给了你，可你没有动……你应当知道，你民生叔是个废人……几回了，我一个人常常想你。你有文化，又有长相，我桃夭一生咋就没有你媳妇那命哪……”

有福的头轰的一声就大了。

连他也不知道自己为什么一下子会萌生出想一步前去把这个娇柔的女人搂入怀抱的想法，可他没有动。在桃夭还在低声啜泣的当口，他镇定地走出了自己家那间做饭屋。

在厢房里，他坐在椅子上自己点了一根烟狠命地吸了一口。未几，便被呛得大声咳了半天。他不会吸烟，更不明白自己怎么也稀里糊涂地吸开了烟。炕上的醉汉被他吵醒了，翻了一个身，又昏昏沉沉地睡了过去。

戏还没有散，祠堂里的风琴声还在隐约传来。

他此刻十分明白，桃夭在做饭屋也一定十分痛苦。一个漂亮女人，被她钟情的男人拒于千里之外，心理上那种感觉绝对不仅仅是痛苦两个字所能涵盖的。什么是男人？提得起、放得下才算男人。当他准备再次跨进自己家那间做饭屋前，已经把这一切都想好了。今天晚上无论发生什么事情，他都是一个男人。从天理良心上讲，都是说得过去的两种完全不同意义上的男人。

想到这里，他便大步流星地走进了做饭屋。

桃夭这阵子却像什么也没发生过一样，依然仔细地收拾着一会儿用得着的碗碟。在他看来，她那背向着门的婀娜腰身，就像一尊女神一样高洁。

桃夭根本不敢相信有福会第二次踏进这房门，更不敢奢望被一双孔武有力的臂膀紧紧地搂抱……因为，她知道有福和她一样是一个本分人。再说，在她这样一个淑德女子的词典里，也从来没有想过她这一生会委身于自家男人之外的另一个男人。在娘家待嫁的两年时间里，她没有萌生过一点男女情欲，只盼着今后能嫁个成分好的男人，不管他多么贫穷、多么丑陋，这些对于她来说都不重要。哪怕是一个聋子、瘸子，她都会甘心情愿地和他挣工分、过日子，为他生一群孩子！然而，她万万没有想到的是，老天爷对她太不公了！

有福二次进来后，她却突然有了少女怀春般的羞涩……

尽管她背着身，还是能感觉到他又坐在了草墩上。两个人就这么僵了一会儿，身后的有福却明显带有歉意地开口对她说："我知道我不能对你那样。不管咋说，我这一生居然还能被一个女人在心里念着，这就足够了。刚才，听到你那番话后我很感动。真的，我只想让你知道，你是一个好女人。你漂亮，也有文化，女人应该拥有的一切你全部都有。我如果没有结婚，有人要是给我介绍一个家庭成分不好的姑娘，放在过去，我肯定会一口回绝。我们在这个世上都有自己的责任啊！要面对家人，要面对这个社会……可是，如果换成你，我认了。为了你，让我从此沦为四类分子，低三下四、受人白眼，我都会心甘情愿！这是真话。回到家里，有心仪的女人和我同甘共苦；出了门，有人在家里念叨，作为男人还有啥奢求的呢？既然你把话说开了，以后你就把我当成一个信得过的亲人。你好好想一想，如果愿意和民生离婚，我给你出这个证明；往前走一步再找户人家，这对于你并不难。别自个给自个找罪受了，人这一生长着哩……四年多了，我真的不敢相信一个二十多岁的年轻女子是这样过来的啊……”

桃夭静静地听完他说的每一句话每一个字，这才慢慢地转过身子认真地对他说：“你没有把我当成一个坏女人，我就满足了。你可能不记得自己以前做过的事了。采蘩常常跟我说起，那次，你俩从公社开会回来，路上遇到了暴雨，山路边只有放羊人挖的一孔小土窑，你把她挡在里边，自己被土坎坎上流下来的泥水淋得浑身是泥……雨下了大半晌，你都没有扭头哪怕是看一眼你身后的年轻女娃。在我还没嫁到半阁城之前，就听说过这个事，也记住了你的名字。那天晚上，又是你救了我，保全了一个女人的名节。我真的很感激你，但又能……咋个报答你？日后你尽管记住，为了能天天看你一眼，我窦桃夭是永远不会离开这个半阁城的！”

听到从一个女人嘴里说出这样的话来，有福窝在灶火旮旯一声不吭了。他知道桃夭说的是心窝子里的话。可他有媳妇，一个普普通通但死心塌地跟他过光景的女人。穷也罢、苦也罢，对方都毫无怨言。一碗红薯稀饭，也要给自己的男人端到桌前；没有走亲戚的新衣服，她会把旧衫子用煮过布的颜色水反复漂染，每每都让他能走在人前不叫人家觉得寒酸；只有两个人的小家，他吃的是现做的热饭，媳妇自己却时常偷偷地吃掺着上顿的剩饭……她爱着他，只能用这些细微的爱意把一个乡村少妇的心意一点一点地呈献在他的面前。他是她的一生，他是她的世界里无人能替代的依靠；他是她生命里一个手执皮鞭的主人，一座无法逾越的大山；她的前世冤家、生生死死纠缠不休的“命”的另一半儿!

这时，隔壁屋里姓谈的哇哇地吐了，有福急忙起身跑了过去。桃夭取出簸箕从灶坑里铲了一点柴灰，也过去帮忙收拾。

远远地听去，祠堂里的戏已经散了。巷道里孩子们的喊叫声和奔跑声，十分清晰地传进了院子。在寂静的山村夜里，这些童声像天籁之音般清亮而遥远。让人不禁觉得，这个寒风彻骨的夜晚，毕竟还带有一丝暖暖的春意……

第三十九章

痴心不改

一春一夏，人们在纷乱中也没有感到太多的忙碌，一切很快都过去了。椿树的叶柄掉了，漫山遍野的榆树和连翘给沟沟峁峁染上的那一丝妖娆，像半老徐娘脸上残留的红装一般不经时月。没有几天工夫，这一切便消失得无影无踪了。

朔风吹过，天开始逐渐变冷。

闲在家的高运喜待得心慌，熬了些硝土配了火药，翻出自己那杆扔在门楼板上多年不用的老土铳，一个人掮着在西沟塄转悠着打兔子。伏天多雨，当年的兔子窝大多塌了窝。转悠了大半天，他只打着一只斑鸠。

望着眼前满目枯黄的沟坡，他不时打量着天上那只鹞鹰打旋俯冲的崖畔畔，认真地搜寻着脚边的每一个草丛。突然，一只隐藏在蒿草中正在啃食茵陈的兔子似乎觉察到了危险，慢慢地蠕动着身影向坡地的另一头避去。这一切，都没有逃出老鹰和运喜的眼睛。他飞快地绕过一个雨水冲出的窟窿，准备在前边截住那只一直躲避着老鹰准备钻洞的狡兔……

突然，背沟那条羊肠小道上却传来了人声。

那只兔子陡然竖起耳朵一扭头，便看见了手执火铳的猎手！没等他反应过来，那只俯冲的老鹰已经箭一般收翅俯冲了下来。兔子反应更快，一下子便钻进了刺丛……

运喜还没顾上为这几声意外的惊扰生气，这声音却让他突然想起了一个十分熟悉的人来。他直起猫着的身子细听，那声音断断续续地传来，他一时还不敢相信自己的耳朵。

一会儿，过山客终于转过沟峁峁。远远望去，只看见行路人身着棉衣，罩着一件乡下人很少穿的黑制服外套，肩上还扛着一个铺盖卷儿。从那爬坡走路的姿势，运喜一下子便认出这个人正是张书记！

老汉一边赶路，嘴里还一直哼哼唧唧地唱着不太地道的秦腔戏文。

家住池州火塘寨，
离城十里梅花台；
金沙滩上一仗败，
把我杨家折得好伤怀！

终于近了，运喜也不急于和老汉打招呼。听他那边歇了口，他便亮出自己那副铁嗓子，一边小心翼翼地抄着羊肠小道靠近着大路边，一边豪情万丈地接着山沟丢过来的余音吼唱起来——

有山人在茅庵苦苦修炼，
修就了卧龙岗一洞大仙；
恨师兄报君恩曾把亮荐，
深感动刘皇爷三顾茅庵！

张义伦手搭凉棚抬头向这边看了一阵子，远远地笑着停下了脚步不再向前走，看着高运喜瘸着一条腿在那里荒腔走板地唱完那一折，这才把招呼丢过来：“啊呀，瘸子！你小子当初要是进了易俗社，说不准还真能混个红名艺人哩！咋，在这里等本‘皇爷’四顾茅庐呢？”

运喜赶忙疾步前去拉住老领导的双手，上上下下地把他打量了半天，仍旧不放心地问："老哥，你可把兄弟想坏了哇。你的腿，咦……咋好好儿的？不碍事吧？"话音未落，一双眼睛已经蒙上了一层泪水。

张义伦依然一副笑呵呵的样子，毫不在乎地说："你这个瘸子呀，红卫兵娃娃手里的水火棍，毕竟不是民国大衙的老虎凳，伤皮不伤骨喀，没一点事。让老婆伺候了两个月，我也清闲了几天。不过，真没想到你小子活得还是这么滋润嘛！"

运喜也不顾人家包袱在身，又急忙问："老董他咋样？也没事吧？"

一听运喜提到他那老连襟，张义伦更乐了，笑了一阵才说："老董这小子命苦哦。他得的那个破病，站板凳前还得要人家给他补充一点白糖水，不让喝，他就不上人家那高台子！也不怪他给人家红卫兵耍死狗，后来我才知道这老小子有低血糖。就那次全县万人大会嘛，我还挨着他站在摞着长凳的桌子上，以前愣是没有发觉他还有恐高症。他站着站着也不打招呼就一头栽下去了。起来后，就叫他那坚决革命的儿子当众打落了一口牙！现在呀，他已经在省城花钱镶了口大金牙，逢人就露出他那亮晃晃的假玩意儿让人看。还到处吹嘘，说他现在那牙口比以前还好使，都能咬动锅盔哩。哦，你还不知道吧？他上渭城专区当副专员去了，老小子这一跤算是没有白摔哟……"

运喜长长地吐了一口气，突然像想起来什么似的问他："那，您老人家这是唱的哪一出？还可怜兮兮地扛着背包！"

张义伦突然不笑了。

原来，省上安排张义伦就任澄县的县革委会一把手，在征求个人意见时，他却坚决不去。从感情上讲，这个老倔头打心眼里就不愿到"革委会"这类让他犯心病的机构里去任职，自己反倒要求下乡调查研究一年。这次下乡，他也对组织明确表示不占位置、不挂头衔，并选定了向阳公社半阁城村继续做他的"实验田"。

运喜却不禁替自己的老上级暗暗地担心起来。对于这个黄皮寡瘦的壮年人来说，长稔塬的冬天多少都会给他的生活增添些麻烦，可他居然坚持背着包袱来了。很显然，已经牢牢地把持着这块地盘，却犹觉纷至沓来的运动还不够过瘾的那些人，已经清楚地意识到张义伦的到来，不啻是一杆杀向他们的回马枪！饿虎归山已十分危险，而且还是一只被他们激怒了的伤虎……

张义伦告诉高运喜，这次来，短时间内他就不走了。为了解开自己心中那个缠绕不清的谜团，他想好好做一次调查研究。到了村上，他准备就住在第六生产队。不说远话，1964年，这个生产队小麦均产曾经达到四百零三斤的历史新高，其中不少于三分之一的地亩产超过了五百斤！1965年夏秋两季，生产队分给社员家户的菜油和棉籽油多得都没有罐儿装了，有些家户甚至动用大盆盛放。现在，为什么又垮了下来，而且滑坡后还一蹶不振！

他一边和运喜往前走着，一边转过身子把铺盖卷儿移到右肩上。运喜那腿脚不好，他也不指望运喜能替自己背那铺盖。

两个人不再扯那些大话，张义伦突然转过身问了运喜一个相当具体的问题："瘸子，今年你们二队社员的口粮情况怎么样？"

听了老领导的那些想法，运喜也没有了刚才的亲热，冷冷地回答说："明知故问。"

张义伦也不计较他那态度，又问了他一句："你是老基层了，情况当然比我了解得扎实。'文革'闹得轰轰烈烈的，社员们的生产积极性就没有一些提高吗？"

运喜立即就反问他："老哥你是真被他们斗神经了，还是被那些'形势大好'的官样文章蒙住了？我说了不算，你住上两天自己就清楚了喀。"

一听运喜这话，张义伦更是丈二和尚摸不着头脑。不过，他依然有点不死心地又接着问："那粮食呢？全县增产那么多，你们半阁城就情况特殊？"

运喜笑了笑，不无戏谑地回答他说："老兄，1958年，我们一个半阁城大队上报过的年总产，即使一个洽川县到了现在的生产水平，也不一定就能产下那些粮食啊！"

"不会吧？眼下还有人在闹浮夸风？"

"那倒不是。虽然没人再敢睁着眼睛说瞎话了，却又在闭着眼睛说胡话哩。今年夏粮减产这是覆盖了整个关中道的大灾情，上交过公购粮，扣过社筹和战备粮，再留足种子，半阁城人均分到户头的才九十斤麦子啊。老哥，咱们这里是关中道呀！自古以来，农民就没有吃粗粮度光阴的生活习惯啊。你现在去看看，他们碗里都端了些啥饭食？你可能在报纸上经常看到全省对国家贡献逐年增加的报道，可眼下，社员的三顿饭已经是红薯饸饹、洋芋擦擦乱凑合啦，就是这样的饭食，还不一定管饱哩！1964、1965那两年，他们仓里装着的那可是实打实的麦子啊！”

“为什么？”

“你想想，自由市场又一次被取消，社员的生产积极性受没受到影响？眼下农村的实际情况是粮食很少增产，甚至已经减收，可上交的粮棉任务却年年都在增加，一年还要比一年贡献大！人口问题你们考虑过没有？就那么一丁点旱塬地，一个生产队每年至少增添五张吃饭的口，社员根本就没有得到多少实惠嘛，打多打少一个样喀！”

“你个瘸子！组织呢？支部呢？难道我们就这样一无是处？我不相信，也绝对不认可你这一通歪理！”

“好嘛好嘛。你准备住几天？三个月？一年半载？三年五年？还是一辈子？”

张义伦叫他这么一戗，一时也无话可说了。两个人走了一段路，他又回过头来问运喜：“现在村上领事的是谁？”

运喜心不在焉地随口回答他：“谢有福。”

“哦，我认识。这个民兵连长能当好一个村庄的家吗？”

“你放心，只要大政方针对路，谢民生都能当省委书记！”

“谢民生？就是那个……那个一直给生产队喂头母猪的窝囊社员？”

“你甭管他是谁，你记住这是我高运喜的一条‘语录’，放之四海而皆准！”

“放屁！老子还没进村，就让你小子当头浇了一瓢凉水！什么狗屁‘语录’，你能不能把你那张破嘴把严实点？难怪人家说你思想有问题！你说说，就你那点问题我还能不清楚？闹得至今被人家一直揪住不放。你知道我为你这个破事情欠下别人多少人情？”

“看看，您老人家好赖也是个‘七品大员’，急了不是？我何尝不想皆大欢喜嘛！老哥，你要清楚，农民就是农民，不是政客；他们仅仅想讨个活命、吃一顿饱饭，还顾不上瘪着肚子去理解你的革命理论！”

“你放肆！”

“好好，我反动，咱们闲下来再聊。不过，我还是想提醒你们这些官老爷，目前这场运动再不停止，必将会演变成一场新的人祸！”

张义伦看了看他这个得意门生，问了他一句大实话：“瘸子，你在向阳公社给你的‘一班人’就是这样经常‘讲政治’的吗？”

运喜“噗”的一声笑了，讪讪地说：“过奖了。我至少比你这个大书记更接近基层。好了，咱俩别一见面就打嘴仗好不好？咋样，‘绿蚁新醅酒，红泥小火炉。晚来天欲雪，能饮一杯无？’今天晚上你敢不敢到高某舍下喝一盅去？”

张义伦不屑地回了他一句：“‘日暮苍山远，天寒白屋贫。’还‘舍下’呢，自己还不知道能不能做熟一顿饭哩！谢谢你的好意。老子不去，我跟你这号共产党员坐不到一条板凳上！”

运喜禁不住哑然失笑。

两个人还在吵吵闹闹地争论着，不知不觉已经到了村头。

不速之客

话说，就在张义伦进村蹲点的前几天，村上还发生了一件十分令人费解的事情。革委会主任谢有福的院门上，夜里被人无缘无故地抹了一泡稀屎。

说起来这倒不算是个什么大事，却牵扯出了一个天大的事件。

自从去年秋冬以来，半阁城每家农户大门都由大队统一刻板，并派工喷绘了一对儿门神一样讲究的红桃黄心的图案。左扇门上那颗“心”中套印着一个大大的“忠”字，右扇门那颗“心”里嵌着一幅毛主席的金色侧面头像。大门上被人抹屎，必然会牵连到那些图案哪！

有福那媳妇是个眼里揉不得沙子的人，她实在咽不下这口恶气，敲着盆子满巷转着骂了一个晌午，这事一下子闹得舆论哗然、无法遮掩，便让公社那帮人知道了。

当时，有福已经把自己门上的脏物洗刷净了，公社来人后还是坚持拍了照片。后经多方询问，最终查无实据，只好不了了之。有福本人却逃脱不了半夜进门时摸到门环上的脏污给领袖像“误抹”的嫌疑，被停了大队革委会主任的职务。村上立即没了领事的人，一下子乱得像没蜂王的蜂群。

现任向阳公社革委会一把手的任丕显，当然知道自己目前面临的险境。死对头高运喜窝在半阁城，眼下又来了个张义伦，一虎一豹蛰伏在他的后院，时刻对自己充满着威胁。为了谁坐半阁城的头把交椅这件事，他还真动了一番脑筋。对于这个村的事情，他比谁都关注。眼下，村干部这个热鏊子，能上的几个能人都上过了，不能上的那可是万不能上的。一年多来，他已经感觉到谢有福这小子也不是那种言听计从的人。趁着“抹屎”事件让这小子顺理成章地下来，应当说也是件好事。按照他的想法，在目前情况下，村上革委会班子最好能启用个“中间派”夹在这道缝隙中。那样既能缓解公社和村上已经很激烈的矛盾，又不至于被自己那些死对头轻易操纵。

从“抹屎”这个事件中，任丕显也很清楚地看到了，这仅仅是一些散兵游勇的“麻雀战”。谢栓柱和幕后人物高运喜这一拨人，也绝不会干出这些小儿科的事情。何况，从根子上讲，谢有福这个扶不起的阿斗，如果离开谢栓柱那些人的暗中支持，恐怕连一天主任都当不下去。

想到这里，任丕显的脑子里突然冒出一个人来。

现任半阁城大队贫协主席的谢德懋曾经多次在他面前吹嘘过自己如何五马长枪、天下无敌，一直有想当几天村干部过过官瘾的愿望。想到这厮做人行事的那两把刷子，连任丕显自己都偷偷笑了。不过，他倒是想让这老小子坐几天洋蜡，也趁机堵堵他那张臭嘴。如果真的让这个人上，能支撑几天算几天，一直能支撑下去当然更好。在半阁城这个能猴猴多得压摞摞的小山村，除了这个谢德懋，目前他还真是物色不下一个让自己放心的眼线。当然，这个烧包如果将这个村子闹得乱七八糟也不要紧，到时候，完全可以让张义伦和高运喜顶这个屎盆子！

谢德懋做梦也没有想到，一夜之间，他竟然成了半阁城千人之上的一把手，人先得意得走路脚后跟都不着地了。

尽管天气还不是太冷，德懋已经让老婆给他做了一副兔皮耳套，又狠狠心花了二十七块钱在县城南门外部队服务社买了一件处理的咔叽大衣，并不嫌燥热地早早披上了身。几天来，无论晴阴雨雪，他都戴着副石头墨镜在人前显摆，嘴里还高调地叼着一根黑棒子卷烟。这一身行头，都是严格地按照他心目中村干部的样式配置的。走起路来，亦蹩脚地背起了一双手，说话也尽量试着带点干部腔，擤鼻涕都是直挺挺地微微摆摆头，“噗”的一声如口含飞镖，“啪”的一下掷地有声，根本就不屑于去弯腰。人一旦有了点身份，精神劲头也就今非昔比。

谢德懋虽然不像他父亲那么游手好闲，却也没啥大的能耐。不过，一般没啥能耐的人，都时时怕别人说他没能耐，也处处想极力地去表现他那点能耐，以显示自己绝对还是有些小能耐的。自从当上村里的贫协主席后，他那小官瘾就被吊起来了。为了保住这个来之不易的小小官职，他几乎费尽了心机。去年冬天，任丕显来半阁城驻队指导农村“文革”工作时，曾经在他家住过几天。不久，村上就风传姓任的趁机把德懋家女子灵芝娃祸害了的事。要是搁在一般村民家，先不说事后至少得让姓任的脱一层皮，就是当时，姓任的是不是敢对人家姑娘动那个坏心眼也还在两可之间。发生了这样的事，足以说明德懋为人的窝囊。

在这号关乎门风的事情上，这货却选择了忍气吞声。当然，任丕显是什么东西他比谁都清楚。他一直这么想：事情已经出了，与其和这样的货色闹个驴死笼头烂，还不如不动声色地先咽下这口恶气。不管啥时候，让姓任的总知道咱手里捏着他娃的短处。眼下，人家好赖还是公社的革委会主任，真正撕破了这层脸皮，到头来吃亏的还不是自己？按照他既往的行事做人风格，也立即心平气和起来。女儿家只是一瓢水，不管是脏水还是净水，迟早是要泼出去的。出嫁之前，能替娘家受这点委屈，也算是尽了孝道。于是，他曾劝说为此事一时想不开、病得在炕头窝了半年的老婆说，古时候人人都想把女子送进皇宫伺候皇上，谁不知道那是把娃往火坑里推？可没有杨贵妃的得宠，哪有杨国忠的八面威风？

今年大年初一，任主任来村上慰问时，有福安排公社领导在自己家和那一群女学生打纸牌，德懋那阵子也不知咋想的，不但谎说对方是他家一门老亲戚，还亲自去把姓任的请到家里吃了年饭。女儿灵芝亦没了以前的怨恨，不但亲自给主任倒酒端饭，当夜还光明正大地进了任主任的房子……那一刻，德懋这个当父亲的心里倒也有些不是滋味。于是，他站在院子里，听到二人呢喃，看到窗棂上的灯影里两个人影渐渐合成了一个，他还是耐心地等了一会儿。直到估摸着姓任的那阵子已经快要得手了，他这才故意在外边大声喊了几声儿子的名字。这个时候，他真真切切地听见屋内姓任的急促地“哎呀”了一声，接着就是一阵窸窸窣窣的穿衣声……此刻，他才在心底恨恨地骂了一声——“日你妈，老子的便宜也不是那么好占的！”

不过，这件事情给德懋带来的那点不快很快就过去了。他觉得，要在村上出人头地，单凭任丕显这个不光彩的门路显然是不够的。如果说谢栓柱不倒台，事情还有点回旋余地。谢栓柱一倒台，当时新上任的谢有福却根本就不吃他这一套。为了把谢有福这池水搅浑，趁机让他这个革委会主任出点洋相，就在张书记进村的前两天，正是他趁着夜深人静的时候，揣着一只破碗偷偷蹲在有福家门口拉了一泡稀屎，并不嫌脏地拿起树棍儿在人家大门上乱抹了一气……

事情虽然已经闹到了这一步，但他还没有萌生出趁机争当革委会主任的这个想法。即使在出事后的第三天晚上，当任丕显夜里偷偷摸到他家里开口说出让他当半阁城村革委会主任那句硬话时，他开始还真的有点心虚。这不是在故意推辞。人贵在有自知之明，自己有几斤几两，他心里也清楚。可他回头一想，眼下这兵荒马乱的世道，从各村到公社，站在主席台上的那些人五人六的衮衮诸公，哪一个又比他谢德懋高贵多少？他冷笑了几声，算是应下了这宗买卖。就在他走马上任半阁城革委会主任的第二天，他便要挟姓任的把女子安排到公社当了一个既挣工分还挣补贴的话务员。他干脆横下心来，一朝天子印在手，便把江山当咱家。管他妈的世事咋转，先把儿女的事情安排妥当再说。以后瞅机会再给自家儿子哲虎招个工，这才算他任丕显没有白披一张人皮。

不过，张义伦这头一进村，还有一个高运喜整天提着个破粪笼，耷拉着一双爱睁不睁的眼睛在巷道来回转悠，他心里就特别别扭。尽管这两个人都是落架的凤凰，张义伦也公开声明不干预村上的一切人事。但是，毕竟人家都是蹲过大刹子的方丈，哪怕偶尔在巷里和这两个人打个照面，他这个小沙弥也浑身不自在起来。

人常说，孝子手里那根哭丧棒在别人眼里看起来挺轻省，轮到自己拖着走两步，却一个个都得号啕大哭呢。尽管半阁城的社员并不像山外镇上附近那些大村庄人那么多事，让他谢德懋做了几天太平官，但即便是小山村那些鸡毛蒜皮的日常打理，已经闹得他整天焦头烂额。

刚刚吃过早饭，只见他披着那件黄大氅慌慌张张地钻进了六队饲养室的场院。佑普爷刚把头谷牵出槽，拿着一把竹扫帚正给牛清理身上的粪渣。

德懋进门一看见老爷子，赶忙取下嘴上叼的黑烟卷，恭恭敬敬地打了声招呼："祖爷，忙着哩嘛！"

老爷子爱搭不理地回了一句："忙啥哩，哪有大队干部忙嘛。咋，今日是啥风把你给吹到牛圈来了？"

德懋知道老爷子的脾气，依然赔着笑脸说："嗯，也没啥大不了的事。"他把场院四周的墙豁口都齐齐地扫视了一番，这才小声地问老爷子，"我……我祖婆咋还没送饭来哩？"

佑普爷不知他葫芦里装的是啥药，十分不耐烦地回答说："有事你说吧，都是忙人喀，别耽误了你那工夫。"

德懋惭愧地笑了笑，这才十分不好意思地开口说："祖爷，是这么个事。河南那边来了一个人，这阵子还在我屋里坐着哩。嗯，人家说祖婆的老娘家开了个函，有些历史问题想向她老人家调查一下。来人说，主要是想让我祖婆给他做个证去。这事已经搁了好几年了，一直打听不到祖婆的下落咯。我就想，得赶紧给您先通通气儿。我估摸，他们怕不是冲着祖婆来的吧？"

佑普爷听了他这番拐弯抹角的话，十分恼火地说："你告诉他，半阁城没有啥'李若兰'，倒是收留过一个沿街乞讨的疯老婆子！当初她死了男人，没吃没喝时没人过问。落难时，母女俩一路讨吃也没人撵着来调查；眼下，刚缓过气儿就有人发觉她又有用处了？去，你给他把话说清！人，现在是我谢佑普的老婆子，有啥事让他来见我！"

德懋在路上早就料定，见了这山杠爷绝对就是这么个结果。尽管他说话十分小心，但还是让老爷子火冒三丈。他并没有急于离开，待老爷子这阵火发过了，他又小心地说："其实也没什么大事。听来人说，祖婆原来当过中学校长。当时，来人并没被划成右派，反而是反右的积极分子哩。现在，运动一来又被人揪住硬说他以前上过右派'名单'，只有祖婆说得清楚这个事咯。再说，这也是救人一命的善举，我这是原样传人家的话哩，也没有别的意思。你再想一下，是让祖婆去见见人家呢，还是不见为好？"

在村里，德懋得罪谁也不敢得罪这个山杠爷。他的话也说得实实在在的，不敢夹杂一丁点儿虚头。

佑普爷根本就不愿让人打搅老婆子平静的生活，他一口回绝道："她能说清啥？你又能说清个啥？烧香念佛遭横祸，杀人放火堂上坐，高运喜不是例子？张义伦不是也下放了吗？别说若兰没啥事，就是有天大的事也由我老汉一人担待！有啥拷问的？死的死、亡的亡，就剩下这么个孤老婆子，还要赶尽杀绝吗？"说完，他顺手便抄起那把长竹扫帚把场院的干牛粪扫得直冒灰。

德懋一看没辙，只好悻悻地说："祖爷，那你忙着，我给人家回个话，就说祖婆不是那个人，你看这样得行？"

佑普爷仍然气冲冲地说："谢主任，请你日后别再叫我祖爷了，我叫谢佑普！叫祖爷折我的寿哩，我还想多活几年！"

德懋也不敢再搭话，只好无趣地出了门。

老爷子还在那儿火气盛得不得了，便大声喝骂起牲口来了："生就的奴才命，你狗日的尾巴翘着还能成了个精？"

这时，若兰领着儿子提着瓦罐正好进了院子，一看老头子一脸怒气，她忙小心翼翼地轻声问他："都六十多岁的人了，火气咋还恁大？又跟谁生气哩？"

佑普爷这阵子还不想让老伴知道那件事情，仍气哼哼地说："我和牲口怄气哩。吃人饭不拉人粪，猴顶灯笼都成了人厢！后晌，你去月娥家给娃做几天饭去，娃说要盖个做饭屋，你就说我去不了。这回，我要和这些狗日的斗争到底！"

老爷子那宝贝儿子马上挣脱了若兰的手，跑过来要拿着老爷子手里的扫帚去扫地。看着儿子吃力地拖着扫帚憨态可掬的样子，老爷子这才舒心地换上了一副笑脸。

若兰一看老头子动了真气，依然小声地说："要去你去两天，我招呼牲口也能行。再说，我带着儿子去帮忙，搅和得人家不得安宁，那叫帮忙还是帮乱？刚才，德懋在门口碰上我了。我一听又是那个人，就没有理他的茬。那时他整人，现在人整他，我都把这些事情看淡了，你跟着生哪门子气哩？"

佑普爷叹了一口气，依然气呼呼地说："证明啥？证明他反右反得彻底？整人整得死去活来？哼，眼下这日子一样要反！别看现在闹得欢，小心日后拉清单；好多事都瞎在这一伙狗日的王八蛋手里了！"

老汉这倔倔脾性，若兰业已习惯了。任他在那儿怒火中烧，她却毫不在意地告诉他说："栓柱刚也到家里来过，说他去把那人哄走算了，我说你也别哄他，我自己这一生不想再见到他们这些人……"

老爷子的气一时还没消下去，虽然对着老伴但也是对自己说："你看看，这叫过光景还是胡日鬼哩？粪堆了老高，没人往地里送；垫牛圈的干土，一冬也没攒下几大车。一巷社员却天不明就得朝着墙给毛主席祷告哩，完了再疯疯癫癫地拍着手转圈子，整天都折腾了这些事情，咋还有心思干活？唉！”

若兰想笑却没有笑出声，她规劝着老伴说：“你整天为这些事情生闲气能顶啥用？给，你唠叨着要吃蔓菁饭哩，麦秀挖了自留地里的给送了几根，还热乎着哩。你吃，我把槽刷一刷去。”

她刚拿起刷子又像想起个大事似的说：“你知道不？喜娃官复原职了！”

老汉立即停了手里的筷子，极不相信地问：“你这个话是从哪个旮旯里打听来的？”

若兰只好又转过身来，认真地对他说：“这还有假？栓柱说县上早给安排了，想让他当县委组织部部长哩。征求他的意见时，他非得要在咱这里继续当书记，还跟人家说这里的事情他还没干完呢。你去劝劝他，到哪儿都是工作，要是再回到向阳公社，他能跟那个任丕显套在一个辕里？闹不好，那一帮人又得寻他的后账哩！”

听到这里，老汉一边大口吃饭，一边洋洋自得地说：“怕啥？毛主席说，跟人斗，其乐无穷。向阳公社没这个瘸子不行，这两年生产落下的茬口也太大了。唉，喜娃是个赶车坐车辕——看驴屁股不看驴脸的倔汉，让他到县上坐机关，那才真是为难他哩！”

若兰催促地说：“你吃了赶快也去庆贺一下，张书记那一伙‘牛鬼蛇神’全齐了，就差你这个老右了喀。”

老汉端着罐子仰脖喝了几下，这才十分不满意地说：“说了几回了，让你不要把饭往罐里装，你看里面咋舔得着嘛……”

这时候，从饲养室大院门外走进来一个衣着整洁的中年女人。

佑普爷这头赶忙放下饭罐，上上下下把来人瞅了一阵儿，觉得这个女人十分面熟，却一时想不起来在哪儿见过。就在他几乎认出了眼前这个女人，一时还不知咋个招呼的时候，只见他面前的女人笑盈盈地开口叫了他一声：“老掌柜，您真的认不出我了吗？”

老爷子怔怔地又看了一阵子，这才十分肯定地招呼道："哎呀，这不是娥子她酒婶嘛！你，你几时回来的？"

若兰听见院子里有了人声，立即赶出门来热情地招呼着客人。

老爷子马上给若兰介绍说："这是当年咱们车马店的管家婆啊！姓酒，叫雪英，那时候就住在咱们家，和娥子好得像一对姑嫂。真是稀客呀，快领客人回家坐坐……"

说着，又语无伦次地给眼前这个比自己老伴还年轻一点的客人说："哦，这是娥子她后娘。这个碎小子，是我谢佑普六十三岁那年老天爷给我送来的讨债鬼！今儿个也不知是啥日子，真是稀罕死人了，走走，回家回家……"

酒雪英那双好看的大眼睛里却流露出一种"世事一场大梦，人生几度秋凉"的茫然。

儿女亲事

在半阁城，"酸辣子"是那种"劳动积极不懂政策"的热心肠女人。一大早，她甩着两手猪食，风风火火去了高家南场巷。一看左右没人，一头便进了运喜家的大门。

运喜闲在家里无事可做，多数时间都是放下拐坐在自家院子里晒太阳。"酸辣子"进了门，一眼就看见他坐在院子的石凳上眯着一双眼睛翻着一张皱皱巴巴的旧报纸，便向他主动打了声招呼。

两个人寒暄了几句，"酸辣子"就提说开了正事。

她推心置腹地说："高书记，我也不拐弯儿了。你看，水仙娃都十九了，亲事也该有人提说呢。心香嫂如果还在，这事我肯定得先跟她商量，今儿个我只好冒昧地先探一探你的口气。是媒不是媒，也得跑几回。事情成不成暂且放到一边，我先得把这话说开了。水仙虽然是你的女儿，可在我这个小婶面前也跟亲侄女差不多。我替你都想过了，把娃嫁远了，你看家里这老的老、小的小，一时也没有人照应；嫁近点，一时半会儿还真找不出配得上她那模样的小伙儿。想来想去，你看后巷谢星朗兀个娃咋样？”

运喜明显老了，本来就不茂密的头发一下稀疏得只剩下头皮一圈儿的那点灰白，额头已是一片荒芜。

刚才，运喜和张书记在舍娃家聊了大半天，转回来心里还在想另外的一些事情。听“酸辣子”这么一提醒，他这才突然觉得大女子的婚事确实是个事儿了。

在村庄上，姑娘女子十六七定亲，十八九就得出嫁。再大，别人就有了闲话。自从心香寻短见后，他曾经一夜一夜地想过这件事。在孩子的终身大事上，他有一个原则，那就是让娃娃自己给自己做主去。“酸辣子”进门肯定是专意给大女子牵线说媒来的，他几乎未经思考，便对她说：“这样吧，你先跟水仙娃把这事提说一下，看她对自己的终身大事是咋考虑的。回头呢，我也慢慢地问问她，这号事情我不准备掺和太多……”

“酸辣子”一看有门，便敞开说：“水仙娃早对元良家兀个朗娃有好感哩。要不，我咋会贸然来提说？只不过，可能她考虑到朗娃家那成分……”

运喜一听这话，郑重地对她说：“成分是个啥？贫下中农子女也有个把不学好的败家子，地富子弟也不一定就都是些浪荡鬼。一个村院里过光景，元良的家教我心中有数，朗娃也是个有肚才的小伙儿。只是不知道他亲生父亲饿死这件事对他有没有啥影响？说到这个，得让水仙给我保证，不管是嫁啥人，他要对共产党心怀不满，我就不同意！”

“酸辣子”忙说：“朗娃咋能是兀号娃嘛！他领着红卫兵那阵子把先人遗下的那些珍宝一把火都烧了，这还不上进吗？”

运喜摇了摇头，叹着气说：“唉。年轻人嘛，难免有些冒失。烧了那些东西，就能说明他有思想觉悟啦？我咋听说，他们队的社员这刚准备选他当会计呢，他不但不积极地接手，还说什么‘我家是地主’！他这是啥话？成分不好不要紧，路要靠自己走，难道共产党一百年后还要斗地主吗？那个时候还有地主这茬人吗？”

“酸辣子”一听主事的对这事并不反对，就正事正办地说：“高书记，我说句让你犯心病的话，水仙娃跟上你这个当爸的也受了些亏欠哩。她给我回话说，如果你还在台上，她嫁给星朗无怨无悔，也不怕惹你这亲老子生气。可你……现在成了下台干部，她要是再同意了这门亲事，只怕你心里觉得是女儿下嫁……跟着这事心里受症[1]咯！”

听到这里，运喜不禁一阵心酸，两眼便盈满了泪水。他万万没有想到，因为自己的牵连，赔上了老婆的性命不说，还给娃娃们留下了这么沉重的思想包袱。想到这里，他擦了擦眼睛认真地对冬花说：“她婶，水仙这事你就看着办吧。她是我的大女儿，在这件事上一定要随娃的心愿。你也听着，被打倒也好，又扶上台工作也好，我高运喜永远不会自己把自己打倒的！”

“酸辣子”知道只要他这头放了话，一切事情都会顺理成章。她推说家里还忙，便告辞了。

一前一后的工夫，水仙从碾坊端回一罐碾细的盐末进了门。

看见父亲一个人仍然坐在石凳上闷头抽烟，她俨然一副主妇的口气数叨老爷子说：“你又咋了？人家把你不当人，你还整天操那心干啥？不当干部咱也一样活人哩。去，你这就推上车子上集给家里买点葱去，今晚咱们吃一顿捞面。”

运喜心不在焉地搭了一句：“吃啥捞面？晚饭吃那么好压炕席呀？”

水仙反倒被父亲这句阴沉沉的回话逗乐了，她“噗”的就笑出了声，然后数叨道：“你真忘啦？你今日过寿呢！快去快回，出去透透气儿，别老在院子里闷着……”

说完，她进了做饭屋放下盐罐，随即又端起一盆衣服要出门去。

运喜好像没听见水仙刚才那些话似的挥了挥手把女儿叫到跟前。女儿已

① 受症：受罪，受伤害。

经大了，有些事情他也得和她商量着来。看见水仙停住了脚步，放下了手里的衣盆站在了他身边，他才十分悲伤地叹了一口气说：“唉！仙娃，你妈不在了，把家里这一摊子全扔给了你，这以后可咋办呢？”

水仙一看老爹又开始在那儿长吁短叹，便没好气地说：“你一天到晚就这句话。咋办？日子还不是一样要过！”

运喜知道女儿那脾性，就开门见山地说：“过是要过，爸总不能留你一辈子？我想和你商量商量，屋里这光景你也看到了，我想……让军军报名当兵去……”

水仙不乐意地说：“验兵的不是把栓牢验上了吗？军军才多大点的娃？你咋这么心狠！咋说他也是你的儿子吧。我妈在世时说的话你这阵都忘了？咱们家的兵丁，让你一只脚把几辈人的都抵了，就是砸锅卖铁，她也不会让她这宝贝儿子再去当兵的！”

当老子的无可奈何地说：“我想给征兵的开开口，让他出去锻炼一下。不走出这个门又咋办？学校不开课，挣工分没锄把高，出去端端公家的饭碗也好。还有……前几天，东马村你姑捎话说，他们村有户人家一直没个孩子，我想把社社……送给那户人家去养……”

话到此处，他这个当老子的差点儿说不下去了，在自己的女儿面前，像个罪人似的低下了头。

水仙一听要把小弟送人，一下子忍不住就落泪了。她立即就抱怨父亲说：“大呀，你说这话让我妈在地底下咋能安心？社社都上学了，你把他送了人，他不天天往回跑才怪哩。我不同意！以后，你再甭提说把我们姐弟拆散这号话啦。有我这当姐的在，就有他一碗热饭吃。你，你今日咋能想起说这些话来？”

运喜却仍然固执己见地说：“把他送了人，别的都能在你姑家借住上学……再说，你总得寻个婆家吧？姬仙和绒仙都是你妈娇惯大的，不像你锅上案上都能行，让她们哪一个操持这个家，我都不放心哪。”

女儿却没好气地说：“我不嫁人！军军和中朝我现在都管不了，她们还把两个崽娃子有啥办法！姬仙说她也不想上学了，专门在家烧火做饭，让社社好好上学。你把他送了人，看她们不和你闹才怪哩！”

当父亲的嘴上虽说着这些话，可心里此刻却不是个滋味。

晌午那阵，张书记已给运喜透露说，全县第一批被解放的公社一级干部名单已经批下来了，他也在“解放”之列。复出工作原本是一件大喜事，但自己家里这一摊事却叫他十分为难。原先，他想让大女子先把这个家招呼一年半载，等下边那几个儿女一个个大点了也就都好办了。但一细想，女儿已十九岁了，女大不中留啊！他只好把“酸辣子”提亲的事和他将要重新工作的难处也一并跟女儿摊开说了。

听完这一切，水仙小声说：“大，你放心上你的班去。婚姻大事，我……我听大人给我做主。提说后巷这事我愿意，不出村总能给弟弟妹妹招呼着做饭洗衣服……”

一听女儿中意这门亲，父亲马上高兴地拍着女儿的肩膀说：“唉，仙娃，你妈要是还在，她该多高兴啊！”

女儿却低下头哽咽起来。

第四十章

鸿雁捎书

山里的日月，随时都可能会有一些出人意料的转变。活像天上刮的干风，时令不同，效果也就迥然相异。刮在春暖花开时，就绿了地里的庄稼；刮在麦梢发黄时，就打了一地粮食颗子。被批得臭如狗屎的高运喜不知又碰上了哪阵风，突然被省革委会点名“解放”了。

这头刚入秋，接到县革委会的通知之后，运喜去公社正式上班前先办了一件事情。他翻箱倒柜地找到北京那个靳同志留下的地址，认认真真地给对方写了一封信，想从他那儿打探一点准确消息。眼下，无论如何得先把跑出去的詹木林找回来。

老詹离开半阁城半年后，婆娘麦秀又给他喜添一女。这个没爹的孩子，谁见了都觉得心酸。麦秀一个女人家，怀里抱着吃奶的，拉扯着地上会走的，还要天天下地挣工分，有时饭还没做熟，生产队的钟就又响了。这种日子，也真的难为了她。

不几天，运喜那封亲笔信居然被盖上“查无此人”的邮戳退回到了半阁城。没有办法，他又安排栓柱亲自去北京找了一趟。谁知道，从没出过远门的谢栓柱刚下火车就失踪了。全村人苦熬苦等了四十多天时间，这厮才一脸胡茬儿地逃回了村子。

原来，这小子一下火车就被警惕性很高的首都革命群众扭送到了当地收容站。由于他在那里一直不能把找老詹的事情跟人家说明白，于是，只能被当作“盲流”押到丰台县白白给公家背了一个多月石头。他们这号盲流虽然不是正式的劳改犯，晚上睡觉脚上却也都是被绑了细绳子的。后来，管教看他这个“老陕”还算老实，便安排他和另外一个脑袋活泛的“内蒙古人”帮着伙夫一起出门买菜。

栓柱这个当过村支书的人，遇到事情脑袋显然比一般人要好使一些。跟着人开始买菜的那几天，他已经观察到和自己一同做挑夫的这个“内蒙古人”绝对不是个善茬儿。两个人接触了不到三天，那个人就悄悄地给他这个新来的“难友”灌输了不少偷懒的办法。他极其诚恳地开导栓柱说：“兄弟，你和我不是一路人，根本不值得窝在这里不明不白地受这号洋罪。你个呆疙瘩蛋，人家哪里会跑到你们陕西去调查你一个盲流的身份嘛。这年月，杀人案公安都顾不过来呢，等到他们想起你来，你小子在这里还不知道有命没命了呢。依我看，你不如先跑出去，再想办法回老家……”

栓柱忙问他：“咋跑？”这老小子如此这般地说了一番，并拍着胸膛说他绝对有办法帮栓柱逃出去。

说过这话的第二天，在这个人的精心安排下，趁着人家领队的管教干部和卖菜门市的营业员为了那几分几厘的豆腐账纠缠不休的当口，“内蒙古人”突然说自己肚子疼得厉害，放下扁担蹲在那里就是不走。未几，居然还大号大叫地躺在大街上满地打滚。这样一闹腾，立即就招惹得满街群众挤来围观……

趁着人群混乱，栓柱一撂扁担便溜了。出北京的路不熟，他只记得沿着铁路一直往西走。一路上，扒火车、搭汽车，进村时衣服全成了烂片片，人更是瘦得不成样子。

一看村上为了找回老詹，让栓柱受了这么大的磨难，麦秀心里先过意不去了。她劝运喜说：“你们也甭找了，他肯定有难处。该回来，十年八年他也会记着回家的路哩。你想嘛，这里还有他的几个儿女，我就不信他敢卖了良心带一个女人回来……”

运喜一看这件事情没了下文，一时也没有更好的办法，只好先放一放。

然而，几天之后，麦秀却收到老詹的一封信。

从信封上看，发信地址写着“香港香榭丽大厦1107房间”。邮戳上的日期表明，这封普普通通的信件一路上居然走了四十多天。信件明显是经过多次检查的，封口上依然可以看出被人揭开又重新糊上的痕迹。

其实，这封信是老詹托一个香港朋友重新拆寄过的信件。他在信中给妻子讲述了他到北京后，千辛万苦终于找到那位“靳同志”，随后又被秘密送到香港的经过。短短的几页信纸，字里行间浸满了一个男人对妻子儿女的深深眷念。他在信中说，最近不知道“靳同志”出了啥事，他和北京已失去了联系。去香港时，他和几个同行的人全被用了化名，要申请回来已十分困难。他曾经给新华社驻香港办事处写了申请，人家在国家档案馆反复查过，但没有任何资料可以证明“詹木林”这个人曾经是中华人民共和国的公民！

这是一张用打字机打出来的信件，后边一页纸上的内容，让麦秀伤心地哭了一夜……

秀秀，我的宝贝。在我一生中，每每在无法决定自己命运的时候，我都选择了背叛。对于一个男人来说，这是十分可耻的！为了投奔新中国，我曾经背叛了自己的祖国。为了回到故土，我又背叛了自己的爱情。站在得克萨斯州的佛尔特沃德，我仿佛看到了休斯敦港口那无际的海洋。在海洋的彼岸，有你和咱们的村庄。每每想到这一切，我的心里便充满惆怅。我不知道你又生了个男孩还是女孩，我很想要一个女孩。我们有芍药，应当再给她生一个妹妹……可是，这一切已不属于我了。

我不知道什么时候我们才能相见，却衷心希望你能谅解一个不忠的丈夫，也希望你能尽快找一个好男人，让他替我好好地照顾你和我们的孩子！让你一个女人在煎熬中等待我这个永无归期的人，那是不公平的。

吻你和孩子。

你的木林于圣诞夜

麦秀把那封信看了一遍又一遍，一个人在家里坐了一整天。在短短的三十二年里，上苍为什么偏偏让她遇上了与她最亲近的两个人的生离死别？一个人短暂岁月里所经历的一切，对于周围这个世界来说，就像光阴留下的影子一样转瞬即逝。可对于当事者来说，却是一次次生离死别、一回回肝肠寸断。一生一世虽长，有时却仅若白驹过隙；日出日落苦短，却常常恍若隔世。

若兰是村上最早知道老詹消息的局外人。当知道老詹已经给妻子来了封信，她专门从家里抱了铺盖过来陪了麦秀几天。两个同病相怜的女人，都有过丧夫的切肤之痛。在默默的四目相视中，两个女人，只知道这个世界仍需要她们就这么苦苦地活着……

第四十一章

弄巧成拙

高运喜官复原职后，谢德懋却如坐针毡。这个人坐在祠堂里那把红木官帽椅上，把自己的处境进退苦思冥想了好几天。这时候，突然想起一个人来。

自打祝心香死后，“酸辣子”却往高家南场走得勤快起来。一个半老徐娘，根本谈不上和运喜的大女儿那么小的娃娃多要好，凭啥给人家公社书记家的女子保了场大媒呢？难道说这个小女人比自己这个大男人还精明，她早早就料到姓高的会有咸鱼翻身的这一天吗？另外，会不会是这个光棍儿熬不住，那个小骚货乘虚而入？如果真的是那样，先试着打通一下“酸辣子”这个关节，或许还真的能攀上高书记那个高枝呢。

有了这个想法，几天来他就一直故意在巷头转悠，却始终没见到“酸辣子”路过。他倒是想觍着脸亲自登门拜访，一想到多年前自己把人家摁在苞谷地里闹下的那一串丑事，又怕人家不理他这个茬。不过，他也顾不了那么多了，决定舍下脸面去求一回人。

这天晌午，已经到了饭时，他刚从祠堂出来，突然想起自己包烟卷的油纸包忘在大队办公室了，便反身去拿。刚刚返回到祠堂门口，恰巧和“酸辣子”撞了个满怀。

他尽量假装若无其事地问了她一句：“他碎婶，忙着呢？嗯嗯，我还正想派人给你通知一下，这不恰巧碰上了。走，到办公室坐坐，我想和你商量个事……”

“酸辣子”也不知他葫芦里到底卖的啥药。不过，青天白日，谅他老小子也不敢撒野。想到这里，她便随口说：“走嘛。”

进了门，德懋便自轻自贱地放下了主任架子，又是吹炕沿上的土灰，又是殷勤地倒水，“酸辣子”却没有要落座的意思。

为了缓解两个人之间这种尴尬的气氛，德懋也不客套，就一本正经地切入正题说：“坐嘛，坐嘛。嘿，真没看出，你一个妇道人家还真有点政治远见哩！”

“酸辣子”不耐烦地问：“你有啥事就说，我还忙着呢。”

德懋却一点都不着急地在那儿慢吞吞地搓着烟卷，嘴上不无讨好地说：“哎哟，真没看出来，你在村里还有这么大的脸面。你给高书记家女儿跑腿保的兀个大媒，确实让人想不到哩。这样吧，高书记呢，咋说也是咱们村上出去的干部，他家的事也就是大家的事嘛。我考虑了一下，大队先给你记十个补贴工分，月底我就让会计下到你们小队的账上……”

“酸辣子”一听原来是这么个事情，就十分厌恶地说：“你这是啥意思呢？”一看大队部再没有旁人，她不禁有点心悸。这个披着人皮的畜生，不能不使她立即想起十多年前玉米地里那羞愤的一幕……

德懋知道“酸辣子”在想啥，为了稳住对方，他便一本正经地说：“这有啥？这是应得的补助，又不是啥照顾。哦，还有个正事我决定给你本人先通知一下。我准备提拔你在村上当个干部，你看咋样？”

“酸辣子”根本就没想到，这个人面兽心的东西咋会想起来让她当村干部？尽管她心有余悸，却随口问了他一句：“采蘩人家当得好好儿的，再说还有桃夭几个，你咋说起这种话来？”

德懋郑重其事地告诉她：“唉，采蘩让身边两个小的缠住了，根本就给大伙儿操不上这份心了喀。至于桃夭，她娘家成分也不咋好。一下子把她提拔成大队干部，背后肯定有人会说三道四。想来想去，还只有你最合适。话又说回来，谁坐上半阁城这第一把交椅，还不想安插几个贴心人哪？高书记在村里时，我就很佩服他。要说起那些远话来，我们还算是一门老亲戚呢。说到底，咱们都是高书记线上的人，你把这个问题好好考虑一下……”

“酸辣子”听到这儿，立即十分敏感地问了他一句：“我几时成了他线上的人了呢？”

德懋忙笑着解释说：“你也别瞒我了。在半阁城，你能瞒天哄地，能瞒过我谢德懋吗？高运喜青云直上，连我都想巴结哩。你不是他的人，咋有那么大的脸面给他家女儿保媒？他咋就那么爽快地答应了呢？”说完这话，他不禁洋洋自得地怪笑了起来。

一听这话，“酸辣子”立时气得脸色铁青，开口就给了他一句难听的话：“你满嘴喷粪！你以为世上的人都像你一样白披了一张人皮？你敢把你刚才说的这话在高书记当面也说一说，看你个驴踏的能高兴几天？当个臭主任有啥了不起？你以为你就是个人厢了？”说完，她一甩手就要出门。

德懋根本没想到自己那一番话会弄巧成拙，眼见“酸辣子”甩手就要出门，他一步跨到门口挡住她的去路，不无威胁地说道：“你，别给脸不要脸！你今天敢跨出这个门，我就可以说你这是专意来拉我这个村主任下水的！”

说完，还故作冷静地奸笑了一声。

“酸辣子”没有动，却一字一句地对他说：“你这个畜生！我这就回去，看狗剩一会儿过来不宰了你这个老贼！”说完，就一把推开挡在自己面前的德懋冲出门去。

德懋虽然还没怯场，却明显有些色厉内荏。他领教过村里这些泼女人，她们要是真的豁出去了，啥事也能从她们那张嘴里嚷嚷出去！他一把扯住冬花的衣袖，再次威胁道：“不当干部当然可以，今天这事也权当我放了个屁。出了这道门，你把你那臭嘴给老子闭紧些，不然，有你娃儿好看的！咋样？行不行你给个话！”

“酸辣子”真是新仇旧恨一齐涌上心头，看见这老东西居然拉住自己衣服不丢手，她抡圆巴掌就向他那张老脸上扇去！趁德懋一愣神，她犹嫌不解恨地朝着他那张脸唾了一口唾沫。

德懋一看已经无法吓唬住眼前这个女人了，立即就露出凶神恶煞的面目。他一下子扑上去抓住了她的肩膀头子，然后就把对方往办公室里拖……他知道，制服一个女人最好的办法就是永远不要让她开口。要不然，这个泼妇一出这个祠堂大门，自己在半阁城苦心经营了半生的这一切也将前功尽弃。何况，这件事情要是再让狗剩那二愣子知道了，自己这条老命也就完蛋了……他使尽蛮力，一下就把“酸辣子”摁倒在炕沿上，像在苞谷地里那次一样，开始撕扯着女人的裤带……

男人再老，他也是个男人。一个女子被男人双膝顶在炕沿上根本就动不了身。情急之中，她一口咬住了他那只狗爪子，德懋立即就像狗一样“嗷”地叫了一声。

然而，德懋却没有松手，另一只手很快地换过来更加用力地卡住了她的脖子……

“酸辣子”又踢又咬，德懋一时无法得手。两个人正在拼命撕扯，门外却冲进来了一脸杀气的谢狗剩。

原来，狗剩正在家里修箅子，支派着让媳妇出去到木匠家借把锯子。大半天时间，没见媳妇回来，栓柱家媳妇却风风火火进了门，惊慌失措地让他赶紧去大队部看看！

狗剩一路小跑地进了大队部，进了门居然没看见自家婆娘的人影。当他疾步冲进里屋时，便被眼前的情景惊呆了：自家的婆娘被谢德懋卡着脖子，看样子被掐得已经快喘不过气来了，而眼前的老畜生此刻已经把自己的裤子褪到了半腿上……

看到这个场景，狗剩一下子便明白了。他一步上前，提起了德懋的后衣领，不待他转过身来，照准他的鼻梁一拳下去，德懋便捂住脸号叫了一声。

德懋根本没有想到半道会杀出狗剩这个“程咬金”，虽然被一个迎面老拳打得满眼金星，却还知道大事不妙，一把提起自己的裤子就往外跑……

一个半截子老汉，哪里是狗剩这个壮汉的对手。

狗剩又一步抢出门去，抬起脚来一脚下去，便准确无误地踹进了这老东西的裤裆。德懋没叫出第二声，身子便像个粮食布袋一样倒在了大厅的砖地上，接着就抽搐起来！

狗剩并不罢手，提起死狗一般的德懋又掼又踏，而且专拣老东西要命的地方下脚……直到地上的德懋像一只死狗一般满嘴淌血，渐渐没了气息，狗剩才扶起披头散发的妻子，为她擦了一把眼泪，领着她从容地走出了祠堂的大门……

纸里毕竟包不住火，第二天，这件事情就被谢狗剩大张旗鼓地闹到了向阳公社大院。

在公社做电话员的谢灵芝，听说老爹在村里挨了打，还被人丧摆到公社大院，马上就缠住任丕显，非得让他给自己家出这口恶气不可。任丕显一见她进了办公室又哭又闹的那副样子，头立马就跟着大了。就在谢狗剩带着几个本家弟兄闹事的那一阵子，公社院子里还站着县委来的学习检查组。任丕显正在陪人，赶紧安排谈如流把狗剩一伙先哄出了大门。并让其先下去查查，看看到底是咋回事。

两天时间过去了，谢德懋仍然在自己家炕头躺着。任丕显也不说事情咋处理，只一味地在那儿拖时间。狗剩来来回回到公社跑了几趟，一看洪洞县里无好人，就把这件事情堂堂正正地写了状子递到县上，强烈要求人民政府惩办横行乡里的“大流氓谢德懋”！

任丕显已经看到，谢德懋那个革委会主任当不当已经是个小事了，闹不好向阳公社的革命形势都得跟上受影响。这几天，刚刚上班的高运喜正在整顿机关作风，谢德懋在半阁城闹出这么个大乱子，已经把他和对手推向了正式较量的长坂坡。

谢德懋根本不会思考这些，居然不知天高地厚地要求任丕显立即派一个专案组进村，公开处理这起“资产阶级黑线人物向红色政权猖狂反扑事件”。不过，这还真的让任丕显有点为难。翻遍谢狗剩这个人的老底，也只有在生产队当饲养员时偷吃过一回牛料的过失，根本够不上什么黑线人物。再说，自己身边这个谢灵芝，自从到了公社大院后，除了接电话，还常常毫不避嫌地老往他房子里钻，已经闹得很不好了。为了掩人耳目，取得较量中的主动权，他当天夜里便悄悄跑到半阁城，在炕头和谢德懋商量了大半夜，之后又连夜溜回机关……

第二天中午，任丕显以清理富余的“社筹”人员为借口，安排谢灵芝卷上铺盖赶紧回村，并信誓旦旦地给姑娘许愿说：“高书记这不是要整顿机关作风嘛，你先回去避几天，最迟开年，我就要进城当局长去了。到那时候，我一定给你在县城弄个指标，把你招成正式职工。在这个烂公社当个临时工，倒能混出个啥狗屁名堂嘛！”

为了让姑娘相信这一切并不会太遥远，而且自己的这番苦心都是为了两个人的将来，他推心置腹地对姑娘说：“要不是我和你父亲的交情，你咋能到公社挣上这份轻省工分？你记住，我这个人还是很重情义的，绝对让你在半年之内吃上正式的商品粮，再说，这也是革命工作的临时需要嘛！”

灵芝听完，鼻子一酸，嘤嘤地哭了起来，两个人搂抱着温存了一番，算是个廊桥暂别。

三堂会审

谁也没有想到，狗剩打了谢德懋，却给自家婆娘带来了一场牢狱之灾。

在长稔塬这块贫瘠之地，每逢年馑或世事动乱时都会出现一些稀奇古怪的事情。就在狗剩不歇气地四处上告谢德懋的那几天，县革委会已经通知各个公社，全县即日将召开一次规模空前的公判大会，要处决十一个死刑犯。而且，将被执行枪决的这批死囚，没有一个是那些在“文革”中趁机打砸抢的地痞流氓，全部是中华人民共和国成立后已经销声匿迹的“一贯道”坛主。

提起这个邪教组织，上了年纪的人都知道。在旧社会，这个反动的会道门利用群众当时大多迷信天命，以“扶乩”“降神附体”等伎俩迷惑信众、招收“道亲”。中华人民共和国成立后，这个反动会道门还和国民党遗留的特务组织搅和在一起，在京津一带曾经闹得十分邪乎。长稔塬上的“一贯道”很早前也闹腾过，这些年却一点动静都没有了。眼下，狗大个人都可以扯旗造反，这些人以为翻天的时机到了。一经有人传播，很快就成燎原之势。一个小小的洽川县，居然一次性捣毁了两个总坛、抓捕了十个分坛的坛主。

据县革委会的通告说，这伙人已经不满足于偷偷摸摸在山区村庄搞一些地下联络，开始公然有组织地在平原乡聚会祭坛，大肆散布天帝将在某年某月“为民变天”的谣言。并煞有介事地到处宣扬说，根据他们那些“仙佛”和“师尊”的观察，天河岸边有一群“黑狼”在不住地嗥叫，闹得天罡神夜夜哭泣。为了早日接引皇道乐土下界，道民不论男女，都得脱光衣服站在“点传师”的面前自觉甘愿地实行所谓“色、财、辱”的“三试”。这种变态的仪式和批斗大会上父子反目、夫妻揭发有着同工异曲之妙，道民们在现实生活中已经见怪不怪了。不过，一些危言耸听的说教，不但使信道者惶惶不可终日，也蛊惑得一些平民百姓毛骨悚然。只要有这些信士秘密活动的村庄，生产队敲钟后居然无人按时出工，社员们都胆战心惊地在家里关着门烧香敬神。为了坚决捍卫无产阶级专政，县革委会要求，各个村庄要派出带队干部参加在县城组织的公审大会，无法进城受教育的社员群众也必须组织起来，站在就近的公路旁列队观看公判大会之后的刑车游行。

半阁城距离公路较近，一听让去观看公家枪毙犯人的大游行，全村男女老少几乎都挤上了公路。

晌午11点左右，他们终于听见刺耳的警报声远远地从公路的那边传来，一辆开道的北京吉普后边，两列排列整齐的三轮摩托徐徐地开近了。三轮摩托的偏斗子上架着的一挺挺张着喇叭小口的转盘机枪，一种惊惧的气氛便在人群中迅速蔓延。

看到道路两旁围观的群众队伍之后，车队便开始缓慢行进。

一溜儿大卡车上，一个个五花大绑的男女死囚每人脖颈后都插着一支画着红叉的死囚标。看到这些活生生的人一会儿将变成一地尸体，现场的社员浑身上下就禁不住一齐打起了哆嗦。可是，那些站在车厢板上的死囚中，仍不乏有人保持着毫无畏惧的神色。

据跑到县城参加过现场大会的人事后说，首车上被押解的这个瘫子女犯薛竹莲，在县城中心会场上听到对自己的死刑判决后，居然破口大骂。当时，现场负责警戒的公安人员，事前对这个躺在炕头连身子都坐不直的女犯是不是能挨动那一把法绳的捆绑一直存有疑虑，只怕依照常规捆得过紧，这女子等不到执行地点就会一命呜呼，还特意给她的脖子上少系了那道锁喉绳。谁知道，人犯在聆听判决后突然大呼反动口号，公安人员又一齐慌了手脚。幸好，一个小个子公安反应倒挺快，顺手抄起开道摩托上的小指挥旗杆跳上高台，试图用那东西把一条毛巾塞进她的嘴里将其堵住。由于人犯拼死反抗，她的左半边脸被捅进嘴里的旗杆不慎捣穿了一个大血洞，她居然还扭过脖子，“咔嚓”一声当众咬断了那节木棍！从上午8点到下午4点，这个命大的女人被押在卡车上游完了全县大个社队的公路，硬是坚持到枪响而没有被憋死……

看完游行，被惊惧笼罩的村庄随之就接到了红色司令部的“八二八命令”，要求在全县范围内，立即展开一场声势浩大的破除迷信的总动员。明文废除过年贴对联、埋人用轿抬、婚嫁摆喜酒等陋习。

然而，半阁城不迟不早赶在这个政治风头上，又一次出现了“狐仙显灵”的事。虽说还没有发现有人参与其中，但十孔窑那边已坍塌得不成样子的黑窑窟窿里，居然已经有人为“狐仙”设了香坛、挂了幛子……

据第一个发现此事的谢德懋说，他带病坚持去县城观看完公审大会回来的路上，突然觉得有些内急，就赶紧钻进坡头那孔大窑去解手，无意中却发现里边设着一个香坛。当然，作为革委会主任的他立即意识到这是一个政治案件，无论如何不敢私自处置，立即上报给公社。接到这样的报告，公社革命委员会立即将此定性为阶级斗争的“新动向”，马上便派人进驻半阁城。

任丕显领着一帮人马折腾了几天，结果，社员刘冬花因家藏一尊菩萨瓷像，并有多年前“装扮狐仙”的前科，被一绳绑了押解到公社大院。

这毕竟是一桩关乎村庄人命的大事件，半年来在村上一直尘事不染的张义伦也动起了大驾，提前一步赶去了公社。

刘冬花这头刚一带到，任丕显为了让高运喜不是太难堪，声称家中有事想告几天假回去处理一下。此前他早有考虑，如果这个“酸辣子”和高运喜真的像谢德懋所说的那样有点瓜葛的话，接下来的这一折“三堂会审”肯定十分有趣。

其实，高运喜这几天来被县上安排的几个要紧事情搅缠得一直脱不利手，对自己村上这个谢德懋挨打的事情一直持着敷衍的态度。谢德懋有几斤几两他心里还是清楚的。原想等过了这一段时间腾出手脚之后，再过问半阁城的班子问题。正如张书记不断在他耳朵边提醒的那样，一个生产大队千把口人要吃饭，让那些占着茅坑不拉屎的人当村干部，那是要误大事哩。

至于狗剩状告谢德懋对自己老婆拉拢不成“图谋强奸”的事情，运喜听后却是不以为然。在村庄上，邻里之间如果闹起事来，双方陈述的事实一般都是有鼻子有眼，但真正调查起来，却往往发现都有夸大其词的成分。他并不相信一个半截子老汉到了这个年纪居然还有那心劲去胡闹，更不主张大张旗鼓地公开处理。再说，在自己的老窝里出了这么个败坏村风的丑事，又让他这个公社书记咋去公开处理？所以，他只安排秘书下去做了做狗剩的工作，能大事化小最好，起码不要让他得理不饶人地由着性子在那儿胡折腾。在“抓革命、促生产”这个大局面前，一级党委总不能整天纠缠这些鸡毛蒜皮的事情。

可是，高运喜这头刚刚从县上开会回来，任丕显却把刘冬花逮到了公社。

张义伦早早地赶来了。他坐在运喜的办公室里，两个人就此事首先分析了一番。一个农村妇女，刚刚和村干部闹得鸡飞狗跳，她哪还有心思一波未平一波又起地在那儿装扮“狐仙”？这不明显是自己给自己找事嘛。看来，这件事情后边一定有黑手。

事情到了这个时候，运喜才静心地把村上一些事情认真地思索了一阵。看来，这一连串的事情并不像他想得那么简单。再说，那年这个“酸辣子”钻到土窑里偷拿供品被村上的民兵当场擒获，也是路人皆知的事。过了多年之后，怎么又会变成了“装扮狐仙”呢？在全县打击封建迷信这么紧的风头上，还怎么能从她家搜出了一尊佛像？他觉得十分蹊跷，也并没让任丕显走人，立即亲自安排突击审查此事。为慎重起见，他让任丕显坐堂审问，并邀请张义伦旁听。

“酸辣子”被带进会议室时已经被解了绳索。她一看高书记和张书记两个人在前边坐着，心里便有了点底气，立即表现出一副大义凛然的样子。

任丕显先看了二位书记一眼，便正式开始了审问。只见他故意公事公办地拖着长腔问道：“你是不是叫刘冬花？”

“酸辣子”站在那儿平静地说：“知道了还问！”

高运喜一看，事情还没个曲直，咋一开始就闹得好像是一场判决似的，便招呼门口的民兵搬了一把椅子让冬花坐下回话。

任丕显并不生气，举起手中的材料夹，煞有介事地继续盘问道：“在上一次提审过程中，你已经承认，你不但布置了那个神幛，并造谣说‘仙姑显灵’‘神要变天’，这话对吗？”

“酸辣子”没好气地说：“这都是你说的。我从来就不相信什么鬼神显灵的事！”

任丕显虽然一怔，但马上不露声色地从桌子抽斗里取出一尊菩萨瓷像往桌子上一蹾，接着问道：“这个玩意儿是谁的？你为啥在家里供这个呢？”

“酸辣子”看见了自己家那尊佛像也并没紧张，随口就回答说：“你把话当着这么多人面说清楚了，我几时供了？哪个人见了？这是你们从我家柜子底下搜出来的好不好！”

任丕显也不着急，仍旧慢条斯理地又问了一句：“没有供？明明有人反映你一直在供着，在上次审问时你也供认不讳，你这阵子还有啥可狡辩的？”

“酸辣子”一听对方这话，理直气壮地回答他说：“谁给你反映的？让他站出来说，我供的是毛主席的瓷像，现在你也可以派人去看看！”

任丕显一看这女人居然还在那儿强词夺理，就提高了一点声气说：“前一段时间，有人绝对在你家神龛还亲眼看见过这个东西，人证物证俱在，你抵赖是没用的！那么，就算没有供过，你藏着这个东西说明了什么？你这不是和自己前面讲的一切自相矛盾吗？”

刘冬花一下子不吭气了。

高运喜看见“酸辣子”坐在那儿一时答不上话来，便开口问她：“狗剩家的，你有啥说啥。这不是在村上和人吵架，有理不在声高。你好好说说，咋在家里保存了这么个破东西？”

一看运喜开始问话，“酸辣子”只好小声地回答他说：“这是我外婆家祖上的东西，后来就成了我娘的陪嫁。我出嫁时，我娘又把家里这件老古董送给了我……土改那阵子，我也没舍得交给大队。前多年我倒是供来着，那是我希望菩萨能保佑着让世间的恶人受到恶报咯！”

高运喜觉得十分好奇，就紧接着问了她一句：“啥恶人？乱弹琴。你说说，村上哪些人都被你认作是恶人？”

“酸辣子”并不避讳地说：“谢德懋！”

任丕显一拍桌子抢了一句：“你为什么这么仇视革命干部，居心何在？谁是你的后台？”

“酸辣子”并不惊慌，也大着声反问他：“任主任，这你还用问吗？谢德懋咋能当上半阁城的村主任，还不是你这个公社主任钦点的吗？你把灵芝娃先糟蹋后霸占，不稀罕了又踢回来，这件事情你敢和半阁城广大贫下中农当面对质吗？”

任丕显根本没有想到，一个女人居然在这个场合说出这些话来，立即气得脸上一阵儿青一阵儿白，恼羞成怒地对门口那个民兵吼道：“给我把这个满口胡吣的泼妇捆起来！你，你，竟敢诬陷党的领导，你知道这该当何罪？”

运喜用手势制止住了冲上前来又不知所措的民兵，严肃地对任丕显说：“老任，我们都是党员干部，是不是不要那么意气用事？应当允许别人说话嘛。党的政策你比她一个普通社员懂得多，让人把话说完，天塌不下来，地也陷不下去。我的意见是让刘冬花同志先回去，咱们这样审下去又能有啥结果？

我看，这事还得让谢德懋亲自过来！”

让任丕显始料不及的是，面前这个不起眼的女人居然有这么大的心计。在村里，他略施手段就让她俯首帖耳了，不但一股脑全部承认了那些事，还乖乖地签了字画了押。一到公社，却怎么会一下子全部翻供？他当然不同意就这么简单地了却这个既成铁案的事情。

他一反常态地倾过身子，装作谦逊地跟运喜小声说：“高书记，这件事情我看没有必要让谢德懋出面。作为一级党委，我们要首先考虑保护基层干部的名誉吧？再说，他如果是那号能踢能咬的角色，咋会把事情处理到请求我们下来插手？至于这个刘冬花，我看极不老实。有些事情虽然还不太明了，但‘幛子事件’跟她确实脱不了干系！”

说着，他从纸夹子里取出几页材料递了过来，面有难色地说：“你过目一下，这是她已经签字画押的材料！”

高运喜接过去看了几眼，发现刘冬花画过押的“供词”里还牵连着他自己，就冷冷地把那一沓材料推了过去。

“酸辣子”看见高书记看了那些材料之后，脸色都变白了。她慢慢地走到高运喜面前，突然“扑通”一声跪了下来，立时便泪流满面地哽咽着说：“高书记，我那年去偷拿那点供果……你肯定清楚，可他……”

谁也没想到，“酸辣子”回身就指着任丕显两眼冒火地说：“你和贼人谢德懋串通一气，为啥非得逼着让我承认和高书记有男女关系的事情？还说只要我在这件事情上点了头，他肯定会在公社保我……”

说着，这个平时十分怯懦的女子这阵子也不知哪儿来了那么大的胆子，突然冲上去唾了任丕显一脸，嘴里依然高声怒骂：“我一个乡下弱女子，在你们眼里不过是个蚁虫，要鞭打绳拴全由你们了！可为啥要我诬陷高书记这个大好人？你说呀！在半阁城祠堂，你亲手用蘸水皮鞭抽我的威风这阵子跑哪儿去了？”

说到这里，她也顾不上女人的羞耻，慢慢地解开自己的上衣，将血迹斑斑的后背转向高书记和张书记，嘴里依然高声地哭骂着：“你这个披着人皮的恶狼，自己家里总还有老婆孩子吧？你踢打我的肚子，用烟头烫我的奶头，还……还用木棍子抽打一个女人的下身……你，你还是共产党的干部吗？”

面前这个天不怕地不怕的乡下女人，这阵子啥都豁出去了。她揭出的这些老底立即让任丕显坐不住了，他气急败坏地跳了起来，一起身却不慎带翻了自己屁股下的凳子。他也不知哪儿来的邪劲，几脚上去就把刚刚翻倒的木凳踩成了一堆木片，接着冲着民兵大吼了一声：“把她给我铐起来！”

一直没有说话的张义伦，这时才慢慢地站起身子，用手挡了挡冲上前来的民兵，只从胸腔里吃力地挤出来两个字——

“畜生！”

第四十二章

灭口（村庄的秘密之七）

刘冬花被公社带走后，社员们都觉得这事出得也太蹊跷。搁在以前，十孔窑闹“狐仙”这号事情，一般都是一些神汉折腾得时间长了，进香的人才会慢慢多起来。至于制幛子的事，那些善男信女亦不会自掏腰包，一般都会挨门去收取一些布施，然后按照收来的东西多少去添置一些蜡台之类的东西。这次已经闹到“酸辣子”被抓走，大伙儿还没听说狐仙显灵的事情。何况，这件事情又是谢德懋这个爱搬弄是非的家伙最先发现，仁丕显又这么快地来插手，抓的又是刚刚惹翻了村干部的社员“酸辣子”！

没过半天时间，“酸辣子”却被公社放了回来。佑普爷心中对此事便有了数。他静心地待在饲养室等着一个人来找他。因为，也只有他能说清这件事情的来龙去脉。

原来，就在事发的那天清晨，佑普爷像往常一样，早早地去村外出恭。刚刚进了村头，无意中，他看见谢德懋那阵子一个人鬼鬼祟祟地从老窑店那地方往村里走来……凭借老汉几十年的人生阅历，他觉得谢德懋这次已经染上了血光之灾！

天这头刚蒙蒙亮，德懋果然一脸哭丧着来到六队饲养室找佑普爷来了。

正在晒土准备垫圈的佑普爷鄙夷地看了他一眼，德懋只好慢慢地收敛起他那副可怜相，候在一旁虽没言声，但仍犹犹豫豫地似有话说。不待他开口，佑普爷先戗了他一句："咋哩，你不是活得自在得很吗？这阵子咋在热炕上坐不住啦？"

德懋还是没敢言声。

老爷子进了饲养室，德懋随之像一只病狗似的跟了进来。待老爷子在炕沿上坐下了，他才吞吞吐吐地开了口。奇怪的是，他并不忙着为自己洗刷那些臭名，却把前年任丕显在村上搞了那个宣传队，大白天在他家把他亲女子灵芝糟蹋了的事向老爷子学说了一遍。

那一天，天气很好。他在祠堂台阶上和几个老汉晒了半晌太阳起身回家吃午饭，当走到自家大门外时，发觉大白天自家那扇大门却从里边闩着。自从驻队干部在他家住宿后，他家那院门一整夜都不会上闩。于是，他就觉得有点奇怪。他叫了老半天，院子里边依然没人理睬。他刚想用脚踹门时，老婆子却磨磨蹭蹭地出来开门了。进门后，他刻意看了老婆子一眼，发现她那一双眼睛红红的似乎在屋里边刚刚哭过。当时，他倒是没有太在意老婆这个怪异的举动。进了院子，他只是狐疑地四下里乱看了一阵子，发现工作组借住的那间房门也关着，隐约还听见自家女子灵芝娃在里边小声哭泣……他这才把脸转向老婆子，想问是咋回事，老婆赶紧生拉硬扯地把他推到自家房里，这才战战兢兢地告诉他，这事已经不是一次了……老婆子一边哭着，一边把家里这件实在无法掩盖的事情向掌柜的摊开说了。

原来，就在前天，住在家里的这个姓任的趁家里无人，喊叫着让房东姑娘给他往房子里送一壶开水。一个姑娘家哪儿想得到，这个驻队干部早就对这个晃悠在嘴边的小处子垂涎三尺了。就在她嘴里轻轻哼着小调、提着暖瓶进了"工作组"借住的那间房子的小门时，这个男人突然一把就关起了门，转过身便把小女子强行搂抱在自己怀里心急火燎地乱啃一气。一个不到十六岁的小姑娘，一下子被这个成年男人粗鲁的举动吓傻了。她既不敢出声，又不知将要发生什么事情。等她明白过来，裤带已经被这个"工作组叔叔"解开了。接着，她被他狠劲地向炕头上摁去……为了掩饰自己的丑行，完事之后姓任的装着去了厕所，姑娘这才趁机胆怯怯地回到自家房里。这时候，当娘的恰巧从邻居家串门回来。看到女儿捂着肚子在那儿哭泣，她还觉得挺奇怪的。接着，女儿哭哭啼啼地把刚才发生的事跟娘学说了一遍，当娘的当时就差点晕了过去。她委实没有想到，自己出门这一点工夫，竟有人毁掉了孩子的终身！当然，作为女人，她更担心这号事情传出去对家门不利，女子家……以后总还得寻个婆家……再说，一个乡下女人更惧怕这个公社大干部。于是，她也不打算让当家的知道这些，在这个瘟神未离开她家的日子里，她真怕又出第二回事！

真没想到，这畜生觉得两天来这个院子里依然风平浪静，便愈发胆大起来。就在当娘的还在院子里给鸡喂着食的时候，这个畜生趁灵芝娃去柴屋里揽柴时，居然在大白天就把姑娘连抱带搂地弄进了自己住的屋子，随手就把门关上了……

德懋听完老婆的叙说，只是浑身颤抖，一时又无计可施。为了娃的名节，他气得在堂屋里指鸡骂狗摔盆子，却不得不强忍着把这口气先咽了下去。后来，这个任丕显也不知道用了啥办法，灵芝娃再次出来时，已不再哭泣，只是羞红着脸。再后来，这死女子仅仅因为人家答应让她去参加公社的毛泽东思想文艺宣传队，居然有事无事主动地钻到姓任的那间屋里接受他那“文艺辅导”，一待就是大半夜。为此，德懋借口女子喂猪时不小心打了个破瓦盆，竟然把姑娘狠狠地打了一顿。可是，这一切却没有一点效果。实在没法子了，他只好由着他们去鬼混。

此后，回到公社后的任丕显经常半夜三更来老房东家做客。每次来都有不同说辞，不是开会路过，就是去某村检查。老两口不但不敢怠慢，还得赔着笑脸给人家烧汤做饭。事情已经闹到这个地步了，一家人哪敢得罪这个天爷爷！

……

佑普爷听他说完了，慢吞吞地问：“嗯，你今儿个是专意来给我老汉亮你的家丑来呢，还是你们两个人之间又出了点啥新鲜事？”

德懋神情恍惚地犹豫了一会儿，只好又跟老爷子把昨晚发生在他家门道里那件天大的事情也一并说了。

原来，昨天晚上，他已经关门睡了，隐约听见有人在轻轻地敲门。自从他把“酸辣子”闹到公社后，这几天一直担心半夜出门挨人黑砖，就一直也没敢应声。听那叩门声一直不断，他只好扒住门缝在里边听了一阵，原来门外站的是任丕显和一个他不认识的黑脸壮汉……

说到这里，德懋支支吾吾却不再往下说了。

佑普爷奇怪地问：“他来了，你害怕啥？你们不是好得穿一条裤子吗？”

德懋没有开口，而是哆哆嗦嗦地从怀里取出了一把尖利的刀递了过来，战战兢兢地说：“他，他……这姓任的真他妈不是人！”

佑普爷看了看那把尖刀，漫不经心地问：“这不是运喜家那把宰羊刀吗，咋到了你手里？”

德懋嗫嚅地说：“姓任的……交代过了，让我拿这个捅冬花一刀……”

佑普爷口里吸了一口凉气，不相信地问他：“嗯？杀她一个女人干啥？”

德懋叹了一声气，然后一五一十地给老爷子把他和任丕显之间那点烂底子全抖搂了出来。

原来，十孔窑那幛子真是他半夜偷偷挂上去的。自从被狗剩在祠堂里打过那一顿之后，他不但一直咽不下这口恶气，还担心狗剩把这件事情吃住劲地闹到底。事情真正到了那一步，自己这个村干部当不成都是小事，闹不好还得跟上吃官司。他内心不安地多次找到任丕显商量，觉得一定得想个办法才好。开始，姓任的对他和狗剩那一档子事根本不感兴趣，当他胡扯到“酸辣子”和高运喜可能“有一腿”的事情时，任丕显这才高兴地一拍大腿说，这是一条“好线索”。接着，马上给他出主意说，擒贼先擒王。不管有没有影儿，只要把这屎盆子往高运喜头上一扣，要扳倒一个女人那就是张飞吃豆芽——小菜一碟。到了这个时候，他也才明白过来了，人家姓任的表面上是给他出气，实际上是“项庄舞剑，意在沛公”，一心想再次整倒高运喜这个人哩。

老爷子并不说话，只顾细心地用手在那儿搓着蒲篮里的烟叶。

德懋接着说，前两天，任丕显带人在祠堂把“酸辣子”整治了一夜，一个女人家经不住拷打，已经把那些无中生有的事全认下了，还乖乖地在认罪材料上签了自己的名字。姓任的以为万事大吉，就把人带到了公社。谁知道，

"酸辣子"在公社大闹了一气。这头，狗剩一看前头的事没人过问，接着媳妇又被人屈打成招，还被绑到了公社。他一不做二不休，干脆举着告状信跪在县委办公室喊冤……眼见这件事情已经闹得无法遮掩，任丕显这才坐不住了。县上有人马上给这边报信说，闹不好县上这两天就要派人来过问这事，姓任的心里就更加着急了。也怪他这个人寻常把吊打群众当喝凉水，打起人来心狠手辣，不但亲自动手打，还用烟头烫、棍子抽"酸辣子"。如果这件案子最后被彻查，他只怕非但官职难保，拉去坐牢也说不定，就决定在"酸辣子"身上先下手！

夜里，姓任的离开他家时一再安顿，万一下不了手就让哲虎去。即便结果不了这个女人的性命也不要紧，至少对狗剩是个震慑！但万万不能留下一点痕迹。运喜家这把宰羊刀，也不知几时被他们弄到手的……为了让德懋放心地去行凶，任丕显还给他露底说自己在县上有人。只要这边下了手，他完全能把这件事情弄成是高运喜因"奸情败露杀人灭口"。"酸辣子"在村上亲笔画押的供词，攥在他的手心里。加上这把宰羊刀，到时候，高运喜纵然长一百张嘴，也说不明道不白的……

佑普爷一脸铁青地听德懋说完后，长长地吐了一口气，这才对他说："报应，这都是报应。唉，你说说，你们两个大男人，咋就对一个女人家下得了这么歹毒的黑手呢？你呀，好赖也是活到五十岁的人了，整天跟着个绺娃子又能学到个啥过人本事！为了人家手里那点臭骨头，像只狗一样被他呼来喝去，让我咋说你呀？半阁城在旧社会也出过些欺男霸女的事，好赖还有点底线；我活了这么大年纪，你们这样颠倒黑白，为了整倒一个人还得搭上一条人命，我连听都没听过。你说说，姓任的这号货色身负官职，为啥整天谋划着杀人放火呢？"

老爷子点了一锅烟让自己的情绪平静了一阵子，这才开口说："念着你在事关人命时还记得我这糟老汉，不为别的，只为你是谢氏门里的子孙这一点……我问你，你这阵是想死还是想活？"

德懋还没听出老爷子的话味，不解地说："好我的老先人哩，我现在是泥巴掉进裤裆里——不是屎（死）也是屎（死）了。祖爷，不管你咋说，我……这阵子都听你的……”

佑普爷一字一句地说：“奸人妻女，这罪咋说也得判你几年吧？还有挂幛子、设神坛这档子事，诬告他人是啥罪？你总知道谢君怀的下场吧？姓任的是啥货色？这个你肯定比我清楚。只要你老小子事后敢说出这一切都是他在后边指使的，只怕你娃儿等不到被政府收监的那一天，就会被他手下那一帮子人灭了口噢……”

德懋听到这里，两腿就不住地打起了哆嗦，他转身趴在地上给老爷子一边叩头，一边自打耳光地哭号着说：“祖爷，你救人救到底，娃在这里给你叩头了！”

佑普爷看到德懋事关人命还有些良善之心，让他赶紧起来。德懋依然跪在地上，仍不住口地说：“祖爷，就算我谢德懋是一只狗，这杀人放火的事我哪能去干？你今日就给娃指一条活路吧……”

佑普爷慢吞吞地直起身子，在地上大大地画了一个方框。

德懋似懂非懂地讨问：“这‘口’字？”

佑普爷认真地说：“祸从口出，看来只有这么着了。记住，最好让姓任的知道，你那张臭嘴已经不会说人话了，躲过一阵子算一阵子吧。”

说完，他还忙着要去给牲口添草，便不再理睬地上的德懋。德懋趴在地上想了一阵儿，这才慢吞吞地起身作了个揖转身回去了。

当天夜里，谢德懋在自家炕上突然口吐白沫、浑身抽搐……老婆赶紧叫儿子哲虎请来村上的赤脚医生雷升武，又扎火针，又灌童子尿，最终还是治不好。深更半夜，儿子只好喊叫来几个小伙儿，折腾着把老爷子抬到了公社卫生院。后晌，人被抬了回来。据看望的人出门说，德懋脑子好像没受啥大症，只是两眼发直，表达心声只能靠两只手在空中比画。看来，老命绝对能保住，但日后能不能开口说话就很难料。用佑普爷的话讲，这就是那种医书上讲的“中风不语”的病症……

却说谢德懋躺在病床上，仍时时担心有人来找他算账。三天后的晚上，任丕显果然偷偷来“慰问”过他一次，还特意给他这个村主任带了一封好吃的白皮点心。人走后，德懋装作解手，背过老婆把那封点心日急慌忙地丢到了自家猪圈里。第二天天明，儿媳去给猪喂食时却发现，家里养的那头壳郎猪[①]已经四蹄朝天，死在圈角了！

从此，德懋的病情愈发严重，人几乎已经不能下炕走路了。

全村多数人不知整个事件的底细，瞎子贵同还把这个编成个书帽在说书前给大家解闷：

半阁城，真热闹，
德锦哭，武印笑，
善广的涎水像遗尿；
前巷出了个谢德懋，
昂吃昂吃学驴叫；
屁眼努圆把气冒，
你说可笑不可笑！
看官休躁，
说书也得呼几句革命口号！
算是说革命书做革命人，
烧革命香敬革命神；
今晚开讲《大水浒》——
林冲夜走野猪林！

① 壳郎猪：体形已经长大但还未上膘的猪。

第四十三章

请神容易送神难

尽管谢德懋重病缠身，已经无力再在人前臭显摆，大多数社员却一直不知就里。眼下，此人突发重症无法主持工作，村上的领导班子立即陷于瘫痪。公社党委派出工作队进驻半阁城，帮助村上支部整顿学习。在此期间，谢栓柱又一次被高运喜扶持着上了台。

谢舍娃这个整天叫唤着连生产队长都不想多当一天的小队干部，居然官上加官地被扶上了大队革委会主任的宝座。

对于当主任这号官差，舍娃并不是假意推辞，他委实是当干部当颇烦了。他不但不去赴任，而且公开自贬就不是人家村干部那张犁上的铧。并声言，谁要是跪在地上当着全村老少爷们的面把他叫一声亲爹，他倒是乐意去支一趟这个“驴”差！

可是，他万万没有料到，住在他家的张义伦一听这个尬蹶子货色放出了这句话，专门当着一巷社员下地的当口，前去亲亲地叫了舍娃一声“爹”，这小子屁也不敢放一声，撒腿就往回跑，出得门来乖乖地把铺盖卷抱到祠堂去了。

老汉把话也给这厮跟屁股就撂下了——“张某人其他本事没有，专门收罗道上各类怪物[1]！鄙人少说也活了大半辈子了，还从来没有经见过半阁城这块大地界到底能蹦出多大个蛐蛐来。你给老子记住了，三年内不把半阁城弄出个样子来，我就开除你小子的党籍！”

舍娃在半阁城算得上是头号怪物。只是碰上张书记这个治怪的师傅，他也不能不夹紧自己的尾巴，老老实实做几天好人去。

这一切，还都是舍娃自己给自己招惹的麻烦。

他家老老少少一大家子，房子并不宽敞。当初，一听张书记又要到六队来驻队，他不但主动把家里那间大一点的房子让了出来，还花钱请人裱了新纸，特意给老汉把煨炕的洞口挪到屋外。把这个老瘟神又一次招到自己家里吃住，他心里也有一丁点儿小盘算。人家大小是个县委书记，将来发放个照顾款啥的，六队绝对是近水楼台先得月；同时，他家娃娃多，自家老婆平日做饭只图其数量充足而不注意其味道是否可口，只有轮到管干部饭的那几天，他才能人五人六地跟上要几天排场。他想，日后要是有老汉经常在家吃住，自家婆娘锅灶上每日的饭食肯定就相应的要比平日细疏一些。

事隔不久，他才发觉自己当初这个如意算盘完全打错了。

首先，老汉特别费灯油。此前，一家人一月只需打半斤煤油用来点灯。而且，让他那过日子相当细致的老婆打点着添用，居然还多有盈余。与自己这边房子那如豆的灯苗相比，自打多了老汉那盏呼呼冒烟的青灯，半个月时间不到，他婆娘就拎着瓶子往供销社跑了两回。为此，他私下里还真没少受老婆那些气话。

也不知老汉哪里来的那么好精神，整天都在看一本能枕着当枕头的厚书，有时深更半夜了还一个人念念有词地抄写了一段又一段。开始，他对老汉居然认得那么一大书本汉字，打心眼里就萌生出许多敬意来。后来，他倒是无意中问起过老汉那本厚书的名字，却几乎吓了他个半死！听到老汉在那儿给他天上、地下地讲了一大通，当时，他嘴里倒是没有说啥，心里却暗暗地有了

① 怪物：特指不稳重，行为滑稽，语言诙谐，惹人发笑的青少年（含贬义）。

打算。

从此，只要老汉再翻那本书，谢舍娃便有意识地紧防着门户。他虽然是个大老粗，肚子里也委实挤不出多少文墨，可是，凭着一个贫农党员对毛主席他老人家的那一腔淳朴的无产阶级感情，他还是能琢磨出点半懂不懂的道理。当然，老汉那本时时捧着潜心研读的厚书里边究竟写着啥内容，这对于他来说倒也无关紧要，问题是这个破书名居然叫作《资本论》！他真是百思不得其解。提到“资本主义”这玩意儿就已经要了命了，这老不死的居然没黑没明地潜心研究着一厚本子“复辟资本主义的理论”，他这不是想明着想变天吗？难怪“文革”伊始人家立即就把他打成了走资派，从这点上说来，老东西也确实是罪有应得！为此，他还暗自庆幸，好在自家婆娘是个睁眼瞎，看不出这件事情关系重大，要是让她把这事传出去了，老汉以后可咋活命呀？不久，他就趁着张书记去公社开会不在家时，背过老婆孩子悄悄把他那本已经有点发黄的破书塞到炕洞里，添了一把火烧了……

眼下，深秋活路不多。张义伦闲来无事又转悠到西沟塄七队的地头。在阳光的照射下，一地的大土块摞在地中间，看起来十分刺眼。看着那分蘖不多的麦苗被可怜地压在大小不等的土块下面，又勾起了老汉一肚子邪气。他走到麦地中间，一块足有牛头大的土块居然压着两行麦子。他真想象不出来，插耧播种时那些外来户是咋走过去的。

老汉再也忍不住了，不辞劳苦地回村取下舍娃院门上的门槛，准备将这块有“典型意义”的土块弄到高运喜那个“活学活用毛主席著作积极分子讲用会”上，好好地让全公社那些人厢都来观摩一番。然后，再让向阳公社党委也对他发现的这个“新生事物”会一下诊。谁知道，土块还没弄上自行车，却被自己不小心摔在大路上弄碎了，气得他一个人坐在地头发了半晌呆，起来后，又有气无处发地摔打了一阵自己的自行车。

刚刚从公社“讲用会”上溜回来的谢舍娃一踏进自己家门，老婆就赶紧把张书记准备将地里的土块拿到公社告他这个新主任刁状的事情学说了一遍，他便也不去老汉房子打招呼，一看婆娘已经盛好了饭，他便急忙忙端起饭碗夹了点菜溜出了大门。

舍娃一生只怕两个人。一个是他家那不讲理的老子；再一个，就是这个借住在他家、有事无事就要给他讲一通大道理的张义伦。

提起他那死鬼父亲，长稔塬上永远留下了老汉咽气前的一段故事。老爷子那阵子已经到了弥留之际，不放心地问儿子给他买来的棺板有多厚，舍娃小心地凑近老汉的耳朵根子说买的是东头财东家退下来的白柏“二五子”。话刚出口，脸上就重重地挨了老爷子撇过来的一枕砖。老爷子有个外号叫“解破米”。他管了一辈子家事，家里每顿饭也只备一碟儿“油辣子”。在一年四季的日月里，这碟用家酿的柿子醋和少许黄皮辣椒面兑成的稀辣子水，任你有天大的本事，用一双筷子是绝对无法夹起碟子里盛着的那点东西的。就是这样的“菜”，家里的男丁尚可用筷子头蘸一点在嘴里抿一抿，女流之辈却连靠近盘子的福分都没有。但即使是老汉最为心疼的小孙子多蘸一次，都会被他那严厉的目光剜上几眼。在老人家的身体力行下，全家人第一碗饭从来都是先不放盐醋“甜”吃的。用老汉的话说：“咸盐是咸的，辣子是辣的，调料原本是上天赐给凡间的毒药喀，能不用就最好不要用。饭以稠为宝，汤以清为贵……”老汉这一治家规矩，被他从小养大的儿媳全盘继承至今。于是，全村庄的人都知道，舍娃家的饭菜里一直很少放盐。

张义伦在饭食上也还是个能将就的人，但在舍娃家借住的这一段时间，他也让主妇的饭菜吃胆怯了。尽管每顿碗里都有饭，盘子里也有菜，而且还经常就着材料变换出不少花样，可是，那饭菜每样夹到口里都是缺盐、少醋、没辣子的同一种味道。偶有油花，那也是十年九不遇的事情。不说别的，他家那个泼菜用的小油勺，倒扣在风箱盖上已经落满灰尘。

话说，就在舍娃这头前脚刚准备出门时，听见女房东的风箱已经不响了的张义伦，亦不用人家招呼就自己准备进厨房吃饭。这时，他无意中看见舍娃端着大老碗像狗一般闪身溜出了院门，便站在院子里感到一阵子不解。心想，这小子放着公社那白馍馍不吃，早早溜号回来有啥着急的事情呢？于是，他也不嫌碍眼，端了饭碗跟屁股出了大门，自己在官树下找了个宽敞地方，和一群村民一起圪蹴着吸溜起来。

大伙儿一看张书记把饭也端出来了，就开玩笑地大声问："谢主任，你老婆做了啥好饭嘛，值得张书记也端出来显摆哩？"

舍娃只顾闷着头扒拉，应道："有屎好吃的，煎的搅团咯……"

张书记立即就跟着说："他媳妇只做了一点蔓菁叶子，让这狗日的一筷子全夹跑了。我一看碟子空了，只好出来混一点……"

大伙儿都笑了，纷纷把揽盘端过来让他尝尝自家的菜。张书记也毫不客气地夹了两大筷子，然后很香地咂着嘴抿了一下，这才慢慢地吃开了。

舍娃一看张书记态度还算正常，并不像老婆刚才跟他叙述的那么可怕，就一边吸溜着饭，一边小心地说："张书记，我想参加完这几天学习班后，到外面浪一回去！"

张义伦愈发觉得奇怪了，这小子吃了几顿人饭，咋就冒出了这么句人话呢？就随口问他："好，不知你这个大主任领会了几天新精神，回来准备到啥地方浪一回呀？"

舍娃认真地说："组织几个村干部到山西大寨大队去实地参观一下！"

张义伦一听，马上把碗往地上一放，一拍膝盖称赞道："行啊，看来你这个主任没白当嘛。咱们半阁城就是要有一批想当、愿干的带头人领着大伙儿扎扎实实地干哩。像社员眼下这日子，连买一盒火柴也得盘算半天，这叫啥日子嘛！不管咋说，粮食是个硬杠杠。来来，我给大家算笔小账……"

他一边用筷子在地上画着，一边接着说："嗯，你们六队去年一个劳动日值是一毛九分钱，一个壮劳力一天能挣八两劳动粮，加上七两基本口粮，一共折款是两毛一分欠点。这就是说，一个男劳力出一天工，就得给队上找二分钱的补差！我再帮你们算一笔暗账：一个壮劳力一天得吃多少粮食？你们又能够生产多少粮食？你们以为自己每年对国家贡献了什么？要不是那点自留地，你们一个个还能不能掮动手里干活的镢头都很难说！再说你们那个七队，劳动日值九分钱，一只母鸡下个蛋还值四分六厘钱哩。我们一个壮劳力社员一天的劳动价值，已经抵不住两只母鸡那勤快一点的屁门子了，这怎么得了啊！”

舍娃一听老汉不好好吃自己碗里的饭，又在那里针砭时弊，就故意打岔说：“你咋不说大寨大队一个劳动日值已经接近三块钱了？在他们那里当社员，比做县长都划得来呢。我倒是在想，将来各村都赶上了大寨，谁还去当那些个破县长去？”

老汉重新端起饭碗喝了一口浆水汤，开心地说：“真的有那么一天，咱们县有三分之一的村社能达到日值一块钱，其他三分之二的能达到五毛钱以上，我张义伦也算没白活一世。你们都读过毛主席的“老三篇”，主席的文章写得真好啊。共产党本职就是为人民服务的，还要有白求恩同志那样的工作态度，更需要有老愚公的雄心大志！我建议你们光会背这三篇文章不行，还必须一句一句地细细品味。我经常想这个问题，咱们半阁城最好的地块，雨水好的年成亩产不过三百来斤，自留地为啥一亩能打六七百斤？如果我们的生产队能均产三百五十斤，这吃饭的问题就差不多可以解决了。稍微努力一点，那我们这些土地对国家的贡献该有多大呀！这事我看也不怎么难呀，可为什么做起来却这么难呢？今冬的缺粮户，你们六队有没有哇？”

舍娃只怕他又说出什么出格的话，忙打断他的话，说：“吃好吃赖都一样活哩，还有红薯洋芋嘛。”说完，忙给几个抻着脖子听“天书”的人挤眉弄眼地故意招呼说，“喂，喂喂，都吃饱了，该上工去啦，还蹲着等书记给你们开谝《三国演义》呀？”

张书记刚把碗放在地上准备大发宏论，舍娃过去一把将他的碗和自己那大老碗摞了。一看主任脸色不对，几个人也起身告辞说准备去出工，老汉一看没了听众，只好跟着舍娃往回走。

舍娃端着碗一边走，一边小声地提醒身后的老汉说：“好老哥哩，你今天又放炮了！报纸上整天说形势‘大好’不是‘小好’，现在比以往任何时候都好，你老人家这不是和中央唱反调吗？你敢把你这些话放到县委上说去吗？说轻点，你这不只是个第二次被打倒的问题，就是弄个现行反革命分子，我看都绰绰有余！”

老汉不服气地说：“那你说我刚才说的那些是实话还是虚话？啥形势？混乱形势！”

舍娃立即吓得脸色大变地说：“好了好了，有话回家咱俩慢慢说……”一脚迈进门槛，他扭过头来就狠狠地挖苦了老汉一句：“好我的亲爷哩，你以为你还是以前的大书记呀，我一天到晚叫你吓得都能尿到裤裆里去！就算你不怕人家找你的事，我还怕从我这家门里逮人落碍……”

张义伦也不想再和眼前这个人为这个事辩口，随口问起他为啥不好好参加“讲用会”，而要半途溜回来。舍娃这才不好意思地嘿嘿笑着说：“今晚上轮到个人发言哩，还得当众念个人的心得笔记。咱虽说还算会念那么几个字，可一个都不会往纸上写喀。晚上高书记说他要到东北片这边来列席讨论，我一想与其当众丢那个丑，不如先回来避一避，明天吃早饭时再去也不迟……”

张书记一听他明天还要去，就好奇地问：“明天下午学习班就该结束了，你一大早白跑那几十里冤枉路干啥？”

舍娃十分得意地说：“白跑？你看我谢舍娃是那号瓜烬货吗？告诉你老汉，明天那八两白面馍馍还没领哩，我就那么瓷锤？”

张书记一听这小子肚子里的小账算得倒挺清，在他身后无声地笑了。

第四十四章

安之若素

下午，几个生产队的钟已经响过，社员们正准备扛着铁锹去修梯田，突然接到公社的广播通知——“红色电波传喜讯，最新指示到山村。今天下午，各大队要组织社员做好迎接伟大领袖毛主席最新指示进村的准备工作……”

于是，大伙儿只好放下手里的工具，列着队站在村头迎候。开始，栓柱以为这次依然会像往常送“红宝书”那样，由公社派摩托往村里送。从吃过午饭一直等到天擦黑，全体社员傻傻地等了一大晌，结果连个摩托影影都没等来。

这时候，大队电话的铃声响了起来。一直守候在旁边的栓柱赶紧把话筒拿起来，那边也不寒暄，直戳戳地传达道：“伟大领袖毛主席在中发第五十八号文件上签了个最新指示‘照办’，请你们记录清楚，一定要做到家喻户晓、人人皆知！”栓柱还抻着脖子在那儿等着下文，那边已不再说话，“啪”的一声把电话挂了。

栓柱赶忙使劲摇着电话手柄，好不容易接通后，着急地又问了一遍：“喂，公社，公社，主席的最新指示到底是个啥呀？我们这个电话刚才听不清喀！”

那边的电话员十分不耐烦地戗了他一句：“不是念了一遍吗？你的耳朵叫驴毛塞住了！”

栓柱忙讨好地说："那，麻烦您再传达一遍……"

电话那头那个姑娘立即就没好气地说了一声"照办"，又"啪"的一声把电话撂了。

栓柱站在那儿愣了半天，还是不明白，是主席就写了"照办"这么两个字呢，还是自己耳朵不好使一直没有听清楚？于是，他只好走出门去，大声对挤在门口恭候吩咐的几个队长说："都回去，各队给每人记半天工。主席的最新指示可能还在路上走着哩，看明天能不能来。这事情咱们以后再正式传达，电话正说着话，突然坏了……"

说实在的，栓柱自己在没有弄清到底是什么内容之前，一时还真不敢乱传信。

人群都怏怏地散了。那些收拾着锣鼓家什的社员，由于辛辛苦苦抬出大鼓却没能尽兴地敲一通，好像发泄一般故意弄得家什一阵哗啦乱响。这时，老大谢要栓拐到大队门口喊住了栓柱，小声问他："乔仕津捎话让问问，你给人家高书记把那事说了没有？女方已催着问了几遍了，咱总得先给人家有个回话哩？"

栓柱这才想起了给高书记找老伴这个大事情，就立即大声叫人又把舍娃喊了回来。

原来，吾家营村支书乔仕津早几天给大姐夫谢要栓捎过一句闲话，说他们村有个女人叫酒雪英，旧社会被人从省城贩卖到长稔塬。她先头那个男人死得早，中华人民共和国成立后这个女人就回老家去了。前年赶上那个"我们也有两只手，不在城里吃闲饭"的下乡动员，这女人又回到了吾家营。乔仕津在运喜当村支书那阵子，就和他就十分要好。一想高书记眼下这阵子冰锅冷炕的家里也没有个人照应，便想让姐夫给他提说提说这事。

不过，乔仕津还是想到了这个女人"历史"比较复杂，又不好给高书记当面说破这些事情。并交代说，女方人长得十分精神，过日子也绝对没啥麻达；最大的不足是，这女人一辈子不曾生过娃娃。

要栓却是把这事情当成个大事来办的。他和老三昨晚还商量过，估摸这件事情十有八九能成。眼下，运喜家里娃娃多得自己扳着脚指头都数不过来，女方生不生倒不是个啥大问题。眼下，他屋里确实紧缺个做饭的女人。

不过，栓柱平时在村上见了运喜一直都是敬畏有加，一般是有事说事，甚至多少还有点唯唯诺诺。一想到开口给人家公社书记提说这号事情，他就犯了难。于是，他想到了谢舍娃。

话说，舍娃刚进家门，一听栓柱派人来喊，又着急地返了回来。一进大队部劈头就问："我刚说端起碗喝一口汤呀，你个催命鬼又有啥事这么着急？"

屋子里，还有几个学校老师在那儿缠着栓柱诉说他们那补贴工分一直没有下到小队账面上的事情，看见舍娃进了门，栓柱三槌两梆子先打发他们出了门，这才惆怅地对他开口说："唉，吾家营的乔支书给老高说下个人，你弄这事情是内行，去给撮合一下，你看咋样？"

这件事情舍娃已经从侧面听乔仕津说过一回，想也没想地就随口说："我还以为是啥事哩。这事情好弄得很嘛，你让变巧给他家大女子先把话挑明，权当是给几个弟妹找个做饭的。只要水仙这个大的点了头，还愁老高那头棉花见了火不着吗？听说那女人还水灵着哩！"

栓柱一听舍娃又开始满嘴胡吣，没好气地说："你个屄货，说正经事哩！"

舍娃也立时正儿八经起来："谁还当要哩嘛。对了，上次你给我交代的那事我给小队开过会了。麦秀是革命烈属，芍药是烈士遗孤，一年给她家照顾一个全劳工大家没啥意见。我倒是想和你商量一下，老詹也是对咱半阁城有恩有义的人，咱总不能做那号人走茶凉的事情！是这样，学校这阵子不是要增加一个民办教师嘛，我想照顾让麦秀去。这样一来，她家既能挣来工分，又不耽误给娃娃做饭，你看咋样？"

一听这话，栓柱虽然十分赞同，但还是不无戏谑地说："有啥恩义？不就是给了你们六队辆破拖拉机嘛。不过，让麦秀去教书这件事，你不知咋考虑的？她那点文化底子能不能教还是个事哩！"

舍娃把嘴一撇，不屑地说："教个书嘛，我都能教！高年级的算术她教不了，领上学前班那些碎娃娃玩'狼吃娃[1]'总会吧？咋说人家在娘家瞎好还念过五年级哩。"

栓柱一想，只要把麦秀安顿好了，以后的事也就少了。不说老詹将来还得回来，就是不回来也不能让她们娘几个受委屈。于是，这件事情两个人就这么决定了。

栓柱这才给他安顿说："公社安排已经下来了，今冬主要工作是'抓革命、促生产'。我看呢，革命是摸不着看不见的玩意，生产却是实打实要粮食指标上去呢。各队的活路你要统筹考虑一下，不要光惦记着你们那一个小小的六队，你现在是大队干部了，你要弄清楚自己的身份。"

舍娃大大咧咧地说："不管口号千变万化，总归是一句话，没面蒸不了馍馍，没钱娶不来婆娘。我的意思，年终决算时让各队把工分粮稍稍抬一下，把基本口粮压一下，至少要让社员知道'不劳动者不得食'这个道理！"

栓柱一听要抬高工分粮，不免担心起来，小心地说："那样行吗？"

舍娃理直气壮地说："咋不行？再说，咱也不是正大光明地闹。你算一下，一个小娃是二百斤口粮，一个壮劳也是二百斤口粮，这公平吗？都他妈的在家搂着媳妇造娃哩，欠下生产队的口粮款驴年马月还得清？现在哪个队不是内欠一疙瘩外欠一河滩？工分粮必须抬高，出了乱子算我的！"

栓柱没好气地说："你敢抬，那些娃娃多的家户还不一定就愿意哩。"

一听栓柱这话，舍娃立即换了一副口气规劝他说："高书记经常说，大政策中央定，小办法村上想嘛。前一段搞那个'早请示、晚汇报'，有些村搞得比咱还正式，这一段哪个村还坚持呢？哎，我说伙计，你看这么着行不行？咱们先把几个队长、会计找来商量一下，偷偷摸摸地搞一阵子，说不准将来还是个经验哩！"

栓柱一听他这话，就认真地说："只要不出事，啥经验不经验的。你小

---

① 狼吃娃：陕西民间一种由两个人在一定的网状方格上，用草棒和小石子斗智的游戏。

子记住，咱们两个是跟着高书记干哩，半阁城又是他的老营，咱们半阁城大队可坚决不能给他惹麻烦！”

两个人商量了一番也没个最终决定，便又把话题转到了给高书记说人的事上。

舍娃大包大揽地说：“我去跟佑普爷说说，只要老汉放一个小屁，高书记那边还不得赶紧用纸包着！”

人杰（村庄的秘密之八）

一切都应验了谢舍娃的推断。几个人来来回回撺掇着、提说着的这个女人，运喜本人以前不但见过，两个人年龄也相当。不过，这女人先头嫁给吾家营一个老财东，后来不知咋的又落脚在西京，个人经历比较复杂。不过，就目前运喜家里一群娃这个乱劲儿，一般女人还真的不敢进门。人家不挑剔，他便无话可说。结果，三榷两梆子，这事还真成了。

这个姓酒叫雪英的女人进了高家南场，村里人都有事无事去书记家观看了三天新人。城里来的女人，穿着打扮首先非同一般。不但肤色十分白皙，一张清瘦的脸庞更是舒雅清丽。开口说的虽是关中土话，气度却不失城里人的温文尔雅。进门几天来，屋里屋外收拾得有模有样的，锅上案上更是一把好手，全然不像那些个不会拾掇家务的外来户。只是几个娃一时还不习惯让一个生人管家，多少显得有点生分。

不过，从村庄上几个上了点年纪的老人口里倒是传出来一些有关这个女人过去的事情，听起来却让人觉得匪夷所思。有人说，早先，这个女人十多岁就被父母卖给吾家营一个糟老头做了填房。老头子死后，她在半阁城的车马店还做过几天厨娘。对于这些事情，知根知底的佑普爷却从未提起过。于是，关于这个女人以前的那点根底，大家一直也就不是那么清楚。

其实，这个女人的真实身份，远比村民们所知道的那点皮毛要复杂得多。说出来，那还不是一般的吓人哩。

三十年前，南京金陵女子文理学院有一个品学兼优的女学生，人长得十分漂亮，算得上个小“校花”。这个女学生，就是酒雪英。那年冬天，从未见过下雪的江南也出奇地落了一场大雪。日本人那阵已经在上海登了滩，闹得南京人心惶惶的。酒雪英的父亲早年留学东瀛，此时担任着该学院的日文教授，是民国政府注册的亚洲专家。为了保护国家人才，政府已经将他交流到广西南宁，那阵子正准备举家搬迁。然而，日寇的铁蹄很快就践踏了雨花台，身兼数职的萧山令将军饮弹殉国，南京沦陷了。四十多天时间里，南京城成了一个血腥的屠宰场。当时，一家人不幸离散，酒雪英领着弟弟随着人流挤进了一个英国人建的天主教堂，躲过了第一拨屠戮。可是，十多天后，她还是被一群兽兵从房子里拉了出去，青天白日被摁倒在教堂外的台阶上当众轮奸、拍照取乐……

事后，这个坚强的姑娘并没有选择去死。她逃出南京，徒步乞讨到西南边陲，在云南志愿加入了国军，接受特工训练。不久就被军统机关以“井蕾蕾”的化名安插在陪都重庆做“交际花”，熟悉和适应上流社会的生活方式，间或见习搜取一些简单的日常情报。后来，经过美国战略情报局设在远东的特务机构培训，被正式安插到京津沦陷区，具体负责晋绥日伪的情报监视。凭着一口流利的日语，这个女子很快渗透进日伪高层，并以双重间谍的身份来往于北平、太原之间。凭着出色的表现，她主导重创了南京日特机关，立下大功。后来，这个真名叫酒雪英的女人，领导着她的“惊雷”小组一并被正式归于军统关中局统管，并被重新命名为“三河支队”，重点刺探中共西北秘密组织体系并伺机摧毁，为战后“戡乱建国”做好必要准备。由于她要潜伏的地区是靠近关中北部的丘陵地带，那儿没有一座大城市可以让一个“交际花”落脚。为了熟知当地民风民情、选准设伏地域并安全进入，这个酒雪英居然装成一个疯女人漂泊在西京街头，一个人过了整整三个月的流浪生活。

就在她几乎绝望的时刻，机会终于来了。

西京城玉祥门里有一个混混，看着自己的地界上出现了一个又脏又疯的年轻女人，开始时还不敢轻举妄动，经过两个多月的留心观察后，他发现这个女人每日里沿街乞讨，天黑后就落脚在城墙脚下自己搭盖的一个小窝棚里，身边并没有可疑人员。于是，这个街痞对口边的这片小肥肉打起了主意。他先偷偷地物色好一个贩卖人口的下家，让其当天夜里到小南门外来接货。决定用这个流浪女冒充良家女子，让人贩子带去骗点票子花花。接人的那天夜里，西京城下了点小雪。这个无赖用一个烧饼先把她连哄带骗地弄到自己的住处，并让其换了套衣服洗了把脸。那阵子，这个小瘪三可能看见这疯疯癫癫的脏女人经他这么稍微捯饬了一下，居然露出了几分过人的姿色，就起了非分之念。可是，还没等他动手动脚，一支小手枪就抵在他的鼻梁上。那一刻，他才知道自己遇上了道上高人，只好乖乖地按照这个女人的吩咐，把她送出城门和人贩子“讨价还价”了一番，最终以三十万法币和对方成交。混混做完这一切刚迈进城门，就被一群“仇家”打死在一家烟馆里灭了口。就这样，这个女子被不明就里的人贩子带到长稔塬，先被贱卖给王善庄杨烂烂多病的儿子“冲喜”。那男的却是个短命鬼，完婚当日居然咽了气。过了不到两个月，杨烂烂又把这个“白虎星”儿媳转卖给吾家营的王哼囊。

说到吾家营这个王哼囊，其家道殷实，就是年龄偏大点。自己新纳的这房新妇要进门，他那嫡亲长孙的定亲宴也刚刚办过。那些铺排的彩棚锅灶也不用收拾，王掌柜便把自己这个老来鸿禧的热闹事情凑合着办了。老夫少妻，凑凑合合过了不到两年，在酒氏二十五岁那年，她那七十八岁高龄的丈夫便撒手人寰。一门叔伯都忙着算计家产，撇下这个未亡人一时没了着落。经人牵线，她便在半阁城的车马店暂且栖身，帮着打点了两年茶水。不久，长稔塬就解放了。人民政府大修公路，故道改了道儿，车马店一夜间便门可罗雀。这个女人只好搬回吾家营村那个大宅门深居简出，此后便被人们渐渐遗忘了。可是，这几年在长稔塬的生活经历，逐渐改变了她对共产党、对国家前途的看法。她由一个军统特务变成人民中的一员。

其实，退守台湾的军统也没让她闲着。在接到来自台湾的上峰指令，让她配合“光复行动”炸毁陇海铁路七号大桥的关键时刻，这女子毅然决然地走进西京城国家安全局的大门自首。台湾特务机关为了杀一儆百，差点将这个变节者毒杀在戒备森严的莲花寺监狱。再后来，她更名改姓成了西京建筑设计院下属的一个部门的工程技术员。为其安全考虑，安全机关并未将此人的身份公开。在那次城市人口大疏散时，她被单位放在“支边”的名单里分到遥远的嘉峪关火电厂工作。她当时也考虑过了，自己身体很不好，与其到遥远的地方去做工，还不如回到长稔塬去种地。于是，自己请求将她换到“返乡”的那一拨名单里边，回到了吾家营。

谁知道，昔日她曾经居住过的那个大宅门，在她离开时还只是三家，眼下已经分成了七个门户。她这个年轻的“老奶奶”将来跟着哪一家生活都是不现实的。何况，她那些先房“儿媳”一个个都已五十开外，几个大点儿的孙辈媳妇倒和她年龄相当。在靠工分吃饭的生产队里，入“五保”她根本不够条件，亲属又都不好和她合灶。左右为难中，她终于改变了自己原来终身不再嫁人的想法，多次到半阁城找当年的店掌柜谢佑普，不但向他坦白了自己的一切，同时，也解释了她这一生再也不愿回南京的原因。那个城市留给她的噩梦，一直在她的脑海里挥之不去。还有，台湾那边一直还“惦记”着她这个人，回到那个鱼龙混杂的大都市，迟早也是死路一条。

人们当然不会知道，在这桩婚事的背后，佑普爷也曾亲自到向阳公社跑了好几趟，最终促成了这一桩姻缘。

第四十五章

红茗之气

一直窝在村上的张义伦，可谓是一个卧龙岗上散淡的人。有他不多，没他也不少。这么长的时间，这个驻队干部既没给村庄上讨来一个招工指标，也没有争取过一分钱的国家补贴，反倒给大家带来了不少忙乱。时间长了，社员们几乎也忘记了他那“钦差大臣”的身份。看他有年没月地待在村里不打算挪窝，大伙儿都觉得组织上当初让这个人来“蹲点”的事由似乎变得有些欲盖弥彰。

前一阵子，村上那些消息灵通的人士还嘈号[①]说，老汉可能马上会重出江湖，而且说得有鼻子有眼。好像省上已经有人出来替他说话了，职务也给安置得妥妥当当。后来，这件好事不知哪个环节出了纰漏，最终却成了纸上的烧饼。

其实，这一切都与一些人经常在后边找老汉的马脚，说他在驻队期间经常散布一些对现实不满的“言论”有关。刚来时，大家觉得这个大干部说话文绉绉，多多少少有股书生味儿。后来，可能是和这些乡巴佬打交道久了，他那驻队干部的形象在社员群众中也就大打折扣。在田间地头，社员们最多说说那些公公扒灰、嫖客跳墙的热闹话，有些关乎政治方面的敏感话题他们都不敢

① 嘈号：人们自发互相传言（多系事发前传播信息）。

随意涉及。这个人却仗着自己那身份，时常发表一些过激的看法。可是，隔墙有耳。也不知道谁有那闲工夫，居然给老汉一条条整理成文字反映了上去。为此，县里还专门派人来调查过几次。究竟是不是那些事情最终影响了老汉的前程，这阵子也说不清楚。不过，从他那张嘴里不经意间溜出来的那些“乱放炮”的话题也实在不少。在调查组面前，尽管社员们百般包庇，但有一些事情还是让大伙儿无法遮掩。

不说远的，霜降前夕，公社检查团来检查半阁城的“三秋”工作时，正好遇上各队都在挖红薯。在六队的地头，任丕显一看满地的老老少少很集中，就随便给大家讲了几句话。作为公社的带队干部，每到一处给大伙儿做个指示这也是很正常的事情。何况，那天任丕显在吃派饭时还喝了点小酒。看到一地鲜红的红薯，他就有些触景生情，在讲话中很恰当地引用了毛主席那句“红薯很好吃”的著名语录。

谁知道，正当任丕显在那儿摇头晃脑地讲演时，站在近前的张义伦看到他滑稽的样子，紧接着他的话屁股就“补”了一句：“放屁！”

张义伦身后恰巧站着谢舍娃。一听从老汉嘴里突然冒出这句坐牢杀头的话，舍娃的头发立即就竖了起来。这小子脑瓜子转得也快，赶忙替老汉掩饰道：“哎哟，你看你这人，好赖也是个县上来的大干部，放个屁还跟人打招呼哩！”说完，故意捂着鼻子避到一旁，惹得男女老少一片哄笑。

谁知道，当时，张义伦并没有给谢舍娃赏脸。他不但不收敛，而且还摆出一副钦差大臣的气势又当众大讲特讲了一通他新近总结的一大段“屁论”——

屁也屁也，乃红苕之气也；不放乎，夯胀也；放出来，响亮也；焉有让人憋住不放之理乎？屁是一只虎，出门无人堵；打了潼关城，捎了西安府；三千鞑子来救驾，一屁打死两千五；皇上急忙点兵将，剩下五百人还没了牙茬骨。咋？叫屁崩豁嘴咧！八亿神州，放屁比武；大屁撂炸弹，小屁敲大鼓。也容我老张顺便凑个热闹嘛！

一地社员都笑得前仰后合，任丕显也忍不住跟着笑了，但他这笑里却藏着刀斧。果然不出人们所料，老汉的屁股没挪半阁城这个窝，其身份立即就从“驻队干部”转换成了“下队锻炼干部”。除过他在田间地头说的那些话之外，还有一宗不被一般群众所知的大事情，最终让他栽了个大跟头。

正在省上组织人马对他考察的节骨眼上，这个人居然不识时务地大胆上书荐言：“经过本人两年时间调查，目前农民生活水准确实比土改时略有下降，社员普遍存在营养不良的状况”；“农民属于重体力劳动者，白天修大寨田，晚上经常性安排政治学习，睡眠长期严重不足，故应酌情减少政治学习，以便保障正常出工”。结果，原本让其复出任职的决定又变成了一次组织处理。

冬至那天，县委办公室筛选了部分参加路线教育学习班的人员名单，张义伦第一个被当成反面教材“邀请”到县上又受折腾去了。为了显示出某种照顾，有人还记得给老汉派来了一辆吉普车。临出门，舍娃让他就别带铺盖卷了，反正过几天还得回来，省得一路麻烦。司机却坚持让把一切都带足，并解释道，这次参加学习的人员太多，学习班没有办法准备那么多公用铺盖。他们这些老干部尽管被安排在条件尚好的县城南门外机砖厂食宿，在改作宿舍的大会议室睡觉却得打地铺。个人铺盖不但一定得带，而且带少了都不行。

舍娃赶紧把自家那张狗皮褥子塞进了车里，还特意给老汉多拿了一块塑料布铰的单子。

有意思的是，半阁城的“哑巴”谢德懋也被向阳公社作为重点对象举荐去了学习班。

这个谢德懋当村干部那阵子，一直都没有碰到这样的好机会可以去县上风光一回，这次却天赐良机，真是让大伙儿羡慕不已。他本人也乐得去混几顿好饭食，便十分高兴地夹着自家那件军大衣报到去了。

谁知，他第一顿饭就吃了人家八块大发糕，而且连邻座饭摊子上吃剩的汤盆，他也十分搡眼地挨个舔了个精光。刚离开饭摊回到宿舍，他就被撑得满地打滚。办会的一看，开班第一天就出了这么个“食物中毒”事故，赶紧派医生询问了半天，德懋只急着比画，却不会说一句人话。管理人员此时才明白，原来向阳公社给县上送来个哑巴滥竽充数，不但马上派人把他送回了原籍，还当面把任丕显骂了个狗血喷头。县委的通知十分清楚，这次参加学习班的人选都是些老资历的“运动健将”，半阁城这个哑巴只当了几天村主任，就被推荐到县上去参加这样高规格的学习班，简直是乱弹琴！

为了谢德懋给自己又惹下的这宗麻烦，任丕显只好给来人解释说，这人以前绝对会说话，肯定是他心中有鬼在装洋蒜。同时，他还带着强烈的无产阶级革命义愤，对县上来人历数了这个混进革命阵营的投机分子那些“诬陷公社书记高运喜同志”的罪恶行径。学习班的人那阵子也顾不上关心一个破哑巴的罪恶，让任丕显代交了一天半的粮票和饭钱，屁颠屁颠地回去交差去了。

没等县上的汽车开出公社大门，任丕显就安排了几个民兵像练手艺一般左右开弓地把谢德懋狠狠地捶了一顿，他倒是想看看事到着急处，这货究竟还会不会说点人话。德懋被打得满地打滚，嘴里依然只会怪叫。最后，任丕显只好叫人打电话让村上把这货抬了回去。

德懋蹭了一顿白饭、换了一顿饱打，最终落下了要命的内伤。从公社抬回来，这个人日显痴笨。本来哑了，加上那一脸颓丧的气色，村民都觉得他可能也活不了多少日子。加之，他那宝贝女儿灵芝被贬回家不久就有了身孕，为了遮掩家门之丑，家里四处着人央媒，悄声悄气地把女子草草地嫁到了大山根红石崖村。结婚不到四个月，姑娘就给那户人家生下一个胖儿子……

德懋这个做了外公的人，吃过外孙那顿满月酒后，病情反倒比以前更重了，连他都觉得自己可能不久于人世。就在他被赶出学习班、又挨过打的那天深夜，他把儿子唤到炕前，将灵芝娃被姓任的先奸后占，并且在后面让他做的那一串串丑事统统学给儿子后，气懑地交代着自己的后事说：“虎子啊，我不行了。以后把你妈伺候好，照看着灵芝娃那头不要再生歧杈，我睡在土里心也就踏实了。你是我的儿子你就记住，爹是叫人活活逼死的呀……”

此前，对这个败门风的妹妹，哲虎一直不愿意好好招识她。他以为这全是妹妹这骚货自恃长得窈窕、不愿参加生产劳动而招惹出的轻贱，却万万没想到，原来是姓任的祸害了自己的亲妹妹，又使她最终误入了魔坑。

当一直失语的老爹突然“开口”说出这一切时，哲虎这个做儿子的更加羞愧难当。从这天之后，他每每看见父亲在炕头给来人咿呀比画，心中便升腾起一股说不出的愤懑。就在妹子回娘家给孩子“过百天”小住过后，哲虎第一次主动借了队上的驴把妹妹送了一程。那一天，望着妹妹怀中小外甥那酷似任丕显的小脸，他觉得不消家门之恨真是枉为七尺男儿！

当天夜晚，他回到村庄并未进家门，而是摸了三十里夜路，趁着天色黑暗进入公社大院……约莫夜半时分，他悄悄溜到领导住的小院里。蹲在树丛里的他，窥探到任丕显的房子那时已有鼾声传出，正想撬门找仇人算账时，这才发觉翻墙时把随身携带的杀猪刀让自己闹丢了。他倒没想到其他，只是想没有了家伙咋办大事，于是，就又翻墙出去准备再做计议。却没料想，为了配合县上抓捕那些编席、烧窑的外来盲流人员，公社那几天专门组织了一拨人半夜挨村逮人。哲虎那时刚刚翻墙从公社大院出来，因躲避不及，被那伙人撞了个正着。看他穿得破破烂烂，又是一个人在走夜路，那一拨民兵也不听他解释，就把他当成盲流绑起来，送到了县办的农场。就这样，他莫名其妙地给人家糖厂挖了十多天甜萝卜。后来，那些外地盲流一一被遣返回家，由于他是本地人，人家只给他发了一顿干粮让他自行回去。村上人只知道哲虎去送妹子进了山，以为他可能被山里妹子家的活路绞缠得脱不了身。谁也没有料到，这个楞娃还经历过这一折“过五关斩六将”，最后却“败走麦城”的惊险闹剧。

孤注一掷

县上的路线教育学习班结束以后，张义伦一下子名副其实地“靠边站”了。老汉身体一直不怎么好，受此当头棒喝一下子还真的受不了。家属在县城百般活动，董专员在上边也多次过问，最后，地区行署以文件的形式正式指示洽川县委，对于张义伦同志已经给出的“结论”应当予以尽快落实。至于有人反映此人在半阁城调查研究时“散布不满言论”的事情，经调查组多次下去调查了解，大多查无实据，可以不予追究。

洽川县那一帮子当权派，也同时接到上边另外一种指令。只要有人不愿意让其复出，这个人就只能靠边站。紧接着，有关这个人的那些莫须有的材料反而像雪片一般被投寄到了省委。最终能不能把这个人整翻倒在其次，能更多地推延时间，让其在空耗生命中经受身心疲惫的“组织考察”也算是一些人的胜利。

在家里休养了不到一个月，张义伦觉得整天在家给婆娘“做官当老爷”，也委实是件烦人的事情。他这头刚刚觉得有了点精神，给任何部门一声招呼都没打，就以一个“普通社员”的身份常驻半阁城，毫无顾忌地把手伸进半阁城这个面盆里来了。为了让谢舍娃专心致志地当好村主任，他还辞掉了身上兼任的那个六队队长职务。经过再三商议，让谢狗剩当了六队队长。

狗剩虽然没有舍娃那么有冲劲，种庄稼的心思却比舍娃实在得多。他这头刚一接手，就干了一件大事。

半阁城村南墚上有一个名叫灰堆的小村落，至今还遗留有一段已经坍塌得不成样子的魏长城。尽管历经千年风雨侵蚀，这段老墙近处至今依然存有一处被村民称作 “焚书台”的大土台子。已经裸露出一层层夯土线的古老城墙根上，依稀还能看到些木简灰烬和人马碎骨。由于当地人的讹传，都把这段战国秦魏交界的老界墙，说成是秦始皇当年的避暑行宫的老宫墙。时至今日，遇上打雷闪电下雨，那卧龙般的墙基土中时而还会冲刷出一枚枚结锈如石的秦“半两”古钱。懂古的高子升引经据典地告诉大家说，那钱上“半两”两个字应是一个叫李斯的人亲书。看那钱文笔画，确如利剑划空，处处透着大秦帝国骄横的凶焰。村民们亦不清楚那些张氏、李氏都是何方人士，见了那些东西也从不用手拾取，一脚便踢到路旁，生怕沾上了千年晦气。那铜钱却像是除不尽的杂草，不久又会幽然而出。于是，人们对这段老墙，就一直怀有某种说不出来的敬畏和恐惧。半阁城这个村名，正是因了这道城墙的延伸将其老村址从中一划两半而得名。

然而，年轻人多不信这番鬼话。

狗剩咋说也不算个年轻人了，可他也跟上一伙毛头小子胡折腾。按照老辈人的说法，那墙土用铁锅炒过，是浇了米汤的熟土。时至今日，墙根下的土也确实很绵细。不管咋说，狗剩坚信这土做肥料肯定能长庄稼，这头刚刚走马上任，就策划了一场搜肥大运动。

第一场小雪后的一大早，天还不咋亮，六队社员像做贼一样拉着架子车上了岭。他们来来回回挖走了十几车肥土，谢有福负责的那组突然挖出个黑咕隆咚的雨水窟窿。狗剩还站在那儿纳闷，小伙子们连戳带挖，那洞便成了一个大坑。不一会儿，从坑底渐渐地显露出一溜儿老砖来，尺码大约都在一尺五以上。看见这些砖块之后，社员们便心惊肉跳地猜想，这里莫不是那个藏有“金头将军”的陵寝?

狗剩心里一热，便放下正事不干，迅速组织社员开始挖古墓。不说能挖出个金人头来，即便能掏出点裹兜链链、玛瑙串串出来，那也是一笔钱哩。

话说，几个不要命的年轻人撬开砖墓后，赶紧远远地跑到一旁等待奇迹的出现！那一片早已塌实了的土坑内，却并未像传说的那样，一开墓门，便立即会飞出箭镞、放出毒烟来。他们就壮着胆子重新下去一点点刨出泥土，又一件件递上清出的明器，最终，也没发现金子之类值钱的东西。大半天，只掏出来一大堆能拼成画的砖块和十多个绿森森的铜瓶，还有几个大小不等的青铜大鼎和一大堆还能撞出点响声来的老编钟。

大伙儿开初时的那股心劲一下泄退了。

那一地烂砖头，垒个猪圈倒是能派上用场，但社员一个个却都怕沾上晦气，没人敢往回拉。至于那一堆烂铜器，在地下埋了几千年，即便是回炉烧了，恐怕也炼不出多少铜来。辛辛苦苦送到收购站，想来人家也不会好好收购。于是，有人便拿那些大鼎撒气，一锄头一个地狠砸，一会儿便把一早上白下苦的闷气给出了。待要收工时，有好事者偶然发现胡拼起来的砖画上除刻有狩猎、射箭、捕鱼、纺麻的情景之外，居然还有一群男女赤裸裸地行交媾之事。狗剩不信，前去看了……呀，真是羞死人了。他心里立即就怯了，恭恭敬敬地带头把那些砖石残物重新放回土坑里填埋了。完了，他依然心有余悸地安顿说：“今早上的事，回去后谁都不要向外队的人学说。日他妈！咋挖出这么个晦气的坑来！”

回到家里，狗剩还没有顾上端起饭碗，佑普爷就找上门来。老爷子对他交代说，那墙土是不敢再往地里拉了。刚入社那阵，外村人曾拉过那墙土肥田，结果不但肥不了庄稼，还烧庄稼苗哩。

狗剩一个劲儿点头，谦恭地说：“对着哩，对着哩，您老说得对对儿的，我已安排人进地铲了，这土是万万动不得的……”

佑普爷给他出了个主意说：“要肥也容易，让各户把老茅房底子起了，拉一架子车给点工分，总还有点肥气吧。你有那工夫，让搜肥队挨家挨户掏去，何必跑那么远的路？”

老爷子此话一出，狗剩就开始如法实施。当天下午，立即组织人马进户搜肥。几个生产队一看，六队都敢停了修大寨田的事情而去搜肥，就也照葫芦画瓢地分头去干。整个村庄，立即展开了一场声势浩大的“肥土归田”的大运动。

常话说，脚和鞋子亲，头跟枕头近。谢舍娃这个革委会主任挣着大队干部的补贴工分，整天操心的还是自己生产队的事。他也一门心思地跟着狗剩搜肥，把全村的革命都给撂荒了。公社正在召开“第三届活学活用毛主席著作讲用会”，他这个事事爱出风头的货色，这次却根本没心思好好地组织一班人马去参赛，只让瞎子谢贵同一个人去应了个名，代表半阁城大队在公社大礼堂拉着葫芦琴唱了一出由毛泽东诗词《沁园春·雪》改编的秦腔唱段。结果，瞎子那两天睡觉伤了风，尽管上了台抻着脖子卖力地唱了半天，效果却并不好，只挣来一张“荣誉奖状”。第一回在公社弄出这样一个“把后营”的成绩，舍娃这才后悔自己不该指屁吹灯。

栓柱却不在乎那点虚名，领着一拨儿泥水匠在西沟塄一气砌了十几个水泥罩面儿的新式储水土窖。这种新式水窖不但省工省时，还很实用。村上人畜愈来愈多，到了春夏之交，各队都得套着牲口去滩里拉水。他准备利用冬春闲暇，在全村实施“一户一眼窨”的工程，彻底解决经常闹水荒这个困扰长稔塬已久的大难题。

话说，高运喜坐在公社观风景，看到自己村上这两个领事的脑瓜子还算好使，张义伦这个老黄忠也还真能顶个人用。至少，他们在革命和生产两者之间，基本上还分得清饭香和屁臭。于是，他也趁机给本村这两个活宝打气鼓劲。公社“讲用会”这头刚刚结束，高运喜立即组织全社三级干部在半阁城召开了一个“学习毛著、斗私批修、冬季抗旱备耕现场会”。全公社从大队到小队的大小干部一个人都不准落下，弄得各村的那些头头脑脑一时还真是摸不着头脑。

用高运喜在动员会上的话说：“要让大字不识几个的社员群众理解党的基本路线，就是得加紧生产，多分口粮，改善生活。要学习大寨人改天换地的革命精神，而不是让你们把平地修成梯田。不要整天把口号喊得岔气，却让社员穷得叮当响……”

现场会那天，半阁城村头赫然搭起一座柏枝牌楼。牌楼正中挂着一幅领袖像，两旁悬挂着高子升亲自撰写的大红对联——

半城人民多奇志

敢教日月换新天

谁也没有料想到，现场会这头刚散伙，在长稔塬下了入冬来第二场大雪的那个早晨，有人就看见高书记回家来换了一床厚一点的铺盖，用自行车载着上县城参加路线教育“补习班”去了。

这一次补习班比上一次正规班的来势更加凶猛，参加的人已经扩大到了村社，基本上都是各个公社和个别先进大队那些平时“只顾埋头拉车，从不抬头看路”的老土鳖。在学习班上，向阳公社叫响的那句“远学大寨人，近学半阁城”的口号，也被县革委会当场解剖了麻雀。

有人在分析发言中说，大寨是伟大领袖毛主席亲自为农业战线树立的一面旗帜，半阁城充其量不过是高运喜手中的一块遮羞布。幸亏只有“半城”人民跟着这个瘸子胡整，也还算他们有点自知之明！

被拉上垫背的任丕显一看大势不好，当下在大会上就立了军令状——“我们向阳公社坚决汲取走错路、做错事、喊错口号的沉痛教训，为了表示我们改正错误的决心，公社党委决定把‘半阁城’这个旧村名立即改成‘防修大队’，决心和传统观念做最彻底的决裂！”

更改村名，这并不是任丕显的个人发明。在洽川县县域内，有个叫作“和家庄”村的城墙上，人家早在六年前就已经刷过一条“誓把‘和’家庄，变成‘斗’家庄”的石灰标语。不过，此事一经郑重其事地提到县一级的会议上，参加学习的民政局局长倒是认真地给他们提醒说，更改村名关乎全国行政大事，至少应当给省上备案，批准后还得登报启事。而且，县域内一个叫作“防虏寨”的村庄已于年前正式更名为“防修大队”了。一个县同时拥有两个同名的村庄，这样做并不合适。不仅容易引起行政混乱，也不利于中华文化的传承和光大……

大家都觉得那样做的话，实在是太费事了。于是，更改村名的事便不了了之。

第四十六章

复仇（村庄的秘密之九）

先期被放回来的任丕显，决心让向阳公社迎头赶上全县的革命形势，他专意来到半阁城这个政治“重灾村”指导补救工作。

活该这小子倒霉，当天晚上，他在社员家吃完派饭，刚刚从后巷往大队部走时，一个人追上来，照准这家伙的脑袋就死命地给了一闷棍。

来人下手很重，任丕显委实是伤得不轻。栓柱一看，在自己村上，公社主任的脑袋让人打得像个血葫芦，当即和舍娃领着一帮人把人赶紧抬到了公社卫生院。当人进了急救室，看来并没有生命危险时，他这才返回村上，立即调查事件的真相。

经过几个人的简单分析，事发现场距离社员谢民生家的院门不远，这个窝囊废当夜就被叫到了大队部。

栓柱并不是实心要抓住真凶，可这事已经闹大了，咋说也得给人家查个水落石出。不过他觉得民生也不大可能闹这事。冤有头债有主，他何故能憋出这么大的仇气，居然要打杀人家公社干部？

等一脸愠怒的谢民生进了大队部在凳子上坐定后，栓柱这才饶有兴致地问道：“伙计，你狗日的还真行啊，敢拿着棍子打人了！你先别瞪眼，我这也是秉公办事。你就老老实实交代，为啥要打人家公社干部？说完你就回去，看人家将来咋办，那就不是伙计说了算的事喀！”

民生木然地望着栓柱，并没有很快地回答他的问话，只眨巴着一双红烂眼瞄了瞄他，然后又气哼哼地歪过头去，看那样子，他根本就不想理对方这个茬儿。

栓柱一看对方居然有抵触情绪，口气立即就变得严厉起来：“告诉你，你今日不说脱不利手，你还脖子捩得想咋？”

一看栓柱那话里似乎有话，民生也没好气地说：“我一进门咋就听到你满嘴胡说？伙计平时走路都不敢踩死一只蚂蚁，你说，我打谁了？”说完这些话，他开始在那里思考，究竟是哪一个王八蛋平白无故地给他扣了这么大个屎盆子？

栓柱和民生同庚，两个人从小一直要到大，他也不和对方急眼，依然慢吞吞地说：“你娃嘴甭硬。有人那阵子明明看见你拿了根锨把从家里跑了出来，完了还站在自家门口听了一会儿动静，有这事没有？”

民生并不知道打人这件事情已经惹出了大乱子，更不知道栓柱提说这话的意图，只赌气地接了一句：“咋？不兴打好人，还不兴打坏人？”

听了民生这句回话，栓柱还真的吃了一惊。既然他已经承认打了人，栓柱这才公事公办地问了他一句：“好伙计哩，你知道你把谁打了？”

民生依然气哼哼地说：“……有福！”

栓柱只怕是自己听岔了，忙问：“有福？你别给我在这儿要花腔，人家把姓任的亲自扶到了大队部，这也是我亲眼所见的。你说你也一把年纪的人了，咋尽放这号不响的屁哩？”

民生一听有点不对劲儿，生气地说：“我倒是想打那狗日的，可没得手喀，你咋硬赖是我把那姓任的打了？”

栓柱一时也摸不着头脑，就心平气和地说：“你一点一点说，到底是咋回事？”

民生便一五一十地把天擦黑发生在他家院子里的事说了一遍。

天黑那一阵儿，他正在窑里给老婆搓麻线，突然记起家里的鸡窝门还没关，就准备出去看看。刚出窑门，却影影绰绰看见自家院里好像有个人影在晃动。他怀疑自己眼神不好，仔细再看，终于看清楚那里确实站着一个人，而且可以肯定是个男人！这阵子，似乎还鬼鬼祟祟地站在他家做饭屋外踮着脚透过窗户往里偷窥呢。他蹑手蹑脚走近后，这回终于看得真真切切，原来是谢有福！他不问南北，捞起院墙根的一根锨把就去追打。有福在他满地寻家伙的时候，早已闪身出了他家院门。民生倒是想出门去撵，可又一想，自家女人招汉这号事情，如果被自己弄到村院不免被人笑话，就在自家门口站立了一阵子。也就在这个时候，他听见有人在巷中间像杀猪一般号叫了一声。一眨眼工夫，一个人急匆匆地从他门口跑了过去……

听到这里，栓柱着急地问了民生一句："谁？"

民生照实说："是……哲虎。"

栓柱喃喃地念叨一句"哲虎"，几乎在同时惊得差点从椅子上跳了起来。如果这事真是哲虎干的，那他可就是蓄意杀人呢！看来，德懋那老东西还真的把姓任的那些恶行给自己的儿子交代了。这可咋办？民生和哲虎平素没有冤仇，绝对不存在诬陷，这事十有八九真是哲虎干的！

栓柱呆在那儿半天没吭声，这时他突然看见佑普老爷子闷着头进了院子。

民生一看老爷子来了，忙站起来让出屁股下的凳子。老爷子也不进门，靠着门框只对栓柱不热不冷地说："你忙你的事，我只是闲转哩喀……"

栓柱一看老爷子转身就走，赶紧对门外喊了一声："爷，你甭急着走，我还有个话要问你哪。"

他几步撵到耳门边，还没等他开口，老爷子用手示意着让他前来，认真地给他小声交代了一番："柱子，爷这一辈子万事不求人，今儿个求到你门上只交代一件事。听爷一句话，哲虎这个娃……唉，德懋身后可只有这一个独苗呀。你记住，事情不管到哪一步，千万不敢让人把他弄出半阁城！"

说完，他也不问栓柱还有啥话说，就不慌不忙地背着手出了大门。

栓柱站在院子里，几乎被老爷子刚才这句话惊呆了。他委实不知道，这个老神仙从哪儿分析出此事一定是哲虎所为？不过，这阵子他也知道了这号事情的轻重。他思前想后，觉得只有把这个事情对民生说清楚了，再慢慢决定该怎么一步步解决。

栓柱慢慢地挪进了办公室，看着民生还傻坐在那儿，便满脸愁苦地开了腔说："伙计，这事我本来不想跟你说，但既然已经闹到这个地步了，跟你说说倒也无妨。任主任呢，在村上被人打破了头，这阵子可能正在公社卫生院让医生用钢丝箍头呢，人是死是活还不一定。看来，咱叔侄俩今晚得把一些原本不该说的话都说明白了。我问你，你凭啥说桃夭和有福有那号事？"

民生一听栓柱这句问话，便满脸尴尬地说："这，这……有啥好说的？"

栓柱心不在焉地顶了他一句："你以为我真的想听你们家那点狗屁事？你不说清楚了，我咋好替你洗刷这一身嫌疑哩？"

民生一听，只好向栓柱说出了事情的原委。

"这个……去年秋里，我屋里那妖精下工后假装着给猪去扯草，天那么热，我怕她扯多了背不回来，就去半路接她。到了八亩壕，她一把猪草都没扯，却和有福坐在柿树底下说话呢，不承想被我撞着了……唉，我屋里兀个骚货，平时还就喜欢招惹这个瞎锤子，这号事情咋遮盖得住嘛！再说，一个炕头的夫妻，这事我也一直不好明说她咯……"

栓柱打断他的话头问："这就是你的证据？"

民生不服气地又补充了一句："还有，昨晚，他一个男人家，趴在我老婆窗子上，你说这是地道男人做的事情吗？"

栓柱"嗯"了一声，故意分析道："就是说，你追打奸夫误伤了公社干部？"

民生看起来窝囊，脑子却并不糊涂。一听栓柱这话，他就急了，赶忙替自己分辩道："放屁！我咋个去打人家了？我连自家院门都没出咯！"

栓柱声色俱厉地问："那你说这是谁打的？"

民生肯定地说："肯定是哲虎！这里边没有我一点事……"

栓柱立即声嘶力竭地反问："照你这么说，任丕显奸人亲妹，哲虎是蓄意雪耻，而恰巧被你撞见了？"

民生一听栓柱又要让他顶这个屎罐子，着急地说："这话可是你说的！我几时说过他是雪耻呢？再说，我也没亲眼看见他打人咯！"

栓柱看着民生，见他依然一副不服气的样子，这才追问道："没看见？那你咋说哲虎从你家门前跑过去时手里还拿着根棍子？"

民生这才明白过来，自己刚才说出口的那话已经把自己搅在事情里边了，他这阵子却也不再急着为自己辩白。左邻右舍的，如果让人知道是他把人家哲虎反映到了大队干部这里，那他以后可咋在村子里做人？想到这里，他才慢慢地抬起头来，问了一句让栓柱觉得莫名其妙的话："刚才老爷子来，给你都交代了些啥？"

栓柱生气地给他丢过去一句："关你屁事！"

民生一看，今天无论如何得和支书把这事说清楚，以免事前事后闹得自己里外都不是人。他也不计较对方那态度，认真地对栓柱说："既然事情闹到了这一步，好赖也得有个收场。我跟你说句实话，这件事情绝对是哲虎干的……"

栓柱却毫不惊奇地又问了他一句："你不是没看见吗？这阵子咋又说得这么肯定？"

民生此刻才有点不好意思地说："哲虎跑过来后，还在我家门道里待了一小会儿，走时，他让我把他提的那根木头棍子扔到我家的红苕窖里去了……"

栓柱一听，事情已经真相大白了。这也是他最不愿意看到的结果。老爷子的话已经说得很明白，哲虎这一去肯定凶多吉少……于是，他想趁着这一切底细还掌握在自己一个人手里，先堵住面前谢民生这张嘴。

他也不知道哪儿来的那么大的火气，对着民生就莫名其妙发了一通邪火："我说碎叔，君怀血口喷人落了个啥下场？家败人亡绝了门户！你这个人呀，居然说哲虎把凶器扔到你家红苕窖里，你，你，你真糊涂呀。明天公社肯定要从我手里要人，你说这事咋办？眼下，德懋已成个废人，哲虎这一去，如果让那帮二杆子民兵再屈打成招的话，那将又是一门绝户啊！"

听了栓柱这番话，民生也清楚这件事到了目前是咋样一回事情了。他低头想了想，才吞吞吐吐地问："那……你的意思咋办？"

栓柱低声说了一句："还能咋办？我去呗。不过，你小子得把你的这张破嘴给我闭严实点，今晚咱俩之间这些话你权当没跟我说，以后也不能在外边胡咧咧！"

民生外表看上去木讷，心里却比一般人还精明。他立即就提醒栓柱说："你去了还不是没用？人家最后肯定还是得找出真凶，事情总得有个稳妥的解决办法才好。"

栓柱无可奈何地说："不这么办，再有啥办法？！"

没想到，民生把自己的凳子往前挪了挪，咬了咬牙对栓柱说："你看，我去行不行？"

栓柱一听从民生嘴里说出这句话来，惊异地问他："这怎么行呢？你又没打人家！"

民生沉重地说："伙计，哲虎是我二妗子娘家亲外甥，这个你也知道喀。再说，那根木头棍子这阵还在我家红苕窖里撂着……唉，谁一辈子也不是万事不求人。经你这么一说，哲虎还真是不敢让那些人抓去了。我去了最多判个误伤，也不至于被判死刑。大不了我受点委屈嘛，这是屁大个事。事情到了紧要关头，还有高书记在公社哩喀。"

栓柱一想，民生这人看来还真是遇事一点都不糊涂。如果说，这事情按照民生的意思办，好像还真是个再好不过的办法。

接着，他和民生又如此这般地商量了一番。

栓柱最后反复给他交代说，这号事情既然自己认下了，就得把口气放硬，到时就是人家把刀放到了脖子上，也绝对不能再改口。如果到那时再翻供，结果只能是更糟糕。

民生一听，狠狠地点了点头。

第二天，这件事便在半阁城传得沸沸扬扬。而且，传说这件事的人，那真是说得有鼻子有眼。

三天后，谢民生肩扛着一块上书"阶级阵线不清分子"的窗户板走在前边，谢有福和窦桃夭两个人各自挂着一双破鞋跟在后边，一行三个人，在公社所在地附近的几个大村庄被自己村上的民兵押着游了巷，这就算给任丕显先挂住了脸面。

任丕显这个人命也大。经过公社医院的及时抢救，额头上的骨头虽被打出了道暗缝子，但最后只留下一条青紫色的缝合大疤，不几天居然平安地出院了。

让人始料不及的是，事后，谢民生居然被无罪开释。按照村民们的说法，这货充其量只是个混眼子狗。公社那一伙人硬是上纲上线地给他安了一顶“阶级阵线不清”的大帽子。最后，经过县公安局三审六问，结论是这个人虽有直接伤人的行动，却无故意行凶的意图。加之，姓任的也不愿意把此事在县城那么大的范围闹得沸沸扬扬，就十分大度地让把人放了回来。

最终，由这件事情引发的直接结果是——谢有福的媳妇因丈夫和别的女人偷情，又在丈人门前被人押着游了巷而决意离婚。

村庄中出了这么个大事情，那些能说会道的人便有事可做了。不少人在两个村子之间来来去去地说合，可任你说破嘴、跑断腿，女方铁了心肠死不改口。有福也是个硬脖子，看到媳妇去意已决，只丢给她一句话：“你会后悔的！”事情到了这一步，有福表示不想再麻烦大家，两个人协议离婚了事。有福这个人做事也大度，不但把媳妇娘家陪来的那一对儿桐木展箱和属于媳妇掌管的布匹物件亲自用架子车送到了老丈人村头，回村后只在村里待了几天，便去新疆找一个远房舅舅避风去了。

陷阱

村庄上多年来终于出了这么个相当具有演绎价值的桃色事件，人们却没有那些闲情逸致去津津乐道。刚刚开年，多数人家都忙着托人上黑市，挤破脑袋地想借贷城里人那点苞谷豆儿往回掮，以度过眼前这青黄不接的春荒。

那些精明的城里人，秋天从农民手中以相当低廉的价格收购来一些持在农民手上根本无法兑现的“生猪饲料供应票证”，又通过在国营粮站工作的“关系户”，把那些高粱和红薯片统统“倒换”成苞谷豆儿，并继续存入粮站大仓。在青黄不接的春荒三月，他们以农忙前出借七两半苞谷、麦后还一斤新麦子的价码，重新贷给农村的缺粮户。就是这么苛刻的条约，还得有人私下里认识这些道上的人哩。

正月十六，这天是县城开年后的第一次大集。

哲虎家里已经快要断粮了，加之听人说外村已开始闹鸡瘟了，便和屋里人商量着把家里那几只鸡全部装在笼里准备背到县城卖了。搁在年前那阵子，一只鸡的价钱少说也在一块钱往上，有些大公鸡甚至能卖到一块五一只。春暖花开，正是鸡瘟传播的高峰季节。在长稔塬上，只要看见黄河岸边的滩地里有大量死去的候鸟，离滩底最近的几个村子里的鸡，也就开始大批死亡。一经蔓延，不出三天，整个塬头的鸡就会病死殆尽。这种事并不是年年都会发生，但到了这个季节，还是闹得农户心里忐忑不安。

哲虎背着那些鸡在矿上的家属区转了半天，最终以一只母鸡八毛六，一只大公鸡一块二的价钱，全部处理给了矿工大灶。眼见太阳已经西斜，游着看了一天西洋景的他突然狠了狠心，决定给老人和娃娃买三个糖烧饼带回去。可是，偌大的洽川县城的四条大街，只有一家国营食堂允许卖饭。逢集时，人多了还要排队。有些嘴馋的人为了吃人家那一碗踅面，辛辛苦苦排到窗口，常常还会遇上断档的情况。

哲虎进了食堂，一边随着队伍往窗口移动，一边按照食堂木牌上一个烧饼六分钱的价码早早算好了价钱并把钱攥在手心。前边的人领走烧饼后，服务员招呼“下一个”的话音还未落，他就赶忙把两毛钱从窗口里递了过去说道：“要三个糖烧饼。”

那女娃隔着小小的窗口只冷冷地说：“六两粮票！”

哲虎忙解释说：“没有。按议价我再给你一毛二分钱行不？”

里边不屑地回答道：“讨厌，没看小黑板吗？今日不议价。”话音未落，钱就被那双白皙的小手扔出了小窗，里边又紧着招呼了一声：“下一个。”

哲虎像被人当面扇了个耳光一般红着脖子退了出去，心里十分鄙夷地想，不吃你兀个臭烧饼还能把人馋死？但是，他心里明白，赶趟集回去不给娃娃买点吃喝零嘴委实是进不了家门。于是，就决定不论贵贱称两根麻花也行。谁知道，转遍了四条大街上的大小供销商店，那些只要是粮食做原料的饼干点心，如果没有粮票，你就是求爷爷告奶奶地把好话说尽，他们也绝不会卖给你半块。

眼见天色已经不早了，他在商店外徘徊了一阵子，准备买几毛钱的洋糖揣回去。这时候，却迎面遇上了一个贼头贼脑的人向他打了个招呼，似乎准备向自己问路。他根本没防备，那个人开口却小声问了他一句：“伙计，要粮票不？”

哲虎一听“粮票”两个字，先被吓了个半死，心脏陡然间嗵嗵地跳了个不歇气。他心里知道，自己绝对是碰上“投机倒把”的人了。

往日，他上街从来不和生人搭话，只怕被这些精明的城里人捉弄。这一刻，却鬼使神差地问：“有……多少？”

那个人小声说：“你要多少？”

一看那个人手里拿着一张“拾市斤”大票面的通用粮票，哲虎便按捺住又一次怦怦直跳的心口说：“我先不要那么多，给三斤多少钱？”

那个人从怀里变戏法似的掏出一沓新崭崭的粮票在他面前晃了晃，讥笑道：“哪有你这号做生意的？没有小票额……”

哲虎要求购买的数量委实太小，看样子人家并不愿和他交易。不过，那人虽然气哼哼地走了，却还一直在离他不远的地方转悠着。哲虎这阵子正好急用，也不好再拿捏，只好回头去纠缠人家。对方一看他那着急的样子，便也攀硬了价钱，并死守着“一斤两毛五，最少买十斤”的坎儿。最终两个人以“每斤两毛三”的价格，做成了一笔小生意。

哲虎只顾在那里给对方数钱，直到三个市管会模样的人来到跟前时，他依然毫无知觉。倒卖粮票的那人一看情况不妙，却飞快地把自己手里的粮票往哲虎提的馍馍布袋里一撇，撒开两腿像兔子一样逃了……

市管会那一拨雇佣人员，开始还紧追了几步，一看那小子一拐弯就跑得没了踪影，又折返过来，帮着另外两个人将哲虎死死地摁倒在地上。被馍馍口袋里那一沓粮票闹得脱不了干系的哲虎，立即被带进了洽川县西街的城隍庙里，丢进一个没有凳子也没有炉子的凉房子里冻了一个晚上。

第二天提审时，哲虎以为人家会送他去农场劳动。谁知道，连续的拳打脚踢和“过电门”之后，他虽然没有承认那些粮票是自己的，但依然被公安机关认定“倒贩粮票”罪名成立，被划进了“严打”的序列里，从而转押到了县看守所。

村上在接到哲虎因投机倒把而入狱的消息后，大伙儿先不说咋个去救人，却都对这厮居然这么富有而大为惊诧。不过，公社对这件扰乱社会主义市场经济的案件也非常重视，任丕显在“三干会”上宣讲政策时，针对此事也放话说：“七百多斤全国通用粮票，他娃儿这回非把牢底坐穿不可……”

参会的谢栓柱听后不禁一激灵，莫不是任主任已经知道了哲虎图谋杀他的真相？再说，“投机倒把”这号罪行咋说也不会把牢底坐穿吧。

可是，案情越来越复杂了。哲虎手持的那些粮票经粮食部门验证，全部是伪造得相当逼真的假票证。在牢中，他一直给人家交代不清其斤数和来源，于是又被加上一条“负隅顽抗”的罪名。按照县革委会新近发布的“布告”精神加以衡量，倒贩国家有价票券已经是重大罪名，何况还有“伪造”这一宗。不过，由于此案毕竟存有许多疑点，虽说还无法马上给人犯定罪，但也一时放不了人。

不几天，那个逃脱的犯罪嫌疑人，据说自动投案自首了。不过，这小子一口咬定，自己如果真有那么多粮票，是绝对不会丢给一个陌生人替他“保管”而自己掉头去逃命的。在这宗买卖里，他才是“买”家。没过几天，此人被无罪释放。

人证物证俱在，哲虎却死不认罪。直到一个风雨交加的夜晚，他在狱中带头翻墙越狱时被电网电死在高墙上，这才真正获得了“敌视无产阶级专政”的罪名。

德懋已病得不能下炕，更不用说事前事后托人去搭救儿子了。他那山里的女婿娃怕被妻哥的案子牵连，早已在哲虎蹲看守所那阵子就丢下一家老小跑到黄龙投奔亲戚躲风去了。最后，哲虎的尸首放在看守所几天都没有一个亲戚去往回拉运。

一看德懋又傻又哑，哲虎被扔在看守所没人收殓，民生约了几个关系好的倒是想把人先拉回来。可他一时还不敢贸然行事，先私下里找到佑普爷商量了一番。

老爷子说，人拉进村就得葬埋，德懋家里那个样子眼下哪能埋得起人。即使让生产队出手帮衬，也得给社员有个说法。哲虎一不是革命功臣，二不是鳏寡孤独，让全队社员给一个死在政府监狱里的犯罪分子贴一口棺材，这于情于理都说不过去。既然他是死在公家的看守所里，好赖也得让公家把这个人给埋了。死都死了，与其拉回来让德懋这个病秧子花钱埋人，还不如不去拉人更合适一点……

三天过后，哲虎最终被公家裹着一条烂麻袋草草地埋在泰山庙后头那片乱坟岗与那些野鬼为伍了。

然而，家破人亡的“哑巴”谢德懋此时却突然开口说话了。

吃早饭那阵子，德懋趺趺撞撞地奔到了公社所在地，手里拿着一根牛皮绳，一头搭在了公社大门口那扇弧形钢筋门架上，然后历数革委会主任任丕显奸污民女、杀人灭口的累累罪行。他这一闹腾，立时就招来了一大群看热闹的当地村庄的社员。看他那一副已经豁着老命的样子，当时还真的没人敢往前走。等他吼得口干舌燥，又将那早已结好的活扣往自己脖子上一套，然后直挺挺地上了吊时，人们才一拥而上把他救了下来……

这时候，正在食堂吃饭的任主任手里拿着个辣子夹馍恰好走了出来。开始，他还不知道谁有这么大胆子，居然敢在公社门前出这号洋相。待走近一看，才发现地上躺着的人是半阁城的谢德懋。他不问情由，便喊出谈如流他们一伙，咆哮着安顿说：“把这个反动分子给老子押起来！”

几个人立即就放下饭碗，也不顾老汉那阵子已经快不行了，便像猪站上那些杀猪的屠夫一般，把德懋一路倒提着拖进了公社大门……

德懋被人抬回村后，被那伙人整治得真的不会说一句人话了。为人之父，居然站在公社大门口大肆扬摆亲生女儿养汉的丑事，全村人都觉得跟着丢脸。有些人干脆说，应当让公社那帮人把这个老东西活活整死才对。几个有女待嫁的家户，更是恨不得宰了这不要脸的老东西。他躺在他家的土炕上号叫了三天三夜之后，突然开始大口大口地吐血，一床被子都被血染得不成样子。由于无钱就医，他那没本事的婆娘就那样眼睁睁地看着让人活活等死，村民们一概冷冷漠漠无人招承。

直到出殡抬埋时，栓柱才组织民兵出了义务工，总算是把这个失了人心的老东西送到了坟头。由于德懋是横死，不能进大陵，只好将他抬到平日撂猪狗的驮炭坡沟坡下草草葬埋。

葬埋那天，由于女儿灵芝又有了身孕不方便回来，婆家也就一直瞒着不想让她知道父亲的死讯。于是，德懋的轿侧便少了扶轿的人。大轿前，只有一个寡媳和幼小的孙子扶着灵柩哭恓惶，哭得全村人浑身直起鸡皮疙瘩。

说也奇怪，六队那辆佑普爷入社时上交的老槐木大车，旧社会在车马店放坡时，能负载一千斤南货。那天载着德懋的灵柩行进到了半坡上时，刮木吃了劲儿，几个小伙儿扛扶不住，抢辕后只听“咔嚓”一声，车辕便折成了两截！

德懋的棺材翻在了地面，立时打了个滚儿开了盖，死人也被倒在了干沟里……

大伙儿都被眼前那景象惊呆了。这死鬼虽说咽气多日，一双眼睛却依然是圆睁的！

当天夜里，躺在饲养室炕头的佑普爷一直在抽着旱烟。突然，他真真切切地听见埋在沟坡的德懋仍像死前那几天人们听见的那样，牛吼“黄”般一路号着进了村头。那声音由远而近，一声声悲凉而凄惨，闹得他一夜都没有闭眼……

从那以后，驮炭坡这条道儿就时常闹起鬼来。在有好太阳的正午时分，许多人都远远地看见过，一个穿着黑色棉衣棉裤的老汉坐在沟坡上哭泣，到了近前却没有一点踪迹。日后，社员们砍柴也绕着那道沟槼，只怕无端地被凶鬼缠身……

第四十七章

踯躅

这种令人惊悸的日子，已经使一些社员萌生出逃离村庄的想法。可是，这个时候偏偏又发生了一件天大的事情，那个“永远健康”的林副统帅却乘着飞机跑了。这个不祥的信息，像一团不散的乌云，笼罩在村庄上空还没有退去，出去混世界的谢有福，却背着一个大麻包回到了村里。

这货带回来的消息更是令人吃惊。林彪这头一死，苏修在边境上停了许多坦克。驻疆的农建师部队，已经将其家属往内地撤了一批又一批。他一个没有户口的盲流，根本无法在当地立足，他舅舅也只有安排他回来。

媳妇走了，职务被撤了，锅台塌了，房子漏了，屋梁上住着一窝麻雀，院子里的铁杆蒿长了足有半人高……他这一进门，彻底成了一个十分快活的“光杆司令”。

村庄上，只有一个女人，心里还一直还挂念着这个远走他乡的可怜汉子。他这头一回村，桃夭那一颗悬着的心也就随之放了下来。可是，半个月来，有福见了人家好像碰见陌生人一样不理不睬。女人家心里那盛不住事的秉性，却让她无端地动了真气。此前，两个人在有福家厨房说破那层意思后，桃夭以为他这就算是默认了，此后便对有福或明或暗地多次示意。谁知道，这个没出息的男人虽有那贼心却没那贼胆，根本就没把桃夭的种种示意当真。但两个人之间那层说不清、道不明的关系，却变得渐渐微妙起来。后来，紧接着就出了那件事情，一男一女被挂着破鞋游了村。两个人之间就是心里再有对方，也不能再往一块儿去凑了。加之有福负气远走了新疆，桃夭的魂也随之被牵走了。

早晨起来，村前的深沟里起了雾霭。饭时，那雾便消隐得一丝儿都没有了，只留下青草上那湿淋淋的露珠，在阳光下闪烁着晶莹的光芒。

桃夭出门给家门口猪圈里的小猪倒食时，看见有福掮着一把镢头、挑着一捆牛皮划子绳下了石架沟那道坡口。她便飞快地放下猪食桶，也不管满案板没洗的锅碗瓢盆，捞起一把笨镰，提起装草的竹笼就随他的后影儿去了。

石架沟是村东靠北的一条深沟。早先，黄河在暴雨季节里经常会从上游的地层里冲刷出一些大煤块来。滩里的人趁着洪水过后，都争相拾煤，垛在家里卖给塬上的窑场换钱。每天天不亮，从滩底过来的煤驮子队里领头驴骡那铃铛就在村头开始响了。也只有那些脚夫的小马骡，才敢走石架沟那条陡峭的沟坡。中华人民共和国成立后，黄河上游的龙门渡架上了铁桥，官路随之全部改道。从此，不但这一条驮道渐渐地荒废了，就连十孔窑那处远近有名的车马店，也在一夜间断了人烟。村庄周边的那几道沟坡，也渐渐长满了野榆和臭椿，变得阴森而荒芜。树丛里栖息着獾狸和蛇虫，崖头上站着鹫鹰。于是，有些猎户就在沟坡上放炸药猎狐，村上的狗们也常常会误咬了那些鸡皮炸药而被炸飞了唇，龇着牙在村里游走。一条大沟坡贴崖的羊肠小道上，到处都是被雨水冲出的大坑；不到收割芦苇的时令，一般无人填路下沟。

这阵子还不到正午，天上只挂着一轮焦黄的太阳。

桃夭一路小心地顺着羊踩出的小路在沟沿转圈子，终于下到了一片沟坪。一看四下无人，她便放肆地乱瞅了一阵。沟上沟下，却没见一个活人，她心里不免有些害怕，便圪蹴下拿起镰刀割起了坪地上的蒿草以分散注意力。约莫过了一个时辰，下边沟坡上有闲汉扯着长声唱着的苦调调远远地传了上来。

刺蒯蒯开花脑顶顶上，

操心心操在你的身上；
你那里牵着我这里想，
热身子挨不到肉肉上！

桃夭侧着耳朵听了一阵子，知道那不是自己要等的人在亮嗓子，一时又不知道有福下了哪条沟。为了给心上人打上招呼，她放开嗓子和沟下的汉子就对上了彩调调——

出门去穿的黑棉袄，
死冤家你叫狼吃了？
啃了你骨殖魂还在，
今夜你梦里看奴来！

正在这时候，有福背着一捆柴慢慢地上到了沟口。桃夭没有抬头，凭着那喘气声她知道是他，立即就心慌意乱地低下头割起了她的草。

肩膀上压着一大捆湿柴，又上了一段陡坡，有福已经累得上气不接下气了，一上沟口，他一屁股甩下柴捆子坐在了地上。这头屁股一挨地，一眼就看见了沟坪里的桃夭，便故作镇定地干咳了一声，无话找话地问："喂，家里又没养羊，割那干蒿闹啥哩？"

桃夭佯装偶遇，说："你还管得个宽，烧灶哩喀。"

男人都知道女人们的脾性，听起来嘴上凉冰冰的，心里却揣着一团火。一看桃夭在那里接上了茬，他又提醒她说："叫你家掌柜的在半沟砍些硬柴多好，烧蒿草能把锅烧热吗？"

桃夭说："慢慢烧哩，不怕它锅不开！"

正午，沟坡上只有他们两个，有福倒也不担心碰见外人，便干脆坐在那，慢吞吞地从衣服口袋取出一小袋烟末，又摸摸索索找出来一张旧报纸裁的纸条，三两下就卷起了一根烟，有滋有味地吸了起来，对着沟壑只深深地叹了一口气。

这时，桃夭停下了手里的活，直起身子主动地问了他一句："你在新疆耍得好好儿的，咋半道上又跑回来了？"

有福心不在焉地说："住不成了咯。农场那些有户口的家属都被往回赶哩，我舅也没办法。再说，我还是想回来。在家千日好，出门一时难啊。"

桃夭又问："你媳妇那边你再没去问吗？"

有福说："去了又能咋？"

桃夭一听，嗔怪道："一日夫妻百日恩，你就不念两个人的夫妻情分？"

有福只好实话实说地对她说："她脸面值钱。唉，我算是把她的心伤透了。听说我走了以后，家里很快把她说给西马村水泥厂一个临时工了，这几天怕就要坐月子哩。"

桃夭幽幽地叹了口气，说："你也真是……出事那晚，民生是不是追打你哩？"

有福没吭声，只顾闷头抽烟。

桃夭紧追着又声音颤抖地问了他一句："你心里真的还有我这个薄命人？"

一听桃夭在那儿又主动扯起两个人之间那些事情，有福已经不愿再和她提说那些往事了。他缠了缠烟叶袋在腰里别好，起身背起柴捆就要挪步。

桃夭一步前去把他推倒在地、抽出插在柴上的镢头往地上一扔，这才气冲冲地对他说："我一个女人家的脸都让众人抹了一把屎了，你咋还一声不吭？我问你，民生是不是没打上你，把那个姓任的打了？"

有福一看走不脱了，又叹了一口气说："怪事。他打人家任主任干啥啦？"

桃夭问："你没打，他没打，那谁把人家打得血头烂面的？"

有福干脆坐在地上不走了，如实告诉她说："唉，我那晚也是昏了头咧。自从咱俩年上在我家说破那一层话后，我心里整天都想着你这个人咯。有意无意都盼着能时时见到你，想和你坐一会儿，可又没那胆子。几次了，都是进了你家大门，又反身走了。那晚，我确实是去过你家院子的。不料想，撞着民生出来了，便惹出了那一世界的乱子。现在说了也没啥，省得你一直觉得自己冤枉。”

桃夭更加奇怪地问：“我不冤吗？别人不知道，你难道不知道我冤不冤？”

有福又叹了一口气，接着说：“一个被男人时常惦记着的女人，你就能洗得那么干净？唉，那晚，被民生撵出你家大门，当时只担心后边，根本就没注意前边。到了顺权家门道那里，民生并没有撵过来。这时，我才放慢脚步继续往前走。那阵子，我脑子里还在寻思，他会不会又追过来呢？这时候，就在我前边，有个人可能也没有发现我就在他身后，一棍子上去就把身边那货撂倒了！”

桃夭奇怪地问：“那，民生咋说是他打的人？我看这事你一定知底！”

有福说：“我咋能不知道。现在跟人说也没啥了，那个人是哲虎喀。”

“真是……哲虎？”

“我看得一清二楚。我扶人时他还没有走的意思，还想再打人家呢，我狠劲捶了他几拳，他才肯走的……”

“那你为啥在公社不说实话？”

“我后来说了。不是在公社，是在我丈母家……这才害得哲虎……唉，不说了。这狗日的世事，说实话都得搭一条人命。”

“你跟谁说过？”

“我跟我媳妇娘家人偷偷说了。我说我跟你之间确实没有啥，媳妇一点都不相信。我说这里边有一条人命哩，哲虎不仅是我的远房姨表，在村上，我俩从小还十分要好。我上中学那年，哲虎在濮里还拉回过我一条命哪。”

“是吗？”

“这还能有假。那时，我刚十七岁。几个半大小子，趁着中午偷偷背过大人去黄河里比水性。谁知道，已经游到乌鳢濮中间了，我突然双腿抽筋，当时就开始呛水。眼见就要闹出人命，几个伙伴听见我在呼救，都吓得只顾自己扑腾着逃命，丢下我一个在水中间往下沉……”

“呀，那得赶快叫大人哪！”

“叫大人？大热天的黄河滩底哪来的大人？”

“哲虎比你小，他能救得了你？”

“是啊，哲虎比我小得多呢。一群小伙伴爬上岸后都还吓得瑟瑟发抖，只有他不管不顾返回来钻入水底到处找我……事后，我听他说，我那时神志可能还清楚着哩，在水下抓住他的脖子只顾自己往上浮，闹得他死活都挣不脱，差点连他也一起被呛死！后来，他硬是挣扎着露出水面，喘了一阵气后，才又潜下水底把已经昏迷了的我拖回岸边。他人虽小，但主意还大得很，他让几个伙伴轮番趴在地上驮着给我控水……就那样，我才捡回了一条命。”

“哲虎那时多大了？”

“十四岁咯。按照规矩，救命恩人是要拜人家为干亲的呀！为了他不被抓去丢命，咱受那点委屈，总不至于要了人命？后来我也想过，哲虎最终被害，应该跟我媳妇家里人为了给女儿洗刷臭名，而抖搂出事情真相有很大关系哩……”

“那你就甘愿背着这号名声去游街，让人胡说咱俩哩？”

“咋能是胡说？无风不起浪，是咱心里都有对方哩咯。”

“有啥哩？我看你整天都不正眼看我，这跟没有还不是一样！”

有福这时才看了她一眼，眼前这女人一对人眼睛正极妩媚地看着他呢。他浑身立即就不自在起来，但还是镇静地对她说：“我一个大男人家，被人弄成这副样子倒没有啥，有时，却真的替你难受哩。一个好端端的人，你咋就掌握不了自己的命哪？唉，如果没有你，我或许还觉得自家屋里媳妇千般好呢。可后来因为我心里有了你，在她还没有负气离婚的时候，我也一直就是这个样儿，我真的无法面对和自己相濡以沫的妻子。唉，只好一天一天就那么过着呗，或许这就是老天安排的坎儿。没想到，后头就出了这件事……”

桃夭听他说到这里，慢慢地走到心上人的面前。有福手足无措地站在那儿一动也没动。桃夭却一下子扑在他的怀里，紧紧地搂抱住了他……

少妇身上特有的那一股袭人的香气慢慢地飘散开来，兰麝一般直扑男人的心扉，他几乎晕了过去。就这么过了一小会儿，有福好像决定了什么似的，这才慢慢地俯下身子，把自己的口唇移向了自己心仪的女人……

一对可怜的人儿，终于第一次紧紧地把两颗心贴在了一起。桃夭禁不住一阵战栗，紧闭上眼睛等待着有福把她轻轻地抱起。在平常的日子里，她已经为自己设想过一百种死法，但这一百种死法都是死在这个男人的怀抱里。

可是，一切并没有像她预想的那样进行。有福已经用他那一双大手将她勾上脖子的双臂慢慢地挪开。就这么一瞬间，对于一个渴望被爱着的人却像经历了半个世纪。

她羞怯地放开了双手，他却捧起她的脸庞对着眼前的心上人说："好了，就是今日立即死到你面前，我也豁上了！天老爷让咱俩今世碰到一起，我只等你一句话，还想好好活几天人不？如果想，你就和民生干干脆脆地把手续办了，我回头就把你堂堂正正地娶进家门。只要你受得了满村院的白眼，我一个死娃不怕狼啃！"

说完，他拾起镢头往柴上一插，把柴捆抡上了肩，头也不回地走了。

桃夭双腿一软，坐在地上心跳脸热得半天先喘不匀自己那一口气。

第四十八章

心迹（村庄的秘密之十）

半阁城离黄岭火车站不远，有些社员趁着这点便利，无师自通地和那些探出车窗看风景的旅客做起了小生意。偷偷挎着篮子，把家里那点舍不得贱卖到供销社的柿饼拿到火车站，卖给那些坐车的旅客。看家里还有十多斤柿饼能换点灯油钱，桃夭就撺掇着让男人也去了一回车站。

眼看火车已经启动，卖光了篮子里那点柿饼的民生突然觉得内急，顺便蹲在就近的一个小坎下解开了小手。这时，一个下了火车的小伙儿，在站台上一直恋恋不舍地和一个女娃依依惜别。直到列车徐徐开动，小伙儿才抱起女友从车窗将人塞进火车。这边，返回县城的班车随之就要启动。小伙儿目送着远去的旅客列车，还要急着赶这趟班车。直到列车看不见影儿了，他这才急匆匆地丢下包袱跳下土坎，几乎就在民生的眼前从裆里拉出一根雄赳赳的“牛儿”朝坎上“滋”开了水。小伙儿那张扬的物件儿，不说颜色紫里泛红十分受看，光是那两把也不一定能攥住的尺寸就立即让民生吃惊得张大了嘴巴！直到小伙儿收拾停当跳上坎去，他半天也没有回过神来……

这个无意之中的遭遇，彻底地击碎了这个可怜的男人最后那点做人的尊严。没过几天，民生平生第一次主动走进了洽川县人民医院。他真的想知道，自己是不是老婆时常说的“废人”……

那个主检医生十分震惊地倾听完他的病诉，几乎都不敢相信这个完全丧失了男性功能的人不但成了家，两口子居然还同床共枕过了近十年的“夫妻生活”。为了整理病象报告，做特例资料保存，医生试图让患者口述一下他的“夫妻生活”所包含的全部细节。

对于一个男人来说，那些让人难以启齿的事情，咋好当着另一个男人的面去学说。不过，他还是给医生如实地说出了他小时候的那次经历……

两岁多的时候，还是孩子的他蹲在院子拉屎，由于大人不在身边，家里那头老母猪拱倒他后去舔粘在孩子屁股上的屎，不慎一口咬伤了娃娃的小睾丸。虽然他已经无法在自己的记忆中仔细回忆整个事情的详细情节，但大点后却常常听见父母暗自伤神的那一声声叹息。慢慢懂事后，当他和小伙伴一起玩水的时候，已经知道自己的“牛儿”比别的娃娃的小许多，而且样子也十分丑陋。甚或，作为一个男孩子，他尿尿时都不得不像女孩子一般蹲下身子。因此，他常常受到小伙伴们的戏谑和取笑。从那时起，他已经萌生出小小的自卑心理，再也不愿去那种场合和他们玩耍。母亲不久后离世，父亲在他十一岁那年也撒手人寰。从此，他便成了一个孤苦伶仃的孩子。

至于娶妻生子这档子事情，他以为男人只要有钱能娶上媳妇，女人一旦坐到他们那土炕上，一年一年自然会生出许多娃娃。即使在他和桃夭的成婚之夜，他甚至一点都不知道世界上还有夫妻之礼。只是妻子在不久后的一次深夜，低低地哭过之后钻进他的被窝，他这才第一次了解到了成年女人身上的一切……除了那一对儿白鹁鸽般滚圆的双乳，让他抓摸起来感受到一丝原始的亲切之外，她们下体那灌木环绕着的生命之泉，却让这个大男人感到无比惊骇！

医生告诉他，像他这样的残疾，和一个女子行房那几乎是令人不可思议的事情。并详细打问了他的老婆会不会是一个可怜的“智障患者”。他终于知道了，自己这么多年真的是愧对了妻子，却不知道用什么办法去弥补这一切。

这天，已是早晌饭时，民生拖着疲惫的双腿挪进了家门。他看见饭桌上依然摆着野菜焖饭和红薯稀饭，便端起碗默默地吃了起来。

这个家一直就是这个样子。如果没有瑶瑶的大呼小叫，他和桃夭就是这么沉默不语地一天天地往下过活着。想到这里，他鼻子一酸，两滴眼泪就掉到饭碗里……

桃夭看见男人这个举动，却没有吭声。近年来，丈夫再也没有因炕头上的事情为难过她。可看到男人心事重重地自个难受，她真的不知道丈夫又起了啥心思。

瑶瑶看着两个大人的神色不对，撒娇地问："咋，你俩又吵架了？"

民生忙把鼻子擦了擦，像什么事也没发生似的说："没……没吵。我娃快吃饭，吃了去干你的事，我眼有点酸咯……"

瑶瑶忙问："头疼不？"

他只好胡乱回应道："不碍事，夜黑饲养室的草虱子咬得没睡好……"

瑶瑶姑娘已经长大了，在民生这个继父身边，她平时全然没有一点生分。虽说两口子时常拌嘴，但民生对女儿却视如己出，不但十分宠爱，平日还娇惯得有些出格。瑶瑶一看两个大人好像没啥大事，就对他说："大，晌午我想和姬仙她们跟会去……"

民生也不应声，只停了一小会儿，便开始从口袋里摸他那钱包。只见他从中取出仅有的两块钱，觉得太少，递给女子后又交代说："你去你善广伯家问一下，看逮了咱那猪娃的钱他现在有了没。要是他给了，你拿上在商店给你妈也扯块布。日子就不是咱们这样苦着一点钱都舍不得花的过法咯……"

瑶瑶高兴地接了钱，饭也不吃了，便进屋梳妆打扮起来。

望着女儿进屋的背影，民生叹了一口气，顺便问桃夭："一会儿队上派妇女去干啥活哩？"

桃夭不经意地说："剥棉花疙瘩哩。狗剩让过了秤拿回自家剥……"

民生说："哦，不是说分了就不收了，咋还听说一斤棉花疙瘩还要交一两籽棉？"

桃夭说："话是那样说哩，恐怕他也没打算让大伙儿交。"

民生把碗放下，认真地端详了媳妇一阵，桃夭不自然地问："你这一段咋像丢了魂了？"

他不假思索地接了一句："你说得对对儿的。自你进了这个门，我还真没这么看过你一回……”

桃夭没好气地说：“你又来了！”说完，便把碗盆收了取来抹布准备抹桌子，手刚到桌边却被民生摁住了。桃夭停了一下，幽幽地说：“有啥话你说，是不是又听谁说啥了？”

民生并不松手，说：“你坐下，我真有话对你说哩……”

桃夭便坐了，忐忑不安地说：“你说你的，我听着哩。”

民生长出了一口气，认真地说：“桃夭，我们老谢家是真对不住你这个人啊！”看见媳妇漠然的样子，他鼓足勇气接着说，“以前，你说我有病不健全，我还不信咯。你咬着牙和我过了整整十年，这叫我咋跟你开口说哩？你知道我为啥要争着当饲养员去？”

桃夭看了他一眼还是没有吭声。

民生说：“我想和你分开，让你不要再守着我这个无用的男人！”

这句话让桃夭吃惊地瞪大了眼睛，问他说：“你这是听谁给你开导的？”说完，她也第一次认真地打量起了丈夫那一张充满内疚的脸。

民生坦然地说：“毛病在自己身上得着，还要谁说嘛。咱没见过人家做夫妻，总还见过猫猫狗狗的事。一年多了，我也一直想，你还年轻，身边好上个男的，我今后……不说啥……”说完，他为自己，也为被自己拖累的女人流下了悲苦的泪水。

桃夭叹了一口气，看着家里这个男人终于明白了世界上这个大事理，想了想便鼓足勇气说：“你把话都说到这份上了，我还能说啥哩。男男女女，能亲亲热热固然是人生的幸事，十年都过来了，我都不敢再往那上边想了。你本身虽是个苦命人，但你并不知道一个正常女人在那样的日子里的煎熬到底有多苦。不说了，我的心早死了，还提那些事做啥？”

民生抽了一阵子烟，仍然劝她说：“自你进了咱家的门，这日子才像个日子。你是打碎了牙硬往肚里咽哩，我是懵懵懂懂啥都不懂跟你整天耍踅哩。人就怕不认这个命，其实认了也就认了。天杀你不可活，你不认也得认咯。唉，哲虎你知道是因啥死的？”

桃夭皱着眉头没接他的话。

民生却第一次认真地对她提说起了村庄里已经发生过的那件事情——“游巷那件事过后，为了让媳妇不要闹离婚，有福就给媳妇透了哲虎打人那底。谁知道，媳妇娘家人根本不相信有福这个女婿娃就那么瓜，能拿着这么大的屎盆子往自己头上扣。为了洗刷自己女儿为这件事情背负的那一身臭名，他们肯定向村里人提说过那件事的底细，这才让哲虎随后有了那场杀身之祸……”

桃夭已经从有福嘴里对此事的前因后果了如指掌。丈夫这么一提说，她仍不免有点好奇。有福救哲虎一命为的是报恩，自家丈夫冒死出手又为的是什么？

于是，她就试探着问了丈夫一句：“你今天咋想起在我面前提说这件事来？”

民生苦叹了一声说：“唉，好人一个个家破人亡，我一个废人就凭着个贫农成分，却占着你这么个好女人一辈子做不下一件人事……我也想过了，你痛痛快快活几天人，也算我给你赔了罪。世上本来就有‘拉帮套’的事情哩，咱也不丢啥人。解放前，村上鸡娃他伯没本事养家糊口，是靠他兄弟给人当长工维持着一家老小的生活，弟兄俩共着鸡娃妈一个女人，那样不也把一门人给救下了吗？只要不拆散这个家，你往后想咋样，我不拦你……”

桃夭进到这个家十年来，还是第一次听到男人跟她说了这么多的温情话，她惆怅地看了看丈夫那痛苦的样子，心里也第一次对这个家有了异样的感觉。民生坐在那儿不住地抽烟，她对丈夫这番话语想了好一阵子，这才推心置腹地开口说：“结婚这么多年了，我这是头一回听你坐下来说这一席话。我……也有不好的地方。有福和我不是一点影儿都没有，这不怪他。全是因为我给了他那个念想，他那晚才到咱家里来串门，后来就闹得满城风雨。但我敢给你起誓，我没有和他做过那些对不住世人的事，一回都没有。他媳妇走了，你和有福两个大男人，争着把屎盆子硬往自己头上扣，让我一个苦命的女人跟着你们去游村，搁哪一个女人受得下那窝囊？后来，我也横过心，一村嫁一村的事多着哩，我想嫁给有福，这是真的。”

她想了想又说：“可是，瑶瑶是你养活大的，我一步走前去娃娃咋办？思前想后，我连自己当初咋想的也说不清楚了。看到你为了救人一条命，不怕自己坐牢，把哲虎那事全揽在自己身上，我也想到了你这些年来许多好的地方……”

一听媳妇这话，民生老实巴交地说：“唉，我也没有你想得那么好。那件事情是佑普爷在背后拿的主意喀。支书已经把话说到了那个份上，我咋好再推辞哩？再说，那件事情搁在我身上也判不成死刑。救人一命哩，当时谁还能想那么多嘛。”

桃夭问他：“你这呆货就没想想后果？”

民生拍了拍胸脯说：“我怕啥？有你给瑶瑶做饭哩，关我一年半载也是屁大的事。但搁在了哲虎身上，那就成了死罪。唉，折腾了一通，他还是没逃过那一劫。人哪，几时托生几时死，一切都在老天爷手里捏着哩喀。”

见丈夫一副真心实意的样子，桃夭满怀深情地对自家男人说：“她大，有了你今日这番话，我也认了。或许这就是我窦桃夭的命。是沟是崖我一个人跳，你也甭心里老给自己缠疙瘩。女人守一辈子寡也一样活人哩，何况咱们家里还有你这个男人。今后你再甭说这些话，权当咱是搭伙过日子还不一样嘛。我也想通了，再嫁还不是黑地里摸瓜，三十多岁的女人了，我还想咋？再说，瑶瑶也大了，以后给咱娃招一个女婿，咱家不也就跟人一样了？”

民生听了媳妇这话，更加沉重地说：“都是我害的，这都是我害的……给你做牛做马我都愿意，可活人的日子长着哩，这往后你咋往下熬哩？”

看到男人并没有掺杂一丝虚情假意，桃夭还真的被感动了。她故作轻省地说：“咋熬？一天一天熬呗。你看眼前这日子，咱们两个人累死累活挣工分，一年粮食还接不住茬儿，那些娃娃多的又该咋过呀？狗剩今早站在那儿把话没说出口，但大伙儿心里都有一盏灯，给棉花疙瘩过秤，他那是怕外队人说咱们瞒产私分啊。可一个人头分三斤棉花疙瘩，倒是能剥几两棉花？剥出这花绒少得纺不成线，棉籽秕得换油都没人要，这又能救社员哪点急？唉，咱们就这么搭伙过吧。你知道你错怪过我就行了，把那些事都看淡点。听人说，女人做了结扎手术就不想那些事了，我都想自己做去，又怕落一屃子闲话。后来听变巧说，一点事都不抵喀。她做过那手术后，栓柱开几天会不在家，她还是夜里抱着枕头睡不着喀……”

民生知道媳妇的脾性，说什么就是什么，任你说得再多也是白搭，他只好怏怏地去了饲养室。不过，他心里一下子轻松了许多，从心底也对媳妇萌生出些许敬意来。

第四十九章

井啸

在半阁城，大到官方新闻，小到妯娌吵架，大都是从老井坊这块地方最先传播出去的。

清早，当着一群人的面，舍娃又在井坊说了一回昏话。

当了两年大队干部，这个人在人前说话的水平也已相当高了。他一边搅动着辘轳，一边说："老几辈人守着黄河没水吃，咱村上要能把滩里的水引上来，那就把事办了喀。"

一井坊人都以为这货昨晚搂着婆娘又不知做了个啥好梦，绝对是烧躁得在那儿说胡话哩，并没有一个人去主动搭理。

滩里何止是有水，那些大大小小的瀵泉里，大冬天都有碗口粗的几股泉水在咕噜咕噜地往上冒热气。只是，芦苇帐罩在周围，人根本进不去，咋往沟崖下引水？又咋个往塬头上提哩？

舍娃一看没人接他的话茬，尽管多少有点尴尬，却仍煞有介事地接着说："你们听说过'抽黄工程'吗？"

有福最先反应过来，便问："哦，会不会这次真的要上马？"

一看有人搭茬，舍娃便赶紧说："公家这次绝对是投了资金准备大整哩。可惜，水抽上来走的是东雷，咱长稔塬这一块儿沟深地不平的根本就没法受益喀。昨晚，我和栓柱初步议了一下，国家弄大的，咱们看看能不能闹个小的。不说能浇多少地，先把人畜用水的事办了，也省得为吃一担水排队绞这井辘轳！”

正在摘索的“酸辣子”忙问：“那得多少钱呀？”

舍娃气粗地说：“不多，大体得三万来块钱。只要把黄河水引上塬，咱们这一代可就把千古的世业[1]给子孙造下了哇。”

“酸辣子”一听从舍娃嘴里轻省地一下子蹦出来“三万来块”那句话，立即像害牙疼一样吸溜了一口气。她一看舍娃那神情不像平常胡咧咧，紧接着又问了他一句：“谢大主任，你兀张大嘴呀，咋把这话说得那么轻松？三万块钱？三百块钱还不知咱全村收得齐不？”

水桶眼看到了井口，舍娃一手扶辕、一手提了绞出井口的桶系，摘索的“酸辣子”便将索头夹在石缝中踩死；他换出右手抓住了桶底把水倒到井口边的大桶里，这才把井索挽了个环扣从辘轳上放过去，待摘索的“酸辣子”接住井索抓紧了，并将方位调换过的空桶在下水口抓住让停稳当之后，这才发了一声喊：“起！”

四个人咬紧牙关，大气不出地不断提压着扳动了辘轳。直到上水桶过半时不需几个人用力，几个帮梢的人才撒了手。辕里的舍娃这才趁机回答“酸辣子”刚才的话说：“女人家懂个茄子！半阁城的人都他妈的是秦琼的马，看起来毛不顺却有内膘哩。你说句揭底的话，你和狗剩少说也存了有二百多块钱吧？”

舍娃和狗剩好得狗皮袜子没反正，“酸辣子”在人多之地也就经常爱显摆两家那点亲近。一听主任对她那点老家底十分清楚，忙掩饰道：“你妈的腿！要真有那么多钱，我还买不起个缝纫机？”

舍娃不相信地退了一步估算道：“那至少有一百块！”

“酸辣子”也不怕在人多之地兜出她那点家底，便带着气说：“你到信用社把信贷员问一下，看我自去年卖过猪存了那八十块钱后，今年都取了几回

① 世业：世代相传的事业。

了？最多还剩六十块钱喀……”

舍娃根本就不相信她那番编筐子话，调侃道：“耶耶，是谁要借你的钱呀！肥猪瘦猪都跟上穷哼哼。都叫唤说腰里没钱是不？这回，就是卖婆娘卖娃都要把这事办下来哩！”

“酸辣子”马上接口说：“行嘛，你当主任哩，先带头把你婆娘卖了，看你个货黑了家当硬了往热炕上烙呀……”说完这句话，她自己先忍不住笑了个半死。笑过了，她又自嘲着开口说：“唉，女人家年轻时说不定还值几个小钱，像我们这一茬儿老帮子白菜现在谁还要嘛！”

舍娃却趁机打开了他那话匣子：“尿的个话，我看你还嫽着哩。狗剩嫌弃你的话，伙计要哩。今儿黑你就来，咱先亲热亲热再说……”

一听舍娃又在那儿趁机满嘴胡吣，“酸辣子”不去招呼井里的索，起身就去拧他。舍娃只是下意识地一避松了手，井索便失了重，辘轳拐子立即飞也似的旋转开了！

上水桶已近井口，整盘井索都在那头拽着，没转几圈，只听“砰”的一声，上水桶磕在井沿青石上折了系，没出井又掉了下去，搭在辘轳上的索头飞过去差点打伤了人，整盘索顺着下索口蛇一般溜入了井中……

水桶和井索在井中不住撞击着井壁的石茬，陡然间，就有长长的啸声冲出了井口！

井坊的人全吓出了一身冷汗。舍娃被飞转的井辘轳打疼了胳膊，生气地站在一旁嘟囔：“难怪不让这些骚婆娘上井坊，看闹出事了没？”

“酸辣子”却没事一般轻省地说：“怕咋，先把其他井上的索借上，再下井捞吧。看你整天嘴上的劲大，下这么点苦就裤松了！”说完，她便去东头找增田借工具准备让男人们捞索。

这时，舍娃只好提起井边那一桶水折了两个半桶，解嘲道：“老婆还等着水做饭哩。看把他家的，这一句话没说好，还得出一身臭汗捞索……”

一看主任家急着要用水，站在一旁的年轻后生忙抢过舍娃手里的水担说：“十三爷，我给送去，你在这儿歇着，一会儿你还要组织人捞索哩……”

另外几个小伙儿，也都赶紧跑着掮外队的井索去了。

舍娃也不言谢，趁有点空闲便取了烟袋锅装了烟，蹲在井坊里点了火便自个儿抽开了。

在一旁的谢有福这时才凑上前来又提说起抽水的事情。他试探地问舍娃说：“伙计，办水站确实是个好事咯。可是凭咱们一村穷干娃的力量恐怕还欠点，要是能在县上申请一点水利资金就好了。”

舍娃对有福和几个耳朵伸得老长的人抖出老底说：“我看是秃子头上的毛——人家不长咱也不指望，主要还得凭咱这两只手办哩。”

有福提醒地问他：“集体哪有那么多资金，哪个队不是在机耕站、信用社欠下了一堆账？”

舍娃胸有成竹地说：“社员集资、银行贷款，先把水站办成了再说。有枣没枣咱先打他三竿子！这一回，就是干瓦片也要榨出四两油来。你信不信？只要是办水站，社员的积极性肯定很高！眼下，政策都在那儿明摆着哩，经济建设又提上来了，到了节骨眼上，我亲自去县上找张书记去，我就不信老汉他记不起这老井坊啦。”

有福忙说：“张书记不是到渭城当副专员去了吗？”

舍娃给他们透了一个“小道消息”，神秘兮兮地说：“老汉只去报了个到，人还在县上抽黄指挥部坐镇指挥大会战哩！”

听到在这个事情上，村上确实准备动大势，有福高兴地说：“没看出来，张书记还真有这么一天。老汉真是个实干家，窝了多少年，还有当年那一股老牛劲哩！”

一提起张书记，舍娃马上忘记了筹钱的事，得意地说：“‘靠边站’几年算个啥？老汉心胸宽大得很哩。他住在我家那阵子，我听他谝过，当初闹红时，他就被自己人当成‘地方党’抓过。后来逃到了咱们坡头车马店，又被佑普爷这一拨地下党给逮住了。一进宜川城，还被套了大镣。要不是毛主席知道了‘地方党’这件事情，他老小子这条命早就玩完了。后来，他还真的被国民党抓了一次，最终却遇难呈祥了。话又说回来，命里穷到底穷，埋下的银子变成铜；命里强终究强，七老八十娶仙娘。人家就有那福命哩。你们都没见过，他现在这房老婆是他当县委书记时才谈的一个女大学生，人长得真他妈干散[1]。别看老汉遭难，人家那女人却一心守着他哩。说实在的，老汉也多亏了这女人。上回我去他家里转了一回，一听来的是半阁城的人，她赶紧上街买了一斤熟猪肉，临走时还把张书记一双旧皮鞋硬塞给我……你看看，咱倒对人家一个大干部有啥恩义嘛，受了这么重的礼！”

有福听他唾沫星子乱溅地说了一大通，仍不相信地说：“你又在胡吹冒撂哩。我咋没见你穿过那双皮鞋给老丈人张狂地拜一回年去？”

一听这话，舍娃神色就有点惭颜：“就是那次开‘赛诗会’嘛，我夹上皮鞋刚回到招待所，一进门就叫吾家营的乔仕津兀个货看上眼了。他非得要掏钱买，硬塞给我五块钱把鞋拿去了！现在一想，叫兀个货把我哄了。我到百货公司一打问，一双那样的全新牛皮鞋要六七十块钱呢，再旧的皮鞋也抵好几双布鞋穿吧？唉，叫我这烧料子把到手的宝贝贱卖了不说，后来上街去买了一双黄胶鞋，他妈的还倒贴了八毛钱……”

一听主任吹嘘其“过五关斩六将”，最后却闹出“喝米汤尿一炕”的窝囊事情，井坊里的人都开心地笑了。

箭在弦上

栓柱和舍娃两个人窝在祠堂嘀咕了几个夜晚，又召集几个队的能猴猴商量了两天，这才斗胆给公社正儿八经打了一个“半阁城大队水上塬”的文字报告。谁知道，在高运喜的亲自运作下，没出十天，省上的先期拨款一万元就到了县水利局。可是，要办成这么大的事情，村上这边群众集资的缺口却很大。

---

① 干散：精干，麻利。

即使把几个队的牛驴作为抵押，银行那边也只能放一万四千元。

栓柱这才急了，决定让舍娃赶快寻张专员去通融一下，看能不能在县里再弄点钱。

舍娃一大早进了城，栓柱在村里一直等着他的消息。临近天黑，舍娃这才垂头丧气地提着一包旧衣服进了村。他也没顾上回家吃饭，先走进栓柱家找他商量。

原来，张专员在前天已经坐着吉普赶到渭城开办公会去了。不过，老汉早料到半阁城要来人找他，倒是给老婆留了一封信和三百元钱让代交给村上。

栓柱把舍娃捎回来的信看了，觉得老汉说得也有道理。国家已投资了一万元，集体再集资一万元，实在还不行的话从社员手里再借点，这事情也就基本能转动了。再说，县上的资金也很有限，就是想挤兑着挪一点，也确实没有一丝儿让人下手的缝隙。老汉倒是个急性子，临走还给老婆千叮咛万嘱咐要把他的话带给栓柱和舍娃，半阁城必须在年底前把村上的小水站建好。设备他已替他们在省水利机械厂看好了，可以先交一半钱，其余的先干起来再接着想办法，不信活人还能叫尿给憋死了。

看事情已经到了这一步，有条件要上，没有条件创造条件也得上了。舍娃也定了主意，对栓柱说："有啥办法？明天就开会吧。这号急迫事情，就得从鸡屁眼里掏蛋咯。"

栓柱看了他一眼，冷冷地说："明天？按你的闹法黄花菜早凉了。我已让各队发了通知，今晚无论男女老少一个不落都得来参会。开弓没有回头箭，咱们不能说让群众捐钱的话，一个字，借。我那房子也不翻修了，攒下的那二百多元全部给大伙儿先垫出来！"

走出门之后，舍娃这才觉得已饿得前胸贴后背了，就让栓柱先头走，他得回家吃口饭去。栓柱没好气地说："群众大会就靠你这主任煽动哩，讲一会儿话就把你饿死？"舍娃一听，只好揉了揉肚子跟着一起走。一路不再闲聊，眼见已经到了祠堂门口。

祠堂里，两盏大汽灯把台上台下照得如同白昼。平时那些不能参加集体劳动的社员也都过来了，整个大厅被挤得密不透风，比平时看大戏来的人还多。这阵子，已经无法让人再往里边插脚了。

坐在砖地上的群众看见两个村干部一起进了耳门，会场一下子鸦雀无声了。两个人好不容易挪着脚挤上主席台，下边的社员陡然一齐鼓起掌来！

栓柱被弄得莫名其妙，一路准备好的腹稿也被那阵掌声闹得忘了个一干二净。他急中生智，赶忙从口袋里取出张书记那封信给大伙儿在空中扬了扬，情绪异常激动地说："社员同志们，今黑召开咱们半阁城这个群众大会，主要议题大伙儿都知道，我先给大家念一封信……"他双手哆嗦着好不容易才把信纸展开了，便朗声念道——

半阁城村的父老乡亲们：

得知咱们村上要办黄河抽水的事，我十分感动。这是在社会主义的今天，我们劳动人民才想干、才敢干的事。林县人民能把漳河水从外省引到河南，咱们就能把脚下的黄河水引上长稔塬！有国家支援，有党支部领导，还有蕴藏在广大社员群众中间的集体智慧，我相信你们一定能马到功成！为有牺牲多壮志，敢教日月换新天。希望你们发扬愚公移山的精神，引上黄河水，浇灌大寨田，早日把半阁城建设成为瓜果飘香的社会主义新农村。

顺路的时候，我一定要回半阁城看一看。捎上三百元，谨表我对村庄的一片心意。乡亲们，明天的半阁城绝对与我们想象的天堂不会有什么两样，社会主义新农村的美景将由你们亲手描画！我张义伦无论走到天涯海角，都会惦记着你们的，我也等着喝你们用黄河水熬的黄米汤呢……

台下的社员在栓柱还未将信念完之前，便又一次用掌声表示出他们久久压抑着的激动心情。舍娃一看大家情绪高涨，也忘了支书还未正式讲话，抢先就表开了态。他扯着嗓子说——

“喂喂，先静一静。好我的神哟，都他妈的一个个张狂得要咋？”

大伙儿知道这是他们的谢主任在人前讲话的一贯风格，好像不带几句脏话就强调不了事情的重要性。不过，这次他没用他最拿手的“四六句儿”像平常那样有章法地大骂一通，而是干咳了一声先开口说开了正事：“我呢，刚去县上回来，忙得还没顾上回家吃口饭哩。支书催着要开这个会，我看开就开吧。这样吧，那我就先说几句。一是，国家给咱先期拨的那一万元已到了县里，机器也基本订好了。三级抽水、三套二十四匹柴油机加离心泵，这就得两万多元！七百米明渠、一千八百米钢管少说也得一万多元，这还不算水泥、石料和盖机房的钱。二是，县上派的技术员不要工资，但总得管人家吃饭吧？加上施工添置绳索、杠子和车马费，肯定也得不少钱。我昨晚睡在被窝扳着指头粗略地估算了一下，要把水引上来，咱们少说得花三四万元。现在手头满打满算只有一万多一点，就算把祠堂卖了，也凑不够这个数目。咋办？还是老辈人给咱留下那一句老话：‘宁叫挣死牛，不能陷住车’！我把话给大家撂在这儿，半阁城水上塬的事非办不可！不说张书记要喝黄河水熬的黄米汤，就说咱们这一辈儿，总得给后世子孙留点基业吧？我们几个支部委员在这里先给大家表个态……”

他转过脸对栓柱说：“你是支书你先说！”

栓柱也不推辞，接过话筒大声地对大家说：“我个人先拿出二百四十元垫上。大家都知道，我家那几间旧房，下点小雨墙上的泥皮就直往下掉片儿哩。攒了十几年，原指望用这点钱翻修房子。房子的事现在先放下不提，等到把黄河水抽上长稔塬，咱们的日子好过了，我再直接盖它几间红砖房，省得再费那神垒土墙！”

舍娃一看台下静悄悄的没一点动静，干咳了几声，不好意思地说：“我没钱，娃娃都光着尻子没裤子穿，那日子大伙儿也都知底喀。这样，我装一百斤粮食捐给抽水站，以后也不要大伙儿还了。谁叫咱当这个破主任呢，就这！”说完，他望了望台下。

台下的队长根本没想到大会一开始就能开成这个样子，一时又拿不准个人交过集资款后，生产队集体还交不交？虽然他们都不愿在这号事情上做缩头乌龟，一时却也不敢盲目表态。

各队那些“长户”[①]社员，几天前在听到这个事情后，已经在下面嘀咕过了。队上多年不给社员兑现分红，集体账面上属于他们的那点钱也是纸上的烧饼。如果要集资，他们准备趁机要挟队长先让生产队给他们垫上。那些为数众多的“欠户”[②]，一听是办水站，也知道这回不出点血是绝对跑不脱的，多多少少都还有点心理准备。如果真的摊到头上来了，卖口粮、卖老柜、卖母猪、求亲戚、告邻里那也得办。不过，如果每人十块八块还好说，多了却实在是没法儿……

各队那些队长还在暗自思忖的时候，谁也没有注意到从会场外挤进来一个女人。只见她扒在祠堂的耳门边，可着嗓门叫了一声：“柱子！”

大家都齐刷刷地把目光投了过去，原来，扒在耳门边的是死鬼谢君怀的孤老婆子。

只见这个老女人战战兢兢地朝台上望了好一阵子，看见几个干部都端端地坐在上边无人理会她，居然又一次出乎人们意料地对着主席台大着声说：“柱子，婶子捐一千元。你把这些钱，给记到你君怀叔和武印大兄弟名下。他们人虽然死了，但总还做过咱们谢氏祠堂的两代男人哩！”

门口的社员忙给老婆子让开了点空，有人前去扶着让她进来说话。她胆怯地不愿进来，颤颤巍巍地扒在耳门墙边继续说着：“这是咱们的祠堂，我一个女人家就不进了，站在这里一样能说。这些钱，我老婆子攒了整整一辈子。眼下，老汉死了，我不怪大伙儿，那是……他自作自受；武印疯了，跳了井，儿媳妇也改嫁，出了咱谢家的门。那都是他们各自的命。只说我这近六十岁的孤老婆子，一门出了两个反革命，本来万万是……活不成了。但到了今日，我这才明白世上啥叫作命不该绝。在半阁城，像我这样的反革命家属还能入‘五保’，队里装粮、送柴，一家一担给我挑水……人嘛，都有一点天地良心。搁

① 长户：生产队欠他们钱的家户。
② 欠户：欠生产队粮食或钱款的家户。

在旧社会，我就是祠堂里想卖也卖不出去的人了，还能就这么安安生生地过活着吗？我已老得不能动弹了，还有乡邻们不嫌麻烦地关照着，这份情叫我老婆子咋给大家还？说到底，还是新社会好！共产党好！毛主席好！这点钱，我带不到阴司去花，交给集体或许还能派上点用场。柱子，你记住，这点钱我也不白捐，这是我一个老婆子给你君怀叔赎买他那一世的名望哩！我死后，你一定要派人把他重迁安葬到咱们谢家坟园里……和我挨在一块。我当年穿着红裙子拜的是谢氏祠堂的先人，死后也就应当埋在谢家的大陵里喀。把你君怀叔一个人放到沟坡上，我们老两口还算不算是一世夫妻？这也就是我老婆子这一生的心事喀……”

说完这话，老婆子居然没掉一滴泪水。只见她从怀里取出一包叮当乱响的东西，让人帮忙递到了台上。

舍娃恭恭敬敬地接了，又交给支书。栓柱打开那裹了几层的蓝花布包袱看了，那些壹圆、贰圆、伍圆、拾圆的旧票子，其中不少的钱还是早已作废了的旧版人民币。除过旧票子，还有二十三块银圆、一副翠玉手镯。栓柱真真切切地看到，有一块银圆上还真有“双龙福字”的图案！

这块原本只在村民们口中相传的“双龙”银圆，终于在半阁城这么多人参加的群众大会上面世了！

栓柱心里明白，这是一个女人攒了一生的私房钱。君怀修房时，老婆可能都没舍得交给自己的男人；葬埋儿子时，她也没动这笔钱。她心中还惦记着儿媳带走的小孙子。尽管她的小孙子暂时离开了半阁城，十八年过后，他绝对会回到生他的山村里来顶门立户、娶妻生子、为祖宗祭扫坟茔……可一个老婆子，现在却把这些钱全都交给了大伙儿。

栓柱仔细地把那钱包起来，庄重地对着台下全体村民说了一句话：

“社员同志们，我代表中共半阁城村党支部正式宣布：为死去的贫农社员谢君怀、谢武印父子俩摘去反革命分子的帽子！人死都死尿了，咱们总不能把这号铁帽子让他们戴到阴司里去。这钱，也不能让老人家白白地捐献，事后，大队将会一分不少地全部折价归还！”

整个会场依然鸦雀无声。

这时候，佑普爷倚着祠堂的柱脚站了起来，他大着声说："柱子，你明天就派人到家里把我那棺板抬了。给村上盖机房是大用场，比埋到土里强喀。我那儿子还小着哩，咋说我还得挣扎着多活几年给娃成个家哩。等看到咱们的日子真正好起来的那天，我谢佑普再死也不迟。要让我表态，也是长话短说，作为共产党员在这号事上不往前站，我还务这一世虚名闹啥哩？"

这时，二队队长高恩全已经坐不住了。老爷子还没坐下去，他就按几个人刚才商量的结果立即站了起来，准备当场打响这头一炮。可是，他这人一激动就口吃，越激动就口吃得越厉害。大家耐心地等了好一阵子，他才从嘴里冒出了两个字："是，是——"

大伙儿这回却没因为他口吃而起哄，依然耐心地坐在地上等待着。

高恩全好像得到了鼓励，说话也慢慢利索起来。他接着说："是这，二，二队卖了骡子那钱还没动，手扶拖拉机嘛，我们以后再买！除集体上交三……三千元之外，按人头一人三块，明天让大队会计到队上来找我。就是逼全队社员去跳……跳井，我这个队长也要光膀子要、要一回铡刀，绝对保证把钱弄、弄齐！"

二队这号穷队都这么气粗，狗剩也不甘示弱。他几乎是跳起来恶声恶气地说："大队要我们集体交的，咱没说的。另外，六队给水站贡献一窑砖，明天我们就点火。算起来那也不过是两三千元的事。我们也知道，这回咱们村上办这号大事，也是精尻子[①]撵狼哩！苦，咱们就苦这一回。要声明一下，水上塬后流经的全是我们六队的地，大队把渠划到哪里，你们就只管挖到哪里，六队全体社员还是有这点'龙江风格'的，我说完了！"

台下立时活跃起来，一些队长正要发言，一脸肃穆的栓柱却敲了敲话筒站起来制止道："同志们，关于集资的事，各队下去再做工作，今天这只是个动员会。全体起立，大会进行第一个仪程，唱国歌！"

---

① 精尻子：光屁股。

在黄河岸边的夜色中，一群中国北方山村的农民扯着他们那粗壮的喉咙庄严地唱国歌。

他们希望有朝一日他们出工回来，锅里能捞出一碗热气腾腾的捞面；吊在房梁上的馍笼里，也时常能摸出金黄金黄的苞谷面饼子！

第五十章

中风

悭吝的好太阳只出过三天，阳坡上的麦苗刚绿了点尖尖，春姑娘又羞怯地躲在冬天嬷嬷的身后迟迟不肯再露面了。一夜寒风，村庄又像进入了寒冬腊月。铅灰色的天空中，稀稀落落地飘起了雪。老柿树的铁枝在风中呼呼地摇晃着，枝头摇曳着黄黄的蕾苞。地面虽有了一缕春天的湿润，却结成一层严霜。昨天还忙忙碌碌的山坡上，一下子又没了人声。

阴霾笼罩，几步之遥便看不见路面了。一夜之间，山外又刮来一股“反击右倾翻案风”。对于接踵而来的政治运动，村民们已经彻底麻木了。但他们却十分担心村上这个抽水站的后续工程会不会由此而被搁置停工？他们委实闹不清楚，报纸上那个叫作“梁效”的人咋来那么多闲工夫？今天写一篇文章让大家“批儒”，明天又反过来让人去“评法”，居然也不嫌麻烦，还辛辛苦苦调查出有个叫“柳下砣”的人几千年前曾经当面骂过孔老二……

高运喜在向阳公社第一个“中风”落马。

不需要有任何说法，老高就推着自己那辆破得除了铃儿不响、到处都响的自行车，驮着铺盖卷儿回了村。开始，大伙儿以为天气渐暖，书记只是回来换换自己那床厚铺盖的。眼见半个月时间过去了，他再也不去公社上班的消息便不胫而走。事后，村民们这才知道，老高这一回算是被彻底“开除公职”了。

事后，据消息灵通人士透露，老高“被开”有四大罪状。其一，在“整党建党”的读书班谈个人思想体会时，他在小组发言时说过“我党的工作作风战争年代最好，大跃进时期有些损害，‘文革’后令人深思”这类话。其二，在公社党委会上，他当着各村支书的面做工作报告时，突然把秘书写的讲稿一摔，义愤填膺地说：“与天斗可以理解，与地斗其乐无穷，窝里斗何其乐哉！”细心的人很快就能品味出来，这是明目张胆篡改了主席语录的言行。其三，在洽川县公社一级班子里，这个人闹“不团结”也是远近皆知的。曾经为了一件工作小事，他不但破口大骂和他搭班子的革委会主任任丕显是“吃喝嫖赌的模范、祸国殃民的先锋”。在公社机关食堂的饭桌上，居然将一碗热腾腾的汤面给人家兜头泼了过去……

至于最后一条附带的说法，有人反映他借半阁城抽水站题写碑石一事趁机为自己揽功劳。这一点，确实有点冤枉这个公社书记了。谁都清楚，这件事情完全是谢舍娃一手给高书记惹下的事！

半阁城村水上塬后，县上开始动静并不大。一村人几乎挣断肠子建的这个小水站，水上塬头后进入明渠，一路渗漏淌到了涝池边，几乎不够瓢舀，根本就没有引起各级的注意。“反击右倾翻案风”刮起来没几天，此事却很快被社县两级当成“运动成果”上报到省上。为了让各地参观人员能亲眼目睹这个“人定胜天”的光辉典范，县上要求村里必须做到“村容村貌新，群众热情高”，并组织一个具有一定影响力的庆典活动。

当时，村上已经没有一分钱了。运喜当时却亲自出面说话，非得要村上补办一个小仪式。

既然老高在公社都发话了，栓柱在大会上给群众动员说：“这么大个事，确实应当立块碑。旧社会盖个城隍庙都要立碑、奠石、唱大戏哩，更何况咱们办了这么一件前无古人的大事情！”

最后，栓柱和舍娃经过商量，决定打肿脸也要充一回胖子。立即安排让高子升拟写一篇像模像样的碑文。有过祈雨奏表教训的高子升，这回一直不敢应承这件事情，推辞说他那文章万万上不得碑石。

舍娃一听，在这么大的事情上，写几个破字咋就这么难？他不但当面骂高子升是扶不起的阿斗，而且在社员大会上公开散布了一些诸如“离了你个破厨子，半阁城他妈的照开百鸡宴”之类的难听话。后来，他亲自到公社求高运喜写了“半阁城水上塬纪事碑”几个大字，又请邻村马一芬老先生拟写了碑记。

碑文曰——

湟湟大河浩浩东去万年奔流不复来兮
芸芸苍生望眼无助日月如梭星斗转移
当代愚公半阁城人众志成城呼应一心
改天换地大禹后人发奋图治感泣鬼神
金水上塬造福八村有德有望捐资赠银
立此石记以传后孙毁此基业人神共愤

谁又能想到，搞过庆典之后没几天，老高却被开销回来了。村上原本指望他这个公社书记在上边说说话、弄点贷款紧着搞些配套工程的事情也就随之成了泡影。

而且，老高这一“告老还乡”，全村人都觉得心里空落落的，像丢失了一件东西。在长稔塬这边，半阁城人唯一能在四邻八村夸口的就是自己村上出了老高这么个大官。这一次他被开除公职，别说他自己憋屈难受，就是大伙儿的脸上也都有点挂不住了。不几天，老高家那续弦的婆娘又离家出走了，闹得一村人像天要塌下来一般。

一个村院中，常常是出一件倒霉的事，预示着将有一连串邪事在后边跟着。

酒雪英人倒勤恳。这几年，丈夫一心在公社上班，她把小家治理得倒也井井有条。老高这次回来，她一如既往服侍得十分周到。但老高闲蹲在家和老伴住了几天后，便生出些不愉快来。也难怪，大儿子军军去了部队，大女子水仙忙活着自己的小日子；二女子姬仙远嫁沟东，无事一般不回娘家转悠；二儿子中朝上“三线”修铁路；三女子茸仙上高中住学校；小儿子社社念初中在姑姑家那头借住。家里只剩下老两口，一个和面，一个拉风箱，应当说还算是闲心不操，自在得很。

运喜却不是那号会享清福的人。加之二婚男人都有个瞎毛病，经常爱把现任和前妻比较。久而久之，夫妻之间便闹出些小摩擦。心香是个当地女人，没有事的时候便织布，根本就没工夫和男人去拌嘴。酒氏人虽体面，也有文化，却不会织布。最主要的是城里女人遇事都要讲求平等，将丈夫的寻常小脾气也归于“大男子主义”。加上酒氏性格过于内向，平时亦不和左邻右舍搭腔，只会窝在家里做了饭食往桌上端，吃完饭了一声不吭去洗刷锅碗。尽管两个人过日子也有些年头了，双方性格还是有点不太搭。运喜这头一回村，俩人像这么大段的日子厮守着的时候并不多。老高心里时常憋闷，难免会生出些勺把磕锅沿的事。两个人只拌了一回嘴，酒氏便夹着包袱回了南京。

开始，大伙儿以为女人只是省亲去的，佑普爷却知道事情并不是人们想得那么简单。眼见年关将近，人却不见回来。老爷子赶忙让栓柱偷偷去南京叫过一回。人倒是见着了，她说这几年一直找不到失散的弟弟，好不容易团聚在一起，暂时还不想回来。如果老高要去上班，家里确实需要人打理，她再回来也不迟。

栓柱一听人家已经把话说到这步田地了，回来马上找佑普爷商议了一番，想让李若兰再去一次南京探探人家那真实口气。

若兰告诉他们说：“老高这一回被开除已成铁案。一个女人，当初不怕操神受累地给他抓养一群娃娃，还不就是图老高有那点工资，以便老来有靠哩。日后，老高年岁也大了，腿脚又不好，连个工分都挣不来，就算把老两口硬扯在一起，这日子往后咋往下熬？”

栓柱不服气地说：“老高有那么多儿女，她还怕以后受啥苦？”

若兰却替他们分析说：“儿女都是心香留下的，雪英又没添个一儿半女。她已经跟我说过，老高这一回被打倒，她都不敢想日后咋往下过活了。她一直念叨着想回老家给兄弟照看几年日子，老了总不至于无处葬埋……”

佑普爷一听，再也不好提让老伴去南京找人的事了。运喜也不主张强人所难，他想缓过这一段时日再说。

不久，从南京却传来一个噩耗。

酒雪英晚饭时还和兄弟一家去雨花台那边转了转，第二天却不明不白地死在了兄弟家的阁楼上……

接到当地派出所的电报后，运喜和佑普爷立即动身上了火车。两个人一下火车先去了公安局，最终也没闹清酒氏的真实死因。按照当地公安的说法，酒氏是因心脏病突发而死亡的。可佑普爷心里有点不踏实，就向他们如实说了这个女人为国家做过的那些事情。他想，会不会是台湾那边已经打探到了她回南京的事？这个人在监狱那几年，就差一点被混进去的特务毒杀……可是，遗体经其弟签字，就在运喜他们赶到的那天上午九点已经被火化了。

运喜惆怅地对着天空叹了一口气，抱起妻子那只轻轻的骨灰盒，这才想到这几年酒氏对高家的许多好处来。当火车徐徐开动，他看到身后的万家灯火，忍不住替背井离乡的老伴喊了一声魂儿——

“雪英——我是运喜，你的魂儿跟着我……回咱们长稔塬吧。那儿才是你的落脚地，不要再在这里游荡了，咱们回家吧……”

坐在身旁的佑普爷已是老泪纵横……

第五十一章

瞎眼人生

村上闹了个“水上塬”，却耗空了社员的粮食囤。春寒料峭，社员们又遇到了每年最难熬的“二三月”。青黄不接，家家户户一顿野菜一顿糠地对付着过日子；饥肠辘辘，老老少少实在是等不到还在地里长着的麦梢发黄。

有人发现贵同的院子已经有好几天都没有冒烟了，只怕人死在里边不被人知道。大队派人前去一看，门上却端端地挂着一把“将军不下马”大铜锁。

原来，贵同年前已被公社点名照顾着买回了三十斤返销粮。过罢大年，在大队还没有通知各队放借时，小队已经提前给他装了十五斤苞谷了。吃完瓮里那点苞谷糁后，社员还没有统一开借，他也不好意思夹上口袋找队上再开那口，便出村乞讨去了。

尽管说一个光棍儿的生活相对还好搞一些，可每顿饭他也得烧一回灶、沾一次锅。再说，一般社员家户，夜里都会悄悄跑出去掰苞谷、偷柿子，最不济还能捋些生产队喂牛的苜蓿回来蒸焖饭。即使到了麦子扬花的时令，苜蓿老得无法食用了，满沟满坡的洋槐和紫藤已经发了嫩叶，人们依然可以采摘回来夹杂着食用。但是，这些活动对于一个瞎子来说，还真是无法参与。

不过，村民们都相信，这个世界上，每个瞎子心里都悬着一盏明灯。千把人口的大村庄，无论是谁，即使一声不吭地从他身边经过，凭着脚步声，瞎子都能准确无误地叫出对方的名字。此人很小的时候，一群娃娃坐在皂角树下听大人讲古经，他几乎只听一遍就能过耳不忘。他说起“周吴郑王”那些大段的上古人事，一点章回都不乱。这点异于常人的灵性，使在他十三岁的时候便被一个龟兹班相中了。

据当地人传说，晁姓这一宗人，早先曾在唐朝未央宫做过乐官，他们都是从安禄山的老家迁来的波斯艺人。唢呐和胡琴这些物什，就是这帮人那时候带进长安来的。也不知贵同这个本地土著咋个和这帮波斯后裔搅在了一起，含着唢呐哨儿能学《百鸟朝凤》，拉起二股弦子会唱《玄宗哭灵》。凭着这一身好本事，贵同跟上他们走村转巷，还真没少吃村民们过事的豆腐席。

在长稔塬一带，艺人这个行当虽属下九流，至今依然被人们所不齿，可龟兹进得门来，却没人敢怠慢。祭陵、出纸、祭轿那三吹四打五折子戏的费用，是算在定钱里的；而迎门户那些吹打却得亲戚们自掏腰包。一阵吹打一块钱，一折好戏也是一块钱。年成好了压两块，家道贫寒的放五毛，全是随心布施。一天下来，乐人们每人少说也能净落十多块二十块钱。一个月应七八场事，背回家的白面馍馍全家人根本吃不了。有道是，龟兹家的驮驴都不吃陈面馍馍。可见，这些人的日子过得还真不是一般的滋润。

可是，自从闹“文革”那年县上明令不准乐人出门应事，贵同也就断了用褡裢背馍馍的来路。在学唱革命样板戏的群众热潮中，他那张嘴也还有点用场，能把革命样板戏说唱得惟妙惟肖。不管每出戏里边有多少人物，只要从他的口中说出来，便有了十二分的趣味。当一出戏里出场的人物较多时，他一个人又说、又唱、又敲打，每每到了紧要关头，一张嘴未免不够使唤，有时就叫他闹得活像一群狗在咬架。收音机里整天放的就是这几出让人耳聒的样板戏，即使演员唱得再精细，也听得让人直反胃。对于贵同的表演，大伙儿却是百听不厌的。比如，他正学着《智取威虎山》中“勇奇娘”的一声长叹“勇奇——娘又不行了”，起板就能唱到《杜鹃山》柯湘的“家住安源萍水头”。过了那一阵子，瞎子又百无一用了，只能让社员养着。

去年年底，半阁城七个生产队经过决算，已经集体呈现出“负增长”的怪事。辛辛苦苦一年劳动下来，一个全劳社员每天所挣的工分值，扣除过自己的基本口粮、棉花、柴火以及食油折款后，反倒会欠生产队的钱。要是摊上七队这号劳动日值几分钱的烂队，即使每个人每天的口粮不足八两，一天不落地出满三百六十五天工，而且不看病、不吃盐、不灌醋、不点灯、不烧炭、不盖被子、不穿衣服、不补铁锅、不修房子、不留客人吃饭、不走亲戚、不娶妻生子、不为自己置办棺椁……就是这样，这个劳动者全年还会莫名其妙地负债近百元。而且，日常零用不能借贷，也无处借贷。一个农家子弟的新婚洞房里，墙壁上张贴的那一张八分钱的语录年画上，一般都标着两个或者更多的名字，因为左邻右舍只能出得起人均三分钱的贺礼了。

一个瞎子社员的生活际遇由此可想而知。

去年春上，贵同曾无师自通地摸索着学会了一门新手艺——编柳条笊篱。滩里的柳条多，小学生们以十根剥皮白柳条二分钱的“批发价”卖给他当原料，他摸索着编个笊篱、编个蒲篮，跟会赶集吆喝着去卖，一根柳条就变成了一角钱。这不但解决了他的酱醋钱，甚至可以让他随心所欲地进饭馆子吃饭。因此，曾经有人看见过瞎子在县城食堂仰着脖子喝那捞过猪肉煮馍的腥汤，便羡慕起光棍儿的福来。入冬后，这个小营生被挂上了“小生产”的红杠杠，学校的学生娃娃也不敢再下河滩去割那柳条换钱了。于是，瞎子编柳条的活计也立即断了。

眼前又到了春荒三月，瞎子蹲在家里突然心血来潮，摸索着把小锣、小鼓拴在一个自制的架子上，斗胆去县城支开了戏摊子。

民国年间，洽川县城正街那块被村民称作“衙门前”的地方，逢集便有卖药、卖艺、卖唱的热闹场景，中华人民共和国成立后已经销声匿迹了。瞎子这头一开张，人们都觉得十分稀罕。加之他那一人操作，打、拉、说、唱皆成功夫的绝活，立即成了衙门前的一景。每逢集日，瞎子的戏摊子前都会人头攒动，煞是壮观。随着一声声叫好，他面前那柳条簸箕里就会多出一分、二分钱来。不过，新鲜劲儿一过，大多数城里人也不愿挤上前来白丢那个钱，他便收了摊子去了农贸市场。

贵同这个人眼睛虽看不见，脑子却相当好使。他明白，自己那两手闹得再热闹，对于欣赏趣味相对高雅的城里人来说，还真的不对人家那胃口。只有找那些乡下人扎堆的地方碰运气，才是谋生的正道儿。

县城农贸市场，眼下生意也十分萧条，到处是一片凋敝的景象。只有逢集时，当一群乡下人牵着生产队的母畜来配种，招惹得县联社那些驴号叫得此起彼伏，才会增添一些热闹的气氛。穷庄户们赶集，纯粹是瞎转悠。他们只等散集时去菜市捡点小漏，其余的大半天工夫几乎都是在闲逛。哪儿热闹，他们就在哪儿扎堆儿。一些专意来看驴配种的闲汉，发现猪娃市新添了一个戏摊子，也就不再关注牲口们豪壮的交配表演了，都围在贵同的戏摊子专挑那些早已被封禁了的《二秃子尿床》《十八摸》等酸段子让他唱，其他的人家还一概不听。每每遇到这号主儿，瞎子就告饶："诸位，在县城不比在乡下，望客官另点……"看热闹的立即就不屑地说："城里人咋？城里人他妈的就跟人长得不一样？"瞎子一想，理倒是个理儿，问题是城里有市管会呢！眼见一大晌时间，自己还没挣到一分钱。他又一想，管他呢，这猪娃市上又没多少政府干部光顾，便经不住观众再三恳求，打起精神拿捏着嗓子坐在一堆破砖头上唱了一曲《小姑听门》。

谯楼上打了一更（哎哟），
上房里娶回来好一个新人，
小妹妹今晚上倒把一个门来听。
谯楼上打了二更（哎哟），
身穿上花袄袄好一个慢步行，
圪留在墙崖根圪蹴下悄悄听。
谯楼上打了三更（哎哟），
新人在洞房中张生（那）戏莺莺，
奴在这外边（呀）孤零零冻得奴家脚片片疼。
谯楼上打了五更（哎哟），

小姑子听门到（呀么）到天冷，

回到那绣房中心又跳来羞得那个脸蛋蛋红。

贵同虽然至今仍旧是一个守身如玉的童贞儿男，对世间这号男女之事绝对毫无亲身体验的经历，却居然能凭着原始想象和道听途说，把一个情窦初开的小女子听房的情景描绘得淋漓尽致，听得观众如痴如醉，赢得一片喝彩声。

这一日，贵同正拉着他那把葫芦琴唱得起劲，突然从人群里挤进来几个人扯住他的领口，随即吼道："喂，瞎子！光天化日之下，你竟敢和毛主席的革命文艺路线唱对台戏，你唱的兀叫个啥？"

瞎子虽然被推了个趔趄，却也顾不上和他们理论，急急忙忙挣脱双手去摸他放钱的簸箕。几个义愤填膺的人一阵乱踩，他那拉了三十多年的琴，顷刻便成了一堆木头片和一团牛筋线……

卦象

没了锣鼓家什，瞎子立即就像耍猴的让人把猴子牵走了一样无奈，他那糊口的把戏实在是耍不下去了。然而，断了卖唱的生计，却断不了他对洽川县"爱民"食堂那一碗肉汤泡馍的念想。瞎子在家里老老实实地窝了几天，却一直没有再给自己盘算下一个活命的好营生。直到实在饿得窝不住了，他才又摸摸索索地进了一回县城。

这天，眼见太阳已经西斜，转悠了一天的瞎子摸着空空如也的衣服口袋，双腿软得几乎无法移步。无可奈何之际，他便决计摸进食堂端客人吃剩的饭碗喝口汤，先填填饿得前胸贴后背的肚皮再做计议。

说到讨饭这号事情，明眼人或许还得为自己的脸面三思而行。一个瞎子，却不用去理会人类面部那个"不屑"的表情。一进国营食堂的大门，瞎子一连摸了几个老碗，开始还都小心翼翼地端起来，仰起脖子慢慢往嘴里倒；可是，那些碗一个个仿佛被人舔过一样干净，即使他最终把碗端得已经扣在了自己的脸上，却一滴汁水也没有流到他那阔大的嘴里！当然，这又算是瞎眼人的悲哀了。如果他能看见周围那些吃客花三毛钱只想连碗吞下肚的吃相，他或许就不会萌生这个捡客人剩饭的念头了。

瞎子沮丧极了，觉得这一回集绝对是白赶了，便摸起棍子拖着一双疲惫的双腿往回走。起身迟了，他是不是还能有精神翻过沟摸回村子谁也说不清。

话说，疲惫不堪的瞎子走到县城南门外时，不小心打了一个趔趄，被路边陈放的一块大石头绊了个大马趴。原来，驻地部队挖防空洞时，从老庙底下挖出个大石碑，撂在路旁无人过问，偏偏叫他碰上了这个茬。贵同那条原本就破破烂烂的裤子，“哧”的一声被撕了一大片，腿上也被蹭破了一片皮肉。伤口沾了黄土，钻心的疼痛让他几乎无法再移动脚步，他只好摸摸索索就势坐在那块石头上准备歇一阵子再走。

瞎子一个人坐在那里，一味苦叹着世道的艰辛，遥想着当年当吹鼓手时那大吃大喝的岁月，顿时感到异常气馁。

突然，他听见有人在他面前慢慢停下了脚步，他以为是碰上了熟人，正准备问来人是谁，那个人却蹲下来小声问他：“先生，算个命多少钱？”

一听来人把他当成骗钱的算命先生，瞎子心里立即就萌生出十二万分的反感，他便没有理会。来人以为对方是在故意拿捏，便暗自庆幸终于在无意之中遇上了一个“真人”，一时按捺不住激动的心情，就更加和颜悦色地说：“先生，你给我算一卦，如果算准了，我绝对给你点钱……”

贵同一听到“钱”字，心底里不免一激灵。落难公子路遇贵人，戏上早就写过这号蹊跷事。尽管这时他还真的怕来人会突然不翼而飞，但还是尽量按捺着怦怦的心跳强装镇静地问道：“请问客官，您老人家是想问问前程，还是卜个时运？”

瞎子常在人堆里扎，平常也多少学了点“乾坤坎离震艮巽兑”的东西，这号小场合对于他来说，还是应付得了的。

客人一听对方这一番得体的询问，赶忙虔诚地回答："先生，在下只想卜个时运！"

瞎子此刻把心一横，装作内行地督促说："那就请你随便说个字。我得替你快一点排个卦，太阳落山后卦就不灵了。"

客人马上信口胡说了个"女"字。

贵同一听，这货咋就提了这么个不好拆讲的字呢？尽管他肚子里还无一丝应对的办法，却故意吃了一惊，突然惶惶地说："不拆也罢，这个字我不敢给你化解。不收钱了，您老人家还是另请高明吧。"

瞎子从小伙儿口中喷出的那一股臭蒜味儿，便知晓他刚才绝对进过羊肉馆子。凭这一点，对方亦不会轻易因为自己这句明显的推辞话而放弃努力的，他这只不过是故意给小伙儿卖的第一个小关子而已。

一听瞎子这句话，小伙儿却慌了神，着忙问："先生，我还没开口跟你说事情的曲直哩，仅凭一个字，你咋能晓得我这事没解？"

瞎子故作神秘地告诉他说："客官，你可不要小看这一个小小的字。在我们这个行当里，一个字就代表着六个卦象，一个卦象又蕴藏着三十六种天意哩。天、地、水、火、雷、山、风、泽，卦象纷繁，玄机微妙，你刚才说的这个字属六十四卦中的水水卦。嗯，这这，还真不是一两句话能给你解说得清的哩……"

客人更加着急了："啥'水水'的？咋还就不好解说了？"

瞎子故意将了对方一下："寻人算命要心硬如铁，不知你有没有儿子娃[①]的脏肺？"

客人一听原来是这么个破事，拍了拍腔子说："先生尽管实话实说，命瞎不怪算命的，这个道理咱还是懂的！"

一看对方已经上钩，贵同这才用一副料事如神的口气说："客官，你这件事情看起来简单，一时却麻缠得很哪。人常说，天有不测风云，人有旦夕祸

① 儿子娃：男孩。此处指男子汉。

福；贪口腹之欲，必得肚腹之患；恋红尘之喜，必受儿女情牵。有道是，当断不断，反受其乱。不过，我只能提醒客官一句，这事宜早不宜迟呀，耽搁过眼前这一阵儿，黄花菜可就凉了哇！”

客人立时惊讶得感叹了一声：“咿呀，真神了。好我的先生哩，你说得对对儿的！”

瞎子却慢条斯理地打问道：“何谓对错？这不过是卦象所言，我只是向客官表述了一番天意而已。”

小伙儿一听，头上立即就冒出了圆圆的汗珠子。他以前只听人说过算卦先生如何如何神，如今自己真真切切地坐在当面聆听了一回，他便由衷地折服于麻衣术士的神机妙算。他几乎不假思索、毫不隐瞒地向先生说明了原委——“前年秋天家里给我定了个媳妇，好端端的事情偏偏出了点岔子。我们村有个老庙会，逛完庙会我那还没过门的媳妇不愿早早回去，非得缠着我陪她看晚上那破电影。那一晚，演的是《地雷战》喀。还没看到‘鬼子偷地雷’那一段儿，她又说没多大意思，扯住我的袄袖子就往回拉。人说黑天有鬼哩，也真该那阵子出事喀。我们两个人厮跟着走到土场壕边时，壕里正好跳出一只老猫来，‘喵’的一声从脚下跑过去了，吓得媳妇抱住我的脖子好一阵子硬是不松手！你想嘛，一个小女娃把一对儿圆鼓鼓的大奶子贴在你的胸脯上，咱长这么大哪经见过这号事嘛……就这样，两个人便偷偷钻进路旁生产队那麦积子①底下，日急慌忙地胡整了一回……”

瞎子一听，不过是个寻常小事，便打断对方的长吁短叹，得空安慰了小伙儿一句：“年轻人，不妨事，不妨事，哪个男人在年轻时不做点没前后的事情？不过，这又能惹出啥事端呢？”

小伙儿长长地出了一口气，十分沮丧地告诉瞎子：“好我的先生哩，这号事情哪能就那么简单嘛。没承想，咱那小媳妇儿简直是个见不得男人的货色。就那么一小下下，她那争气的小肚子没多久就鼓起来了。眼见一天天已经

---

① 麦积子：麦子摞成的垛子。

有点遮不住眼目了，我这人脸皮也太薄，一时又不敢给大人学说这件事情，一步耽搁两步歇地又过了两个月，这事就漏包咧。谁知道，我那爱钱不要脸的丈母娘看见自家女子的肚子里有了货，不说看咋个赶快遮丑，还趁机把原本已经说好送亲的日子给挪了。随后还把开始说好的‘一份’礼钱，平白无故地增加成‘一份半’。我家里哪还有钱呢，任凭她的女子寻死觅活地在家里哭闹，她就是不让我们去公社领结婚证咯！”

瞎子此时已明白眼前这个客人也无大灾小病，只是遇到个麻烦事情，便说道：“万事都有天象，果然不出我之所料。我来掐掐，看有没有啥法儿来补救……”说完，他一抖左手，伸出自己那五根葱管般纤细的手指，用右手按压着掐算了一阵，嘴里不住地念叨着那些只有他自己才明白的“日柱”“日刃”。在掐到“暗克”上时，他突然叫了一声好，这才对小伙儿开口说了半句话：“你果真要个解的话……”

小伙儿忙接茬说：“好我的爷哩，我就等你这句话哩！你说咋个‘解’法？”

瞎子伸出一个指头，轻轻地说了一个字：“钱。”

客人忙从怀里取出钱夹，抽了一张伍角小票递给他说：“给，老先生你可装好了。”

瞎子捏了钱，仍旧伸出一个指头说了一个字：“钱。”

客人有点惊讶地问：“在你手里拿着哩，咋还要钱呢？”

瞎子认真地说：“此‘钱’非彼‘钱’，你不是要个解吗？”

小伙儿一时还没明白过来。瞎子的意思是让他回去，不要经过媒人，偷偷给丈母娘送几个“份外”钱以化解矛盾，又不至于让村院里议论女方家太贪财，以免闹得日后两家难堪。他却以为瞎子嫌给的钱少，忙哆哆嗦嗦着又取出一张贰元的票子在那儿犹豫了一阵。再摸，钱夹翻出底来也无半分零钱。他咬了咬牙，把那一张贰元钱递了过去。

瞎子接了钱，一看他还在那儿傻等着回话，便照实地说：“你开口给小仙吐了一个‘女’字，我给你排出一个‘钱’字，这难道是巧合吗？养女卖钱，天道自然。有道是，日日朝东走，回头便是西。你去吧，回去照我说的去办，事情绝对会有个好结果的。”

小伙儿起身后一个劲儿地擦拭着头上的冷汗，千恩万谢后告退。贵同一下子来了精神，起身快步返回县城，一头扎进食堂，大着声要了四块死面饼子、一大碗双份羊杂碎，痛痛快快地接连续了三回腥汤，直吃得饱嗝连天、一路响屁。

回家的路上，瞎子抚摸着圆鼓鼓的肚皮一直不住地暗自得意。看来，算卦这营生委实是个不错的行当。此后，瞎子便找到一顶被丢进老戏箱中本来已经百无一用的“相公帽”戴在头上，在县城的南门外摆开了地摊，正式做起了算命先生。

却说，已经能掐天算地的谢贵同，每日里行走在洽川城的大街小巷，吃在“爱民”食堂，却有点小担心。算卦这个行当，算得上是宣传迷信，绝对会给自己带来一些意想不到的灾祸的。

这天，正是县城的九日集，他夜里心惊肉跳地一直没有睡好觉，便动了封几天卦的念头。可是，天一亮，他那双腿脚却不由自主地出了门。就在他经过县南城门外那块给人算过不少卦的老地方时，便被那些信民们认了出来。几个等了大半天的求卦者，立即前来将他缠住，非得要他无论如何为他们卜上一卦。

瞎子谦逊地对围上来的人说，几天来他觉得天象混沌、地气污浊，世相纷乱、人心浮躁。自己这段时间只顾了和凡人交往，荒废了不少研习道法的大好光阴。他正准备起身远行，前往五台山拜会师兄，好好交流一下观世心得，烦请诸位耐心等待三五日再说。

那几个人一听瞎子这番话，尽管一个个感到头上冒出了丝丝冷汗，但还是不依不饶地拉住他的袖子死不丢手。既然大家不让他走，瞎子只好装出一副无可奈何的样子落下仙体，准备为他这些虔诚的信民支一阵招再说。

却说，瞎子摆开阵势在那儿鼓着他那如簧之舌，煞有介事地分析着——“你家祖陵坟冢有头足葬不良，犯四时，解日月之光，解八魁六坟复重之殃，致诸神为害，冢神不安，才使得家口疾病不止，钱财少聚，六畜死亡，兄弟诉讼……还有，你和兄弟共居的那个敞口院子，两门出入，久而久之，焉能不走漏了家院财气？”

求卦者只把自己的脑袋点得像鸡啄米，根本就没发觉自己的身后已经人声嘈杂。等他抬起头来时，才发现几个人正气势汹汹地在向卦摊走来，他只匆匆交代了半句话：“来人了，你可别说刚才给我算过……”便钱也不留起身溜了。

瞎子立即感觉大事不妙，此时却无法脱身。从走来的脚步声里，他听见有三个大男人在他面前停住了脚步。接下来，其中一个来人在他的卦摊前圪蹴了下来，冷冷地问他：“喂，瞎子，算一下，我这个命值几‘钱’？”

贵同没有起身，镇静地应付了一句：“客官，此言差矣。天生飞虫，虫衔百草；草亦有命，何言贵贱？我虽不知客官命值几钱，却觉得眼前阵阵英气逼人。呵呵，我这个人就不是给别人算命的，只是逗着让各位听个乐子……”

那人立即就奇怪起来：“哦，原来你每集都是坐在这地方卖干嘴哩？”贵同知道事情瞎了，依然不卑不亢地说：“闲来无事，我晒晒苍天赐予每个生灵的太阳，给我自己算算命还不行嘛！”来人一听，更加奇怪，便不无戏谑地说：“那好，你今日再给你算一回，让我也听听新鲜！”

瞎子只好幽幽地说：“万事都有天象。今早上出门时，我就听见乌鸦呱呱地在树上叫哩，是福不是祸，是祸躲不过喀。”

那人一看面前这么个龌龊家伙居然满嘴的古语，用手在他眼前晃了晃，确信确实不是装出来的明眼人，便小猫戏鼠般对他说：“别废话，你今天能说出我的身份来，就算让我开过眼界了；如此，就可以不跟我走……”

果然不出贵同所料。从来人的口气上，他已断定面前这几个绝对都是吃官饭的人。这些人跟一般百姓不同，任何时候开口说话都像怀娃的婆娘放屁一般声高气粗。事已至此，他倒少了刚才的惊慌，慢悠悠地说：“先生真的要我说出口，我也只好瞎猜一回了。这样吧，我念四句诀，你看我说得对不？”说完，他朗声吟哦道——

四方四正四堵墙，

一道一佛一无常；

二目双对两眼瞎，

三顿三供三两粮！

吟毕，瞎子居然在地上用左手反书一字：囚。

站在他面前的人立即钦佩不已，从心底彻底相信了眼前这个世界果然存有异人。一个瞎子，不但会写字，而且还是反书！这个看似简单的“囚”字，同时亦点破了二人迥然不同而又决然相同的处境。谁又分得出“囚”字方框中这个“人”，究竟是对方还是自己？犯人和警察，说破天去也都是在监狱里边混饭吃的人咯。

来人怀着十二万分崇敬的心情，一路几乎是把瞎子搀进路边那个旮旯拐角，小着声让他趁着四下无人快走，小心一会儿又有人来找他的麻烦。一个人一生难得能遇到几个好心人，瞎子一路思揣，决计不再操持算卦这个营生。此后，只好流浪街头，继续以乞讨为生。在后来的日子里，虽然多次被公家的收容站送回村庄，但第二天他又会出现在洽川县城的大街上。夏天倒好熬，在寒风刺骨的隆冬，他只能钻进棉绒厂门口那一个有热气管通过的下水道里，过起了穴居生活。

在地壳的遮掩下，对光明已无所谓的瞎子，在漫漫的长夜里，却常常会想起村庄官树上悬挂着的那一个当钟敲的铁车轮子。只有那个光绪年间铸的“钟”的响声，才能唤起他对村庄的思念。他一夜一夜都在幸福地回想着，想起队长敲响铁钟后社员们应声而出的热闹场景，禁不住就热泪盈眶。清晨，他爬出他这所地下“宫殿”之前，都会习惯性地捡起砖头敲击几下身边的热水管道，然后大声地给自己吆喝一声——“上工了……”这才开始慢慢动身。

只有聆听着那酷似钟鸣的亲切音响，他的魂灵才会悠然飘回梦中的村庄。

第五十二章

无可奈何

半阁城的人，这阵子还顾不上打听自己村的瞎子在县城受着怎样的窝囊罪，而是都在为抽水站的事头疼。

抽水站运转了四十多天，二级站的离心泵断了一根大轴。派人去西京连夜买了回来，加上差旅费又花去三百元钱。抽水站如果停机，谢舍娃第一个丢不起那个脸。不过，这个事事不愿落后的人，现在自己心里也在不住地敲小鼓。

狗剩在村上并不是爱出风头的主儿。由于他和舍娃关系好，晚上便偷偷地找到舍娃家里来了。舍娃一见狗剩，也知道他是为啥事来的。两个人一见面，狗剩屁股还没坐定就开始挖苦："你这个大主任的脸贵，还是社员们的命贵？累死累活建下个抽水站能抵个屁用嘛！大伙儿叫停了，你咋不让停？"

舍娃没好气地说："你站着说话不腰疼咯。我咋能让停？公社刚刚把咱们的水站列为东北片抗旱的主要'措施'，我叫停了，你去替我戴'破坏反击右倾翻案风'这个帽子去？"

狗剩紧接着就问："抗了个啥旱嘛。让社员提个茶壶给麦行子浇水，人这边还没走到地头，那边的早就干了，能起多大作用？照这么抽下去，到头来谁认这笔钱哩？"

舍娃漠然地说："羊毛出在羊身上。指靠公社贴钱，我看也是指屁吹灯抵不了事。任主任说了，让咱先在公社机耕站赊上几桶油撑着，等县上开完现场会再说。”

一听“现场会”这话，狗剩吓了一大跳，赶忙问：“又要开啥现场会？”

舍娃也不瞒他，悠然地说：“‘天大旱，人大干’现场会。任主任在县水利局有人，要不是他争取来这点柴油指标，机器早他妈停了。如果在村上召开这个会，至少能让全县人都知道咱们已经闹出了这点成绩，趁着这点声势，看看咱们能不能从县上争取点扶持资金。”

狗剩立即就把嘴咧得老大，提醒道：“伙计，你咋也跟上兀个货胡闹哩？你在村上再敢开个现场会，社员就得拖上棍子出门要饭去了！”

舍娃没好气地说：“日他妈，你不答应不行喀。哪怕是一碗毒药，只要有人给我端来，我这阵都会仰脖子喝哩！你说说，办水站把社员的腰包已经掏干了，家家总会有点意想不到的事情吧？眼下再不听人家的，真有点啥事咱找谁借钱去？”

狗剩还是不死心地继续劝他说：“你别听公社那帮人胡咧咧。半阁城在县上是个啥位置你也应当有底。伙计，我问你，谁他妈把香粉不往脸上搽，专往尻子上去抹呀？那么多先进大队人家还顾不过来哩，扶持你一个穷山沟办几十亩喷灌田，能让人家扬多大的名？说穿了，任丕显兀一帮人也是胡日鬼哩。他不想升官？又指靠啥去升？靠政绩！我看，咱们这个破水站，这一回肯定是给人家做了敲门砖了。你看吧，折腾来折腾去，还不是用社员的活命钱给这些当官的做擦尻子纸哩……”

舍娃无奈地说：“照你说，咱不听他的能行？那你给咱出个主意，停了又咋弄？”

狗剩没想到这个时候舍娃却撂给他个尿不满的筛子，便把自己心里的那点想法和盘托出：“伙计，现在先不说那些长远的话。眼下，少抽一天水就少支出一百元哩。就算卖水能收几个钱，一天渗到地底下的又得浪费多少？咱总不能整天给人家作嫁衣吧？你算一下，一天贴几十块钱，一月得贴多少？”

舍娃无可奈何地说：“你说停了，我也实心想停哩。但是全村人鼓这么大的劲，就这么让打了水漂，搁在你心里你会咋想？”

狗剩把自己想了几天的话终于给他交了个底：“任丕显不是怕停吗？那咱就停定了。他要让机器转，拿钱来。说不准，他比咱还着急！”

一听狗剩这话，舍娃不放心地问：“人家给了一吨柴油让先挂个账，这头把油刚拉回来就停机，咱这样做地道吗？”

狗剩问他：“你个尿货咋那么心实呢？他那几桶破油抵得住咱贴出去的人力和钱吗？他想扬名让他急去，你总不是想趁机也去混个公社干部光宗耀祖吧？”

一听狗剩在自己面前说出了这号话，舍娃立即就骂骂咧咧地说：“我倒是日他婆哩，咱还想当人家那公社干部？当了这几年村主任，给大伙儿啥事都没干成，羞都把人羞死咧！”

狗剩马上接茬说：“伙计，甭失主意。别管人家的事咋过哩，看咱的萝卜咋做哩。社员们意见大得很，你总不能逼得让他们一起站在你家门前骂大街吧？真到了那一步，我看你和栓柱咋收场？你把个烂大队干部当作啥稀罕的去当哩？大不了让公社给撸了，你尻子总干净着哩。任丕显兀个狗日的怕咋？他还怕把天捅个大窟窿？咱还要在半阁城活人哩，考虑事情得比他长远哩……”

舍娃想了想，气哼哼地从牙缝里挤出一句话——“嗯，伙计听你的，停他妈个脚！”

祭牲

眼下，村上水站的负责人是谢栓牢。小伙儿年前复员回来后无事可做，村上立马先给他封了这么个“水官”。可是，媳妇却因为丈夫白白给公家当了八年兵，啥都没捞上，只抱回来一床发白的黄军被而赌气嚷嚷着要离婚。小伙儿脾气也倔，被揭了短处又无处发泄，便扇了媳妇一顿耳光，两个人去公社干脆地把离婚证扯了。

水站一停机，栓牢这个“水官”也无事可做了，吃罢早饭，便领着儿子去了高家南场。回来两个多月了，他都没能腾出一点工夫去战友军军家转转。趁着这点难得的空闲，他就想去探望一下高书记。刚到高家南场的老巷口，没想到遇着了高子升。师生俩一聊，话头一下就扯了一大串。子升也没问自己的学生忙不忙，非要栓牢到屋里坐一坐。栓牢不好推辞，只好随他进了门。

进门后，看见师娘幻彩手里拿着把笤帚在院子里，栓牢赶忙礼貌地上前打了声招呼，幻彩却没敢应声。她害了老年性青光眼，看人时视力已十分不济。子升对栓牢解释道：“瞎子喀。唉，都是叫我把她害了一辈子，心血把眼淹了……”说完，才对女人说：“是栓牢，福鸿叔家的老五。当兵那年，走的时候还当着四队的队长喀！”

幻彩马上高兴地对栓牢说：“噢哟，听出来咧。刚才听着门外有人说话哩，我就好生奇怪，是谁说的这么中听的一口官话？心里想，怕不是公社的人……你坐，我给你烧水去。”

进了房门，迎面墙上悬挂着一副条幅，栓牢立即就被那滑稽的内容吸引住了。他笑吟吟地默念了一遍，这才开口问：“高老师，这两句对联是你写的吗？”

在出过大山、见过世面的学生面前，子升十分惭颜地叹了口气，虽然嘴上连声说着：“胡诌哩，胡诌哩，都是胡诌哩”，却依然指着那副对联打开了话匣子，“字是马老先生的，你看多老到！如学篆书，必工金石、石鼓及秦篆、汉碑碑额，还得工习甲骨文；隶书得遵秦汉简牍以及后代名家；楷书则必学唐碑北碑和历代名刻；行书以魏晋以来的名家墨迹和碑帖为准绳。老先生是个书痴，你瞧瞧，这字结体严谨，笔法精熟，力度劲挺，多有笔意。啧啧，老先生虽年事已高，仍临池不辍，真让人肃然起敬啊！”

栓牢不懂书道，却一直站在那里揣摩着那两联文字，不觉哑然失笑。那联曰：

兰引清怀言无异致说一通屁话
竹生幽趣坐有同群论三顿吃喝

不知什么时候，隔墙邻居高运喜却悄无声息地拄着拐进了门。他站在两个人背后把那对联看过后，又朗声地念了一遍，这才惊动了他们。

栓牢忙转身前去握住运喜的手十分激动地说：“哎哟，高叔。今天有点空闲正准备专门拜望您去哩，在门口碰见高老师就先在这边坐了。请，坐，坐。”说着，就前去扶住运喜的胳膊把他让到椅子上。

运喜挡过子升递来的香烟，取出腰里的烟袋一边装烟一边打量着栓牢，慢慢地开口说：“部队上真是出人才哟。你不来也罢，我看看你这个大功臣还不行嘛。自古道，谋事在人，成事在天，当几年兵回来再搞家乡建设也有见识了。咋？听说和媳妇这几天还闹别扭哩？”

栓牢叹了口气，没等他那话音落定就开口说：“离了……”

子升先急了：“咋离……了？”

栓牢一言难尽地对两位年长者说了一句：“人各有志，她让咱农村这苦吃怕了咯，不说这些也罢……”

看见两个人不再说话，栓牢很快转了话题对高运喜说：“高叔，您是我的前辈，战军是我的老战友，咋说我也应当先看一看您老去。开始，还担心您忙，后来又叫媳妇搅缠得心烦，今日我是特意想和您坐一坐的。”

运喜坐在那里，对着村庄上这个年轻的后生，回想着当年自己曾经的从军经历，心情沉重得好一阵子都抬不起头来，半天才说了一句：“行了。我一辈子没求过人，我这就给你写个条子，你到渭城找张老汉去。韩城象山电厂正在上马，从公社要三十名合同工，你算一个。去工厂上班，看能不能让媳妇回这个头。”

栓牢坚定地摇了摇头说：“不了，高书记。我知道您现在说一句话照样管用。我今年都三十二了，再去从头学做工，进工厂比师傅年龄都大，还不如在生产队劳动省心些。我只想有空了和您老坐一坐，把我的一些想法同您交流交流；别的，我也不考虑那么多了。”

运喜“哦”了一声，对栓牢、也是对自己说：“我这个败下阵来的‘杨宗保’，满朝文武都喝一个‘斩’字，难得还有人要和我交流思想哩。好，今儿个就是个好机会，咱叔侄俩好好唠一唠。你说说，你今后准备咋办？”说完也不要人招呼，自己就盘腿上了子升书斋的大木榻。

栓牢看他坐定后，才惆怅地叹了一口气，认真地说：“高书记，在部队这么多年，您可能以为我有长进了。其实，我还是当年那个生产队长谢栓牢，不过就是年龄长大了点，胡子长密了些。在部队那阵子，每每端起连队那一碗糙米饭，我起码已经能吃饱肚子了！战军提干那年，我更坚定了信心。他也是个农民娃，说提也就提了，凭啥我就当不上个干部呢？当标兵也好，当先进分子也好，当五好战士也好，说到底还不是不敢回来再当这个农民嘛……”

运喜低头抽着闷烟，眼睛里却透着不解的神情，看他也没有插话的意思，栓牢依旧说着——“话又说回来，我这个服役八年的老兵，每月津贴也不过是二十七块六毛钱。可是，来自广大农村的战士，还是一个个担心被复员回家……唉，不说也罢。就说村上这个水站，有人把它的成功修建却说成是‘反击右倾翻案风’的成果。你说，如果没有那股风吹来，有人支持办这个水站吗？”

运喜几乎是一字不落地听完他这一大段话的。他打量着眼前这个刚从部队上回来的党员，一双眼睛里立即就有了一股亮亮的光。他也不说话，只是仔仔细细打量着他。

栓牢被看得不好意思起来，又自我解嘲道：“可能我这是杞人忧天吧，您这常给群众做报告的人，肯定听不惯这些刺耳的话吧？”

运喜点了点头，对着子升说：“这才是一个共产党员啊！我们每个人心里可能都这么想过，但谁又敢说出口呢！眼前，全村七个生产队现在还有什么？除过几间旧饲养室，那还是老祖宗给咱们留下来的几座旧庙；再就是那几头出槽下地都要人抬着走的老牛。再这样下去，我不知道除过卖儿卖女、逃荒要饭，还有啥路可走？”

他停住话头点了烟，接着又说："一个人的命运，始终逃脱不开社会这个大环境；个人的悲哀，往往和国家、民族的事情是相互关联的。你回来也好，这不一定就是个坏事。军军来信说，组织上已找他谈了几次话，可能都是因为我这个'死不改悔'的老爹给他惹的事。我真不明白，那些人不知安的啥心，经常给人家部队写那些外调信想干什么？真正是出于公心呢，还是想赶尽杀绝？我已经给军军写了信，让他跟组织上讲清楚，他已经和我这个'走资派'父亲划清了界限，断绝了父子关系，让他以后少给家里写信，最好也不要回村探亲！他是我的长子，长子结婚这么大的事情，我这个当父亲的都没能获准去部队，你说这是为什么？"

看两个人都在那里激动不已，子升一时心血来潮，忙让幻彩摸出一瓶西凤酒，他一边拧着瓶盖一边说："七叔，你和栓牢先干抿几口，我给屋里人安排着做点菜去……"

幻彩一边从裤带上解里屋的钥匙，一边小声在院子给男人安顿："你甭跟上他们胡咧咧，人家都是党的人，你是属啥的你心里总得有一杆秤！"

子升搪塞道："我啥也没说，他俩在说正事哩，我过去再听听，挺过瘾的……"

幻彩一听，忙去捂子升的嘴："好我的亲大哩，我看你是想去蹲看守所咧！你甭过去，给我抱点柴烧火，帮着拉风箱去……"

屋里，栓牢抱着头坐了一阵子，突然抬起头来说："高书记，眼下基层的这些做法，不知中央知道不？你说，咱们要不要联名给中央写一封信？"

运喜苦笑了一下，抽了一口烟慢吞吞地说："你这个刚从笼子里飞出来的小画眉哪知道眼前世事的险恶哟。你的信能到谁手上？张铁生在答卷上画个鸡蛋成了'反潮流'的英雄，李庆霖写信反映上山下乡问题也出了名，你就心热了？我劝你，脚踏实地干点实事，别老想那些花花点子。"

运喜面有难色地继续说："这就是最可怕的啊！本人已被开除公职了，但即使在岗位上，我又能怎么样？又敢怎么样？这两年，各村时有瞒产私分的现象，公社出面制止了几次，也只能是按下葫芦浮起了瓢。我们已经派人去调查了，一个生产队老老少少一两百口人，你就是把刀架到他们的脖子上，也没有一个人承认私分的事，工作组往往只能无功而返。有的生产队，多年来选不出个队长，干脆家家户户轮着敲钟，这能搞好社会主义大农业吗？”

两个人还在说话，子升推门进来，一盘子端上来四样菜肴：一碟凉拌白萝卜丝、一碟炒鸡蛋、一碗辣子豆腐、一盘醋熘白菜。摆好炕桌后，他一边招呼两个人动筷子，一边不好意思地说：“没啥好吃喝端，来个客人，真是能把老婆难为死……”

运喜也不客气，拿起筷子说：“你也别跟上哭穷了。半阁城进门能端出一碟炒鸡蛋招呼客人的不多，何况还有白菜萝卜。今年过大年，我这个公社书记都没买白菜。不说这些了，咱们今天放开肚皮喝两盅！三杯通大道，一斗合自然。但得酒中趣，勿为醒者传……”

栓牢端起一杯酒送到运喜的手里，自己也端起了杯子敬重地说：“请，高叔，这杯是我代战军给您敬的！”

运喜接住酒盅一饮而尽，又把杯子递了过来。

一直站在门外监听自家男人的幻彩摸索着走进来，一听子升也夹杂着和他们说了一些昏话，忙打断话头说：“你们趁热吃，少说些昏话。唉，话多了惹是非哩。”

看见运喜坐在那里笑着，幻彩又劝慰道：“七叔，你也别灰心，在外边把头仰起走，怕啥哩？一群娃娃还都要说媳妇找婆家，甭让人低看咱们高家的门户。你好赖是个公社干部，驴倒了甭叫架子也倒了，政府总还会记着你过去那些功劳的……”

三个人一听幻彩的理论，都会心地笑了。运喜举起杯子，这才看见瓶子里的酒刚才已叫他俩喝得不多了，忙对子升说：“你咋恁啬皮[1]哩？再取一瓶来，要喝就喝好！”

子升难为情地直给老婆挤眼，幻彩眼神不好，却听出运喜说没有喝好，

① 啬皮：吝啬，小气，舍不得。

只顾给男人安顿："你到箱板缝里摸去，我还藏下几块钱，你快到供销点上打一瓶散的去！"

运喜脸上一下没了笑容。他明白，子升这个还算殷实的家，今天摆的这桌酒菜，已经是倾其所有了。

第五十三章

诈尸

水站一停，公社那帮人还真的急了。一会儿一个电话，闹得栓柱十分烦躁，他干脆把大队那部电话的线给扯了。后晌，一辆摩托从公社急驰而来，专门送来个紧急通知——半阁城村社员谢贵同这阵子正在城里已经快不行了，让村上赶紧派人去把人拉回来！

一个瞎子，优哉游哉地过着他那走州过县的悠闲日子，咋说也算是给自己寻了一份正式营生。尽管蜷缩在别人屋檐下，一日三餐却也不用担心锅里没米，更不管灶里没柴。想睡觉了把铺盖一展，斜躺顺卧随他的便，亦无须遵守那些“黎明即起、洒扫庭除”的凡规。不但给乡邻省了很多麻烦，本人在旅途中亦增长了不少见识，他也准备一直这么快快乐乐地去享受余生。既然人人在这个世界都有享受美好生活的权利，自己干吗不享受呢！

瞎子拖着一根白蜡木棍棍，在城里过着他那出东家、进西家的“微服私访”生活，日子也算过得十分惬意，谁知道，几天前的一个晚上，不知咋闹的却得了一场莫名其妙的热病。

说也倒霉，他平日“下榻”的那个下水道，当晚不迟不早突然灌满了工厂里排出来的粪水。瞎子像个被雨水灌出洞的田鼠一般爬出下水道，找了个墙角避了一夜风。他那原本正在发烧的身体已经相当虚弱，再经爬进爬出这么一折腾，在大街上没待一会儿，浑身就筛糠般发起抖来。当时，他倒是想再次爬进下水道去躲躲寒气，却担心自己下去后就再也爬不上来了。只好盖着几张旧报纸蜷缩在街头，准备凑合过一夜再说。

可能是由于病后一时无力乞讨而断了食物进补、夜里又受了冻的缘故，瞎子那热病便日渐严重。人就那么蜷缩在街角，躺了一天又一天，无一人过问。直到这天一大早，他像死人一样在大街上横躺着挡住了人家的车道，才被扫大街的当成无名"死尸"拉到了火葬场。本来一路倒也无事，当人家把他安置在太平间准备焚烧时，这厮居然又清醒过来了。

按说，火葬场的师傅们一个个都是阎罗殿前的差官，胆子绝对要比常人大得多。当轮到瞎子进炉子时，老师傅按照自己给自己定的"规矩"，动手前先给这些孤魂野鬼烧几张纸钱。当他从裤腰里摸出几张黄表徐徐点燃，嘴里念念有词地说道："赤条条来去无牵挂，恨幽幽此生有罪孽。老哥，莫嫌少，去时把这点盘缠先拿上，走吧……"说着，就揭开了贵同身上那些旧报纸准备搭炉钩子。

当师傅刚刚扶起瞎子那僵硬的身子准备挪上小推车时，刚才还老老实实平躺在几具死尸中的谢贵同，虽然已经三魂离身六魄不在了，却依然还留有一口气息。加之太平间毕竟比大街上暖和得多，人便开始苏醒。正当他糊里糊涂恢复记忆的时候，却突然被人扶起身来。于是，便慢慢地睁开了那双瞎眼。不过，他脑子里依然无法辨认自己身处的这个肃穆之地是什么地方。鼻子里却闻见身旁似有烤大肉的异香扑面而来，不远处亦有鼓乐声入耳，于是他居然突发奇想：自己绝对是被安禄山那奸佞困在了马嵬坡！迷迷糊糊之中，他把眼前搀扶他的老师傅暂且当成了经常陪伴在玄宗左右的高公公。尽管他此时依然少气无力，却捏着嗓子吆喝了一声："咿呀，高爱卿，快快替朕更衣，速传贵妃娘娘未央宫接驾——耶！"

那个搬尸的老司炉一听躺在木板上的"死人"突然开口说了一长串他听不懂的鬼话，似乎还要挣扎着站起来。他才明白过来，传说中的"诈尸"事件，终于让他这个倒霉蛋遇上了。他立马扔了手中的炉钩子，慌不择路地跑出了太平间……

由于这个“诈尸”事件太蹊跷，又差点闹出吓死火葬场工人的严重后果，立即被城里人传得沸沸扬扬。这事件因其相当离奇的新闻效应，在普通民众中便造成了十分恶劣的社会影响。县革委会办公室为此事专门召开了电话会议，点名批评了向阳公社放纵社员进城行乞、故意“给大好形势抹黑”的工作失误。要求社村两级立即派人将人领回村庄，并保证不准此人再次进城。

栓柱和舍娃接到公社的通知后，马上找到几个小队长商量了一下，要求无论如何得先把社员的口粮问题好好考虑周全。库房能借出多少就借多少，储备粮不足的生产队可以动用战备粮。他们都知道，七队一些社员，美其名曰回老家“串亲戚”，其实是重操旧业去了……居然还毫无廉耻地都拿有一张半阁城大队开的证明！

谁知道，派去的社员在城里找到瞎子之后，他虽刚刚勉强可以进食，却死活不愿回来，还大言不惭地明确告诉来人说：“在城里当叫花子都比在村上当社员强，咋样都是活人哩喀。讨点食吃丢谁家的人了？朱元璋当皇上前还当过乞丐哩！”人终归是没有叫回来。

不久，这家伙居然还嫌洽川县城地方太小，趁着身体逐渐恢复之机，蹭上火车去了省城，跑得没有人影了。

眼下刚过惊蛰，各队那些皮匠、绳匠、砖匠、瓦匠、木匠、银匠、裱糊匠、小炉匠、割骟匠、剃头匠、泥水匠、裁剪匠……一个个先后溜出村庄，自找活路挣外快去了，扔下一地的庄稼没人管。在家的社员一看人家都有那些本事给自己捞钱，也不好好出工，各个生产队几乎乱了套。

如果不是去年冬天高运喜在向阳公社开了允许“四匠”出门这个口子，他们也尝不出这里边的甜头。刚刚红火地干了一冬天，腰里赚了几个小零钱，公社又要封口子，谁愿意放下刚到口边的香饽饽？他们也知道，跟村上论理根本不顶用，干脆不告而别，一出去就迷失在山外那个花花世界里。

整整找了十多天，半阁城大队只抓回来一个转村游巷卖“煮色”[①]的谢

① 煮色：煮土布用的染料。

善广。

公社立马着了急，让各村立即召开一个专项批判会。抓回来的不论男女老少一律上台，要把这个“专项斗争”和“反击右倾翻案风”的运动挂起钩来，狠狠打击资本主义的抬头势力，彻底刹住继续跑人的势头。各个大队必须采取一切有力措施，至少要让那些跑户家属心里害怕，以便让他们自己想方设法召回各家男人。至于一时寻不着的，跑了和尚跑不了庙。各村必须把住粮食这个关口，有人外出的家户，一律不得享受返销粮和照顾款！夏季口粮到时也可以不予全额分发，直至冻结一家人的基本口粮。有剩余劳力的队，即日起立即停止给这些家户的其余劳力派活；年终决算没有工分，不信他们不着急！

栓柱正愁给公社那一帮人交不了差，一想只让善广一个人上大会又挠开了头。各队少说都跑了三四个，全大队算起来已经跑了二三十个人，这还不算那些“请假”给亲戚帮忙盖房的、打过招呼出门“借粮”的。抓住一个没跑远的半截子老汉，他真担心这样的批判会难以服众。

这个时候，一直没说话的舍娃却劝他不用担心，并且说：“让善广上大会的事，你也甭想得那么复杂，我看他绝对愿意上这个大会！”

栓柱正在犯头疼，就没好气地说：“你他妈的一天尽放些不响的臭屁。谁会把丢人当喝凉水哩？让你上批判大会，你能愿意？”

舍娃胸有成竹地说：“看看，你这个怂人，等我把话说透嘛。善广兀个货是个说嘴子，其实没有多大的脏腑。只要吓唬这老小子几句，你让这货在人多处把尻子露出来他也干哩。哪头轻、哪头重，他心里比他家那称煮色的戥子秤还清楚。”

栓柱不解地问：“那啥轻啥重？”

舍娃缜密地给他分析道：“打了不罚，罚了不打。你跟他说清楚，要想叫问题严重也行，咱往公社送人！谁叫他老小子撞到这个枪口上！想叫事情小，上批斗会好好承认下错误，经济上一个钱的事也不提，你看这样咋样？”

栓柱一下子明白过来了，高兴地说：“行嘛。逮不住王八，咱先缚个蛤蟆。我先把人喊到大队来，你把话给他当面说清，让他给自己选条路……”说完，便打开喇叭大声对着话筒大喊了一阵，“五队的谢善广，五队的谢善广，尽快到大队商量个事，尽快到大队商量个事……”

在半阁城，任何小手艺都有点祖传的味道。善广他大在旧社会摇了一辈子拨浪鼓，到他手上还是靠这个小手鼓发的家。别小看了这点小营生，只要拨浪鼓在长稔塬随便哪个村头摇出一串儿“咚隆咚隆”的声响，婆娘女子便会放下锅台上的活，甩着沾满猪食的双手出门来挑挑拣拣地称点煮色。家户里只要有女人，便得煮线子染布。一家一次称个一两半两的，一年少说也得七八两。一个村是多少？十个村又是多少？难怪有人说，善广家那舀煮色的小铜勺是挖金的镢头！合作化时，乡政府曾百般动员让他参加供销工作以尽其才，善广不愿把祖传的配方交出去，最终决定当一个农业户。直到入社后禁了四处串乡的手艺人，他才一声不吭地把那货郎担子架到了房棚上。去年，公社乃至县城好像都对倒腾点小买卖不似以前抓“投机倒把”那样抓得紧了。自从外村一个老碗匠用自行车从尧头驮了碗碟在半阁城卖过一回老碗后，善广便在一天夜里拾掇好了担子偷偷出了一趟村。

开始，他还不敢在近处乱转，专拣那些沟里、洼里相对偏僻的小村卖货。后来听说给队上每天交三毛钱就算合法了，他这才光明正大地赶开了集。他配的煮色比供销社的价钱每两要便宜三分钱，且能多染二尺布。其产品十分过硬的质量，让长稔塬十里八村的女人，一年四季两只手上都附着了一层洗不掉的颜色，平添了几分女人的妩媚。

话说，谢善广被大队抓了回来，婆娘见老汉出门好几天了，没有吃过一碗煎火饭，就在家里做了一顿糜面搅团。

女人家爱吃这号调料味儿特别重的汤饭，偏偏忘记了自家老汉不敢吃糜子面。一家人刚放下饭碗，善广接着又整理开了他那担子，不一会儿，他便觉得好像有些内急，赶紧跑进后院解开裤子佝着个腰在粪堆边转开了圈儿。这时候，他才明白婆娘给他整下大麻烦了。老汉钻在茅房里，捏着自己尿尿的东西待了老半天，就是挤不出一滴尿水来！

长稔塬这块土地太焦，长出的糜子和荞麦，如果不搅和着其他粮食吃，一些人便会得半晌怪病——尿频。得此病者不分男女，大约各占一半人数。有这个忌口的人，叙述其亲身感受时那些难堪的表情，却让其他人百思不得其解。据说，开初先是感觉尿急，几乎急得都跑不进茅房；进了茅房，大半天又不能畅快地尿一泡。只要慢慢地解出开初那几滴黄水，尿道就开始像火烧一样灼痛，那种要命的感觉真是无以言表。不尿吧想尿，尿吧又没尿。往往是刚提起裤子就想尿，解开裤带半天又挤不出一滴尿水；一气之下去干活儿，两腿岔开走，遇到不能撒尿的场合，只好任尿水往裤裆里滴流……那难受劲儿就甭提了。别的地方不知把这病症叫个啥，长稔塬一带的村民，给这病症起了个十分古怪的名字叫瀑洌。

这阵子，善广已经在后院难受得想骂人，一听大队的高音喇叭又在不停歇地叫他，忙大声招呼老婆代他看看那喇叭喊他做啥哩。

站在前院的香娃，听见喇叭里不歇气地传唤自家男人，这阵心里也有点不踏实了。一听老汉让她去，就推诿道："我不去，人家又不是叫我哩。"

善广这阵子正想找个出气的地方，一听老婆在那儿还敢顶嘴，便开口骂上了："你看我这样子咋能走路吗？坐那一屁时就得往外跑一回，咋和人家说话？你一天能得跟啥一样，让你去替我领个精神，你一个女人家怕他们个锤子嘛……哎呀！"

善广的老婆叫胭脂，小名叫香娃。她一听老汉在后院发了火，这才想起老汉吃不得糜子，估摸没有大半晌时间，人绝对是出不了后院的，她只好硬着头皮出了门。一路上，她还设想着人家大队干部会问她些啥事，到时候自己咋个对付。到了大队门口，她却像做了贼一样心怯得不敢进去。她抻着脖子往里边瞅了一阵子，认准没有公社来的那一拨二杆子民兵之后，便斗着胆子准备就这样进去，不料想却和刚出门的谢舍娃撞了个满怀。

舍娃一看来的是香娃，随口就丢了一句："哦，你咋来了？"

一看这泼女人那副准备找人闹事的架势，舍娃只好口气又软和了一点，说："好好，你进去，栓柱在屋里正等着你哩……"说完自己就侧身想溜。

香娃往他面前一横，拦住他问："你说，叫你叔咋哩？"

舍娃假装不知情地说："我哪儿知道？支书能叫他，恐怕就是有要紧事哩！"

香娃两手往腰里一叉，马上就有点声高地说："咋？得是问我当家的卖煮色的事哩？你也甭走，咱三个当面说一下。卖点煮色，这么为难我老汉想咋？又不是卖尻子犯了国法！走，你也进去，咱当面锣对面鼓地说清楚！"说着就来拉舍娃。

舍娃最怕和这号黏牙①婆娘说话了，就推辞说："你跟谢支书说去，我没工夫跟你磨这些闲牙！"

香娃只是个不撒手，声色俱厉地尖着嗓门说："磨闲牙？你在主席台上给社员放屁咋就有那么多工夫？当主任你就给人兀样当哩？你今天走不脱，这事不说清不行！"

舍娃一边撕扯着香娃那双手，一边生气地说："关我个屁事，你放手不放手？"

香娃并不松手，嘴里只一个劲儿嚷嚷："谢善广是老贫农你弄清，毛主席都替贫下中农撑腰哩，你们这一群烂干部还一天学习毛主席著作哩，你想把我一家人咋？采蘩娃大小还是个干部，干部家属你们都敢欺负，村里其他人哪还有活路！"过路的社员都停下来细听端详，一时还没人前来劝架。

话说，栓柱一个人窝在办公室正在为谢舍娃出的这个主意暗自得意，一听门外有吵闹声，忙跑出来想看个究竟。一看是香娃扯住主任不放手，立即后悔刚才用喇叭喊叫把这个"坐地炮"给震来了！他故意装作不明真相地对她发火说："咋？这是弄啥哩！叫我叔说个事，你跑来扯住主任要咋呢？"

香娃一看舍娃也跑不了，一撒手便指着栓柱问："妇女能顶半边天，我来咋不行？"

栓柱当然也不会和一个女人去浪费嘴皮子。眼下社员们对村干部都有一肚子邪气，又碰上香娃这号天不怕地不怕的泼女人，如果真的惹了众怒也不

① 黏牙：比喻说话不清；事情难办。

好。他脑子一转，想先把她支开再慢慢计较，便语气十分平缓地说：“好婶婶哩，甭说你能顶半边天了，我看你这个架势都能把天戳个窟窿！嗯，是这么回事，我家那头老母猪这几天又发情跳圈哩。狗日的一出圈门就狠跑，人跟着屁股撵都差点闹丢了。我想请我叔帮个忙，去劁了算了。寒冬腊月也没草，养不起了喀。你来了也能行，走，到我屋把这活路替咱做了……”

香娃一听原来是这么个破事情，“噗”的一声就笑了：“哎哟，到底是当大队干部哩，就兀么个卜作事也值得在大队广播上喊哩？把你叔吓得蹲到茅房不敢出来……”

栓柱明知故问道：“咋？我又不劁他，他不出茅房怕啥呀？”

香娃只好实话实说地告诉他：“唉，好我的大侄子哩，晌午饭吃的糜面搅团，他这阵正瀑冽得撑不住火喀……”

围观的人一齐大笑了起来。

第五十四章

天造地设

话说，谢善广这个人不但乖乖地按照大队的意思上了群众大会，而且在会上认识错误的态度还不是一般诚恳，这就使得栓柱组织的批判大会亦十分圆满。不过，其他那些跑出去的人却依然一个个杳无音信。公社一天一个电话，闹得栓柱茶饭不思，夜夜无眠。他不得不象征性地派出几个家里有自行车的劳力出去找人。这些派出去的人白白忙活了几天，最终连鬼影影都没有抓回来一个。

开始，他还准备装聋作哑地拖过眼前这阵子再说。可是，上边把这事催得实在太紧，眼下，公社里也没了高运喜这个靠山，他真担心到时又闹出些其他事情来。实在没办法可想了，他只好找到运喜家里，两个人就此事商量了一番。

运喜替他分析说，政策上的事情，上边有上边的要求，基层有基层的实际情况，不要动不动就拿着鸡毛当令箭。要把这个事情处理好，村上应当先召开个各队队长会议，先统一一下大家的口径。最好还是让各队自己包庇一下，公社也不会一家家去查嘛。至于那些跑户，让回来后按天数给生产队每天多交上一毛钱，只要大多数社员心里平衡就行了，这又有啥难的?

栓柱一听，难怪人家咬得动公家那硬面锅盔，解决这些问题确实比他们这些基层干部有办法。他这头浑身轻松地刚出高家南场，在巷道里却碰上了

“酸辣子”。

“酸辣子”是村里一个闲不住的人。她一见栓柱，就快言快语地给他安顿了一个事情。

原来，狗剩和她准备给老高再提说一门亲事，想来想去还真的想不出谁能和人家那大干部搭上这个话茬。于是，就想让栓柱先去探探运喜的口风。说着说着，她也不管人家有事没事，就非得让栓柱现在就去问问。

栓柱一听，这号事不能太急迫，站在路边对她说：“事倒是个好事。但八字还没见一撇哩，等女方那边给了话，再给老高撺掇一下。这个时候给人家咋开这个口？”

“酸辣子”一想，也是个理儿。

栓柱也不和她多说，日急慌忙地通知各队队长开他的碰头会去了。“酸辣子”却一扭屁股，风风火火地去了学校。

说媒这号事情，一般都是皇上不急太监急。就在昨天晚上，狗剩在炕头上说起运喜家的那一摊子难怅事，苦于自己无法帮忙，只能连声叹气。婆娘却随口说：“这是个啥事情嘛，给他再说个人不就行了？”狗剩担心地问：“他把官丢得一点影儿都没有了，谁还看得上他一个瘸老汉？”冬花突然戳了男人一下说：“你看麦秀咋样？”狗剩一听，想了想才说：“或许行。不过，我看这两个人一个是‘王洪’、一个是‘孟喜’，两个人的话都难说，让谁去撮合这号麻缠事嘛！”冬花轻省地说：“麦秀那边我去撺掇撺掇，运喜这头你也搭得上话嘛。唉，都是苦命人咯，这话还有啥不好说的。”狗剩只好实话实说地给老婆安顿了一番：“你给麦秀先说说，等她那头答应了，我再另寻人给老高去提说。你甭管咋说，总是说得上话的人咯……”

“酸辣子”一想，自家男人平日在巷院中能搭上话的人不是舍娃就是栓柱，可人家都是忙人。再看看自家男人那三棍子都打不出个响屁的德行，还不如自己亲自去说稳妥一些。

刚才无意中碰见了栓柱，经他这么一提醒，“酸辣子”只好又扭头去学校先见见麦秀再说。她俩关系不错，时常也相互开点女人之间的那种玩笑。一个“四十如虎”的女人，炕头上一直没个男人，日子长了还真不好熬哩。

天色尚早，麦秀刚给娃娃上完朗读辅导课，“酸辣子”这头就摸到了学校那间小房子里。一看里边还有一个女老师在批作业，“酸辣子”忙假装先问了几句女儿圆圆的成绩，然后才丢了个眼色给麦秀，自己先到门外小柳树下等着她出来。

麦秀一出房门，“酸辣子”不等人家到跟前站定，就激动地开口说：“伙计跟你说啥哩，我给你瞅下个人你看咋向[①]？”

麦秀一听，又笑又捶打地说：“你个急猴猴一大早跑来就为个这事呀？”

“酸辣子”一本正经地说：“别闹别闹，学生娃娃往这边看哩……”

麦秀立即半开玩笑地说：“行嘛，人哩？”

“酸辣子”马上摆出一副认真的神色，小声说：“你看看，还当老师哩，一点正形都没有。伙计跟你说正事哩，你肯定是当成笑话听了。你先说说，有没有这个心思？”

麦秀一看她不像在耍笑，这才叹了一口气说：“老詹还在世上活着哩，我咋能再嫁人哩？这事让我一点思想准备都没有，再说儿子也一天天大了……就这么过呗，不想那事了。”

“酸辣子”立即就开导她说：“老詹？哼，他一个人跑出去享福了，天南地北没个踪影，丢下几个娃叫你咋给他养？”

麦秀说：“人死也得有个死讯，我心里还是放不下……”

“酸辣子”佯装生气地说：“哟哟，还真有情有义哩。你再甭傻了，那是戏上唱的！老詹如果心里有你，咋说也得给你捎封信吧？这一走七八年了，你能知道人家身边就没个人？就算是美国离得远，尼克松都坐飞机来了，他咋没回来一趟？算咧伙计，有罪了要你自个儿受哩。都走了一回岔路了，再甭一条道走到黑了。男人哪个不是馋嘴猫，何况人家和咱还不是一个种系！”

麦秀被她说得心绪缭乱，幽幽地说：“我今年都奔四十的人了，嫁到哪

① 咋向：怎么样。

里还不是受罪哩。再说，家里也没个老人，娃娃还正在上学……唉，女人四十豆腐渣，心再高也高不过命，都这把年纪了，还想那些事干啥？”

“酸辣子”生气地说：“日子再苦，总还得过。你先说，如果让你继续当你的民办教师，娃娃照样不误念书，眼前就有这么个合茬的人，你愿不愿意？”

麦秀随口说：“世上哪有恁面的红苕嘛！”

“酸辣子”肯定地说：“有哩，就看你娃一天想不想。有时，合茬的就在你娃眼皮底下哩，你愣是瞅不着喀。我跟你说的这个人，远在天边，近在眼前，你先猜猜看！”

麦秀一时想不到那人到底是谁，就戳了她一指头：“谁呀？”

“酸辣子”那好看的小嘴里只蹦出来两个字：“瘸子。”

麦秀的脸腾地一下子就红了，忙怪怨道：“亏你想得出来！”

“酸辣子”一听从麦秀嘴里居然说出这样的话来，有点奇怪地问她：“咋啦？男人嘛，不过就是少了条腿，怕啥呀？前多年，心香年年都挺着个大肚子，瘸子干那号事情肯定一点都不比两条腿的差喀……”说完这句话，她先站在那里笑了个半死。

麦秀一听“酸辣子”不是在和她说笑，就有点生气地说：“你又不是不知道，当初芍药差点嫁给军军。到头来，人家娃当了军官在城里娶了个洋太太。你再说这事，那不是让人笑话我们母女俩争着嫁父子俩哩嘛！”

“酸辣子”却说：“哟哟，你这个人还真是怪得很。年轻娃娃那叫恋爱哩，恋不上并不是说就非得成仇。甭说俩娃那事没成，成了又咋的？自古就有两家合一家的事哩。再说，高运喜只比你大八九岁，人还不老嘛！”

听“酸辣子”这么一说，麦秀明显有点心动地在那里想了一阵子，这才开口问：“谁让你在中间撮合这事的？”

“酸辣子”却不耐烦地说：“好伙计哩，这号事情还要人家谁来指拨吗？你只说行还是不行？甭管其他的事！”

麦秀一时心乱，想想一个人这几年拉扯孩子的苦处，加之说的人又是运喜，她还真的有点动心。但她嘴上却说：“你还是甭提说这事为好，我觉得高书记人家门槛太高……”

“酸辣子”立即把嘴一撇，反驳道：“他姓个‘高’，他家门户就高了？他大给人熬了一辈子活，他爷不过是个牲口经纪。你再看看他那副穷酸样子，走路一瘸一拐的。更何况，现在还叫公家开除了公职。只要你这头放一句话，他还不跟狗见了稀屎一样满口应承呀？”

麦秀忙说：“哎呀，不是这个……”

“酸辣子”接住问：“不是这个是哪个？你是嫌他被罢了官失了势咧？”

麦秀说：“官是个啥嘛。只要是个好人，当不当书记我都不在乎。这样吧，你让我想几天再给你回话。再说，万一老詹回来咋办？”

“酸辣子”又咯咯咯地笑了一阵子，逗乐地说：“看来你还真忘不了你那个心尖肉哇。好伙计哩，你一天再甭做梦了。戏上的鸠山都知道中国有一句古诗叫‘对酒当歌，人生几何’，你总得好好替自己想一想吧？省安那年牺牲后，你哭得眼泪都流干了，等了几年，他回来了没有？有了老詹不也有滋有味地过活了十多年吗？再说，老高人家是当过干部的人，这世事还不是打墙板上下翻哩，三十年河东，三十年河西，说不定再一次平反了就能当个县长啥的，你杨麦秀不是又会苦尽甘来吗？假使老詹有回来的那一天，人家也只是来看看他儿子，说不定还有一个洋夫人陪着哩，你还指望他能再给你乖乖下沟拦羊去呀？”

麦秀听她说完后，指戳着她最要好的伙计说：“你呀，尽说些没边没沿的话。高书记是个被开除了公职的人，谁还会给他再平个反？算了，我还要上课去哩。这事你总得容我想几天吧？”

说完大事，“酸辣子”这才从口袋里掏出一个酵坨子递给她说：“给，昨天我从娘家揣了两个，发面旺得很，蒸出的苞谷面馍比麦面还暄哩。好了，我等你回话。要不，今黑我再来找你？”

上课铃响了，麦秀接了酵坨，只顾数落“酸辣子”说：“你急得咋？看你日急慌忙的样子，是今晚能成亲，还是明早就拜堂？”

“酸辣子”一边准备走一边丢了一句：“还不知谁急哩！炕头上一直没个男人，你一夜夜咬着被角流眼泪谁知道？嘴里不说心里苦……”说完，想起家里锅下边还有火，就急急忙忙地出了学校门。

第五十五章

贤良

栓柱这个支书眼下真的不好当了。由于各个大队那些“四匠”私自外出事件层出不穷，公社决定用一辆大卡车把各村抓回来的人统统拉上在全社集中游斗一回。除过报上去的谢善广，半阁城还得再抓一两个人，务必当天夜晚让民兵把人送到公社集中食宿，每个人来时必须带足三天粮票……

一听这事，栓柱放下电话呸了一声，赶紧跑出门偷偷地给善广透了个气，让他出去躲几天算几天，能够跑得远远的更好。避过这阵子风头，等这出大戏最后凉腔了再说。

天一亮，一听公社来人到处找村干部，栓柱估计没啥好事情，一头钻进佑普爷的饲养室结结实实地睡了一晌。一觉醒来，时间已经正午，他觉得肚子饿得发烧，便想溜回家吃点东西。刚走出饲养室的大门，却和公社来的刘玉清撞了个满怀。

这个刘玉清和高运喜是战友，属于县公安局揪出来的老“走资派”，一直闲在家里。运喜当了公社书记后，便让他在这边做了“临时社筹人员”挣点补贴养家。这点底细，栓柱当然知情。一听刘玉清进村不是来抓“四匠”的，他这才放下心来。

原来，公社前几天给各个大队各分了一个招工指标。村上已经研究决定让谢二牛去。名字上报公社审查时，栓柱却挨了一顿臭批。任丕显当面指责说，谢佑普这个人历史不清，不能让他的外孙占半阁城广大贫下中农子弟的招工指标。不但让栓柱把表拿回去重新研究，还几乎指着他的鼻子说：“你这个党支部书记的脑袋如果没有被门板夹过，也一定是让驴踢过！让抓‘四匠’，半阁城是全公社行动最迟缓的一个，要招工指标倒十分积极！”

栓柱据理力争道：“谢佑普是老革命、老党员，虽然被错划过右派，但当时已彻底纠正，咋能说是历史不清？谢二牛过继给自己外祖父同家过日子，已经落户改了姓氏，又咋能说他不是半阁城的人？支部的决议我一个人不能改，要改也得开支委会重新讨论！”当时，姓任的只是恶狠狠地瞪了他一眼，其他倒是没再说出个啥来。

栓柱心里明得跟镜子一样。眼下，当兵、招工已经时兴“走后门”了。为各村这个指标，公社肯定没少收到县上各部门的条子。任丕显那天之所以没和栓柱当面闹翻，肯定是为了刘玉清下来搞这次外调，为卡下这个指标名正言顺地走一回过场。

眼看已到饭时，栓柱不好让客人站在路边说事，更不能在这个时辰给其他社员家再派饭去，只好把老刘请到自己家里随便吃一点。趁着这点工夫，他还得和老刘为这事商量个对策。

进了门，两个人随便在院子的石桌边坐了，边说话边等女人端饭。

变巧晌午专门包了点荠荠菜蒸饺给二小子过岁，一看到了饭时，自家男人却把个大男人领回家来，心里便有些不乐意。一家四口只包了一小箅子菜饺，她准备让小的多吃几个，大人还有一瓦盆野菜焖饭垫底。老刘进门时已看见她正往竹碟里码饺子，变巧不端不行，端了又实在舍不得。她只好给过岁的二小子拾了三四个让娃先吃，其余的勉强码够一碟子，便端了出来。

临出厨房门，她给站在一旁噘着嘴的大小子安顿道：“你别急，一会儿工作组吃饱了，端下来你再吃……”

变巧拿抹布抹了石桌，放了蘸碟，整整齐齐地摆好两双筷子，端上那一竹碟饺子一边往石桌上摆放，一边嘴上还不住地对刘玉清客套：“到咱村里也没啥好吃的，随便将就着吃一点野菜饭食……”

老刘和栓柱很熟，也不作假地说："荠荠菜蒸饺本来就是个好饭食嘛，我这个人还真有点口福哩。"

几人说着，栓柱举起筷子蘸上醋汁招呼刘玉清一同吃起来。

老刘一边吃饭一边跟栓柱说："佑普老汉和我解放前就是老搭档，前多年他还没儿子时让小外孙过继那事我比你们还清楚。这样，你和支委碰个头，组织几个社员写份材料说明一下情况，大队盖个章就行了。任主任那头我也不好得罪，咱让他有嘴没话说，看他敢把二牛给划拉了？"

栓柱推心置腹地说："好我的老哥哩，要说照顾，村上那些弟兄多、日子没法过的我都想照顾一下，可你就是给上我一百个指标，也照顾不过来这一大村子人。佑普老汉干了一辈子革命，搁别人早当大干部了，可他还是个靠双手挣工分吃饭的农民。老汉都七十多了，以后咋办？有你透的这句底话，我心里就有了谱，至于材料，兀个事好办。你吃嘛，甭停筷子……"

这时候，站在做饭屋门外一直偷偷盯着石桌上那盘饺子的栓柱家大小子，看着两个大人一口一个地吃着，碟子里眼见只剩下不多的两三个饺子了，那个工作组还伸出筷子夹起了其中一个，孩子再也忍不住了，"哇"的一声就大哭起来。

变巧忙去拉大小子，娃越发大哭不止。

栓柱一心和刘玉清说着话，不知出了啥事，头也不回地问了婆娘一句："咋哩，为啥惹得娃哭哩？"

变巧不好明说，只含糊地回答他："你吃你的……"这一下，儿子干脆挣脱了她的手，坐在地上像受了天大的委屈似的把鞋子蹬脱在地，就地打起滚愈发大闹起来。

栓柱终于明白过来了。他开始就应当想到，这顿荠菜饺子在一个二十多天没吃过麦面饭食的儿子心里，是多么奢侈的期盼啊。他慢慢地端起碟子，走到儿子跟前像什么也没发生似的对儿子说："哭啥哩？给，把这两个饺子吃了赶快上学去，大小伙儿躺在地上哭鼻子也不怕客人笑话……"

刘玉清在公社经常下乡吃派饭。他真以为栓柱的日子比其他社员好过些，春荒三月居然还有麦面吃。惹哭了主家的宝贝儿子，他这才明白，栓柱这个支书的日子也比其他社员强不了多少。他慢慢地把那个已经夹起的饺子轻轻地放在醋碟上，给孩子端了过来……

栓柱坐回石凳上，好一阵子都没吭声。一见刘玉清怔在那里，便十分惭愧地说："老哥，叫你见笑了。眼下在村里，哪个不想出去讨个活命嘛！"

刘玉清擦了擦眼角，深有感触地说："是，是。城里再苦，居民一个月还供应半斤肉、二两油哩……"

变巧端了两碗野菜焖饭上来，不好意思地说："老刘，没吃饱再吃点咱乡里的家常饭。不怕你笑话，这几天吃的盐都是我在代销点赊的哩。"

刘玉清不再说话，慢慢地从口袋摸出四两粮票两角钱，装作不经意地放在盘边。栓柱急忙拿起来，坚决推辞道："快收起！免了免了，到我家吃饭还讲那规矩？"

刘玉清坚辞不收，苦笑着说："谢支书，这点粮票富不了你一家，也穷不了我一口。这是公社定下的，谁能破这号规矩？"说完，他又从衣服口袋里摸出几颗玻璃纸包的糖，对还在院那边噘着嘴的小家伙们说："过来，你们看伯这里有啥好东西！"

两个小东西虽然不愿意理睬这个抢了他们饭食的陌生人，但瞅见客人手里那几颗糖后，两双小眼睛却明显地露出了兴奋的亮光。

变巧一边端起碗，一边鼓励着一对儿子："现在甭哭了，你伯给你们赔了洋糖……咋还不过来拿？"两个小家伙这才跑过来抢了糖，也不愿意再吃案板上那野菜焖饭，各自寻了书包上学去了。

两个人还在拉呱，从院门外却"扑踏扑踏"走进来了谢信仁。

栓柱的脸马上沉了下来，把刚才的一切不愉快全部发泄在了这个不识时务的四类分子身上。信仁站在那里也没敢落座，栓柱不冷不热地问了一句："啥事？专挑这个时间来说？没看见我这里还忙着招呼客人哩？"

信仁龇着一口黄板牙点头哈腰了一番，算是给刘玉清打了招呼，却依然没有走的意思。看见支书还算给了他点面子，便慢慢地坐在旁边的台阶上，这才小心地说：“也没啥事。我听人说，沟东百里坊和我一样当过保长的王守成老汉在县上寻了几回，人家把头上的帽子都摘了。咱那阵子也是支持革命的，或许县上的政策能开这个口子。我也想去问问，看看这事办得成不？不向你请假，我觉得实在是不合适，明天我想上一趟城……”

栓柱没好气地说：“你这个人呀，眼见土都埋到脖根了，还折腾得想咋？再说了，你兀个事是历史问题，谁给你查那些旧账去？这么大年纪了，在村里还不是靠劳动挣口粮，你寻那些陈事还想去当县长呀？”

信仁平时被人训斥惯了，等栓柱说完了，才可怜兮兮地回答说：“我也不想咋。人嘛，一辈子戴着这么一顶帽子，就是死了，儿女们还要跟上受罪哩。你看嘛，如果咱原先过的是妻妾满院、骡马成群那号光景，定个地主成分也不冤；一样是贫农，咱为啥要受这半辈子窝囊哩？我只是去问一下，能行就行，人家实在不愿查的话，我死了也就心安了。守成老汉才给西进大军组织人担过几回担架，咱们半阁城可是出了大车和粮食的。你不信，我家里还存着那个赵营长打的收条，那一次祠堂里就出了一百石麦哩……”

刘玉清一听信仁那话，插嘴道：“一听你开口说话，看来你这老汉并不糊涂。你现在提那些事情，人家能记到你一个人的功劳簿上吗？当初给你戴个帽子，我想也不是没道理。我那时是你们东北片的包片干部，土改时你那一档子事也不小。当保长那阵子，我经常住你们的车马店，咱们谁是半斤、谁是八两都心知肚明。一条人命，这是明摆着的，十里八村谁不知道你谢信仁嘛！”

信仁低着的头突然高仰起来，他那一双眼睛立即就冒出一股凶光，他提高嗓门反驳道：“你这个人，咋又在谢支书当面提说他爹被害那件事哩？我告诉你，那件事我这几年才理清了，当时祠堂出银子雇人，我只是应了个保长的名！地下党派人杀他，还不是怕他暴露了买卖枪支的这一条线？佑普老汉最知道这件事情的底细了，他不发话，夏侯举敢进村吗？再说，夏侯举带来的那些人，还都是董县长他们那一伙的，我当时还能说个啥？又敢说啥！旧社会咋？旧社会杀人那也是要偿命的，就是谁再给我个胆子，我也做不下兀个事喀。后来，夏侯举人家倒成了解放军的先遣人员，现在还成了县上的公安局局长。为啥偏偏让我背这个黑锅，我一辈子都想不通！”

栓柱从佑普爷口中早就知道自己父亲被害的那些底细，对于信仁的辩解也就不屑一顾。一看信仁说起这件事情已经有点声高了，他便没好气地说：“要去你只管寻政府去，再闹出事可别怪我没提醒你。县上人家最近忙着搞运动哩，你小心送上门让人家当了活靶子。你冤啥啦？你有高运喜冤？他在朝鲜战场差点丢了命，现在还不是在村里闲着哩。说到功劳，谢佑普总是干过近二十年地下党的老革命了，换了你，那还不把尾巴翘到天上去？”

刘玉清还想插嘴，栓柱把手一挥，制止道：“你跟他说啥哩？他就是兀号人喀。吃了五谷想六谷，不知咋考虑的，又想起那些个陈芝麻烂谷子的事情了。”

说完，他这才对信仁说：“你去，如果县上给你摘帽子，我双手赞成。哪怕你明天成了革命功臣，要上北京当大官我都不眼热！”

信仁一看栓柱这就算是准了，才嗫嚅地说：“那，大队还要开个证明才行……”

栓柱生气地说：“大队的章子抵个屁，你去公社开去！”

信仁悻悻地走了。临抬脚起身，依然没忘记又向刘玉清点头哈腰了一番。

信仁慢吞吞地走出门去，刘玉清这才很有感慨地对栓柱说：“这个老汉了不得哩，亏得是解放了，要不，这个人还真是你们半阁城的一个人厢哩。”

栓柱附和道：“他一辈子都没死这一条心。连这号人都想闹翻案，你想想眼下这世事乱成啥样了？是这，我也就不留你了，要大队里办的，你去给我当场指拨一下。反正不能让人把二牛顶下来，弄下那号事让我这支书咋跟大伙儿交代？”

刘玉清说：“你放心，其他事我办，咱总得把手续都走到，到时就是摊到桌面上的事，谁也不敢胡来……”

说完，两个人一同去了大队。

第五十六章

命价

转眼间过了不少日子，又到了春天。

天刚蒙蒙亮，早起的佑普爷解罢手从城壕往回走时，远远地看见西门口城墙根躺了个人。老汉这么多年已经老了，眼神已经大不如前，他便慢慢地走上前去想看个究竟。近了，地上那人一开口，老爷子这才听出是谢有福。他赶紧问："毛蛋，咋躺到这凉地上不回家去哩？"

有福少气无力地说："爷，你叫个人把我搀一下，我腿上打着石膏哩……"

老爷子蹲下身子细细看了，有福的两条腿果真齐刷刷裹着石膏布子，脚背已经肿得老高了。他身边的铺盖卷上，却别着一双崭新的解放鞋。老爷子奇怪地问："都说你背矿去了，咋半道上出了这号意外？"

有福用两手吃力地撑直身子，对老爷子说："唉，坐到地上咋给你学说嘛……"

正好，狗剩家的儿子驴驴早早地套了辆架子车，准备给队里去拉化肥。驴驴刚出村口，听见老爷子招呼，就赶紧跑过来帮忙。爷儿俩提着东西背着人，总算把人挪进了家门。

老爷子帮着有福扫了扫炕席，凑合着打开铺盖，这才打问端的。

原来，去年秋天，有福听人说南岸子有个叫太嵕的地方出了个金矿，外村有人在筛矿厂背矿发了大财。他便趁着村子里许多人跑出去挣钱的机会，也一个人偷偷地跑到太崾去了。到了那里，他才知道太崾也是在山里。所谓的“国营厂矿”，只不过是两溜木头糊泥的破房子。方圆几十里，一户人家都没有。别看大山中那一排厂房不显眼，人家却是国家“一三九”地质队下属的正式单位，里面大多数人还都是吃商品粮的城市户口，根本就没有从当地招人这一说。他打听了半天，才知道离此七八里路的地方倒是有个当地公社办的筛矿厂，听说那里需要人手。在好心人的指点下，他总算在那里报上了名，做了一个背矿石的掮夫。

说穿了，这个当地公社的“筛矿厂”只是应了个虚名，他们并没有能力开矿。说起来是在山沟里捡矿，实际是专门雇一些人从国营矿堆上偷着往回背矿，然后再把矿石重新卖给国家大矿。雇来的那些民工只要有力气，背上二百斤石头能在山上疾走如飞而不被护矿队逮住，一天下来不但白面蒸馍管饱，每公斤矿石还能提成三分钱。

有福是舍得出力气的人，一天背两趟，少说也能攒十块八块。如果遇上刮风下雨，护矿队看得松一点，那更是他们这些人下手的大好时机。当地人最害怕山上下暴雨，有福这个愣头青，根本不知道山洪里时常夹裹着的石头有的比牛头还大，他几次都差点被冲进深渊。到了大雪天，山上石头早晚结霜后无法行走，他也不怕路滑，半夜起身、天明睡觉。几个月下来，他居然挣了八百多块现钱!

面对到手的这一笔巨款，他几乎惊呆了。当时，年关将近，大矿上的工人都停工放假了，护矿队更是疏于防范。筛矿厂这边的掮夫大多冻得招架不住，一个个也都跑回老家去了。无牵无挂的谢有福瞅着这个机会，白天背三趟，夜里回到窝棚把石板烧得滚烫暖暖身体，赶天明还要再去背一趟。年前年后不到一个月工夫，他一个人居然攒下了几万斤矿石。准备等到开年筛矿厂付了钱后，他回村再叫几个人手来，大家一起在这里好好地背上一年矿，然后回家盖几间像样的新瓦房，堂堂正正把桃夭娶回家。

谁知道，过了正月十五，筛矿厂刚刚把自己的人马招齐整准备开工，当地金矿配合县公安局，一夜间便封了公社这个非法的筛矿厂。

有福一下傻眼了。眼睁睁看着往日那一堆能卖钱的矿石，转眼间成了一文不值的石头。这么长时间的劳作就这样打了水漂，他一气之下咬着牙买了一瓶老“西凤”，蹲在地窝子里把自己灌了个半死。

俗话说，天无绝人之路。在这个深山野洼里，沟口那块地方一直开着一个没有招牌的小饭馆。一间破破烂烂的油毡房子，大厨跑堂也只有小老板一个人。平日里，馆子只能给这些民工供应一些热馒头和野菜。偶尔运气好，猎户套住了马鹿，饭馆就卖鹿肉；打死了麝牛，就卖牛肉。那肉也从不用秤，大块剁好了放在案板上晾着，吃客进了门亦不问老板在与不在，只管蘸着盐末子用手撕着大快朵颐，走时撂几个钱也没人过问钱多钱少。开春这段时期，猎户们都封枪下山了。每日里，只有那些转山下小套子的送来几只野兔，馆子里整天也就只剩那半锅腥汤了。那天，正好遇上驮水的驴撞了山，锅里焖了一锅驴肉。有福喝着烧酒，一个人啃了半只驴腿。他想，反正是好日子不多了，咥饱一顿算一顿，死了也落它个肚儿圆。

却说，这个饭馆小老板人看起来长得很猥琐，却不是一个等闲之辈。外路人只知道他是个老盲流，却很少有人知道他的舅舅是这个国营厂矿的党委书记。因了这个来头，当地人也是睁一只眼、闭一只眼任他经营汤锅，没有一个人敢来滋事。由于经常进馆子吃饭，有福和他也就混得很熟。小老板一看老朋友没了去处，便给他舅舅说了几句好话，让有福到国营金矿做了“协议工”。

所谓协议工，不过是应了个工人的虚名，实际上是一群无名无姓的苦力。那些正式工、副业工、合同工都有名册，协议工只是些干危重活路的地下幽灵。吃的是阳间饭，干的是阴司活。即使被砸死在坑道里，也不一定有人知道你家住何地、姓甚名谁。正式工人寻常都是被安排在井上开绞车、推轨车，矿下一线的合同工也大多是班组长，协议工则负责干那些危重活路。有福也想得开，与其回家受穷，不如在这里苦挣。

哪知好景不长。在十几天前的一次爆破之后，排险的技术人员确定坑道已被加固得很安全，这才放人进去往轨车上铲矿。已经运过十几车了，都觉得没啥危险了，便大意起来。结果，一块比一头牛还大的矿石突然塌落下来，一下子把矿车砸离了轨道并掀倒在地！正推着矿车的谢有福，一双小腿不幸被死死地压在矿车下……等他醒过来时，已被人抬放在井上医务室的床头，双腿被固定了石膏板。

那个介绍他在这边上班的小老板“老吝”一直坐在他身边，看见有福终于醒过来了，他这才十分紧张地告诉有福，矿上到处都在议论这件事情哩，已经闹得他舅十分难堪，让有福看这事情咋办才好。

协议工大多是矿上领导的亲戚，进来的都是靠人情关系。有福进矿是书记私下定的，老吝只怕带累了亲舅舅，急得像热锅上的蚂蚁。有福是个讲义气的人，少气无力地跟他说：“你找个人把伙计送到老家就行了，咱不能连累你舅兀个大好人……”

老吝一看有福那副样子，觉得直接送回去也不是个办法，就商量着说，不如先把他送到山外的一家公社医院，住在那儿让骨头长上几天再回家也不迟……就这样，有福被朋友千辛万苦送到山外。住到医院里，他好不容易攒的那点票子，也一天天少了下去。眼见已剩不多的一小叠儿，老吝经不住有福的一再要求，只好护送着他踏上了回村的路途。一路上，有车坐车，没车就背着他。好不容易到了黄岭火车站，老吝借了人家车站拉煤球的架子车，急急忙忙地把有福送到半阁城村头。眼见天色微明，老吝因怕村里人撞见不放他走，便婉言谢绝了有福让他进村喝一口水的挽留，撂下人推着架子车就走，一转过弯干脆就撒腿跑开了……

佑普爷听完有福这一段出五关斩六将的经历，看着他的伤腿问：“夹了板子几天了？”

有福说：“十多天了，我也不敢再住下去了。不说药费算了三四百，躺在那烂木板床上一天下来不吃药不打针也得六块钱哩。唉，去年挣的那点钱大都给了那家医院了。后来，我一听医生说骨头正着哩，就赶紧往回走咯……”

老爷子给羊接过骨头，知道也不是个啥大事，给有福宽心说：“没事，骨头正着就好。甭急着下炕，伤筋动骨得一百天才能恢复哩。只是这饭咋做？不行的话，我去把你姐叫来……”

有福忙说："爷，不了。娃娃们都要上学哩，不能拖累她。只要蒸点馍馍，邻居捎着热一热，再灌一壶煎水[①]就行了。"

老爷子一瞅他满屋的灰尘，伤感地说："你一出门，老鼠都不在你家住了，拿啥蒸馍馍呀？"

有福却气粗地说："这不要紧。矿上还给了我一百多元的抚恤金，你让安民给我籴上两斗麦子……唉，再甭提出门下苦了，真正把人能挣死。累死累活挣俩钱，全吃到肚子变成屎肥了人家的庄稼了。躺在病床上那十几天，我一顿还吃人家斤半馍馍哩。吓得那医生又化验、又观察，说我肯定得的还有糖尿病。唉，其实有啥奇怪的嘛，那么重的活路，全凭好饭量哩咯。"

佑普爷却笑了，附和着拉起自己的陈事："旧社会，运喜他大和我给贺子高家熬活那年月，我正好有你这么大的年纪。夏收大忙时，早上用钐镰[②]钐七亩麦子，晌午和东家又不歇气地去装车运麦，后晌进了场还得两个人打秸叉[③]摊场，那阵子活路多重？爷一顿吃过十一个大蒸馍，外加一揽盘穰皮子。记得民国三十二年夏天，我从咱这边送一个八路军团长去临汾，一夜走了一百多里地，好不容易在路边碰上一家卖熟食的店铺，我一屁股坐下去吃了人家一整只卤兔子、外加三斤死面锅盔，吓得店家都不敢收钱了……呵呵，最后，那个店小二战战兢兢地说，他一辈子都没碰见过我这么能咥的人！"说完，老爷子大笑了一阵子，好像当年吃过的锅盔他现在还能咬动一样。

有福也跟着笑了，老爷子又安顿说："籴点新粮再籴点陈粮，掺和着也好对付，一下子吃干喝净了以后可咋办哩？一春无雨，麦子今年又不太好。你一冬天没挣下一个工分，到时怕连口粮都装不回来。村上出去的人太多，都是没办法啊……"

老爷子说完就要起身回去安排，有福忙招呼着说："爷你慢走，我起不来！"

佑普爷回了一句："废话。你甭心慌，回头我叫你花婆给你蒸馍馍，瞎好先吃上饭，长筋长肉耽搁不得……"

---

① 煎水：开水。

② 钐镰：收割麦子使用的农具，由挥臂、盛筛、长铁刃连接组成，使用时需要用力挥动。

③ 秸叉：打麦场使用的大型农具，由大擦、扶把、两轮组成，用以打场运送带秆的麦子。

寤寐思服

桃夭听说有福遭了横祸，毫不避人眼目地去过有福家几回。

以前，两个人在一起的时候，有福倒是说过要桃夭等他翻修了房子，两个人堂堂正正地过一场那话，可现在自己落到这步田地，桃夭来了几回，他却冷冷地回绝了她的好意。

桃夭这个痴情女子，根本没把他那话当话，依然跑来送吃送喝，有福几乎撕破脸皮对她说："你以后别来了，免得在村院不好做人。我在外边把世事也看淡了，再没以前那过日子的心劲了。我也不瞒你，在潼关那边我已经有相好了，她还等着我腿好了回去上班哩……咱俩以前的事情就让它过去吧，这边屋里的事情，你以后也不用再操这么多心了……"

桃夭一听他丢下这句硬气话，气得自个儿在家里哭了一夜，可就是没有办法让自己心里转开这个弯子。几天时间，她没有再进有福的家门，心里却觉得十分憋屈。她终于向采蘩这个局外人把她和有福之间的事情一五一十地细说了一遍。

采蘩虽说也是个生过几个娃娃的女人，却是第一次听关于另一个女人和男人们之间的故事。听完桃夭的叙说，采蘩半天才出了一口长气，关切地问："我民生叔，他……真的像你说的那样？"

桃夭十分平静地说："真的，十年了，我真的憋屈死了。一转眼瑶瑶都十三四了，她哪里知道，为了她这个苦命的女儿，我这个当妈的把什么都能嚼碎了咽呢。前几年，民生也知道这事没法再将就，就说了那些话，我却硬不下这条心来……"

采蘩一时也替她出不了个啥主意，就问她："有福为啥又不让你跟民生离了？"

桃夭低声地说："不全因为他，我自己现在也不想离了。当初，我自己发了毒誓，只要有一个男人能答应娶我，我就决不做对不起他的事。后来，我有时也想放任自己，又一次次对自己说着这些话……你可能都不会相信，我和有福好了四年多了，却没做过一回那号偷偷摸摸的事情！”

采蘩并不关心她和有福之间到底有没有那些见不得人的事，只给她出了个主意说：“有福也是贫农，嫁过去还不是一样吗？”

桃夭说：“这个我知道。只是，民生已经离不开瑶瑶这个女儿了，瑶瑶也离不开她这个后爸……”

采蘩便反问她：“那你说这事咋办？”

桃夭心绪不宁地说：“我也不知道……”

作为女人，采蘩一时也没了主意。

在半阁城，从来没有出现过一个女人离异后又嫁给同村人的事。特别是有福按辈分还得叫民生一声“叔”哩。在这个小山村，每每有出格的男女之事发生，人们都会用一句“唱西厢”来概论。可是，婶娘嫁侄子，连戏上都没这么唱过。何况，他们的事已不能用这句话来涵盖了。

左难右难，采蘩这阵子真是有点想不通了。世上这号蹊跷事情，咋能出在半阁城？还偏偏摊在好朋友桃夭身上。眼下家家日子过得紧紧巴巴的，户户锅台上堆满了野菜。她也不理解桃夭的心境，日子都这么苦了，一个女人咋还会去为这些男女之情抗争呢？

桃夭依然在那里说着，有福正是为了她能堂堂正正地嫁给他才去背矿的。半道上，他又出了这号事。但是，她从心底里也割舍不下民生这个人了。一个男人，在自己女人面前能承认自己无能，并甘愿让女人去养汉的能有几个？也正是这个不是男人的男人，让她揪心得几夜都睡不着觉。

采蘩最终给桃夭出主意说：“依我说，你和民生离了算了。瑶瑶也大了，过不了几年找个好人家就出嫁了，你总不能和一个废人过一生。再说，同情不是爱情。民生叔他如果想得通，就不会怪罪你的；即使有些想不通，也是正常。如果他坚决反对和你离婚，正说明他这个人不值得同情！自己没本事，总不能一生拖着个大活人去垫背吧？”

桃夭却为难地对她说：“瑶瑶是民生养大的，这么做，我心底里一辈子都会骂自己昧了天地良心。”

采蘩一听，杏眼圆睁地说道：“你一年要挣多少工分？咋能说是他养活你母女哩？”

桃夭叹了一口气说：“唉，虽说没做过夫妻，他总还是我嫁的男人。我一跺脚走了，将来还在一个村里，让我咋见他的面哩？”

采蘩立即反驳说：“他都能说出让你去养汉，还有啥男人的脸面？只要你惦念着他，就当他是自家的亲哥，夏天里给他做单、冬天里给他送棉不就得啦？再说，你愿意让有福就这么熬下去呀？”

桃夭却嗫嚅地说：“可能有福叫我那话伤了心。我这几天去过几次，他好像看不起我了，他哪儿会再要我这个坏女人……”

采蘩奇怪地说：“好我的姐哩，他是怕你跟上他受苦，故意择你那情分哩。有福这号男人不是民生，他为你考虑得更细致。再说，他那伤腿迟早会好起来的，又不是伤了命根。即使以后身子不好，还有你这个大活人支撑着。再不济他也是个男人吧！”

桃夭少气无力地说：“唉，民生如果像有福那样是个瘫瘫，要我侍候一辈子，我桃夭到死都不悔心。话说回来，就是有福愿意要我，还有咱村上这辈分……”

采蘩早替她想过这个事情，立即给她打气说：“民生和有福早出了五服，八竿子都打不着。只要《婚姻法》允许，其他的事算个啥！”

桃夭想了想，好像明天就能过门去过日子一般盘算着说：“我真的和瑶瑶这么过去，有福哪有口粮嘛！”

采蘩奇怪地问：“这是个啥事嘛，他挣的那些钱哩？”

桃夭说：“我没有问过他这些话，住了那么多天医院，想来也不会剩下多少了……”

采蘩问她说：“你不会去借？”

桃夭十分为难地说：“借了初一，借不了十五。有福一点存粮都没有，如果事情闹到那一步，民生到时决不会让我装一粒粮过去。有福现在躺着就已经够难受的了，何必又给他添那些愁苦……就算他愿意这事，我们的户口一时转不过去，粮食要是再分在这头，一下子多了两口人，加上二三月再拉一些饥荒，到明年一大家子可咋活呀？”

采蘩一想，也毫无主张地说：“唉，我咋没想到这一层哩。如果你娘家兄弟有办法，这事接济一下或许能过去。不过，这也不是个大事，日子总会慢慢好起来的……”

桃夭接着她的话说：“我兄弟连他那日子都过活不了，前几天还偷偷地趁黑在我这里背了四十斤苞谷。民生这几年也不说啥了，搁在前几年，他连门都不让我娘家人进。还有……”她只说出半句就欲言又止了。

采蘩问她：“还有啥？”

桃夭终于向采蘩说出了自己面前横亘着的另一道坎儿——“瑶瑶娃不愿让我走这条路。她已经大了，她说她绝对不会跟着我这个当娘的去丢人现眼。事情真的到了那一天，她也不可能再住在半阁城……实在不行，她就回到她亲生奶奶身边去。爷爷家成分再不好，他们总还会收留她这个亲骨肉的。如果女儿最终还是要回去背那坏成分，那我十多年吃的这些苦到底为了个啥呀？”

说着，桃夭就忍不住放声大哭起来。作为娘家门前姐妹的采蘩也陪着流下了伤心的泪水。

第五十七章

情真意切

女人窝里的是是非非就是多。麦秀听了“酸辣子”传来高书记那头的回话，心里一下凉了一大截。

原来，狗剩这个笨嘴笨舌的货色也不知咋和人家沟通的，对方只给他回了一句话：“我这‘卧槽马’连自己都照顾不了，还拖累人家干啥？这事你不要再央人来提说，我高运喜这辈子就这么到头了，不再考虑世上这些花花绿绿的事情了……”

这头麦秀还在等信儿，一听“酸辣子”传来那话的意思，事情只好就这么搁下了。不过，她知道运喜并不是对她有什么看法，委实是自身有许多的难言之隐。于是，趁着星期六后晌那点闲空，正好巷道里人也少，她就鼓起勇气进了运喜的家门。

眼下，运喜虽然不去公社上班了，可村上还给他按时送一份《人民日报》，他正在院子的石桌旁戴着花镜反复研读那篇关于“继续革命”的社论。一看麦秀进了门，他忙放下报纸招呼了一声：“呀，今天咋有空过来串门啦？”

麦秀现在也不怕他这个丢了衔的大书记了，一屁股坐在石桌边便直戳戳地问：“老高，你让冬花给我传的那些话，是不是都是你肚子里的真心话？”

运喜根本没有想到麦秀一开口就提起了这件事情，讪讪地说：“唉，你这妹子，咋还像个娃娃一样这么疯疯张张的？我多大了？再差半岁就是五十一岁的老头子了，兀个事我觉得不合适……”

麦秀明知故问地戗了他一句：“你说，咋样就算合适？”

运喜不得不收起刚才那副轻松的神情，叹了一口气这才开口说：“我这个男人，活到今天已经结过两回婚了。害得两个女人一个自杀了，一个突然死在外边只抱回来一盒骨灰。唉，我咋还能想这号事情？再说，老詹是我的好朋友，临走时还托舍娃捎话，让我这个大哥替他照看好老婆娃娃，我怎么能和你成家呢？眼下，我这一条腿还勉强能把水火[1]送到茅房，以后年龄大了咋养活你？你可能还不知道，我的工资都让组织上停发了。你知道了这个底细，你就不会怪怨我这老哥为啥不给他们面子，又为啥惹你生这么大的气了！”说完，他好像什么也没发生一般笑了笑，忙给麦秀倒了水，自己又点了锅烟。

麦秀等他坐定了，趁他还在为自己的坦荡而得意时，接了话茬动情地说：“老高，冬花开始提说这事，我觉得好像冥冥之中有人专意要撮合我俩这件事似的。我茶饭不思地考虑过了，我得嫁给你。省安死在朝鲜，你拄着根拐杖却活着回来了。那时我也想过，如果省安也能丢了一只脚活着回来，我会是多么幸福。我把你当成芍药她爸想了几年啊！在那段时月，是你这个老大哥从多个方面照顾着我们母女，我才下了决心留在半阁城……后来，我也知道，你开始不同意我和老詹的事，是因为你比我清楚他的底细。唉，老詹这一走，他还能回来吗？这个，你比我更清楚。人嘛，总得往下活吧？你当书记时没下眼看过我这个民妇，处处照顾我们一家老小；如今你倒台了，也没必要自己看轻自己。在我的心目中，你还是你。我觉得咱们今天都把心窝子话掏出来，如果还有其他原因，我也不勉强这事。至于‘养活’，如果在你我之间还存在走下去的可能的话，今后我们互相养活好不好？”

运喜那副笑脸渐渐地凝固了，继而十分不自然地说：“好，好。你这个麦秀，教了几年娃娃，自己倒学得伶牙俐齿的。我本来就是个老农民，从来也没有把自己往干部那身份上靠过。唉，我这半辈子咋就活得连自己都认不得自

---

① 水火：指大小便。

己了哇！你一个女人，以后咋撑得起这个家？如果是我一个人的话，儿女总还会念着我养过他们一场，不让我吃喝还怕街坊邻居笑话。以后要是咱们两个人过活，我真的就成了一个累赘，你毕竟是女人，你会后悔的！”

麦秀一听老高把一切话都挑明了，就认真地说：“你把话说清楚了，我也给你交个底。我嫁你不图你当官做老爷，民办教师一年工分也不少，够分粮食就行了。人活着就图个心情愉快，如果换了别人，我也不会动这个心思。你呢，应当把心劲鼓起来。当官咋啦？不当官又咋啦？至少你也没有贪赃枉法，这倒有啥丢脸的？以后成了家，堂堂正正过咱的日子，这才是真的。你说呢？”

运喜却心事重重地说：“万一有一天老詹从外边回来了，你让我咋见他的面哩？”

麦秀镇定地问了他一句：“你说，他真的能回来吗？”

运喜一下子不知从哪里说起，但还是对麦秀如实地表达了自己内心的一些想法。他说：“上朝鲜战场时他本来在缓征名单之列，他自己却主动报名应征服役。包括后来选择留在中国生活，这些这么难的事情，对于他这样一个西方青年来说，却跟吃个苹果一样简单啊！”

听他说到这里，麦秀突然打断他的话头，脸上挂着十分惊恐的表情小声地说：“老高，我知道……老詹他……现在还活着哩！”

运喜奇怪地问：“你怎么知道的？”

麦秀嗫嚅地说：“我晚上……偷听过敌台，他在收音机里边讲了不少杀头的话……”

运喜苦叹了一声，惊异地望着自己面前的女教师，半天才开口说：“如果是真的，恐怕老詹就真的难回半阁城了……”

麦秀一看他又准备大发宏论了，忙说：“咱不扯那么远了，今天我只问你一句，咱俩这事你看咋办？”

运喜直截了当地说：“你说得对，咱还得好好活人哩。我就不相信咱们四五十岁的人活不过几个跳梁小丑！你今日亲自来了，我也没啥说的，你说咋办都行。嗯，过两天你就搬过来，或者我搬过去也成。至于娃娃们的意见，大女子这几天都来给我做工作哩。不过，你得和芍药讲清楚。不能因为我这个被开除了公职的人影响了娃的前程……”

麦秀松了一口气，这才对他说：“这话我给芍药说过了，她支持我的选择。两个小子也很听话，没啥意见。过两天咱们就去领证，也不用个啥仪程，但是得把佑普爷和舍娃他们叫上吃一顿饭，别办得偷偷摸摸的像做贼就行……”

运喜笑了笑，干脆地说：“行。小时候，庙里的和尚给我算过一卦，说我这辈子要娶三房媳妇哩。而且，一个比一个年轻，一个比一个漂亮……嗳，你今年四十几了？”

麦秀那脸一下红了，小声嗔怪道：“正事都叫你耍了笑。我比省安小三岁，你是不是觉得我和你一样老气横秋？”

被自己的话闹得哈哈大笑的高运喜又开着玩笑说：“对了，当兵那年我二十八，省安比我小八岁。这么算来，咱们还真是老夫少妻哩，你不嫌嫁我这糟老头吃亏吗？”

麦秀嘴上也不饶他，羞怯怯地说：“你说哩？我主动找上你这个下台干部，肯定是吃亏了。结婚前得你给我扯一件衣服，到时候我还要穿着显摆哩……”

运喜却像想起什么似的悲戚戚地说：“好，好。你心香嫂跟了我半辈子，好衣服只有一件黑条绒裤，那是她过门时最贵重的陪厢啊。前头这个老伴，唉，我忙得连一件衣裳都没陪她上街扯过。想起这个事来，还真的让人心里难受。你把话说出口了，我明天就领你扯一件最时兴的涤纶料子的外套，再配一件的确良花衫子。过日子咱就得过出个人样，我这辈子还没认真地疼过一个女人哩。老了，这才知道身边的女人，原来是老天派来让我们男人好好去照顾的另一半啊。秀秀，咱们两家虽各有不幸，你却是个有福的人哩……”

麦秀娇嗔道：“这可是你说的，明天咱就领证去。”说完羞怯怯地又补了一句：“一天老是拉着个干部脸，我见了都不敢搭话，没想到肚子里也有一颗凡心哩……”丢下这句话后，她便道了个别，绯红着脸出了门。

第五十八章

无独有偶

前后几天时间，半阁城村上的抽水站停机了。

公社来人说话根本不抵事，舍娃这头犟驴只有一句话——没钱买油！洽川县给省革委会突击补报的半阁城“大寨式大队”近期有望得到省委表彰，在这个节骨眼上却出了停机问题，县委一班人立即受到了极大的震动。为了使这个事件不再升级，至少在县域内不要造成更大的负面影响，县社两级调查组当天晚上就进驻半阁城村，帮助基层解决实际问题。

舍娃根本没把工作组进村当个事，他让栓柱不要害怕，他绝对有办法把这伙瘟神在三天内轰出村去。这货采取的所谓“办法”，也真是有些让人匪夷所思。

一个村庄总会有一两户邋遢人家。那个衣着干净、头发梳得溜光的新调来的县委组织部女部长，被舍娃特意安排在村民谢万圣家吃派饭。两天来，已经把这个大美人吃出一肚子气来。

谢万圣的老婆大名甄稀诧，由于她那姓氏和名字都过于生僻，队里工分榜上经常被写作“真西叉”的人指的就是这个人。其实，这两个看似十分文雅的字，只是随便拉用了长稔塬上流行的一句方言。其字义通常用于指物，一般表示稀罕或者少有。

然而，如果有幸见过甄稀诧本人，只要随便打量一眼，你开初的一切臆想此时都是多余的了。确如她的名字一样，她绝对算得上一个罕见之人。她打小脑子就不甚清爽，其他方面更是无从提起，窝囊得实在让人无法形容。这么说吧，她常常在揉面时，才会发现案板上还遗有一摊鲜鸡屎没收拾，顺手便拿起洗碗用的抹布一抹，抹完后又会重新拿起那块抹布子去擦舀饭的碗……一年梳不了几次的头发，不仅整天乱糟糟的像个鸡窝，还时常被人发现有肥硕的黑虱子在其鬓间活动！进了她家厨房，一群猪猫鸡狗在脚下乱跑；端上桌的饭菜，人还没顾上吃，她家那胆大的公鸡趁人不注意就敢跳上饭桌去鸽食……

舍娃一想到工作组在万圣家吃派饭的惨景，一个人在家里捂着被子偷偷地笑了一整夜。他绝对不相信，这帮城里人能把进村驻队当成熬娘家一样住下就不想走了。他这一着，可能亦在无形之中促使工作组加快了工作进度，两天时间，他们已经整理出了一份很有分量的材料。

在大队会议室，那个白皙漂亮的女部长态度和蔼地把一厚沓材料递给谢舍娃，让他本人先过目一下，并十分谦逊地说："谢主任，你先看看材料，然后咱们再就此事聊一聊。如果有不妥的地方，我们还可以推倒重来。"

别看舍娃开口说话有时还显得很有"文采"，事实上，这货确实识不了几个大字，平时连份报纸给社员都念不下去。他拿着那一沓材料左看右看，不知道那上面究竟都写了些啥内容，只好喃喃地说："好屌神哟，写了这么多……"别看他嘴上说得轻松，心里已经有点不踏实了。

两天来，他已从侧面打听到这个新近调来的女部长柳春琴手腕相当厉害，陪同来的公社任主任在她面前说话都是毕恭毕敬的。他这个村主任，经常能见到的只不过是些装腔作势的公社干部，一经和县上来的这一拨正儿八经的大干部接触，他也立即觉察出人家说话办事有理有节的作风，一个个都不是平地上卧的主儿。

当然，这个柳部长进村前，业已了解到眼前这个村主任没啥文化，看他在那儿吃力地一字一句地半天念不下去，也不计较他那脏嘴胡吣，便主动和他谈论起正题来了。她看似无心地问了他一句："谢主任，你是党员吗？"

舍娃莫名其妙地看了女部长一眼，如实说："1950年入的。"

“那么，你愿不愿意向组织说点真话？”

“啥叫说一点真话？我哪回跟组织说过半句谎话？”

“好，好。听群众反映，村上这个停机事件是蜕化变质分子高运喜一手操纵的。对于这个反映，你有什么看法？”

“这和他有啥相干？我一个村主任还没有这点权力呀？哪里需要劳人家公社书记的大驾？嘁！”

“可是，有人反映高运喜秘密召集会议，你和谢栓柱也应邀参加……这事情属实吗？”

“笑话。那天村上死了个老人，人忙得连主家一碗豆腐汤都没端上，我是去高书记家混嘴去咧，咋能叫开秘密会议哩？”

“就那么巧？谢栓柱也是混嘴去的？”

“那天是高书记和杨麦秀请客哩。栓柱是支书，我是主任，人家总不能厚此薄彼只请一个吧？”

“请什么客？”

“他俩结婚哩。”

“结婚？从我们掌握的情况看，他们两个人那只能算是非法同居。”

“谁他妈说的这些浑话？人家是领了证的，这号事情还能有假！”

“据群众反映，那个女人还有合法的丈夫，怎么能一女嫁两男呢？高运喜这不是欺男霸女吗？”

“啧啧，再别给群众栽赃咧些。你们只知其一，不知其二。那女人原来确实是有个男人的，可那货是个外路人，已经跑得八九年没见人影了，就不兴人家再嫁人呀？再说，他们两个人结婚这又跟抽水有啥联系哩？”

“怎么没有联系？高运喜趁请客的机会，难道没和你们商量过村上水站的事？”

“说了。”

“好，你这个党员还是挺诚实的。他是怎么说的？用什么口气说的？你给我慢慢地回忆一下……”

柳部长似乎一下子有了精神，示意做记录的做好笔记，并语重心长地对自己面前这位农村党员说："我们不能把一个没有多少文化、但对党一贯忠心耿耿的同志跟高运喜这个和党离心离德的阶级异己分子相提并论。他如果没有那点阴谋诡计，咋混得上一个公社的党委书记？在你没察觉的时候，他就会给你灌迷魂汤。我们共产党人，不曾被拿枪的敌人所吓倒，却容易在敌人的糖衣炮弹面前丧失了警惕。听说，那晚你们还喝了烧酒？"

舍娃一听，人家把这些事情都了解清楚了，只好老实地说："酒是佑普老汉拿来的。他二女婿在县上农机局当局长哩，老汉家里有的是好酒咯……"

柳部长眉头微微一蹙，责怪道："就算是老爷子拿来的酒，你咋能和这一伙人同桌举杯哩？好好，你继续说，当时高运喜说什么了？"

舍娃努力地想了半天，回忆道："好像说过水站的事……"

柳部长不失时机地问道："他说没说'停了好'这句话？"

舍娃想了想，说："我不记得原话了，他那意思是停几天再想办法也行。对对，他倒是说过，村上这个水站如果配套上喷灌设备，就能解决几十亩地的抗旱保收问题，一年两季也能收两三万斤粮食哩。总之，那阵子我都把主意拿定了，他说不说这些话也没多大关系。他一个下台干部，又给我贷不来一分钱的款咯。"

舍娃说到这里，柳部长提醒他说："我刚才只是个比方，你好好回想回想，关于水站的事他还说了什么？"

这时候，舍娃还真的是记不起来高书记当时都说了些啥话。那晚他只顾猛吃海喝，万万没有想到那烧酒太烈。他醉倒后被人扶回了家，居然尿了一裤子。这么丢人的事，他还是酒醒后听老婆说的。也难怪，他活到这么个岁数，从来没多喝过三杯酒。平日里，村上也难得有喝烧酒的场合。当时，他看人家几个喝得有滋有味的，也试着充了一回好汉。结果，立即就领教到了当地特产"地瓜烧"的厉害。直到现在，只要他一看见家里用来灌煤油用的那种白酒瓶子，头马上就会隐隐作痛。

在柳部长反复的提醒和引导下，他对那句"停了好"的话稀里糊涂地点了点头，还补充说：“这不关别人的事。我手里没钱，公社让开机器，我拿啥往里填嘛。是这，你如果在县上给我找个熟人能贷点钱，我保证赶小麦开镰时在半阁城搞五六十亩喷灌样板田……”

柳部长是组织部来的人，又不是水利局的局长。再说，她也不关心农业生产方面的事情。只见她点了点头，让那人把记录本拿过来，自己先看了后，才满意地对舍娃说：“你在这上边签个字就没事了……”

舍娃盯着递过来的记录本上那一行行龙飞凤舞的大草，活像瞎狗看天书一般茫然地问：“上边这话全是我说的吗？我只说了几句，你们咋就记了这么多张？我认字不多咯。”

柳部长对他解释道：“都是咱俩刚才的谈话内容，还有我说的哩。来，我给你念一下……”她一边说着，一边拿过那本子把刚才两个人的谈话一字一句给对方重新念了一遍。

舍娃并没听出有什么不妥，便吃力地拿起钢笔把自己的大名一笔一画地写在那个本子上。他左看右看，还特意欣赏了一番，这才恋恋不舍地把本子递了回去。随之，一股自豪感立时就油然而生——我谢舍娃的名字平日只配写在工分本里，今日也上了县委组织部这会议记录！不过，让他多少有点不安的是，自己那字太不入流，用了人家大半张白纸，却歪歪扭扭只写了三个字：谢舍娃。

水深水浅

栓柱遇事比舍娃肯动脑筋。几天来，他已经隐约感觉出了村上停水这个事情好像已经不是个小事了。如果不弄清这些人的真实意图，懵懵懂懂地跟着乱跑，万一给村上再闹出一场无法收掇的事情那可咋跟社员交代？于是，他特意让媳妇变巧去代销点称了点心和茶叶，专门把陪县上工作组来的任丕显请到家里招待了一番。

任丕显在大队部那群县上来人面前也没个空板凳，一直住在社员家里。栓柱亲自来请他到自己家里坐坐，他也乐得被人抬举。坐在栓柱家厢房那张老太师椅上，听对方汇报完村上的工作，他才慢条斯理地说："好，挺好。你小子比谢舍娃兀个二杆子脑瓜好使多了。我也不瞒你，这次县社两级工作组进驻半阁城，你们多少应当有点感触了吧？平时我反复告诫你们，政治是灵魂，是一切工作的生命线。你们一概当成耳旁风。听说你们村上学校那个女教师自己有男人，咋又和高运喜这个阶级异己分子非法结婚了呢？你们说说，这在全公社要造成多么坏的影响？说轻了，这是男女作风问题；说重了，这是故意向党示威！"

栓柱说话当然比舍娃有章法，他既不急也不躁地等任丕显说完后，这才搭上他的话头说："这咋能是向党示威哩？我看她一个妇道人家还不至于反动到兀个程度。男婚女嫁，这很正常。早先，倒是有人给她介绍过几个外村的人，她那娃娃太多，带着碎女子还好说，丢下俩大小子谁管？再说，她家大女子都嫁人了，一个女人家也没那么高的心气了。她和运喜结婚也只是图个路近胡将就哩，我确实看不出有啥政治企图。至于说到她个人的家庭问题，她那个前夫老詹来历不明倒是个事实，可对他的身份，至今哪一级也没有个定论。人跑了好几年了，咱总不能让一个女人为这个人守一辈子活寡。我去调查过，她和老高这是登过记的，说是非法婚姻怕不合适！"

任丕显的态度立即就蛮横了起来，几近咆哮地说："她领的那破证能作数吗？高运喜在向阳公社是啥身份？他凭啥能随随便便拉个女人领证结婚，为啥不经我批准呢？"

栓柱故意讨好说："您整天忙路线上的大事哩，这些小事下边办事的人难免一时疏忽，办都办了，咱总不能把一级政府办过的事再翻过来吧？"

任丕显更加傲慢地说："翻过来？翻十八个跟头还不是我任某一句话！错了就改嘛，再错再改，何况这是纠错嘛。一个女人，不迟不早，偏偏选择在组织对一个思想极为反动的阶级异己分子做出处理的时候对他百般照顾、甚至以身相许，这里边仅仅是一点男女私情的问题吗？我早就说过，你们这个半阁城真他妈是一锅煮不熟的搅团，什么鸟人都有！你回头把我这意思跟那个女人说一下，让她好自为之。我看，必要时可以停止她的教师工作。”

栓柱显得十分难为地说：“好我的大主任哩，停一个教师的课，你以为像换个饲养员那么简单吗？你可能还不了解，杨麦秀同志还是个光荣烈属哩。谢省安你总该听说过？他可是洽川县的英雄人物啊！再说了，烈士的遗孤就是麦秀这个当妈的一手拉扯大的呢。弄不好，她往县民政局一告状，你我都吃罪不起哩。工作组进村这几天，社员们不是忙着准备麦收，而是到处议论德懋父子咋死的那些破事，群众思想已经十分混乱。我看……眼下还是不宜停她的课，以免闹得人心惶惶。一个女人家，这头刚和人结过婚，还没过几天日子就受这么大的冲击，只怕她一时想不开再闹出条人命咋办？”

任丕显看栓柱这番诚恳的样子，依然不松口，问道：“听说，这个小破鞋和高运喜办事时还有外村人送了一副对联？”

栓柱并不着急地说：“没有，绝对没这个事，两个人只是悄悄地合了个被子。再说，高运喜他也不尿泡尿照照自己，在半阁城还有他张狂的地方哩？”看到任丕显脸上已经浮出一丝不易察觉的笑意，栓柱继续说，“工作组还在村里，水站上咋开机是大事，总不能让我这个支书把心全操在这些闲淡事上。再说，也不宜打击一大片呀！”

任丕显皱了皱眉头，终于改变了一点刚才的态度，他征询地问：“照你的意思，先不要动这个女人？”

栓柱说：“你看着办吧。我把好话说了一河滩，还不是维护你们的班子团结哩。要团结，不要分裂，咱这事才能往下抹嘛！”

任丕显觉得栓柱说的也是个理儿，便大人大量地说：“好，我今天给你谢支书个面子。不过，上报这个杨麦秀转公办教师的事情我已经叫停了。这样的人，咋能让她混进正式教师队伍？在你们村做几天‘民办’我看已经是抬举她了！你回头，可以把公社的决定和我个人的意见向她本人吹吹风。好了，你还有啥事？”

栓柱想了想，不好意思地说："我小弟栓牢在村上……嗯，我是说……"半天，他却为自己这个事情开不了口。

任丕显觉得他可能又想跟他说自家兄弟招工的事，显得十分为难地说："难哪，你不说我也清楚，但是眼下我手里实在已经没一个指标了，以后再说吧……"说着就要走人。

栓柱忙拦住他说："不，不是这事。栓牢在部队上回来后，村上人都说他有见识，已在下边吵着想让他当大队干部哩。我想，半阁城的干部也不好当，让他娃试火几天热红苕的软硬也好。我前后也当了十多年村支书了，是不是趁这次工作组在村上蹲着，把我换了？"

任丕显奇怪地问："人家又不寻你的马脚，你心虚啥哩？半阁城现在是报纸上有名、喇叭里有声，你还得跟上本主任干几年，好好把你们这个大寨式大队的红旗扛下去哩！"

一听这话，栓柱认真地对他说："不行呀，主任。亲兄弟都在村里当村干部，先不说村上能不能通过，就是咱自己也不能做那号事。你准了这事，权当是对我为党工作这么多年的一个照顾。这几年来，我越来越觉得思想不开窍了，过自己的小日子还勉强凑合，可当这个糊涂村干部肯定会误大伙儿的事……"

栓柱已经把话说到这个份上，任丕显只好慢吞吞地说："好嘛，滚滚长江东逝水，浪花淘尽英雄。你这个事我会考虑的……"说完，他借口还要开会，就要起身。

栓柱这时才小心地打问了他一句："任主任，县上这次下来这么多人，我看下的势挺大，究竟是想给村上办点实事，还是……"

任丕显回头看了看一脸茫然的谢栓柱，临出门时，才阴阳怪气地回答道："这个嘛，我也不好说！"

第五十九章

物极必反

第二天一大早，调查组在村上先期召开了群众大会。那个女部长在大会上代表县委宣布，立即给半阁城无偿投资三万元，十天时间内务必让半阁城成为“层层梯田红旗展，千顷荒地变麦田”的大寨式渭北新农村。

社员们认为这绝对是工作组出村前放的那类空炮，根本就没当回事。然而，天刚擦黑，便从县城开来几辆装满铁管和接头的十轮大卡，浩浩荡荡地进了村。随车来的技术人员一杯水也顾不上喝就扛着三脚架进了地，一大群人把刚黄了梢子的麦田踩踏得一片狼藉。

当晚夜战，全村男女老少齐上阵，工具不歇人换班，驻队干部也亲自参加了劳动。为了拍摄《新闻简报》资料，省上那些扛着摄像机的记者，组织了一群衣服相对整齐的男女社员像看耍猴般围了一圈，让一个跟来做广播员的女知青在人群中间拿着报纸组织大家装模作样地学习了一番，还集体清唱了一曲《都有一颗红亮的心》。接着，又抢着拍摄劳动的现场。不说那些普通群众了，一听要上电影，任丕显这个下乡从来不摸锄把的人也干得比谁都卖力。

没出十天，半阁城三十七亩麦田试喷了第一次水，全县各个公社和大队都派来代表观摩了一整天。在初夏的阳光里，几百个自动喷头一齐向空中喷雾，麦浪上空立时显现出七八道纵横交错的人造彩虹……

作为大队革委会主任的谢舍娃也不怕天热，特意换了他那一件出门才舍得穿的制服衫子在地头屁颠屁颠地跑前跑后，好像他老婆又给他生了个儿子般一直笑得合不拢嘴。他逢人便握手，十分激动地只反复说着一句话：“还是党和国家办事麻利喀！”

然而，喷过水的第三天，高运喜却被县公安局以“现行反革命罪”公开逮捕！在半阁城祠堂召开的公捕大会上，他的罪行已不是寻常那些“路线”方面的虚话，而是“煽动破坏反击右倾翻案风运动成果”“猖狂向社会主义反攻倒算”的罪状。

使半阁城人十分震惊的是，那一沓整治高运喜的罪证材料上，居然签着谢舍娃的大名。

舍娃一下子蔫了。

自打运喜被五花大绑地带出村庄后，舍娃在巷里走路就低下了头，整天吊着一副驴脸不说一句话。一个男人，卖主求荣，要在半阁城洗刷清这身臭名，那只能是下辈子的事情了。

公社在帮助整顿半阁城党支部时，批准了谢栓柱辞去支部书记的请求，“水官”谢栓牢被党员推举为新一届支部书记。谢舍娃因在“对敌斗争中立场坚定、旗帜鲜明”，被留任半阁城革委会主任一职。

舍娃一听公社对他的这个结论，心上那块伤疤好像被人又一次撒了盐面一样。他想，我谢舍娃在半阁城咋说也是一条汉子，半道上让这一拨禽兽不如的东西整得人不像人、鬼不像鬼，今后，还咋有脸在村上活着？

没几天，舍娃为大儿子年初刚定的那门亲事便出现了变故。亲家乔仕津让媒人捎来话说“女儿嫁妆来不及备办”，明确提出要推迟婚期。舍娃是个明白人，亲家在吾家营当了半辈子村干部，在周围村庄也是个要脸面的人。把亲生女子送给他这样的人当儿媳，人家有顾虑也是正常的。话又说回来，自己这个男人大半辈子没钱给儿子新添一椽一瓦，要不是在高运喜的支持下弄出这个水上塬的壮举，全公社谁知道他是什么东西！

全村老少一夜之间已经开始用异样的眼光看着他，儿子亲事业已泡汤，这老小子终于被激怒了。

在晚茬苞谷刚出苗的那一天早晨，位于村北高崖上的那棵“仙柿”树下，有人点了几张黄表，向上苍告过了阴状，留下一地的纸灰。这个时候谁也没有注意到，他们的谢主任已经在村庄销声匿迹了……

这个人失踪后的几天时间里，公社一直派人暗中盯梢，全村人却一直都蒙在鼓里。当公安局人员悄悄地进了村子，喊来舍娃那病恹恹的老婆开始正式提审时，大伙儿这才知道，这货居然私自印了内容极为反动的传单在洽川县城广泛散发，为村庄上惹出了一个在全省挂名的“半阁城反党集团案”！

其实，早在三天前，谢栓牢这个新任支书在大队意见箱里就曾经翻到一封谢舍娃给半阁城全体父老乡亲留下的代笔信，里边也夹着一张这样的传单原件——

一个党员的声明

我叫谢舍娃，系洽川县向阳人民公社半阁城大队社员。1950年，我这个曾经给地主扛过活的小长工满腔热情地加入了中国共产党，从心眼里感激共产党，感谢毛主席！没有共产党，就没有我这个放牛娃翻身的日子。

可是，这些年来，好人处处受整，平头百姓无辜遭殃，这到底是为什么？前不久县公安局又抓了大好人高运喜，骗我一个不识字人的签假材料，这算啥共产党的作风？半阁城大队为解决吃水难搞了个抽水站，开始没人理睬，后来却被当成政治工具，拍电影、登报纸、补报先进大队，这完全是一场愚弄人的作秀！为了这件事情，半阁城全村人均负债将近一百元。像这种缺吃少穿、一年比一年艰难的日子，到啥年头才算是个尽头？如果说，让革命的贫下中农永远受穷，越来越穷，我谢舍娃还当这个党员干啥！

……

直到今天，距离那年月已有好些年头了，半阁城走失的这个小人物还没有在人世间出现。谁也不知道他是被人暗杀了，还是自己钻入北山被野狼撕了？抑或是在一场山火里和那些野胡桃树一起化成了灰烬……

让人不解的是，这个斗大的字识不下两担笼的谢舍娃，究竟是请谁捉笔写下这冒天下之大不韪的浩浩檄文的？

第六十章

殃及池鱼（村庄的秘密之十一）

半阁城出的这件邪事，很快被省上定性为“反党集团案”。能牵扯的人被牵扯上了，原本不相干的人也被牵扯上了。外村人乔仕津和马一芬被列入嫌疑之列已属意外，更让人觉得不可思议的是，向阳公社的临时人员刘玉清也被挂到这条“线”上了。本村的人，只要是个党员，又当过几天村干部都成了重点排查对象。为了加强侦破力度，县委组织部原班人马又一次杀回了半阁城。

这个小小的村庄，又一次被折腾得鸡飞狗跳。一个普通社员，被当作嫌疑犯动辄被传唤几乎成了家常便饭；三句话回答不到点子上被无辜吊打亦司空见惯。就是不谙世事的小学生，也被那些人暗示着揭发自家大人和邻居，闹得原本和睦相处的左邻右舍顷刻间活像前世仇家。为了防止群众串供，专案组还明文规定，无论男女老少一律不准随便串门，邻里相互借点辣子盐面，都得在门外沟通有无……在时常有汽车进村的日子里，只要大队广播一响，连嘬奶的小孩也会立即停住小嘴聆听上边的传唤。

谢佑普这条“老僵虫”作为主要嫌疑人，被公安人员马不停蹄地轮番审讯，已经一天一夜粒米未进了。不过，这个做过地下党的老革命骨头很硬，依然死不松口。专案组只怕继续关押闹出人命，照顾性地让他回家反省问题。组织部这头一进村，柳部长又立即派人把老汉找到祠堂来，亲自安排了一次“组织谈话”。

当老汉被人押解着走近谢氏祠堂的耳门时，他已经无力再抬起双脚迈进那个低矮的门槛，一个趔趄便跪倒在地上……

待他慢慢地爬起来，步履蹒跚地挪进公安人员占据的大队办公室，一眼便看见了面前坐着位面相相当年轻的女干部。

老爷子毕竟是见过世面的人，只鄙夷地瞥了面前这个女部长一眼，泰然自若地坐在那儿，一双眼睛却怔怔地盯着祠堂上房那个摆过祖宗神位的地方出神。

其实，这个女部长的身份，老爷子比谁都清楚。半阁城稍有点年纪的人，只要还能记得被人剁了一只脚的死鬼谢福鸿，就不会忘记那个被他从河南骗过来的小亲戚。今天，已经成为洽川县委组织部部长的柳春琴，正是当年那个被谢佑普送上山去的小姑娘。

当然，这个新来的女部长，对于眼前这个曾经留下了她伤心往事的小山村也十分熟悉。她从宜川一经调入洽川走马上任，就很快介入了向阳公社这个政治案件，已经鬼使神差般来过一次半阁城。

人生如梦，愈是不愿走的路，老天却愈是故意安排你走上几个来回。多少年来，她一直不想让自己的思绪回到那不堪回首的往事之中。甚至，她都不想让这个村庄上的人知道她还在这个世界上活着。好不容易把高运喜那个案子交利了手，这个村庄又冒出了谢舍娃这个案子来。而且，两个案子还都牵扯到了她时时惦念的一个人。她不得不把自己尘封多年的思绪聚集在面前这位老爷子身上。

上次进村，已经有人暗暗地打量过她了。当时，谢栓柱还担任着村支书。她在他面前打问有关老爷子的生活情况时，栓柱那阵突然想起老爷子在他面前亲口提说过的那个“姨表姐”！然而，也正是这个女人，一脚踏进半阁城，居然导演出了高运喜最终被捕的结局。面对春风得意的女部长，想着时下这混沌世事，哭哭笑笑，生生死死，来来去去，谁又能说清楚是谁在操纵着这个魔幻般的世界？已经接近不惑之年的谢栓柱，再也不愿意把这个村支书当下去了。在整治高运喜时，这个柳春琴不择手段的表现正是一个村庄男人最终选择辞去村干部之职的真正原因。

不过，佑普爷进祠堂前，还真不知道这次提审他的是这位组织部新来的女部长，更想不到当年被他救出虎口的春琴姑娘这阵子就站在他面前。

当老爷子这头在椅子上刚刚坐定，柳春琴就对准备做笔录的秘书使了个眼色，并严肃地交代说：“你这就出去替我看着点儿，不要放一个人进来。就是公安局的那些人，没有我的允许，也不能迈进这间房子一步！”

她这里刚安顿完，那个小伙儿就走了出去，并认真地站在了祠堂耳门附近。她这才把一杯茶水亲自送到老爷子手边的桌子上，带着十分复杂的心情问候了老爷子一句：“大叔，您还认得我吗？”

从她口中突然冒出这句问候的话时，佑普爷并不感到惊讶，坐在那儿连眼皮也没抬一下。

时过境迁，两个人的突然会面，却让老爷子有了另外的想法。听到这女子还算亲热的问候，他只是冷冷地回了一句话：“哦，人年纪大了，这一辈子见的人也多了，我还真的有点不认识呢。”

柳春琴也不开口说话，只是怔怔地坐在那儿仔细地打量起这个曾经在金水河谷一带呼风唤雨的男人。

老汉确实是老了。如果不是那棱角分明的眉骨还透着壮年时那股子气吞山河的刚毅之气，今天坐在她面前的这个衣衫破旧的老者几乎无异于一个落魄的村夫。他那一身浆洗得还算平整的黑色土布衫子上，肩膀和双肘都打着深色的补丁；一双端着水杯的大手，已布满了褐色的皱褶；经常用力紧握农具的手指，也变得像一节节干枯的树枝。特别是那些扭曲而重叠生长着的指甲盖，几乎让人无法相信那是人类的手应当长出来的指甲。看到这一切，柳春琴的眼睛里已盈满了怜惜的泪水……

老爷子也不搭腔。两个人就这么坐着，他们各自心里都翻腾着存留在心底的那段不老的岁月。

前几天，尽管老汉已经从栓柱口里听到了这个女人时隔二十多年的问候，也十分理解这女子不便登门拜见恩人的复杂心情。可是，他仍然有些想不通。一个女人，即使对这个羞辱过她的村庄怀有天大的仇恨，也不应当青红不分地将一个无辜的人打成反革命吧？今天，他决意不再认眼前这个女子，也好让以前那段不堪回首的岁月就这么永远地尘封下去。

这个女部长的心绪也回到了二十多年前的往事中。那个时候，她被老爷子送上山之后，一直在其女儿谢月季身边当警卫员。两个年轻女人，一起坐在司令部那石砌的热炕上时，还真的没少提说起村庄上这个刚强的男人。

从老爷子刚才回话的口气上，柳春琴这阵子仍有点忐忑不安。于是，她尽量地用一种亲近的口气又一次开口问他："大叔，您真的不记得给月季姐姐当警卫员的春琴姑娘了吗？"

这时候，老爷子才抬起头来仔细地打量了一下她，依然不温不火地说："过去倒是认识。哦，这么多年了，难得你还记得起我家月季。唉，她死得值啊。可是，她给这个世上留下的那个孽障，可给谢氏祠堂抹了不少黑呢！"

春琴听到老爷子提到月季姐姐的"儿子"时，轻轻地叹了一口气，羞愧地低下了头。

老爷子当然清楚，那个孩子并不是自己女儿和董振堂所生的，而是这个柳姑娘和她自己的姨夫谢福鸿留给这个世界的孽种。

那是一个多雨的秋天，可怜的春琴姑娘被老爷子踏着泥泞送上山不久，她发觉自己肚子里已经怀了半阁城人的孩子。后来，谢月季这个游击队长一边帮着身边这个才十五岁的春琴姑娘戒大烟，一边遮遮掩掩地把她安顿在了一个老交通员的家里，让她顺利地生下了孩子。孩子落地之后，春琴狠下心要把孩子偷偷送人，谢月季不但表示反对，还以自己抱养老乡家孩子的名义，一直把这个无辜的小生命带在她们身边。直到她在攻打壶梯山不幸负伤被俘，最后遭民团残酷杀害之后，春琴姑娘这才又把自己的亲生子偷偷地送给了当地老乡抚养……中华人民共和国成立后，对于这个孩子，柳春琴虽然十分矛盾，也时时想念着自己这个亲生骨肉，却一直没有勇气把孩子领回来留在身边抚养。董振堂留任洽川县人民政府县长，也惦念起了自己这个养子。他派人上黄龙四处打听，最后才把"董双良"找了回来，然后一直当作自己的亲生儿子抚养。

老爷子被人勾起这些陈年往事，心里也不由自主地想起了自己的女儿，他怔怔地坐着不再开腔。

柳春琴自顾叹着气。两个人就这么坐了一阵儿，她才心情十分沉重地开口说："大叔，我知道您在想啥。您也不能这么说双良这孩子啊，他心里有多苦您知道吗？"说着，她就提说起了她那个在半阁城曾逼死过高运喜老婆祝心香的亲生儿子来——"这孩子刚刚上学时，学校组织去烈士陵园给月季姐姐扫墓。当他第一次在陈列馆看到自己的母亲被敌人割下乳房和头颅的那些照片时，就受了惊吓。回到家里，一直病得高烧不退，十多天时间里都神志恍惚。等稍微好了点，又整天抱着老董的枪叫喊着要为妈妈报仇去。后来，这孩子的性格就变了。长大点后，他不但无心念书，还整天领着一群小混混在县城里四处惹事。刚开始，老董以为是自己当着这个县长让儿子学坏了，便有意安排公安局把儿子抓去关了一星期……后来，还是一个老医生发现这孩子可能有心理问题。他对老董说，要让孩子的病情慢慢好转，最好是让孩子知道陈列馆那照片上的女人并不是他的亲生妈妈，这才是挽救孩子的唯一办法。眼见一切挽救无济于事，老董只好把真相告诉了孩子，说我才是他的亲生母亲……"

老爷子从来没听说过后来的这一切，就生气地问："这个董振堂咋这么混呢！"

春琴擦了擦眼睛，慢慢地继续说道："我一个姑娘家，没结婚就生了孩子……真让老董有口难辩啊。即使是一些老战友，也不明真相地把这个孩子当成了老董和妻子警卫员的私生子……整风时，这个莫须有的事情闹得老董一点办法都没有，我和丈夫只好向组织联名出了材料，总算替他洗刷了身上的不白之冤。后来，孩子倒是认可了这个事实，原来那个病也稍微好了些。可是，我却不能告诉孩子，他的父亲到底是谁！接着，父子俩又为了我这个名不正言不顺的母亲闹得势不两立！唉，这哪能怪罪一个十多岁的孩子哪。当他刚刚成为一个共青团员时，就背着自己的亲生母亲在革命队伍里'乱搞男女关系'的思想包袱，不但无心读书，也从来没叫过我一声妈妈……'文革'开始后，这个孩子就真的发疯了！他最先在县委大院组织一拨干部子弟成立了战斗队，整天不揪别人，却专门整治自己的亲人……老董的那一口牙齿，就是这个孽障亲自动手打落的啊！后来，老董现在的妻子，一看自己收养过的儿子居然闹得他们全家人无法过活了，就让老董当面跟孩子说出了他的真实身世！孩子一开始还不相信，当他亲眼看了组织部出具的父亲在整风那年亲笔写的那份‘说明材料’后，他小时候常犯的那个病就又犯了。他发疯般在家里放了一把大火，我仅有的那点家当就是在那次被他付之一炬的……此后，当他恢复了常人理智时，又做出了一件让人不可理喻的事情　　他跪在老董面前，自己用斧子剁掉了他那只曾打过父亲的手……三根手指头……”

听到这里，老爷子长长地叹了一口气，只喃喃地说：“真是造孽哟——”

为了让老爷子放心，她又接着告诉他说：“现在，这孩子谁也不认得了，只认得把他带大的老董和烈士陵园里的月季姐姐。老董只要离开半天，这孩子就得犯一阵疯病。你可能都不知道，老董带着这个三十岁的疯儿子到省委去工作，不管参加大小会议，父子俩都是寸步不离的啊！为了这个事情，我在老董面前不知哭过多少次了。他无奈地说，他一生都忘不了月季姐姐。正是因为月季姐姐在世时特别喜爱这个孩子，他才把娃找了回来……为牺牲的妻子受这点罪，或许也是老天爷对他董振堂这个杀人无数的恶人的惩罚吧……”

老爷子怔怔地听完这一切，只把那水杯往桌子里边狠狠地一推，嘴里只重重地吐出了几个字：“报应，这都是报应啊！”

看到老爷子看着面前的土墙又开始发呆，春琴就关切地问他：“大叔，您这次咋也被绞缠到高运喜这件案子中来了？”

老爷子并不掩饰，沉重地回答她说：“唉，孩子，眼下，你们说谁是革命派，谁就是革命派咯。你们要说他是反革命，他就是长上一百张嘴也辩不清。我倒是想问问你，高运喜也就当了几天公社书记嘛，上上下下咋就有那么多人和这个瘸子过不去呢？上一次，你为啥不能像今日这样问问我呢？没有一点影影的事情，一个村庄逮走了一个，吓跑了一个，还揪住我这个老汉一直不松手！我一直不明白，你们这回又想闹啥哩？”

柳春琴万万没有想到，从老爷子嘴里说出的这件事情，居然和组织的结论大相径庭，立即就好言好语地问他：“那您说说，高运喜召开黑会停水，这是咋回事情？”

“谁倒是开啥会了？”

老爷子说出这句话后点了锅烟抽了一口，才十分气愤地说：“昨晚上，那些公安说我这个老僵虫一直在包庇高运喜。人都被你们关在看守所不知生死，我又能包庇他个啥？说到糊涂，我倒是越来越糊涂了。自打我在东铜堤庄那个瓜庵里在党旗前起过誓后，生死路上想都没想过被敌人抓去了是死是活，今日，倒叫你们当贼一样反复地审问！你说，你们为啥整天干这些伤人心的事？昨晚，他们审问了一夜；今日一大早，你又来盘问，无非是想让我说一些胡话害人嘛。我告诉你柳姑娘，在我谢佑普跟前，你们甭打错了算盘。太阳出来了，一个人的巴掌是遮盖不住的！如果高运喜想搞暴动，也犯不上鼓动几个死老汉病娃去送死吧？一个瘸子，在村庄上带着大伙儿过日子，也是因为处处上进才被提拔成了公社书记的，眼下他又被贬回村，不说大家咋看，他自己先觉得丢人得连门都不愿出了，还有啥心思去翻天嘛！你和我无冤无仇，想来也不会难为我一个老汉。让我说一句实话，共产党员如果都像高运喜兀个样子忧国忧民，不说其他的，起码向阳公社的形势乱不成眼前这个样子！人嘛，都应当有点良善之心。你们为啥要在一个村庄里整出个反党集团来？虽说眼下日子不好过，可我谢佑普还不至于去反党！就是眼前，谁要在我面前说一句推翻共产党的话，我老汉第一个就不答应！谢舍娃上县城撒传单的事情，公安局不进村戳破这层窗户纸，全村人谁会知道他咋就闹出了这么大个乱子来？我就想，大队那个刻蜡纸的油印机一直在那儿搁着都落了一层灰，你们也收去看过了。他又是请谁写了那篇文章呢？事后我倒是想了想，这事你们也甭在半阁城找人了，他做这号事想必也不会拉本村人下水。再说，他也绝对拉不下狗大个人。半阁城为这号写反动传单的事情死绝过一户人呢……”

看到老爷子的嘴终于停住了，柳春琴马上就接着问他：“没开会？那你们在一起喝酒、商量停水，不就是在变相开会吗？”

老爷子生气地说：“他家哪来一瓶酒嘛。再说，他当时假使说过一句停水的话，我这个活了七十多岁的人了，现在还会替他撒这个谎吗？你如果还认得你大叔这个人，你就听大叔一句话，高运喜不是你们想象的那类人！就算他想让村上停水，闹得半阁城把省上那个学大寨的奖牌拿不回来，你说说，他自己又能得到啥实际的好处呢？水站没钱买柴油，一天天让机器干转着，这个事情全村谁不清楚？话又说回来，就是半阁城一个小小的抽水站不抽水了，又能给全县的大好形势抹多少黑？姑娘，你记住，你亲手经办的这是一宗冤案。你把你们县委兀一帮人好好看看，无非是张义伦到了专区后想把高运喜用一用，立刻就惹下了这一河滩事情。只有我知道，运喜这娃一辈子都不会做那些伤天害理的事情。最后，却让你们绑进了看守所，真是天下奇冤啊！”

老爷子最后这一句话倒是提醒了这个新调来的组织部长。此前，她在宜川那边也听说过，洽川县有个村支书当上了公社党委书记这件事情。就在她刚刚到任期间，也无意中听说过这个高运喜可能会被再次越级提升的传言。不迟不早，他却被人一纸黑状告到了省委。看来，老爷子这个不谙官场之道的农夫的这句无意识的提醒还真是一针见血哪！

上次，县委让她带人进驻半阁城前，不只是县上的主要领导跟她打过招呼，省上也有人提前在电话上定了调子。据他们交底说，高运喜是张义伦留在洽川的一个“卧底”，虽然这个人已经被打翻在地，有些人还在省委为他四处游说。打蛇不死三分罪，要整，就得彻底把这个人整趴下喽；如果让他喘过气来，洽川县将永无宁日！

在这样的政治高压之下，她这个在洽川毫无人事纠葛的中间人物，就最好不过地被那些人当作刀枪使了。想到这里，她尽管还不完全清楚其中的曲曲折折，但还是极其认真地对自己当年这个革命的指路人说出了她的想法。

她给老爷子续了一杯水，十分坦诚地说：“大叔，我相信您刚才说的都是实情。可是，像您和我这样的人，在事情已经闹到了目前这个地步的情况下，又有啥办法让它停止呢？还有，我想问您一句话，月娥妹妹是不是以前还招赘过张义伦做您的上门女婿？”

老爷子抬起头来看了她一眼，不解地问：“你这又是从哪里打听到的消息？”

她淡淡地回答说：“前几天，张专员在饭桌上跟我打过一个小招呼。他笑着告诉我，他还有一个老父亲住在半阁城，让我一定要替他好好照顾您的生活。其实，上次来村上，我就想看看您去。就是没有张专员这句话，我也会好好地孝敬您这个月季姐姐留在世上的亲人的。因为，您也是我柳春琴的再生父母啊！”说到这里，她又关切地问，“大叔，他们这几天没太难为您老吧？”

这时候，只见老爷子慢慢地转过身子，哆哆嗦嗦地撩起身上的衣衫，血肉模糊的脊背就展现在这个女部长面前……

她眼睛里立即就充满了悔恨的泪水。也就在老爷子刚刚放下衣襟转过身子的时候，立即吃惊地发现眼前这个县委来的女部长已经屈下双膝，他忙伸出双手扶住她的胳膊责怪道：“女子，你这叫啥礼性嘛！赶快起来，大叔这个老农民已经受不起人这样的跪拜了哇！”

柳春琴依然认真地跪在地上给老爷子磕了三个头，这才慢慢地站起身。她并不去拍打膝盖上的土灰，而是哽哽咽咽地对着面前的老爷子叫了一声“爹”，然后哭着说：“爹呀，您受了这号冤枉，叫月季姐姐咋闭得上眼哪！我这个女儿，咋就给村庄惹出了这么个大祸呀……爹，您打我一巴掌吧，您打，您打！”

老爷子也不说话，他还在认真地回味着刚才从她口中喊出的那声“爹”。柳姑娘却依然痛心地诉说着：“爹，您老人家那年如果真的把春琴卖了，她还抽着那大烟……还能活到今日吗？您打，您有权利打死这个不孝的女儿呀——爹，我哪儿知道您老人家心头比我这个苦命的女儿还苦哇……”

老爷子终于明白，这个柳姑娘还是当年那个心直口快的好姑娘。看着她，他不由自主地就想起了被民团开膛破肚后头挂高杆的大女儿谢月季来，禁不住也怆然泪下了。

不过，他知道现在还不是他们叙说父女旧情的时候。

老爷子擦了擦自己的眼泪，慢慢地对面前这个还能明辨是非的女儿交代说：“春娃，爹今日认你这个女儿。你坐下，听爹一句话。你初来乍到，哪能知道身边站着的是人是鬼？村上这个事情，眼下也只能顺其自然了，你不要再为虎作伥就行了。我告诉你，省委蔺书记以前是我的老上线，我准备等你们放了我，就专门去一趟省城。孩子，不能再等了，这些人这次真是要闹出几条人命呢！”

接着，在两个人商量如何处理这件事情的当口，那个秘书进来告诉柳部长有县上的电话。柳春琴让秘书告诉上边，她这阵子不在电话跟前，有什么事她一会儿会打过去。

看到秘书出了门，她趁机悄悄地告诉佑普爷：“今天晚上，我安排司机送您上省城……”

两个人刚说完这句话，秘书恰巧又进了门。

第六十一章

大喘气

折腾了大半年光景，全村没娶一个媳妇，没嫁一个女儿，连补锅的小炉匠过路也避着村口，半阁城几乎被折腾成一座死城。但这天，专案组却莫名其妙地接到专区通知，“暂时”撤离了半阁城。虽然案件还没了结，社员们却一齐松了一口气。

眼下，村上的主要干部跑的跑、撤的撤，只有支部书记谢栓牢和妇女主任谢采蘩两个人还在任。采蘩自从婆婆去世后身体就一直不好，不但已经无法正常出工，而且有时连几个孩子的饭都做不熟，更不用说操心大伙儿这一摊子事情了。整个干部班子，事实上只剩谢栓牢一个光杆司令在硬撑着。

想到摆在村庄这一摊子事情，栓牢这个年轻人也睡不着觉了。他赶紧向公社反映，要求补充几个村干部，最起码先得把一些事情应承下来。最终，公社给他放了句话，让他挑上谁就是谁，好歹把半阁城这个烂摊子先支着。

村上的人厢走马灯般都当过几天村干部。这阵子让栓牢在各队选几个新人上来坐这个洋蜡，确实让他犯了难。他思来想去，觉得让谢狗剩上革委会主任比较合适，其他人选，他心里还真是一点谱都没有。

栓牢觍着脸找到狗剩，刚一提起这个话头，急得狗剩脸上立马就转了色。狗剩几乎是带着哭腔对栓牢说：“好我的碎爷哩，你让叔多活几天吧！你辣子婶还年轻，一双儿女还要靠我这老驴往前拖哩。给大伙儿当了几天生产队长，都把叔这点材料八尺抻成一丈了。不是叔不愿给你帮这个手，村干部这号差事我是委实干不了啊！”

说完这些话，狗剩给栓牢推荐了几个人选。一是让谢有福再一次披挂上阵，反正他那腿伤还没有好利索，一时半会儿也不会再跑出去；二是可以让二队的高恩全挂个副职，别看他是个结巴，给大伙儿办事不但有热情，脑子里环环也多。只是，主持群众大会就得其他人多费点心了。女的倒好办，芍药她们那一拨小队干部拉出来几个不成问题……

栓牢却有点担心地说：“这几个人倒是都能干，问题是最后还得让公社定哩。有福以前挂牌游过乡，芍药又有她后爸老詹那个背景，现在她妈还嫁了高书记……”

狗剩给他出主意说：“这事倒有啥难的？你到公社要个精神，让全村社员选一次村干部，选上谁就是谁，这不就得啦？”

栓牢觉得这确实不失为一个好主张。与其让公社那帮人乱提拔人，还不如让全村社员选一个自己信得过的班子。可是又一想，让社员举手选举生产队长倒不稀罕，可村一级干部都是公社指名道姓任命的，让社员大会公开选举革委会主任这可是闻所未闻的大事。但栓牢也没有其他办法可想了，只能硬着头皮去公社把自己这想法一说。却没想到，任丕显居然没有一点犹豫地答应了。

经过群众投票选举，谢狗剩、谢有福、窦桃夭、谢芍药四人均得票超过半数，被社员选为大队干部。公社派来的监选人谈如流，在大会上亲自宣布了分工名单——

谢狗剩同志拟任半阁城大队革命委员会主任；

谢有福同志拟任半阁城大队革委会副主任兼治保主任兼民兵连长；

窦桃夭同志拟任半阁城大队革委会委员兼妇女主任；

谢芍药同志拟任半阁城大队革委会委员兼团支部书记。

宣布完之后，谢栓牢代表党支部在群众大会上讲话。

他望着台下一群乡亲，心情十分沉重地说："社员同志们，自从土改以来，这是我们通过选举形式产生的第二届村干部班子。当年，高运喜和谢佑普同志作为第一届民选班子，带领大家改天换地，为村庄做出了突出贡献，这是谁也抹杀不了的历史事实。可是，二十多年来，我们为什么一直摘不掉戴在头上的这顶穷帽子？前一阵，专案组在村里闹腾了大半年，他们一拍屁股走了，咱们怎么办？今天，大伙儿选下自己的村干部，这仅仅是个开端。我代表党支部，首先向新当选的村委会班子成员表示祝贺；同时，我也向大家表一下支部广大党员的决心。在今后的一段时间里，我们要坚决执行公社的各项指示，抓革命、促生产；一年粮食达《纲要》，两年粮食过'黄河'，三年争取跨'长江'，对国家贡献翻一番，让社员口粮翻一番。如果办不到，我谢栓牢甘愿自动下台，向各位父老乡亲谢罪！"

台下，立即又响起一阵雷鸣般的掌声。社员们也长长地吐了一口长久郁积在心头的闷气。

有福和桃夭为了哲虎受了那么大的羞辱，今天能把他俩同时推上主席台，也是半阁城人对自己良心的一种解脱。他俩却死活不愿意在这个时候上台就座，栓牢也不好勉强。

狗剩开始还扭扭捏捏不愿上台去，最后被栓牢硬是喊了上去。狗剩还是以前那老毛病，在人多处一句话也说不囫囵，下边立即报以善意的笑声。也许是今天这大会的气氛触动了他内心深处的某些东西，他最终还是开口说了几句话。

"我刚才还是个普通社员，这一阵子就成了个村干部。这事，我连想都没想过。十多年了，一想起我当饲养员那阵子在这个台子上受过大伙儿的批判，心里还真不是个味儿。我不怪大家，也从来没有记恨过啥人。可是，过去的日子这阵子却在我的脑子里全部浮现出来了。我刚才还在考虑，村上搞不好，生产队咋能好？生产队好不了，家家户户的日子咋能好过？既然你们没有把我谢狗剩另眼相看，我也在这里给大伙儿凑合着表个态。每年，返销粮一下来，家家都夹着口袋往大队跑，把村干部恨不得叫声亲爷！大伙儿都不觉得这口舍饭难咽吗？刚才栓牢说的要翻几番，我还真的没听清楚。我也不知道长江流域的产量，就是咱们长稔塬究竟亩产多少粮食算是高产，我也没底儿。我只知道，半阁城的穷根深啊！一年到头，谁家倒是敢放开肚皮吃一顿捞面嘛！我肚子里这阵子一直都在打小鼓，就咱们这样的穷家底，让谁当这个家也是让他精尻子往铡刃上坐哩。我给大家撂个话，当农民的自己都吃不饱饭，对得住谁？连自己的肚子都对不住！咱也不说‘达《纲要》’‘过黄河’‘跨长江’那些话，明年这个时候大家再没粮食下锅，我上台还站在这儿让你们大伙儿轮番给我往脸上唾，我要是擦一把就不是人养的！不过，我也得把丑话说到前边，咱们可得下大苦呀！地里没人管，野草疯得把麦苗都遮了，各队回去后要下大力气组织人拔草呀！咱们能年年吃了人家的苞谷还麦子，咋就不能让他们吃了咱们的苞谷还麦子呢？咱们长着这一双手只是准备讨饭拉枣竿子用吗？”

台下又是一片掌声。

狗剩一激动，没坐到凳子上差点摔倒了，又一次引起下边一阵善意的哄笑……

放虎归山

麦子已经拔节，红薯苗子还没下地。就在村里选民大会后七天的一个大清早，专案组又杀回来了。

据说，这一次是根据全国的统一部署，要求各地在春夏之交开展一场“严厉打击反革命颠覆活动”的专项斗争。周总理去世后，北京街头已经很不太平。一些反革命势力四处活动，图谋推翻强大的无产阶级专政。全国各地开始大规模抓人，半阁城这个案件被省委列为重点督办的大案要案。除负案在逃的谢舍娃以外，其他有瓜葛的人一律被点名参加学习班。

高运喜也被公安押解回村，以便集中办案。

让人始料不及的是，专案组进村的第一天，先期召开了一个平反昭雪大会。谢信仁在中华人民共和国成立前那一档子事，不知咋的被县革委会翻了个底朝天。

后来大伙儿才清楚，专案组第一次进村前曾调出过县档案馆封存的老材料，查找半阁城发生过的一些大事件，以期找到这个普通村庄会冒出一个反党组织的历史渊源，无意中接触到谢佑普为谢信仁在镇反时出具的一张证明材料。他们不禁有些纳闷，谢信仁这样一个在旧社会就参加革命的老同志，为什么在1953年会被高运喜送进监狱，还差点遭到枪毙？1962年，高运喜在半阁城村积极推行刘少奇“三自一包”“四大自由”的修正主义路线，鼓励社员下沟开荒，全村只有少数人和他的这个反动路线做了坚决的斗争，谢信仁可谓其中最坚定的分子。可是，他却被责令敲着尿盆游巷……事实证明，半阁城这个反动堡垒的形成由来已久，必须采取“中心爆破”的战略战术。

经由向阳公社革委会连夜上报县革委会批准，决定摘掉半阁城村贫农社员谢信仁“敌伪分子”的帽子，彻底恢复其名誉。

谢信仁当然不知道这一切是因为什么，却一反多年见人点头哈腰的可怜样子，好像这一天早在他的预料之中。看见昔日整他的那一拨仇人威风不再，几天来，他一直趾高气扬地拿着他家那杆白铜烟袋在村院中游荡。看到村上的干部人选还没有得到公社的正式认可，他便嗅出点味儿来。不过，此时他还是有些不明白，自己在县上一点关系都没有，压在头上这么多年的帽子怎么会这么轻省地让人给摘掉了呢？

刚吃过晌午饭，大队那喇叭又响了。正在后院出恭的谢信仁已经真真切切地听见专案组在喇叭上传唤他，此时此刻他却一点都不紧张，依然镇定地蹲在后院粪坑边，猜想着过会儿进了祠堂那些人对他的态度……

直到大喇叭喊过第三遍后，他这才慢慢地站了起来，顺手拾起土堆上一块土坷垃擦了屁股，提起裤子认真地用手打着裤带结，然后慢悠悠地提起耷拉在脚上的套裤裤管，不慌不忙地在缠紧的腰带上系牢，这才提起另一只裤管有条不紊地重复着上一个过程。只有一点，他是想好了的。专案组这次绝对不会像上回进村那样对付他谢信仁。尽管说这次专案组来得比上次还邪乎，他却是半阁城唯一被排除了要受批斗的人。他抬头望了望他家院子上空飘浮的几片风扯云，估摸这天是该变了。

话说，信仁像往日一样，慢吞吞地出了家门。进了祠堂，他有意识地四下里看了一眼厅房内被勒令朝墙站着的高运喜和谢佑普他们，心里不免又泛起一丝寒意。已是立夏的时令，他身上虽然仍穿着寻常人早该褪下来的套裤和夹袄，但他依然无端地感到祠堂里的阴气直袭他的骨髓。

他刚迈进祠堂耳门，早已迎候在办公室门外的任丕显马上堆起一脸浮夸的笑容，算是跟他打了招呼。

信仁还是忘不了戴帽子时养成的习惯，进了房门先卑微地向暗处的几个人哈了哈腰，然后就那么规规矩矩地退到一旁傻傻地站着，等着人家发话。

作为向阳公社的老班底，任丕显对于半阁城这个人物至少是熟悉的。他当然知道眼前这个人在想什么。这号人他确实见得多了。这个谢信仁之所以不敢落座，并不是心有余悸，而仅仅是习惯使然。为了消除两个人之间的那种尴尬，任丕显主动地站了起来，拉着对方的手亲切地说：“老谢啊，这么多年让你受委屈了！”

信仁忙不迭地回答：“没啥，没啥，为党工作嘛。”

屋内还坐着两个专案组领导模样的人。信仁的眼睛这阵子也刚刚适应了屋内昏暗的光线，他一眼认出了那个年长者是王善庄的老刀客夏侯举。这个人眉骨上那一抹浓浓的黑眉毛，谢信仁一生都忘不了。他当然知道对方眼下那显赫的身份，这里并不是他能和人家套那些旧近乎的地方，于是他依然不动声色地向夏侯举哈了一下腰，装作不认识的样子慢慢地坐在凳子上。夏侯举当然也不会在这个时候和他主动搭腔，点了点头算是打了个招呼。

任丕显待他坐定了，便开口说道：“老谢，这次组织上对你的个人问题做出的公正平反，这是县社两级革委会解决半阁城问题的第一炮！多年来，半阁城的问题一直没有得到很好的解决，我们这次痛下决心，一定要揭开这个盖子。今天约你来谈，主要是想从根子上查找出你们村的问题的症结。你是个老同志了，解放前就为党做了很大贡献，这么多年，也一直在村上。有什么看法，你大胆谈谈，完全可以打消一切顾虑……”

信仁心里一下有了底气。虽说对于任丕显的为人，他心里很清楚，但对方把他称为“老同志”的那句话，还是让他一下子就有了一股热乎乎的感觉。于是，他不要人家再敦促，就摆出一副与世无争的样子，字斟句酌地开了口。

“要我说嘛，半阁城从古到今都没有像眼下这么龌龊。我一直被人安着顶帽子，对一些事情也不知底，更不能去打听，但心里清楚哩。谢佑普土改时当权那几年，咋说日子还像个日子。公社化后，高家兀个小子上台主了事，村上的人基本上都是看他的眼色行事。他混到公社当了书记，村上的人事还都是经他一手安排。你们看看，这十多年让这个人把村子整成啥样子了！家家户户，上顿洋芋下顿红薯就不说了，村上还出了多少邪事？要揭开半阁城这个盖子，还非得从当过村干部的这一帮子人身上下功夫不可。前一阵子，全村还张狂地选举哩，选下些啥人嘛。村支书现在是谢栓牢，他家老三占着当完又交给了老五，共产党的江山是他一家打下的吗？还有个谢有福，一直跟民生家婆娘好，现在奸夫淫妇一块儿人五人六地当了村干部……哼，半阁城尽出这些个不着调的事。还有，高运喜现娶的这个女人以前是他那拜把子兄弟老詹的媳妇。世上有兄弟娶嫂的事情，人家那是义举；哪见过当哥的娶弟媳的道理？再说吧，芍药还是老高那新妇的亲闺女，这能好吗？你们可能还没听说，芍药嫁的男人还没招工进省城，她便又有了新的相好的了。你们说，这都是些啥事？一村人的脸面全让这些骚货丢尽了……”

任丕显尽管对他说的这一番话不感兴趣，还是随口问：“芍药的新相好是谁？”

信仁只怕外边腰房的人听见他在屋里胡咧咧，便压低嗓门说：“栓牢嘛。让芍药当干部还不是方便俩人胡来哩。这事明眼人一看就清楚。那个外村的知青娃能带她一个女社员进城吗？这叫狗吃自己拉的不图味儿图个热乎……嘁，这一群男女还能把村里的事办好？”

任丕显和那个夏侯举交换了一下眼色，立即严肃地说：“真没看出来，你老谢还真有点觉悟哩。我想插嘴问你个问题，谢舍娃在村上和谁都有些牵连？”

谢信仁想了想说：“兀是个二杆子货，至于闹反动组织我真的没听人说过。不过，既然你们立了案，政府已认定他们搞了，我估摸这事肯定就少不了一个人……”

任丕显忙问：“谁？”

谢信仁咬牙切齿地说：“高运喜！”

“你有什么凭据？”夏侯举插问了一句。

“没有这个人给他坐中帐，谢舍娃他娃儿连个杆子都竖不起来！”信仁肯定地补了一句。

夏侯举接着问：“那你说说，你都从哪儿看出高运喜在这个事情上是主谋？”

谢信仁十分肯定地说：“他们是一伙子喀。你们可能还不知道内情，村上原来有个谢君怀，他是被冤死的！”

任丕显奇怪地问了一句：“冤死的？”

这时候，信仁才不慌不忙地向这些外村人说出了半阁城那个让人十分惊骇的父子丧命事件的枝枝蔓蔓——“谢舍娃兀个烂嘴巴，在井坊确实说了那些反动话。君怀当时在跟前，只怕自己受到连累，就到处去反映。栓柱跟上边咋报的咱就不知道了，到头来，真凶漏网、好人遭殃！谢舍娃逃过那次死劫后，还能不对高运喜和谢栓柱言听计从？还有，谢有福和民生的婆娘私通被民生追打，哲虎却趁机打了你一闷棍，谢民生为啥会冒着坐牢的危险而去承认是他‘误打革命干部’的？没有高运喜从中斡旋，这事能藏得了那么深吗？”

任丕显尽管对谢信仁在这种场合提说此事有点不悦，还是十分吃惊地说：“这事居然有人安排得这么周密？！”

谢信仁却更加胸有成竹地说：“死鬼谢德懋斗得过刘冬花吗？别看她一个妇道人家，巴结干部的本事却大得很。高运喜第二任老婆刚走那阵子，一个壮汉难免受不住炕头上那煎熬，也不知道刘冬花和他是咋勾搭上的。那女人先给他的女儿做媒，后来又大张旗鼓地给老相好物色新娶。要不，她男人狗剩这次咋能当上村干部？高运喜虽然倒台了，可在村上还有一帮人对他比对毛主席还忠心哩！”

夏侯举虽然不知道半阁城现在的事情，却永远忘不了自己在这个村庄做下的那件伤天害理的人命案。特别是当年往事的这个知情者谢信仁在那儿滔滔不绝地叙说发生在这个村庄的一宗宗人命事件，他心头突然涌起一股烦躁，而且这种情绪立即就使他心里一阵阵不安起来。他立即站起来打断了眼前两个人的话头，十分生气地说：“行了行了，说点正经事情吧，我一会儿还得回县上参加常委会去！”

任丕显觉得火候已到，便公事公办地说道：“谢信仁同志，公社革委会决定让你担任半阁城村的革委会主任一职，你个人觉得咋样？”

谢信仁听完这句话，先是一怔。等他回味过来这真真切切是从任丕显的嘴里说出的话时，立即压住心头的震惊，苦笑了一声说：“不，不是好兆。我根本就咬不动人家这口硬面锅盔。再说，年纪也一大把了，干不动事了……”

他还真的不是假意推辞。这个人毕竟进过衙门，蹲过监狱，当过二十多年四类分子，经见过六十年的世道变迁。让他在入土前再去经历一次折腾，他已经明显觉得心有余而力不足了。他在心里对当共产党的差一直有一种无以言表的排斥感。再说，村上的干部走马灯一样你方唱罢我登场，到头来一个个又有谁落下了一世清名？

夏侯举却笑吟吟地说：“要是我没说错的话，你这个老汉今年才六十岁，‘老中青’三结合还讲个‘老’字嘛。老骥伏枥，志在千里。拿出当年你给黄南支队送枪送弹那股子革命劲头，配合专案组把这个案子了结了，也不辜负组织对你的知人善任哩。你呢，对自己此生也算有一个圆满交代嘛。”

谢信仁呆坐着，眼睛直勾勾地看着面前这位穿着公安制服、腰里别着小手枪的夏侯举。此刻，对方那一双浓眉下两只炯炯有神的眼睛，似乎有两股亮亮的光向他刺来。他突然看到了死鬼谢福鸿临死前的那一双眼睛……顿时，感觉到眼前一阵阵发黑。

这时，大厅外那几个被反绑着双手的人一阵阵轻轻的呻吟声不时传来，屋里每个人的心头都不禁感到一阵彻骨的寒冷。

第六十二章

阴风鬼火

然而，就在当天夜里，当专案组的全体人员还在大队召开碰头会议，习惯早睡的社员已经关门吹灯那阵子，六队的旧麦草居然被人放了一把大火！

火趁风威，风助火势。大火很快引燃了六队麦场上仅剩的那两个用来喂牛的麦秸垛。等人们发现时，火势已燎过快要成熟的大麦地，蔓延到了相邻的四队场边。两个麦场顿时浓烟滚滚，熊熊的大火几乎映红了半边塬畔……

正是夏收的初步准备阶段，麦场上只有几口临时搬来还未储水的大水瓮。在干燥的五月，涝池业已干涸，社员们只好用盆端了家里水缸里的井水去救火，一路泼洒后，到了垛前已是所剩无几了……眼看着麦秸垛像个大火球一样一点一点地向内缩，人又被烤得不敢近前，妇女们一齐撂掉盆子，坐在地上号啕大哭起来。

麦秸垛是生产队的一份大家业。即使在新场打过后，也不能被作为填灶的燃料去糟蹋，它可是牲畜的储备口粮啊！即使表皮发霉的麦草，拿去卖给窑场烧砖，一斤还值三分钱哪。按照国家牌价，一斤麦子标价不过一毛三分八，四斤多麦草就可以折合一斤麦子。一把邪火，却把它们变成了一堆焦灰。

整整一个夜晚，社员们因惧怕场里已压过土的大火重新燃起后再次引着了四周生长着大麦的旱田，几百人拿着铁锹守在麦场边一步也没敢离开。

天渐渐地亮了，从县里赶来的消防车这才摸到村口，象征性地往火灰上洒了一阵水后，呜呜地叫着又开回去了。一脸汗渍的社员们默默地坐在场边，看着周围被大火燎过的大麦田，此时他们心里泛起的异样苦楚谁又能感受得到呢？

这时候，大队的喇叭上，专案组的那些人却宣布了一条令人匪夷所思的决定——“经公社革委会批准决定，由谢信仁同志担任半阁城村革委会主任职务；谢狗剩同志改任革委会第一副主任……”

广播完这些内容，像往常那样，为了活跃社员群众的精神文化生活，专案组组织窦桃夭她们对着喇叭集体清唱了一阵长稔塬上村民们比较容易接受的自编现代线腔唱段——

毛主席的著作看上一遍，
真好比干灯碗又把油添；
一字字一句句讲得全面，
社员们心里明肚里喜欢。
清早间吃的是红苕米饭，
学大寨修梯田干劲倍添；
晌午饭吃剁剁全当捞面，
要牢记帝修反就在眼前；
喝汤时烧一锅糁子稀饭，
不忘本要经常忆苦思甜；
改样儿吃上顿黄面搅团，
一盆子浆水菜真是干散；
上了工挽袖子出劲大干，
誓把那大寨旗插上云天！

正午，从洽川河道里翻卷上来一股凌厉的风，将蝗虫和湿地陈年的枯草吹上了崖头，在塬畔形成了一道十分壮观的蘑菇尘柱，直挺挺地打着旋儿扑向半阁城着火后的两个打麦场。被大火烧过的麦草灰立时飞扬起来，那些黑乎乎的柴草，像上苍收冥钱般徐徐而上……一直飞向高高的天际。

这时候，前段时间被栓牢偷偷派出去到河对岸考察烤烟种植的狗剩刚上坡头，看见一村人灰头土脸地从场里往回走，他也顾不上问村上出了啥事情，径直就去了支书家。一进门，却发现信仁老汉端坐在院子里和栓牢说有关村上失火的事情。

狗剩一脸疲惫地坐下来，端起一碗水咕咚咕咚地灌了下去。栓牢这才跟他解释说："狗叔，你回来了就好。我先跟你把村里这几天的一些事情通报一下。对了，信仁叔现在也是公社宣布的村干部班子的成员。你那职务公社正式宣布为第一副主任，其他分工倒是没有多少变化。昨天晚上，六队的麦秸垛被人点着了，挨场边的大麦都被烧了一大片。事情呢，目前还没有个线索。要是发现晚一点，那损失可就大了。任主任和专案组还都在村里，这事情看他们咋办吧。也好，趁新主任也在这里，你把考察的事情说一说。千头万绪，咱们总得把生产安排好，时间不等人呢！"

引种烤烟这件事情，还是在专案组未进村之前由狗剩提议的。他开始只是从收音机里的《新闻联播》中听到山西运城那边有些生产队从河南陕县引种烤烟的信息，其一亩地的收入抵得上三亩西瓜。看着各队都备好的十多亩瓜地，他的心先动了。他想，人家能引种咱也能引种。在不知道烤烟究竟是点种还是栽种的情况下，几个生产队长经狗剩这么一煽惑，一致表示宁肯拔掉西瓜苗，也得试着种些收益更大的烤烟，一个个心热得仿佛已经看见那些从未见过的烟叶变成了花花绿绿的人民币了。

狗剩背负着村庄的期望，过河走了三十里路，在河东一个叫作罗锅寺的大队终于第一次看见了培育在塑料棚子里的烤烟苗子。他是个干什么马上就会上心的人。在那个村子住了几天后，看那烟苗管理并不复杂，就静下心来请当地大队科研所的土专家对着挂图为他讲解。从烟苗栽种、田间管理的每一个细节，他一点一点地了解得相当仔细。听了几天，他觉得种这玩意儿跟种棉花大同小异，栽种成活率比耐旱的红薯苗还高。田间管理也很简单，无非是得时刻注意不让叶子疯长，控制肥力以免叶片过厚或过窄罢了。最紧张的劳力投入是烟叶采摘，另外烘烤需要有熟练的技术人才。到时，从这边请几个专家回去指导几次，看来也并不难掌握。事已至此，他无法和栓牢联系，斗胆让人家大队先赊给他一批烤烟种子，并在去时带的大队证明上打了个欠条，然后就火急火燎地赶回来准备组织各队育苗。

可是，在狗剩不在村庄的几天里，谢信仁一个下子被专案组那些人扶上了革委会主任的位置，狗剩立即无端地感觉到，种烤烟这件事情可能又会给大伙儿惹出一河滩的麻烦来。

栓牢这阵子还没有他想得那么多。一听狗剩这次还算是没有白跑，立时就忘乎所以地拍着狗剩的肩膀说："狗叔，还是你有办法呀！干呗。今年不说咋样，至少让社员先认识一下新鲜事物。只要我们有这个首创精神，让大伙儿尝到了种植经济作物的甜头，不愁社员没有搞社会主义大农业的积极性！"

说完，栓牢又把脸转向谢信仁说："信仁叔，你现在是主任，这个事情，你也说说你的看法。"

其实，信仁早就听说过这个事情，他几乎不假思索地说："好嘛。你是支书，既然是村上以前定下的事，我举双手同意。狗剩也是个庄稼行里的把式，他看准的事情哪会有闪失？"

狗剩一听信仁这句话，好像不相信自己耳朵似的看了信仁一眼，这才对他俩汇报说："眼下得赶紧育苗。虽然种烟的季节要求不是很严格，而且咱长稔塬天气偏凉，出的烟叶质量更好，但咱这地方无霜期偏短，还是早种早收为好。这个作物很费劳力，烟苗一进地，二十多天就得打顶抹杈；只要有好雨水，第一拨烟叶四十多天就可以捋了上炉了。我把他们的烤烟炉的图样也画回来了，三至五亩烤烟地就得一座烟炉呢……"

信仁却轻省地插了一句话说："大炼钢铁时，村上的泥水匠都盖过炼钢炉子，这么个事情也不算个啥！"

这件事情，三个人都没有其他意见，就这么顺利地定了下来。

第六十三章

突然变故

专案组在村上闹得鸡飞狗跳好一番折腾，一直也没闹出个结果。在他们闹得走也不是守也不是的当口上，省上却突然又下了一个文件，宣布半阁城群众反党案件纯属错案，应立即撤案，并消除由此案带来的一切政治影响。有关在押人员一律释放，受到牵扯的人应给本人所在村社或工作单位予以公开解释。

县社两级革委会来人草草召开了个社员大会，只敷衍地传达了一遍文件精神，人们一时还不知道这是来自何方的“圣旨”。天近黄昏的时候，那些专案人员坐上一辆大卡车灰溜溜地撤出了村庄。

这个事件突然一百八十度地大转向，嗅觉灵敏的任丕显立即就有点“溪云初起日沉阁，山雨欲来风满楼”的感觉。他明白，半阁城这个案件，肯定是让董振堂和张义伦这帮老家伙插上手了。

高运喜没有被带走，而是被留下“保外就医”。其鼓动停水的罪行虽然被一笔勾销，但那些“篡改语录”的余罪却没有结案。他这头刚被几个小伙儿扶回家，就发现自己小院里已经坐满了人。

麦秀一边忙着搬凳子，一边关切地打量着老高那一头白发，并不避人地给老汉又是擦脸又是捶腿。看到老高有点不耐烦的表情，这才给他端了一缸子他最爱喝的红糖水。运喜喝了口水，四下看了看，急切地问了佑普爷一句：

“舍娃兀个犟尿货不知在哪里受罪哩，你们也没派人打听一下？”

佑普爷却沉着老脸没好气地说：“你也是心里清楚，嘴上装糊涂哩。这一段时间，我也在里边关着哩，谁还顾得上他嘛。前一阵子，听凸里村的老范传来话说，他在山西运城赶集时见过舍娃一回。人晒得像个掏炭的，两个人见面只说了两句话，舍娃很快就被几个矿工模样的人招呼着走了。这之后，再没听见个音讯。”

一直蹲在屋檐下的栓柱马上接了一句说：“他回来又能咋？还不是鞭打绳拴一条路。唉，一村人叫这个货真是害苦了！他狗日的这阵要是敢回来，我就敢当面赏他小子几个耳光！真是驴闲啃槽帮，闹得一村人不得安生！”

运喜却摇了摇头，推心置腹地说：“事情这不是都过去了嘛，咋能说这一切都是舍娃把大伙儿害的？运动嘛，不出这事说不定又会蹦出别的事，磨道里还怕寻不出几个驴蹄印？事情出在舍娃身上，但还不是我给村院惹的这场麻烦嘛。只要大伙儿都没事，我多住几天农场，天塌不下来，地陷不进去，黄河水也不会倒卷上岸，怕啥哩？今日看不见舍娃，我这心里还真不踏实……”

这时，水仙一家听到老爸被放了，也领了孩子凑了过来。麦秀忙放下手里的盆子，招呼着两个小外孙坐在外公身边。

水仙一边催促让老爹进屋去换衣服，一边对麦秀说：“娘，你先烧一盆热水，让我把老爷子这身衣服烫一烫，我梦里都梦见我大身上的虱虮多得厉害哩……”

老高一听女儿这句贴己的话，笑着说：“你这女子先别犯主观主义好不好？今年以来，我已经不长虱子了。说也怪，虱子都嫌我肉臭，县上那些人咋还觉得我不臭呢？”

狗剩忙问：“高书记，莫不是你又要被平反了？”

运喜笑了笑，说：“不臭不一定就香，人家觉得还没把我整臭咯。”

佑普爷这才哈哈大笑起来，诙谐地说：“你当初就不该去当官，跟上贵同说书都能挣几个饭钱哩……”

一伙人正在热闹地说笑，高子升却领着一个扛着一条扁担两只筐的小伙儿进了门。

运喜最先看到这一切，他也不说去换衣服，就马上热情地问那小伙儿：“啊呀小苟，你咋摸到这里来的？”

领人进门的高子升立即就奇怪地问：“七叔，你们以前认得呀？”

运喜高兴地跟大伙儿介绍说：“这是我的老朋友哩。来，坐，先喝一碗半阁城的老井水。”

一看高书记对客人这么热情，几个人赶紧就把小伙儿让了过来。

小苟放下扁担，坐在石凳上这才红着脸腼腆地说：“高叔，你们沟西咋这么多‘城’，一路让我走了不少冤枉路。要不是碰上这位先生，说不准这一阵我还在路上四处打问哩。”

运喜也不回答他的话，立即就向大家介绍说，小苟是县农场的农工，那些被押去劳改的老家伙都是由这个苟富民看管的。说着，他便提起促使他们成为忘年交的一件小事来。原来，开春那几天，场部要修建一个养猪场，指导员派高运喜从二分场拉些砖块来。他那假脚别说拉架子车了，就是跟着走几个来回也支撑不住。亏得这个小苟给他偷偷帮忙，总算把那些砖都运回来了。从此，两个人算是有了交情。

小苟一听他又拉起了那件小事，端起碗喝了口水不好意思地说：“快别说了，开始我还真以为你是跟人家装脚疼哩，后来才知道你兀个‘脚’真是不得劲咯。甭说你还是个伤残军人，就是一个真正的反革命分子，犯下死罪有死罪在，糟践人要咋哩？我爹也是从朝鲜战场下来的，他说他认得你……让我好好照顾你。人嘛，谁能一辈子不遇到点难处？”

小伙儿说到这里，似有难言之隐哽在喉咙，便慢慢地停住了话头。

运喜奇怪地看着小苟不解地问了他一句：“咋，一口凉水就把你小子感动成兀个样子啦？”

小伙儿慢慢地抬起头来，面有难色地说：“唉，一进你们村，我就想起父亲经常跟我说起的一件事情来。他说，十几年前他下狼夹子来过你们村，当时你们那个村支书还塞给他几个馍馍。前几年他被拉上参加武斗，让炮炸伤了……还是这个人安排一个叫谢舍娃的把他送回我们家去的……”

运喜还在发愣，栓柱却狐疑地问小伙儿：“你爹的脸上是不是有块大疤瘌？”

没等小苟说话，运喜却立即脱口而出：“苟存德！你个碎驴日的是苟存德的后人？”他打量着小苟的脸庞，接着就动情地说，“像，绝对像！存德那老东西还好吧？”

小苟木讷了半句：“好叔呢，能好吗？老汉躲在山西我老姑家已经半年了哇。这几天，我有空也得看看他去……”

运喜立即关切地问：“家里出啥事了？”

只见小苟看了看在座的人，十分奇怪地问了他一句：“你们真的不知道哇？”

运喜这阵子还真是被小苟这句话闹得莫名其妙了。

小苟这才对他说：“唉，就是你们村那个叫谢舍娃的人嘛，去年冬天的一天夜里要过河去，他在我家住了一夜。后来，我爹原来的老战友刘叔不知咋的也被你们村那个案子给牵扯上了。刘叔以前当公安局长时，因为自己的历史问题跟人家说不清楚，我爹还为他写过一份旁证哩。一听高叔和刘叔这次都被公安局逮了，事因还是那个到过我家的谢舍娃惹下的，我爹吓得不敢在家里待了咯！”

运喜一听，这都是哪儿跟哪儿的事嘛。半阁城这个破事，咋又能和这些无辜的人牵扯在一起呢！

小苟却还在那里讷讷地说着：“其实，我早就把你关在农场的事情给我爹说过了。他安顿说，千万不要让你知道我是他儿子，免得你听了难受。他说他一生都忘记不了半阁城人的恩德……”

栓柱马上明白过来了。那年逮住的那个偷盗二队架子车轱辘的人，原来就是眼前这个小伙儿的父亲。后来，那个在公路上参加武斗时负了伤、逃到村上麦秸积子底下被栓牢他们逮住后当夜又被舍娃送回家的也正是同一个人。不过，他知道这号事情也不能当人家儿子面再提说，就故意岔开话题对大伙儿说：“噢哟，这原来是高书记老战友的儿子嘛！”

高运喜把头深深地埋了下去，用小得不能再小的声音告诉大伙儿说：“二十多年了，在朝鲜……正是存德兄弟把我从地雷圈里背出来的。在农场，又是他的后人在偷偷地帮衬着这我这个劳改犯……唉，我受了人家父子两代人的恩泽哪！奇怪呀，世上的事情咋都这么巧呢？”

佑普爷根本不知道多年前村上逮住的那个“贼”被栓柱私自放走的事情，只是关心地问小苟：“那人家农场不问你，为啥对这些人那么好？”

小苟大咧咧地说：“我哪敢明着帮衬他们？就那次拉砖，也只有到了没人处才能替他拉一段路。就是这样暗地里帮衬，都还是闹出了大事。一个月前吧，高叔让我给他找一盒火柴来。他们四个老烟鬼每个人一天只发一根火柴，上工手里都拿着一截火腰[①]点烟用。到了收工时，我们还要从他们的组长手里收回用过的火腰。高叔偷偷告诉我说，晚上他有个起夜抽烟的坏习惯，有时烟瘾上来了还真是干着急没办法，让我无论如何给他弄一盒火柴来。我哪敢明着给他？第二天，押着他们上工时，我装作掏手绢擦鼻涕，故意把火柴掉在他们几个身边。没想到，几个老家伙有了火柴，张张狂狂得再没人拿火腰，却在地头抽起烟来，这事立即就被巡查的发觉了！当晚，人家把他们几个人立马就分了号子，还追查起偷藏火种的事情。我估摸可能是火柴的事被发现了，赶忙主动向指导员报告我下午出工时丢了半盒火柴……就为这屁大个事，农场一句话就把我这个干了三年多的临时工给开销回家了。”

佑普爷蹲在一旁却百思不得其解地向小苟打问了一句：“一匣儿火柴能闹得把你开除了？”

这个小苟一听，立即打断老爷子的话头，郑重其事地说：“老汉叔，你懂个啥嘛！我手下那帮老东西可都是些亡命之徒呢。吃饭都能把小勺子吞下肚子，上厕所居然也会跳进大尿缸。用筷子插进自己鼻孔自杀、吃了毒蘑菇寻死……哎呀，一些死法你老汉肯定听都没听过。那要是有个老东西半夜三更

① 火腰：火绳。用艾蒿、玉米须等拧成的粗绳，代火柴用，保存火种。

想不开了，一把火把自己烧死在宿舍那草铺上，谁负得起那个责任！”说到这里，他才突然想起个大事来，忙从口袋里摸出一个信封交给老高说，“老牛……哦，牛部长让我把这个一定当面交到你本人手上！”

运喜拆开信封把信细细地看过后，心情这才有点好转地问小苟：“你在啥地方见过这个老牛头？”

小苟用一副说来话长的口气开口说：“我前天在集上挑着菜筐子正准备回家，突然被一辆小鳖盖汽车挡住了去路，我一看，妈呀，下车的是老牛！老东西现在可牛了，尻子后头还跟着秘书哩。”

运喜故意逗他，问道：“老东西好好地招待你了没有？”

小苟不好意思地说：“咱一个穿着破烂的社员也不好和人家套那些近乎，两个人也没说几句话，我说我回呀，他非得让我跟上他住一晚招待所。唉，咱这脚尽是黑垢圿，盖着人家那白被子心里也不踏实，闹得我一夜都没睡好。晚上，县上领导专门来陪他这个专署的大官吃饭他都没去，领着我一起弄了一大盆辣子豆腐……我的妈呀，撑死我也吃不完，最后给人家还剩了大半盆子菜汤泡馍馍。今早一起床，他比我起得还早，亲自安排让我吃完‘早点’，临走时他才背过人交给我这封‘鸡毛信’……”

运喜扬着手里的信纸笑了笑对院子里的人说：“张义伦去省上当副书记了，这老家伙真是死里逃生呀！牛部长把咱们村这个案情跟张义伦汇报过后，他一个电话下来，问题就这么解决了。哎哟，这老家伙有胆量呢！我看咱们今天该吃顿饭，我掏腰包！”

说完，他却转过脸随意地问了佑普爷一句话：“爷，你啥时候认识柳春琴这个人的？”

佑普爷笑而不答，半天才隐晦地对一院子的人说：“她是我的三女儿咯。从小送人了，这么多年又一直没有来往，你们这些小辈儿咋会知道？”

运喜根本不知道老爷子和这个柳春琴之间的事情，更加奇怪地打问了一句：“你这个老汉，几时倒是提说过这个女儿嘛。她是不是那个曾经呼啸长稔塬的双枪女飞贼柳春琴？”

老爷子不屑地说："她哪会使双枪嘛，那都是人胡传哩。你月季大姐那么麻利的身手，也只会凑合着用用左手。春琴那时候是个通信员，经常替月季背着那把'大匣子'跟着跑前跑后，让人看见她身挎两把'大镜面'，这才传下了这一世界闲话。你是摸过枪的人，一把'二十粒'不装子弹都三斤多重哩，一个细胳膊细腿的女子咋耍得动哩？要说使双枪，你月季大姐倒是还有一把防身的勃朗宁，可惜只有三颗子弹，她从来都没有舍得放过一回哩。"

运喜还顾不上细听老爷子说那些过去的老话。从老牛的信上，他已经知道老爷子曾经和这个柳春琴为他的事情偷偷去省城找过张义伦，这个场合他也不便提说，却对着小苟问："农场那边你还愿意回去吗？"

小苟不好意思地说："人家把咱都开销了，咱咋还有脸再回去上班。再说，那个烂合同工我还看不上眼呢。前天牛部长也问我咋想的，他让我先回农场把档案提出来，等我想好了到哪个单位去，再跟他说一声。唉，我一时还拿不定主意。你们根本不了解，我媳妇是个病秧子。原本指靠她在家侍候老人，她倒是整天让老人为她操心哩，家里眼下实在是离不开人咯……"

运喜立即严厉地对他说："年纪轻轻的就让媳妇把后腿拖住啦？好了，你过沟后就直接去找运输公司的张疯子，就说是我让你来找他的。你先替他开几天大车去，把媳妇也一块带上去卖卖票。等手熟了，再到省城给张书记开小车去。去年，他就跟我要个本分司机。在农场你不是会开拖拉机吗？"

小苟马上眉飞色舞地说："啊呀，我做梦都想学开汽车哩。我明天就去运输公司跑跑，只要谁让我学开汽车去，让我把他叫声亲爹都行……"

佑普爷一看小伙儿高兴的样子，笑着说："你这个小伙儿，难得还有扶危济困的菩萨心肠。看看，碰上贵人了不是？"

小苟却调侃道："好老汉叔呢，高书记他算个啥贵人？想当年，像他这号公社一级的干部，我根本就没放在眼里。我手下那三十几号人马，县处以上就有八九个呢。来了没几天就死掉的'老肝炎'那才是个大人物，好像是个国家十三级干部。他叫个什么来着……啧，死过几个呢，看看，让人一时还真想不起他的名字来。"

运喜脸上刚刚有了点笑意，又一下子变得沉重起来，他告诉大家："唉，说这些干啥，历史将来会给他们一个公道的。"

说完，这才又催促小苟说："你先回去安排一下家里的事，天色也不早了，就别在这儿等着蹭饭了。过县城见了老牛头，你就说我还活着哩。"

小苟却怯惧起来，小声说："人家老牛住的那是大刹子，我哪儿随便进得了人家那庙门嘛！"

运喜严肃地说："你听叔说，你的事情，我们几个在农场已经开过会了。无论谁先出去，第一个先得把你这个好人照顾好。受人滴水之恩，定当涌泉相报，这是我们在里边一致同意的事情。我高运喜眼下在洽川县也还有一点关系，进县委大门有人敢挡你，你就说你是专区牛部长他老家来的碎舅舅！"

他这一番半开玩笑的话，惹得满院人哈哈大笑。

第六十四章

橛子

专案组撤走了，却给半阁城揳下谢信仁这根桃木橛子。大伙儿都知道，谢信仁不是谢德懋。

遥想当年，这个人当保长时穿着长袍马褂，牵着他那匹走骡在村院中咳嗽一声，树上的鸟雀都会停了鸣叫。

这几天，信仁一直也在想，过去的那些日子，或许都是上苍给他的一种历练。任丕显让他当半阁城这个主任，并不是自己有什么能耐，完全是因为高运喜这个“黄牛角”还需要他这个“朽柳木”去降服。只要高运喜还有一口气，有些人心里就觉得不安稳。他自己也想过了，哪怕是在半阁城这个小舞台上只待一天，他也要出出二十多年来憋在心底的这口恶气。老天既然开了眼，那这就是天意。他要做的第一件事情，就是首先得把那几个听命于高运喜的村干部统统整下去！

在狗剩和栓牢大张旗鼓地引种烤烟的这件事情上，他不但表示出坚决支持的态度，还一直在后边胡乱打气。实际上，一开始他就已经把这两个糊涂蛋推向了一个深不见底的深渊。不说别的，长稔塬上大小十多个公社，哪个大队敢这么明目张胆地违反政策、私自动用粮食大田偷偷地去种植经济作物？再说，那些黄蜡蜡的烤烟叶不说将来能不能有收成，即使有了收成，又卖给谁去呢？尽管栓牢无意中已经给他这个主任透露过，将来准备把烟叶偷偷运过河去，让那边的生产队抵任务，人家只挣这边一点“小提成”，他却暗暗地笑了。几万斤粮食要偷偷运过省界要动用多少车马？何况是蓬松的烟叶，而且数量如此巨大！到了那个时候，这是能瞒天过海的事情吗？不过在烟炉还没有建成之前，他还不急于去理这个茬儿。

眼下，村上的四类分子除过地富子弟谢星三，就剩下他这个大活人还成了村干部。按照以前的规矩，大队里提水洒扫、跑腿喊人还真是少不了个人。他既然做了这个革委会主任，那些排场便一样都不能少，他便决意让高运喜来支这个差。

栓牢和狗剩已经觉察出了信仁的那点用心。他们在后边明确告诉他，高书记粮户还在镇上挂着，原则上不能算是半阁城的人。作为一级基层组织的胳膊毕竟太短，还是不宜把手伸得太长。他却恶狠狠地问他俩：“你们说高运喜不是半阁城的人了？好，就算他不是，但是他在我这个村子待着，他不支这个差让谁去支？”栓牢和狗剩也不和他争辩，只是莫名其妙地一齐笑了起来。

在高运喜瘸着腿走进祠堂打扫过一天茅房之后，佑普爷便气冲冲地找到了谢信仁的门上。

这阵子，信仁正坐在自家院子里的石鼓凳上脱了鞋子惬意地抠着自己脚指头缝里的黑垢圿，一见老爷子进了门，他便估摸了个八九不离十。他一边让座，一边趿了鞋若无其事地故意岔着佑普爷的来意向他诉苦：“老村长，你来得正好。你看，今年麦子就这么个收成，棉花也耽误得长荒了，这产可咋给人家公社上报哩？唉，说起来是让我当干部哩，我看是撂个竹筛子让我往满尿哩……”说完，他装作不明来意地把烟袋让给老爷子。

老爷子没接他那烟袋，摸出自己的烟袋点着后，这才应了一句：“你也真是个人厢哟。我一个平头百姓，刚进门你就跟我说这些大官话让谁听哩？也好，咱俩好像有好些年头没这么坐过了。我老汉今日来，一来是专意探望一下你这大干部，二来顺便也拉几句过去的事，陪你老人家解解闷……”

信仁一听老爷子这句话便浑身不自在起来。

佑普爷慢慢地坐了下来，若无其事地吐了一口烟，像面前没有谢信仁这个人似的说：“1951年，你谢信仁进看守所那次，你还记得不？我去看你时，你是咋跟我说的？咋，你怕早忘了吧？”

一听老爷子提起这个话题，信仁一点都不敢怠慢，忙说：“好爷哩，上边这些事我也不知人家是咋弄的，让你这么一说，好像是我掏银子买的这村干部似的！”

佑普爷明显地压抑着怒火紧逼地问道：“莫急嘛，咱今日不说这个。我问你还记得不？”

信仁在这个有恩于他的人面前，嘴里怯怯地嘀咕了一句：“这个，我做鬼也记得……”

老爷子这才气哼哼地说：“要不是看你是谢氏户下的门人，你就是有十条狗命也不够死！福鸿领来的那个姑娘的底细你比我清楚，剁他的脚难道你真是为了村院干净吗？话说直接一点也行，共产党不给你那些银子，你会替他们倒腾那杀头的军火吗？为了一百块大洋的赏钱，你领着民团劫杀黄龙盐帮那一档子事情，你当时怎么不给政府也说一说？唉，那些人已经死得连骨头都找不着了，那些大洋却装到了你谢信仁的褡裢里。你以为这一切你就做得神不知鬼不觉吗？我今天不说，你可能这辈子都不会知道，那几个人里边早就混进了黄南支队三个侦察员。为了他们被害这件事情，地下党的‘锄奸队’花费了三个月时间，一连在县城和坊镇除掉了几条人命。念起你还做过几件人事，你知道我去董司令那儿说了多少好话才捡回你一条狗命？不是我老汉，解放前那阵子你就做鬼去了！镇反那次，你当着我的面在看守所是咋说的？你说只要能活着回到半阁城，今生今世啥都不去想了。眼下呢，你一朝权在手，就张得摸不着自己的袄领子了？”

信仁对老爷子这话早有应辞了，趁对方喘气的当口便认真地回答他的话说：“爷，可他高运喜是公社钦点的管制对象，这跟我有啥干连？”

佑普爷冷笑了一声，反问他：“高运喜对你咋了？为了几个银钱，你和姓夏的要了闷儿的命，你说说，老汉的死你脱得了关系吗？就算运喜后来公报私仇把你弄到衙门里，闷儿是他亲大你知道不？这是杀父之仇啊！我要是高运喜，你小子这一百多斤肉早就喂了野狗了！互助组你第一个放租子，食堂化你带头起哄，1961年群众开荒你亲自到公社告状，你这个人哪一天消停过？今儿个，你让高运喜铲你拉的臭屎，你好大的身份！任丕显扶持过谢德懋，他落了个啥下场？死时惨叫了几天几夜，吐的血把一炕被子都染了，你白活了六十多岁了？眼下，你以为你就是个共产党干部了？在我眼里，你谢信仁狗屎不如！这些老话我都不该给你这号人说，我看你是不撞南墙不死心，撞过南墙还是不死心！高运喜如果是小肚鸡肠的人，1961年就不会放过你。那次，他在看守所被人踹断了三根肋骨，这个你清楚不清楚？”

信仁装作忙着取烟袋，抽了几口烟，窝在那儿半天没开口。少顷，他好像回过神似的开口说：“好我的爷哩，看你老人家一番话把我羞臊成啥样了。咱不说高家的事，你老的话谁还能不听嘛。唉，眼下，上边催夏粮补交催得很紧，社员们的口粮比去年差了一截子，咱咋补这个窟窿？伏大大旱，棉花整杈时专案组还没撤，各队把活路拉下了一河滩。移栽棉刚开第一疙瘩花，六队又出了个事情，你叫我咋处理？”

佑普爷没好气地问：“啥事？”

信仁不经意地说：“事倒不大，发生在干部家属身上就说不过去了。你可能还不知道，狗剩婆娘拾花时往裤子里塞了点棉花，让桃夭给逮住了，分管棉花的芍药要求严肃处理这事，你看这事咋办？”

佑普爷只讷讷地说：“好了，好了。我今日算是和驴斗了一阵儿气。你这个人啊，不把半阁城这一锅清汤面条搅和成一团糨糊就不会死心。你愿意咋办就咋办！至于高运喜呢，明天就不再进你的衙门了，有提水扫地的事你喊我一声。我大小还是个支部委员，让他一个管制分子给您老人家擦尻子我还怕他擦不干净呢。”说完便气冲冲地出门走了。

同舟共济

窦桃夭眼下虽然也算是大队干部，却仍然兼着小队的妇女队长和“张秋香植棉小组”组长。专案组这头一撤走，她们马上腾出精力组织妇女给棉花整枝。全村妇女无论老幼，日夜都把心操在了这个庄稼上。眼下，由于战备工业需求增大，国家今年对关中棉区的任务比重做了调整。长稔塬秋后又多雨，第一拨棉桃绽花，各队比往年早了十多天就开始采棉，巷头已白花花地支满了铺着竹席的棉花架。

说到棉花这个庄稼，它几乎是女人的命根子。

每年到了采摘期，半阁城的妇女们都心照不宣地开始偷拿生产队大田里的棉花。这在女人窝里已是公开的秘密，谁也不觉得丢人。通常是你偷我也偷，看谁偷得“贼”。拾花回来，由于负重，一般还露不出端倪。保管员过了秤、记了工，等一个个如母鸭般从生产队的库房出来时你再看看——平日没胸脯的，那对儿奶子比奶娃婆娘的还鼓胀；屁股瘦小腿如麻秆的，此时也显出些许婀娜来……

“酸辣子”刘冬花在六队姐妹中算是最会做这号手脚的人。

全村只有六队的女社员人人都有一条“见风抖”的料子裤。那还是用谢舍娃当队长那阵子买过一些日本尿素后给各户分的袋子做的，让六队的婆娘女子为之独领风骚了好多年。谁都知道，那号进口尼龙袋子用来做裤料十分结实，不过就是前裆和屁股两个部位怎么裁剪都避不开“日本”和“尿素”那几个黑色大字。加上尼龙料子不能热煮着色，只能用煮过土布的染料水漂一漂，但是见点水便掉色。远远地都可看见前裆是“尿素”，后裆是“日本”，两片尻蛋子还隐约可见“净重50公斤”字样。于是，“酸辣子”便把她那条值钱的料子裤做了一条这个季节专用的贴身衬裤。裤腿里边扎上橡皮绳儿，无论塞多少棉花都不会从两条裤腿里抖搂出来。表面有阔大的外裤罩着，看起来既不显眼，也不比别人少塞棉花。

新棉开拾第一天，为了杜绝往年那种偷拿集体棉花的现象，芍药把各队妇女队长专门召集到六队地头开了碰头会，在小范围内特别地强调过往年那些偷拿的事情，让她们回去传达到人。别让抓住了，才埋怨这个埋怨那个。

话说，当晚棉花进仓库那阵子，桃夭还跟姐妹们招呼说，明天开始，以后每天换人值岗搜身。她这头话刚说出口，有人就嘈嘈着说要搜今日就开始搜，今日不搜的话，明天谁也别搜！

桃夭一看犯了众怒，只好硬着头皮说："那好吧，谁先把我搜一下。今日轮我值岗，明天先从安娃嫂子开始轮转……"接着，她便一一从姐妹们的胸脯摸到腰，又当众抖搂了她们的包袱。轮到"酸辣子"时，她却不让人搜，嘴里尽管骂骂咧咧的，却主动从裤裆里掏出一大捧白生生的棉花往席子上一扔，便红着脸出了库房大门……

很快，桃夭便把这件无法遮掩的事情告诉了大队管棉花的芍药，芍药又把这事汇报给谢信仁。

如果这事发生在一般社员身上，信仁当然不会去兴师问罪。但是"酸辣子"是狗剩的婆娘，就凭这一点他就不能放过这件事情。要不是半路上杀出自己这个程咬金，狗剩眼下肯定已经稳稳当当地坐上了革委会主任这位置了。这个人现在屈居人后，肯定对他多少会有些心怀不满。趁着这个事，他想给狗剩一点颜色瞧瞧。况且，搜人的是窦桃夭，管棉花的还是谢芍药，三个女人一台戏，让她们把事情搅成一锅粥，互相狗咬狗岂不快哉！

却说，狗剩在台上给大伙儿立了"军令状"，还没等他甩开膀子大干一场，就遇上专案组进村这件事情。接着，谢信仁被平反没过几天，又被那些人扶上了一把手这个位置。他这个负责生产的副主任，事实上已经不能说想干啥就干啥了。他心里正窝着一股火，婆娘却为一捧破棉花惹出了麻烦。

自打那年偷吃牛料上过那次群众大会之后，狗剩最忌嫌家中老小去偷生产队庄稼这号事情。婆娘夜里在炕头跟他把自己"捎"了一把棉花、被桃夭在人多之地羞辱了一番的事情刚说完，狗剩尽管强忍着怒气，还是低声吼了婆娘几句："你一天真是闲得没事干了？粘在胡子上的饭粒能把人吃饱吗？现在你是大队干部的家属，你想过这个事情没有？”

“酸辣子”开始根本没把这事和干部家属往一块儿靠，经男人在被窝里这么一提醒，她觉得这么个破事情还真是连累了自家男人。当夜无话，她却把一肚子仇记在桃夭身上。

第二天，妇女在饲养室门前的粪场拍粪。因昨天搜身的事情，姐妹们都少了往日的喧闹，闷着头只顾干活。临收工，“酸辣子”却给桃夭“提醒”道：“队长，今儿个咋不说搜一搜，看看谁会不会把驴粪蛋揣回去，留着夜里偷偷使唤去？”

这句话要是平时姐妹们玩闹时出自“酸辣子”的口，只会引发一阵大笑。可在今天这个场合，这话又对的是桃夭，她们都觉察出了其中的味儿。女人堆里都知道民生的毛病，这话对桃夭来说委实是受不了。可能“酸辣子”当时并没有故意揭人疮疤的心思，可这话还是极大地刺痛了桃夭的心。她没有接茬，脸却气得煞白，一扭身跑出去了……

桃夭没回家，当即找到芍药哭诉了一番，说什么也不愿再当这个受气的干部了。当然，她也不全是因为“酸辣子”这一句话就萌生出那些想法的，她自己心里还有另一层顾虑。

且不说人家这句话冲的就是自家男人那个短处，让她白白领受了一番羞辱；而且，有福现在也在大队当干部。刚开始，她还觉得两个人都被大伙儿选上当了干部，也算是老天眷顾。只要两个人能经常见个面，对自己来说这就是一种莫大的慰藉。但是“酸辣子”这句不咸不淡的话却提醒了她，两个人原本心里还牵挂着，一天三见面，她心中隐隐觉得好像两个人中间又要发生点事了。思前想后，她还真想退出这个是非窝子。

芍药根本不知道桃夭还有这么多想法，首先对“酸辣子”这种蛮不讲理的做法十分气恼。一听桃夭产生了不想当干部的想法，她便把这事给栓牢学说了一遍。

栓牢眼下比她们两个还难受。因为那个莫须有的“案件”的影响，半阁城上报到省上正待批准的“大寨式大队”称号的事情被搁置了起来，村上原本可以享受无息贷款的好处也随之没了。后期的政府投资仅仅是一小部分，许多超出预算的材料款项也被银行一并按照贷款计息。开初建水站时，挂在社员名下的借款，眼下已经被信用社全部倒挂到了集体的账面上。一年多时间过去了，那些先期贷款已全部到期。夏粮交过后，全大队没能拿回来一分钱，全部被粮站扣除，各个生产队连给牲口抓药这点小钱都拿不出来了。栓牢愁得一夜一夜睡不安稳，便和狗剩商量了半天。万般无奈之下，只好咬咬牙给公社打了份报告，申请变卖抽水站和喷灌设备。反正这些设备眼下委实是没有多大用处了，趁着还没有生锈，变卖掉或许还算是一个上策。

眼下看来，村上投资水站的这些钱，显然是打了水漂了。如果继续维持着用柴油机做动力喷灌的话，按照最大的产量估算，一斤麦子的生产成本已经接近五角钱了，几乎是国家征购价格的三倍。即使连麦秆一起卖了，也换不来灌溉用掉的柴油钱。如果继续往下拖，其成本包袱还会愈来愈大。只有一次性拉上高压电，才是彻底降低动力成本的最好办法。

可是，拉高压电所需的款项对于一个有十几个村庄的大公社来说都是个天文数字。何况，国家电网不批给供电指标，就算安装好那些水泥杆子，也只能是摆摆样子。一个穷得叮当响的小山村，要拉高压电，这简直是白日做梦。公社也清楚半阁城水站目前这种现状，却不给他们一个明确的答复。且不说这个抽水站的政治意义，就是一般的集体不动产，一个生产大队要申请变卖，在人民公社的历史上都是第一遭。何况，这些设备并不像磨面机那类通用机械，村村社社都可安装利用。半阁城靠滩这么近，尚且把水站办不下去了，那些离滩更远的村社，谁敢再要这些机器？

全村社员已经到了束手无策的地步，谢信仁这个主任不说咋个把生产往前拉，却多次跑到任丕显那儿无中生有地反映村上其他干部“搞宗派”，在有组织地孤立他。为此，公社党委还专门找栓牢谈过话。对村上的班子问题，任丕显反复强调“要搞马列主义，不要搞修正主义；要团结，不要分裂；要光明正大，不要搞阴谋诡计”。栓牢听了，真的不知是该哭还是该笑。这话是毛主席当年跟林彪说的，却让人顺手安到了他这个小支书的头上……

昨天，大队林场刚刚组织人给供销社送了几千斤早熟桃子，上交给大队四百多元现金还没捂热，公社机耕站和信用社的那些人的鼻子比狗还灵敏，当夜便追到栓牢的家里讨要利息，闹得他一顿饭都没吃好。

那阵子，有福正好坐在他家，公社信用社老王也不避讳，虽然是开着玩笑却也十分刻薄地对着正在擀面条的栓牢不无取笑地说："唉，谢支书，我看半阁城这阵子真是穷到家了。就是逼着你们卖老婆吧，几个村干部还都是些光棍儿……"听了这话，栓牢立即就哈哈大笑起来。

吃过饭，他刚刚坐到佑普爷的饲养室，想和老爷子说说水站设备的事情，芍药却风风火火地找来了。她也不避佑普爷还在当面，把"酸辣子"昨天偷拿棉花，早上又暗讽桃夭的事说了一遍，让支书一定要给桃夭做主，趁势刹住这股歪风。要不然，以后大队的决定她是无法再去落实了。

栓牢一听就这么个小事情，又叫谢信仁闹得复杂了。一看老爷子的脸色都变了，他也没说啥起身便朝外走去。芍药却不依不饶地跟着他进了大队，一路添油加醋地说了"酸辣子"许多不是。

进了大队部，栓牢这才跟她解释说："你现在是大队干部了，说话办事首先得顾全大局。让我咋给你做主？毕竟还是人民内部矛盾嘛，动不动就想整人，这咋行？再说，狗剩也是个干部，大张旗鼓地处理他老婆，让他以后咋工作？"

芍药杏眼一瞪，不服气地说："那咱们这不是官官相护吗？桃夭已给我撂挑子了，她的积极性谁来保护？"

栓牢斩钉截铁地说："息事宁人。我这儿还头大得很哩，没工夫跟你讲那么多道理！"

芍药一看自己这张脸搁不住了，生气地说："那，我也不干了！为了集体的事情我这是何苦来着！"说完转身就要出门。

栓牢忙喝住她，说："哎哎，你站住。"

一看芍药停了脚步，他才换了口气规劝道："你咋要性子？半阁城的事你不干我不干，都怕惹这颇烦，丢给谁来干？"

芍药还算给了他这个支书点面子，尽管气哼哼地屁股不落座，倒也没再吭声。

栓牢只好推心置腹地对她解释说：“我不是不支持你们的工作，这事嘛，我事后肯定会跟狗剩说一说的。女人窝里这点事情不算个事，把半阁城这架陷在泥窝里的破车拖出来才是咱们眼下的大事呢。年初在台上，大伙儿心劲憋得多高？选下咱们几个还不到年底就散了伙，让我这个支书跟大家咋交代？你先坐下，有些事咱们好好商量商量……”

芍药平时很敬重栓牢，甚至可以说还带着几分崇拜的意味。当了八年兵，栓牢确实成了一个令人刮目相看的人了。在村上，无论说话行事，小伙儿比他家老三还有章法。一听对方有话要说，芍药便坐在他对面那张凳子上做出一副洗耳恭听的样子。栓牢这才问了她一句：“有些事我原本不想多嘴，但还是想问你一点事……”

芍药杏眼一瞪，噘着嘴问：“啥事啊？”

栓牢一副欲言又止的样子，接着，硬着头皮试探性地问她：“你今后不知还有啥新打算没有？”

芍药奇怪地看了他一眼，莫名其妙地反问他：“你这话是啥意思呀？”

栓牢只好开门见山地说：“你家掌柜的已招工回渭城去了，你们一个在城里，一个在农村，这到底不是个长远的事情。如果你有其他打算，就当我这话没说；如果你还计划在村里待几年，我倒是想跟你把村上的一些事交个底。”

芍药一下子脸红了，抿着嘴想了想才认真地说：“你又不是不知道，他是那种心比天高的人，插队时就不安生。唉，别说咱一个农村青年进城安户口简直比登天都难，就是他能给我在城里去安户口，我还不想去沾他那光呢！”

这回却轮到栓牢不解了，他问：“为啥？”

芍药不好在一个男人面前提说他们夫妻之间的事，坐在那里半天没说话。只有她心里清楚，他们的婚姻是丈夫因突击入党提干，一夜之间心血来潮的产物。眼下，随着当初那股子“扎根农村”的热情逐渐冷却，那些插队知青谁还有心思继续待在农村？招上工的兴高采烈地回去报到，没招上的也一并回去跑开了门路。刚刚分下来的城市青年多数都不在村里待，一窝蜂跑回城熬时月去了。如果说，当初丈夫在枕边跟她说过那些将来把她带去省城的甜蜜话语曾给过她无限憧憬，那么后来的一切，已经让她隐约觉得那一切已成昨夜昙花。新婚之后，夫妻间很快少了那激越的房事不说，丈夫还一直小心地计算着她的例假周期，似乎担心她会生下一个孩子。这个夫妻之间的生活秘密，芍药并没有告诉过任何人。想到这里，便忍不住掉下一串泪珠。

栓牢根本没想到自己这句题外话会惹出女人的一场伤心事，忙岔开话题说："前一段，村里闹得鸡飞狗跳的，这也不是偶然的事情。看来，这天是要大变了啊！"

芍药沉浸在自己小家的悲伤中一时还没回过神来，一听栓牢也和丈夫一样说出这号"变天"的话，马上一激灵，问："你……"

栓牢认真地说："咱们还都年轻，能碰上这灾难年月虽属不幸，可后边的好日子还要咱们领着大伙儿往前走哩。咱们不能光看着半阁城这点小天地，外边世事大着哩。我坚信党在任何时候还是会全心全意带领全国人民改变一穷二白的现状、让人民过上富裕日子的，这一条根本宗旨绝对不会变。你等着瞧，将来农民的日子肯定不比城里人差，你信不信？"

芍药不解地说："还能再差到哪里去嘛。我想……问问你，刚才你咋问起我的那些……事呢？"

栓牢一听芍药对自己那句随意的话有了其他想法，忙解释道："我也无意打听你的家事，就是觉得有些话咱们干部之间首先得沟通好。你如果有三五年不走的打算的话，咱们就联手在村上大干一场。一个人如果整天让自己的家庭小事缚住了身心，还咋给大伙儿当领头雁哩？说句实在话，我确实对信仁老汉有点成见。这话或许说给你听都算是犯原则的事。这个人哪，整天不干一点正事，做梦都打着主意想把班子整散，好让他无拘无束地胡整一气。你感觉到了没有，他这个人和咱们绝对不是一条道上跑的车！"

芍药睁着一双大眼睛没接话，栓牢便推心置腹地对她接着说："关于冬花拿棉花这点事，情节并不严重，也没造成多大的后果。你做做桃夭的工作，别让她为对方几句无心的话在那里死不撒手。至于冬花这个人，让狗剩回去批评一下算了，咱们还得腾出精力盘算一下正事哩。等忙过这一阵子，你去渭城休个假吧，两个人长期分居也不是个事……”

芍药却认真地说：“我不会那么下贱的，他爱咋折腾咋折腾。他要能回来一趟，我还真想和他把这事一刀两断了呢……”

栓牢一听芍药这话，感觉小两口肯定为点事情在闹别扭，刚想问个根底，有福却提着一只獾子风风火火地进了门。一看栓牢和芍药在里边说话，有福猛然一怔，便对门外大喊了一声：“谢信仁，你咋不进来呢，整天像只狗一样贴着墙根溜达，兀是在找老屎哪！”

有福就这么个德行，人前人后从来都不把谢信仁称呼为“主任”。看他平时见了老汉那一副神情，直呼其名好像已经是看得起他了。

芍药见有福丢在地上的那只獾子还在动，便吓得脸都白了，尖声乱叫：“呀呀，把兀个狐狸放在门外，它咬人不？”

有福说：“咬个屁，一会儿下到锅里看它还龇牙！”

这时，一直站在门外的谢信仁慢慢吞吞地挪进门来，他并不和几个人打招呼，看着那野物端详了半天，自言自语地说：“……不是狐狸，是一只猪獾。”

栓牢一看几个人不用招呼正好聚到一块儿了，忙见缝插针地说：“原计划咱们今晚得开个会哩，都来了就好。有个事我简单说一下，看你们都是个啥意见。”

几个人都寻找好地方坐定后，栓牢这才郑重其事地说：“是这么个事。全公社那几个靠山大队麦后都把自留地主动交了。虽然这不是中央文件要求的，可这一股风吹过来，全县也只剩下不多的几家了。你们看，咱们是随这个大流呢，还是先不吭声？”

有福一边逗弄他那野物，一边说：“咋，你撑不住火啦？让我说，如果是中央的政策，咱也没啥说的。至于其他村要交，那是他们自己的事，反正咱们犯不着显那臭积极去。社员的日子都成啥了？再交出这些救命田，大伙儿的光景还咋往下过呢？我不同意。哪怕公社硬要收，我还得问他这是哪一级的规定！老五，你是大伙儿的主心骨，在这号事上可不能当墙头草啊！”

栓牢征询地看了看谢信仁。信仁觉得不表明一下态度有失主任的身份，低着头抽了一会儿烟后才慢吞吞地说：“支书也有他的难处哩。各村都交了，就剩咱们留着这么个尾巴，公社就是不说，咱也觉得不光彩嘛。眼下，你看看前任把村上这个家当成啥光景了，光这债务就把人能压死。前一段说卖机器，我看这也是个气话。集体跟个家一样，只有置业的份儿，哪有败家的道理？狗剩今天也不在，六队偷棉花事件闹得影响很不好，我看咱也一块儿议一议……”

芍药刚才被栓牢说了一顿，一听主任开口提这事，就主动解释说：“‘辣子’的工作我下去给做一做，其实也不是个大事。处理肯定是要处理的，但还是以批评教育为主，主任，你看这样行不行？”

信仁也不知突然从哪里来的一股邪气，瞪着眼睛斩钉截铁地说：“不行。这不是包庇吗？让你抓棉花，这是会上定了的。今年的长势不好，怎么能完成公社下达的收购任务，我看一是要分级采拾，争取不烂一朵棉；二就是颗粒归仓。偷盗这事咋能放下？狗剩不认这个卯，那还叫社员咋办？半阁城的事瞎就瞎在干部身上。放了这个事，不定后头还出啥娄子哩！”他虽然声音不大，却给这事定了调子。

栓牢早就想到老汉是这么个态度，便装作随意地说：“这也不是正式会议，主任的意见我基本同意，这个事情先放一放，择时把人召集齐了再研究一个妥帖的方案。”

说完，他侧过脸对有福说：“你把兀个东西提回去烫一下，一会儿我过去还想吃点肉哩。正说口淡得很，你就寻了这么肥个野物回来。对了，信仁叔也一块儿去开个荤嘛，咱们这届班子还没在一起坐过一回哩。”

信仁还是刚才那慢吞吞的样子推辞道：“我肚子见不得油腥，兀个野物是大荤哩，我不吃，不敢吃喀。”

第六十五章

老底（村庄的秘密之十二）

“酸辣子”偷棉花的事情，把窦桃夭夹在中间左右为难。回到家里，也一直没有个好脸。这一切，都被民生看在眼里。

别看谢民生貌似窝囊，其实却是个细心人。他看见老婆一脸不高兴地进了家门，知道她肯定在外边受了气，就开导道：“当干部本来就是个淘气的事情。有些不该生气的事情，你也得学会不去生气哩。狗剩好赖也是个干部，你们抬头不见低头见，为这点小事闹僵了也不好喀。”

桃夭刚从芍药家回来，两个女人商量了一阵，她也基本同意支书的意见。不过，她自己心里那一口气却一时咽不下去。听了丈夫的话，她便随口说：“算就算了。芍药把栓牢的想法跟我说了。屁大个事，有人还想从中做文章，弄不好又会惹出一大堆事来。刚才碰见信仁老汉，他居然跟我拍着胸脯说，绝对要让冬花上群众大会接受批判，给我出出这口恶气！还说栓牢和芍药是一伙儿的，就是为了给我找难堪……你说，这老汉咋是这样的人？好赖也是主任哩，一点组织原则都没有！”

民生不紧不慢地说：“人都说，谢德懋整天能得一个指头会剥葱，他却不及谢信仁一个脚趾。唉，不知公社咋把这么个人厢给牵出来了。甭看他表面上装得人五人六的，兀个人一般人招惹不起哩！”

桃夭奇怪地问：“我咋招惹他了？话说回来，人家是大队的主任，好歹也是为了支持我的工作，叫你这么一说，好像又是有阴谋诡计似的……”

虽然被老婆戗了一句，民生却还是颇有耐心地解释道：“他是啥人我比你清楚得多。半阁城从古到今谁敢招匪杀人嘛……你不了解这个人，心瞎得很呢！”

桃夭从来没听人说过谢信仁旧社会还杀过人，忙问：“那，政府就不管这事吗？”

民生不屑地说：“嘁，兵荒马乱的谁还顾得上这些事。解放后，有人倒是去政府把这事告了，嘿，他却屁事都没有。人家和佑普爷联手贩的那些枪却是卖给了地下党，还落下一个大功劳哩。要不，这回他咋能摘掉头上那顶戴了几十年的烂帽子？”

桃夭蹙着眉头想了一阵子，又不解地问：“你说这些陈芝麻烂谷子事跟我有啥关系？”

民生一副说来话长的样子，提醒她说：“这个人被管制了这么多年，能死心吗？像他这号不安分的人，不把半阁城搅得鸡犬不宁，他能咽下一口气吗？运喜是他的死对头，麦秀又嫁给了运喜，他趁这事让芍药出头还不是想借刀杀人哩！狗剩是大家选下的村主任，他却从中间插了一杠子，你说两个人心里能那么舒服吗？我看他是没安啥好心，等你们窝里斗开了，他找机会捞好处哩……”

桃夭讷讷地说：“不会吧？我看他人还是很老实的，你肯定是看着人家不顺眼……”

民生一看自己说的话搁不住了，才不情愿地说：“有个事我一直没跟人说过，你还记得麦前村上那把大火吗？”

桃夭立时抬起头来，直直地看着男人。民生被看得有点不好意思，转过脸去望了望门外，回过头压低了声音问了女人一句：“那天晚上，我给后院担了几笼干土，你还记得不？”

桃夭忙小心地问：“你看见他放火啦？”

民生像害怕左邻右舍听见了似的更加压低声说：“你听我说嘛。第二回，我把土刚铲好，蹲在土场壕里解了一阵手。没多大工夫，从六队麦场坡上鬼鬼祟祟快步跑下来个人。我以为是谁趁着天擦黑兔子回窝打兔子哩，真怕对方看不清楚，一紧张对着我放上一枪！我就那么静静地蹲着，一直也没敢吱声……我从正面和背影看得一清二楚的，那个人是信仁。我还在纳闷，老汉这么日急慌忙地一路小跑有啥急事哩。还没等我把土担回家来，六队场里那麦秸垛就蹿起了火苗子！”

桃夭惊得半天喘不匀个气儿，小声问：“他点那麦草能干个啥呢？”

民生推断说：“依我看，这还不是一点麦草的事。当时，麦梢刚黄，这老不死的是想让一村人遭个年馑哩！多亏那阵小风突然转了向！就这，大火过道时已经燎着了快开镰的大麦了，再晚一会儿灾火就会把全村的麦田都引燃了哇……”

桃夭发了半天呆，这才不解地问他：“他那大中午刚被宣布平反，做那事就不怕专案组吗？”

一看老婆信了他的话，民生这才解释道：“是啊。要不咋说他叫谢信仁噢。这个人，阴谋诡计耍得比常人都能把握住那点寸劲呢！我瞎好在世上活了快五十年了。这个老畜生，我看他是计划趁着那一把大火，再借着专案组这把刀子冤枉一批人哩。没想到，专案组后来就那么撤走了。唉，就是县上的人现在还没走，我也绝不会再像君怀那么傻地去报这个案。人家是大会上刚刚被平了反的老功臣，于情于理谁能想到他会去放那一把邪火？要不是我撞见了，谁跟我说我都不信哩。你明白他这个底就行了，随这个人自己去成精作怪，以后你离他远一点。平时多听栓牢的主张，让兀个老东西自己胡折腾去……”

桃夭长长地出了一口气，郁闷地说：“你这一说，我不当这干部的心更坚定了。日子长了，跟这号人倒能共出啥好结果来嘛！”

民生却不以为然地说：“你是大家选下的干部，不像他是公社钦命的。咱不当，也得给大伙儿有个说法呀。你这一撂挑子，不明事理的人还以为你和狗剩过不去哩。唉，再难，你也得给人家把这一年干满……”

桃夭一听这话，便碗也放下不洗了，说：“我去找支书说一下，不要让信仁再开会去批斗‘辣子’了，一个巷院里闹来闹去的，以后又咋个再见面搭话嘛！”

民生一看她又要出门，忙交代地说：“喂，你先不要在栓柱跟前说刚才我说的兀个事！”

桃夭白了他一眼，故意气他说：“怕咋？”

民生却煞有介事地激了婆娘一句：“多一事不如少一事，你想撂下工分寻着和人对簿公堂去打官司的话，爱说你说去！”

桃夭又瞪了他一眼，自顾出门去了。民生看她风风火火地出了门，又跟屁股丢过去一句：“你娘家捎话说你大这几天有点不舒服，我想咱也得去把老人看一下呢……”

桃夭觉得十分诧异。自从她嫁到半阁城以来，这还是男人第一回说要到她娘家去看看丈人哩，她立即高兴地回头给他安顿说：“等我回来了再说，你去供销社先称上一斤点心……”

灵与肉

“酸辣子”偷塞棉花那点事情闹得几个村干部不得安宁，最后也没闹出多么大的风波来。这时候，几年来一直跑得不见人影的老詹却给家里和高运喜同时寄来了信。

运喜看了给自己的信后，心中真有一股说不出的味道。如果老詹知道麦秀现在已经是他的妻子了，他的这个好朋友又会怎么去想呢?

麦秀却像什么事也没发生似的把自己那封信看完后，就随便收拾起来了。这一天是个礼拜天，麦秀待在家里里里外外打扫卫生，运喜便想趁着孩子们不在跟前这点空闲和麦秀就此事沟通一下。

刚刚吃罢饭，看着麦秀已经收拾完饭桌上的碗碟，运喜十分委婉地对她说："老詹也不容易哩。现在也不知他是一个人过活还是又成了家。咱们和他离得那么远，写个信都不方便……"

麦秀把摞起的碗碟往前推了一下，十分平静地说："他在信上已经跟我说了，说他迟早要回来看看的。人嘛，谁还没有一点恋旧窝的心思？"

运喜小心地问她："他在信上跟你都说了些啥？有没有问到孩子们？"

麦秀知道运喜那点心思，于是放下手里的东西，十分真诚地告诉他说："我也不想瞒你，他来信想让两个儿子去香港上学。还说，如果我还能接受他，他也可以接我一起去香港……"

运喜马上接了一句："你是咋想的？"

麦秀叹了一口气，幽幽地说："这两天，我也想过了。隔了这么多年了，他身边肯定也有女人了。即使没有，我也不可能跟着他出去过那背井离乡的日子。去香港那地方我们母子能习惯吗？唉，我活了大半辈子了，算是把世上的苦吃遍了。原以为就这么和你搭伙平平静静地过完后半生，他却偏偏寄来信了……"

说完这些，她就用手捂着自己的嘴巴，一双眼睛已经充满了伤心的眼泪。

运喜替妻子把饭碗送进了做饭屋，回来后坐在椅子上一句话也没说。麦秀看着他寻觅的眼神，忙从柜盖上把烟袋和装着烟叶的纸盒递了过去。

他点着了烟，慢悠悠地吸了一口，像决定了什么大事似的说："秀，人一生难免不受几回挫折。我不相信我为党干了一辈子事，最后组织能把我这个人忘了。别看眼下赋闲在家，我心里却清楚，恢复职务只是个时间问题。在这件大事上，你不要替我想得太多。老詹既然还念着你，你和儿子去那边或许也是一个好选择。我考虑，咱们这几天是不是就把离婚手续先办了。毕竟你们夫妻一场，难得老詹还有这份痴心。去香港探亲的手续肯定很麻烦，但我想这都不是个难事，有必要的话，我亲自上省城跟张书记当面说说，让他在省上打个招呼……"

麦秀像看一个陌生人似的把运喜打量了一遍，这才气哼哼地说："你这个人咋听风就是雨哩？儿子知道他们的父亲是个美国人，都一百个不愿意去认这个亲，你倒好，却准备像送小猫小狗似的把我们母子送人！我告诉你老高，儿子将来的事我管不着，老詹他能踏进半阁城，我杨麦秀还会摆上七碟子八碗为他接风洗尘；可是，要让我再把他当成我原来的那个丈夫对待，那是下辈子的事了。我不恨他，也不怨他，我现在真的放不下你这个糟老汉了。我们都是活过大半辈子的人，有些话还用我再跟你说吗？省安当年牺牲在朝鲜，现在说起来倒是个好事。如果那时他也能活着回来，说不定让我跟上还要遭多大的难哩！你和刘玉清不就是例子吗？这几天，我一直想不通这个问题，你一个荣誉军人，为了自己的国家差点丢了性命，瘸着一条腿一直从村支书当到公社书记带领大家好好过日子，一生没做一件亏心事，咋就让你遭遇了这么多坎坷？这到底都是因为啥呀？心香不堪羞辱愤然自杀，女儿下嫁给一个地主子弟，儿子娶了媳妇几年却不敢领回村见你这个走资派的老爹，小孙孙三岁多了还见不上你这个亲爷爷……你这个老倔头，至今仍受着这么大的苦难，还痴心不改地保持着对组织的信任！我问你，到了今天，你在这个世界上还有啥哩？就剩下我这个半老婆子还能给你做顿热乎饭，你还想成全别人，把老婆再送到前夫手中，你说你这个人到底是不是真的是有点痴呆了！”

运喜叹了一口气，打断她的话头说：“看看，你这都说了些啥浑话嘛。人无远虑，必有近忧，做人一生总得为点啥活着吧？浑浑噩噩一辈子，那还叫人生吗？我这个人就是为自己的信仰活着的，也并不像你说的那么悲惨。你还念着老詹，这个我比谁都清楚。要我说句不该说的话，咱们两个人才过了几天日子？你和老詹是十多年的米面夫妻啊。再说，资本主义的东西并不都是臭狗屎一堆，西方世界的人民不也都还活得好好儿的嘛。社会主义的一切也不全是香饽饽，你看这几年咱们过的这光景！你去香港了，儿子们至少能得到父亲的照顾。眼下那些学校，真是校长管不了，老师教不了，学生学不了，从小到大谁倒是教过他们一丁点真本事嘛。你不为老詹想，也应当为儿女们去想一想。”

麦秀收拾了饭桌，折回身来用围裙擦了把手，又推心置腹地对他说：“我确实在你面前念叨过老詹的不少好处，我也曾经爱他爱得死去活来，可那都是以前的事情了。十年的苦日子，我一个人都挺过来了，眼下还有啥过不去的坎呢？让两个人又一次舍弃各自已经习惯了的生活，再重新硬凑到一起寻找过去的感觉，你认为是件好事吗？两个儿子都大了，如果将来有机会，让他们去寻找他们的父亲去，我割舍得下那个母子情分。这块土地上，烈士陵园躺着一个死了的，还有你这个少了一只脚勉强活着的，你总不至于把我用棍子赶出门去吧？再说，芍药也是我的心头肉，她可不是老詹的骨血！”

运喜一看麦秀态度坚决，一时还劝不过来，就岔开话题又问她：“对了，芍药娃不是说要去渭城转一转吗？她是不是已经知道老詹来信的事啦？”

麦秀慢慢地平静了下来，这才把女儿去渭城和丈夫办离婚的事告诉了老高。

运喜一听，立马就气冲牛斗：“翻了天了！我咋没看出这小子还有这么一副坏肠子？你甭为这事伤了身子，我这就去找他小子论这个理去！”

麦秀制止道：“你这个老高呀，这件事并不是女婿最先提出来的。”

一看丈夫一脸迷茫，她才跟他交底说：“娃给我把啥话都说了，人家小伙儿当初并没想真心在农村留下来，还不是你们这些人从公社到县上要树他为典型，才闹得他骑虎难下。事到如今，她要走这一条路，我也不反对。居家过日子，并不是搭帮干活，两个人心不在一起了，还硬逼着娃往下走也不现实。好在两口子还没娃娃，要不，可真就留下了几辈子的孽债啊……她这往前再走一步，总还得嫁人过日子吧？我咋能不操心哩！”

运喜听明白后，这才劝慰她说：“芍药娃的事你做主，我坚决支持你的意见。不过，像她这个人样，再寻个合适对象也不是个难事。不说远的，我看栓牢那小伙儿就不错……”

没想到老高这句随意说的话却让麦秀像触了电似的一激灵，她忙问：“你是不是听别人说啥了？”

运喜看到麦秀一副吃惊的眼神，莫名其妙地说：“我倒能听见个啥嘛。这不是你说了这事我才随口搭个话嘛，八字还没一撇的事，谁又敢在我这个‘走资派’面前说什么嘛。”

麦秀想了想说：“芍药倒是在我面前说过这话……”

运喜忙问她："啥话？"

麦秀只好把母女的私房话说给了丈夫："或许娃也是无心的，我还不知道那是不是她的真心话。她说，如果再嫁，让我不要担心，她就在半阁城另找一个。我想，看她那心高气盛的样子，不是栓牢她还能看上谁？"

运喜脸上流露出了松泛的表情，马上说："你劝劝芍药，离婚也不是个坏事。将来一个在乡下一个在城里，别别扭扭瞎凑合，还真不如咬咬牙一次了结。至于她看得上看不上栓牢，那是另一回事。两个人一块儿在大队当干部，她应当了解小伙儿的人品……唉，这真是造孽啊。让这一帮城里娃娃到乡里插队到底为个啥嘛？去年，百里坊就有一个女知青为了招工回城，用剪子在家里给自己堕胎，差点丢了命！据说，夫家为此还惹了一场官司！"

麦秀幽幽地说："芍药当个村干部我还真担心哩。有个事我都不敢跟你说，怕你又多管闲事，麦前那把火就是那个人亲手放的……"

运喜并不吃惊，平静地说："我估摸半阁城也只有他会在那个时候去凑那个热闹。哦，这事你是听谁说的？"

麦秀小声告诉他说："民生看见他点的火，桃夭给芍药说了，可能栓牢也知道……"

运喜也不再搭话，下了炕拄着拐着急地出了门。

从劳改队回来后，他那假脚已破损得不能再修了，出门走路他又不得不拄起他那丢弃了多年的拐杖了。

第六十六章

羊入虎口

村上对那次麦场大火已有些议论了，谢信仁十分清楚这股风是从哪个门缝里吹出来的。

按照他的安排，大队专门召开了一次批斗“盗窃犯”的社员大会，“酸辣子”被他安排着站了高桌子。一直不说过头话的他在会上十分刺耳地说了一大通怪话，还把十多年前这个女人偷过生产队苞谷棒子的事也一并说了一遍。他就是想让这个女人听到有人提说这些陈年旧事后多少受点刺激，以便事后做出些更为过头的反应，同时也为自己的“铁面无私”造点群众舆论。

结果，事情完全出乎他的意料。“酸辣子”在会上并没有做任何出格的举动，还主动表示秋后分棉花时可以把应该分她家的罚一部分赔给生产队以儆效尤。过后，也并没有再找桃夭闹事。几个村干部之间，仍然各忙各的手头事情，居然相安无事。

过了几天，一切都显得平平静静。谢信仁不免有点心虚，他觉察到这件事背后似乎有点文章。为探虚实，他趁开会布置完任务后，单独把桃夭留下来说要谈一会儿工作。

因为她娘家父亲和信仁过去有点交往，桃夭一直对老汉这个人敬畏有加。特别是在听了民生给她交代的那一番话后，她又偷偷地告诉过芍药，尽管她千叮咛万嘱咐让芍药不要跟别人学说，但她自己心里一直还是有些忐忑不安。

信仁并不急于开口，等他充分估计到这个小女人已有点胆怯之后，这才慢慢地露出一点笑容，对她说："今儿个咱一老一少不谈村上那些破事，摊开心肠拉一会儿家常也好。"

桃夭委实不知道这个人找她不谈那事，又会提说些啥事情，刚才一直悬着的心虽然有点放松了，却又有了点另外的担心。

信仁自顾叹了一口气，坐在那儿慢吞吞地说："唉，几十年了，我和你父亲做过几十年的老伙计啊。他在宜川老家那些事我哪样儿都清楚，到咱们长稔塬后当团丁的那些年月，我俩也没少打交道哩。唉，娃呀，你到半阁城受了这么多年恓惶，谁不知道嘛，只有你这争气的女子还蒙在鼓里。你知道村上的人为此事说了多少年了？民生是个阉人，这也是明事喀。你为啥守着这么个无用的人过了十多年？这一切又为了个啥？他不就是个破贫农嘛，你一个如花似玉的白净女子就为一个好成分，嫁给一个二一子当了媳妇，受了这么些年的苦！唉，天道不公啊……"

桃夭一听，这老汉在自己面前居然说出此类话来，心里不免有点不舒服。可是，她又不能去打断他。

信仁抽了一口烟，继续说道："当年，你爹身上穿着水绸衫子，肩上挎着匣子枪，要多英武有多英武。后来，他不就是娶了邻村财东家的二姑娘嘛，惹得一些穷棒子眼里冒血，最后被人家闹得在当地无法立站，这才跑到咱们这儿讨个活命。到头来，他落了个啥下场？说起来他还比我小一岁，现在走路已经离不开拐杖了，你看看叫人把老汉糟践成啥模样了？你可能不知道，年前我半夜里还专意看过他一回……"

桃夭一听信仁这番颠三倒四的话里并没有提说"放火烧场"的事情，便放松了一些，说："我知道，我大跟我说过……"

信仁一看站在自己面前的这个小女人并不反感他的言语，马上义愤填膺地对着空荡荡的祠堂大殿发泄出郁积已久的愤懑，他咬牙切齿地扯起嗓门吼道："说过啥？说过眼前这狗世道没有人活的路？娃呀，这才入了中伏，离收秋还远着哩，有些社员就开始偷瓜摸豆，锅里煮着的那哪儿是人吃的饭食呀！你看，这年月把社员饿成啥了？”

看着眼前这个小女人被自己刚才这番话吓得不住地打哆嗦，信仁更加肆无忌惮地吼道：“你别看他们让我当这个烂主任，这是公社那帮货想让我出丑哩。也算他任丕显把眼瞎了，我谢信仁倒枪贩炮时，他还在他娘肚子里猫念经哩！在这个世界上，我没经历过啥？娃呀，不管啥时候，还不是人整人、人吃人？高运喜总是共产党的红人吧，他今日咋也成了臭狗屎了？我谢信仁当了二十年四类分子，这一眨眼又成了革委会主任。女子，这就是天命！”

桃夭越听越害怕，小声说：“伯，你说这些话有啥用？我都不敢往下听了……”

信仁瞪着一双眼睛，直勾勾地盯着眼前这个弱女子问了一句：“怕啥？我这人一辈子不怕杀头掉脑袋，啥事情都干得出来。专案组还在村里那阵子，我照吃照喝，管他周吴郑王，老子还放了他一把火！这事我跟谁都没说，今日跟你说了，为啥？还不是我信得过你嘛！只要你娃记住，你大是个叛徒，他这辈子都别想在共产党面前抬起头了。眼下，根本就不是咱们这些人扬眉吐气的世道喀。”

桃夭吓得脸都白了，小声说：“伯，我可没跟人说过这事……”

信仁早已察觉出眼前这个弱女子灵魂深处的怯懦，更加放肆地说：“女子，你这个娃娃可能都不会相信，我一个军统登记在册的特务组长，在村子里住了二十多年了，他们谁又会知道这个底细？既然我敢把这个老底跟你说，我就不怕你再跟人学说去。要是不相信，你这就到公社报案，看看他们哪个会相信我跟你说过这号话！”

桃夭看着眼前这个老男人的眼睛发出的那股幽幽黄光，立即就浑身颤抖起来，她更加紧张地说：“伯，我确实没跟人说过麦场着火的事，我不说！就是刚才那话，我也不会去说的，绝对不说……”

信仁却好像刚才自己什么也没说似的紧盯她的眼睛说：“说了又咋着？你回去问问民生，放火那事他看见了。不过，我根本把他就没当成个人。我说句不该说的话，人都说你和有福好，这有啥？新旧社会哪个村还不出点花花事？跟着民生兀个阉人，我都替你窝心。怕啥？跟上有福过几天快活日子，也不枉活一世人哟！”

桃夭早已吓得不知说什么好了，小声说：“我不跟别人说这事，权当你也没跟我说过刚才这些话，没别的事，我……回呀……”

信仁抬手制止了她一下，冷笑一声，接着阴森森地说：“嘿嘿，女子，你已经放了这个口风了。据我看，高运喜那一帮人也早知道了，我怕个蛋！半阁城谁在台上谁就是爷爷，眼下，我谢信仁想整个人还不是小菜一碟？”

他慢慢地移到桃夭身边，用他那干枯粗糙的手指勾起她的下巴，眼睛里立即发出一股野兽般的光芒。桃夭像小鼠被恶猫施了定身法似的浑身一丝劲儿都没有了，任凭他在那儿恶心地调戏着，却浑身瘫软、动弹不得……

这个老男人一看有门，便更加放肆地把手伸到她胸前隔着衣服摸索起来。进而，一双布满青筋的手就伸进她的衣襟……一边淫笑着，一边抓揉着她那未穿内衣的肉胸喘着粗气说：“丫头，你妈年轻的时候，人家那才是大户人家的大小姐哟，人样长得四邻八村的小伙儿哪个不眼馋呢。你知道不，你长得也是多么撩拨男人的眼哟，走一步路都能让人丢魂儿。啧啧，你是半阁城被我看上眼的第二个女人。第一个，就是前一段还来过咱们村里的那个女部长。你没听过吧？栓牢他大那老奴才，从河南把这女子骗到半阁城，却叫我谢信仁尝了个新鲜……咋着？别看这个女人眼下人五人六的，居然还当上了组织部长。我说了你都不会相信，这娘们十五岁就叫我给睡了喀。她那对儿小奶头，那可真是甜哟……”

桃夭这个农村少妇，从来没有碰见过这种年过花甲的人面畜生。此刻，她完全可以选择躲避或者逃离，可是，她却慑于这个老贼平日的淫威不敢动弹，只是小声哀求道：“伯呀，我把你叫伯哩，你咋……我……再也不敢跟人说这事……你放开，我回，回呀……”

信仁并不急于求成，一边把手伸得更深，一边凑到她耳边小声说：“女子，可惜你晚生了三十年，咋也想象不到我谢信仁当年那个英武劲儿了。来，让我这个糟老头今生再为世上的美人梳一次头吧……”

说完这一切，他居然还能使出浑身的劲儿抱起一个年轻女人往炕上摁去……桃夭只惊恐地叫了一声“伯——”，他却像没有听见似的自顾扯开了身下女子的裤带，桃夭像小羔羊一般“呃”了一声，便什么也不知道了……

毁青

任丕显在洽川县说起来也算是个有名的人物，近年来却官运不佳，在向阳公社革委会主任这个职位上一蹲就是八九年。一开始，他已经瞄好了县水利局局长这个职位，当时正遇上半阁城水上塬这股春风，按说一切都应当是水到渠成的事情。最终，连他自己也不知道中间环节出了点啥差池，事情就黄了。年初，据知底的几个好友提醒，“二期抽黄”已在筹备之中，县里一下子会多出三个正局以上的位置。要抓住这个千载难逢的机会，多去专区那边跑跑路子为好。为了尽早离开这个山区公社，这小子豁上老本，半年来在上边跑了个不歇气。

这天，他刚刚从渭城搭车回到公社他那间办公室，看到秘书给他在桌子上已经压了一摞子文件和待批字的群众来信，他却没有一点心思去翻动。自顾着擦了一把脸，接着去大院外的小饭馆要了一碟花生米，打了一壶小酒，开始悠闲地小酌起来。

任不显酒足饭饱后懒洋洋地回到办公室坐定，拿起电话喊联社门市部那个女会计过来给他倒一笔现金以供急用。放下电话，这才顺手把桌子上那些东西拿起来看了看。当他看到一封群众来信反映的那些内容时，立即像火烧了屁股似的在办公室转起了圈子。打扮得花枝招展来送钱的女会计一看主任忧心忡忡的样子，实想陪他多待一阵子。这头刚说了她家那“死鬼”出差还没回来，任不显却让人家的脸面没搁住，挥着手没好气地把人推出了门。整整一个晚上，他几乎一眼未合。好不容易熬到天明，他急忙骑着秘书的自行车一路奔到了半阁城。一进村，他就找到了谢信仁的门上。

这阵子，谢信仁却像满腹经纶的诸葛孔明一般坐在他家院子里的沙果树下悠闲地喝着茶。任丕显一看他那老到得像个老皮南瓜的样子，立即就生出一肚子火气来。不过，他转念一想，现在是求人家想办法解决问题，哪能不低头，只得撑好自行车，强压着火气说："谢主任，你也真坐得住啊！"

说着，就把手里那封群众来信往他面前的石桌上一撂，十分生气地说："你们私种烤烟这个事情，为啥不积极地向公社汇报？我看你好像不想当这个主任了吧？"

信仁连看也不看那东西一眼，依然不慌不忙地给客人把茶杯让了让，这才奇怪地说："屁大个事情，把你个大主任就急成兀个样子了，热嘶皇天[①]地跑了这么远的路……喊，烤烟嘛，又不是大烟。人家党支部定下的事情，我想人家一定是给你报告过的。咋？是不是有人给你反映啥了？"

任丕显也顾不上和他磨牙，依然站在那儿说："奇怪，我一路还特别注意了你们的田头地脚，一棵烟苗咋都没看见呢？走，你领我先看一遍，咱们回来再商量！"

信仁喝了一口茶，摆出一副好心肠的样子劝说他道："你先坐下喝口水嘛。现在咋去看？你这不是去打草惊蛇嘛。"

信仁看见对方站在那里不知所措的样子，接着慢吞吞地说："你咋能看得到？他们在田边都遮了几行苞谷，为的就是不让公社看到咯。你先坐嘛，喝口茶喘口气，这阵子也犯不上着急。孙猴子的本事再大，终究还是逃不出如来佛的手心……"

他知道姓任的已经不太愿意把手往半阁城这个面盆里伸了。不过，他也十分清楚，这么大的事情肯定会影响到对方的前程的。在姓任的没有说破之前，他也不着急点透。

① 热嘶皇天：天气非常热。

任丕显尽管看不惯谢信仁那一副妄自尊大的臭摆谱样子，但心里还是知道，在半阁城确实也只有这个人还算靠得住了。于是，他只好一屁股坐了下来，推心置腹地说：“老谢，我能不急吗？我可从来没有把你当成外人啊。唉，你们这个烂村子，也只有你这个老革命还有点老觉悟，剩下的那些哪个能摆上台面嘛。我给你交个底，这号事情我确实不敢马虎。私自压缩粮棉地面积，一个生产大队一下子就瞒了近百亩，如果上边追查下来，我这个公社主任吃罪得起吗？如果种的是瓜果蔬菜，你们偷偷卖点钱，或者干脆分给社员吃去，我都敢睁一只眼闭一只眼。可这是烟草啊！别说全洽川县没有一家烟厂，就是渭城地区也没人敢种植这玩意儿，你们就有这么大的胆子！以后收割下来咋办？肯定要运出省外胡折腾，那时候再惹出一河滩乱子，就不是你我说了算的事了。不是我说你老同志，你是怎样摘帽子的你清楚，咋能在这么个大是大非的问题上犯糊涂呢？”

信仁知道到自己说话的时候了。他拿起烟袋先美美地抽了一阵子，这才放下烟袋紧盯着对方的眼睛一字一句地说：“既然老弟你已经把话说到这个份上了，也得容老哥解释两句吧？开始，我看他们在那里领着社员胡折腾，对这个破事根本就没有上心。我就不相信，一群笨蛋能种成人家那么娇贵的庄稼。嚯，谁能想到，那些烟苗在旱地里不但能栽活，还真的长了起来。就是这个时候，我还是不着急咯。长成了，不一定就会烤。前天，他们偷偷请来了专门烘烟的山西客，一夜间在村上盖起来十多个像炮楼一样的烤烟炉子，我才有点害怕。一群冒失鬼怕咋？我谢信仁刚刚当了几天干部就让我跟上他们去吃这号糊涂官司，我还没那么傻咯。人嘛，谁还不知道应当知恩图报哩。你这个义弟，混个官职容易吗？这事情如果闹到了县上，不光是我谢信仁要跟着背黑锅，肯定也会影响你的前程，我能坐视不管吗？”

说到这里，他陡然圆睁起一双昏黄的眼睛说：“兄弟，给你报信的人，你以为是谁？他是我的亲外甥啊！我为啥不自己去？为啥不让我的儿子去？说了也不怕你笑话，在半阁城我还得待下去呢。只要你明白老哥的这点苦心就行了。”

任丕显明显地受到了感动，他点了点头说："这个我十分理解。不过，老谢，你总不会只是让我知道这件事情就算完了吧？你说说，下一步你打算咋办？"

信仁只从牙缝里挤出一个字："铲！"

任丕显忙小心地问："这是个大事，你看要不要你们几个村干部先统一统一思想？"

信仁不屑地哼了一声："咋统一？与虎谋皮？哼！"

任丕显不知他葫芦里装的是啥药，只好讨问道："那……"

信仁的眼里突然闪出一丝不易被对方察觉的亮光，阴险地替他分析说："一季长成的庄稼，你敢青天白日带人来糟践？挨一顿饱打那还是轻的。我劝你甭闹那号没套住狐狸反惹一身臊的事情。当机立断，趁着今夜有风，后半夜就动手！"

"这个，让谁去铲？"

"你在公社组织几个民兵嘛。"

"民兵哪儿有那么多兵力？再说，他们咋能知道你们哪块地里长着烟苗？黑灯瞎火的……行吗？"

"这不难。进了半阁城的庄稼地，只要有外边种着苞谷的地块，你让他们一个个挨着过。我亲自掐过，那烟苗刚刚长起来，嫩得像刚出薹的菠菜，手里拿根小树棍儿乱抽就行了，根本就不要出多大的劲，叫上十几个人，只需排队过去把叶子打烂就行了……"

"这，事后他们会不会闹到公社呢？"

"笑话，那不是自投罗网吗？谅他们也没有那个胆子！"

两个人又就实施的细节商量了一阵子，任丕显才准备起身离去。临出门，十分佩服地拍着信仁的肩膀诚恳地说："老谢，姜还是老的辣呀！你真是一个有着丰富革命斗争经验的老革命啊！如果让你早点出山，半阁城就烂不成眼下这个样子……"

第六十七章

养子（村庄的秘密之十三）

一大清早，栓牢和狗剩陆续接到了各队的报告，几个生产队的烤烟一夜间活像被畜生糟践了一般，全部被毁在了地里。

栓柱和狗剩啥话也不说，赶忙骑上自行车一块地挨一块地查看过害情。看着那一片片惨不忍睹的场景，两个人伤心得只想蹲在地头可劲儿哭几声。

根据他们的初步分析，这绝对不是本村人干得出来的事情。可是，外村人也没有糟践这类庄稼的充足理由啊！说到铲青苗这类事情，公社以前倒是让武装民兵监督着社员拔过生产队已经长出地面的西瓜苗，可人家那完全是光明正大的行为，想来他们也不会这么下作地半夜下手。那么，究竟是谁做出了这种千刀万剐的恶行呢？

社员们一个个愤怒得几乎肺都要炸了，可是那一腔怨气又无处发泄。有些人甚至怀疑起了那两个被请来指导烤烟的山西客。可是，他们这又是何苦呢？而且，他们一下子又从哪里集合得了几十个人呢？

只有运喜和佑普老汉清楚，这些烟苗绝对是威胁到了某些人的政治命运。不过，在没有任何证据的情况下，他们一时还不好妄下结论。就在社员们放下饭碗守在烤烟地里救扶着那些尚能重新长起来的烟苗，希冀能为来年多少留点烟籽的时候，社员谢善广却不明不白地死在了自家的后院里。

尽管大多数社员根本没有把善广的死和毁烟事件往一块想，可还是在一部分社员中造成了不小的混乱。谁也料不到，这个人的死因却和村庄里另外一个人有着千丝万缕的联系。一桩骇人听闻的秘密一直隐匿在半阁城这个小山村里，几十年来从未被当事人说破。

这一切，还得从谢善广这个人说起。

善广一家三代单传，人丁一直不旺。在他十三岁那年，他父亲就急切地用历年积攒下的三十石麦子给儿子娶回独店村小炉匠王面面十六岁的女儿做了媳妇。那女子脸色红润，体格健壮。谁都不会怀疑，这个女人进门，绝对不吃一点闲饭，年头年尾就会生出一个胖小子来。然而，三年里，这个女子一直未能怀孕。为了这事，远近的娘娘庙让小两口和老两口都踢烂了门槛。后来老汉狠了狠心，让儿子休了这房媳妇，紧接着又给他续了一门亲。新娶的这房媳妇进门时已年满十八，人长得更是风姿绰约，谁知道两年后依然未见显怀。老汉这时才往邪处想了想，特意请来在西京城坐堂的老中医亲自为儿媳把脉。然而，老先生捏着老汉家儿媳那圆滚滚的手腕，却依然没有感觉到一丝儿喜脉。接着，依旧是开方子抓药。村上一起长大的小伙儿调侃善广，说这个“香娃”屁股大如箩筛，裤裆里面肯定有个深不见底的药王洞，吃过的药渣都能肥他家那几亩地呢。后来，家人又转而问开了西医。那些挂着听诊器的医生并不把脉，看过女人的舌苔问过她的月事后，却把疑问看到了善广的身上。

眼见家里唯一的男丁无力传后，善广老娘为此抑郁成疾，不久就撒手人寰。靠儿子传宗接代已不可能，老汉决定豁着老命亲自披挂上阵，五十四岁那年给自己续了妻。结果，那女人是个短命鬼，进门不到一年便一命归西。接着再续，买来个三十出头的寡妇。谁又能料到，这头新纳的女子刚进门，老汉却得了脑出血一命呜呼了。好端端的一户人家眼看着就要绝后，就是天王老子下凡也没有办法挽救这号事情。可是，一天早上，谢善广却用货郎担子挑着一对儿女，神不知鬼不觉地进了村。

在村庄里，抱养儿女的事情都是家族机密，一般都不会让外人知道其中的根底。时光荏苒，一双儿女十多年后长大成人了。在儿子十八岁生日的那天，善广把兄妹俩叫到膝下，这才说出了他们的身世……

原来，谢信仁当保长那年，拐了福鸿骗来的那个小姑娘住在西县多日不归，不久就认识了驻扎在澄县城隍庙的一个国军营长。两个人都喜欢摇几把碗碗，一来二去就成了赌友。为此，信仁还真没少挣那个营长手里那些白花花的银子。

话说，这个刘营长在国军驻扎壶梯山要塞的一年多时间里，一直带着老婆和一个两岁多的胖小子。这支队伍里有个郭团副，其夫人原本是省城一个学校的校花，两个人的婚姻由于多少有些不尽如人意，在他随队伍前脚离开省城进驻壶梯山要塞后不久，夫人后脚就跟上一个商人去了安徽芜湖。这个郭团副找遍西京城，总算打听到了自己那被夫人寄养的女儿，便把孩子带到了自己身边。由于这个刘营长和郭团副两个人关系特别好，小两口还一直替义兄带着那个不满一岁的小千金。

然而，那一年的战事一直朝着不利于国军的形势发展着。刘营长和那个郭团副也清楚，行军打仗带着大人倒不成问题，一对小儿女却不能跟着东奔西走。为了保住亲骨肉的小性命，并考虑到日后寻找方便，两个人就托谢信仁帮他们尽快在当地寻找一户没有儿女的农户，暂时替两家抚养一下孩子。

信仁连夜从西县摸回村庄，约莫半夜时分便悄悄敲开了善广的院门。不待天明，善广的货郎担子就搁在了澄城县城隍庙国军营房门口。当两个乡巴佬看到刘营长和郭团副递过来的三根金条和码得整整齐齐的一千块现大洋时，善广却当场反悔了。

两个人来的路上已经说好，这次是为谢氏祠堂抱养继嗣来的。到了这里，平添了一个丫头片子不说，而且说的抱养也完全变成了替人抚养。于是，善广坚决不接受那些钱财，更不答应这号中途变卦的事情。两个军官一看眼前这个中年人虽为一介农夫，却不为一堆钱财动心，心里便对善广的为人有了几成放心。看到他实难从命的样子，他们只好十分诚恳地对他让步说："好吧，我们这两个孩子就认准你这个爹了。不过，我们兄弟已经给两个孩子定下了娃娃亲，你必须答应以后不能让俩娃分开。万一我们一时见不到孩子，在儿子满十八岁的时候，你这个当爹的一定要告诉孩子，他们的亲生父母这样做也是万不得以。这点钱财你必须收下，不为别的，这完全是为了孩子以后的生计考虑……”

说完，善广在一纸“契约”上签字之后，两个军官又亲手交给他一块帆船上有“三只鸟儿”的响圆作为将来认领孩子的“信物”。

善广担着两个一路哭爹喊娘的小家伙回到半阁城不到三天，壶梯山炮台上的大炮就响了。共产党的“西野”在乳罗山一线和国军你来我往地打开了拉锯战，整整打了三个多月。不说粮食征购，马草征集已经让民夫把长稔塬几条沟里的白籽草都割尽了。此后，“西野”部队声威愈来愈大，国军退守汉中后再也没有回来。

当然，除信仁外，半阁城亦没有第二个人知道善广那一对儿女的来路和家世。信仁当然也清楚善广一同担回的那些金银。不过，他心里虽时常惦记，倒也十分放心。按照善广过日子那吝啬劲儿，这一堆金银永远都会“躺”在他家那棵石榴树下的陶罐里睡大觉的。接着洽川就解放了，斗地主分田地，普通老百姓家藏的金银也都被动员着上交国家。信仁一看那阵势，便渐渐放下了心头那点小惦念。

眼下，他摇身一变成了半阁城的革命委员会主任，不但不再担心那一档子事会给自己惹出什么麻烦，还想分享善广那些金银来。

早上，善广的货担子被庐井村扣住了，这货居然跟人家撒谎说自己是给生产队搞副业的，想趁机蒙混过关。人家不见大队的证明，死活不放他那副担子。无奈之下，趁着天刚擦黑那阵儿，他想着村干部可能也不会太忙，便硬着头皮来到信仁的家里。

看见善广进门来那一副可怜巴巴的样子，没等他说明来意，信仁不禁笑出了声，说：“你要那一副破担子能做啥？家里那些金条和响圆还不够你吃喝到死吗？”

一听对方不等他站定就迫不及待地提起了那笔钱财，善广慢慢地坐在石凳上，这才镇定地伸出少了半截小拇指的左手说：“好他叔哩，傍解放那年冬天家里来了粮子，不把那点钱财交出去，别说我一条小命，就是再有十条小命也完了。你也是揣着明白装糊涂哩，你看看我这只手，大半辈子都握不紧锄把喀……”

信仁奸笑了一声，称呼着善广的谱名说：“厚斋，人都说你是半阁城的头号能人，我太服气你这个人了。不过，你撂这些屁谎，那得看你面前站的是谁！你那狗爪子真是让土匪剁的？真是笑话。为了那点银子，你小子居然敢跟我撒这么大的谎？”

看着善广一脸的不解，谢信仁继续说道：“是啊，你当然时时担心家里那么一堆响圆会让我惦记，却想不到当年那几个粮子是我亲自雇来的吧？”

善广一下子被信仁这句毫无遮掩的话给惊呆了。

趁着他惊得愣神的工夫，对方干脆把一切老底都抖搂出来了，慢吞吞地对他说：“后来，我不是不想那一大把银子了，委实是从那个时候起，眼前这个世事有了变化。这些年里，银子放在你手里确实比放在我家里更让人安心。让我剁你的手指头？那我就不怕把你像福鸿一样疼得死尿了，将来向谁去讨要那一份应得的钱财去？”说完这些话，他得意地又笑了一声。

善广万没有料到，自己眼前这个人面兽心的老东西在那个时候就急不可耐地招匪掠财，自己那自残的伎俩二十多年来却一直没有瞒过眼前这个阴险的知情人。不过，善广转念一想，现在是新社会，面前这个人纵然有天大的本事，总不会又招匪杀人吧？于是，他镇定地对面前这个两眼透着贪婪光芒的谢信仁一字一句地说：“是啊，我真是没有想到，你会惦记这笔钱二三十年。实话告诉你，那笔银钱至今分文未动，一个大子儿都不少地埋在我家院子里。孩子们花过的那点银两，不过是我这个当父亲的摇着拨浪鼓一分一厘为他们攒下的。我一辈子没有自己的亲生儿女，老天爷却给我送来了，现在还有了孙子孙女。对于我谢厚斋来说，这也应当心满意足了。我就没把那点破银子当成钱，因为那不是我用自己的双手挣来的。那是孩子们将来的念想，是他们的亲生父母对我谢厚斋的生死嘱托！别说他们两家人总有一天会回来找孩子的，就是他们全部死在了火线上，我也不会花那些钱的。谁想花那些钱，那他得跪在地上把我叫二十年的爹！”

说完这番话，善广就要起身走人。信仁瞅着善广的背影依然不慌不忙地丢给他一句话："噫，真没看出，半阁城还真有敢和我唱对台戏的主儿。记着，这可是你逼着我往下走这一步的！"

善广转过身来，毫不怯懦地指着天说："咋，你眼下还能招来山匪？谢信仁，你娃儿看清楚，这是共产党的天下！"

信仁几乎是笑嘻嘻地听完善广那一番话的。看对方也还没有急于出门的意思，便冲着他的后背又丢过去一句话："厚斋，你老小子知道这是共产党的天下就好！我问你，你想不想明天让公社来人把你小子绑到派出所夹着拶子拷问你过去做过的那些事情？民国三十七年（1948）秋天，是谁挑着担子为国民党军带了四十多里山路赶到红石崖村的？别忘了，那一次特务队打的就是共产党的黄南支队。董振堂也就是在那次被人打瞎了一只眼睛成了'一盏灯'的。十七条人命呢，你不记得啦？"

看见善广的背影微微地怔了一下，信仁得意地把手里的卷烟头狠狠地摔在地上，对着发呆的善广说："这么多年来，你小子活得是比我滋润多了。我为啥当时没有把这事说出去？那是因为你替我保管着银子呢。万一叫政府把你毙了，我知道那钱在啥地方埋着哩？实话告诉你，那次我和佑普老汉两个人也恰巧都在山上，差一点就让你带来的特务队给夺去了性命！你回去想一想，两个娃娃毕竟在你身边长了二十多年，你不会眼睁睁看着他们为你这个日后的管制分子父亲整天哭天抹泪吧？你好好掂量掂量，眼下这年月，我这手头确实有点紧，谁还会放着地下的银子让它睡大觉却叫活人受这罪呢？你不是要开证明去赎货担子吗？你到大队给安民说说，就说是我让他给你开的……"

善广心中这阵子虽然已经在心里为业已过去的那些事情发虚，但他转过身来时依然充满不屑地回敬道："旧社会被队伍上用枪逼着带过路的人多了，我咋会知道他们是去抓共产党的？人民政府总还有讲理的地方吧？"

信仁冷笑了几声，怪声怪气地问他："讲理？你是个啥东西你心里比我清楚。我谢信仁能活到今日，这也是白赚下的。我怕啥？你信不，我今天就能让你坐进洽川县看守所吃晚饭！”

善广站在那里愣了一会儿，几乎就在他趔趔趄趄刚想迈出门的时候，信仁这才不冷不热给他交办了一件事情。他冲着善广的背影说：“厚斋，你应当也是个明白人。你我都是有今日没明日的人了，一块儿在村子长大，这以后的日子还得相互关照着把剩下的这点路走完呐。你以为我就那么心狠？话是那么说了，事情却不会做得那么绝情的。你看看，不就是卖点煮色嘛，今日被人批斗，明儿又扣了担子。你说你一辈子在村庄上混成个啥了？我也没别的想法，念你都这一把年纪了，倒是有心给你点帮扶。日后呢，你也常来我这里走动走动，好赖我也是个村主任吧？这样，你这阵子也别急着回去，替我去三岔路口跑一趟。公社任主任呢，领着人要突击检查咱们村的早秋，他们认不得地头……记住，人家这是秘密检查，事前事后把你那张嘴闭紧些！”

只是一刹那的思考，善广觉得眼下自己无论如何还是不能和这个人把事情闹得太僵，只有往前走一步看一步了。可是等他抬起头来，面前这个老狗却拿出一块白花花的大洋在他眼前一晃，阴森森地说了一句话——“你家也有一块这样的‘三鸟币’吧？还要我把话说得那么明白吗？在城隍庙，那张军统潜伏人员表上端端正正写着你的大名呢……想不到，那张纸它会在我手里吧？！”

善广一下怔在那里，他立即就想起了十多年前那个进村找他的“银匠”……

信仁不经意地挥了挥手，态度冷淡地丢给他一句话：“你好自为之！”

当天夜里，善广一路忐忑地去了三岔口。他尽管不知道信仁要他带着那些人去干啥营生，心里却一直为这个老贼当年的精心算计惊惧得浑身发冷。多少年来，他只担心埋在地下的银子会丢失，万没想到这些黄白之物会给自己带来这躲不过的灾祸！还有家里那块至今被自己当作“信物”保管的银圆……想到在有生之年，还要为二十多年前的一桩往事，再去做一个像谢信仁前些年那样被人喝来骂去的四类分子，他真是有点不寒而栗了。

傍晚，他也不知道自己都想了些什么，居然不由自主地按照信仁的吩咐去了一趟三岔路口。等到他看见任丕显领着一伙手拿棍子的民兵要去毁烟苗，他就傻眼了……事后，他跌跌撞撞回到家里，给儿子媳妇指认了埋藏着银子的地方，趁着夜深人静，一根麻绳将自己吊在了那棵石榴树上……

谢善广的死因，如同他家的那副煮色担子究竟为他创造过多少财富一样，永远地像一团迷雾一般消失在了半阁城人的视线之内。

黄泉

多日来，桃夭感觉到身体有些不舒服，懒洋洋的好像周身都有了毛病，整日里不思茶饭，浑身无力，看见别人吃东西也觉得恶心。她借着有事，顺便到县医院查了查。结果，医生看了看化验单，轻描淡写地告知她，没什么大不了的，是有喜了。

作为一个女人，这原本是一件再寻常不过的事情，而她立时就觉得，眼前这个世界，就是老天爷下凡来也救不下她的命了。当她最终认可了从医生嘴里说出的这个“意外”已经无法更改，便以家中孩子太多要求医院这就给她做引产手术。无论是死是活，她都不能让这孽种来到这个世上……

几个医生再次会诊过后告诉她，孩子已有四个多月了，要做手术也得让她把家里人叫来签字。此外，住院后还得观察几天，检查一下本人有无既往病史，能否终止妊娠。这样，才可以安排手术。并建议她也不必太着急，如果实在不想要这个孩子，缓过这个危险性特别大的时期，接近临产前再选择引产也不失为一个相对安全的选择。如果在目前这个时段强行终止妊娠，大人会有很大的生命危险。不说医院负不起那责任，自己也没必要冒那么大的风险……

桃夭根本不知道自己是怎样出的医院，又是怎样走完那三十里山路。回来后，她六神无主地胡思乱想了一夜，却不知道这事该和谁商量。这时，她心里已经彻底明白过来了，那个老畜生在她身上播下的孽种，已经将她推向了一条不归之路。

在半阁城，别人怎么对待谢信仁这个人，她一直都懒得去思考。在祠堂那次“出事”前，听到老汉对她说了那么多话，她甚至感到了一丝人世间的温暖、一丝人类之间的那种信任。在他对她第一次非礼的整个过程里，她尽管心里有一千个不愿意，却鬼使神差地放弃了反抗。她几乎忘却了一切，甚至把一个行将就木的死鬼臆想成了她的心上情人、她的前夫、她心中时时刻刻念着的谢有福；甚至，在浑浑噩噩中，她还感到久久郁积在心头的那种压抑感终于得到了淋漓尽致的释放。事后，每每回忆起这个老态龙钟的年迈人吃力地趴在自己身上那死命抽搐的丑态，她也感到过恶心。然而，却仍旧一次又一次在一种同情和可怜的心绪中把心头那股羞愤和恶心冲刷得一干二净。像个罂粟依赖症患者一样，在一次次的无奈中，又一次次身不由己地把自己送上了长满荆棘的祭坛……

她什么都想到了，唯独没想到一个干瘦的老头子体内居然还存有生命的种子。坐在家里，她望着那被岁月的烟火熏得黑黢黢的窑顶，实在想不出自己这一生的过错究竟在哪里。

让她十分揪心的是，有福这几天对她又有了以前的亲近。她根本没有去想怎样对自己心上的男人解释这件事情，就是去死，她也不愿意让他知道自己在人世间铸成的这个天大的过错！

村上葬埋善广的鼓乐声，不时地传进院子，敲击着她的耳膜。那种令人心碎的声响，让她想到了死……可是，她第一个想到了躺在病床上的母亲……

直到太阳快要落山时，她从娘家赶回村。刚走到三岔路口，却碰见了有福。她已经走到了近前，他却没有说话，从怀中取出了一件粉红的东西，大大方方地递过来，这才开口对她说：“我看见县城的婆娘女子都穿着这样的衫子，我就想，你穿上也一定好看……”

桃夭看见，放在自己手里的是一件粉红的衫子。

一个年轻女子，她的梦里曾经也拥有过这样颜色的衫子。她也多次下过狠心，准备为自己置办一件这样的衫子。可是，她更希望由自己心仪的男人亲手送给她这样一件漂亮的定情礼物。这一切突然发生了，可太晚了。她觉得自己这一生再也不配穿这么纯洁的衣衫了。

她捧着这件礼物站在那里臆想着，好像自己一下子又回到了十八岁的那年。她仔仔细细地把眼前的这个男人当作了十八年前一个少女梦中的那个“他”认真地打量着……

那是一个花季少女永远也不会告诉这个世界的美丽春梦——山花烂漫的季节，一个英俊的小伙儿在村庄背洼洼的地方暗暗地等着她；她像一只幸福的小鸟一样飞翔着来到他的身边，羞答答地向他表露出一个姑娘无言的爱慕……可是，也就是那年，她几乎是被父母逼迫着嫁给了家庭成分不好的前夫。在婚后的日子里，她一直把自己梦中的那个小伙儿，当成了此生将永远无法相见的生命的另一半。后来改嫁到半阁城，她终于遇见了自己梦中的那个“他”……

眼前这个粗心的男人，又怎么会知道一个女子的心思。

她想到了这些，依然十分平静地问了他一句：“你咋会想起给我买这么珍贵的东西？”

有福已不似刚才那么激动，傻傻地红着脸说：“我也不知道，好看呗……”

桃夭慢慢地捧起它幸福地贴在自己的脸上。她闻到了那信物上边依然遗留着心上人的汗腥，就那么吻着，久久地不愿放下，直到泪流满面……

有福不好意思地打断了她，喃喃地说：“我知道我伤过你的心，也知道你和我心里一样苦。你晓得，我刚从矿上回来那阵子，只怕自己一双腿以后好不利落，就硬疏远你。后来，我也想过，民生是个好人，你也是个好人。我谢有福为啥要一下子伤两个好人的心？我已经想通了，一切随你。我现在虽然没有名分上的妻子，却有心尖尖上的女人，这一生也活得值了……”

桃夭慢慢地抬起头又一次认认真真地看着眼前这个自己心仪的男人，深深的悲哀使她情不自禁地又一次潸然落泪了。她哽咽着对他说：“这已经不可能了，我再也不是你心目中那个桃夭了。我对不起你，也……对不起自己……我，只想让你知道，我永远爱你，到死也不会改变，你信吗？”

有福站在那里只是搓着自己那一双大手，轻轻地对她点了点头。

她却像没有看见心上人那庄重的承诺一般，只是喃喃地继续着自己的叙说："就是有一天你心上的桃夭死了，我相信你也会常常到她的坟头来看看的。你记住，如果那坟头能长出一棵树，那就是她心中的你；如果能开出一朵花，那就是你心中的她。我真的好想为你生一大群儿女，可这只有等下辈子了。咱们今世约好，在黄泉路上，不论我们两个人谁走得早一步，都要在奈何桥头等一等世上那个未亡人。来世就是托生成猪狗，我俩也手牵手相跟上走一程。我真的没想到，你还知道给我买这么漂亮一件衣服。这几天正好要出一趟远门，刚好可以穿它……"

说完这些，她又特意叮嘱他说："今晚，你在大门上挂上一盏红灯笼，我进门要看着它，让它把我来生的路照亮……"

有福这时已经感觉到桃夭说的这些话有点异样，却一时半会说不清是哪种感觉。直到她走出老远了，他这才惊出一头冷汗来！

当天晚上，一轮皓月照在黄河岸边，浩渺的瀵泉里衬映着一个同样的月亮。一个女人毫无目标地走出半阁城的村口，又慢慢地下了沟坡。在静得只有秋虫鸣叫的山路上，这个女人踏着皎洁的月光，向滩底那片长满芦苇的处女泉挪动着沉重的脚步……

处女泉，原名伏鱼泉。在遥远的过去，这里曾是仙女们沐浴的人间瑶池。多少年，多少代，它记载着两岸黄河女儿一个个甜蜜的梦境。在河之洲，一直回荡着古老的钟鼓仙乐，留下了一地"关雎诗咏"的故事和怒放的荞麦花。

一个年轻的女人，就这么一步步向前走着。温热的泉水浸过了她的衣裤，泉眼里撩起的浪轻拂着她的双腿。她一件件蜕去了尘世赋予她的遮羞衣裤，像重新回到母亲子宫去的婴孩般安静地停止了一切繁乱的臆想……

这时，月亮依然悬挂在明如镜台的夜空，蟋蟀依然幸福地歌唱；远处的渔火星星点点，近处的河水汩汩拍浪，把黄河女儿那雪白的肌肤罩在一片圣洁的银辉之中。

夜空里突然落下一片绚丽的流星雨；一个纯洁的灵魂，被一群美丽的接引神迎上了天宫，远远地离开了眼前这个黑暗的世界。顷刻，天地之间，万籁泣涕如雨！

第六十八章

丧钟

眼前这个世界发生的事，有时候真的让人无法去解释。在葬埋桃夭时，负责打墓的高恩全却被墓道边掉下来的土块砸伤了腰。按说，墓地那片沟坪的土十分干燥，挖开的墓穴到了四尺以下，那些干土才需要用镬头开挖。谁也没有想到，靠着崖头之上却掉下来一大片干土，端端地砸到了墓穴里。等人把恩全从下边救出来，他已经不会走路了……

且不说村里那些闲人四处议论“冤死的女人寻替身”那些话有无可信的成分，二队眼下却一下子没有队长了。

大队组织社员选了两次，群众的意见却很不统一。选上的人不想干，想干的人群众又不选。眼见一个生产队几天来无人敲钟，还真让栓牢这个支书发愁起来。

然而，就在这个当口，二队的钟却被人莫名其妙地敲响了。

大槐树下，站着瘸子高运喜。

书云，江山易改，秉性难移。这个事情如果搁在别人身上，那绝对会被当作一段笑料而臭名远扬。运喜闹出这号名不正言不顺的荒唐举动，却完全在大伙儿公认的情理之中。

这个人待在村庄上已经两个年头了。社员们已经渐渐淡忘了当年那个威风八面的公社书记，只把他当成一个村庄普通的年长者。平时，小队照顾着让他晒晒棉花、送粪土时发发小牌子。不久，没经任何人指派，他还主动地当起了队上的义务记工员。他这个举动，首先惊动了几个村干部。

栓牢和芍药年初领了证，请了几桌饭算是正式结婚了。一看自己这个老岳丈闹出这号事情，两口子躲在家里偷偷地笑了大半天。他也没敢出去问问老爷子是不是还有心劲儿准备披挂上阵再做几天生产队长过过官瘾。芍药却不无调侃地对栓牢说，让这个老爷子招呼一个小队的活路，也委实是“牵着骆驼驮小鸡”，多少有点大材小用了……

然而，谢信仁听见那钟声后却不乐意起来。第二天一大早，运喜刚刚敲完钟等社员出门领活路的时候，信仁拄着一根棍子慢吞吞地走到了高家南场。

年前，他不慎摔了一跤，现在走路时还离不开棍子。他慢悠悠地走到二队巷头，一看运喜还站在树下，他好像对着路边粪堆上那只闲溜的狗一般冷冷地问了一声：“刚才，那钟是你敲的？”

运喜却正视着他，好像看着一个老傻瓜一样大声回答道：“是的喀！”

信仁虽然声音不大，却明显有些怒火中烧地接着问了一句：“谁让你随随便便敲响这个钟的？”

运喜掏出烟袋，不慌不忙地装烟点火，待烟抽旺后，这才不卑不亢地说：“敬禀谢大主任，天明时分，我正躺在炕头似睡非睡的那个当口，突然看见一朵彩云落到了我家炕头。本人定睛一看，原来是玉皇爷爷驾到。你说这个老汉，想叫人起床就好好说嘛，他不问东西拿起神杖就在鄙人的屁股上重重地打了一通。打完后，他老人家才跟我说：‘高运喜，你个懒驴托生的东西，整天就知道吃了死睡、睡醒死吃；二队没了队长，朕都无法在金銮殿里打坐了，你咋还有脸睡你的狗屎觉？’我没好气地回答他说：‘老汉叔，半阁城的人就是死绝了，您老人家也不会缺这点香火供奉吧？咋，你是不是想叫鄙人去揽兀个瓷器活儿？如果您老人家今日为这个事情来的，请免开金口。鄙人不干！咋说我高运喜也当过公社书记吧？领过国家那日清月结的工资；打理过一方土地、吃过磨盘大的麦面锅盔，世上哪有把官倒着往回做的道理？去去，走你的路，这些事又与你老汉有何相干？’玉皇爷爷一听本人不愿意当他那个闲差，更加生气地说：‘小子，天有所为而不为之，谓之无为；地有所为而不为之，谓之无所为；人本无所谓为而不为，亦可无为而为之。你是有为还是无为？’哎呀呀，玉皇爷爷唠唠叨叨了一阵子，闹得人根本就无法安睡。不知咋的，我就稀里糊涂地走到这大槐树下拿起了这把锤子，身不由己地把这口破钟敲了起来！”

运喜这一番认认真真的回答，逗得信仁都差点笑出了声。不过，他一时还闹不明白面前这个有名的“蔫坏”今个又有什么坏心思，便故作惊讶地搭上他的话茬饶有兴致地问：“你咋说也是端过共产党饭碗的人，半道上咋也信起了老天爷的话呢？”

运喜几乎不假思索地朗声答道：“主任大人，不信老天爷已经不由人了呀！你想，他老人家的神通那该有多么大！堂堂天蓬元帅不慎触犯天条，老天爷就把他发配到凡间，让他变成猪去拱地；一只捣药槌槌[①]，他也能叫那物件作孽害人哩！”

听到这里，信仁立即明白过来了，眼前这个人一辈子都在和自己较着劲儿呢。即使已经沦落到如此境地，他依然不失当年的虎威。信仁想起这么些年来这个人整得自己差点丢掉了老命，便已经怒不可遏。这阵子，他居然还敢当面锣对面鼓地向自己挑战，是可忍孰不可忍！

于是，他尽力模仿着村庄的人们以前对待四类分子的那一副口气嘶吼道：“高运喜！你个反革命分子胆大包天，竟敢随便乱敲生产队的铁钟，这是破坏生产秩序！你抬头看看头顶，这个铁车轮子它再破，也是共产党的钟，轮不着你这个管制分子来敲！”

运喜听他这么一说，就嘿嘿地笑了。他用手里的拐杖指着那个悬挂着当“钟”敲的铁车轮子，猫戏老鼠般问着怒火中烧的对手说：“谢信仁，你说这个东西它是共产党的？”

---

① 捣药槌槌：药铺用于碾药的铁榔头。

信仁几乎咆哮地吼道：“不是共产党的，难道是你这个反革命分子给大家置下的？”

运喜饶有兴致地又问了对方一句：“怎么，您老人家也说我是个反革命？”

信仁更加声嘶力竭地吼道：“你不是反革命，难道我是反革命？”

运喜没好气地对着这个两眼冒着凶光的对手，几乎从牙缝里挤出了最后这句话：“你老小子如果还知道这朗朗乾坤是共产党的天下就好！你个老狗日的，老子这个反革命就想试火着再敲一敲你这个老革命的丧钟！”

说罢，他捞起铁锤奋力把那“钟”又一次敲得震天响。那些还待在家里磨蹭着的群众，一听钟声急促，就像打麦场上失了火一般急切地跑出门来。

他们终于看清楚了，官树下，静静地站立着半阁城两个势不两立的老汉，活像一对儿斗架的老公鸡一样站在那里凶狠地盯着对方！

咒语（村庄的秘密之十四）

话说，高运喜每天依然按时按点地敲着二队的钟督促大伙儿出工，谢信仁一下子像霜打了的茄子，每每听到那示威般狂乱的钟声，他在祠堂里就无法安坐，一日日魂不守舍地去沟边游走。心头，却在不住地反复思量最近不断出现的有关死亡的梦境……

他就这么没有目标地走着，不觉来到了石架沟口，却端端地撞见谢民生背着一捆湿柴从沟口上来了。只见他把柴捆往路口一横，气哼哼地瞪着正在走近的谢信仁，故意把手里的烟袋锅在柴捆上磕得直响。

平时，谢信仁根本没把民生当作一个真正的对手打量过，更不愿和这个猥琐的男人碰面。远远地看见民生停在那里，他只是踌躇了一下，便硬着头皮走了过来。

眼下，他再也不会像前多年那样卑微地去主动问候眼前这个老辈子了。

他本想绕过柴捆一走了之，民生却咳了一声，像对着面前那些山坡一般搭了腔："谢主任，你一天都在忙啊。有几句话我想跟你说说，只怕你不愿被打搅。今儿个咱就这么撞上了，我倒是有个事情想问问你！"

信仁慢慢地停住了脚步，转过脸来打量了一眼民生，随后又充满不屑地冷笑了一声。

民生也真是低估了眼前这个人，接着就恶狠狠地问："谢信仁，我哪点得罪你了，你非得要整得我家破人亡？"

信仁一点也不示弱，听民生问完话，这才慢慢地转正身来。他那眼神里分明带着些许轻慢，说："你也不尿泡尿照照你自己，看你是不是值得让我动心思整的那号人？你配吗？半阁城狗大的人都比你强。咋啦？你不是到处跟人说我谢信仁放火烧田的事吗？我事后问过你一句吗？"

民生原本憋着一肚子的气，被他这一奚落，也就沉下脸回敬道："我当然清楚。你谢信仁旧社会腰里挎着匣子枪，给老蒋抓丁、送粮，红得发紫；这一转眼又成了老革命，临死前还混上了村主任。这一切不说我没想到，你可能也没梦着。不过，你以为你干了那些恶事，就不会受到报应？"

信仁往前移了半步，冷笑着说："报应？我活了这六十年，好赖也整整一个甲子了，我倒是想受这个报应。只怪那些人眼瞎了，让我又苦尽甘来！如果有报应，老天爷还想不起我谢信仁呢！"

他看到民生似乎接不上话来，这才恶狠狠地反问："咋啦？你喊个'报应'让我来开开眼！你还拦住要和我说话，嘿嘿，你说呀。你娃看清楚，你面前站的不是当年的四类分子谢信仁啦！"

民生听他说完这一番话后倒是平静了一些，看他还没有要走的意思，自己点了一锅烟抽旺了，顺嘴啐了一口唾沫，这才用从来没有过的口气和对手较上了劲儿，几乎是咬牙切齿地说："你个老龟子屃，一辈子就没做过一件人事！"

信仁却不急也不躁，依然慢悠悠地回了一句："耶，你个废物，居然敢开口骂人了？我就是个龟子屃，看你能把我咋样？"

民生顺嘴丢过去一句恶毒的诅咒："苍天在上，他饶不过你这个披着人皮的畜生！"

听到民生居然在自己面前说出这样的话，信仁尽管心里多少有点心虚，却不能在这个他所不齿的人面前服软。一看眼前这般猥琐的人都敢和他较劲，这时，他还真的把眼前这个谢民生当成了半阁城和他做过对的那一群仇人。接着便挑衅地说："看来，你今天真是想讨点没趣了。桃夭是不是跟你说过我们睡觉的事情？你为啥不去报案？你不是有胆量把我放火烧场的事说给你的老婆让她满村胡丧摆我吗？说到底，你娃就没有男人的本事喀！告诉你，我就是和你老婆有那回事情，还不止一回哩。一个细皮嫩肉的女人，让你这个废物占着不去使唤，真是暴殄天物。咋啦，你也配问这号事？我把丑话说到前头，半阁城冤死的人从古到今就没断过，你想学谢君怀还是想学谢德懋？你还有啥说的？我没工夫听你扯这些闲事！"

民生一声不吭，挑起柴捆抡上肩低头就走，把站在路边的谢信仁撞了个趔趄。

信仁刚想开口，只见民生背着柴捆转过身来用一种从来没有过的异样眼神盯着他一字一句地说："不是不报，时辰没到。你老贼敢抬头看看头顶上这片蓝天吗？它给你个瞎㞞记着哩。你个老驴日的将来死不到你家的炕头上，非得让老鸹把你个驴日的啄了尸！"

信仁尽管这阵子还真有点心底发虚，却故作镇定地笑了笑，冷冷地冲着他的背影说："那咱们走着瞧，看谁让老鸹啄了尸！"

看到村上这个窝囊男人背着柴捆依旧往前走着，他无趣地望了望那佝偻的背影，又下意识地朝天上看了看。他已经记不清楚，有多少年都没这么认真地看头顶这一片蓝天了。望着那深邃的苍穹，他心头突然涌出莫名其妙的恐惧来。

黄昏的天空，太阳早已落到了西山背后，天空像一面平静的湖泊；早现的几颗星星眨巴着亮晶晶的眼睛，那闪烁在天际的星斗，就像一对对眨巴着的死人眼睛。他忙低下头来，不想让这不吉利的念头搅乱自己原本保持得相当好的心情。然而，那眼睛瞬间变成了谢福鸿充满血丝的眼睛；继而，又变成窦桃夭那哀怨的眼睛；接着，那眼睛又出现在谢善广的脸上……他低下头，那些“眼睛”却依然不停地在他面前闪烁，成百上千双眼睛盯得他有点晕眩……他的脑子里突然涌动起一股轰然如房屋倒塌般的声响，那种酷似闷雷般的轰鸣一阵接着一阵……他已经不知道自己距离村庄有多远了……

就在这个时候，身后一股冷风吹来……他觉得自己头颅后边活像被一个千钧重物狠狠地击打了一下，眼前一黑，栽下了沟崖……

沟口上，站着一脸冷笑的谢民生。

直到第三天后晌，谢信仁的尸体才被人在沟底找到。人都说老汉肯定是在石架沟遇上了“媚狐子”。当儿子把死人背回村时，老汉那被挂得破破烂烂的衣裤上已扎满了黑针一样的鬼刺，两眼也被老鸹啄成了黑窟窿……

据收殓的佑普爷跟人学说，还没等他给死人洗脸，从信仁的嘴里居然“当啷”一声掉出一块银圆来。这个老东西，不愿把他那点家底留给儿子，倒记得为自己早早地准备了一块有“三只鸟儿”在帆船上方飞翔的大银圆做衔钱！

第六十九章

心债

转眼间又是一年光景，在深秋的一天，令村民们更加不可理解的事情发生了。

谢氏祠堂上那四个大喇叭，吃早饭的时候突然传出来一曲令人十分悲伤的音乐。未几，电台广播员那充满悲怆的声音响起——“世界人民的革命导师，中国人民的伟大领袖毛泽东同志于1976年9月9日不幸逝世……”

这怎么可能呢？老人家一直神采奕奕，怎么能像一个村庄老者就那么……死了呢？没等大伙儿从惊悸中回过神来，一个月不到的时间，报纸上又传来个重大喜讯——英明领袖华国锋一举粉碎了“四人帮”。

村民们并没有感觉这个喜讯对于他们的日子有啥可喜可贺的价值，一时也闹不清北京究竟发生了什么事情。

高运喜这个落架的凤凰在自家院子里却突然接到邮递员送来的一份文件。他剪开信封，小心地捧在手里仔仔细细看了一遍。一个半截子老汉，拿着那张盖着官印的红头文件，居然在自家院子里号啕大哭了一场！

过罢大年，一辆小车就把半阁城这个瘸子老汉接走了。

没隔三天，佑普爷的老伴李若兰却回到了半阁城。

原来，半个多月前，老两口在炕头上无意中听到收音机里那条“中共中央决定为全国右派分子摘掉帽子”的消息后，若兰立即就念叨着要回河南老家去给自己和前夫“落实政策”去。老爷子觉得这件事情无论如何都耽搁不得。他也没声张，悄悄地把老伴和儿子送上了火车。人走后，他却有点不放心。只有他知道，若兰娘家并不在商丘城，中途还得转车。一个女人带着孩子，眼见已过去了十多天还没收到一封电报，老爷子心里便有些不安。

谁知道，老伴这头一回来，老家伙却给人家百般生事，闹得一村人都不得安宁。

眼下，全国已经恢复高考了。商丘那边的教育局对李若兰这个教学名师的归来如获至宝，并很快恢复了她原来的校长职务。按照政策，这个离开讲台十多年的老教师只能被作为退休教师安置。然而，她原来所在的县城中学，在1959年一年就有三名学生考上清华大学。这个人一回到原籍，教育局就坚决不愿放她走。她把流落异乡还有个放心不下的老伴的情况给组织做了汇报，县上主管教育的副县长当场拍板，表示可以把她的老伴调入本县改转为城镇户口，并立即分给他们一套二居室的房子居住。同时，她本人补发了多年的工资，加上前夫的抚恤金，她一下子从政府领到了三万多元巨款。她也想过，有这笔钱，即使把老伴带过去只吃不做，老两口一辈子的生活也不成问题。不过，她心里却十分清楚，老佑普这死倔老头生来就不是那号能咽下舍饭的人。

果然不出所料，若兰带着儿子这头一进门，还没给老伴把自己这些意图说明白，老爷子立即就把头摇得像个拨浪鼓，说啥都不愿离开半阁城。并告诉老伴说，他要是那号喜好要阔的人，中华人民共和国刚成立那阵子他就跟着黄南支队进城去了。

老爷子脾气大，一般人搭不上话。碰上了这件事情，栓牢只好亲自进城把刚刚当了几天县委书记的高运喜请回了村庄。

运喜这头一进门，李若兰就高兴地给他道喜，运喜却吊着一张驴脸应道：“喜从何来？全县人民的事都没你家的事咬筋，老爷子哩？”

若兰一看运喜进了门很不高兴，只好小心地说：“去月娥家了。临走时，还说他今夜不回来了。”

运喜又问：“咋回事？是不是这老倔头不愿跟上你去城里享那清

福去？”

若兰苦笑了一下，如实对运喜说：“他本人去不去倒不是个事，我这头刚进门，他就整天嚷嚷着要和我离婚哩！”

运喜一听这话却乐了，笑着说道：“啊呀，这老爷子也真会赶时髦哩。离啥婚？都七老八十的人了，还凑这号热闹。哦，你是不是啥话说得不合适，惹得老汉生气了？”

若兰忙说：“我惹他啥了？一回来，他就把存折给我取出来，说他已经想通了，耽误了我这十多年，这些钱算是赔给我的……”说完，她从桌子上取过几张信用社的存单指给运喜看，嘴里不住地说：“我一直不知道，这老东西背着我还存了二百多块钱。你看看，一共是七张，最多的连本带利一百二十多元呢……”

运喜一边安排栓牢派人用他的吉普车赶紧去把老汉接回来，一边坐下来点着了手里的烟袋锅，继续向若兰打听着：“老汉怕是住不惯城里那地方吧？”

若兰依着炕沿苦叹了一声说：“你还能不知道这个老倔驴呀！回来后，我跟他说，我是复旦大学毕业的老牌大学生，眼下国家正是用人之际，难得我这个老婆子还有点余热，只求他跟我去住上几天，等过了这几年正式退休后，再回半阁城继续过清闲日子。他说，他早想好了，凤凰跟鸡站不到一个架上。劝我趁现在还不是太老，在我们河南再找一个般配的老伴过几天舒心的日子。让我看在十几年夫妻的份上，把儿子给他留下就行了，自己只管放心地回河南去，他身边还有二牛和月娥他们，咋说也饿不死他们父子俩……我流了两滴泪，他就火了，用镢头砸碎了家里一只水缸……”

运喜一听，清楚了事情的经过，立即哈哈大笑起来。原来，这老两口子一个在前边举着扦子演《昭君出塞》，一个却在后边敲着鼓唱《霸王别姬》。一台大戏完全唱到两岔里去了，这还能不热闹？

听完这一切，运喜自己先坐在那儿感动了好一阵子，这才对若兰说：“花婆，你是个知识分子，这我早就清楚，这么多年让你在咱们半阁城受了不少苦哦。眼下，你也没必要遮遮掩掩的，有啥想法咱俩先谈一谈。至于老爷子那头，我看我还能做了他这个主。”

若兰想了想，十分认真地说：“让我离开半阁城，这永远不可能。这里不但有我的家，有我的儿子，还有我生命里不短的岁月……可是，让我忘记自己的故土同样困难啊。我的前夫长眠在那儿，还有我的事业……我知道，老头子说那些气话是为了疏我的情，如果离开我，将来谁来照顾他的起居？不过，眼下要让老头子马上接受这个事情也不容易。我想先回去工作几天，可我就是怕他一时想不开。毕竟是七十多岁的人了，再硬朗也受不了这么大的变故。你可以跟他说清楚，我绝对会回来的，也希望他打消那些不切合实际的想法。愿意去我那里散散心更好，我得空回来看看他也行。毕竟，做教师一年还有两个集中的假期哩。我这次回来，还有一件事情，就是想……把我那苦命的女儿的骨殖运回河南去……埋在他爸身边……我怕老头子想得太多，这件事情一直还没顾上开口说……”

运喜细细地听了，看见她又不住地在那儿擦眼泪，就打断她的话头说：“你也别太伤心，世界上的万事万物都有其两面性嘛。不经历这些坎坷，你们今天咋会成为一家人呢？以后的事，你也不要想那么多，老爷子这头还有村上哩。我已给民政局打了招呼，像他这号解放前就为党工作的老同志在世的已经不多了，再不照顾好他们，我们也内心有愧啊！你放心去办你的事，这家里要帮啥忙，我跟栓牢说一说。”

说完这些话，他才长长地叹了一口气：“唉，甭说你一个背井离乡的人，这些年来，我在自己的故土上经历的生离死别还少吗？”

两个人还在说话，只听门外一阵汽车声，运喜只好告辞说：“县上还有一摊事等着我拍板，今黑我这也算是跟你告个别。等以后有空了，我还真想再吃一顿你做的金银萝卜丝菜卷呢……”

没想到，从门外一下子走进来了佑普爷和月娥一家子。后边，还跟着芍药。运喜看这阵势一时走不了，又招呼芍药：“去，给大烧口水来，一整天都没消停地喝一口水了，这阵还真是口渴得很哩。”

佑普爷进了门，闷着头站了一会儿。看运喜没有走的意思，这才像什么事也没发生似的对他说："你当县太爷了，忙得像个陀螺，咋还为这点事跑回来了？"

运喜给老爷子递过烟袋，半开玩笑地说："新官上任，不来一回亲民躬耕，谁认你这个卯嘛。眼下，本人咋说也是个七品大员了，听说我的县境内有个老家伙七十多岁了居然还赚了口商品粮，咋，我送送自己的子民去城里享福，你还不给本官赏这个驴脸吗？"

月娥知道自家老爷子耍贫嘴根本就不是运喜的对手，忙打着圆场说："哟，你现在又当上县委书记了，我家老爷子哪里消受得起哟。喜娃，你也别在兀达卖干嘴咧，来送人拿的啥礼呀？"运喜这才想起汽车上还有他路过集市时买的二斤烟叶，忙叫司机去给佑普爷拿一把出来。

看见老爷子进门来并不像若兰说的那么执拗，运喜觉得再说还是那儿句老话，就一边准备起身、一边对老爷子说："老村长，我还得连夜赶回去哩。村里出了这么个大喜事，不来送送情理不通，这就算是我来送送花婆吧。"

走到了门口，他这才认真地跟老爷子说："你这个老同志啊，关键时刻，我看还得加强一点组织观念哩。我的意思，你先高高兴兴让若兰同志回去安排一下。你呢，要想过去逛逛，就一块儿去，得空坐在街头好好看看人家河南人是咋耍猴儿的，那也是人生的一大享受呢。一时不愿去的话，过一段时间再说。至于你想把这事一刀两断，我看十多年的夫妻情分也不是说断就能断的。你现在可以简单地说说你的意见，我看能不能让若兰同志也重新考虑一下……"

佑普爷半天没吱声，栓牢却插话说："河南的饭食也和咱这儿差不多，你不是爱喝胡辣汤吗？河南满街都是咯……"

月娥虽然也是五十岁的人了，在若兰这个后娘面前，十多年都没说过个不字。她也知道老爹的脾气，只要自个认准的死理任你咋说他都不会回转的。一见老爷子站在那里不说话，她这才开导道："大，你看人家高书记也是忙人，有啥说的你当面锣对面鼓地说清，让我娘也听听。好歹搭伙过了十多年光景，你撂下兀个硬话能不让她伤心吗？”

佑普爷咳了一声，这才平静地望着院子上空的满天星斗开了口：“我知道这事迟早得来，却没想到来得这么快。你们就没想想，我这个糟老汉能配上她兀号人吗？‘七十三，八十四，阎王不请自己去’，我今年都七十三了，过了这个坎不知还能活几天，咱不放人家的手咋哩？老婆子服侍了我十多年了啊。一个国家培养的大学生给个老农民烧了十几年土炕了，世上还有啥事让人这么闹心呢？你们谁都不要劝我，不和我扯离婚证，她就甭想出这个门！”

若兰问：“老佑，我不回去了行吗？我不去工作了，咱就这么过下去，你总不会撵我出这个门吧？”

佑普爷镇定地说：“不行。你要是想让我多活几天，你就赶紧回去干你的正事去。我谢佑普一辈子都没做过对不住人的事情，这回要是耽误了你，我这就真的对不起自己的良心了！”

运喜一听没戏，还真有点生气地对若兰说：“你也不要拿话逼老汉表态嘛。好吧，我今日就替你们拍了这个板。明天，先让村上安排若兰同志高高兴兴地上火车；老爷子如果非得要闹离婚也行，那得过了这段时间等我这个大媒亲自来了断！”

说完，他把脸转向佑普爷征询地问：“你这个老倔头，一件好事硬是让你给弄得四邻不安。你看，这样安排行不行？”

佑普爷也不能再说啥，只好违心地答应道：“谁说不行哩。”

运喜一边出门，一边说：“时候不早了，我得赶紧回城去，明天还有个会……”

佑普爷也不留他。这时候，芍药才端来了茶水，她着急地说：“爸，你喝点水再走吧！”

运喜一摆手说：“不啦，我回家里喝吧，有个事我还得和你妈说一阵子。你们一起在这里看看花婆还有啥要帮忙的……”

运喜出了大门，老爷子看见栓牢两口子也要走，他这才喊住栓牢安排道：“你们急得有啥事哩？你花婆女儿的骨殖明天要一起回河南，你这就去安排一下……”

栓牢几乎不假思索地就把话丢了过来：“这个我知道。有福他们已经组织人连夜起墓去了，我这就去督促一下。不过，骨殖一路咋带？天明后，让花婆把女儿的遗骨看上一眼。我已经联系了殡仪馆，准备去做火化处理……”

当若兰听到村上已经把女儿的事情安排得这么仔细时，先哽咽得说不出话来，突然浑身一软晕了过去。

佑普爷一边手忙脚乱地扶住昏厥的老伴，一边老泪纵横地不住呼唤着——“老婆子，你哭啊！哭出声来就好了……”

月娥哭了，芍药也哭了，栓牢揉着鼻子先走出了门。

烈士回村

运喜在办公室接到省“台办”发来的一份紧急传真，张书记亲自批示要求他尽快落实一件大事——查实半阁城有无“谢省安”这个人。

他立即就被这个通知上的内容搞糊涂了，马上接通了省上有关部门的电话，对这个消息的可靠性做了进一步的了解。然而，这个通知是千真万确的。原来，省上近日接待了一个“滞台老兵还乡之旅”的旅行团，其中确实有一个叫“谢省安”的半阁城人。

运喜活了这么大年纪，这是他今生遇到的第一件蹊跷事。

谢氏祠堂的男丁起名，一直严格按照谱序规定的三十六字延续辈分，“省”字辈儿的人绝对不会重名。中华人民共和国成立前几年，半阁城被老蒋抓去当壮丁的男人，死了的、跑回来的都清清楚楚。而唯一叫“谢省安”的这个人，那年和高运喜一起参加抗美援朝已经牺牲在战场上了，其骨灰也一直安葬在洽川县烈士陵园里受人瞻仰。这个“革命烈士”怎么和“滞台老兵”联系在一起了呢？

运喜觉得，眼前这朗朗乾坤，绝对是出了鬼了。

他和省安是一个团的同村战友，关于这个人牺牲在战场上的那些情节，他当时最清楚不过了。省安是一营三连三排的副排长，他所在的三营在协同作战开始前，一直在一营对面的那个山包上策应着省安他们……那次，敌人也真是发疯了，硬是从这个铁桶一般的阵地上攻占了一营把守的那座小山头。到了下午4点多，其侧翼一支被击溃了建制的朝鲜人民军部队在撤退途中误入谷底，被夹在一片开阔地上无法后撤，他们便无可选择地开始对敌人已经攻占的那个山头发起一场猛攻。前后不到四个钟头，美军便不得不用猛烈的炮火掩护着他们的步兵撤了回去……

在打扫战场时，朝鲜部队在阵地上遗弃的地下坑道里一共救起了四名志愿军危重伤员。他们中间，恰巧有一名尚存一口气息的陕西籍班长。据那名“班长同志”口头交代，他们的“谢省安”副排长拉响了手雷和一个鬼子同归于尽了，烈士的这件英雄壮举无论如何都得向上级做翔实报告……后来，这个躺在担架上的陕西乡党还一一指认了连队战友的遗体。朝鲜同志只好将一具具面目全非的烈士遗体抬下阵地，暂时安葬在一个无名墓地……

让高运喜百思不得其解的是，谢省安本人咋又会成为一个“国军老兵”而滞留台湾呢？

省“台办”在随后的电话中补充通知说，这个“谢省安”原来是一个志愿军副排长，在战场上重伤被俘，后又被渗透进战俘营的台湾特务裹挟到了台湾。省委、省政府主要领导同志对这个人的遭遇十分重视，要求洽川县委务必在次日早9点前将此人的个人情况和家中亲属的情况向省委办公室和省台办分头汇报。为了尊重台胞的个人意愿，通知还特意提醒，此人一直不愿被采访，也坚决拒绝各级政府的官方接待。这倒也好，以免这个事件在省内闹出一些敏感话题。但是，在台胞故乡村庄，可以举行相应的欢迎仪式，让一个游子在礼仪之邦的故土，真正感受到祖国大家庭的那种真挚之情……通知最后还特意提醒说，此人已经明确地表示，他这次回来一定要了却萦绕在自己心头多年的一个夙愿——亲自参加一次洽川县“狗撵兔”的民间活动，希望村上酌情予以安排……

听到这个小小的要求，运喜已经真切地肯定，省安这厮确实没有死！

一路上，他脑子里怎么也想不出一句合适的话，去安抚自己这个半路结伴的妻子。一个女人，她能接受得了这个奇异的现实吗？

谁知道，当他进门后拐弯抹角地把这个消息告诉麦秀后，她好像并没有多么大的震惊，只是平静地递给他一封电报……

原来，半阁城的拦羊汉詹木林这个美国佬，不日也将回村“探亲”来呢。

这回，轮到运喜这个大男人傻眼了。

一个女人，几天来手里一直拿着前夫留给她的那只小小的“白金熊”饰物，呆呆地在家里坐着。可是，运喜却又给他带来了她的原配丈夫活转过来的这个令人匪夷所思的消息。

天已经黑了好大一阵子了，半阁城这个村庄却人声鼎沸。没过一阵子，县委办公室已经将谢省安在老部队的战友刘玉清、苟存德等人火速集中送到半阁城。几个老男人来到运喜家里，一看老两口还算正常，便恢复了来时一路的高兴心情。

客人挤了一屋子，只见麦秀慢慢起身去隔壁拿来暖瓶，一边解着男人进门拿的那一包砖茶上的纸绳儿，一边拉开抽屉拿取茶杯，嘴里十分平静地问运喜——“老高，省安死了，却能活转过来；我活着，却觉得好像死去很久了……这几天，我一直觉得自己好像活在一个不真实的梦中。你说，到底是眼前这个世界的日月被颠倒了，还是我自己已经发疯了？”

没等运喜去安慰她，麦秀居然无事一般地给进门来的刘玉清他们一一斟满了热茶，又笑吟吟地对着他们说：“老刘，那年我卖馍馍被抓到派出所那件事你还记得不？老高那时不过是个村支书，你当时已经是个大局长……唉，省安和你一样呀。他那时如果也回来了，能安安稳稳地活到今天吗？来，就当你们都是一群站在我面前的死鬼，让我再给你们沏上一杯茶水。真的，这阵子我倒是希望这是一场梦境。可是，这一切为什么都要发生在一个女子身上？我再也不会相信来生了，活着的时候，已经尝过了许多次死去活来的感觉……”

几个老兵都傻呆呆地望着这个军人的妻子，瞠目结舌、无言以对。

麦秀却继续对他们说：“你们都坐呀，不要用这样的眼神看我，我脑子这阵子比前两天清爽多了。你们知道，老詹也当过兵啊。看来，天下的男人都一样。在年轻的时候，你们都会不顾家里的老婆孩子去当兵打仗，到了这个年龄，又一齐跑回生养自己的故土寻找小时候的影来了。省安该回来啊，我在心里等了他三十年了，我确实忘不了他。明天，我也亲自到村头接他去。毕竟，他是我们芍药的亲大……还有……那个卖了良心的老詹……”

几个男人并没有看出她有一丝悲戚的迹象，却都端着那一杯茶水站在那儿不知所措。这时候，只见麦秀突然大声哭喊起来——“苍天哪，你叫我一个苦命女子日后可咋往下活呀！”一口气没有上来，她就直挺挺地倒了下去！

……

塬头上的锣鼓敲得山摇地动，从驮炭坡官道那边一前一后开上来了两辆白色的丰田面包车。

村民们已经清楚地看见，古道村头的黄土路上，头车上走下来了牛高马大的詹木林，后边那辆汽车上却扶下来一个白发苍苍的老年人。只见他双脚刚刚挨地，就突然匍匐下去，接着，一步一个响头地向村庄磕来！

此时，没有一个人前去阻拦……

直到这个离乡的游子满脸血污地磕到村前，面对着一群陌生的老少爷们重新站起身来时，这个台北“陕西村”乡音未改的荣军市民，只怔怔地打量着自己眼前的一个中年妇人。他，在她的脸上努力地寻觅着自己脑海里那个永远停留在十七岁的面容……

未几，两行浑浊的老泪顺着他那苍老的脸颊流淌下来。

站在他身后的，是大伙儿都熟悉的老詹。

运喜却再也忍不住了，抢上前去叫了一声“老伙计呀……”，接着，省安也赶紧抱住这位昔日一同出村的战友，几个大男人居然号啕大哭起来……

村头的“上锣鼓”依然打得天昏地暗，谁也没有注意到，谢氏祠堂门前的大照壁陡然被震天的锣鼓震动得呜呜地啸叫起来！

关于祠堂门前这大照壁会不时地发出声音，村民们是这样解说的——在战乱的年月，半阁城的几个大城门都是随时准备顶着木杠关闭的。一天，烽烟突起，正在地里劳作的人们听见城头吹响了关闭城门的牛角号，便丢下一地的庄稼一齐飞跑着回了城。他们的身后，跟着一群共同生活在长稔塬上的田鼠、蚂蚱、麻雀、地蝼蝼[①]……当它们这头一进城门，几扇大门就同时"咔"的一声被关死了。只有一群在地里逮虫子的燕子没有归来。当它们急急地飞到城外，一看当地人把它们当成了外路人，就飞过高高的城墙一起撞死在谢氏祠堂的大照壁前……

于是，天上每每有打雷闪电，半阁城谢氏祠堂前这座大照壁就会呜呜地啸叫起来，隐约传出一群鸟儿的哀鸣。

天象（狗撵兔）

1982年深秋的一天，渭北三县六百余村庄的村民们，组织万余人犬在半阁城的黄河滩举行了三天有史以来规模最大的猎兔盛会。

黄河岸边，几十辆各式农用车的车厢上都搭了帐篷，狩猎爱好者站在土崖上摇旗呐喊，电视台的记者们坐在摩托车上追着人犬拍摄。整个黄河滩立时被笼罩在一片沙尘中，此等场面确实百年少有，十分壮观。

蔚蓝的天空，一轮灿烂的骄阳当头悬挂。几片带着水汽的雪白云彩围绕着太阳盘着圈儿。不一阵子，一团白云和一团乌云已经缠绕出一幅十分清晰的"阴阳鱼"。那白鱼的中心慢慢地出现了一轮被隐没的黑太阳；而那只黑鱼中间居然时隐时现着一轮相同的白太阳！

① 地蝼蝼：蝼蛄，昆虫。生活在泥土中，昼伏夜出，吃农作物嫩茎。

一阵大风从地面风驰电掣般刮了过来，这个奇异的天象突然变得愈来愈清晰！

牵着狗的谢佑普身边，站着他有病的外孙董双良。这个木讷的大小伙儿，长期以来一直瘾病缠身。对于眼前这个世界上的一切，他的脸上都是一种满不在乎的表情。这个时候，他正在神情木讷地观看着远方飞奔的人犬。

那股黄风刮过，小伙儿心头似乎感到有些异样，他无意识地伸出右手，用食指挖着自己的鼻孔。谁知道，这一挖不要紧，他突然有一股想打喷嚏的憋闷感，便下意识地仰起头来，等待着那一声声响出现。在无意之中，他向天空瞭了一眼。也就这一眼，天空中那十分奇异的天象奇观几乎把这个精神病患者惊得合不拢嘴！

这也许正是天意。

小伙儿的耳朵里，突然听见一阵恢宏的钟鼓之声。他左顾右盼到处寻觅，却发觉那声音来自头顶的苍穹。接着，天空之上金光万道滚虹霓，瑞气千条喷紫烟；从来都没有在人间显现过的瑰丽天象，把小伙儿一下子惊呆了！小伙儿那失去人性的神经，似乎陡然被那肃穆的钟鼓声惊醒了过来……他对着天空，喜极而泣，大声喊道："爷，你看，文—王—图！"

等到一群村民齐刷刷地把头仰起来看时，天上的一切已不复存在了。苍穹中，只有一轮太阳！然而，一地猎狗此刻却一起疯狂地跳着，共同朝着天空狂吠起来。

当村民们再次抬起头来，在天穹之上努力寻找刚才那恢宏的天象之时，那瑰丽的色彩只短暂地出现了一下，随即又很快地隐没在深邃的苍穹里……

当然，凡人那一双肉眼，终生都不会看到那壮观的"双日并出"的自然景象。只有人中的醒世者、动物中的犬类，才能领略那昙花一现般的瑰丽。你、我、他，或者一个平庸的农夫，一个疯癫的和尚，一个双目失明的盲人，一个潦倒的漂泊者……都可能做一回口授天意的天使。不过，你必须是这个世界的贤良。而狗，它们原本就是上苍派来看护庄稼的特使，天象的每一个微小征兆，都隐喻着一个只有它们才可读懂的故事。太阳用她的天象已经将一切告诉了它们，它们却不能向它们的人类朋友叙说那些麦生六穗的日子——那将永远只是一个神话。

狗们已经停止了狂吠。

蓦然，刚才还好好站着的董双良，突然匍匐在地，像狗一样朝它的同类飞奔而去！一群猎狗似乎也发现了这个四蹄着地的怪异同类，都惊得闪开了一条路……